BASTEI
LÜBBE

Von Alan Savage erschien bei Bastei Lübbe:

13661	Die Söhne des Sahib
13761	Die Gesandten des Sultans
13875	Die weiße Lotusblüte
13909	Die Königin von Neapel
14142	Die Herrscherin der Verbotenen Stadt
14239	Die Königin der Löwen
14312	Die Kaiserin

Alan Savage

Die Heilige

Historischer Roman

Aus dem Englischen
von Karin Meddekis

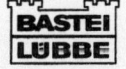

BASTEI LÜBBE

BASTEI LÜBBE TASCHENBUCH
Band 14484

1. Auflage: Februar 2001

Vollständige Taschenbuchausgabe

Bastei Lübbe Taschenbücher ist ein Imprint der Verlagsgruppe Lübbe

Deutsche Erstveröffentlichung
Titel der englischen Originalausgabe: QUEEN OF DESTINY

Titelillustration: Mauritius
Umschlaggestaltung: QuadroGrafik, Bensberg
Satz: KCS GmbH, Buchholz/Hamburg
Druck und Verarbeitung: Ebner, Ulm
Printed in Germany

ISBN: 3-404-14484-8

»Die Heilige« ist ein Roman. Doch die geschilderten Ereignisse haben sich tatsächlich zugetragen, und die Romanfiguren haben wirklich gelebt.

Inhalt

Erster Teil

Die Braut

1

Die Prinzessin

Als mein Vater starb, war ich sechs Jahre alt. Er schien sich bester Gesundheit zu erfreuen und wirkte keineswegs alt, als er sich plötzlich über heftige Bauchschmerzen beklagte. Wenige Tage später hatte er das Zeitliche gesegnet.

Die Geburt und der Tod sind die beiden größten Ereignisse im Leben eines Menschen, aber da niemand in der Lage ist, eines dieser Wunder selbst zu beobachten, sind wir alle darauf angewiesen, diese bedeutsamen Geschehnisse bei anderen zu verfolgen, sei es, um zu trauern oder um glücklich zu sein. Leider weiß man im zarten Alter von sechs Jahren sehr wenig über die Geburt und noch weniger über den Tod. Die Geistlichen erzählten meinem Bruder und mir – Konrad war damals sieben –, daß unser Vater in Wirklichkeit gar nicht tot, sondern in den Himmel gekommen sei, wo wir mit ihm vereint würden, wenn es Gott gefiele und wir uns so benähmen, wie es sich für Prinzen und Prinzessinnen gezieme. Im Laufe meines Lebens bin ich übrigens zu dem Schluß gekommen, daß wir geradewegs in die Hölle gefahren wären, hätten wir uns wirklich so benommen, wie die Prinzen und Prinzessinnen um uns herum.

Aber ich greife den Ereignissen vor. Ob er nun im Himmel auf uns wartete oder nicht – die Tatsache, daß Vater diese Erde verlassen hatte, war offenbar für ganz Europa westlich Byzanz von großer Bedeutung. Daher kam ganz Europa – oder vielmehr jener Teil des Kontinents, der auf der politischen Bühne eine Rolle spielte – nach Besançon, um der Beisetzung beizuwohnen. Leider mußte ich auch hinnehmen, daß diese Fürsten, ihre Gemahlinnen, Söhne und Töchter weniger deshalb in unsere kleine Hauptstadt kamen, weil sie Vater geliebt und geachtet hatten oder fühlten, daß sein Verlust ein Schicksalsschlag für die gesamte königliche Gesellschaft war, sondern vielmehr aus dem Grunde, weil sein unerwartetes Ableben das Königreich Burgund, das er mit großem Erfolg regiert hatte, ohne König zurückließ. Konrad war Vaters einziger Sohn und erst sieben Jahre alt.

So kamen sie also: Hugo der Große, Herzog von Franzien, Arnulf und Berthold aus Bayern, Hugo von Arles mit seinem Sohn Lothar und seiner Tochter Berta, viele aus dem niederen Adel – alle in Begleitung ihrer Ehefrauen und Kinder –, und natürlich der neue König von Deutschland, Otto von Sachsen, der Sohn des berühmten Heinrich des Vogelfängers. Otto kam mit seiner Gemahlin Edith, seinem Bruder Heinrich und seinen Schwestern Gerberga und Hadwig. Noch nie hatte ich solch einen Prunk gesehen, vor allem nicht bei den Sachsen. Sie waren groß und stattlich; ihr blondes Haar strahlte wie Gold, genau wie meines; sie trugen prächtige Gewänder und bewegten sich mit einem Selbstbewußtsein, das man fast schon als Überheblichkeit bezeichnen konnte.

Otto war in diesem Jahr des Herrn 937 fünfundzwanzig Jahre alt. Für eine Sechsjährige scheint das ein unvorstellbares Alter zu sein, aber selbst als Sechsjährige wußte ich, daß er der stattlichste Mann war, den ich je gesehen hatte. Er trug einen kurzen Bart, so daß seine Gesichtszüge gut zu erkennen waren. Sein ausdrucksstarker Mund und sein energisches Kinn paßten gut zu der funkelnden Begierde seiner blauen Augen mit dem durchdringenden Blick.

Seine Gattin war Engländerin, sprach aber Französisch und Latein so gut wie jeder andere. Sie lächelte mich äußerst wohlwollend an, während sie mir die Hand unters Kinn legte und sagte: »Ist Prinzessin Adelheid nicht das schönste Kind auf Erden?«

Sie hatte sich eigentlich an ihren Gatten gewandt, der in diesem Moment jedoch nicht besonders interessiert an mir war, da er wichtigere Dinge im Kopf hatte.

Und noch jetzt vertraue ich darauf, daß ich nicht des Hochmuts bezichtigt werde, wenn ich bestätige, daß Königin Edith nichts als die Wahrheit sagte. Als ich sechs Jahre alt war, konnte man noch nicht erkennen, daß ich einst die schönste Prinzessin von Europa werden würde, aber die Schönheit des Kindes war damals schon zu sehen, die makellos geformten Gesichtszüge, der schöne Mund, die tiefblauen Augen und das üppige, unglaublich seidige goldene Haar, das ich damals meines Alters wegen zu zwei Zöpfen geflochten hatte, die bis zu den Oberschenkeln herabhingen. »Sie hat vor, dich mit ihrem Sohn zu verheiraten«, flüsterte Konrad und zog an einem der besagten Zöpfe.

Ich fand diese Idee aufregend, auch wenn Königin Edith noch keinen Sohn hatte, denn sie und Otto waren erst seit einem Jahr verheiratet. »Quatsch«, erklärte Lothar von Arles. »Adelheid wird mich heiraten.« Und er zog an meinem anderen Zopf.

Ich trat ihm gegen den Fuß. Ich konnte Lothar einfach nicht ausstehen. Er war mein Cousin, aber das waren eigentlich die meisten Gäste auf die eine oder andere Weise. Sein und mein Vater waren ebenfalls Cousins, doch sie waren fast ihr Leben lang Rivalen. Das lag an der verzwickten Situation im Königreich Burgund und seinem Nachbarn Italien. Mein Großvater Rudolf, der das Königreich Hochburgund gegründet hatte, war ein großartiger, ehrgeiziger Mann gewesen. Eine Zeitlang war er nicht nur König von Burgund, sondern auch von Italien, ein Land, das sich in einer noch verzwickteren Lage befand. Doch als er starb, wurde das Königreich Burgund, wie der Brauch es vorsah, zwischen seinem Sohn, meinem Vater Rudolf, und seinem Neffen, meinem Onkel Hugo von Arles, aufgeteilt. Hugo, der mit dieser großen Erbschaft nicht zufrieden war, verfolgte die noch ehrgeizigeren Ziele seines Onkels und begehrte das Königreich Italien. Dieses zog die Heirat mit der wohl skandalumwittertsten Frau ihrer Zeit nach sich, einer gewissen Marozia, deren Familie die römische und somit die italienische Politik über mehr als eine Generation prägte.

Auf diese Situation, in die ich unglücklicherweise hineingezogen wurde, werde ich später eingehen. Im Alter von sechs Jahren wußte ich nur aus Gesprächen zwischen meiner Mutter und meinem Vater, die ich mitgehört hatte, daß Hugo von Arles der Feind unseres Hauses und sein Sohn Lothar ein Kind des Teufels in Frauengestalt war. Und hier legte er in Gedenken an meinen armen, lieben Vater Lippenbekenntnisse ab. Mit seinem niederträchtigen Sohn, der mir nun, nachdem er an meinem Zopf gezogen und sich für seine Frechheit einen Fußtritt eingefangen hatte, an den Hintern griff und mir, so fest er konnte, durch mein Kleid und mein Unterkleid hindurch ins Fleisch zwickte.

Ich sollte wohl sagen, daß Lothar ein paar Jahre älter war als Konrad und ich und folglich in jeder Hinsicht größer und stärker. Er hatte glattes, dunkles Haar und einen seltsamen Zug um den Mund, der sein Aussehen vollkommen verdarb, aber seine derben Gesichtszüge waren sowieso nicht besonders ansehnlich. Ganz abgesehen von meiner angeborenen Abneigung gegen Dummköpfe – wenn ich etwas auf den Tod nicht ertragen konnte, dann in den Hintern gekniffen zu werden. Natürlich war ich noch zu jung, um zu verstehen, daß dies das Schicksal ist, das wir Frauen auf die eine oder andere Weise ertragen müssen, und sei es nur durch die Ehemänner. Doch wenn man seinen Ehemann liebt, kann es sehr angenehm sein. Aber Lothars klammernde, kneifende Finger überzeugten mich davon, daß ich mir ganz bestimmt nicht wünschte, ausgerechnet ihn zum Gatten zu haben. Doch ich wurde ihn einfach nicht los. Ich bat Konrad um Hilfe, aber der grinste nur.

Eine weitere heilsame Lehre, daß Männer meist zusammenhalten, wenn sie verärgerten Frauenzimmern gegenüberstehen. Und jetzt war das Gesicht von diesem Schuft dicht neben dem meinen, und er flüsterte mir ins Ohr: »Eines

Tages werde ich meine Lanze zwischen diese herrlichen Hügel stoßen, meine liebste Adelheid.«

Er war alt genug, um zu wissen, was eine Lanze war und was Männer gern damit anstellten. Ich dagegen wußte nur, daß Lanzen von berittenen Kriegern getragen wurden, und hatte nicht den leisesten Schimmer, wovon er sprach, außer daß schon der bloße Gedanke, von irgend jemand an dieser Stelle gestochen zu werden, gräßlich war. Und dann noch mit einer Lanze ... Ich war von Herzen froh, als meine Erzieherin erschien, Gräfin Grimaldi, und Lothar verscheuchte. Aber nicht einmal sie war so verärgert, wie ich es mir gewünscht hätte. »Jungen«, sagte sie, »sind immer hinter den Weibern her.«

☆

Es war unmöglich, ein vertrautes Verhältnis zu Gräfin Grimaldi zu entwickeln. Natürlich war ich eng mit ihr verbunden, da sie immer um mich war und sich um all meine Bedürfnisse kümmerte, vom Anziehen bis zum Waschen, und auch in demselben großen Bett schlief wie Konrad und ich. Sie hatte auch das Recht, mir immer den Hintern zu versohlen, wenn sie es für nötig hielt, und von diesem Recht machte sie ausgiebig Gebrauch. Aber eine Vertrautheit auf geistiger Ebene, was das Beantworten wichtiger Fragen einschließt, konnte es zwischen uns nicht geben, da diese Frau unweigerlich zu kichern anfing, wann immer ein nur im entferntesten heikles Thema angeschnitten wurde. »Dafür ist noch Zeit genug, wenn Ihr älter seid«, sagte sie immer.

Mit meiner Mutter war das anders, oder vielmehr – es war bis jetzt anders gewesen. Mutter kam aus Schwaben, eines der zahlreichen Herzogtümer, aus denen das Königreich Deutschland besteht. Deshalb bin ich halb Burgunderin und halb Deutsche, zumindest wenn man es eine Generation zurückverfolgt. Geht man weiter zurück, kommen eine ganze Reihe unterschiedlicher Nationalitäten ins Spiel – meine Familie erhebt sogar Anspruch darauf, von Karl dem Großen abzustammen, aber welche königliche Familie tut das nicht?

Vaters Tod veränderte Mutters Persönlichkeit mehr als die Staatsangelegenheiten. Ich glaube, meine Eltern hatten wirklich aus Liebe geheiratet, was selten ist, besonders unter Adeligen, bei denen Ehen häufig eher aus politischen Gründen als aus Zuneigung geschlossen werden. Ich spreche aus Erfahrung.

Nach Vaters Tod war Mutter sehr allein – und dies nicht nur im Bett –, und ich wurde vollkommen vernachlässigt. Die Zeiten, als ich in ihr Bett kroch, mich zwischen sie legte und ihre sanften Küsse und Zärtlichkeiten genoß, waren für immer vorbei. Aber nun komme ich auf etwas Wichtigeres zurück. Als ich mich traute, Mutter zu fragen, was Lothar mit den Lanzen und dem Heiraten genau gemeint habe, bekam ich eine Ohrfeige. »Um Gottes willen, Kind, was redest du denn da! In deinem Alter! Gerade jetzt!«

Das war gemein von ihr, denn es war genau das, worüber *sie* nachdachte, wie sich herausstellte.

☆

Unterdessen waren die Beisetzung vorüber und die Feierlichkeiten zu Ende, und die Adeligen kehrten wieder nach Hause zurück. »Ich werde zweifellos bald von Euch hören, teure Berta«, sagte Hugo von Arles und beugte sich über Mutters Hand. Einen schrecklichen Augenblick lang befürchtete ich, Mutter würde ihm ins Gesicht spucken. »Und ich zweifle nicht daran, junger Mann, daß Ihr ein guter König sein werdet.« Hugo schlug Konrad auf die Schulter.

»Ich werde mich bemühen, Herr.« Schon im Alter von sieben Jahren benahm Konrad sich sehr würdevoll.

Dann schaute Hugo mich ein wenig nachdenklich an,

unterließ es aber, mich anzusprechen oder anzufassen, was mich außerordentlich erleichterte. Nicht so sein verabscheuungswürdiger Sohn, der sich auch über Mutters Hand beugte. »Darf ich Euch Mutter nennen?« fragte er. Die berüchtigte Marozia war inzwischen tot. Und wieder war Mutters Gesichtsausdruck unbeschreiblich. »Und wir zwei werden zusammen Abenteuer erleben«, sagte Lothar zu Konrad. »Wenn du erst mal ein Schwert schwingen kannst«, fügte er verächtlich hinzu. Dann wandte er sich mit ausgebreiteten Armen an mich, als wollte er mich packen und an sich drücken. Ich wich hastig zurück. »Auch wir werden zusammen Abenteuer erleben, liebste Adelheid«, sagte er, und dann zog sein Vater ihn mit sich fort.

☆

Mir gefiel diese Ausdrucksweise nicht, aber jede unmittelbare Befürchtung wurde durch die Anwesenheit der Sachsen zerstreut, die noch blieben, nachdem die anderen Gäste abgereist waren. Das war das wichtigste, denn so konnten Mutter und Otto lange Gespräche führen, die oft bis tief in die Nacht dauerten. Da diese Gespräche Königin Edith nicht betrafen, war sie sich mit ihren zwei jungen Schwägerinnen selbst überlassen, und die drei verbrachten einen großen Teil ihrer Zeit mit mir.

Edith war die Tochter eines englischen Königs, eines Mannes namens Eduard, dessen Berühmtheit hauptsächlich damit zu tun hatte, daß er der Sohn von König Alfred war, dem Mann, der alles unternommen hatte, England vor den Verwüstungen der Wikinger zu bewahren. Edward war nun tot, und das königliche Inselreich wurde von Ediths Halbbruder Aethelstan regiert, der ein genauso hervorragender Krieger wie sein Großvater zu sein schien. Edith wurde es nie müde, mir von den Heldentaten ihrer Familie zu erzählen. Sobald es um Sachsen und Deutschland ging, war sie weniger mitteilsam, aber ich vermute, es hatte damit zu tun, daß sie dort nicht besonders glücklich war, weil sie beide Länder und ihre Gebräuche bisher nur flüchtig kannte. Die Anwesenheit von Gerberga und Hadwig hinderte sie daran, Kritik zu üben. Auf jeden Fall waren sie alle aufgeregt, weil Hadwig, ein sehr hübsches Mädchen, die Aufmerksamkeit von Hugo dem Großen auf sich gezogen hatte, der zwar kein König war, aber als der mächtigste Mann des Westfränkischen Reiches galt, und damit eröffneten sich für Hadwig die glanzvollsten Heiratsaussichten.

Diese Unterbrechung war jedoch kurz, da Mutter Konrad und mich sehr bald zu sich rief. König Otto saß an ihrer Seite und sah so eindrucksvoll aus wie immer. »Du wirst erfreut sein zu erfahren, Konrad«, sagte sie, »daß König Otto zugestimmt hat, seinen Schutz auf dein Königreich auszudehnen, bis du das Alter erreicht hast, es selbst zu regieren. Bis dahin werde ich als Regentin handeln.«

»Oh, Mutter!« Konrad lief zu ihr, um sie zu umarmen und zu küssen. Aber er war sich über die Lage genau im klaren. »Wird Onkel Hugo keine Einwände erheben?«

Mutter warf Otto einen raschen Blick zu. »Das mag er wohl tun«, gab der König zu, »aber es ist meine Pflicht, auf dein Reich zu achten. Ich räume jedoch ein, daß es Schwierigkeiten geben könnte. Ich habe nicht den Wunsch, gegen Italien Krieg zu führen, und ich bin sicher, das gilt auch für dich. Es wird notwendig sein, König Hugo eine Gegenleistung zu gewähren.« Und dann schaute er mich an.

»Ich werde Lothar nicht heiraten«, erklärte ich.

»Mein liebes Mädchen, du mußt«, sagte Mutter nachdrücklich.

»Nein«, sagte ich. »Nein, nein, nein«, und ich fügte hinzu: »Niemals!«

»Böses Mädchen!« rief Mutter. »Du bist eine Prinzessin, und Prinzessinnen heiraten dahin, wohin man sie schickt. Willst du, daß Burgund durch Kriege verwüstet wird? Du wirst Prinz Lothar heiraten und ihm prächtige Söhne gebären. Mit der Zeit wird unser Geschlecht über Italien *und* Burgund herrschen.«

Wenn das auch ein schöner Gedanke war – die Vorstellung, Lothar zu heiraten, war einfach grauenhaft. »Niemals!« schrie ich, rot vor Wut.

Mutter zeigte mit dem Finger auf Gräfin Grimaldi. »Bringt sie in ihr Zimmer und verprügelt sie. Peitscht sie solange mit dem Gürtel, bis sie gefügig ist«, fügte sie hinzu.

Ich kreischte vor Wut und Demütigung, als die Gräfin meinen Arm ergriff, bis eine feste Stimme sie aufhielt. »Ich glaube, ich sollte vielleicht ein paar Worte mit der Prinzessin wechseln«, sagte König Otto. »Unter vier Augen.«

Mutter öffnete den Mund und schloß ihn wieder. Aber zu dem Zeitpunkt war Otto nicht nur ihre starke Stütze, er war ihre *einzige* starke Stütze. »Wenn Ihr es wünscht, Herr.« Sie scheuchte alle anderen aus dem Gemach, verharrte einen Moment vor der Tür und warf uns beiden einen vielsagenden Blick zu, ehe sie die Tür schloß.

»Nun, Adelheid«, sagte der König, »kommt her.«

Langsam ging ich auf ihn zu. Ich hatte schreckliche Angst, weil ich nicht die blasseste Ahnung hatte, was er sagen und noch weniger, was er tun würde. Als ich vor ihm stand, umfaßte er meine Taille, hob mich hoch und setzte mich auf seine Knie. »Warum mögt Ihr Prinz Lothar nicht?«

»Er ist ein Scheusal. Er zieht mich an den Haaren, und er faßt mich an, und er will mich mit seiner Lanze stechen.«

»Versteht Ihr denn nicht, daß dies nur beweist, wie sehr er Euch mag?«

»Ich mag ihn nicht.«

»Aber Ihr seht ein, daß Ihr irgendwann heiraten müßt? Und wenn Ihr heiratet, muß es für das Wohl von Burgund sein, nicht wahr?«

Ich nickte schweren Herzens. Es hatte eine faszinierende Wirkung, auf seinen Knien zu sitzen. Er war so stattlich und vertrauenerweckend, genau wie ein Mann sein mußte. »Etwas besseres als eine Verbindung zwischen Eurem Geschlecht und dem des Hugo von Arles durch Heirat kann Burgund gar nicht passieren«, sagte er, »und Ihr werdet sehen, daß Lothar sich ändert und ein höflicher Mann wird, wenn er älter ist.« Und da Lothar nicht viel von der feinen Art seines Vaters hatte, glaubte König Otto noch hinzufügen zu müssen: »Da bin ich ganz sicher.« Und was seine verstorbene Mutter betraf ... aber damals wußte ich nichts über sie.

Otto wußte bestimmt etwas über sie, aber er war nicht geneigt, das Thema zu vertiefen. Und er war ein Fachmann, was Gegenleistungen betrifft. »Wie dem auch sei«, fuhr er fort, »da ich sehe, daß Ihr diese Sache schnell begreift, schlage ich Euch folgendes vor: Ihr werdet offiziell mit Lothar von Arles verlobt, müßt aber in Anbetracht Eures kürzlich erlittenen Trauerfalles nicht nach Rom gehen, wie es normalerweise der Brauch vorsieht, um Eure Ausbildung zu vervollkommnen, sondern Ihr könnt hierbleiben und werdet von Eurer Mutter erzogen, bis Ihr ein angemessenes Alter erreicht habt, in dem die Ehe vollzogen werden kann. Seid Ihr damit zufrieden?«

Hier saß ich nun, ein Mädchen von sechs Jahren, und ein großer König sprach mich an wie seinesgleichen. Wie konnte ich noch länger widersprechen? Ich murmelte: »Was ist denn ein angemessenes Alter, Herr?«

»Nun, so mit vierzehn Jahren, würde ich sagen, wenn Ihr eine Frau seid.«

Damals hatte ich keine Ahnung, warum ich mit vierzehn Jahren plötzlich eine Frau sein sollte, aber der Zeitpunkt schien in weiter Ferne zu liegen, und das genügte mir zunächst. Und dann umarmte er mich. Ich fiel vor Freude fast in Ohnmacht. Außerdem hatte er mir eine Tracht Prügel erspart.

☆

Und damit war die Sache geregelt. Vorläufig war ich glücklich. Ich blieb bei Mutter und Konrad und erhielt die Erziehung einer zukünftigen Königin, wohingegen Lothar natürlich der Nachfolger auf dem italienischen Thron werden würde. Somit ging meine Erziehung in eine ganz neue Richtung. Handarbeit und Kochen gehörten ebenso dazu wie Singen, Tanzen, Umgangsformen, Tischmanieren, Kleidungsetikette und allgemeine Umgangsformen. Daneben war es für mich notwendig, mich mit der Geschichte und Situation des Landes vertraut zu machen, das ich eines Tages mein eigen nennen würde. Das war eine berauschende Aufgabe, und je älter ich wurde, desto unruhiger wurde ich in Erwartung dessen, was wohl auf mich zukam.

In Italien lag natürlich der wahre Ursprung der römischen und somit der christlichen Macht. Aber diese Zeiten waren längst Vergangenheit. Der große Konstantin hatte Byzanz zu seiner Hauptstadt gewählt, und dieses byzantinische Imperium regierte noch immer die Welt ... oder nahm es jedenfalls an. Byzanz betrachtete Italien sicherlich noch immer als Teil seines Herrschaftsgebietes, und von Zeit zu Zeit hatte es Versuche unternommen, Italien zurückzugewinnen. Diese Versuche aber waren allesamt gescheitert, da die Halbinsel von verschiedenen wilden Stämmen aus dem tiefsten Asien überrannt worden war. Mit den Langobarden, die wegen ihrer langen, struppigen Bärte so genannt wurden, erreichten diese Angriffe ihren Höhepunkt. Ein jämmerlicher Haufe von ihnen übte im Süden noch seine Macht aus. Mehrere Jahrhunderte hindurch herrschte das totale Chaos, was den Bischöfen von Rom ermöglichte, bedeutende weltliche und geistliche Macht an sich zu reißen, so daß sie sich schließlich Päpste oder Väter aller Christen nannten. Leider muß ich sagen, daß viele dieser Päpste in keiner Weise würdig waren, ihre verantwortungsvolle Aufgabe zu erfüllen, da sie jedem möglichen Verbrechen frönten, von der Vergewaltigung bis zum Mord. Der erste weltliche Herrscher, der versuchte, diese umherziehenden Geistlichen zu Disziplin zu zwingen, war Karl der Große. Er regierte vor mehr als einem Jahrhundert und war sehr erfolgreich in allem, was er in Angriff nahm, ob es nun die Liebe war, die Politik oder die Schlacht. Und er wurde belohnt, indem er zum Kaiser gekrönt wurde. Da es in Konstantinopel schon einen Kaiser gab, haftete Karls Titel etwas Unrechtmäßiges an; deshalb wurde er Kaiser des Heiligen Römischen Reiches genannt. Diese Entwicklung machte ihn in Konstantinopel nicht gerade beliebt.

Die Nachkommen von Karl dem Großen hielten natürlich an dem Titel fest. Aber sie waren und blieben in meiner Jugend ein jämmerlicher Haufe, der nur dem Titel nach Kaiser wurde. Bis zu dem Zeitpunkt, als ich die Bühne betrat, war noch nicht entschieden, in welchen Händen die wahre Macht lag. Die Päpste hatten völlige Handlungsfreiheit erlangt, besonders in der Hinsicht, daß sie ihren persönlichen Ehrgeiz und noch mehr ihre persönliche Begierde befriedigen konnten. Ihr Streit mit den Kardinälen und Bischöfen wurde immer unerbittlicher, ja geradezu abscheulich. Er gipfelte in der Schreckenssynode, die – noch anschaulicher – als Leichensynode bekannt wurde, auf der Papst Stephan VI. die sterbliche Hülle seines Vorgängers exhumiert, in seine päpstliche Robe gekleidet feierlich vor Gericht gestellt und für verschiedene mutmaßliche Verbrechen verurteilt hatte. Es ist anzunehmen, daß dieses seltsame Ereignis dem Ruf des Papsttums nicht gerade zuträglich war, aber es sollte noch schlimmer kommen – so schlimm, daß die Periode, die noch gar nicht lange zurückliegt, die Herrschaft der Prostitution genannt wurde.

Die Frauen, die von der Lasterhaftigkeit der Päpste zu profitieren versuchten, ermutigten diese natürlich zu ihren zahlreichen verrückten Untaten. Die schändlichste dieser Frauen war eine gewisse Theodora, die ihren Einfluß ausnutzte, damit ihr Gatte, ein römischer Senator namens Theophylakt, als Patrizier der wahre Herrscher von Rom wurde, eine Ehre, die auf die letzten Tage des römischen Reiches zurückging und von einigen berühmten Männern ins Leben gerufen wurde. Dieses verruchte Paar hatte eine Tochter, die noch viel schändlichere Marozia, die in die Fußstapfen ihrer Mutter trat und Mätresse des nächsten Papstes wurde, Sergius. Sie ging aber noch weiter und besaß die Kühnheit, dem Heiligen Vater einen Sohn zu gebären. Darüber hinaus wählte sie diesen Sohn, als er ein junger Mann von zwanzig Jahren war, zum gegebenen Zeitpunkt ins päpstliche Amt.

Der amtierende Papst setzte diese Politik fort, indem er zum Schein einen Kaiser ins Amt berief und 915 einen gewissen Berengar von Friaul krönte, der jedoch nie beliebt gewesen war und 924 von einer Gruppe römischer Adeliger ermordet wurde, die sofort meinen Großvater Rudolf ermunterten, wenigstens als König von Italien seinen Platz einzunehmen. Großvater war glücklich darüber und zweifelte nicht daran, selbst der nächste Kaiser zu werden, aber er starb, ehe er gekrönt werden konnte. Wie ich schon berichtete, war mein Vater während der nachfolgenden Unruhen sehr damit beschäftigt, seine Macht in Burgund zu sichern, da Onkel Hugo sich mit der einfachsten und in seinen Augen sichersten Methode des italienischen Throns bemächtigte: Er heiratete die nun verwitwete Marozia. Die hatte schon zwei Ehemänner gehabt, als sie schließlich Hugo von Arles heiratete. Da sie starb, ehe ich geboren wurde, sind meine Informationen aus zweiter Hand, aber Marozia muß wohl eine hübsche oder zumindest faszinierende Frau gewesen sein, der es völlig an Moral mangelte. Noch heute kann ich nicht fassen, daß mein zukünftiger Schwiegervater tatsächlich nach Nestwärme Ausschau hielt und gleichfalls versuchte, in der italienischen Politik Fuß zu fassen.

Er trieb es auf die Spitze, als er an seinem Hochzeitstag einen Streit mit seinem neuen Stiefsohn inszenierte. Dies war nicht der inzwischen ins Amt eingesetzte junge Papst, sondern Marozias Sohn aus erster Ehe mit dem Herzog von Spoleto, ein lasterhafter junger Mann namens Alberich, der nun die Vorgehensweise seines Großvaters Theophylakt nachahmte und sich selbst Patrizier von Rom nannte. Onkel Hugo hielt nichts von Alberich und noch weniger von seinem Getue, und bei dieser vermeintlich günstigen Gelegenheit ohrfeigte er den jungen Mann. Der Tumult, der darauf folgte, endete damit, daß Hugo des Landes verwiesen wurde, aber mit den Jahren hatte er es so eingerichtet, wieder Fuß zu fassen, indem er den Streit mit seinem Stiefsohn beilegte. Er konnte sich sogar wieder König von Italien nennen, aber jeder wußte, daß zumindest in Rom die wahre Macht in Alberichs Händen lag. Und keiner von beiden regierte wirklich in Italien, als ein gewisser Berengar von Ivrea, der mit dem früheren ermordeten Kaiser nicht verwandt war, auf den nördlichen Teil des Landes Anspruch erhob. Das Gebiet südlich von Rom war in den Händen verschiedener langobardischer Fürsten, und weiter südlich regierten die Sarazenen, während sich die Byzantiner weiterhin an der Adriaküste festklammerten. Meine Beziehung zu Berengar gehört zu einem späteren Abschnitt meines Lebens, aber ich kann mit Sicherheit behaupten, daß er ein ebenso großer Verbrecher war wie Hugo.

Aufgrund dieser Rivalität herrschte auf der Halbinsel fortwährend der Zustand eines Bürgerkrieges, und obwohl die meisten Menschen spürten, daß Alberich Rom und den derzeitigen Papst sozusagen in der Hand hatte, wollte er seinem Stiefvater das Vorrecht zuerkennen, König zu sein, wenn auch nicht das Recht, die Macht innezuhaben. Die Aussicht, gezwungenerweise in diesen Strudel hineingerissen zu werden, war für eine Halbwüchsige wenig reizvoll.

Hätte ich die leiseste Ahnung gehabt, *wie* wenig reizvoll es werden sollte, hätte ich sicher einen Anfall bekommen.

☆

Aber das alles lag einige Jahre zurück, wenn diese Jahre auch mit erschreckender Geschwindigkeit verstrichen. Es war wirklich eine Freude für mich, Geschichte und all die anderen Wissenschaften zu lernen. Offenbar besaß ich außer meinem guten Aussehen auch einen ungewöhnlich aufgeweckten und scharfen Verstand. So, wie ich mich spielend über landespolitische Angelegenheiten unterrichtete, so bereitete es mir keinerlei Schwierigkeiten, die Sprachen zu erlernen, die ich beherrschen mußte, denn obgleich Latein die Sprache des Adels blieb, wurde es als richtig erachtet, daß ich die Dialekte beherrschte, damit ich in der richtigen Sprache zu meinem Volk sprechen konnte, außerdem Französisch, da dieses Land wie eine Wolke an unserem westlichen Rand lag, und natürlich Deutsch. Das Wort Deutsch beinhaltet, wenn es auf Sprachen angewandt wird, eine ganze Reihe verschiedener Dialekte, doch ich erlernte sie alle mit großer Freude, besonders Sächsisch, die Sprache von König Otto.

Obwohl ich es nicht so gewollt hatte, wuchs mein Ansehen. Ich wußte nur wenig darüber bis zu dem Tag, als ich in meinem Klassenzimmer saß, das Konrad verlassen hatte, um Staatsgeschäften beizuwohnen, und Mutter mit einem – wie ich vermutete – sehr gebildeten Herrn hereinkam, denn ich mußte verschiedene Sprachen sprechen, ihm etwas vorlesen und etwas schreiben, dann ein paar Rechenaufgaben lösen und schließlich die Laute für ihn spielen, während ich sang.

»Bemerkenswert, Hoheit«, sagte er. »So viel Bildung mit einer solchen Schönheit vereint zu finden. Ja, Eure Tochter könnte die Welt regieren.«

Aber es sah so aus, als wäre ich nur dazu bestimmt gewesen, Italien zu regieren. Vorausgesetzt, ich käme je dorthin.

☆

Als ich elf Jahre alt war, wurden wir von den Ungarn angegriffen. Dieses gräßliche Volk kam ursprünglich aus Zentralasien. Man kann sich nur schwer vorstellen, welche Bedingungen in diesem fernen Winkel der Erde herrschten, der beständig diese furchteinflößenden Heere hervorbrachte, die es auf gewaltige Zerstörungen abgesehen hatten. Die Ungarn stammten von den Hunnen ab, die uns in schrecklicher Erinnerung geblieben waren. Auch sie schlitzten sich ihre Gesichter in der Kindheit auf, um den Schrecken zu steigern, den ihre Gesichtszüge einflößen konnten; auch sie ritten schnelle, kleine Ponys, schossen mit bemerkenswerter Genauigkeit im Galopp Pfeile ab und beteten nur den Kriegsgott an. Allerdings muß ich gestehen, daß ich über ihre Frauen und ihre häuslichen Belange nichts wußte, da ich nie eine ungarische Frau sah.

Sie hatten sich ungefähr hundert Jahre, bevor ich geboren wurde, auf der großen ungarischen Ebene niedergelassen und waren fast in jeder Generation, manchmal noch häufiger, in Deutschland und sogar in Frankreich eingefallen, nachdem sie den Rhein überquert hatten. Mit ihnen fertig zu werden war die schwierigste Aufgabe, der jeder von unseren westlichen Königen ins Auge sehen mußte. Ottos Vater, Heinrich der Vogelfänger, hatte einige Jahre vor meiner Geburt einen so großen Sieg über sie errungen, daß viele glaubten, die Bedrohung sei für immer vorüber, und das war der Grund, warum ich ihnen nie zuvor begegnet war. Und in der Tat waren sie mehr als zwanzig Jahre nicht in unser Land eingedrungen. Nun kam plötzlich ein Reiter in schnellem Galopp nach Besançon, um die Nachricht zu überbringen, daß die Ungarn wieder den Rhein überquert und schon weite Landstriche Deutschlands verwüstet hatten.

Meine erste Sorge galt Otto und Edith, die nun Mutter von zwei entzückenden Kindern war. Aber es stellte sich heraus, daß Sachsen zu weit im Norden lag, als daß die Ungarn hindurchgeritten wären. Da sie jedoch durch Süddeutschland galoppierten und dann den Rhein überquerten, lag Burgund direkt auf dem Weg der Plünderer. Überall herrschte Panik. Flüchtlinge suchten in unserer kleinen Stadt Zuflucht und schrien »Vergewaltigung!« und andere Wörter, die ich nie zuvor gehört hatte, wodurch die Lage sich noch verschlimmerte. Konrad war ganz erfüllt von kämpferischer Leidenschaft, aber ein Junge von zwölf Jahren ist natürlich noch kein richtiger Befehlshaber. Wir verfügten nur über geringe Streitkräfte, und alle Soldaten waren zu Tode erschrocken. Mutter rief uns zu sich und zog sich mit uns in unsere Festung zurück. »Wir werden uns bis zum Schluß verteidigen«, sagte sie mutig und nahm mich beiseite. »Egal, was auch passiert, denk daran, daß du eine Prinzessin von Burgund bist. Niemals um etwas bitten!«

Ich hatte keinen Schimmer, um was ich bitten sollte. Gräfin Grimaldi war zu Tode verängstigt, war aber zumindest deutlicher. »Sie werden an Euren Kleidern ziehen«, jammerte sie. *Was*? dachte ich. Warum sollten sie? »Sie werden sich Freiheiten gegenüber Eurem Körper herausnehmen«, klagte sie. Die Frau sprach in Rätseln. »Und sie werden ihre Glieder in Euch hineinstoßen«, schrie sie, wobei sie bei diesem Gedanken selbst in hellste Aufregung geriet.

Nun, das konnte ich mir nach Lothars Bemerkungen vorstellen. Aber … ihre Glieder und nicht ihre Lanzen? Und was genau war ein Glied? Ich muß sagen, daß Konrad und ich zu jener Zeit nicht mehr das Bett teilten. Mutter hatte im letzten Jahr so entschieden, als die Gräfin ihr berichtet hatte, daß mein Bruder und ich es gewohnt waren, Arm in Arm zu schlafen. Anscheinend war das ab einem bestimmten Alter nicht mehr hinzunehmen. Ich hatte in der Tat bei Konrad gewisse Veränderungen festgestellt, und oft spürte ich, daß ihn eine seltsame Erregung erfaßte, wenn wir im Bett lagen, hatte dem aber keine große Bedeutung beigemessen – im Unterschied zu Mutter. Diese Dinge verwirrten mich sehr, wenn sie mich auch nicht besonders interessierten, nur daß mir der Gedanke, von einer Horde verrückter Ungarn mißhandelt zu werden, nicht gefiel, und dies um so weniger, wenn ich der Sache noch weiter auf den Grund ging. »Was werden sie Euch antun, Gräfin?« fragte ich unschuldig.

»Oh, das gleiche, nur weit schlimmer«, sagte die Gräfin Grimaldi. »Und Eurer Mutter ebenfalls.« Das konnte ich auf keinen Fall hinnehmen. Mutter war sehr würdevoll. Und ich hatte sie noch nie ohne Kleider gesehen. »Und Konrad auch«, fuhr die Grimaldi fort. »Oh, was sie *ihm* antun werden, bevor sie ihm den Kopf abschlagen!«

Den Kopf abschlagen! Das jagte mir nun wirklich Angst ein. Aber wir konnten nichts tun, außer Botschafter in alle Himmelsrichtungen zu schicken, um Hilfe zu holen, und dann auf die Ankunft der Horde zu warten. Konrad und ich stiegen auf den höchsten Turm unserer Festung hinauf, von wo wir über die Stadtmauern auf das freie Land schauen konnten. Dieses war hinter den bestellten Feldern dicht bewaldet, und wir starrten ängstlich auf die Bäume. Hinter den Bäumen konnten wir Rauch sehen, der von den Dörfern, die die Ungarn in ihrem Wüten schon überrannt hatten, in die stille Luft aufstieg. »Hast du Angst, Schwester?« fragte mich Konrad.

»Nein«, log ich. »Es sind ja bloß Männer.« Er strich mit der Zunge über die Lippen.

»Schaut, Hoheit!« Einer der Soldaten, der ganz in der Nähe stand, deutete in die Ferne, und wir sahen, daß die Schwerter der Ungarn in der Sonne funkelten, als sie waffenschwenkend hinter den Bäumen hervorkamen. Sie schrien und schossen, aber wir konnten sie in den ersten Minuten ihres Angriffs nicht hören. Konrad ergriff meine Hand und drückte sie ganz fest, als die riesige Horde – es müssen mehrere tausend gewesen sein – genau auf uns zustürmte.

Die Tore waren geschlossen und bewacht, und glücklicherweise verfügten die Krieger auf der Ebene über keine

Belagerungsmaschinerie oder vielmehr über kein Geschick, eine Belagerung durchzuführen. Sie galoppierten um die Stadtmauern herum und kreischten auf die grauenhafteste Weise, während sie ihre Pfeile abschossen. Diese konnten uns in unserem Turm nicht erreichen, aber eine große Anzahl landete in den Straßen der Stadt, und die Ungarn kannten zumindest den Gebrauch des Feuers. Viele Pfeile waren mit Pech getränkt. Sie entzündeten sich und setzten die meisten Holzhäuser in Brand. Bald verschleierten dichte Rauchwolken vollständig unseren Blick, so daß wir nicht mehr sahen, was vor sich ging. Hinzu kamen die Schreie der Stadtbewohner, deren Häuser und Höfe ausbrannten, und in vielen Fällen verbrannten auch ihre Körper. Konrad und ich stiegen die Treppe hinunter in Mutters Gemächer. Sie stand am Fenster, das auch in Rauch gehüllt war, und starrte auf das zerstörte Erbe ihres Sohnes. Bei ihr waren Gräfin Grimaldi, die jammerte und an ihren Haaren zog, sowie der Befehlshaber unserer Garde. »Wir sind verloren, Hoheit«, verkündete der Befehlshaber.

»Was schlagt Ihr vor?« fragte Mutter.

»Daß wir verhandeln und eine Kapitulation anbieten, die zumindest unser Leben retten wird.«

»Glaubt Ihr, daß diese Schurken sich an irgendeine Vereinbarung halten?«

»Seht Ihr eine andere Möglichkeit?« erkundigte sich der verängstigte Soldat.

»Es ist besser, in den Flammen zu sterben als durch die Hand dieser Wilden«, erklärte Mutter. Ich muß zugeben, daß sie und ich uns nie so nahestanden, wie es zwischen Mutter und Tochter zu wünschen gewesen wäre. Aber in diesem Moment bewunderte ich ihren Mut grenzenlos. Der Kommandeur schluckte und verließ den Raum. »Kommt her, Kinder«, sagte sie. Wir gingen zu ihr, und sie nahm uns beide in die Arme. »Vater Hieronymus«, rief sie.

Ihr Beichtvater tauchte hinter den Vorhängen auf und sah

so verängstigt aus wie der Kommandeur, schwang aber sein Kruzifix, wie der Hauptmann sein Schwert geschwungen haben mag. »Laßt uns beten«, sagte Mutter.

☆

Ich glaube fest an die Macht der Gebete und habe in meinem Leben oft genug auf sie zurückgegriffen. Ob unser himmlischer Vater ihnen wirklich Beachtung schenkt und auf unsere inständigen Bitten antwortet, ist eine andere Frage, wenn es auch zweifellos sehr viele Dinge von ungeheurer Wichtigkeit gibt, um die er sich kümmert. Diesmal jedoch wurden unsere Gebete sofort erhört, und was dann geschah, war unglaublich. Wir knieten noch vor dem Altar in Mutters Beichtzimmer. Rauch, Geschrei und Gebrüll drangen in den Raum, und es hörte sich an, als ob sich der Lärm in diesem Moment noch verstärkte, so daß ich beinahe damit rechnete, im nächsten Augenblick die Hand eines Ungarn im Nacken zu spüren, als plötzlich ein Schrei vom Dach zu uns drang: »Sie ziehen sich zurück«, gefolgt von: »Sie fliehen!«

Unglücklicherweise vergaßen wir die naheliegendste Erklärung für unsere Erlösung, ließen von unseren Gebeten ab und rannten aufs Dach, von dem aus wir durch den Rauch hindurch undeutlich die gräßlichen Reiter erkannten, die wieder auf die Wälder zuritten, so schnell sie konnten. »Aber warum?« fragte Konrad. Der Soldat zeigte mit dem Finger auf den Horizont. Wir schauten nach Osten und sahen, daß aus den Wäldern, die dort lagen, ein Wald von Flaggen, funkelnden Lanzenspitzen und Rüstungen hervorquoll: König Otto eilte uns zu Hilfe!

☆

Es war nun schon fast sechs Jahre her, seit ich den König das letzte Mal gesehen hatte. Ich glaube nicht, daß er sich sehr verändert hatte, außer daß er ein bißchen finsterer aussah als in meiner Erinnerung – ich wußte, daß er zu Hause mit seinen Verwandten viel Ärger gehabt hatte –, doch sein grimmiger Gesichtsausdruck konnte durch sein Lächeln stets aufgehellt werden.

Andererseits hatte ich mich sehr verändert, mehr als er oder ich in diesem Moment unserer ersten Umarmung wußten. »Mein liebes Mädchen«, sagte er. »Ich hatte schon befürchtet, wir könnten zu spät kommen.« An dieser Stelle räusperte sich Mutter. Sie war eine kluge Frau, und deshalb war es ihrer Aufmerksamkeit nicht entgangen, daß der König mich immer herzlicher als alle anderen zu begrüßen schien. Daß Otto ein Verwandter, verheiratet, mittlerweile Vater und alt genug war, um *mein* Vater zu sein – oder die Tatsache, daß ich verlobt war –, hielt Mutter nicht für ein Hindernis, mich zu der Seinen zu machen, wenn er es gewollt hätte. Doch Otto war ein viel zu höflicher Mann, um auch nur in Betracht zu ziehen, ein junges Mädchen zu verführen. Auf jeden Fall waren wir beide nun in beängstigender Weise beunruhigt.

»Mein liebes Mädchen«, rief er noch einmal und starrte auf das Blut, das plötzlich seine Reithose durchtränkte. »Ihr seid verwundet.«

Ich wußte nicht, was ich sagen sollte. Ich hatte während des Angriffs der Ungarn geringfügige Schmerzen verspürt, aber ich war ganz sicher nicht verwundet. Andererseits blutete ich tatsächlich wie ein abgestochenes Schwein. Mutter eilte uns zu Hilfe. Sie hatte geahnt, was geschehen würde. »Es ist alles in Ordnung«, sagte sie und gab Grimaldi ein Zeichen, mit mir hinauszugehen. Ich vermute, daß Wahrsager die Tatsache, daß ich genau zu dem Zeitpunkt eine Frau wurde, als ich in Ottos Armen lag, als sehr bedeutsam betrachten würden. Wahrsager haben oft recht!

☆

Von diesem Moment an änderte sich alles in meinem Leben. Nun konnte ich heiraten. Ich war entsetzt. Otto hatte von vierzehn Jahren gesprochen, und bis dahin waren es noch drei Jahre. Glücklicherweise entschied Mutter, eine Weile zu warten, ehe Rom über das glückliche Ereignis informiert wurde. In Besançon mußten eine ganze Reihe von Instandsetzungsarbeiten durchgeführt werden, und Mutter betrachtete es als notwendig, durch Konrads Herrschaftsgebiet zu reisen, um zu sehen, was alles zerstört worden war.

Konrad und ich begleiteten sie. Konrad war der König, und auch ich wollte mir die Verwüstungen anschauen. Da ich nun eine Frau war, konnte mir das niemand abschlagen. Es war eine schreckliche Aufgabe. Wo die Ungarn geritten waren, hatten sie meilenweite Landstriche zerstört. Wir durchquerten Dörfer, die nur noch aus schwelenden Gemäuern bestanden und in denen kein Haus und kaum noch eine Mauer standen. Rund um die Ruinen lagen überall Leichen von Tieren, Männern, Frauen und Kindern, die ganz offensichtlich vor oder nach dem Tod vergewaltigt worden waren, und in einigen Fällen bestanden die Leichen nur noch aus Skeletten. Um sie herum strichen Rudel räuberischer Hunde und Wölfe, und am Himmel kreisten Schwärme ausgehungerter Vögel umher. »Das waren keine Menschen«, murmelte Konrad, »das waren Bestien.«

Als wir nach Besançon zurückkehrten, hatten meine eigenen Probleme an Bedeutung verloren.

☆

Und nun ereignete sich etwas höchst Erschreckendes, was mich außerdem sehr beunruhigte. Einen Monat nach der Rückkehr zu unserer Festung besuchte uns König Hugo. Er kam mit einem großen Gefolge, aber soweit ich unterrichtet war, hatte er sich nicht angekündigt. Ich war nur erleichtert, daß er seinen scheußlichen Sohn nicht mitbrachte. Aber es beunruhigte Konrad und mich gleichermaßen, daß er geradewegs in Mutters Privatgemächer ging und mehrere Stunden hinter verschlossenen Türen mit ihr verbrachte. Worüber sie wohl sprachen?

Wir erfuhren die schreckliche Wahrheit sehr schnell, als Mutter mit Hugo an ihrer Seite das Zimmer verließ und zu uns kam. »Hoheit«, sprach sie Konrad an, »ich möchte um Eure Erlaubnis bitten zu heiraten.«

Konrad war zu verblüfft, um sprechen zu können. »Heiraten, Mutter?« rief ich. »Wen wollt Ihr denn heiraten?«

»König Hugo«, erwiderte sie.

☆

Ich traute meinen Ohren nicht. Mutter haßte Onkel Hugo. Oder war es in ihrem Bett auch unerträglich einsam geworden? Sicherlich würde König Otto das nie erlauben. Aber es sah so aus, als wäre König Otto nun vollauf mit einer Revolte in Deutschland beschäftigt, die von seinem Halbbruder Thankmar und seinem leiblichen Bruder Heinrich angezettelt worden war. Wie ich den bloßen Klang ihrer Namen haßte! Ottos Lage hatte sich verschlimmert, als er sein Königreich verlassen hatte, um uns zu Hilfe zu eilen, und diese treulosen Brüder hatten die Gelegenheit beim Schopf ergriffen. Keiner wußte, ob der König auch nur überleben würde. Sicherlich war er nicht in der Lage, die Ereignisse jenseits seiner eigenen Grenzen zu beeinflussen. »Wie könnt Ihr den Vater heiraten, wenn ich den Sohn heiraten muß?« fragte ich.

»Es gibt Probleme«, sagte Mutter.

Diese Probleme betrafen offensichtlich Lothars Gesundheit. Er war krank geworden, und es wurde befürchtet, daß er sterben könnte. Zu jedem anderen Zeitpunkt hätte ich vor Freude in die Hände geklatscht, ganz gleich wie ein Christ sich auch zu verhalten haben mag. Aber es schien, daß Hugo in seiner Absicht, ganz Burgund in Händen zu halten und einer offensichtlich deutlichen Weigerung Bertas, Konrad zu heiraten – man könnte daran zweifeln, ob er mit so einer Lebensgefährtin glücklich geworden wäre, da Berta einige Jahre älter war –, die einzig verbleibende Möglichkeit ergriffen hatte. »Könnt Ihr das nicht ablehnen?« fragte ich.

»Er würde das Königreich verwüsten«, erklärte sie.

»Aber was wird aus mir?«

»Du wirst vorläufig hier bleiben, bis deine Erziehung abgeschlossen und die Gesundheit deines zukünftigen Gatten wieder hergestellt ist. Es wird bekanntgegeben, daß dein Bruder das Alter erreicht hat, um zu herrschen – natürlich mit Unterstützung seiner Ratgeber. Und du bleibst in der Obhut von Gräfin Grimaldi.«

Abgesehen von der Macht, die Konrad nun übertragen wurde, war das in meinen Augen eine vollkommen unbefriedigende Lösung. »Mutter«, sagte ich, »wie … wie ist es Euch möglich, diesem Schurken Euren Körper auszuliefern?«

»Du bist unverschämt«, erwiderte sie schroff.

☆

Das war der Stand der Dinge, und Mutter ging davon. Mir wurde ein weiterer Aufschub gewährt. Selbst wenn ich Lothars mysteriöse Krankheit einmal außer acht ließ, war ich nicht so schwer von Begriff, um nicht zu verstehen, daß Mutter mich nicht als strahlende und ausgesprochen schöne junge Braut in Rom haben wollte. Ich sollte ihrem noch immer beachtlichen, aber alternden Charme keine Konkurrenz bieten, zumindest bis ihre Reize die große Wirkung erzielt hatten. Da sie keine Rivalinnen haben wollte, ging sie tatsächlich nicht eher nach Rom, bis sie Berta mit dem byzantinischen Kaiser Romanos verheiratet hatte. Dies wurde zu jener Zeit als beachtlicher politischer Schachzug angesehen, obwohl Berta zweifellos bis zuletzt Widerstand leistete.

Aber sie mutete sich zuviel zu. Die Angelegenheiten in

Rom – und natürlich in ganz Italien – befanden sich wie immer im Zustand des Wandels. Die Sache zwischen Alberich und Hugo machte überhaupt keine Fortschritte, und die Lage verschlimmerte sich noch durch den Tod von Papst Stephan, der bald nach dem Überfall der Ungarn und kurz nach Mutters Heirat starb. Hierdurch wurde jeder Gedanke an spätere königliche Hochzeiten für eine Weile zurückgestellt, da Hugo selbstverständlich wünschte, daß sein Sohn im Lateranpalast mit all dem Prunk und der Feierlichkeit, die das mit sich brachte, von einem Papst getraut werden sollte. So wurden mir noch einige Jahre länger Frieden gewährt, aber keine Ruhe. Eine Frau zu werden bedeutet mehr, als der Welt nur zu beweisen, daß man ein Kind gebären kann. Von diesem magischen Moment an ist man Opfer beständiger Veränderungen. Einige davon sind sicher faszinierend. Das Wachsen meiner Brüste zum Beispiel. Der plötzliche Haarwuchs unter den Achseln und rund um meinen intimsten Bereich war eher verwirrend. Doch Grimaldi versicherte mir, daß diese Dinge unvermeidlich seien und mir die Möglichkeit gäben zu überprüfen, ob es der Wahrheit entsprach, was sie mir erzählt hatte.

Viel beunruhigender war die Wirkung der Weiblichkeit auf meine Gedanken, meinen Ehrgeiz und meine Wünsche, was sicherlich durch den Überfall der Ungarn noch verstärkt wurde. Hinzu kam jedoch auch, daß ich plötzlich den nützlichen Einfluß meiner Mutter verloren hatte und mich überdies fragte, ob dieser Einfluß angesichts der Eile, mit der sie mit ihrem lebenslangen Feind ins Bett kroch, je nützlich gewesen sein konnte. Tatsächlich war ich mir zum erstenmal im Leben stets irgendwelcher Wünsche bewußt, und die waren anderer Natur als der Wunsch zu essen, wenn ich hungrig war, oder zu trinken, wenn ich durstig war, und zu schlafen, wenn ich müde war. Nun ertappte ich mich dabei, wie ich andere Menschen – Frauen *und* Männer – beobachtete. Denn zu jenem Zeitpunkt hielt Grimaldi es für notwendig, mich mit dem vertraut zu machen, was man Aufklärung nennt, wobei es eigentlich um die Beziehungen zwischen den Geschlechtern geht. Inzwischen war mir klar geworden, was Lothar mit seiner Lanze gemeint hatte und was er damit tun wollte, und der Gedanke erfüllte mich mit grellem Entsetzen. »Habt Ihr das je mit Euch machen lassen, Grimaldi?« fragte ich. Sie wurde puterrot im Gesicht. Ich wußte natürlich, daß sie nie verheiratet gewesen war. »Wird er mir die Kleider ausziehen wollen?« fragte ich. Wie ein Ungar?

»So wird es wohl sein, Prinzessin«, sagte sie. »Viele Männer wollen eine nackte Frau in den Armen halten. Das ist ihr derber Geschlechtstrieb. Aber wenn Ihr Glück habt, wird er nur Euren Rock hochziehen.«

Das hieß, *Glück* zu haben? »Tut die Lanze sehr weh?« fragte ich.

»Sehr«, versicherte sie mir.

»Wie kann ich ihm denn noch ins Gesicht sehen, nachdem es geschehen ist?«

»Ach, meine Liebe«, sagte die gute Gouvernante. »Er wird es während der ersten Monate Eurer Ehe mindestens jede Nacht wollen. Ihr werdet Euch daran gewöhnen.«

»Aber ... warum sollte er es so oft wollen?«

»Weil die Männer von der Lust getrieben werden. Eine gewaltige Begierde, die zwischen ihren Beinen entspringt. Außerdem werden so die Kinder gezeugt.«

☆

Das war eine wahrlich beängstigende Zukunft, die sich vor mir auftat. Der einzige Lichtblick meines schweren Schicksals war scheinbar die Schwangerschaft, die auf geheimnisvolle Art und Weise – niemand schien ganz sicher zu sein wie – auf das Hineinstoßen dieser berüchtigten Lanze in meinen wehrlosen Körper folgen würde. Aber worin bestand der Lichtblick? Ein monatelanges und langsames Anschwellen mit unerträglichen Schmerzen, sagte Grimaldi – und mit welchem Ziel? Ganz abgesehen von der altbekannten Tatsache, daß jede dritte Frau bei der Geburt oder an dem Fieber stirbt, das sofort auf die Entbindung folgt. Ich fragte mich allmählich, warum der Himmlische Vater eine solche Abneigung gegen mich hegte, daß er es zugelassen hatte, mich als Mädchen zur Welt kommen zu lassen.

Und doch entsprach mein Schicksal offensichtlich dem jeder Frau auf Erden, sogar – wie es schien – einer alten Jungfer wie Grimaldi, obwohl sie mir nie genau sagte, wie und warum es mit ihr geschah, noch hatte sie das Unglück, schwanger zu werden. Zwangsläufig veranlaßte mich dies, die Frauen um mich herum mit anderen Augen zu betrachten. Natürlich fing ich bei Mutter an, auch wenn sie nicht mehr hier war. Gewiß hatte sie durch Vaters Hände und sein Glied gelitten, als Konrad und ich gezeugt wurden. Ich konnte mich seltsamerweise jedoch nicht daran erinnern, während meiner morgendlichen Aufenthalte in ihrem Bett bemerkt zu haben, daß sie sehr gelitten hatte. Litt sie nun? Oder – was noch schlimmer war – wurde sie geschwängert und war im Begriff, mir einen Stiefbruder oder eine Stiefschwester vorzusetzen? Ich wünschte mir wirklich nicht, daß das passierte.

Dann schaute ich mir die Hofdamen an, sah sie lächeln und kichern und an ihren Fächern vorbei auf die hübschesten Höflinge schielen. Ich hatte immer geglaubt, Halbwüchsige würden diese etwas albernen Spiele spielen. Nun stellte ich fest, daß es tatsächlich ein Spiel war, daß jedoch mehr dahinter steckte, als ich immer vermutet hatte. Sollte es tatsächlich so sein, daß diese Damen *wünschten*, daß es ihnen geschah? Dieses heimliche Beobachten führte mich natürlich zu den Männern selbst. Während der vergangenen Jahre und ganz sicher seit dem Überfall der Ungarn hatten Konrad und ich uns auseinandergelebt. Nun, da er wirklich als König von Burgund anerkannt wurde – wenn auch unter der Obhut seines Rates –, hatte er natürlich das Gefühl, eine größere Bedeutung erlangt zu haben.

Er wurde auch auf andere Weise als Mann behandelt. Da ich nie eingeweiht wurde, weiß ich nicht, ob es für *ihn* irgendwelche Heiratspläne gab. Ich glaube, daß er zu jener Zeit keine besonders gute Partie war, da Burgund trotz Ottos ein wenig unsicherer Schirmherrschaft einer ungewissen Zukunft entgegensah. Aber sicherlich war Konrad nicht der Fleischeslust beraubt. Er hatte nun eigene Gemächer, und es war nicht schwierig, junge Frauen zu beobachten, die von Zeit zu Zeit zu ihm geführt wurden. Die meisten dieser Frauen waren, wenn auch noch jung an Jahren, älter als Konrad, und sie schienen alle ziemlich glücklich über ihr Schicksal zu sein. Daher nahm ich an, daß ich mit meinem Los ebenfalls glücklich sein sollte. Wenn es nur nicht Lothar gewesen wäre! Andererseits hatte ich ihn seit Vaters Beisetzung nicht mehr gesehen, und vielleicht hatte Otto recht, und er hatte sich mittlerweile in einen hübschen, höflichen Mann verwandelt, wobei ich besonders auf die Höflichkeit hoffte.

In der Zwischenzeit interessierten mich Männer. Können Sie sich vorstellen, daß ich im Alter von vierzehn Jahren noch nie ein männliches Glied gesehen hatte? Ich vermute, daß ich Konrad nackt gesehen hatte, als wir beide Kinder waren, aber ich war offenbar nie auf den Gedanken gekommen, meinen Bruder ganz genau zu betrachten. Jetzt wies ich Grimaldi darauf hin, daß eine solche Erfahrung für eine Verlobte sehr nützlich sein könne, doch Grimaldi war zutiefst schockiert über diese Idee. »Dafür ist noch Zeit genug, wenn Ihr mit Eurem Gatten allein seid«, empfahl sie mir. »Obwohl gesagt wird, es sei besser, die Augen zu schließen und an etwas anderes zu denken.«

»Habt Ihr das getan?« fragte ich unschuldig wie ein Lamm.

☆

Es gab jedoch eine andere Möglichkeit, Männer aus der Nähe zu betrachten, als zu versuchen, einen von den Höflingen zu entkleiden, wenn es auch nicht die Sorte von Männern war, die man sich normalerweise ausgesucht hätte. Bis jetzt war ich noch nie bei einer Hinrichtung zugegen gewesen. Nun ließ ich Grimaldi wissen, daß ich einmal zuschauen wolle. »Letztendlich«, erklärte ich so einschmeichelnd ich konnte, »werde ich sicher von Zeit zu Zeit über niederträchtige Verbrecher zu Gericht sitzen, wenn ich Königin von Rom bin.«

Schmollend ging Grimaldi zu Konrad, doch zu meinem Erstaunen stimmte mein Bruder zu. »Es ist Zeit, daß Adelheid die Schattenseiten des Lebens kennenlernt.«

☆

Konrad saß über Verbrechen zu Gericht, die in Besançon verübt worden waren. Mir wurde erlaubt, neben ihm zu sitzen, wenn auch etwas unterhalb seines Platzes. Grimaldi stand hinter meinem Stuhl, um mich aufzufangen, sollte ich in Ohnmacht fallen. Wenn es auch manchmal das beste gewesen wäre, fiel ich nie im Leben in Ohnmacht, und so auch nicht bei dieser Gelegenheit. Es war tatsächlich ziemlich scheußlich. Zwei Männer sollten gehängt werden, und das Urteil wurde ohne Aufschub vollstreckt. Sie schrien und flehten, als sie zu den Galgen gezerrt wurden, und das war höchst unerquicklich. Eine Frau wurde wegen Diebstahls auf der Schulter gebrandmarkt, was noch lauteres Geschrei hervorrief. Einige andere Schurken sollten ausgepeitscht werden. Ihre Oberkörper wurden entblößt, aber ihre Hosen nicht heruntergezogen. Ganz am Schluß aber gab es einen traurigen Burschen, der dazu verurteilt wurde, wegen Vergewaltigung kastriert zu werden. Er sah recht gut aus und war außerdem jung. Zu meiner Enttäuschung wurde der Unglückliche zurück in den Kerker gebracht, nachdem das

Urteil gesprochen worden war, was noch lauteres Schreien und Jammern zur Folge hatte.

»Wo wird das Urteil denn vollstreckt?« erkundigte ich mich.

»Im Kerker«, erklärte Konrad.

»Nicht in der Öffentlichkeit? Alle Hinrichtungen werden in der Öffentlichkeit vollstreckt.«

»Es ist ja keine Hinrichtung. Und es war Vaters Entscheidung, daß Kastrationen unter Ausschluß der Öffentlichkeit vollzogen werden«, sagte Konrad. »Um die Anstandsformen nicht zu verletzen.«

Das schreckte mich nicht ab. »Wir werden ins Gefängnis gehen«, sagte ich zu Grimaldi.

»Das können wir nicht«, widersprach sie. »Was würde der König dazu sagen?«

»Konrad wird es nicht erfahren, es sei denn, Ihr erzählt es ihm. Und wenn Ihr es ihm erzählt, werde ich Euch schlagen.« Ich sollte darauf hinweisen, daß ich mit dreizehn Jahren die größere von uns und außerdem stark war. Mein Körper, nach dem sich bereits so viele umgedreht hatten, hatte beinahe schon seine vollendete Schönheit erlangt. Ich hatte lange, kräftige, makellos geformte Beine, gerade Schultern, schmale Hüften und einen vollen Busen … Vermutlich saß ich viel zu oft vor meinem Ankleidespiegel und bewunderte mich selbst. Ich war ein niederträchtiges Mädchen, und wie Sie sicher bemerkt haben, obendrein frivol. Ich schmeichle mir selbst, wenn ich behaupte, daß ich später, als ich älter wurde, sehr ernst und zielstrebig war. Wenn ich jedoch an meine Jugend denke, kann ich nur sagen, daß die meisten Menschen es als notwendig erachten, irgendwann in ihrem Leben frivol zu sein, und dann ist es besser in der Jugend als später, wenn wichtigere Dinge anstehen.

☆

Wir hüllten uns in unsere Mäntel, zogen die Kapuzen über unsere Gesichter und machten uns auf den Weg zum Kerker. Die Wärter waren nicht versessen darauf, uns hineinzulassen. Erst als ich ihnen mein Gesicht zeigte, beugten sie sich der Autorität. Lacey, der Gefängnisleiter, war noch weniger beglückt, uns zu sehen. »Das ist nicht der richtige Ort für Euch, Prinzessin«, protestierte er.

»Ich muß meine Erfahrungen selbst sammeln, damit ich fürs Leben lerne«, sagte ich zu ihm.

Er warf Grimaldi einen Blick zu, die ein nervöses Kichern von sich gab. Sie war in der Tat sehr aufgeregt, denn einerseits fürchtete sie sich vor dem, was sie gleich sehen würde, andererseits hatte sie Angst vor dem, was geschehen könnte, wenn Konrad es erfuhr. »Gut«, sagte Lacey, »wenn die Prinzessin darauf besteht.«

»Einer der Häftlinge soll gleich seine Strafe erleiden.«

»Ja, er wird gerade vorbereitet. Das solltet Ihr Euch aber auf keinen Fall anschauen, Prinzessin.«

»Ich entscheide selbst, was ich mir anschauen will und was nicht.«

Lacey schluckte und gehorchte, und ich wurde zu einer Kammer geführt. Das Ereignis war indes nicht nur enttäuschend, sondern ausgesprochen ekelerregend. Der Schurke schrie und bettelte, als er von vier Henkern mit dem Rücken auf einen Tisch gelegt wurde, nachdem seine Hose heruntergezogen worden war.

Dann wurde die Tat vollzogen, und mir drehte sich der Magen um. »Wird er überleben?« fragte ich.

»O ja, Prinzessin«, sagte Lacey. »Seht Ihr?«

Ich hatte den Kopf in dem Moment, als der Schnitt ausgeführt wurde, voller Abscheu abgewandt. Nun zwang ich mich, wieder hinzuschauen und sah, daß eine Holzröhre in die Wunde eingeführt wurde, was dem Opfer mehr Schmerzen zu bereiten schien als der eigentliche Schnitt. »So hat er die Möglichkeit, Wasser zu lassen«, erklärte Lacey. »Es wird natürlich anschwellen und ein paar Tage geschwollen bleiben. Wenn er in dieser Zeit kein Wasser lassen kann, wird er sterben. Aber dank der Röhre wird er überleben.«

Grimaldi und ich flüchteten nach Hause.

☆

Natürlich bekam Konrad ziemlich schnell Wind von der Sache. Lacey wurde gezwungen, ihm Bericht zu erstatten. Ich wurde zu meinem Bruder beordert und war von Herzen froh, daß meine Mutter einige hundert Meilen entfernt war. »Ihr gehorcht mir nicht«, erklärte er mir.

»Inwiefern?« Ich wollte mich auf keinen Fall von Konrad einschüchtern lassen. »Ihr habt mir nie ausdrücklich verboten, das Gefängnis aufzusuchen.«

»Ich dachte, Ihr würdet mehr Verstand besitzen. Die ganze Stadt spricht darüber …«

»Das Interesse wird bald wieder nachlassen.«

»… die ganze Stadt spricht darüber«, wiederholte er, »daß Prinzessin Adelheid sich keinen Deut darum schert, was ihr Bruder sagt.«

»Ihr wißt, daß es nicht so ist. Ich hatte einfach das Gefühl, es tun zu müssen.«

»Ich habe die Macht, Euch auspeitschen zu lassen. Öffentlich!«

»Das würdet Ihr nicht wagen!«

Er versuchte es auf eine andere Weise. »Hat Euch gefallen, was Ihr gesehen habt?«

»Nein.«

»Na, immerhin. Seid so freundlich, und tut so was nie wieder.« Mir kam der Gedanke, daß Konrad vielleicht nicht das Zeug zu einem König hatte, und mir drängte sich die Frage auf, wie meine Lage wohl gewesen wäre, hätte ich vor König Otto gestanden. Doch die Zeit, da ich ein Leben als Frau führen würde, rückte immer näher. Was auf mich zukam, hatte ich gesehen und zumindest undeutlich gespürt. Meine Sinne waren erregt. Nun bekam ich Angst davor, verheiratet zu sein und – wie ich vermutete – mein Reiseziel zu erreichen. Ich würde bald Frau und Mutter sein.

Aber wieder wurde die Hochzeit verschoben. Rom war in Aufruhr; und in den Straßen wurde gekämpft. Lothar, der offensichtlich wieder gesund war, schrieb lange Briefe, die allerdings keinerlei Beweise seiner Liebe zu mir enthielten, sondern mir nur die Lage erklärten. Sein Vater tat das gleiche – ebenso wie Mutter, die sich offensichtlich mit ihrer neuen Situation ausgesöhnt hatte. König Otto hatte seine derzeitigen Probleme gelöst. Sein Halbbruder Thankmar war in der Schlacht gefallen, und er hatte seinem Bruder Heinrich verziehen, was meiner Meinung nach nicht sehr klug war. Nun schrieb er mir ebenfalls Briefe oder ließ sie vielmehr schreiben, da er nie gelernt hatte, mit einer Feder umzugehen, übte Kritik und gab Verfügungen heraus, erwähnte Mutter jedoch nicht. Ich war sicher, daß er ihre Heirat nicht guthieß, aber die Ehe war geschlossen worden, und daran war nichts mehr zu ändern. Und ich verwandelte mich langsam in eine Schönheit – eine Tatsache, die mir nicht entgehen konnte. Mit dem Erwachsensein kamen die Enttäuschungen. Es ist kaum verwunderlich, daß ich mich verliebte.

2

Die Königin

Ich habe im Laufe meines Lebens beobachtet, daß junge Mädchen einen großen Teil ihrer Zeit damit verbringen, sich ständig neu zu verlieben. Natürlich verliebte auch ich mich. Daß dies erst geschah, als ich fünfzehn Jahre alt war, hatte mit meiner behüteten Kindheit und damit zu tun, daß ich neun Jahre verlobt war. Wie ich schon sagte, entsetzte mich zunächst der Gedanke, für den Rest meines Lebens mit Lothar verbunden zu sein, aber als ich älter wurde, söhnte ich mich mit meinem Schicksal aus, und dann bekam ich wirklich Angst.

Doch immer wieder wurde die Hochzeit verschoben. Schließlich wurde sie – wie König Otto es vorhergesagt hatte – auf das Jahr 945 festgesetzt, als ich vierzehn wurde. Doch mir wurde eine weitere Gnadenfrist gewährt, da König Hugo nun ziemlich überraschend verstarb. Natürlich mußte eine Hochzeit, wie jede andere Festlichkeit auch, zugunsten einer langen Trauerzeit verschoben werden. Mutter schrieb mir, als ihr zweiter Ehemann verstarb. Ich hatte geglaubt, sie würde nach Hause kommen, aber offensichtlich bevorzugte sie das ausschweifende Leben in Rom. Wie auch immer: *Nun werdet Ihr keine Prinzessin mehr sein, sondern Königin werden,* schrieb sie mir. Eine berauschende Sache, wobei ich allerdings annahm, daß sie sich weniger um meinetwillen freute als über ihre weiterhin geltenden Vorrechte als Königinmutter ihrer beiden Kinder. Ihre Trauer über den Tod ihres Gatten war sicherlich nicht allzu groß.

Da feststand, daß frühestens 947 eine Hochzeit stattfinden konnte, wurde Grimaldi im nächsten Jahr in den Ruhestand versetzt. Ich glaube, daß Konrad aufgrund seiner Großzügigkeit vorhatte, sie bis zu meiner Hochzeit zu behalten, aber da mit diesem Ereignis nun nicht in der unmittelbaren Zukunft zu rechnen war ... In Wahrheit hatte Konrad sie seit dieser Geschichte im Gefängnis immer mit Argwohn betrachtet, da er fälschlicherweise annahm, daß sie die Anstifterin unseres Abenteuers gewesen sei. Auf jeden Fall brauchen fünfzehnjährige Mädchen auch keine Erzieherin mehr, sondern eine Freundin. Somit trat Rosamunde in mein Leben.

Erstaunlicherweise war ich ihr nie zuvor begegnet, bis sie – vom König persönlich begleitet – vor meiner Zimmertür stand. Sie war die Tochter eines kleinen Beamten und genau aus diesem Grund ausgewählt worden. Da sie nichts über das Leben am Hof wußte, konnte sie durch dieses Leben auch nicht verdorben worden sein. Konrad war sich des heimlichen Kommen und Gehens, das seine Hofhaltung erlaubte, sehr wohl bewußt. Deshalb erblickte ich ein vollkommen unschuldiges Mädchen, das ein Jahr älter war als ich. Rosamunde war klein und schlank und hatte üppiges, dunkles Haar. Sie war auch ziemlich hübsch, hatte jedoch einen etwas affektierten Gesichtsausdruck, der auf keinen guten Charakter schließen ließ. Doch ich war zuversichtlich und vermutete, daß dies größtenteils mit der Angst vor ihrem plötzlichen gesellschaftlichen Aufstieg zusammenhing.

»Prinzessin.« Sie machte einen kunstvollen Knicks.

Man hatte mir natürlich mitgeteilt, daß Grimaldi ersetzt werden sollte, und ich hatte Bedenken gehegt. Nun verspürte ich große Erleichterung. Ich ergriff Rosamundes Hände und zog sie hoch. »Wir werden Freundinnen sein«, sagte ich zu ihr.

☆

Und so wurden wir trotz unseres unterschiedlichen Standes und sehr schwieriger Umstände Freundinnen. Aber das lag in der Zukunft. Anfangs genoß ich eine nie gekannte Zufriedenheit. Statt mein Bett mit Grimaldi teilen zu müssen, die ihres Aussehens und ihrer Angewohnheiten wegen nicht die anmutigste Frau war und außerdem schnarchte, hielt ich nun jede Nacht ein vor Lebenslust sprühendes Bündel in den Armen. Somit teilten wir alles, nachdem Rosamunde ihre anfängliche Schüchternheit überwunden hatte. Man hatte ihr gesagt, es sei ihre Pflicht, am Fußende meines Bettes zu schlafen, doch schon bald lag sie oben bei mir.

Was machen junge Mädchen und – was vielleicht noch wichtiger ist – worüber sprechen sie? Was den ersten Punkt anbelangt, so teilten wir alles, wie ich schon sagte. Wir nahmen zusammen unser Bad, aßen gemeinsam und tauschten sogar unsere Kleider, oder vielmehr erlaubte ich ihr, meine zu tragen. Wir gingen zusammen zur Jagd, ein Zeitvertreib, den Konrad – wie bei Königen üblich – sehr gern mochte. Zum Glück liebte er auch Unterhaltung, und es wurde uns erlaubt, nach Herzenslust zu tanzen, mit all den jungen Männern am Hofe das Tanzbein zu schwingen, zu lachen, zu lächeln und zu flirten, während die Musiker ganz rote Gesichter bekamen, so kräftig bliesen sie in ihre Instrumente, und die anderen jungen Frauen versuchten, mit uns mitzuhalten.

Was wir beide sonst noch teilten, würde man vielleicht weniger vermuten. Wir waren vollkommen unschuldig, und wenn wir auch wußten, daß einige Körperregionen die schönsten Gefühle hervorriefen, so war das eher die Folge zufälliger Berührungen als absichtlicher Zärtlichkeiten. Unsere vermeintlichen Sünden beichteten wir Pater Hieronymus, der eher belustigt als betroffen zu sein schien und uns bloß daran erinnerte, daß es eine Sünde sei, wenn Frauen sich liebten. Das reichte aus, daß wir uns zumindest während unserer ersten gemeinsamen Monate zurückhielten, wenn es Rosamunde auch deutlich berührte, stets mit einer so vollendeten Schönheit die Zeit zu verbringen, wobei sie selbst keineswegs schlecht aussah.

Doch unsere Gespräche waren am wichtigsten. Denn worüber sprechen junge Mädchen wohl außer über die Liebe, den Wunsch zu lieben und den noch dringenderen Wunsch, geliebt zu werden? Wie ich schon sagte, waren solche Gespräche mit Grimaldi weder möglich noch wünschenswert. Da weder Rosamunde noch ich je geliebt worden waren – zumindest körperlich nicht –, mußten wir unsere Phantasie spielen lassen. Wir überlegten uns immer Worte, die am Hofe gewechselt wurden, sagten sie uns in der Intimität unseres Bettes und tauschten dazu flüchtige Küsse und andere Zärtlichkeiten. Es ist schwierig zu sagen, wie weit sich unsere Beziehung genau entwickelt hätte, wäre es so weitergegangen, denn während wir uns liebten, überlegten wir uns, wie es uns wohl gefallen hätte, von verschiedenen jungen Männern des Hofes geliebt zu werden. Es war nicht verwunderlich, daß Rosamunde sich Hals über Kopf in Konrad verliebte, der nicht nur mein Bruder und deshalb – wie man sich vorstellen kann – sehr hübsch, sondern auch der König war. Natürlich wußte sie, daß sie niemals hoffen konnte, die Seine zu werden, aber sie deutete an, daß sie nicht abgeneigt sei, in sein Bett beordert zu werden. Ich weigerte mich, darüber nachzudenken. Rosamunde gehörte mir. Ich war nicht gewillt, sie zu teilen.

Doch wir sind alle der Fleischeslust hilflos ausgeliefert. Rosamunde akzeptierte meine Entscheidung hinsichtlich meines Bruder, ließ jedoch immer ihre Blicke schweifen, und dies auf eine Art und Weise, wie ich es nicht gewagt hätte, da ich von Konrad und seinen Untertanen stets aufmerksam beobachtet wurde. So kam es, daß sie mich eines Tages im Sommer in einem nahezu hysterischen Zustand zu unserem abendlichen Gebet abholte. »Was ist denn?« fragte ich, als wir zum Beichtstuhl gingen.

»Oh, Prinzessin«, sagte sie. »Ich kann nicht darüber sprechen ...«

Ich vermutete zu Recht, daß sie sagen wollte, sie könne nicht mit dem Priester darüber sprechen. »Na schön«, sagte ich, »dann tu es nicht, ehe du es mir gesagt hast.«

»Aber nicht beichten …«

»Dann wirst du in die Hölle verdammt, solltest du heute nacht sterben.«

Sie schien beunruhigt zu sein, faselte im Beichtstuhl einige Belanglosigkeiten, und dann kehrten wir in mein Zimmer zurück. »Dagobert«, erklärte sie.

Ein hübscher junger Mann und einer unserer hartnäckigsten Verehrer. »Erzähl es mir.«

»Wir trafen uns rein zufällig und spazierten über einen der Wege im Park. Er zog seinen Hut, küßte meine Hand und sagte, ich sei die zweitbegehrenswerteste Frau im Königreich.«

Die zweite! »Hat er das wirklich gesagt?« Ich jubelte innerlich vor Freude. Er war der hübscheste Bursche!

»In der Tat, Prinzessin. Dann seufzte er mehrmals und sagte, daß er es, da Ihr unerreichbar seid, mit mir machen werde.«

Ich platzte vor Neugier. »Mit dir machen? Er ist in dich eingedrungen?«

»Nein, nein, Prinzessin. Das würde ich nicht erlauben. Aber … er ermunterte mich, seinen Hosenbeutel zu umfassen. Oh, Prinzessin …«

»Hast du es getan?« Ich traute meinen Ohren nicht.

»Oh, Prinzessin, die Versuchung war zu groß. Ich tat, was er wollte, und dann wollte er, daß ich sein Glied festhalte …«

»Freches Gör!« Ich war eher eifersüchtig als ärgerlich. Warum war *ich* heute nicht im Park spazierengegangen? Aber noch behielt meine Neugier die Oberhand. »Wie fühlte es sich an?«

»Oh, Prinzessin …« Sie errötete so stark, daß ich glaubte, sie würde in Ohnmacht fallen. »Wie Samt. Und dann … oh, Prinzessin! Meine ganze Hand war voll.«

»Voll Blut? Hast du ihn verletzt?«

Sie erklärte es mir und fuhr fort: »Und da lachte er und

sagte, daß ich genau das hätte tun sollen und es die süßeste Empfindung auf Erden gewesen sei. Schöner könne es nur im Bett mit einer Frau sein.«

Ich war zutiefst bestürzt. Grimaldi hatte eine solche Entladung nicht erwähnt, als sie mich aufgeklärt hatte. Oh, ich hätte es gern mit eigenen Augen gesehen und dieses Rohr selbst berührt.

»Hat er nichts mit dir gemacht?« fragte ich.

»Er hat die Hand in mein Mieder gesteckt und meinen Unterrock hochgehoben, um mich zwischen den Beinen zu streicheln, aber ich wies ihn zurück.«

»Wie denn?«

»Ich hab' die Beine zusammengepreßt und gesagt, daß er es nicht tun soll.«

»Und er hat auf dich gehört?«

»O ja, Prinzessin. Er ist ein ausgesprochen höflicher Bursche.«

»Haha!« sagte ich. »Habt ihr euch verabredet?«

»Er hat gesagt, daß er morgen wieder im Park spazierengeht, und da hab' ich gesagt, so ein Zufall, ich gehe morgen auch wieder im Park spazieren.«

»Damit er dir wieder unter den Rock greift?«

Sie errötete noch stärker.

»Gut«, sagte ich. »Ich verstehe, daß du das Pater Hieronymus nicht beichten kannst. Auf jeden Fall nicht jetzt.«

»Das ist eine Todsünde.«

»Unsinn. Du hast nichts Böses getan. Du hast einem Mann gefallen, der dir gefallen wollte. *Er* hat gesündigt. Ich werde morgen ein Wörtchen mit ihm reden.«

»Aber, Prinzessin …«

»Auf diese Weise teilen wir jede Schuld, die wir möglicherweise auf uns laden. Ich tue dir einen Gefallen.«

☆

Es war notwendig, zu Ausflüchten zu greifen, aber dabei unterstützte uns das Wetter, was mich darin bestärkte – mein Gewissen quälte mich bereits –, daß Unser Vater im Himmel vielleicht nicht ganz mißbilligte, was ich tat. Möglicherweise stellte er nur meine Charakterstärke auf die Probe. Auf jeden Fall regnete es am nächsten Tag, und folglich trug ich einen Umhang, als ich hinausging, und zog mir die Kapuze über den Kopf. Ich war mir darüber im klaren, daß Dagobert bei diesem Wetter möglicherweise überhaupt nicht spazierenging, aber ich kam zu dem Schluß, daß er die Mühe auf keinen Fall wert war, wenn er es angesichts dessen, was Rosamunde ihm versprochen hatte, nicht tat. Er war die Mühe wert und stand im Schatten einiger Ulmen. Die Regentropfen fielen von den Blättern auf seinen Nacken – und auf meinen. »Meine liebste Rosamunde«, sagte er, als ich mich näherte. »Ich befürchtete, Ihr würdet nicht kommen.«

»Ich auch«, sagte ich zu ihm. Er schnappte nach Luft, als er meine Stimme hörte, trat einen Schritt vor und dann einen zurück. »Ich hatte Grund zu glauben«, sagte ich, »daß Ihr nicht enttäuscht sein würdet.«

»Prinzessin.« Er sank auf dem regennassen Rasen auf ein Knie und nahm meine Hand, um sie zu küssen. »Ich bin überwältigt.«

»Das nehme ich nicht an«, sagte ich und genoß seine Küsse auf meiner Hand und meinem Handgelenk, und dann glitten seine Lippen unter meinem Ärmel über meinen ganzen Arm. »Steht auf, Dagobert, und laßt mich Euch anschauen.« Ich bezweifelte, daß wir das gleiche im Sinn hatten.

Er stand auf. »Ihr habt das Mädchen doch nicht bestraft, Prinzessin?«

»Noch nicht. Sollte ich? Oder hätte ich bis morgen warten sollen?«

»Oh, Prinzessin ...« Wieder nahm er meine Hand.

»Nun sagt mir, was Ihr mit Rosamunde getan hättet, wäre sie heute gekommen, wie Ihr gehofft hattet. Oder besser noch, zeigt es mir.« Ich hatte beim Sprechen auf seinen Hosenbeutel geschielt, was er nicht zu bemerken schien, da er mich aufmerksam anstarrte.

»Wenn Ihr es wünscht ...«

»O ja! Vorausgesetzt, daß Ihr die Grenzen des Anstands nicht überschreitet.« Vage Hoffnung! Wo sind die Grenzen des Anstands, wenn ein Mann und eine Frau sich Liebesspielen hingeben? Ehe ich mich versah, nahm er mich in die Arme und küßte mein Gesicht, meine Nase, meine Augen, meine Wangen und schließlich meinen Mund. Dann verharrte er auf meinen Lippen und drang mit der Zunge in meinen Mund ein. So etwas hatte ich noch nie erlebt, und es war ausgesprochen entzückend. Nicht minder entzückend war das, was seine Hände taten, die über meinen Rücken und meine Schultern strichen und dann hinabglitten, um meine Pobacken kräftig zu zwicken. Ich bedauerte nur, daß ich diesen schweren Umhang trug. Dann spürte ich seine Hände vorn am Körper unter meinem Umhang; sie streichelten meinen Körper, ehe sie meine Brust erreichten. Diese war weniger gut geschützt, da ich nur ein Hemd unter dem Kleid trug. Oh, welche Wonne! Ich leistete keinen Widerstand, als er mich über den Weg zu einer Bank trug, die unter einem anderen tropfenden Baum stand. Er setzte sich und zog mich sanft auf seinen Schoß. Seine Hand suchte meinen Knöchel, der entblößt war, da mein Hemd nach oben gerutscht war, und glitt dann zu meinem Knie und meinem Oberschenkel.

An dieser Stelle hatte Rosamunde ihn abgewiesen, aber im Moment war ich dermaßen in Verzückung, daß es mir gar nicht in den Sinn kam, ihn abzuweisen, bis er sein Ziel fast erreicht hatte. Dann umklammerte ich durch meinen Unterrock hindurch sein Handgelenk.

»Prinzessin«, keuchte er.

Er sah aus, als hätte er Schmerzen, und mir kam der Gedanke, daß sein praller Hosenbeutel der Grund dafür sein könne. War das nicht außerdem der Grund, warum ich hier war? Ich rutschte von seinem Schoß, setzte mich neben ihn auf den nassen Holzstamm und löste die Kordel, und einen Moment später hatte ich *mein* Ziel erreicht. Ich machte die gleiche Erfahrung, von der Rosamunde berichtet hatte. »Oh, Prinzessin«, stöhnte er. »Ich liebe Euch! Ich verehre Euch! Ich würde für Euch sterben! Ich bitte Euch, befehlt mir!« Er umfaßte meine Taille und preßte mich an sich, während er an meinem Ohr knabberte. »Prinzessin«, flüsterte er.

»Ich muß gehen.« Nicht, daß ich auf irgendeine Weise befriedigt gewesen wäre. In Wahrheit hatte ich das Gefühl, daß mein ganzer Körper von unerfüllten Träumen durchdrungen war. Allerdings hatte ich mein Ziel erreicht, und trotz meiner heftigen Erregung hatte ich noch Verstand genug zu begreifen, daß ich alles riskierte, wenn ich blieb.

Er drückte meine Hände. »Werde ich Euch wiedersehen?«

»Sehr wahrscheinlich«, sagte ich. »Werdet Ihr mit Eurer Eroberung vor Euren Freunden prahlen?«

»Ich werde das Geheimnis mit ins Grab nehmen, Prinzessin.«

»Das ist sehr klug. Denn sollte irgend jemand davon erfahren, werde ich zweifellos ausgepeitscht, und Ihr …«

»Das würde ich niemals zulassen!«

»Und Ihr«, fuhr ich fort, »würdet bestimmt kastriert.« Er schluckte, und ich küßte ihn. »Ich bin sicher, Ihr legt keinen gesteigerten Wert darauf.«

☆

Damit begann eine sehr interessante Zeit meines Lebens. Ich war in einer Position, die mir am besten gefiel: Ich beherrschte die Dinge. Wenn ich es auch nicht wußte, war es das letzte Mal für viele Jahre, daß ich mein Leben vollkommen in der Gewalt hatte. Und sogar damals stellte ich natürlich fest, daß diese Gewalt nur vorübergehend war. Doch ich spürte, daß ich nicht länger als vollkommen Unschuldige in

Lothars Bett gehen würde. Jedoch dachte ich noch immer über den letzten Schritt nach, den ich leider nicht wagen konnte. Es war absolut notwendig, daß ich an meinem Hochzeitstag Jungfrau war. Andererseits kann man diese Dinge auch als Zuschauer beobachten, darüber nachdenken und sie sogar genießen.

Rosamunde war entsetzt. »Prinzessin!« protestierte sie.

»Möchtest du es nicht?«

»Doch, natürlich *möchte* ich es«, sagte sie und wurde ganz rot im Gesicht. »Wird das meine Aussichten auf eine gute Partie denn nicht ganz und gar zunichte machen?«

»Auf keinen Fall. Ich werde Königin von Italien. Und wenn ich erst Königin von Italien bin, kann ich einen Ehemann für dich aussuchen und werde ihm nicht erlauben, deinen Mangel der Jungfräulichkeit zu bekritteln.«

»Könnte ich nicht Dagobert heiraten?«

»Vielleicht.« Ich war nicht ganz sicher, ob ich das wollte. Doch ich hatte sie durch dieses halbe Zugeständnis überzeugt, und deshalb wurde Dagobert mitten in der Nacht in meine Gemächer eingeladen. Dann mußte auch er noch überzeugt werden. Die Wahrheit war natürlich, daß er lieber mit mir als mit meiner Freundin im Bett gelegen hätte. Außerdem galt zu bedenken, daß nur wenige Männer in der Öffentlichkeit eine gute Leistung bringen, und selbst wenn seine Zuschauerschaft nur aus einer Person bestand, so war immerhin ich diese Person. Ich mußte ihm erlauben, mich zu küssen und zu streicheln, während Rosamunde in nackter Schönheit auf dem Rücken lag, ehe er sich tatsächlich dazu bewegen konnte, sie zu besteigen.

Meine Begeisterung hielt sich in Grenzen. Oh, es war ein herrlicher Anblick zu beobachten, wie er sich auf Rosamundes Körper rhythmisch auf und ab bewegte, aber sie schien die meiste Zeit von Schmerzen und Angst geplagt zu werden und brach in Tränen aus, bevor er erschöpft war. Dagobert schien vollkommen befriedigt zu sein, doch Rosamunde stöhnte und jammerte noch einige Zeit, selbst nachdem er von ihr abgelassen hatte. »War es so schrecklich?« fragte ich.

»Der Schmerz, Prinzessin, der Schmerz.« Dadurch bekam ich wieder eine ganz andere Vorstellung von der Sache.

☆

Derweil lag der befürchtete Augenblick nun vor uns. Lothar schien sich zumindest von einem Teil Italiens selbst als König eingesetzt zu haben, natürlich unter Alberichs Schirmherrschaft, und der Befehl kam und rief mich zu meiner Hochzeit.

Ich war gerade sechzehn, als wir in die Ewige Stadt reisten. Wir bildeten eine beachtliche Reisegesellschaft, da Konrad uns persönlich begleitete und Lothar und Alberich und sicheres Geleit boten, das auch der Papst und – was vielleicht noch wichtiger war – Berengar von Ivrea zusicherten. Außerdem begleiteten uns viele Adelige aus Burgund mit ihren Gemahlinnen. Zu meinem persönlichen Gefolge gehörten Rosamunde und Dagobert. Die Reise war lang und außerordentlich anstrengend, da sie mit sich brachte, daß wir die Alpen passieren mußten, und das Jahr hatte gerade erst begonnen. Ich mußte diese Berge mehrmals in meinem Leben überqueren und verkraftete das nun mühelos. 947 machte ich zum erstenmal Bekanntschaft mit Berggipfeln, die den Himmel zu berühren schienen und auf denen mehr Schnee lag, als ich je zuvor gesehen hatte. Es war bitterkalt, wie in vielen Wintern in Burgund.

Natürlich stiegen wir keinen dieser Gipfel hinauf, aber sogar der Paß, den wir überquerten, der sogenannte Cenis-Paß, lag mehrere tausend Fuß über dem Meeresspiegel. Er war mit einer dicken Schneedecke überzogen, und der Pfad war gelegentlich so schmal, daß wir in einer Kolonne gehen mußten. Das Eis unter unseren Füßen war so heimtückisch, daß wir oft aus dem Sattel steigen und unsere Pferde von den Dienern geführt werden mußten. Obwohl wir sehr achtgaben, verloren wir ein paar Tiere und sogar einige Diener, die den Halt verloren und außerhalb unseres Blickfelds tief hinab in die schneebedeckten Bergschluchten stürzten. Hin und wieder überraschte uns schrecklicher Lärm, der Lawinen ankündigte, die genau über uns lauerten und an uns vorbei in die Tiefe stürzten. Wir drängten uns auf unserem unsicheren Standort zusammen, um unser Leben zu retten, aber es war unvermeidlich, daß noch einige Menschen und Pferde in die Tiefe gerissen wurden.

Es war eine ebenso schreckliche wie äußerst anstrengende und sehr unangenehme Angelegenheit. Die Kälte nahm uns den Atem und führte zu Frostbeulen. Die gehören nicht gerade zu den Beschwerden, die man sich ausgerechnet vor einer Hochzeit wünscht. Auch die langen Stunden auf dem rauhen Rücken eines Pferdes waren unangenehm für mein Gesäß, und die oft ungeschickten Bewegungen meiner Stute führten mich zu der Frage, ob ich nicht nach all der Vorsicht, die ich hatte walten lassen, um meine Jungfräulichkeit zu bewahren, diese nun durch einen knöchernen Pferderücken und einen unbequemen Sattel verlor. Rosamunde jammerte und klagte, obwohl sie immer fröhlich wurde, wenn Dagobert erschien, aber der mußte sehr vorsichtig sein, da Konrad stets in der Nähe war. Unsere Führer sagten uns, daß wir besser daran getan hätten, die Rhone hinunter bis nach Arles zu reisen und das Schiff zu nehmen, aber Konrad wollte aus zwei Gründen nicht auf sie hören. Der erste war, daß er sein Leben lang Angst vor dem Meer hatte, und der zweite, daß solch eine Reise mit sich gebracht hätte, Lothars anderes Königreich ganz zu durchqueren, und Konrad traute seinem angeblich sicheren Geleit nun doch nicht grenzenlos. So sahen wir schließlich von den verschneiten Bergspitzen auf die grünen Ebenen der Toskana hinunter und fühlten uns ungeheuer erleichtert.

☆

Wir hatten noch einen weiten, größtenteils beschwerlichen Weg vor uns, da wir nun die Apenninen überwinden mußten, aber die sind viel niedriger als die Alpen, und als wir sie erst einmal hinter uns gelassen hatten, war das Land ziemlich flach, und es wurde sogar warm. Zuerst kamen wir zu der berühmten Hafenstadt Pisa, die an den Ufern des Arno liegt und die vor mehr als tausend Jahren erstmals von den Römern besiedelt wurde. Hier erblickte ich zum erstenmal das Mittelmeer oder überhaupt irgendein Meer. Ich war begeistert von den schäumenden blauen Wogen. Und hier wurden wir von einer Schar Würdenträger begrüßt und erhielten einen Besuch von Markgraf Berengar von Ivrea. Berengar nahm an meiner Hochzeit nicht teil. Er war nicht eingeladen worden, doch ich bezweifle, ob er eine Einladung überhaupt angenommen hätte, da er Alberich nicht traute. Aber er wollte die Braut sehen, von deren Schönheit er gehört hatte. »Denkt daran, daß er Euer Feind ist«, sagte Konrad. »Seid würdevoll, aber kühl.«

Ich war gänzlich darauf eingestellt, diese Weisungen zu befolgen, aber es war schwierig, denn Berengar war ein sehr stattlicher Mann und eine eindrucksvolle Erscheinung. Er war groß und gerade gewachsen, trug einen Vollbart und hatte dunkle, vertrauensvolle Augen. Er war zu jener Zeit Mitte Vierzig und war es gewohnt, über seine Gegner zu siegen. Seinen Vater hatte man ermordet; deshalb reiste er mit einer sorgfältig ausgewählten Leibwache, um sicherzustellen, daß ihn nicht das gleiche Schicksal ereilte. Da er Anspruch darauf erhob, zumindest dem Titel nach Herrscher der Toskana zu sein, und ich noch keine Königin war, stand ich auf, als er den Empfangssaal des Hauses betrat, das uns für unseren Aufenthalt in der Stadt zugewiesen worden war, und deutete einen Knicks an. »Prinzessin«, sagte er und hielt meine Hand, um mir aufzuhelfen. »In diesem Fall sind die Gerüchte nicht übertrieben. Im Gegenteil – sie können Eurer Schönheit keine Gerechtigkeit widerfahren lassen, Prinzessin.«

»Ihr seid zu gütig, Herr«, flüsterte ich.

»Und Ihr seid noch dazu gebildet, wie mir gesagt wurde.«

»Ich kann lesen und schreiben, Herr.«

»Haha. Was für eine Partie. Um dann diesen Flegel Lothar zu heiraten.«

»Herr, Ihr sprecht über meinen Gatten.«

»Schon, ja, allerdings«, gab er zu. Ich hätte sehr ärgerlich sein müssen, war aber nicht sicher, ob Berengar nicht genau meine eigenen Gefühle in Worte gefaßt hatte. Wir bewirteten den Markgrafen am Abend. Konrad saß an meiner anderen Seite und sprach nette Belanglosigkeiten. Berengar verbrachte die meiste Zeit des Essens jedoch damit, mir schöne Augen zu machen, und einmal ließ er seine Serviette fallen, wies den Diener ab, der sie aufheben wollte, und suchte selbst unter dem Tisch, was es ihm ermöglichte, heimlich auch mich zu erforschen oder zumindest mein rechtes Bein. »Herr«, flüsterte ich. »Ich bin eine Braut.«

»Haha«, erwiderte er nur, was mich überhaupt nicht beruhigte.

»Es könnte gut sein«, bemerkte Konrad, nachdem der König aufgebrochen war, »daß Ihr in nicht allzu langer Zeit seinen Kopf auf einer Lanzenspitze vor den Stadttoren von Rom sehen werdet.« Das hoffte ich nicht, obwohl ich mich andererseits fragte, ob er je wieder leibhaftig vor mir stehen würde.

☆

Und so kamen wir schließlich nach Rom. Man ist geneigt, sich außergewöhnlichen Träumen über diese Stadt hinzugeben, welche die bedeutendste des Christenreichs ist. Mein Geschichtsunterricht hatte sich ausführlich den Cäsaren gewidmet – ihrem Ruhm ebenso wie ihren Missetaten –, die von Sueton so wahrheitsgetreu geschildert wurden, und in meiner Phantasie konnte ich die Pracht des Forums sehen, das von meinem Ehegatten und mir bewohnt wurde. Das Forum stand zwar noch dort, aber nur als traurige Anhäufung geplünderter Bauwerke, da das Mauerwerk größtenteils von unterschiedlichsten Vandalen wie auch von normalen Stadtbewohnern weggeschleppt worden war, die sich dort Material für den Bau ihrer eigenen Häuser besorgt hatten. Nun waren die restlichen Pflastersteine, über die Augustus einst geschritten sein mußte, eine Ansammlung von Unkraut und Geröll, das einen mehr oder weniger unerfreulichen Anblick bot und über das hauptsächlich streunende Hunde liefen.

Um überhaupt zum Forum zu gelangen, mußte man einen großen Platz überqueren, der auf widerliche Weise vernachlässigt worden war. Die hohen Mauern, die Aurelian hatte errichten lassen, waren zerstört und zerfallen. Die riesige Wasserleitung, die die Bürger der Ewigen Stadt mit frischem Wasser versorgt hatte, war baufällig und ausgetrocknet. Nun war die Stadt auf den Tiber angewiesen, einen langsam fließenden Abwasserkanal. Es war nicht verwunderlich, daß das Volk ein mürrischer, aufrührerischer Haufe war, der unsere Reisegesellschaft umringte, als wir durch die Stadt fuhren. Die Menschen riefen nach Waffen und wurden beinahe ausfallend, als sie nicht bekamen, was sie als angemessene Gegenleistung betrachteten.

Aber Rom war immer noch Rom. Oberhalb des Flußufers lag majestätisch die Engelsburg. Diese riesige Festung hatte Kaiser Hadrian sich als Grabstätte erbauen lassen. Sie war seitdem das wahre Zentrum römischer Politik geworden, und hier wurden wir untergebracht. Ich war ein wenig unsicher, ob es unserer Bequemlichkeit oder unserer Sicherheit dienen sollte, aber es war von den oberen Festungsmauern immerhin möglich, über die Stadt zu blicken.

Bei unserer Ankunft wurden wir mit den furchtbarsten Nachrichten empfangen: Eine Woche zuvor war Mutter verstorben. Aufgrund des warmen Klimas war sie sofort neben ihrem zweiten Ehemann beigesetzt worden, und keiner hatte daran gedacht, die Nachricht zu verbreiten, damit wir erfuhren, was passiert war. Vielleicht hatten sie befürchtet, daß ich auf der Stelle die Zügel herumgerissen hätte und nach Besançon zurückgeritten wäre. Natürlich hätte Konrad das verboten. Er zählte noch immer auf die Verbindung mit Lothar, die durch Heirat gefestigt werden sollte, um große Dinge zu vollbringen oder um wenigstens etwas Ruhe zwischen den beiden Königreichen zu schaffen. Aber er war genauso schockiert und bestürzt wie ich. Auch wenn wir beide Grund hatten, Mutter seit ein paar Jahren mit anderen Augen zu sehen und seit dieser Zeit von ihr getrennt waren, so blieb sie dennoch unsere Mutter. Wir konnten nicht mehr tun, als in den unterirdischen Gewölben des Lateranpalastes neben ihrem Sarg niederzuknien und für ihr Seelenheil zu beten.

Währenddessen war ich mir selbst überlassen und dachte daran, daß ich ganz allein in diesem fremden und nicht immer angenehmen Zentrum der Welt sein würde, wenn Konrad und seine Leute erst einmal abgereist waren. Vielleicht war ich zum erstenmal im Leben traurig über Mutters Abwesenheit.

☆

Da ich jedoch von so weit hergekommen war, konnte keine Rede davon sein, meine Hochzeit zu verschieben. Die Gäste waren schon angekommen, alle Vorkehrungen waren getroffen, und es wurde beabsichtigt, daß alles wie vorgesehen nach einer sehr kurzen, aber angemessenen Trauerzeit stattfinden sollte. Und Rom war noch immer Sitz des Papstes. Der derzeitige Würdenträger hieß Agapet, und unsere erste Pflicht, nachdem wir in der Stadt angekommen waren und uns erholt und den Schmutz der Reise von unseren Körpern gewaschen hatten, bestand darin, den Lateranpalast aufzusuchen. Einerseits, um – wie ich schon sagte – unserer Mutter die letzte Ehre zu erweisen, andererseits wegen einer Audienz beim Papst. Es mag die Frage gestellt werden, warum es nicht meine erste Pflicht war, mich mit meinem Ehemann zu treffen, aber er war offensichtlich anderweitig beschäftigt.

Die Audienz nahm keinen guten Anfang. Unser Bischof in Besançon hatte Mutter und Konrad – sogar mir – immer schickliche Ehrerbietung gezollt, da er anerkannte, daß die Macht des Thrones größer war als die der Kanzel. Das war in Rom nicht der Fall, und man ließ uns unerfreulich lange warten, währenddessen wir von stirnrunzelnden Kardinälen beobachtet wurden, die Frauen in ihrem Palast offensichtlich nicht willkommen hießen, außer sie waren Nonnen. Ich trug meine besten Kleider und einen Hut, der so schwer war, daß ich fast das Gleichgewicht verlor. Ich fand es äußerst ärgerlich, wie wir behandelt wurden, und ich befürchtete, daß Konrad kurz vor einem Wutausbruch stand, als wir endlich ins Heiligtum vorgelassen wurden.

Wir verspürten nun große Erleichterung. Wie üblich umringten uns die Kardinäle mit den grimmigen Gesichtern, aber Agapet selbst war ein Schatz. Er war ein kleiner, dunkelhaariger Mann, viel nervöser als wir selbst. Er war in der Tat erst ein Jahr zuvor zum Papst gewählt worden und folgte damit auf den Tod von Marinus. Wie Marinus war er weniger gewählt als von Alberich ins Amt eingesetzt worden. Da Alberich nun durch die Heirat mein Stiefbruder wurde, war Agapet ängstlich bemüht, uns zu gefallen. Wir verbrachten ein nettes halbes Stündchen mit dem großen Mann und nahmen sein tiefstes Mitgefühl zu unserem kürzlich erlittenen Trauerfall entgegen, ehe wir auf die Engelsburg zurückkehrten. Hier trafen wir Alberich persönlich, der auf uns wartete, um uns zu begrüßen.

☆

Alberich war wie Berengar in den Vierzigern, aber nicht halb so attraktiv. Zweifellos ähnelte er mehr seinem Vater, dem berühmten Alberich, dem Herzog von Spoleto, als seiner bezaubernden Mutter. Seine Unterlippe hing ein wenig nach unten, was ihm einen verschmitzten Gesichtsausdruck verlieh. Seine Augen waren ständig in Bewegung und wanderten von einem zum anderen, als befürchtete er, von einem der Anwesenden ermordet zu werden. Er wurde von seinem Sohn begleitet, einem zehnjährigen Jungen, den er nach dem größten der Cäsaren Oktavian getauft hatte. Noch nie hatte ich so unwillkürlich Abneigung gegen jemanden verspürt. Doch Alberich war ein so großer Schmeichler wie alle anderen auch. »Rom fühlt sich durch Eure Anwesenheit geehrt, Prinzessin«, beteuerte er. »Ich wünschte nur, Eure verstorbene Mutter könnte hier sein, um Euch zu begrüßen. Aber der Mensch denkt und Gott lenkt, nicht wahr? Wir sehen großen Ereignissen entgegen.«

Ich hatte keinen blassen Schimmer, was er meinte, und war auf jeden Fall vollkommen verwirrt durch diesen unangenehmen Jüngling, der sich vor den Augen seines Vaters und aller anderen Leute an mich heranschlich. Als ich in einer Geste guten Willens meinen Arm um seine Schulter legte, ergriff er mit beiden Händen meinen Oberschenkel und rutschte mit seinen Fingern rauf und runter, wobei er meine Unterröcke mitriß, und dann wanderten seine Hände quer über mein Bein, um meine Leiste und meinen Hintern zu umklammern. Ich war so überrascht, daß ich nach Luft schnappte.

»Er ist ein frühreifer Bursche«, sagte Alberich und zog ihn weg. Das war ein Glück für den Bengel, da ich ihn sonst mit bloßen Händen erwürgt hätte. Wieviel Unglück hätte ich der Welt erspart, wenn ich es getan hätte!

☆

An diesem Abend kam Lothar zu mir. Ich hatte meinen Ehemann seit ungefähr zehn Jahren nicht mehr gesehen. Was ich von ihm noch in Erinnerung behalten hatte, gefiel mir nicht, aber ich hatte auf Besserung gehofft. Doch ich war nicht erleichtert, besonders weil ich wegen meiner Begegnung mit dem widerlichen Oktavian schlechter Laune war. Lothar hatte als Mann eine zierliche Statur. Er hatte sich von seiner Krankheit vollkommen erholt, zumindest körperlich, obwohl sich die Wirkung, die sie auf seinen Verstand gehabt hatte, sehr schnell offenbarte. Er war ein bißchen klein, so daß wir nun die gleiche Größe hatten, und er besaß ebenmäßige Gesichtszüge. Sein spärlicher Bart deutete an, daß er auch mit zwanzig Jahren noch kein richtiger Mann war. Dieser Eindruck wurde dadurch noch verstärkt, daß er eine Rüstung trug, als versuchte er, mich mit seiner Wichtigkeit zu beeindrucken, wo doch jeder wußte, daß er in Wahrheit tun mußte, was sein Stiefbruder befahl. Außerdem neigte er zur Körperfülle. Zu diesem Zeitpunkt war nicht mehr zu entdecken, da alle Männer Hosenbeutel in Übergröße trugen, ganz gleich, was ihre eigentliche Bestimmung auch sein mochte. Ich betrachtete mich nun als Expertin in diesen Dingen. Er schien erfreut zu sein, mich zu sehen. »Mein teuerstes Mädchen.« Er beugte sich über meine Hand und sabberte sie voll. »Manchmal zweifelte ich daran …«

»Woran, Herr?«

Er wurde rot. »Daß Ihr wahrlich so schön sein könntet, wie gesagt wird.«

Dann begann das Trinkgelage. In Burgund *genossen* wir unseren Wein, und in der Tat waren unsere Trauben so gut wie alle anderen auf der Welt. Da Konrad noch nicht das Alter erreicht hatte, in dem Wein eine Rolle spielte, war unser Königshof, soweit ich zurückdenken konnte, stets enthaltsam gewesen, was immer auch unter Vater gegolten haben mag. In Rom aber trank jeder mit wilder Entschlossenheit. »Es vertreibt die Pest«, sagte mein Gatte und füllte den Kelch nach, den ich gedankenlos geleert hatte.

»Wütet die Pest in Rom?« fragte ich entsetzt.

»Nicht so, wie Ihr es Euch vielleicht vorstellen mögt. Sie bricht nur im Sommer in Form einer Schüttelkrankheit aus, die die Menschen befällt. Unsere Ärzte sagen, daß die Ursache dieser Krankheit der Dunst sei, der oft über den Sümpfen außerhalb der Stadt liegt. Die Ärzte halten sie nicht für ansteckend, aber die Menschen sterben daran.« Davon hatte mir niemand etwas erzählt. Ich war in meinem Leben nicht einen einzigen Tag krank gewesen. »Mein Vater starb auch daran«, fuhr Lothar traurig fort.

»Und meine Mutter?«

»Ich glaube nicht. Es ist noch nicht die Jahreszeit dafür.«

»Sollten wir nicht woanders leben, wenn diese Krankheit sich so schlimm ausbreitet?«

»Wir bemühen uns, in den Sommermonaten in die Berge zu gehen. Habt keine Angst, mein Liebling, Euch wird nichts zustoßen.«

☆

Die Hochzeit fand einen Monat nach unserer Ankunft in Rom statt. Mutters Tod war zu diesem Zeitpunkt auf schickliche Weise ins Vergessen geraten. Wir wurden im Lateranpalast getraut. Die Hochzeit war ein großes Ereignis, und viele Leute nahmen daran teil. In den Straßen rund um die Kathedrale drängte sich das Volk und überhäufte uns mit Rosenblüten, die Alberich freundlicherweise besorgt hatte. Noch freundlicher hatte er sich erwiesen, indem er dafür gesorgt hatte, daß in den Brunnen, von denen es in Rom ziemlich viele gab, Wein statt Wasser floß. Das machte alle Leute sehr glücklich. Für mich jedoch fehlten bei diesem großen Ereignis gewisse wichtige Dinge, besonders König Otto von Deutschland; Staatsgeschäfte hielten ihn fern. An seiner Stelle schickte er seinen Sohn Liudolf, einen zwölfjährigen Knaben, der kürzlich zum Herzog von Schwaben ernannt worden war. Das war jener Teil Deutschlands, dessen südlicher Zipfel an Italien grenzte und der auf der anderen Seite der Alpen lag. Liudolf wurde natürlich von einem großen Gefolge begleitet, einschließlich seiner Mutter, und war sehr galant, aber er war kein Ersatz für seinen Vater. Mich erinnerte er daran, daß er als Königin Ediths Sohn vor allem deshalb hier war, weil König Otto seine Frau geschwängert hatte. Wie sehr hätte es mir gefallen, von Otto geschwängert zu werden!

Aber ich mußte mit Lothar vorliebnehmen, und der Augenblick rückte immer näher. Königin Edith war so charmant wie bei unserem ersten Treffen. Ich war jedoch traurig, als ich sah, daß die bezaubernde und offensichtlich gesunde junge Frau, an die ich mich vage erinnerte, so grau und trübsinnig geworden war. Sie war gewiß noch nicht alt, aber sie war während der vergangenen zehn Jahre alt geworden. Durch ihre Ehe mit Otto? Das konnte ich nicht glauben. Weil sie Mutter war und eine Tochter sowie Liudolf zur Welt gebracht hatte? Das war ein beunruhigender Gedanke, da in Lothars Augen offensichtlich meine wichtigste Aufgabe darin bestand, Kinder zu bekommen. Oder bloß weil sie eine Königin war? Das war der bedrückendste Gedanke von allen.

In ihrer Begleitung war ihre Tochter Liutgart, ein Mädchen von elf Jahren, ein hübsches Kind, das wahrhaftig schon mit dem Herzog von Lothringen verheiratet war, einem Mann, der viel älter war als sie und – sehr anschaulich – Konrad der Rote genannt wurde, weil er rote Haare und einen roten Vollbart hatte. Außerdem hatte er die Angewohnheit, ein sehr grimmiges Gesicht zu machen, und wie ich später feststellte, konnte er auch sehr grimmig sein. Abgesehen von Edith schenkte ich allen sehr wenig Aufmerksamkeit, da Otto auch mir ein Hochzeitsgeschenk geschickt hatte, einen Ring mit einem riesengroßen Rubin, neben dem Lothars Saphir zur Bedeutungslosigkeit verblaßte. Dieser Rubinring wurde mein größter Schatz.

Ich kann mit Fug und Recht behaupten, daß all diese berühmten Persönlichkeiten in ihrer festlichen Kleidung neben der neuen Königin nicht zur Geltung kamen. Zur Hochzeit, die meine Krönung einschloß, trug ich ein weißes Kleid mit bestickten Einsätzen über einem weißen Unterkleid. Mein Schleier war ebenfalls weiß. Er fiel über meinen Rücken und verdeckte fast vollständig mein blondes Haar, das ich offen trug. Mein Mantel war dunkelrot, hatte einen bestickten Saum und wurde mit einer goldenen Kordel zugebunden. Und das war erst der Anfang. Die Hochzeit und die anschließende Krönung waren eine langwierige und unangenehme Prozedur, denn nachdem die Ehegelöbnisse gewechselt worden waren, mußte ich entkleidet werden, um gesalbt werden zu können. Es war noch früh im Jahr, und wenn es in Rom auch zu jeder Jahreszeit bedeutend wärmer ist als in Besançon, so verursachte dieses Ereignis mir dennoch eine unglaubliche Gänsehaut. Rosamunde entkleidete mich mit Hilfe meiner Zofen bis zur Taille, und dies vor den Augen der jubelnden Menge, die vielleicht noch viel lauter jubelte, weil ich nur noch aus Gänsehaut bestand, wobei meine Brüste nun vollständig entwickelt waren. Die Menschen ließen sich dennoch dazu herab, auch einen Blick auf meine wahre Pracht zu werfen, mein goldenes Haar, und sie jubelten wie die Verrückten, als der errötende Agapet mir das ebenfalls goldene Diadem auf den Kopf setzte. Anschließend wurde ich wieder angekleidet. Ich hatte zu jenem Zeitpunkt keine Ahnung, daß ich mich dieser Tortur im Laufe meines Lebens noch einmal würde unterziehen müssen.

☆

Meine Hochzeit und meine Krönung boten eine weitere Gelegenheit für wüste Gelage, die damit endeten, daß alle sehr betrunken waren, und ich fürchte, ich war ebenso betrunken wie alle anderen. Ganz vage erinnere ich mich daran, daß ich in mein Zimmer geführt oder vielmehr getragen wurde, um entkleidet zu werden. Dann wurde ich über einen Gang ins Zimmer meines Gatten getragen und in sein Bett gelegt. Er muß in der Nähe gewesen sein, weil ich mich auch noch schwach daran erinnere, daß wir den Liebeskelch leerten. Im Anschluß daran vernahm ich großes Geschrei, und es wurde weiter getrunken, während sich das Zimmer und das Bett zuerst langsam und dann immer schneller im Kreis drehten, bis alles vollkommen außer Kontrolle geriet. An mehr kann ich mich nicht erinnern. Als ich erwachte, schäumte und wogte der Raum noch immer, aber die Menschen waren verschwunden. Ich fühlte mich todkrank, konnte mich indes an keine Schmerzen erinnern, und als ich mich hinsetzte und die Decken zurückschlug, entdeckte ich, daß das Bettlaken, auf dem ich gelegen hatte, so strahlendweiß war, als käme es geradewegs aus der Wäscherei. Der Grund dafür war sofort ersichtlich. Mein Ehemann lag ausgestreckt auf dem Rücken und schnarchte. Er war so nackt wie ich und vollkommen aufgedeckt. Seine gewaltige Erektion hätte den armen Dagobert ziemlich beschämen können. Die Versuchung, so eine Waffe zu umklammern, war riesengroß. Unglücklicherweise kamen die Bedürfnisse meines Magens dazwischen, und statt dessen kniete ich mich neben das Bett und griff nach dem Nachttopf, um eine große Menge des Hochzeitsmahls zu erbrechen.

Daraufhin schwankte ich zum Waschtisch, goß die Hälfte des Wasserkrugs ins Becken und die andere über meinen Kopf und keuchte und japste und verschüttete überall Wasser. Ich hatte mich noch nicht davon erholt, als ich aus dem Bett eine Grabesstimme vernahm, die meinen Namen rief. »Adelheid!« Ich drehte mich um und blinzelte mit leicht verschwommenem Blick in diese Richtung. »Meine liebste Adelheid«, sagte mein Gatte und setzte sich hin. »Großartig! Kommt her!« Das war meine Pflicht. Ich torkelte auf ihn zu, fiel über meine Füße und kam tatsächlich auf den Knien neben dem Bett an. Das schien ihm zu gefallen, da er mit den

Fingern in mein seidiges goldenes Haar griff und meinen Kopf zu sich heranzog, mich dann jedoch von sich wegschleuderte, woraufhin ich durch den halben Raum flog. Auch er suchte den Trost eines Topfes. Glücklicherweise hatte er einen eigenen, was mir nicht viel half, da ich von Kopf bis Fuß blaue Flecke hatte. Jedoch bemühte er sich nun nach Kräften und robbte über den Boden zu mir. »Oh, diese Schenkel!« sagte er. »Ich will diese Schenkel!«

Ich war damals zu jung, um zu verstehen, was er eigentlich vorhatte, und war überrascht, als er mich bei meinen Oberschenkeln packte, nachdem er mich erreicht hatte. Ich hatte mich auch hingekniet, und er drehte mich herum, so daß ich ihm den Rücken zuwandte. Dann fummelte er an meinen unteren Regionen herum, wobei ich vorzog, ihn nicht zu stören. Es folgte ein gigantischer Schrei, mit dem er seiner Wut und seinem Zorn Luft machte, wonach ich einen solch kräftigen Tritt ins Hinterteil erhielt, daß ich wieder durchs halbe Gemach geschleudert wurde und an die gegenüberliegende Wand prallte. Ich hielt mir die Hände so vors Gesicht, daß ich es vor weiteren Schäden bewahrte. »Miststück!« rief mein Ehemann. »Ihr habt mich verhext.«

Ich drehte mich im Sitzen um und lehnte mich mit dem Rücken gegen die Wand. Sein Glied war geschrumpft. »Ich glaube, wir haben beide zuviel Wein getrunken«, erinnerte ich ihn. Ich versuchte, so vernünftig wie möglich zu reagieren, obwohl ich vor Empörung kochte, weil er mich getreten hatte, etwas, das mir nie zuvor passiert war. Und ich war verzweifelt über die Rolle, die das Schicksal mich zu spielen zwang, besonders als ich mich an die ehrerbietige Bewunderung Dagoberts erinnerte.

»Wein?« brüllte er und stellte sich hin.

»Zuviel Wein«, betonte ich.

»Verhext«, brüllte er und kam wieder auf mich zu. Da mein Kopf schon klarer war als seiner, wich ich seinen schlagenden Händen rechtzeitig aus, bekam aber trotzdem einen Hieb auf die Schulter, wodurch ich wieder über den Boden rutschte, und bevor ich so richtig zu mir kam, war er wieder über mir, legte mich auf den Rücken, hielt einen Oberschenkel in jeder Hand und zwängte sich keuchend zwischen meine Beine. Sein Gesicht war gerötet. Er bot einen durch und durch jämmerlichen Anblick und war noch immer völlig unfähig, einen Angriff auf meine Zitadelle zu starten. Daraufhin brach er in Tränen aus, ließ mich los, kniete aber noch immer zwischen meinen Beinen und weinte herzzerreißend.

Ich war aus zweierlei Gründen tief betroffen. Erstens weinen weder Könige noch Möchtegernkönige. Zweitens würde es ein riesiges Theater geben, wenn die Zofen hereinkämen, um das Bettuch zu wechseln, und nicht offensichtlich war, daß wir die Ehe vollzogen hatten. Obwohl ich Lothar nicht zum Gatten ausgewählt hatte, weder als wir verlobt waren noch bei unserem jüngsten Treffen, so war er doch mein Ehemann. Dies jedoch hing vom Vollzug der Ehe ab. Wenn wir sie nicht vollzogen, hätte das nicht nur tiefste Demütigung zur Folge – in dieser Welt wird stets die Frau als Schuldige betrachtet –, sondern auch meine Rückkehr nach Besançon in Schimpf und Schande. Daraufhin würde wahrscheinlich meine Verlobung mit einigen anderen Fürsten folgen, die alles über die Katastrophe erfahren und mich unverschämt behandeln würden. Außerdem hatte ich nicht den Wunsch, eine Qual wie diese jemals wieder ertragen zu müssen.

Ich hatte das Gefühl, daß ich die Sache in die Hand nehmen mußte, und zwar vielleicht im wahrsten Sinne des Wortes. Die Situation erforderte allerdings, daß ich mich dem Problem sehr behutsam näherte. Ich wurde für eine junge und jungfräuliche Braut gehalten. Wenn ich offenbarte, daß ich mit dem für uns beide in diesem Moment wichtigsten Objekt schon Bekanntschaft geschlossen hatte, hätte das im Laufe der Zeit zu allen möglichen Verdächtigungen und sogar Anschuldigungen von seiner Seite führen können. Ich mußte verzweifelt Theater spielen. Wenn es auch das erste

Mal war, so war es nicht das letzte Mal, daß ich meine Fähigkeiten in einer solchen Situation voll entfaltete. »Mein Herr«, sagte ich,«mein liebster Herr, ich versichere Euch, daß ich nicht verhext bin. Warum findet Ihr es nicht selbst heraus?«

Diese Aufforderung war eindeutig und fesselte zumindest seine Aufmerksamkeit. Er fing an, mich zu erforschen, streichelte wieder meine Oberschenkel und ließ seine Hände von meinen Hüften zu meinen Rippen und von dort zu meinen Brüsten gleiten. Da das Feuer im Kamin nur auf kleiner Flamme brannte, war es kalt im Gemach, und meine Brustwarzen ragten stolz empor. »Ihr seid zu schön, um wahr zu sein«, sagte er.

Gewiß ein nettes Kompliment, aber in diesem Augenblick war es notwendig, daß es wahr war, und daher klemmte ich ihn zwischen meine Schenkel. Obwohl er sicher interessiert war an dem, was ich ihm zeigte, war das Eindringen leider noch keine praktikable Möglichkeit. Meine unvorsichtigen Schreie, die ich ausgestoßen hatte, als ich kurz zuvor durch den Raum geschleudert worden war, hatten meine Zofen geweckt, die nun an die Tür schlugen. Und das machte alles noch schlimmer. »Geht weg!« rief ich. Der Lärm verebbte, und es waren nur noch flüsternde Stimmen zu hören. Immerhin war ich ihre Königin. Na schön – fast. »Oh, Lothar, mein liebster Lothar«, flüsterte ich und offenbarte große schauspielerische Fähigkeiten. »Laßt uns ins Bett gehen.« Ich stand auf, hielt seine Hand und führte ihn durchs Zimmer. Wir fielen beide auf das Bett, ich zuerst, und er fiel auf mich. Ich bekam kaum noch Luft. Trotzdem küßte ich ihn und stellte mir vor, er sei Dagobert. Ich schlang meine Beine um seinen Körper, preßte mich an ihn und wurde schließlich belohnt. »Mein Herr«, rief ich, »was ist mit Euch los?«

Er warf den Kopf zurück. »Kennt Ihr Euch nicht mit Männern aus?«

»Mein Herr!« Ich zeigte mich auf schickliche Weise schockiert. »Ich bin eine sechzehnjährige Jungfrau.«

»Haha.« Durch das Gespräch war sein Glied wieder geschrumpft, aber nun hatte ich unser Schicksal in meiner eigenen Hand. »Nun«, sagte er, »Ihr seht, es muß eine Lanze werden, damit ich Euch durchstoßen kann. Und das passiert nicht«, fügte er traurig hinzu.

»Darf ich Euch helfen, mein Herr?«

»Wie könnt Ihr mir helfen?«

»Nun, wenn ich vielleicht ...« Ich umfaßte sein Rohr und ließ meine Hände rauf und runter gleiten.

Er fing an zu keuchen. »Ihr habt gesagt, Ihr wüßtet nichts über Männer.«

»Tu ich auch nicht. Ich tue nur das, was ich sozusagen manchmal bei mir selbst tun muß.«

Er runzelte die Stirn. »Das ist nicht möglich.«

»Sicher ist es möglich. Ich mag vielleicht nicht Eure Ausstattung haben, mein Herr und Gebieter, aber meine reicht aus, um meine Bedürfnisse zu befriedigen.«

»Zeigt es mir.«

Das tat ich, und es gelang mir, mich in eine großartige Leidenschaft hineinzusteigern. Doch seine war nicht mit meiner zu vergleichen, als er mich beobachtete. »Das hätte ich nicht für möglich gehalten.« Er drehte mich auf den Rücken, und das Warten war vorbei. Was für ein Akt, um die Ehe zu vollziehen!

☆

So wurde aus mir eine Frau und Königin. Doch keiner dieser zweifellos wünschenswerten Zustände war zu diesem Zeitpunkt meines Lebens im geringsten zufriedenstellend. Als Königin und Ehefrau begriff ich schnell, was schon immer ziemlich offensichtlich gewesen war, nämlich daß mein Ehegatte, der König, in den Augen des Volkes und der Adeligen von Rom eine absolute Null war. Die Stadt wurde von den Crescentii regiert, der Familie der Marozia, von der Alberich der letzte und der mächtigste war. Er herrschte nun schon über zwanzig Jahre und war nicht bereit, irgendeines seiner Vorrechte aufzugeben. Manchmal unterließ er es sogar, unter den Veröffentlichungen der Edikte König Lothars Namen neben seinen zu setzen. Alberich war stets ängstlich darauf bedacht, mir gegenüber höflich zu sein, aber ich konnte sehen, daß er mich als eine noch größere Null ansah als Lothar, wenn auch sicher als eine hübschere Null.

Obwohl Lothar es nur unter dem starken Schutz seiner Garde wagte, die Stadt zu verlassen, konnte außerhalb der Stadt noch weniger von Herrschaft die Rede sein. Tatsächlich verließen wir die Stadt nur in den Sommermonaten, wenn wir die kurze Strecke zu den Ausläufern der Apenninen reisten, wo mein Gatte eine Villa besaß, die vielmehr einer Festung glich. Hier konnten wir beide der Hitze und dem Risiko dieser Schüttelkrankheit entgehen, die in dieser Jahreszeit in Rom wütete. Sobald es kühler wurde, kehrten wir in die Stadt zurück.

Nördlich von Rom lag das Herrschaftsgebiet von Berengar, der sich seltsam ruhig verhielt. Im Süden lagen verschiedene langobardische Herzogtümer und südlich von ihnen verschiedene muselmanische Enklaven. Diese Muselmanen waren ein grimmiges Volk, das sicher ein wenig zivilisierter war als die Ungarn, aber nichtsdestoweniger hatten die Muselmanen sich der Feindschaft gegenüber den Christen verschrieben und noch mehr ihrem Glauben an die Worte ihres Propheten Mohammed. Daß unsere Lage heikel war, dämmerte mir nur langsam.

☆

Obwohl ich die ständige Demütigung hinnahm, als Königin keine Macht zu haben – mein persönliches Schicksal war nicht allzu unglücklich. Es erwies sich als einfach, Lothar im Bett zu gefallen, seitdem ich das Geheimnis entdeckt hatte.

Ich konnte auch Rosamunde einsetzen, die meine persönliche Zofe blieb, um ihn zu flotten Leistungen anzuspornen und ihn zu wilder Leidenschaft zu treiben. Rosamunde war überhaupt nicht glücklich, weil Dagobert mit Konrad nach Besançon zurückgekehrt war. Meinen Gatten sah ich außerhalb unseres Schlafgemachs sehr selten, es sei denn, wir waren gezwungen, zusammen in der Öffentlichkeit aufzutreten. Er ging seinen eigenen Interessen nach und überließ es mir, mich den meinen zu widmen. Schöne Gespräche fanden zwischen uns nicht statt. Lothar besaß so gut wie keine Bildung, sofern es sich nicht gerade um Krieg oder Politik handelte. Er nahm an, daß ich unmöglich irgendein Interesse an diesen Dingen haben konnte und keine Kenntnisse auf diesen Gebieten besaß. Mein Leben war ganz anders als das Leben, das ich in Burgund gekannt hatte. Es gab keine Jagd. Das wurde als zu gefährlich betrachtet. Auch das Essen war anders. Es stand weniger Fleisch zur Verfügung, wenn es auch ein reichliches Angebot an Fisch gab. Und es fanden viele Bälle statt, aber das waren hochoffizielle Feste, und der Gedanke, daß die Königin von Italien ihre Röcke durch die Luft wirbeln ließ und ihr Tanzbein schwang, war schlichtweg inakzeptabel.

Im übrigen widmete ich mich mit Rosamunde und einer Gruppe italienischer Damen den Handarbeiten und Wandteppichen. Dazu tranken wir viel Wein und tratschten. Es gab immer viele Dinge, über die wir tratschen konnten. Das hauptsächliche Freizeitvergnügen der römischen Unterschicht war die Religion. Dies mag für manch einen auf der Hand liegen, da die Religion in Rom beheimatet war. Aber auch so etwas hatten wir in Besançon nicht gekannt. Es gab tagsüber und auch oft nachts kaum einen Moment, da keine Glocke irgendwo in Hörweite läutete. Kirchenglocken sind sicherlich der schönste musikalische Klang auf Erden, aber auch das hat seine Grenzen.

Die Pflicht, in die Kirche und zur Beichte zu gehen, war

damals eine unglaubliche Farce. Ich begriff sehr bald, daß die ach so frommen Damen meines Hofes nicht zur Kirche gingen, um zu beten oder den Gottesdienst zu besuchen, sondern um gesehen zu werden. Sie trugen ihren Sonntagsstaat, stellten ihre Brüste zur Schau, lächelten und spielten mit ihren Fächern. Ich bezweifle, daß sie ein Wort von dem hörten, was auf der Kanzel gesagt wurde. Sie benutzten ihren Kirchgang auch dazu, um ein Stelldichein zu verabreden oder sich heimlich mit jemandem zu treffen. In den Seitenschiffen drängten sich umherstolzierende Angeber, und neben diesem Lächeln und dem Wedeln der Fächer steckten die Kirchgänger sich ständig Briefchen zu. Ich war bald selbst die Empfängerin eines dieser Briefchen. Das Gedränge war so groß, daß ich keinen Schimmer hatte, woher es kam, aber als ich eines Morgens den Gottesdienst verließ, steckte ein Stück Papier in meinem Handschuh. Ich hätte meine Hand öffnen und den Zettel wegfliegen lassen können, aber Neugier war immer meine größte Schwäche, und so ließ ich die Hand geschlossen, bis ich meine Privatgemächer erreicht hatte. Rosamunde und ich waren aufgeregt, als wir den Zettel auseinanderfalteten. *Jemand, dessen Verehrung für Euch größer ist als für irgend etwas auf der Welt, würde im siebten Himmel schweben, wenn er Euch treffen könnte. Ich werde heute abend um neun Uhr an der alten Brücke sein.* »Was für ein Unsinn!« sagte ich.

»Werdet Ihr hingehen?« fragte Rosamunde.

»Natürlich nicht.«

»Es wäre eine gute Idee herauszufinden, was für ein Bursche das ist und um was es geht«, überlegte sie verschmitzt.

»Eine Aufgabe, die du zweifellos gern übernehmen würdest. Ich verbiete es dir ausdrücklich.« Aber es war aufregend. Wenn es auch beunruhigend war – die ganze Gesellschaft um mich herum war beunruhigend. Mir gefiel dieser Umgang mit der Religion nicht, wobei die Religion eher als Spiel denn als ernsthafte Pflicht angesehen wurde, die sie eigentlich ist, und ich wußte nicht, wie ich in einer solchen Gesellschaft je würde herrschen können. Natürlich ist es im Alter von sechzehn Jahren schwierig, sich überhaupt vorzustellen, die Führung einer Gesellschaft zu übernehmen. Doch ich wußte, daß dies als Königin von Italien meine Pflicht war. Es war alles sehr enttäuschend, und das um so mehr, als ich nie ein zweites Briefchen erhielt.

☆

Noch betrüblicher war mein wachsendes Gefühl der Einsamkeit. Konrad kehrte nach Burgund zurück, als die Festlichkeiten beendet waren. Mit ihm gingen all unsere Burgunder, sogar Pater Hieronymus, und nicht zu vergessen ein weinerlicher Dagobert. Ich blieb nur mit Italienern zurück und natürlich mit Rosamunde. Auch sie weinte, da sie all ihre Freunde und vor allem Dagobert verlor, doch sie war auf keinen Fall eine Freundin, die irgendeine geistige Fähigkeit aufwies. Die Situation wurde durch Mutters Tod noch verschlimmert. Ich wurde mir der ganzen Tragweite des Verlustes erst nach meiner Hochzeit richtig bewußt. Als ich von ihrem Tod erfuhr, war ich so sehr mit der Hochzeit beschäftigt, daß ich nicht richtig begriffen hatte, was eigentlich passiert war. Ich habe auf diesen Seiten sicher schon oft genug darauf hingewiesen, daß Mutter und ich uns nie sehr nahestanden. Ich vermute, daß sie immer ein wenig Angst hatte, was ich als nächstes sagen oder tun würde, ohne sie vorzuwarnen. Aber sie war meine Mutter, und mit sechzehn Jahren war ich mir der Endgültigkeit des Todes viel bewußter als mit sechs.

Seltsamerweise berührte mich die Nachricht, die ich ein Jahr nach meiner Hochzeit erhielt, weit mehr: Auch Königin Edith war verstorben. Anders als Mutter, die in den Vierzigern gewesen war, hatte Edith gerade die Dreißig überschritten. Eigentlich war sie die engste Freundin gewesen, die ich innerhalb meines eigenen Standes je hatte, auch wenn ich sie nur zweimal in meinem Leben sah. Mein Herz schlug dem armen hinterbliebenen Otto entgegen, und ich schrieb ihm, um ihm mein Beileid auszusprechen. Er ließ seinen Sekretär antworten, dankte mir zutiefst und wünschte mir alles Glück in meiner Ehe. Vielleicht wünschte ich mir damals sogar, nicht verheiratet oder Witwe zu sein, doch wenn ich diese Gedanken hatte, so hätte ich es selbst mir gegenüber nicht zugegeben. Das hätte mich einfach zu traurig gemacht.

☆

Da ich mittlerweile schon über ein Jahr verheiratet war, mußte ich an wichtigere Dinge denken: meine Schwangerschaft. Für dieses Ereignis gab es nicht das geringste Anzeichen; meine Periode blieb niemals aus. Der Grund dafür mag wohl gewesen sein, daß Lothar viel weniger Zeit in mir verbrachte, als mit mir zu spielen und mich zu ermuntern, mit ihm zu spielen. Er bevorzugte bei weitem diese Seite der Liebeskunst und schien sie von Tag zu Tag mehr zu lieben. Aber wie es mit vielen Dingen in dieser Männerwelt bestellt ist, wurde mir die Schuld zugeschoben. »Man sagt, Ihr wäret unfruchtbar, Hoheit«, sagte Rosamunde eines Tages. »Das ist eine ernste Angelegenheit. Unfruchtbarkeit ist ein Grund, eine Ehe für ungültig zu erklären, zumindest wenn Könige betroffen sind.«

Meine Ehe für ungültig erklären lassen? Wenn ich mein Herz befragte, hatte ich nicht das Gefühl, daß dies ein so schreckliches Schicksal war. Eine Ehe, die für ungültig erklärt wurde, war in den Augen der Kirche nie vollzogen worden. Deshalb wäre ich frei, noch einmal zu heiraten und dann vielleicht in größerem Maße meine eigene Wahl treffen zu können. Oder waren das wieder Träume, die auf meinen Stand nicht zutrafen? Die Kehrseite der Medaille war jedoch, daß die Frau nach einer Ungültigkeitserklärung der Ehe immer in

Bausch und Bogen verdammt wurde, was immer der Grund gewesen sein mag. Und vermutlich würde jeder zukünftige Freier darüber nachdenken, daß ich tatsächlich unfruchtbar sein könnte, womit er seine Hoffnungen auf Nachkommen aufgeben müßte, wenn er mich zum Altar führte. Außerdem war noch zu bedenken, daß ich als ehemalige Königin von Italien einen Platz zum Leben würde finden müssen. Mein erster Gedanke wäre gewesen, nach Hause zurückzukehren, wobei ich wirklich nicht wußte, ob Konrad mich willkommen heißen würde – und damit war sicher nicht zu rechnen, wenn er für meinen Unterhalt aufkommen müßte.

»Es gibt bestimmte Frauen«, sagte Rosamunde, »die behaupten, in der Lage zu sein, eine Schwangerschaft herbeizuführen.«

»Und wie?«

»Nun, sie benutzen einen Trank und Beschwörungen und … alle möglichen Dinge. Ich habe davon gehört«, fügte sie hastig hinzu, weil ich nicht annehmen sollte, sie habe es je selbst ausprobiert.

»Hexerei«, behauptete ich. »Davon will ich nichts wissen.«

☆

Ich hatte das Gefühl, eine bessere Lösung zu kennen, und ersuchte um eine Audienz beim Papst. Der alte Agapet hörte mir mit großem Interesse zu. Sein Interesse war in der Tat so groß, daß ich dankbar über sein Alter war, besonders als ich mich an Geschichten über meinen anderen Stiefbruder Johann erinnerte, der einige Jahre zuvor für kurze Zeit Papst gewesen und glücklicherweise verstorben war. Ihm wurde nachgesagt, jede Frau, die den Lateranpalast betreten hatte – aus welchem Grund auch immer –, vergewaltigt zu haben, und es ist sehr schwer, einem lüsternen Papst zu widerstehen. Ich nehme an, daß Agapet so lüstern war wie jeder Mann, aber er mußte seinem Alter und seinem Gewissen Tribut zollen. Er entschied, daß ich von den Nonnen untersucht werden sollte, und dies wurde ordnungsgemäß durchgeführt. Ich war nicht so dumm, als daß ich nicht verstanden hätte, warum das Zimmer, in das ich gebracht wurde, mit Wandteppichen ausgestattet war. Auch wußte ich genau, warum diese gelegentlich bebten, obwohl hier kein Lüftchen wehte. Als ich auf einen Tisch gelegt wurde, meine Röcke bis zur Hüfte hochgeschoben, meine Beine gespreizt und hochgehoben wurden, während die frommen Schwestern meine unteren Regionen untersuchten, fragte ich mich jedoch, wie viele Kardinäle wohl einschließlich des Papstes diesen Vorgang beobachteten. Es bot sich ihnen nicht jeden Tag die Gelegenheit, die schönste Königin, nein die schönste Frau Europas so offen zur Schau gestellt zu betrachten. Es war gleichzeitig demütigend und anregend, aber dieses Erlebnis brachte mir eine eindeutige Erkenntnis: Die verantwortliche Mutter Oberin erklärte, daß sie überhaupt keinen Grund sehe, warum ich nicht oft Mutter werden könne, und erklärte ausdrücklich, daß der Fehler bei meinem Gatten liegen müsse. Folglich würde ich keine Schuld auf mich laden, sollte angestrebt werden, meine Ehe für ungültig zu erklären.

Man könnte annehmen, daß sich durch all diese Vorgänge – wenn es sich auch nur um Gerüchte handelte – die Beziehung zwischen Lothar und mir abgekühlt hätte. Nun, sie war auch am Anfang nicht sehr innig gewesen. Und in der Tat schien er in glückseliger Unwissenheit unseres Dramas zu leben. Sicher zog er während unseres kurzen Zusammenlebens nie in Betracht, unsere Ehe für ungültig erklären zu lassen.

☆

Als Königin von Italien hätte ich mich immer weit entfernt von der Gosse aufhalten können, wäre dies mein Wunsch gewesen. Aber die Gosse war da, und wenn ich nun die Königin dieses unglücklichen Volkes sein sollte, das in diesen Regionen lebte, mußte ich mehr über das Volk wissen. Außerdem war ich neugierig – wann war ich das nicht? In Besançon hatte es, soweit ich wußte, keine besonders schlimme Armut gegeben. Das mag zum Teil daran gelegen haben, daß es dort auch keinen außergewöhnlichen Reichtum gab, und selbst unser Königshaus war im Vergleich zu einigen anderen nicht gerade wohlhabend. In Rom gab es allerdings einige *sehr* reiche Leute, zu der die Königsfamilie allerdings nicht gehörte, da unsere Ausgaben streng von Alberich überwacht wurden. Wir litten allerdings niemals irgendwelchen Mangel, wenn ich auch manchmal Neid empfand, wenn ich den Samt und die Seide sah, die mit Gold eingefaßten Mäntel und die mit Juwelen besetzten Armbänder und Tiaren, die Frauen trugen, die nicht einmal dem niederen Adel angehörten.

Zu dieser Schicht gehörten die Günstlinge der Regierung und die Reichen, gefällige Händler, die noch gefälligere Frauen hatten und geschäftig ihrer Arbeit und ihrer Unterhaltung nachgingen. Sie waren widerlich unterwürfig gegenüber denjenigen, die über ihnen standen, aber brutale Tyrannen, wenn es um Menschen ging, die in der Rangordnung unter ihnen standen. Diese Leute lebten oft in ausgesprochen erbärmlichen Verhältnissen. Als ich mich zum erstenmal entschied, eines der schmutzigsten Viertel der Stadt aufzusuchen, waren meine Zofen empört. Mein neuer Beichtvater, Pater Lucien, war geradezu entsetzt. »Ich betrachte es als meine Pflicht, Pater«, sagte ich.

»Eure Pflicht, Hoheit, besteht darin, immer an der Seite Eures Gatten zu sein. Das bedeutet, daß Ihr stets Eure Gesundheit schützen müßt.«

»Mir wird schon nichts passieren, Pater. Ihr werdet mich begleiten.«

Er schluckte, aber es blieb ihm nichts anderes übrig. Und so stiegen wir in den Sattel und machten uns auf den Weg.

Rosamunde und vier Soldaten folgten uns. Das Volk war erstaunt. Die Menschen verließen ihre Geschäfte und Häuser und umringten uns. Sie drehten den armen Lucien im Kreis herum, der vor Angst ganz gelb wurde, doch sie wollten nur meine Stiefel oder meinen Saum berühren. Sie waren ärmlich gekleidet und stanken, und viele von ihnen waren offensichtlich krank. Es war dennoch ein wundervolles Erlebnis, so bewundert zu werden. Es muß wohl nicht gesagt werden, daß Lothar sich schrecklich aufregte. »Demnächst wollt Ihr sicher auch noch einer Hinrichtung beiwohnen«, sagte er.

»Genau so ist es«, erwiderte ich.

Die römischen Hinrichtungen waren ganz anders als die durch den Strang, wie ich sie in Besançon gesehen hatte. Hier benutzte man die Garrotte, ein schreckliches Ding, wenngleich diese Art der Hinrichtung angeblich vornehmer war. Das Opfer sitzt auf einem Stuhl, der mit dem Rücken an einem stämmigen Holzpfahl lehnt. In diesem Pfahl ist ein Loch, durch das der Strang gezogen und um den Nacken des Unglücklichen geschlungen wird. Der Henker steht mit einem dicken Stock, durch den die beiden Enden des Strangs gezogen werden, hinter dem Opfer. Wenn der Stock gedreht wird, spannt sich der Strang. Der Henker dreht den Stock solange, bis der Verbrecher den Geist aufgegeben hat. Ich war davon überzeugt, daß dies eine sehr schnelle und schmerzlose Methode sei und ein guter Henker, der von den Angehörigen des Opfers im voraus großzügig bezahlt worden war, das Genick beim ersten Drehen brechen könne. Nun aber kamen mir Zweifel, als ich sah, daß die Augen und die Zunge aus dem Gesicht des Übeltäters hervorquollen und sich seine am Stuhl gefesselten Glieder verkrampften. Das war schon schrecklich genug, doch es gab noch schlimmere Strafen. Eine solche blühte zum Beispiel einem irregeleiteten Schurken, der ein Messer auf Alberich schleuderte, das ihn nur knapp verfehlte. Über den Verbrecher wurde sofort gerichtet. Er wurde verurteilt, bei lebendigem Leibe verbrannt zu werden. Dies wäre sicherlich schon unangenehm genug gewesen, aber zu dem Urteil kam das schreckliche Los hinzu, daß der Delinquent auf ein Weidengeflecht gebunden wurde. Dieses wurde an einem Pferd befestigt und durch die Straßen gezogen. Neben diesem Weidengeflecht schritten zwei Henker, die beide mit Messern bewaffnet waren und immerfort Stückchen aus dem Körper des Opfers schnitten. Zur großen Freude des Volkes warfen sie die Stücke in die Menge. Tatsächlich riefen die Zuschauer, welche Teile des Körpers sie als nächstes haben wollten, wobei einige gefragter waren als andere.

Ich sah diese Hinrichtung von einem Balkon aus. Wie ich schon sagte, fiel ich nie in meinem Leben in Ohnmacht, aber bei diesem Anblick fühlte ich mich hundeelend.

☆

Die Geräusche, Bilder, Gerüche und Krankheiten, die mich umgaben, waren Teile meines Lebens. Ich konnte sie nicht vermeiden, und ich hätte weit weniger als meine Pflicht getan, hätte ich beschlossen, darüber hinwegzusehen. Obwohl ich es nicht wußte, kroch die Schattenseite des Lebens derweil mit zerrenden Fingern an die Oberfläche, um mich in ihre Mitte zu ziehen. Sie riß mich aus meinem sanften, wenn auch wenig erbaulichen Leben und schleuderte mich gezwungenermaßen, ohne daß ich es irgendwie beabsichtigt hätte, auf die Weltbühne, und diesen Platz habe ich seitdem nicht mehr verlassen.

Lothar und ich waren mittlerweile seit drei Jahren verheiratet, und als der Frühling begann und damit zu rechnen war, daß die Schüttelkrankheit wieder ausbrach, packten wir unsere Taschen und machten uns wie üblich auf den Weg in die Berge zu unserer Villa. Wenn ich mich recht erinnere, waren wir damals ziemlich guter Stimmung, was selten vorkam. Aber in den vergangenen Jahren bestand ein Teil von

Lothars Problemen nur aus Angst, die ihn nach dem Tod seines Vater befallen hatte. Der alte Hugo mag ein unangenehmer Bursche gewesen sein, aber er war auch ein äußerst gefährlicher Bursche und ein hervorragender Krieger, und wenn er auch niemals gewagt hätte, mit Otto von Deutschland das Schwert zu kreuzen, war er – wie wir gesehen haben – kühn genug, um nach Besançon zu kommen und Mutters Hand zu ergreifen, als Otto mit anderen Dingen beschäftigt war.

Daher hatte Berengar von Ivrea es während Hugos sogenannter Herrschaft als König von Italien nie gewagt, den Kampf zu eröffnen, wenn er auch wetterte und schimpfte und Drohungen ausstieß, besonders da es wahrscheinlich war, daß Hugos Waffen von Alberichs unterstützt werden könnten, der Berengar bestimmt nicht zum König haben wollte. Diese Situation hatte sich seit Hugos Tod verschlimmert. Ich glaube nicht, daß es in ganz Italien irgend jemanden gab, der für Lothar etwas anderes als Verachtung empfand – seine Frau eingeschlossen. Aus diesem Grunde hatte Lothar in den ersten Jahren, die auf den Tod seines Vaters folgten, in Angst und Schrecken gelebt, weil er befürchtete, daß Berengars Heer plötzlich vor den Toren Roms stehen könnte. Dies war nicht geschehen; deshalb gewann Lothar langsam den Mut zurück, vor allem als ich ihm erzählte, daß ich Berengar in Pisa getroffen hätte und er ausgesprochen höflich gewesen sei. Ich erwähnte nicht, daß er mir schöne Augen gemacht hatte.

In Anbetracht dessen, was dann geschah, fragte ich mich, warum Berengar damals nicht auf der Stelle Besitz von mir ergriffen hatte. Doch als ich später über diese Sache nachdachte, leuchtete mir sein Vorgehen ein. Zunächst hätte es bedeutet, Konrad ebenfalls in seine Gewalt zu bringen, und das hätte einen Krieg mit Burgund und möglicherweise sogar mit Deutschland nach sich gezogen, da bekannt war, daß Konrad noch immer unter Ottos Schutz stand. Da ich außerdem noch nicht Königin von Italien war, hätte er nichts gewonnen außer einer äußerst hübschen Gefangenen, mit der er nichts hätte anfangen können, außer ihren Körper zu mißbrauchen. Eine umherirrende Prinzessin ist auch dann, wenn sie hübsch ist, keinen Krieg wert. Berengar war außerdem ein Mann, der sich viel Zeit nahm, um sich über alles seine Meinung zu bilden, und der gern deutlich seinen Weg im voraus vor sich sah – einen Weg, den er Schritt für Schritt gehen würde. Aber daß er etwas plante, daran konnte es keinen Zweifel geben.

Jedoch hatten die drei vergangenen Jahre Lothar ein wachsendes Gefühl von Sicherheit beschert. Wie ich schon andeutete, waren seine Abstecher von Rom aufs Land, in dem er offiziell herrschte, immer nur sehr kurze Reisen, auf denen er stets von einer großen Gruppe bewaffneter Wachen begleitet wurde, aber sogar diese hatten sich immer mehr als überflüssig erwiesen, ganz zu schweigen davon, daß sie teuer waren. Daher seine gute Stimmung auf dieser Fahrt. Es war eine Stimmung, die ich nur teilen konnte. Es war stets angenehm, Rom in den Sommermonaten zu verlassen, und ich liebte Tivoli, wo unsere Villa stand. So ritten wir durchs Land; unsere Troubadoure sangen Lieder, während sie auf ihrer Laute spielten; Pater Lucien, der unter seinem schwarzen Hut mit der breiten Krempe in einen Halbschlaf gesunken war, summte rhythmisch zu den Melodien; Lothar und seine Höflinge sprengten mit ihren Pferden übermütig durch die Frühlingsluft, und sogar meine Damen und ich stimmten gelegentlich in den Gesang ein. Und dann sahen wir zwei Tage, nachdem wir Rom verlassen hatten, in der Ferne unsere Villa. Die Mauern erhoben sich stolz in der Nachmittagssonne, und die Fahnen flatterten in der Brise, um den König zu begrüßen. »Oh, ich liebe diesen Ort«, erklärte Lothar. »Kann es ein schöneres Fleckchen Erde geben?«

»Bestimmt nicht, mein Gemahl«, pflichtete ich ihm bei, während ich auf die Mauern schaute. Es kam mir so vor, als stünden dort viel mehr Männer auf den Befestigungsmauern als gewöhnlich. »Gibt es einen besonderen Anlaß?« fragte ich.

Er folgte der Richtung meines Blickes. »Davon weiß ich nichts. Graf Zandi muß wohl Leute rekrutiert haben. Wer soll das bezahlen? Wer soll das *bezahlen*?« Alberich wollte verhindern, daß Lothar je in die Lage geriet, ein Heer auszuheben, das stark genug war, die Macht in Rom an sich zu reißen; das war einer der Gründe dafür, daß Alberich meinen Gemahl mit Geld stets knapp hielt. Inzwischen standen wir unmittelbar vor den Mauern, und die Tore öffneten sich. In diesem Moment sagte mir mein sechster Sinn, daß wir unmittelbar vor einer schrecklichen Katastrophe standen. Ich hatte das übermächtige Verlangen, die Zügel herumzureißen und nach Rom zurückzureiten, so schnell ich konnte.

Aber so etwas tun Königinnen nicht, und so ritt ich, gefolgt von unseren Leuten, wie eine Marionette hinter meinem Herrn und Meister auf den Hof. Als wir dort ankamen, schlugen die Tore so lärmend zu, daß mein Herz plötzlich wild pochte. Auf dem Hof standen noch mehr bewaffnete Männer als auf den Festungsmauern. »Was soll das bedeuten?« fragte Lothar. »Was ist hier los?«

Und dann schluckte er schweigend. Berengar von Ivrea schritt die Treppe des Rittersaales hinunter.

3

Die Witwe

Berengar sah aus, als wäre er bester Laune, und sogar ich faßte Mut und hoffte, daß dies nur ein ausgeklügeltes Spiel sei.

»Was soll das bedeuten, mein Herr?« wollte Lothar wissen. »Seid Ihr den ganzen Weg gereist, um mich zu begrüßen?«

Berengar verbeugte sich. »In der Tat. Wollt Ihr nicht absteigen?« fragte er, worauf Lothar aus dem Sattel stieg. »Und Ihr, Hoheit?« Berengar wandte sich nun an mich und verbeugte sich vor mir. Ich hatte keine andere Wahl. »Nun, Herr, wollt Ihr Euren Leuten nicht befehlen, daß sie ebenfalls absteigen sollen? Ein Mahl erwartet sie.« Lothar gab unseren Leuten ein Zeichen, und sie gehorchten. »Wenn Ihr mir nun bitte folgen würdet, Herr«, forderte Berengar ihn auf und zeigte auf die Treppe, die zum Rittersaal führte.

Lothar schaute mich an, als fragte er sich erst jetzt, warum er in seinem eigenen Haus wie ein Gast behandelt wurde, stieg dann aber die Treppe hinauf. Ich folgte ihm, und Rosamunde, Pater Lucien und meine Zofen folgten mir. Diese wurden jedoch von Berengar aufgehalten. »Eine Zofe wird für Ihre Gnaden ausreichend sein. Ihr könnt mitkommen, Pater.«

Ich drehte mich um und wollte widersprechen, doch der Rest unserer Reisegesellschaft war bereits von Berengars Soldaten umzingelt. Mir wurde bewußt, daß wir Gefangene waren, und lief weiter, um meinen Gatten einzuholen, der schon den Saal betreten hatte. »Herr«, sagte ich flehentlich. »Lothar ...«

Und dann erkannte ich ebenso wie Lothar kurz zuvor, daß uns wieder einige bewaffnete Männer Gesellschaft leisteten, die die Wände säumten. Bei ihnen waren ein halbes Dutzend ganz abscheulich aussehender Burschen, die auf der gegenüberliegenden Seite des Raumes warteten. Dort prasselte ein Feuer im Kamin, obwohl es sehr warm war. »Was hat das zu bedeuten?« fragte Lothar Berengar, der den Saal ebenfalls betreten hatte und dem Rosamunde, Pater Lucien und weitere Krieger folgten.

»Wir brauchen Zeugen für eine kleine Transaktion, Herr.«

»Was für eine Transaktion?«

»Eure Abdankung.«

»Seid Ihr von Sinnen?« fragte Lothar.

»Ihr wäret von Sinnen, wenn Ihr ablehnen würdet, Herr. Dieses Schloß ist vollkommen in meiner Hand. Eure Männer werden in diesem Moment entwaffnet. Und Ihr und Eure ...«, sagte er, wobei er mich anschaute, »und Eure hübsche Gemahlin seid in meiner Gewalt. Ich bin sicher, Ihr wollt nicht, daß eine so schöne Frau irgendeinen Schaden davonträgt.« Ich hielt vor Bestürzung den Atem an, während Lothar nun vor Angst keuchte. Ich hatte keinen Zweifel, daß seine Furcht um ihn selbst größer war als um irgend etwas, das mir widerfahren könnte. Pater Lucien hielt es zweifellos für das beste, auf die Knie zu fallen und zu beten, und ich erinnerte mich an unsere glückliche Befreiung von den Ungarn. Leider zeigte Gott sich an diesem Tag eindeutig uninteressiert an unseren Angelegenheiten. »Eure sogenannte Herrschaft in Italien war eine Farce«, fuhr Berengar fort. »Ihr werdet von diesem Spoleto beherrscht. Erkennt Ihr nicht, daß es besser für Euch wäre, das Land zu verlassen und als Privatmann zu leben, so daß Ihr in der Lage wäret ...«, wieder warf er mir einen Blick zu, »Euch in Wohlbehagen und Sicherheit an Eurer schönen Frau zu erfreuen?«

Mir gefiel die Situation überhaupt nicht, und das lag einerseits daran, daß Berengar ständig auf meine Schönheit anspielte, und andererseits, weil ich sah, daß Lothar sich zu kapitulieren anschickte. »Herr!« rief ich. »Ihr seid der König.

Nicht einmal dieser Schuft würde es wagen, dem König Schaden zuzufügen! Oder der Königin«, fügte ich rasch hinzu.

Berengar gab ein Zeichen, und ehe ich reagieren konnte, packten mich zwei Männer an den Armen. Rosamunde schrie, und schon umklammerten sie auch ihre Arme. Pater Lucien sprach seine Gebete noch schneller. »Führt sie ans Feuer«, befahl Berengar.

Sie schleppten mich durch den Raum. Ich bemühte mich, so gut ich konnte, Widerstand zu leisten, aber sie waren viel stärker als ich, und außerdem ist es unschicklich für eine Königin, zu zappeln und um sich zu treten, wenn sie in der Gewalt fremder Männer ist. Ich schrie dennoch nach meinem Herrn. »Lothar!« bettelte ich.

Doch mein Flehen schien ihn gar nicht zu erreichen. »Was habt Ihr mit ihr vor?« fragte er. Vielleicht zeigte er nur Interesse an meinem Schicksal.

»Verbrennt sie ein bißchen«, sagte der Schurke, woraufhin einer seiner Männer das Schüreisen ins Feuer stieß. Ich sah, daß der untere Teil rotglühend war. »Aber nicht dort, wo man es sehen kann. Hebt ihre Röcke hoch.«

»Lothar!« schrie ich.

»Wartet«, sagte Lothar. »Werdet Ihr sie verschonen, wenn ich tue, was Ihr wollt?« Hatte er mich denn wirklich die ganze Zeit geliebt?

»Natürlich«, erwiderte Berengar ritterlich. »Ich möchte so einer Schönheit keinen Schaden zufügen.«

Das Schüreisen wurde in die Flammen gestoßen, wo es erneut zu glühen anfing. Jetzt bekam ich wenigstens wieder Luft, wenn die Männer auch noch immer meine Arme umklammerten. »Und Ihr werdet uns verschonen?« fragte Lothar.

»Ich habe nicht vor, irgend jemandem das Leben zu nehmen«, sagte Berengar, was sicher doppeldeutig war.

Lothar konnte mittlerweile nicht mehr klar denken. »Dann gehe ich darauf ein.«

»Auf dem Tisch liegt alles bereit.« Berengar führte meinen zitternden Ehemann zu dem Schriftstück, neben dem Feder und Tinte warteten. »Ihr könnt Königin Adelheid erlauben, sich zu setzen.« Ich wurde zu einem Stuhl mit einer hohen Rückenlehne geführt, der am Ende des Tisches stand. Die beiden Männer ließen mich los, stellten sich jedoch links und rechts von dem Stuhl hin, falls ich mich plötzlich entscheiden sollte, gewalttätig zu werden. »Nun?« Berengar forderte ihn auf zu unterschreiben. Lothar las das Dokument, holte tief Luft, seufzte herzergreifend und unterschrieb schließlich. Berengar nahm das Schriftstück und wedelte es durch die Luft, damit die Tinte trocknete. »Ausgezeichnet. Wir werden Euer Siegel später hinzufügen.«

»Was passiert nun?« fragte Lothar mit leiser Stimme. »Wann dürfen wir nach Arles zurückkehren?«

»Ja, ich fürchte, Ihr müßt für ein paar Tage hier unter Bewachung bleiben, bis die Nachricht Eurer Abdankung im ganzen Land bekanntgegeben wurde und es natürlich der Herzog von Spoleto erfahren hat. Ihr hattet doch sowieso die Absicht, den ganzen Sommer hier zu verbringen, nicht wahr?«

»Nun ja, das stimmt.« Lothar sah erleichtert aus.

Ich war nicht im geringsten erleichtert. Ich war nicht nur durch einen Federstrich von der Königin von Italien zur Königin von Arles degradiert worden, was eine weit niedrigere Position war, und von diesen beiden Schurken mißhandelt worden, sondern ich war sicher, daß dieses schreckliche Theater noch nicht zu Ende war. Ich hatte recht. »Es ist jedoch«, sagte Berengar, »eine kleine Zeremonie notwendig, um diese Transaktion zum Abschluß zu bringen.«

»Was denn?« fragte Lothar.

»Ja, Ihr seht, König Lothar … oh, Verzeihung, Ihr seid nicht länger König von Italien, nicht wahr? Wie ich schon sagte, wurden Könige schon in früheren Zeiten abgesetzt, wenn sie höheren Mächten gegenüberstanden, und sie versuchten, sobald ihnen keine Beschränkungen mehr auferlegt waren, ihre Macht zurückzuerlangen, ungeachtet der Schwüre, die sie bei ihrer Abdankung leisteten. Menschen sind derart hinterlistige Kreaturen. Darum muß man dafür sorgen, daß sie nicht in der Lage sind, solche verrückten und unwürdigen Versuche zu unternehmen.«

»Was meint Ihr damit?« Lothars Stimme wurde eine Spur schriller, und er umklammerte instinktiv seinen Hosenbeutel.

Berengar lächelte. »Ich würde den Besitzer einer so schönen Ehefrau nicht seiner Männlichkeit berauben. Ihr könnt zur Tat schreiten«, sagte er zu seinen Henkershelfern. Es verschlug mir vor Entsetzen den Atem, als sie Lothars Arme ergriffen und er gezwungen wurde, sich auf den mir gegenüberstehenden Stuhl zu setzen, wo man ihn festhielt. Ich wußte genau, was ihm nun widerfahren würde. Er selbst war dermaßen entsetzt, daß er seine Situation nicht richtig einschätzte, bis das Schüreisen wirklich aus dem Feuer gezogen und zu ihm gebracht wurde. Dann stieß er einen vollkommen unirdischen Schrei aus und versuchte aufzustehen, aber er war umzingelt von Männern, die ihn auf den Stuhl drückten, während zwei weitere seinen Kopf zurückwarfen. »Oh, laßt ihn noch einen letzten Blick auf seine Frau werfen«, sagte Berengar, woraufhin Lothars Kopf wieder hochgezogen wurde. Wir starrten uns an, doch ich bezweifelte, daß er mich wirklich sah. Seine Augen waren mit Tränen gefüllt.

»Für diese Tat werdet Ihr sterben«, fauchte ich Berengar an.

»Es wäre gut, würdet Ihr auf Euch selbst achten, gnädige Frau. Schreitet zur Tat.«

Lothars Kopf wurde erneut zurückgeworfen. Er schrie immer wieder, und dann wurde das Schüreisen in sein rechtes Auge gestoßen. Ich konnte das verbrannte Fleisch riechen und stemmte mich gegen die Männer, die mich festhielten. Früher hatte ich mich gerühmt, nie in Ohnmacht zu fallen.

Wie sehr hätte ich mir gewünscht, es würde jetzt geschehen. Rosamunde hatte schon die Besinnung verloren. Lothars Schreie erfüllten den Raum und zweifellos die Berge und vielleicht ganz Italien, als das Schüreisen wieder erhitzt und auf sein linkes Auge gerichtet wurde. Und dann hielten sie plötzlich inne. Lothars Körper lag kraftlos in den Händen der Henker. »Was habt Ihr getan?« fragte Berengar in schneidendem Ton.

»Nichts, was Ihr uns nicht befohlen habt, Herr.«

Berengar schob den Mann zur Seite und beugte sich über meinen Ehemann. Lothars Gesicht war geschwärzt von der Hitze, und seine Brust bewegte sich nicht mehr. »Haltet seinen Arm«, befahl Berengar.

Dies taten sie, und der Markgraf zog seinen Dolch und schnitt Lothars Handgelenk ab. Nur ein Rinnsal von Blut sickerte heraus. »Es muß sein Herz gewesen sein«, sagte jemand.

Berengar schaute sekundenlang auf den toten Körper, während ich so stark keuchte, daß mein Kleid fast platzte. Vielleicht hatte ich Lothar nie gemocht und noch weniger geliebt, aber zu sehen, wie mein eigener Ehemann vor meinen eigenen Augen ermordet wurde ... »Ihr!« Berengar rief den zitternden Lucien. »Sprecht ein Gebet!« Er wandte sich vom Leichnam ab und schaute mich an.

»Mörder!« stieß ich hervor.

»Ich fordere die ganze Welt und natürlich alle Anwesenden auf zu bezeugen, daß es ein Unfall war.«

»Ein Unfall? Ihr gabt den Befehl, ihn zu blenden!«

»Es sind schon vor ihm Männer geblendet worden, gnädige Frau, ohne zu sterben. Euer Gatte war offensichtlich ein weit größerer Schwächling, als ich vermutete. Wir stehen jedoch nun einer ganz neuen Situation gegenüber. Ihr seid jetzt die verwitwete Königin von Italien.«

Ich konnte in diesem Moment seinem Gedankengang nicht folgen. »Mein Gatte hat abgedankt.«

»Hat er?« Berengar nahm das Schriftstück, riß es entzwei, warf es ins Feuer und schaute zu, wie es verbrannte. Ich starrte ihn bestürzt an. »Ich muß gestehen«, sagte er, »ich wußte, daß es große Schwierigkeiten geben würde, die Menschen dazu zu bringen, Lothars Abdankung und die Neubesetzung seines Amtes zu akzeptieren. Ich sah einen langen, harten Kampf voraus. Aber Lothars Witwe, nun ... Niemand kann behaupten, daß sie nicht die Königin ist. Alles was erforderlich sein wird, ist ein Gatte, der an ihrer Seite regiert.«

»Dafür werdet Ihr hängen«, rief ich.

»Vielleicht. Aber erst einmal steht jetzt ein Zimmer für Euch bereit. Geht dorthin. Ihr könnt Eure Zofe mitnehmen. Da jedoch gut bekannt ist, daß Frauen oft unbedacht handeln, wenn sie angespannt sind, fürchte ich, es wird für zwei meiner Männer notwendig sein, die Nacht in Eurer Gesellschaft zu verbringen.«

»Das werdet Ihr nicht wagen!« schrie ich. Wie zwecklos! Dieser Mann hatte es soeben gewagt, den König von Italien zu ermorden!

»Sie werden Euch kein Härchen krümmen. Es sei denn, Ihr zwingt sie dazu. Ihr braucht Euch nicht auszukleiden. Sobald es hell wird, brechen wir auf.«

☆

Da ich keine andere Wahl hatte, mußte ich gehorchen. Mich Berengar nicht zu beugen hätte die Gefahr einer weiteren Mißhandlung heraufbeschworen. Auf jeden Fall hätte ich keinen Selbstmord in Erwägung gezogen, selbst wenn Rosamunde und ich allein gelassen worden wären. Ganz abgesehen davon, daß es eine Sünde ist, war ich zu zornig und zu entschlossen, den armen Lothar zu rächen. Ich wage es kaum zu sagen, daß ich außerdem zu neugierig war zu erfahren, was Berengar vorhatte. Er würde wohl kaum beabsichtigen, mit mir an seiner Seite nach Rom zu reiten und zu behaupten, mein Beschützer zu sein. Ganz abgesehen davon, was ich dazu sagen könnte, war viel bedeutender, was Alberich sagen und vor allem tun würde!

Nachdem Rosamunde wiederbelebt worden war, bekamen wir etwas zu essen, wobei natürlich keine von uns wirklich Hunger hatte, und dann zogen wir uns zurück, begleitet von den beiden Soldaten. Das war ebenso unangenehm wie ärgerlich, aber auch in diesem Fall hatte ich im Moment keine andere Wahl. Und Berengar stand zu seinem Wort. Die beiden Männer verschonten uns sogar, so gut es ging, mit ihren Blicken und behandelten uns ausgesprochen höflich. Würde Berengar sich ebenso verhalten? Er hatte bei unserem früheren Treffen seine große Bewunderung für mich zum Ausdruck gebracht. Nun hatte er mich in seiner Gewalt, und selbst wenn er noch nicht ganz von mir Besitz ergriffen hatte, so war ich darauf gefaßt, daß er es in kürzester Zeit tun würde. Ich erwartete, daß er jeden Moment in unser Schlafzimmer eindringen würde, doch es war noch nicht einmal ein Klopfen an der Tür zu vernehmen. Das war jedoch bedrohlich, da es sein großes Vertrauen bewies, mich besitzen zu können, wann immer er wollte. »Was wird aus uns werden, Hoheit?« fragte Rosamunde.

»Ich habe nicht die geringste Ahnung«, mußte ich gestehen.

☆

Am nächsten Morgen wurden wir bei Sonnenaufgang geweckt. Wir frühstückten in aller Eile und tranken eine halbe Flasche Wein. Anschließend sagte man mir, daß ich Pater Lucien und meinen Zofen Lebewohl sagen müsse. »Wie soll ich ohne meinen Beichtvater leben?« fragte ich. Ich hatte tatsächlich geschlafen, wenn auch unbequem, da ich mich nicht entkleidet hatte, und fühlte mich viel besser. Zu meiner großen Erleichterung war Lothars Leichnam nirgends zu sehen – vielleicht hatten sie ihn schon verbrannt.

»Wir haben unsere eigenen Beichtväter in der Toskana«, sagte Berengar zu mir.

Das war mein erster Hinweis auf unser Reiseziel. Ich wünschte Lucien und meinen Zofen ein schmerzliches Lebewohl. Ich konnte ihnen leider keinerlei Instruktionen geben, da Berengar bei uns war. Da sie jedoch nach Rom zurückgeschickt wurden, hatte ich keinen Zweifel daran, daß sie Alberich alles wahrheitsgetreu berichten würden. Natürlich war fraglich, ob das für mich überhaupt irgendeinen Vorteil mit sich bringen würde. Kurz darauf waren wir wieder unterwegs. Wir saßen im Sattel, verließen mit unserer Eskorte die Stadt und ritten gen Norden. Am nächsten Tag stiegen wir abermals die Apenninen hinauf. Wieder ließ man mir jede Liebenswürdigkeit zukommen. Mehrere Zofen, Berengars Kreaturen, hatten sich zu uns gesellt, und diese waren bemüht, für all meine Bedürfnisse zu sorgen. Berengar selbst war selten in meiner Nähe, obwohl er sich ganz sicher bei der Reisegesellschaft aufhielt. Drei Tage, nachdem wir die Villa verlassen hatten und ausgesprochen müde und erschöpft von der Reise waren, ritt er jedoch neben mir. Der Paß, über den wir ritten, öffnete sich, um uns einen Blick auf die grünen Ebenen der Toskana zu gestatten. »Euer Herrschaftsgebiet«, sagte ich.

»Ein Teil davon. Es wird sich vergrößern.«

»Glaubt Ihr nicht, daß inzwischen ganz Italien die Waffen gegen Euch erhoben hat, weil Ihr einen so niederträchtigen Mord begangen habt? Sie werden vermuten, daß Ihr auch mich ermordet habt.«

»Eure Leute werden das richtigstellen. Und wenn es notwendig sein sollte, kann ich beweisen, daß Ihr noch lebt.«

»Ihr würdet sicher eine ganze Reihe Leute beruhigen, wenn Ihr das jetzt tun würdet«, gab ich zu bedenken. »Mein Bruder wird vor Sorge gewiß ganz außer sich sein. Ist es nicht möglich, ihn wissen zu lassen, daß ich am Leben bin und es mir gut geht?«

»Konrad wird kaum wissen, daß Ihr Rom verlassen habt. Ich werde sicherlich mit ihm sprechen, sobald wir beide ein befriedigendes Abkommen getroffen haben.«

»Was für ein Abkommen sollten wir wohl treffen können, das uns beide zufriedenstellt? Mein einziger Wunsch ist, Euch hängen zu sehen.«

»Was für eine furchterregende kleine Schönheit Ihr seid. *Mein* einziger Wunsch ist, Euch nackt neben mir im Bett liegen zu sehen.«

Nun war es heraus. Als ob es nicht von Anfang an klar gewesen wäre. »Herr, Ihr beleidigt mich!«

»Gnädige Frau, Ihr verhext mich«, erwiderte er.

»Ich werde mich Euch niemals fügen.«

»Ihr werdet Euch fügen, entweder freiwillig oder mit Gewalt.«

Es dauerte ein paar Sekunden, bis ich mich wieder fing. »Glaubt Ihr, daß Ihr so einfach eine Königin vergewaltigen könnt?« fragte ich, als unsere Pferde sich vorsichtig ihren Weg von den Abhängen hinunter auf die Ebene suchten.

»Eine Königin ist nur eine Frau. Auf jeden Fall ist es nicht möglich, seine Frau zu vergewaltigen.«

Abrupt drehte ich den Kopf. »Ihr seid doch schon verheiratet!«

»Meine Frau ist kränklich«, sagte er und ritt davon.

☆

Er hatte also die Absicht, durch eine Heirat mit der Königinwitwe rechtmäßiger König von Italien zu werden. »Was werden wir tun?« fragte Rosamunde.

»Wenn du nicht aufhörst, mir dauernd diese dumme Frage zu stellen, werde ich dich auspeitschen«, stieß ich hervor. Ich fühlte mich ausgesprochen unwohl, ganz abgesehen von dem Unbehagen der qualvollen letzten Tage, da wir kein Bad nehmen oder unsere Kleider wechseln konnten. Mein ganzer Kopf juckte. Und was die Zukunft betraf … Wenn ich auch gelegentlich andeutete, daß die Aussicht, Berengar näherzukommen, aufregend war, so hatte ich diese Gedanken, bevor er meinen Gatten vor meinen Augen ermordet hatte, und auf jeden Fall hatte ich nicht wirklich gehofft, daß es passieren würde. Die Aussicht, seine Frau zu sein … Er war ein ehrgeiziger Schurke, wurde aber von fast allen, die ich kannte – einschließlich König Otto – als eine Art Verbrecher betrachtet, und nun bewies er, daß er tatsächlich einer war. Und ich war vollkommen in seiner Hand.

Im Augenblick sah ich die einzige Chance auf Rettung darin, mich Berengars derzeitiger Gattin auf Gnade und Ungnade auszuliefern, solange sie noch lebte, und zu hoffen, daß sie mit ihrem Ehemann nicht unter einer Decke steckte. Vorausgesetzt, daß ich sie je zu Gesicht bekam. An diesem Abend erreichten wir ein kleines Dorf, das von einer Festung überragt wurde, in der wir die Nacht verbringen sollten. Das war mir sehr angenehm, da unsere Schlafplätze in den vergangenen drei Nächten – gelinde gesagt – sehr primitiv gewesen waren. »Ein Bad«, sagte ich. »Ich will ein Bad nehmen.«

»Selbstverständlich«, stimmte Berengar zu, und ich wurde in ein Schlafgemach gebracht, während Gehilfen mit Eimern hin und her eilten, um einen Kübel mit heißem Wasser zu füllen. Anschließend wurden sie entlassen, und ich sank dankbar in die Seifenlauge, während Rosamunde mein Haar wusch.

»Schön, Hoheit«, sagte Rosamunde, »so weit, so gut.«Das war ihre neue Masche. Diese ärgerte mich weit weniger, als ihre ewige Fragerei: Was werden wir tun? Aber in diesem Moment genoß ich zu sehr die Behaglichkeit – abgesehen von meinem wunden Hinterteil, das mir die Tage im Sattel beschert hatten –, als daß ich es ihr übelnehmen konnte. Meine Augen waren sogar geschlossen, als ich ihre Fürsorge genoß.

Doch dieses Wohlbehagen wurde gestört, als jemand die Tür öffnete. Warum in aller Welt hatte dieses dumme Kind vergessen, die Tür zu verriegeln?

»Hoheit«, sagte Berengar. »Kann es einen erregenderen Anblick geben als eine Frau im Bad?«

Ich zog die Knie hoch und preßte meinen Körper dagegen. »Hinaus!«

»Ich bin sicher, Ihre Gnaden meinen dich, Mädchen«, sagte Berengar. Rosamunde war aufgestanden, als er den Raum betreten hatte. Jetzt sah sie ziemlich verunsichert aus.

»Ich meinte Euch, mein Herr«, sagte ich.

»Und ich meine sie. Raus mit dir, Mädchen, oder soll ich dich hinauswerfen?«

Er war offensichtlich bereit, Gewalt anzuwenden. »Laß uns allein, Rosamunde«, sagte ich.

Sie schlich um Berengar herum und rannte aus dem Zimmer. Er schloß die Tür und schob den Bolzen vor. »Nun steht auf und laßt mich Euch anschauen.«

»Und wenn ich mich weigere, werdet Ihr mich aus dem Wasser ziehen?«

»Natürlich.« Ich hatte keine andere Wahl. Es bestand kein Zweifel daran, daß er ebenso bereit war, mir gegenüber Gewalt anzuwenden wie gegenüber meiner Zofe. Langsam stellte ich mich hin, und da es kaum einen Zweck zu haben schien zu versuchen, irgendeinen Körperteil zu verbergen, ließ ich meine Arme am Körper herabhängen. Er starrte mich sekundenlang an. »Kann solch eine Vollkommenheit menschlich sein?« fragte er schließlich und kam auf mich zu. Ich zwang mich, still zu stehen und die Augen nicht zu schließen. Ich wußte, daß ich gegenüber diesem Mann auf keinen Fall Angst oder irgendein Gefühl der Unterlegenheit zeigen durfte. Er berührte mein Haar, das noch tropfnaß war und über meine Schultern und meinen Rücken fiel. »Seide«, sagte er und streichelte dann meinen Schambereich. Stillzuhalten erforderte eine enorme Willensanstrengung. »Ich kann nicht glauben, daß dieser Flegel Lothar Euch je befriedigt hat«, sagte er.

Das stimmte genau, aber ich war nicht bereit, es zuzugeben. »Glaubt Ihr, Ihr könnt es besser?«

»Oh, ja. Wollt Ihr Euch eine Erkältung zuziehen?« Er nahm mein Handtuch und gab es mir. Dann ging er durch den Raum, legte sich aufs Bett, stützte sich auf den Ellbogen und schaute mir beim Abtrocknen zu. Ich sah ihn an, während ich mich mit der gleichen bedächtigen Würde abtrocknete, die ich mich an den Tag zu legen bemüht hatte, seit ich seine Gefangene war. Das soll nicht heißen, daß mir nicht tausend Gedanken durch den Kopf schwirrten. Ich stand kurz davor, vergewaltigt zu werden, und ich konnte gar nichts dagegen tun. »Kommt her«, sagte er.

Ich ging zum Bett und stand dann vor ihm. »Habt Ihr vergessen, daß ich seit kaum einer Woche Witwe bin?«

»Es ist das beste, die Trauerzeit schnell zu beenden.«

»Und glaubt Ihr wirklich, daß ich jemals etwas anderes als Haß für den Mann empfinden könnte, der meinen Ehemann ermordet hat?«

»Haß ist auch ein Gefühl, das man schwer ertragen kann. Legt Euch zu mir.«

»Ich will nicht.«

Er setzte sich. »Hört mir zu, Adelheid. Ich bin kein Mann, dem man widerspricht. Ihr werdet mir gehorchen und alles tun, was ich von Euch verlange.«

»Oder Ihr werdet mich schlagen«, spottete ich.

Er strich mit seinen Fingern über meine Schulter, über meine rechte Brust und verweilte einen Moment auf der Brustwarze. Dann glitten seine Finger hinunter zu meinen Rippen und zu meiner Hüfte und suchten sich ihren Weg über meine Leiste zum Schamhaar. Trotz meiner Entschlossenheit, kühl zu bleiben, fing ich zu stöhnen an. »Diese Schönheit grün und blau schlagen?« fragte er. »Das wäre verrückt. Sagt mir, habt Ihr Eure Zofe gern? Es sieht so aus.«

»Es wäre ausgesprochen ungerecht, sie für etwas zu bestrafen, was ich Euch verweigere.«

»Leben ist eine ungerechte Sache, und zwar in noch größerem Maße für Bedienstete als für die anderen. Wenn Ihr mir nicht aufs Wort gehorcht, werde ich sie daher meinen Männern anbieten. Sie wird von jedem Mann genommen, der sich gegenwärtig in der Festung aufhält, und es sind derer siebenundfünfzig. Und Ihr werdet zuschauen. Sollte sie das überleben und Ihr verweigert Euch noch immer, mir zu Willen zu sein, werde ich sie auspeitschen, bis das Blut über ihren Rücken rinnt. Wenn Ihr Euch dann *noch immer* sträubt, werde ich sie mit rotglühenden Eisen zerreißen, bis sie nur noch ein stammelndes Wrack ist. Ihr werdet Euch alles anschauen, was mit ihr geschieht.«

Er sah, daß er mich besiegt hatte. Ich konnte meine treue Rosamunde nicht einem solchen Schicksal ausliefern. »Eines Tages wird es mir eine Freude sein, *Euch* zuzusehen, wenn *Ihr* gehängt werdet.«

Er lächelte. »Dieser Wunsch, meine süße Adelheid, macht Euch nur noch anziehender. Kommt nun her, zieht mich aus und laßt mich das Wohlbehagen Eurer zarten Hände und Eurer noch zarteren Lippen genießen.«

☆

Er war zumindest größer und besser ausgestattet als Lothar und Dagobert und ein viel besserer Liebhaber. Dagobert war in meiner Gegenwart immer erstarrt und nie wirklich in mich eingedrungen. Lothars Neigungen dagegen waren stets ausgesprochen unreif gewesen. Berengar aber war in jeder Beziehung ein Mann. Er mißbrauchte meinen Körper lediglich dadurch, daß ich ihn nicht als Liebhaber wollte, aber sein Mißbrauch wurde in einer äußerst zärtlichen und tatsächlich erregenden Weise vollzogen. Wenn ich auch entsetzt war, als er mich auf den Bauch drehte, um sein Ziel zu erreichen, so war auch das eine ausgesprochen anregende Erfahrung. Meine Vergewaltigung, und ich muß darauf bestehen, daß es eine *Vergewaltigung* war, wurde auf eine sehr gesittete Weise ausgeführt. Es gibt grausamere Schicksale, die mir vermutlich widerfahren wären, hätten die Ungarn sich Zugang zu unserer Festung in Besançon verschafft. Noch heute bin ich stolz auf meine Stärke, wenn ich auf diesen Tag zurückblicke und mir vor Augen führe, wie ich als Frau, die erst seit einer Woche Witwe war und in den Armen des Mörders ihres Mannes lag, meine Würde behielt und körperlichen Schaden von mir fernhielt.

Berengar war unzufrieden. Ich hatte ihm in allem gehorcht, aber er konnte sehen, daß ich bei allem, was ich mit ihm oder für ihn tat, keine Freude empfand. »Ihr *werdet* mich lieben«, brummte er, als er meinen Nacken streichelte und seinen Körper gegen meinen preßte. Eine schwache Hoffnung, da er sehr erschöpft war und sich in seinem Alter nicht sofort wieder erholte.

☆

Und so hatte Berengar es geschafft, sich mir zu nähern. Wie er mir erzählte, hatte er das vom ersten Augenblick unserer ersten Begegnung beabsichtigt, auch wenn es ihn drei Jahre gekostet hatte und er einen Mord verüben mußte. Rosamunde war natürlich ganz aufgeregt, als wir am nächsten Tag unseren Weg über die Ebenen der Toskana nach Norden fortsetzten. In der Ferne konnten wir undeutlich die Alpen sehen. »Was hat der Markgraf Euch angetan, Hoheit?«

Ich fragte mich allmählich, ob ich sie nicht ihrem Schicksal hätte überlassen sollen. »Er hat nichts getan«, sagte ich. »Wir haben uns unterhalten.« Es hatte genügend Anzeichen dafür gegeben, was mir widerfahren war, aber da sie erkennen konnte, in welch schlechter Stimmung ich war, vertiefte sie das Thema nicht. Obwohl ich ihr ein schreckliches Schicksal erspart und mich davor geschützt hatte, in der vergangenen Nacht mißhandelt zu werden, lag unsere Zukunft gänzlich trostlos vor uns. Sogar mein Plan, mich an Berengars Frau zu wenden, um sie um Hilfe zu bitten, schien alles andere als erfolgversprechend zu sein, da ich nun tatsächlich das Bett mit ihrem Gatten geteilt hatte.

Es war nicht etwa so, daß er je beabsichtigt hätte, mich zu seiner Frau zu bringen. Wir überquerten die Ebene, vermieden jede Stadt, in der auch nur die geringste Gefahr bestand, daß ich hätte wiedererkannt werden können, und ritten die Voralpen hinauf. Es war noch Sommer und ziemlich warm, und die Gipfel sahen noch immer recht furchterregend aus. Jedoch sollten wir die Gebirgskette nicht übersteigen. Statt dessen kamen wir an einen großen See, den Gardasee, einen Wasserarm von über zwanzig Meilen Länge, der zwischen zwei und zehn Meilen breit war. Er sah seltsam trostlos aus. Am östlichen Ufer dieses Sees lag eine kleine Stadt, die ebenfalls Garda hieß und die eine andere von Berengars Festungen überragte. In diese Stadt wurden Rosamunde und ich geführt. »Ich bin sicher, Ihr werdet hier einen angenehmen Aufenthalt haben.« Berengar brachte mich in ein hübsch ausgestattetes Schlafgemach mit Blick auf den See. »Ich habe den Befehl gegeben, daß Ihr alles bekommt, was Ihr wünscht, und Euch alles erlaubt wird, was Ihr tun möchtet. Allerdings sind Euch drei Dinge verboten, und zwar einen männlichen Gefährten mit in Euer Bett zu nehmen, jedes Gespräch mit der Außenwelt und jede Absicht, das Schloß zu verlassen. Faustina wird über all dies wachen und Eure Freundin sein, hoffe ich.«

Ich hatte nicht bemerkt, daß jemand das Zimmer betreten hatte. Nun drehte ich mich um und sah eine hübsche Frau, deren kastanienbraune Locken unordentlich im Nacken zusammengebunden waren. Sie war etwas kleiner als ich, hatte strenge Gesichtszüge und ein noch strengeres Aussehen, wenn sie auch unbestreitbar einen wollüstigen Körper hatte. Ich mochte sie auf den ersten Blick nicht, aber das kann daran gelegen haben, daß sie meine Gefängniswärterin war. »Bleibt Ihr nicht hier, mein Herr?« fragte ich so unschuldig, wie ich konnte.

»Ich habe verschiedene Dinge zu regeln«, sagte der Schurke. »Sobald ich kann, werde ich zurück sein. Da wir beide jedoch vielleicht für mehrere Wochen getrennt sein werden ...« Faustina führte Rosamunde wohlweislich aus dem Raum, und ich war wieder der Sinnenlust meines Eroberers ausgeliefert. Zum letzten Mal, wenn es auch keiner von uns beiden damals wußte.

☆

Am nächsten Morgen brach Berengar mit dem größten Teil seiner Männer auf, und ich wurde in meinem Gefängnis allein zurückgelassen. Ich muß zugeben, daß der Schurke zu seinem Wort stand und ich von der ganzen Garnison ehrerbietig behandelt wurde. Mir wurde jede mögliche Annehmlichkeit gewährt. Die Garnison war klein und bestand nur aus einem Dutzend Kriegern, die unter dem Befehl eines Hauptmannes namens Romario standen. Außerdem gehörten Faustina und ihre vier Zofen dazu sowie mehrere Knappen, Küchenmädchen und Köche, wobei die letztgenannten nicht in der Garnison schliefen. Sie kamen und gingen jeden Morgen und Abend. Offensichtlich waren die Stadtbewohner von Garda Berengar treu ergeben, und er hatte keinen Zweifel an der Sicherheit meines Gefängnisses.

Auch ich zweifelte nicht daran, nachdem ich die Gegebenheiten in Augenschein genommen hatte, denn es war mir erlaubt, alles nach Herzenslust zu erkunden. Die Festung war rund um ein paar Haupthöfe gebaut, die von Ställen und Kasernen umgeben waren, und innerhalb der Höfe befanden sich der Brunnen und die Gemächer des Markgrafen, in denen auch ich wohnte. Die Festung ragte etwa fünfzig Fuß in die Höhe. Sie bestand aus soliden Steinmauern, und es gab nur einen Zugang über die Zugbrücke, hinter der das Fallgitter und das Tor lagen. Es hätte einer starken Kraft bedurft, sie zu erobern, zumal mehr als zwei Drittel der Mauern sich über den See selbst erhoben. Zu meinem Erstaunen gab es nicht einmal ein Tor zum Wasser, und der flache Flügel hatte keine Fenster an dieser Seite. Jeder, der ein Bad nehmen wollte, mußte aus einem der Fenster des ersten Stockes springen, aus einer Höhe von etwa dreißig Fuß. Auf jeden Fall kam dieser Fluchtweg für mich nicht in Frage, da ich nicht schwimmen konnte, und ich war noch immer fest entschlossen, keinen Selbstmord zu begehen.

Mein Alltag war auf unbefriedigende Weise eintönig und langweilig. Um acht Uhr stand ich auf, nahm ein Bad und zog mich an. Ich nahm jeden Tag ein Bad, nicht nur weil es mir Freude machte, sondern auch weil es half, die Zeit totzuschlagen. Anschließend frühstückte ich und machte dann meinen Spaziergang rund um die Festungsmauern. Den Rest des Morgens saß ich bei Rosamunde und Faustina, um mit ihnen an einem Wandteppich zu arbeiten. Um zwei Uhr aßen wir zu Mittag, ein Mahl, das wir endlos in die Länge zogen, und auch das einfach, damit die Zeit schneller verging. Und am Nachmittag machte ich noch einen Spaziergang. Abends würfelte ich mit Rosamunde, und wir gaukelten uns vor, es ginge um große Summen Geld. Wir unterhielten uns über Männer und Affären und über Frauen und die Liebe, ehe wir aßen und zu Bett gingen. Der Sonntag bot die einzige Möglichkeit einer Abwechslung in diesem eintönigen Leben. Dann kam der hiesige Pater namens Raymond in die Festung, um eine Messe zu lesen und uns die Beichte abzunehmen. Er wurde in der Regel von einem halben Dutzend Chorknaben und einem Lautespieler begleitet, wodurch unser Alltag ein wenig unterbrochen wurde. Seine Predigten waren jedoch ermüdend. Sie handelten hauptsächlich von gefallenen Frauen, als gehörte auch ich für ihn in diese Kategorie. Und ich hatte nichts zu beichten, außer daß ich den menschlichen Bedürfnissen gelegentlich nachgab. Die Buße war immer dieselbe. Sie bestand aus zwölf Ave Maria. Er war ein sehr langweiliger Mann.

Dieses monotone Leben führte ich all die Monate, die ich in Garda eingesperrt war, und für ein zwanzigjähriges Mädchen, das sein Leben richtig genießen will, war das ein sehr unbefriedigendes Dasein. Wie sehr schmachtete ich danach, einen Pferderücken zwischen meinen Schenkeln und den Wind auf meinem Gesicht zu spüren ... Obgleich es letzteres in Garda in Hülle und Fülle gab, da der See, der in einer Talsenke in den Bergen lag, den stürmischsten Winden ausgesetzt war, die morgens von Norden wehten und nachmittags von einem ebenso starken Wind aus Süden abgelöst wurden. Dadurch befand sich der See in ständiger Bewegung, und die weiß gekrönten Wellen brachen sich in jede Richtung.

Ich sah also weiterhin einer trostlosen Zukunft entgegen. Berengar führte seinen Plan erfolgreich aus. Ich wußte nicht, ob er beabsichtigte, seiner unglücklichen Frau auf ihrem Weg ins Grab beizustehen, was ich ihm glatt zugetraut hätte, aber er vertraute zweifellos auf die Tatsache, daß sie so oder so ziemlich schnell das Zeitliche segnen würde. Bis zu diesem Zeitpunkt verfolgte er offensichtlich das Ziel, daß ich vollkommen in Vergessenheit geraten sollte, um als seine Frau oder vielmehr mit ihm an meiner Seite wieder aufzutauchen. Wenn er mit der Königinwitwe von Italien verheiratet wäre, könnte er mit oder ohne Alberichs Zustimmung selbst auf den Thron Anspruch erheben. Würde ich dann einen Sohn zur Welt bringen, wäre Berengars Zukunft gesichert. Zumindest diesbezüglich verspürte ich derzeit Erleichterung. Während unserer seltenen intimen Zusammenkünfte war er unfähig gewesen, mir seinen Samen erfolgreich einzupflanzen.

Aber was stünde mir dann bevor? Selbst wenn die volle Wahrheit über diese Sache je ans Tageslicht käme, sah ich keinen Hoffnungsschimmer. Die Könige von Europa hatten viel

Wichtigeres zu tun, als zur Rettung einer Königin in den Krieg zu ziehen, selbst wenn sie hübsch war. Das ist der Stoff, aus dem die Märchen sind. Vielleicht würde Konrad in Kriegsgeschrei ausbrechen, doch es mangelte ihm vollkommen an Stärke oder Geschick, um Berengar das Handwerk zu legen. Es blieb nur Otto. Auch das schien eine vergebliche Hoffnung zu sein. Wir waren in Italien über die Angelegenheiten in Deutschland unterrichtet, und ich wußte, daß der König sich mit verschiedenen rebellierenden Herzögen und erneut mit seinem eigenen Bruder herumplagen mußte. Zu diesem Zeitpunkt seines Lebens war er sehr viel mehr der Erste unter Gleichen als der vollkommene Meister, der er nach der Schlacht auf dem Lechfeld wurde. Würde er die Zeit erübrigen können, um auf der Suche nach mir die Alpen zu übersteigen? Und würde er es nach so vielen Jahren überhaupt wollen? Doch er war für mich ein Hoffnungsschimmer. Die Frage war, wie ich ihm eine Nachricht zukommen lassen könnte, um ihn zu unterrichten, wo ich war, nämlich unmittelbar hinter den Bergen seines Herrschaftsgebietes. »Ich möchte Schreibmaterial haben«, teilte ich Faustina mit.

»Es ist Euch verboten, Briefe zu schreiben, Hoheit.«

»Wer sagt denn, daß ich Briefe schreiben will? Ich möchte ein Sonett dichten. Mein Geist braucht Übung.« Papier und Tinte wurden mir gebracht, und ich bemühte mich, mein Sonett zu verfassen, was mir jedoch nie leicht fiel. Zwischendurch schrieb ich an Otto: *Mein lieber König. Ihr seid mir in zärtlichster Erinnerung geblieben, und ich schreibe Euch als ein Mädchen, das den gräßlichsten Kummer erlebt, eingesperrt in der Festung von Garda am See gleichen Namens beim Markgrafen Berengar von Ivrea, der mich an dem Tag entführte, als mein Gatte einem Mord zum Opfer fiel, bei dem er selbst die Hände im Spiel hatte. In Erinnerung an Eure Liebenswürdigkeit mir gegenüber, als ich noch ein Kind war, und Euren Entschluß, die Zukunft unseres Reiches zu schützen, bitte und bete ich, daß Ihr eine Möglichkeit sehen möget, meine Freilassung aus dieser ekelhaften Gefangen-*

schaft zu fordern, während derer ich jeder Laune meines lüsternen Eroberers ausgeliefert bin, und mir beizustehen, den Tod meines armen, lieben Ehegatten zu rächen, dessen Andenken ich zärtlich bewahre. Mit tiefster Liebe und Achtung. Adelheid, Königin von Italien.

Ich war der Meinung, daß ein so tapferer Ritter wie Otto auf meinen Hilferuf antworten müßte, wenn er sich nicht innerhalb der letzten zehn Jahre erheblich verändert hätte. Die Frage war, wie ich den Brief aus der Festung herausschleusen könnte und er über die Alpen nach Norden gelangen sollte. Dieses Problem konnte nur ein Mensch lösen. Daher ließ ich mir für meine Spaziergänge rund um die Festungsmauern nun mehr Zeit und blieb stehen, um der Reihe nach mit den Wachen zu sprechen, die ungefähr in einer Entfernung von fünfzig Fuß postiert waren und den See und die Berge beobachteten. »Ist das nicht ein herrliches Plätzchen?« sagte ich jedesmal. Sie stimmten stets zu, aber sie hätten gewiß auch zugestimmt, wenn ich gesagt hätte, es sei die Hölle auf Erden. »Werdet Ihr nie abgelöst?« fragte ich.

»Wir sind Freiwillige, Hoheit«, sagte der Mann, den ich angesprochen hatte. »Markgraf Berengar hat uns aufgefordert, hier bis zu seiner Rückkehr zu dienen.«

»Und so müßt Ihr das Leben eines Mönches führen. Für so viele Monate. Dürft Ihr die Festung niemals verlassen?«

»Eine Gruppe geht jeden Tag in die Stadt, um frisches Brot und Milch zu kaufen, Hoheit.«

»Und sonst nichts?«

Er errötete. »Nun, Hoheit, es gibt Möglichkeiten, unserer Einsamkeit zu entfliehen.«

»Indem Ihr es miteinander treibt? Oder mit den Küchenmädchen? Träumt Ihr nicht von schöneren Dingen?« Er starrte mich an. Meine Kühnheit verblüffte ihn. »Ich muß unbedingt mit meinem Bruder, König Konrad, sprechen, um ihn zu unterrichten, daß ich am Leben bin, daß es mir gut geht und daß für mich gesorgt wird. Ich würde denjenigen gerne großzügig belohnen, der es übernehmen würde, solch einen Brief für mich weiterzuleiten.«

»Hoheit ... das Risiko ...«

»Ach, denkt doch nur an die Belohnung«, sagte ich.

☆

Es war naiv von mir zu glauben, meine Probleme könnten so einfach gelöst werden. Als Rosamunde an diesem Abend mein Mahl zubereitete, erhielt ich einen Besuch von Faustina. »Ich habe gehört, daß Hoheit einen Brief geschrieben haben«, beschuldigte sie mich, ohne um die Sache herumzureden.

Mich verließ der Mut. »Wie kommt Ihr darauf?«

»Alfons, der Fußsoldat, hat es mir gesagt. Er hat mich auch darüber unterrichtet, daß Ihr auf recht unschickliche Art versucht habt, ihn zu bestechen. Das war sehr unklug, Hoheit. Wißt Ihr nicht, daß Markgraf Berengar jedem Mann, der Euch berührt, mit Kastration gedroht hat?«

»Er ist ein scheußlicher Kerl.« Ich ließ sie im Ungewissen, ob ich nun Alfons oder Berengar meinte.

»Ich will den Brief, Hoheit.«

»Und wenn Ihr ihn nicht bekommt?«

»Dann werde ich die Gemächer und Euch durchsuchen lassen, bis wir ihn gefunden haben.«

Sie war unerbittlich, und daher gab ich ihr den Brief, den sie mit großem Interesse las. »König Otto. Ich werde ihn behalten und Markgraf Berengar zeigen, wenn er zurückkehrt. Ich nehme an, daß er Euch auspeitschen wird.«

☆

Wenigstens hielt Rosamunde sich mit der Frage zurück, was wir tun würden – aber was *würde* ich tun? Ich war nun schon seit drei Monaten in dieser abscheulichen Festung eingesperrt, und der Sommer war zu Ende. Inzwischen stürmte es wahrhaftig, und die Nordwinde waren eisig. Sie durchdrangen den ohnehin schon zugigen Turm, so daß uns ständig Schauer über den Körper liefen, selbst wenn das Feuer brannte.

Offensichtlich konnte ich von Seiten der Männer nichts erhoffen, die ihren Herrn gut genug kannten, um sicher zu sein, daß er seine Drohung wahrmachen würde. Ebenfalls waren die Diener selbstverständlich nicht zuverlässig, und Faustinas Kreaturen hatten alle schreckliche Angst vor ihr. Vielleicht konnte Pater Raymond mir helfen. Ich versuchte, im Beichtstuhl Unterstützung für meinen Plan zu finden. »Heiliger Vater«, flüsterte ich, »ich habe das Gefühl, verrückt zu werden. Ihr wißt, daß ich hier ganz und gar unrechtmäßig eingesperrt bin, und Ihr müßt wissen, daß ich das Opfer von Markgraf Berengars Begierde war und wieder sein werde. Wie könnt Ihr bloß erlauben, daß dies geschieht?«

»Markgraf Berengar ist mein Herr und Meister.« Er hätte ebensogut einen Psalm vorlesen können.

»Er ist ein niederträchtiger und lüsterner Kerl. Pater, wenn ich Euch eine Nachricht gebe, die König Otto zugesandt werden muß, könntet Ihr mir diese große Gunst erweisen und somit meine ewige Dankbarkeit ernten?«

»Sicherlich nicht«, sagte er. »Zwölf Ave Maria, Hoheit.«

☆

Nun war Rosamunde meine letzte Hoffnung. »Es gibt keine andere Möglichkeit«, sagte ich zu ihr. »Du mußt aus der Festung fliehen und dich nach Norden durchschlagen, bis du nach Sachsen kommst. Dort mußt du König Otto aufspüren und ihm meine mißliche Lage erklären.«

»Ich, Hoheit?« Sie geriet sofort in helle Aufregung.

»Ich habe mir alles genau überlegt«, sagte ich. »Wir werden ein Seil aus unseren Bettlaken knüpfen, und du wirst aus dem Fenster unseres Schlafgemachs hinunterklettern.«

»Das Fenster liegt über dem See, Hoheit. Ich kann nicht schwimmen.«

»Er ist nahe der Mauern ganz flach.«

»Seid Ihr sicher?« Sie schaute auf die bewegten Wellen und schauderte.

»Es wird ganz einfach sein.«

Auf diese Worte folgte ihre logische Antwort: »Warum geht Ihr dann nicht selbst, Hoheit?«

Ich konnte nicht zugeben, daß mir nicht der Sinn danach stand, zu fallen und mir das Genick zu brechen. Ich war sicher, daß sie besser das Seil hinunterklettern konnte als ich. »Glaubst du nicht, daß es großes Theater geben wird, wenn herauskommt, daß ich geflohen bin? Die Wachposten werden ausrücken, und sie werden mich einholen und wieder einfangen, lange bevor ich die Grenze erreichen kann. Aber wenn Faustina morgen früh zu mir kommt und sieht, daß du nicht da bist, kann ich ihr sagen, daß du die Gefangenschaft nicht länger ausgehalten hast und aus dem Fenster gesprungen bist.«

Sie sah nicht glücklich aus. »Hoheit, wenn ich weggehe, werde ich mitten im Winter allein in den Bergen sein. Ich werde vor Hunger und Durst sterben, wenn ich nicht erfriere. Ich werde kein Geld haben und unzureichend gekleidet sein. Und es ist ein langer Weg nach Sachsen. Ich werde vergewaltigt und ermordet, lange bevor ich König Otto erreichen kann.« Was für ein trauriges Bild sie malte. Mein Herz schlug ihr entgegen, und wir gaben den Plan auf.

☆

Ich mußte indes etwas tun. Vier Monate waren vergangen, seitdem Berengar fortgegangen war, und ich hatte nicht die geringste Ahnung, wann er zurückkommen würde. Ebenfalls hatte ich keine Kenntnis darüber, was wohl in der Welt außerhalb der Festung vor sich ging. Es blieb nur eine einzige mögliche Quelle der Hilfe übrig. Wenn ich auf meine Zeit in Garda zurückblicke, bin ich bestürzt, daß ich die Lösung nicht eher fand. Wenn die Soldaten auch menschlichen Wohlgefühls beraubt waren – wie sah es mit Faustina aus? Wie ich schon sagte, war sie eine anziehende Frau Ende Zwanzig, was bedeutete, daß sie ein paar Jahre älter war als ich. Sie war ebenfalls Witwe. Ihr Ehemann war in einem Duell drei Jahre zuvor getötet worden. Leider hatte er ihr sehr wenig hinterlassen, und sie war gezwungen, den Markgrafen um Hilfe zu bitten.

Berengar hatte sie in seine Dienste und ebenfalls mit in sein Bett genommen. Er war unersättlich, was sie jedoch auch war, wie sich herausstellte. Sie war ebenfalls wollüstig. Ich glaube nicht, daß sie ihren Herrn liebte. Es war schwer, ihn zu lieben, aber sie war in einer noch unglücklicheren Lage als ich, da sie einen Sohn hatte, einen Jungen von acht Jahren. Wie ich war auch sie in ihrer frühen Jugend verheiratet worden, doch mit einem erfolgreicheren Erzeuger als Lothar, der auch als Page in Berengars Diensten stand, in Wirklichkeit jedoch eine Geisel für ihren eigenen ewigen Gehorsam und ihre Treue war. Diese Tatsachen hatte ich schon sehr früh während meines Aufenthalts in Garda erfahren. Zu jener Zeit betrachtete ich sie allerdings in jeder Hinsicht als meine Feindin und hatte wenig Interesse an ihren persönlichen Problemen. Das mußte sich nun ändern. Ich fing an, sie sorgfältig zu studieren, und beobachtete, daß sie sich anscheinend überhaupt nicht für irgendeine meiner Wachen und nicht einmal für Hauptmann Romario interessierte, der ein hübscher Bursche war. Und oft ertappte ich sie dabei, daß sie Rosamunde oder mich mit einem nachdenklichen Gesichtsausdruck anstarrte, während ihre vier Zofen immer lächelten und miteinander tuschelten und Händchen hielten, wenn sie sich auch in meiner Gegenwart schicklich benahmen.

Daher fing ich an, sie anzulächeln und in ihrer Gegenwart so herzzerreißend zu seufzen, daß sie mich schließlich fragte, ob ich kränklich sei. »Oh, in der Tat bin ich kränklich«, sagte ich zu ihr. »Mangels Liebe und des Gefühls, daß ein Mann mich umarmt – oder eine Frau«, fügte ich hinzu, als wäre mir dies nachträglich noch eingefallen.

»Teilt Ihr Euer Bett nicht mit Rosamunde?«

»Rosamunde ist meine Dienerin.«

»Ach«, sagte sie, »es ist sehr betrüblich, so allein zu sein.«

»Seid Ihr nicht allein? Ihr habt natürlich Eure Zofen …«

»Meine Zofen sind auch Dienerinnen«, betonte sie.

☆

Es war notwendig, Rosamunde in meinen Plan einzuweihen. Es war vorherzusehen, daß sie entsetzt sein würde. »Aber, Hoheit, eine Frau!«

Ich hatte den Verdacht, daß ihre Entrüstung weniger damit zu tun hatte, daß es um eine Frau ging, als damit, daß diese Frau zufällig Faustina war und nicht sie. Wir hatten in der Vergangenheit ziemlich häufig Zärtlichkeiten ausgetauscht, ohne ernsthaft darüber nachzudenken, was wir taten oder wohin es führen könnte. Diesmal jedoch … »Es ist notwendig«, beharrte ich. »Ich muß es so anstellen, daß sie sich in mich verliebt, so daß sie alles für mich tun wird, um was ich sie bitte.«

»Und angenommen, Ihr verliebt Euch in sie?«

»Dazu besteht nicht die geringste Gefahr. Sie entspricht nicht meinen Vorstellungen.« Ich umarmte sie herzlich und gab ihr einen Kuß, um sie zu beruhigen. Das soll nicht heißen, daß ich nicht sehr ängstlich war, als ich meinen Angriff auf Faustinas Zitadelle unternahm. Meine Angst hatte drei Gründe. Erstens hatte ich keinen Schimmer, worauf ich mich einließ oder was ich machen sollte, falls meine Kerkermeisterin außergewöhnlich begeistert reagieren würde. Zweitens wußte ich nicht, ob ich, selbst wenn sie sich in mich verlieben würde, sie überzeugen könnte, das Vertrauen zu enttäuschen, das Berengar in sie setzte; und außerdem wurde ihr eigener Sohn in die Sache verwickelt. Drittens hatte ich keine Ahnung, was ich tun sollte, wenn sie meine Annäherungsversuche einfach zurückwies. Dann wäre alles aus.

☆

Hinsichtlich der dritten Möglichkeit gab es überhaupt gar keine Probleme. Es kam meinen Plänen entgegen, daß Rosamunde sich erkältete, was zur Folge hatte, daß ihr dauernd die Nase lief, was mir mächtig auf die Nerven ging. Daher teilte ich ihr mit, daß sie in ihrem eigenen Bett schlafen müsse, bis sie wieder gesund sei. »Wer wird Hoheit denn Gesellschaft leisten?« Schnief, schnief.

»Ich bin sicher, daß ich für ein oder zwei Nächte zurechtkommen werde.« Ich lächelte Faustina an. Als ich mich an jenem Abend zurückzog, begleitete mich Faustina, um mir beim Auskleiden behilflich zu sein. Ich half ihr auch, was ich normalerweise bei Rosamunde nicht tat, und da die winterlichen Stürme nun endgültig rund um die Festung pfiffen und den See aufschäumten, krochen wir unter die Decke und hielten uns fest umschlugen.

☆

Was mich zu meiner ersten Überlegung führte. Ich hatte sehr schnell entdeckt, daß Faustina den weiblichen Körper ganz entschieden dem männlichen vorzog. Und hier wurde ihr angeboten, den hübschesten weiblichen Körper Europas zu besitzen. Es war ebenfalls rasch ersichtlich, daß sie sehr viel über weibliche Körper wußte. Nun, warum sollte sie auch nicht, da sie selbst einen besaß, aber ich muß zugeben, daß sie viel mehr über ihren und somit über meinen Körper wußte als ich. Ich möchte lieber nichts dazu sagen, wie ich darauf reagiert habe. Da es mein Plan war, daß Faustina sich in mich verlieben sollte, mußte ich ihr auch das Gefühl geben, daß ich mich in sie verliebt hatte. Es war nicht schwierig, ihr dieses Gefühl zu vermitteln, weil ich bei allen Zärtlichkeiten die Schülerin war. Ich folgte ihrem Beispiel, indem ich meine offensichtliche Lust durch passendes leises Murmeln und Stöhnen zum Ausdruck brachte. Es wäre eine Lüge zu behaupten, daß all diese lustvollen Äußerungen nur gespielt waren. Alles verlief nach Plan. »Oh, Adelheid, Hoheit«, flüsterte Faustina, als sie ihre Lust befriedigt hatte und mich fester denn je an sich drückte. Zu jenem Zeitpunkt froren wir beide überhaupt nicht mehr. »Ich habe noch nie jemanden wie Euch kennengelernt.«

»Werdet Ihr auch nicht«, versprach ich ihr.

»Aber Ihr seid eine Königin!«

»Vor allem bin ich eine Frau.«

»Könntet Ihr mich lieben?«

»Ich liebe Euch.«

»Werdet Ihr mich immer lieben?«

»Ich werde Euch lieben, solange ich dazu in der Lage bin«, versprach ich ihr. Mit dieser Antwort ließ ich sie über meine wahren Absichten im Ungewissen. »Ich weiß wirklich nicht, wie wir das beichten können.« Eine Beichte hätte in meinem Fall offenbart, daß ich außerdem eine Lügnerin war.

»Wir werden es nicht beichten, Hoheit.«

»Ist das denn keine Todsünde?« fragte ich wie Rosamunde.

»Nein, nein, Hoheit. Nicht zwischen Frauen.«

Ich erinnerte mich an Pater Hieronymus' Kritik. »Hat Euch das ein Priester erzählt?«

»Darüber wissen Priester nichts«, betonte Faustina. »Sie sind Männer und verstehen nur Männer. Was sich zwischen Frauen abspielt, liegt jenseits ihres Begreifens.« Eine originelle Sichtweise, doch warum sollte ich ihr widersprechen?

☆

Es blieb noch meine zweite und bei weitem wichtigste Überlegung. Aber hier mußte ich, nach dem Motto: ›Eile mit Weile‹, langsam vorgehen. Faustina war keineswegs dumm. Es lag auf der Hand, daß sie ihr Glück kaum fassen konnte, unbegrenzten Zugriff auf eine so bereitwillige Schönheit gewährt zu bekommen. Daher lag es auch auf der Hand, daß sie eventuell allmählich Selbstzweifel bekommen und sich fragen könnte, warum ausgerechnet sie von all den Leuten gesegnet wurde. In ihrer Brust den leisesten Verdacht zu wecken, daß meine Zuneigung zu ihr nicht echt sein könnte, wäre verhängnisvoll gewesen.

Daher wagte ich es vorläufig nicht, meinen Plan weiter zu verfolgen, während wir jede Nacht Arm in Arm schliefen und die unglückliche Rosamunde, die sich schnell von ihrem Schnupfen erholte, noch immer gezwungen war, mit einer einsamen Liege vorliebzunehmen. Gleichzeitig war ein wenig Eile notwendig: Ich hatte noch immer keine Ahnung, wann Berengar zurückkehren würde, was ich jedoch zu meinem Vorteil nutzen konnte. Aus diesem Grunde seufzte ich eines Nachts, nachdem wir uns wieder wie immer im Bett getummelt hatten, noch herzzerreißender. »Meine Liebste.« Faustina stützte sich auf den Ellbogen, und ihr kastanienbraunes Haar fiel auf ihre Wangen. »Sagt mir, was Euch quält.«

»Ich habe so große Angst.«

»Ihr? Wovor? Ich werde Euch immer beschützen.«

»Könnt Ihr mich vor Markgraf Berengar beschützen?«

Sie runzelte die Augenbrauen. »Er ist Euer Herr.«

»Und wenn er zurückkehrt, können wir nie mehr das Bett miteinander teilen.«

»Warum sagt Ihr das?«

»Weil er vorhat, mich zu seiner Frau zu machen und mich nach Mantua und von dort, so hofft er, nach Rom zu bringen. Er hat nichts davon gesagt, Euch mitzunehmen.«

Sie preßte die Lippen zusammen, als sie erkannte, daß ich

die Wahrheit sprach. »Und Ihr werdet mich bald vollkommen vergessen haben«, sagte sie betrübt.

»Ich werde sterben, ehe das passiert«, erklärte ich. Das war sicher richtig, da ich ein gutes Gedächtnis habe. Aber ich beabsichtigte, daß sie es anders auffaßte, was sie auch tat, denn sie brach in Tränen aus.

»Dann werde ich mich selbst töten«, erklärte sie ihrerseits.

Ich nahm ihr Gesicht in meine Hände und küßte sie auf den Mund. »Das dürfen wir nicht zulassen. Wenn wir den Ort hier verlassen und uns außerhalb von Berengars Reichweite einen Platz suchen würden, könnten wir uns für den Rest unseres Lebens lieben.«

Sie seufzte und legte sich wieder hin. »Das ist ein Traum, Hoheit. Ich kann meinen Sohn nicht im Stich lassen.« Ich hatte ihren gräßlichen Sohn ganz vergessen.

☆

Hatte ich denn in meinem schwachen Kampf versagt, meine Freiheit zu erringen? Ich glaube, unter normalen Umständen wäre mein Plan mißlungen. Dann aber hatte ich eine riesige Portion von jenem Glück, das mich mein Leben lang begleitete, wenn es auch ebenso schrecklich war für den unglücklichen Jungen, welcher der Urheber dafür war. Es war mittlerweile kurz vor Weihnachten, als ich eines Morgens – eingehüllt in einen Umhang, um mich vor dem eisigen Wind zu schützen – auf den Festungsmauern stand und landeinwärts blickte. Ich sah einen Meldereiter, der sein Pferd durch die Straßen der Stadt hetzte, so daß die Menschen in ihre Hauseingänge liefen und schrien. Er achtete indes nicht auf sie, galoppierte zur Zugbrücke der Festung und blies in sein Horn, um eingelassen zu werden. Mein Herz setzte aus, da ich aufgrund seiner Hast vermutete, daß Berengar ihn schickte.

Ich rannte alle Stufen zum Innenhof hinunter, in den der

Botschafter gerade eingelassen worden war, um – wie es üblich war – von der Schloßherrin empfangen zu werden. Und ich sah zu meinem Erstaunen, daß Faustina schluchzend auf den kalten Pflastersteinen kniete. »Was ist passiert?« fragte ich Rosamunde, die die Szene gemeinsam mit den anderen Zofen beobachtete.

»Ihr Sohn ist tot.«

Es ist immer sehr betrüblich, wenn ein junger Mensch stirbt und alle Hoffnungen, die er hatte oder seine Eltern in ihn setzten, vernichtet werden. Ich hatte den Burschen jedoch nie kennengelernt und ihn im Laufe der Zeit nur als Hindernis auf dem Weg zu meinem eigenen Glück betrachtet. Wieder mußte ich mit äußerster Vorsicht vorgehen. Ich zog Faustina vom Boden und umarmte sie. »Meine liebe, liebe Faustina. Ich bin erschüttert. Wie konnte so etwas nur geschehen?«

»Der Markgraf ist schuld«, stammelte sie. »Er wollte aus meinem Sohn einen Soldaten machen. Stellt Euch vor, Hoheit, ein Junge von acht Jahren! Er mußte bei kriegerischen Auseinandersetzungen hier in der Gegend die Trommel schlagen. Und nun ist er tot.«

»Ich habe großes Mitleid mit Euch«, sagte ich.

☆

»Ich hasse ihn«, stammelte sie in dieser Nacht, als sie in meinen Armen lag.

»Ich auch. Was sollen wir tun?«

»Ich werde warten, bis er mich das nächste Mal in sein Bett ruft.« Ihre Stimme klang fast wie ein Knurren. »Und dann werde ich meinen Dolch in sein Herz stoßen oder vielleicht etwas tiefer«, fügte sie aufgebracht hinzu.

»Das würde Euren eigenen Tod nach sich ziehen, und zwar auf viel schrecklichere Weise. Sie werden Eure Handgelenke und Fußknöchel an vier Pferde binden und Euch ein Glied nach dem anderen ausreißen.«

»Wofür soll ich jetzt noch leben, da mein armer Hugo tot ist?«

»Nun«, sagte ich aufgebracht, »ich dachte, Ihr wolltet für mich leben.«

»Oh, Hoheit.« Sie überhäufte mich mit Küssen. »Ohne Euch hätte ich mir längst das Leben genommen.«

»Und wenn wir getrennt sind? Der Markgraf wird viel wahrscheinlicher mich in sein Bett rufen als Euch.« Es war notwendig, sie zu verletzen, sei es nur, um mein Ziel zu erreichen. »Hört zu. Ihr habt nun keinen Grund mehr, dem Markgrafen zu dienen. Warum entfliehen wir nicht diesem Ort, Ihr und ich und Rosamunde natürlich, und lassen ihn den Tag bedauern, an dem er Euren Sohn geopfert hat?«

Faustina biß sich unschlüssig auf die Lippe. »Wohin können wir gehen und sicher sein?«

»Mein Bruder ist König von Burgund, und wenn wir die Berge überwinden könnten, wären wir gerettet.« Sie schnaufte verächtlich. »Oh, ich weiß, daß er nicht die Macht hat, zu kommen und uns zu holen«, sagte ich, »aber wenn wir ihn erreichen könnten, wären wir in Sicherheit.«

»Bis nach Besançon sind es dreihundert Meilen«, sagte sie, womit sie ungewöhnliche Ortskenntnisse enthüllte. »Über die Alpen. Im Winter.«

»Bis nach Schwaben ist es nicht so weit.«

»Das liegt auch jenseits der Alpen. Und wer wird uns in Schwaben helfen?«

»König Otto. Er ist ein alter Freund von mir und der verschworene Beschützer unseres Reiches.«

»König Otto ist in Sachsen. Das ist noch weiter als Besançon.«

»Sein Sohn Liudolf regiert in seinem Namen in Schwaben und ist auch ein alter Freund von mir. Wenn wir ihn nur erreichen könnten …«

»Das Risiko. Die Gefahr. Die Kälte …«

»Die Zufriedenheit«, sagte ich. »Das Zusammensein jetzt und immer.« Ich log nicht. Ich war verzweifelt, und hier lag meine Chance.

☆

Faustina brütete den ganzen nächsten Tag. Am darauffolgenden Tag hatte sie jedoch einen Entschluß gefaßt. »Ich kann meine Zofen nicht im Stich lassen«, sagte sie, »ebenso wie Ihr Rosamunde nicht im Stich lassen könnt.«

»Wie Ihr wollt«, stimmte ich zu. »Solange sie uns nicht enttäuschen.«

»Sie werden tun, was ich ihnen sage«, beteuerte sie. Somit stand unser Plan fest. Wir mußten die Garnison in unsere Gewalt bringen, aber wie ich schon sagte, bestand diese nur aus dreizehn Wachen, was sich für sie als Unglückszahl erwies. Faustina war so aufgebracht und zornig, daß sie alle umgebracht hätte, doch ich überzeugte sie davon, besser ein Schlafmittel einzusetzen. Jeder Mann wurde von einer schönen, eifrigen jungen Frau aufgesucht – Rosamunde gehörte auch dazu – und überredet, mit dieser den Liebeskelch zu leeren, ehe sie an ihre ernste Arbeit gingen, aber inzwischen dürfte davon keine Rede mehr gewesen sein.

Um Mitternacht war die Festung in unserer Hand, womit unsere Schwierigkeiten erst begannen, da wir dann die inneren Fallgitter hochziehen mußten, eine Aufgabe, die alle sieben von uns mehrere Minuten größte Anstrengung kostete. Anschließend mußten unsere Pferde gesattelt werden, die unruhig wurden, wieherten und ausschlugen. Daraufhin plünderten wir die Küchen und Speisekammern und nahmen alles Eßbare mit, was wir fanden und was uns auf der Reise nützlich sein konnte. Faustina besserte inzwischen ihren eigenen Geldvorrat auf, indem sie jeden Mann gründlich ausraubte. Dann mußten wir das Außentor öffnen, indem wir wieder alle an den großen Riegeln zogen, und das äußere Fallgitter hochziehen, was uns noch mehr Kraft kostete, ehe wir der letzten Hürde gegenüberstanden, nämlich die Zugbrücke herunterzulassen, was große Vorsicht erforderte. Hätten wir die Winde einfach losgelassen, wären die schweren Bretter auf der anderen Seite des Burggrabens krachend heruntergesaust, und wir hätten die ganze Stadt geweckt.

Wir beschlossen, uns nicht zu bewaffnen, da keine von uns richtig mit Waffen umgehen konnte, und sollte es notwendig sein, schien es weit vielversprechender, auf unsere Schönheit und Weiblichkeit zu vertrauen. Endlich hatten wir alles hinter uns gebracht, und ich konnte zum erstenmal nach sechs Monaten in einen Sattel steigen, über die Brücke reiten und in den Wind schreien: Ich bin frei! Ich bin frei! Ich bin frei!

4

Die Flucht

Freiheit ist natürlich kein fest umrissener Begriff. Niemand ist wirklich frei von Zwängen, wenn es auch nur die des Alters oder einer Gebrechlichkeit sind. Für Königinnen und Prinzessinnen ist es noch viel unwahrscheinlicher, frei zu sein von Verantwortung, Pflichten und ihrem Erbe. Mit zwanzig, fast einundzwanzig Jahren litt ich sicherlich weder an Altersschwäche noch an irgendeiner Gebrechlichkeit, und in dem Moment, als ich die Festung von Garda verließ, hatte ich keine Verantwortung, außer mich selbst und meine Gefährtinnen zu retten. Aber die einzige Freiheit, die ich wirklich gewonnen hatte, bestand darin, die Festung verlassen zu haben. Vor uns lagen unvorstellbar viele Gefahren, und hinter uns würde es ziemlich schnell zu einer unerbittlichen Verfolgungsjagd kommen. Ganz abgesehen von dem Wunsch, mich in seiner Gewalt zu behalten, mußte Berengar wissen, daß man ihn für immer aus der politischen Gesellschaft verbannen würde, sobald ich einen kultivierten Fürstenhof erreicht und meine Geschichte erzählt hätte. Jedoch würde er es nicht als besonders schwierig ansehen, uns einzuholen. Denn als wir durch die Stadt geritten waren und eine Straße gefunden hatten, die nach Norden führte, sahen wir nichts als schneebedeckte Berge – schneebedeckte Berge, so weit das Auge reichte. Berengar vermutete sicher, daß wir nicht weit kommen würden.

Hier erwiesen meine Ortskenntnisse sich als nützlich. Es war meine Absicht, den Tälern zu folgen, die nach Norden führten, nach Trient zu reiten und dann in das Land, das als Tirol bekannt war, weshalb ich keinen Grund sah, unseren Weg nicht nach Schwaben fortsetzen zu können. Unser Ziel war die Stadt Konstanz am Bodensee. Liudolf hatte mir bei meiner Hochzeit erzählt, daß er dort seinen Hof hielt. Soweit zur Theorie, die immer einfach umsetzbar erscheint, wenn man in einem warmen Raum vor einem prasselnden Feuer sitzt, der Bauch mit Essen und Wein gefüllt ist und die Lieblingsbücher und Landkarten verstreut um einen herumliegen. Die Praxis steht jedoch auf einem ganz anderen Blatt, wenn man inmitten eines eisigen Windes durch die Dunkelheit reitet, dichter Schnee vom Himmel fällt und die Sicht auf hundert Meter begrenzt ist. Vor dem Morgengrauen saßen wir ab und führten unsere Pferde, weil wir Angst hatten zu fallen, da der Weg tückisch geworden war. Und bei Tagesanbruch hielten wir erschöpft an, um einen Happen zu essen und einen Schluck Wein zu trinken. »Wie weit sind wir gekommen?« fragte Rosamunde.

Statt eine Antwort zu geben, zeigte Faustina nach Westen, und durch die Bäume hindurch konnten wir im ersten Sonnenlicht das glitzernde Wasser sehen. Wir hatten noch nicht einmal das Ende des Sees erreicht! Es hatte wenigstens aufgehört zu schneien, und als die Sonne aufging, wurde es tatsächlich etwas wärmer. »Wir müssen uns beeilen«, sagte ich und stieg wieder in den Sattel.

☆

Wir brauchten vier Tage, um Trient zu erreichen, indem wir dem Lauf der Etsch folgten, die zuerst parallel zum See und dann nördlich von ihm floß. Inzwischen waren unsere Vorräte und unsere Pferde erschöpft. Ich kann diese vier Tage nicht wirklich als die längsten meines Lebens bezeichnen, weil es so viele andere Gelegenheiten gab, da die Zeit ganz langsam zu verstreichen schien, wobei sie sicherlich zu den unangenehmsten gehören, die ich erlebte. Die Kälte zehrte an unseren Kräften, und der anhaltende Schneesturm schwächte uns sogar noch mehr. Wir ritten oder marschierten selten länger als eine Stunde an einem Stück, ehe wir eine

Rast machten und uns alle sieben eng aneinanderschmiegten, um uns zu wärmen. Da ich die Anführerin und allen anderen sozial überlegen war, mußte ich meine Gefährtinnen nach besten Kräften bei Laune halten. Es war jedoch entmutigend, daß sich die Lage erst verbessern sollte, nachdem sie sich erheblich verschlechtert hatte, denn die Alpen lagen noch vor uns.

Es konnte keine Rede davon sein, mehr als ein oder zwei Stunden an einem Stück zu halten, um uns auszuruhen. Wir mußten damit rechnen, daß Romario sich inzwischen gewiß schon lange von seinem Schlaftrunk erholt und Berengar mitgeteilt hatte, was passiert war, und zweifellos selbst die Verfolgung aufnehmen würde. »Wir hätten sie alle töten sollen«, brummte Faustina.

»Damit sie mir für den Rest meiner Tage schwer auf dem Gewissen liegen?« fragte ich. »Ich habe noch nie jemanden getötet, wenn ich es auch oft gern getan hätte.«

»Königinnen können sich kein Gewissen leisten«, erklärte Faustina.

☆

Auf der Straße begegneten uns nur wenige Menschen, und die schauten ganz mißtrauisch, als sie sieben Frauen sahen, die sich im tiefsten Winter nach Norden durchschlugen. Wir zogen die Kapuzen über unsere Gesichter und ließen sie einfach in dem Glauben, wir seien Anhängerinnen eines Ordens, die eine Pilgerfahrt machten, eine List, der wir uns auch in Trient bedienten. Hier bescherten uns Faustinas Geldvorräte nicht nur ausgeruhte Pferde und die Möglichkeit, unsere Essensvorräte aufzufüllen, sondern auch ein Zimmer für eine Nacht in einem örtlichen Gasthof. Es war nur ein Raum, der auch nicht sehr groß war, doch wir waren uns in der vergangenen Woche so vertraut geworden, daß wir nichts anderes gewünscht hätten. Vor allem war es warm! »Werden wir überleben, Hoheit?« fragte Faustina, die ihren Kopf an meine Schulter legte.

»Natürlich«, versprach ich ihr.

»Ich wünsche mir nur, jetzt und immer an Eurer Seite zu sein«, flüsterte sie. Die arme Faustina! Sie hatte ja selbst gesagt, daß Königinnen sich kein Gewissen leisten können.

☆

Wir wurden vor Tagesanbruch von unserem Wirt geweckt. Er war am Abend zuvor ziemlich neugierig gewesen und nun sichtlich erregt, als er uns alle im Kerzenschein in unseren Nachtgewändern anschaute. »Kennt Ihr den Markgrafen Berengar?« Er sprach Faustina an, die eindeutig die älteste war. Er hatte keine Ahnung von meinem Rang.

»Ich kenne ihn«, erwiderte sie vorsichtig.

»Es sieht so aus, als würde er Euch ebenfalls kennen, gute Frau. Es sind einige seiner Leute in der Stadt, die Erkundigungen über den Aufenthaltsort von sieben Frauen einholen, die zusammen reisen.« Sein unsteter Blick wanderte über uns hinweg, als ob er uns noch zählen müßte.

»Woher wißt Ihr das?« fragte Faustina.

»Mein Sohn brachte mir diese Nachricht, aber das ist schon eine Stunde her.«

»Und wo sind diese Soldaten nun?« fragte ich und erwartete im nächsten Moment, daß die Männer an die Tür des Gasthofes schlugen.

»Ganz in der Nähe, gute Frau. Wenn Ihr meinen Rat hören wollt, solltet Ihr sofort aufbrechen.«

»Und Ihr werdet uns nicht verraten?«

»Nun, gute Frau, was das betrifft ...«

Faustina holte eine Goldmünze hervor, die er schnell ergriff. Er blieb jedoch stehen und schaute mich an. Er konnte nicht wissen, wer ich war, wobei er sicher wußte, daß ich die hübscheste Frau war, die er je gesehen hatte. »Kommt her«, sagte ich. Er kam langsam auf mich zu. Ich nahm ihn in meine Arme, drückte ihn an mich, gab ihm einen Kuß und erlaubte ihm, mit seinen Händen ungehemmt über meinen Körper zu wandern. »Sobald es die Sicherheit erlaubt, werde ich zurückkehren, und wir werden mehr voneinander haben. Das verspreche ich. Sollten die Soldaten mich jedoch erwischen, werden wir uns nie wiedersehen.«

Als wir ihn verließen, war er sichtlich erregt und keuchte. »Ich verstehe nicht, wie Ihr so etwas tun oder derartige Versprechen machen könnt«, regte Faustina sich auf, nachdem wir uns in aller Eile angezogen hatten und unsere ausgeruhten Pferde aus dem Hof des Gasthofes führten.

»Ich bin eine Königin. Ich muß in meinem Leben große Dinge vollbringen.« Vielleicht dämmerte es mir gerade, daß ich es tat.

☆

In den nächsten Tagen sah es nicht etwa so aus, als vollbrächte ich irgend etwas in meinem Leben, außer den Straßenrand hinaufzusteigen und fast zu erfrieren. Wir bewegten uns nun beständig aufwärts und standen bald inmitten von Gipfeln, die in den Wolken verschwanden. Als ich die Alpen zum erstenmal überstiegen hatte, waren sie mir unerbittlich vorgekommen, und das war zu Beginn des Sommers gewesen. Nun konnte ich mir außer der Hölle keinen Ort vorstellen, der ebenso unbehaglich war, und in der Hölle sollte es zumindest warm sein. »Wir haben die Berge bald überwunden«, sagte ich zu meiner Gruppe Amazonen, wobei das Wort *bald* wie auch *Freiheit* viele Deutungen zuläßt.

Nördlich von Trient war die Straße sogar noch leerer, und in der Tat vergingen ganze vierundzwanzig Stunden, ohne daß wir einer Menschenseele begegneten. Doch als wir kurz vor der Abenddämmerung einen Berggipfel erreichten und uns umschauten, konnten wir eine Schar Reiter ausmachen, die genau in unsere Richtung ritten. Ob unser Gastwirt sich entschlossen hatte, an meinem Versprechen zu zweifeln oder nicht, so waren Romario und seine Männer eindeutig zu dem Schluß gekommen, daß wir unsere Flucht nach Norden fortsetzen würden. »Was sollen wir tun?« stieß Rosamunde hervor, womit sie wieder auf ihren Lieblingssatz zurückgriff.

»Wir dürfen die ganze Nacht nicht anhalten«, sagte ich, »und müssen darauf vertrauen, daß sie lagern.« Das war bestenfalls eine verzweifelte Hoffnung, denn selbst wenn sie einige Stunden Rast machten, würden sie uns problemlos einholen, sobald sie sich wieder in Bewegung setzten, und ziemlich bald würden auch wir anhalten müssen. Jedoch fiel mir nichts Besseres ein, und so stolperten wir vorwärts, marschierten und führten unsere Pferde durch die Dunkelheit, erschauerten, wenn wir das Heulen der Wölfe links und rechts von uns hörten, diese Bestien jedoch niemals sahen. Kurz vor Tagesanbruch standen wir mitten in einem Wald. Die Bäume boten zwar ein wenig Schutz vor dem Wind, aber dafür herrschte hier kurz vor der Morgendämmerung fast vollständige Dunkelheit. Und dann entdeckten wir, daß nicht nur Bäume uns umringten.

☆

Dort stand außerdem eine große Gruppe Männer. Mein erster Gedanke war, daß Romarios Leute es auf rätselhafte Weise geschafft hatten, nun plötzlich genau vor uns zu stehen, und ich brach vor Verzweiflung fast zusammen. Dann erkannte ich, daß diese Burschen nachlässig gekleidet waren, dicke Bärte hatten und seltsame Waffen bei sich trugen, die kaum auf eine disziplinierte Streitkraft hindeuteten. »Banditen«, schrie Faustina und ergriff meinen Arm.

»Frauen!« rief einer der Banditen, der den anderen voran auf uns losstürmte. Meine früher erlittene Vergewaltigung hatte unter äußerst gesitteten Bedingungen stattgefunden, und die Aussicht, von diesen Kreaturen mißhandelt zu werden, beunruhigte mich in erheblichem Maße. Weil es sich um Banditen handelte, konnte ich wahrscheinlich noch schneller denken als sonst.

»Halt!« befahl ich in einem so herrischen Ton, wie es mir möglich war. Sie blieben stehen, streckten jedoch ihre Hände noch immer nach unseren Miedern aus.

»Und wer wollt Ihr sein?« fragte einer von ihnen, den ich für einen der Anführer hielt, weil er ein Schwert trug.

Ich hatte mich schon entschieden, zu der einzigen Möglichkeit zu greifen, mit dieser Situation fertigzuwerden, und zog die Kapuze von der Stirn. »Ich bin die Königin von Italien.«

»Haha«, spottete der Bursche und streckte die Hand nach meinem Haar aus, das im Morgenlicht glänzte. »Dann wollen wir Euch mal genauer anschauen.«

»Warte, Marco«, sagte ein anderer Mann, der ebenfalls ein Schwert trug und eine ähnliche Machtposition innezuhaben schien. Er kam näher und schaute mich an. »Ich habe diese Frau vor einem Jahr in Rom gesehen.« Er sank auf die Knie. »Hoheit!«

Plötzlich lachte mir wieder das Glück. »Steh auf«, befahl ich, während sich meine Frauen hinter meinem Rücken unauffällig zusammendrängten. »Bist du König Lothar denn treu?«

»König Lothar ist tot«, sagte Marco. »Das haben wir gehört.«

»Er ist von Berengar ermordet worden, dem Markgrafen von Ivrea«, sagte ich, »und ich herrsche an seiner Stelle.«

Das hatten sie sicher noch nicht gehört. Sie schauten sich fragend an. »Was tut Ihr dann hier, Hoheit?« erkundigte sich der zweite Hauptmann, dessen Name Pietro war, wie sich herausstellte.

»Ich bin auf dem Weg zu meinem Cousin und Beschützer, König Otto von Deutschland.«

»Im tiefsten Winter, Hoheit?«

»Der König ist krank, und ich muß deshalb an seiner Seite sein.«

Das dachte ich mir aus, als ich nach vorn schritt, und betete nur, daß ich nicht ungewollt die Wahrheit sagte.

»Wo ist denn Eure Eskorte?« erkundigte sich der gute Bandit.

»Ach«, sagte ich, »wißt Ihr nichts über den Markgrafen Berengar von Ivrea?«

»Er beansprucht die Herrschaft über diese Gebiete«, sagte Pietro, »aber davon wollen wir nichts wissen.«

»Er hat nicht nur meinen Gatten ermordet, sondern ist nun aufgebrochen, um mir auf meinem Weg nach Norden aufzulauern. Wir wurden angegriffen, und meine Eskorte wurde zerstreut. Ich konnte mit diesen Frauen entkommen.« Jetzt schauten sich nicht nur die Banditen, sondern auch meine Begleiterinnen erstaunt an, die sich allmählich fragten, ob ich überhaupt irgendeinen Schritt in die richtige Richtung machte. Nun gab es kein Zurück mehr. »Jetzt verfolgen uns Berengars Männer. Sie sind nur einen Tagesmarsch hinter uns.«

»Was sollen wir tun?« erkundigte sich Pietro.

»Mich in erster Linie vor diesen Schurken retten.«

»Wie viele werden es sein, Hoheit?«

»Nicht mehr als ein Dutzend.«

»Gut bewaffnet«, murmelte Marco.

»Mühelos aus einem Hinterhalt zu überfallen, da sie nicht wissen, daß ihr hier seid«, betonte ich.

»Ihr bittet uns, für Euch zu kämpfen«, sagte Pietro. »Einige von uns könnten sterben.«

»Diejenigen, die nicht sterben, werden reichlich belohnt. Ihr habt das Wort einer Königin.«

Wieder schauten sie sich an und verdrehten die Augen. »Habt Ihr Geld?« fragte Marco.

»Ein bißchen, aber das brauchen wir für den Rest unserer Reise. Eure Belohnung muß auf meine Rückkehr warten.«

»Ach«, sagte er nachdenklich. »Ich habe schon immer davon geträumt, es mit einer Königin zu treiben.«

Es folgte schrecklicher Lärm.

Pietro griff das Thema auf. »Du willst sagen, daß du bis heute morgen noch nie eine Königin gesehen hattest. Wir werden sehen, was wir gegen diese Burschen ausrichten können, Hoheit. Wenn Hoheit als Gegenleistung ein wenig Zeit mit uns verbringen wollen.«

»Ich bin eure Königin«, erinnerte ich ihn.

»Und wir werden Euch mit gebührender Achtung behandeln. Es ist jedoch gerecht, daß wir in der Stunde unseres Sieges entlohnt werden und nicht zu irgendeinem späteren Zeitpunkt, wenn wir für Euch kämpfen müssen, ohne bezahlt zu werden.«

Ein Alpenbandit, der außerdem Rechtsanwalt war! Aber sie hatten uns ganz in ihrer Gewalt. Sie konnten uns hier und jetzt nehmen oder nachdem sie Romario und seine Leute erledigt hatten, ohne daß wir in der Lage gewesen wären, irgend etwas dagegen zu tun. Zeigten wir uns hingegen nicht entgegenkommend genug, konnten sie uns einfach unserem Schicksal überlassen oder, was noch schlimmer war, uns tatsächlich unseren Verfolgern ausliefern.

»Dann werdet ihr belohnt«, versprach ich ihm, »in der Stunde eures Sieges.«

Dieses Versprechen verursachte ein wenig Aufregung hinter mir, aber ich war nicht sicher, ob der Grund dafür Angst oder Vorfreude war.

»Nun denn«, sagte Pietro, der von kämpferischem Geist erfüllt war – und warum auch nicht, schließlich ging es bei der Belohnung ja um einiges, nämlich um uns. »Ihr werdet Euch mit einigen unserer Leute in unser Lager zurückziehen, damit wir unseren Hinterhalt planen können. Und, Hoheit, versucht bitte nicht, ein falsches Spiel mit uns zu treiben. Wir können Euch leicht einfangen, wenn Ihr zu entfliehen versucht, und dann werde ich hart mit Euch verfahren.«

»Ich habe dir das Wort einer Königin gegeben«, sagte ich hochmütig.

☆

Die beiden Banditen, die uns begleiten sollten, waren noch halbe Kinder, und wahrscheinlich stellten sie in dem bevorstehenden Kampf keine große Hilfe dar. Sie führten uns und unsere Pferde über die Straße zu einem kleinen Platz und dann kreuz und quer durch den Wald. Etwa eine Viertelstunde liefen wir zwischen den Bäumen hindurch durch hohen Schnee und stießen dann plötzlich auf ein Lager mit primitiven Hütten, prasselnden Feuern, einem Dutzend Frauen mit Kindern, zwei Ziegen und mehreren Hunden, die uns äußerst unheilvoll anknurrten, ehe sie zur Ordnung gerufen wurden. Die Frauen umringten uns. Sie waren so schmutzig und größtenteils so unsympathisch wie ihre Männer, doch ich konnte nicht umhin, sie zumindest in unserer unmittelbaren Zukunft ganz selbstverständlich als unsere Verbündeten zu betrachten. »Wer ist denn dieses hübsche Mädchen?« erkundigte sich eines der häßlichen alten Weiber bei mir.

»Paß auf, was du sagst, Margarita«, sagte der ältere unserer Begleiter. »Das ist die Königin von Italien.«

»Und ich bin des Teufels fette Beute«, sagte Margarita.

»Pietro hat es gesagt«, beharrte der Junge. »Er sagt, er habe sie in Rom gesehen.«

»Was tut sie dann hier?«

»Euer liebenswürdiger Anführer hat uns Essen und Unterkunft angeboten«, sagte ich. »Ich und meine Frauen sind erschöpft.«

Sie und ihre Gefährtinnen starrten mich an. »Sie sieht aus, wie eine Königin aussehen sollte«, meinte eine von ihnen. Ich öffnete meinen Umhang und ließ ihn sinken. Sie starrten auf mein Kleid und drängten nach vorn, um den kostbaren Stoff zu berühren, obwohl er in den letzten Tagen sicher Flecke bekommen hatte. Rosamunde wollte aufbegehren, doch ich gab ihr ein Zeichen und zog meine Handschuhe aus, damit sie sich meine Ringe ansehen konnten. Das war äußerst riskant, da sie mir die Juwelen auf der Stelle hätten stehlen können. Der Anblick eines solchen Reichtums, den sie noch nie zuvor gesehen hatten, überwältigte sie, und sie sanken alle auf die Knie. »Hoheit«, sagten sie.

»Wir möchten essen, und trinken und uns ausruhen.«

☆

Das Essen war ein ziemlich üppiges Mahl. Unseren ausgehungerten Mägen schmeckte es köstlich. Wir tranken sehr herben Wein, doch er schmeckte wie Nektar. Auf der Erde wurde uns auf ein paar stinkenden Ziegenhäuten ein Lager bereitet, und wir wurden mit Fellen zugedeckt. Zum erstenmal, seitdem wir Trient verlassen hatten, war uns warm. »Was werden wir nun tun?« fragte die hartnäckige Rosamunde, doch ich begriff in diesem Moment, daß sie nur die Gedanken all meiner Begleiterinnen aussprach.

»Überleben«, sagte ich. Ich hatte nichts Besseres anzubieten, und ich schlief tatsächlich tief und fast zufrieden. Ich wachte erst auf, als ich unangenehme Rückenschmerzen und Krämpfe verspürte und großen Lärm vernahm.

Es war spät am Nachmittag, und unsere Helden kehrten mit stolzgeschwellter Brust ins Lager zurück. Sie trugen neue, natürlich etwas blutbefleckte Waffen bei sich und ein paar Rüstungen, in die sie selbst geschlüpft waren. Sie brachten auch Romarios Geldbeutel mit, der herrlich klimperte. Doch am wichtigsten war vielleicht, daß sie zehn Pferde bei sich führten. »Wir haben sie vernichtend geschlagen, Hoheit«, sagte Pietro. »Sie haben nichts bemerkt, bis wir über sie herfielen.«

Ich zählte. »Du hast drei von deinen Leuten verloren.«

»Leider kann man keine Schlacht schlagen, ohne Blut zu vergießen.«

»Mein Alexandro«, jammerte eine der Frauen.

»Er ist in Würde gestorben.«

»Und Berengars Leute?« erkundigte ich mich.

»Sie sind alle tot – nun ja, fast alle.«

»Genauer.«

»Es waren zwölf, Hoheit. Wir töteten acht sofort und schnitten den beiden, die nur verwundet waren, die Kehlen durch.«

Ich schluckte. Ich nahm nicht an, daß diese Burschen viel besser waren als die Ungarn, an die ich mich aus meiner Jugend erinnerte. Es war notwendig, sich auf das Wesentliche zu beschränken. »Das sind nur zehn.«

»Ach ja, zwei von den Schurken ritten davon, so schnell sie konnten. Sie werden nicht anhalten, bis sie Trient erreicht haben.« Das war nicht gut, da sie Berengar sofort berichten konnten, was geschehen war. Andererseits kam mir der Gedanke, daß es keinen Grund gab, den Hinterhalt der Banditen mit uns in Verbindung zu bringen, außer sie zogen die Möglichkeit in Betracht, daß die Banditen zuerst uns erledigt hatten. Durch diese Vermutung könnte Berengar zu der Überzeugung gelangen, die Verfolgung abzubrechen, da sie nicht länger erforderlich wäre. Inzwischen war es für mich und meine Begleiterinnen notwendig, unseren Teil der Vereinbarung zwischen den Banditen und uns zu erfüllen. Wir setzten uns um das Lagerfeuer herum, während die Banditen würfelten. Ich finde, es ist eine interessante und eigentlich zwingende Erfahrung, selbst der Preis oder das Opfer zu sein – das kommt ganz auf die Sichtweise an –, auch wenn dies für eine Königin nicht erbaulich ist. Da ich eine Königin sein würde, dachte ich jedoch darüber nach, daß es zweifellos eine Bestimmung der Vorsehung war, daß ich zuerst in die Tiefen hinabsteigen mußte, um solch eine hohe Position genießen zu können. Ich hatte natürlich meine Vorlieben, und wieder hatte ich das Glück, daß Pietro mich als Preis gewann. Ob ich nun die beste Wahl getroffen hatte, war fraglich, da er mich behandelte wie ein Stück rohes Fleisch. Doch meine einzige Bitte, daß wir uns aus dem Kreis der gierigen Blicke und Ermunterungen seiner Gefährten und vor allem der starren Blicke und verächtlichen Kommentare seiner Frauen entfernten, wurde mir gewährt.

Zu meiner großen Erleichterung versuchte er nicht, mir irgendeines meiner Kleidungsstücke auszuziehen, noch zog er sich aus, so daß wir nicht den eisigen Temperaturen ausgesetzt waren. Er zog nur meinen Rock hoch und seine Hose herunter. Als es vorbei war, fühlte ich mich völlig zerschlagen – in weit schlimmerem Maße, als ich mich je zu einem früheren Zeitpunkt meines Lebens einschließlich Berengars Überfall gefühlt hatte. Ich verspürte eine Spur Genugtuung, als ich erfuhr, daß Pietro auch den Höhepunkt erreicht hatte. »Hoheit«, stieß er keuchend hervor, »es kann auf der ganzen Welt keine Frau geben, die Euch ebenbürtig ist. Wollt Ihr nicht bei mir bleiben und glücklich sein?«

Zweifellos mißverstand er mein eigenes Keuchen, das einzig mit meiner Erschöpfung und meiner Atemnot zusammenhing, da ich ebenso sehr in Ekstase geraten war wie er. »Ich habe Pflichten.«

»Und werdet Ihr Euch an mir und meinen Gefährten rächen?«

»Natürlich nicht«, versicherte ich ihm. »Ihr habt uns das Leben gerettet.«

»Ich würde Euch weiterhin beistehen, würdet Ihr mir die Gelegenheit dazu geben.«

Ich muß gestehen, daß sein Angebot verlockend war. Bei den Banditen zu bleiben versprach zumindest ein gewisses Maß an Sicherheit, bis ich Otto eine Nachricht zukommen lassen könnte. Es war jedoch ein sehr primitives und einfaches Leben, das mir angeboten wurde. Sollte Berengar nicht annehmen, daß ich höchstwahrscheinlich tot war, und dies überprüfen wollen, würde es sogar an Sicherheit mangeln. »Ich muß zu meinem Cousin«, sagte ich und fügte hinzu: »Dem König von Deutschland«, falls er es vergessen haben sollte. »Aber ich werde dich niemals vergessen.« Nun, wie konnte ich auch, da er erst der dritte und bis zu diesem Zeitpunkt mit Sicherheit potenteste Mann war, der je in meine Zitadelle eingebrochen war. »Ich bitte dich nur darum, lieber Pietro, uns ein paar Vorräte mitzugeben und uns den Weg zu weisen.«

☆

Der gute Bursche erfüllte mir meinen Wunsch, und am nächsten Tag waren wir wieder unterwegs. Wir hatten alle ein Pferd und waren mit Lebensmitteln und Wein gut versorgt. Und jede von uns nahm die Erinnerung an ein neues Abenteuer mit. Zumindest meine Begleiterinnen hatten alle neue Abenteuer erlebt, die sie immer wieder erzählen wollten. Sogar Rosamunde und Faustina waren begeistert. Ich behielt meine Erfahrungen für mich. Es hätte nicht zu einer Königin gepaßt zu berichten, wie sehr sie in Ekstase geraten war – und dies im Zusammensein mit einem Banditen! Ich wollte nicht, daß irgend jemand annahm, es handele sich um eine ständige Frivolität meinerseits. Wenn ich heute auf diese stürmischen Jahre zurückblicke, bin ich mir einer immer größeren Ernsthaftigkeit und sogar einer zunehmenden Rücksichtslosigkeit in meinem Wesen bewußt. Ich sollte Sie daran erinnern, daß ich erst zwanzig Jahre alt war und innerhalb von zwölf Monaten erlebt hatte, wie mein Gatte brutal ermordet und ich selbst entführt, vergewaltigt und eingesperrt worden war. Ich war gezwungen einzusehen, daß Gott, während er unbestritten über mich wachte, meine Rettung meinen eigenen beiden Händen oder Brüsten oder Beinen oder was auch immer überließ, nicht zu vergessen meinem Verstand, der glücklicherweise zumindest meinen jeweiligen

Gegnern ebenbürtig war, und manchmal hatte ich das Gefühl, allen überlegen zu sein. Es wurde jedoch von Tag zu Tag klarer, daß ich überleben mußte, welche Mittel und Wege sich auch boten. Falls es unter diesen Umständen von diesem Gesicht und diesem Haar und dieser Gestalt abhing, die Gott mir gegeben hatte, würde ich diese Vorzüge zu ihrem größten Vorteil einsetzen. Bei den Banditen hatte jede von uns ihre eigene Geschichte erlebt, die sie ihren Enkelkindern erzählen könnte, falls sie solange lebte, und ich dachte an Pietro, der die schönsten Erinnerungen von allen hatte.

Doch nachdem wir unsere treuen Banditen verlassen hatten, fragte ich mich allmählich, ob sich all das gelohnt hatte. Wir drangen immer tiefer in die Alpen und den frostigsten Winter ein. Ich hatte gehofft, daß Pietro uns mit einem Führer versorgen würde, aber er konnte keinen Freiwilligen finden, noch wagte er es, sich selbst anzubieten. Ich hatte den Verdacht, daß er, nachdem er den Höhepunkt genossen hatte, der Meinung war, es sei keine schlechte Vorstellung, daß wir alle im Schnee erfrieren und daher unfähig sein würden, gegen ihn Zeugnis abzulegen. Wir hatten noch unsere Pferde, doch diese hätten ebensogut Gepäcktiere sein können, da wir nicht die Gefahr eingehen wollten, auf den rutschigen Wegen zu reiten. Diese führten zwischen turmhohen Gipfeln hindurch und an noch schrecklicheren Felsspalten vorbei, in die wir fallen und so für immer verschwinden konnten. Wir zogen unsere Umhänge eng um unsere Körper und trugen Halstücher über unseren Gesichtern, aber dennoch schien der schneidende Wind hindurchzugehen und verwandelte jeden Augenblick in ein Fegefeuer. Ich bekam Schmerzen in der Brust und hatte wie alle anderen eine triefende Nase. »Hoheit«, stöhnte Faustina, die sich nachts, als wir im Schnee lagerten, eng an mich schmiegte, »wir können nicht weiter. Wir müssen umkehren, oder wir werden sterben.«

»Umzukehren bedeutet zu sterben. Es ist nicht mehr weit.« Doch manchmal ist auch eine Meile zu weit. Am nächsten Tag quälten wir uns weiter, bis auch ich nicht mehr konnte. Ich rutschte aus und fiel mit dem Gesicht in den Schnee. Besonders beunruhigend war, daß keine meiner Gefährtinnen mir zu Hilfe eilte, noch nicht einmal Rosamunde oder Faustina. Als hätte ich das Zeichen gegeben, fielen sie alle miteinander in den Schnee. Da lagen wir nun und warteten auf den Tod. Und in der Tat vermutete ich, daß ich sterben würde, als ich Hunde bellen und Menschen reden hörte, die das reinste Latein sprachen im Vergleich zu dem rustikalen Dialekt der Banditen. Und ich spürte sanfte Hände, die mich von der Erde hochhoben. Dann wagte ich einen flüchtigen Blick und sah verschwommen weiße Roben und sogar ein oder zwei Kruzifixe. Ich schloß die Augen und wartete auf die Aufforderung, meinem Gott gegenüberzutreten. Gab es im Himmel Hunde?

☆

Als ich erwachte, lag ich in einem weichen Bett unter lieblich duftenden Decken, und auch mein Körper duftete lieblich und fühlte sich äußerst sauber an. Das war einfach festzustellen, da ich nackt war. Ich hatte zuerst einige Schwierigkeiten, mich zu konzentrieren, und es war noch schwieriger für mich, meine Situation mit meiner Vorstellung vom Himmel in Einklang zu bringen. Die Tatsache, daß ich einige Sünden begangen hatte, zum Beispiel Hurerei und Anstiftung zum Mord, hätte meiner Meinung nach nicht ausgereicht, um mich auf den anderen Weg zu verweisen, da ich sie alle sozusagen begangen hatte, um mich zu verteidigen. Das Zimmer, in dem ich lag, war nicht groß, aber sorgfältig getüncht, und die einzige Dekoration war ein großes Kruzifix, das auf der gegenüberliegenden Seite des Bettes hing. Andererseits war ich gewiß gestorben, ohne daß mir die Sterbesakramente verabreicht worden waren, denn ich war ganz sicher, im Fegefeuer zu sein und auf das Jüngste Gericht zu warten.

Doch als all meine Geisteskräfte zurückkehrten, begriff ich, daß ich mich an keinem dieser Orte befand, sondern noch immer fest mit Mutter Erde verbunden war. Das war einfach festzustellen, weil ich nun entdeckte, daß mein ganzer Körper entsetzlich schmerzte. Als ich versuchte, mich zu bewegen, drehte sich der Raum im Kreis, während ich ununterbrochen zitterte, da mir sogar unter den Decken eiskalt war. »Hilfe!« schrie ich und war erstaunt über den matten Ton im Vergleich zu meiner sonst kräftigen Stimme. Ich hatte jedoch genug Lärm gemacht, um Aufmerksamkeit zu erregen. Die Tür sprang auf, und mehrere Personen kamen herein, die allesamt Nonnentrachten trugen. »Oh, Hoheit«, sagte die eindeutig älteste von ihnen. »Ein Wunder!«

»Wo bin ich?« fragte ich mit schwacher Stimme.

»Ihr seid im Sankt-Judas-Kloster«, sagte die Mutter Oberin, »am Sankt-Bernhard-Paß.«

»Ich bin schrecklich durstig«, flüsterte ich. Mir wurde Wasser gebracht, das so kalt und klar war wie Quellwasser, und anschließend gab man mir ein Glas Wein. Ich war so geschwächt, daß ich weder die Tasse noch das Glas halten konnte, und die aufmerksamen Nonnen führten beides an meine Lippen. »Wie bin ich hierher gekommen?«

»Die Pater brachten Euch her. Sie sammelten draußen Brennholz«, erklärte die Mutter Oberin. »Unsere Hunde spürten die Stelle auf, wo Ihr gelegen habt.«

»Und sie wußten, wer ich bin?«

»Wie konnten sie denn? Zu ihrem Erstaunen fanden sie sieben Frauen im Schnee, die dem Tod geweiht zu sein schienen. Daher haben sie Euch in unser Kloster gebracht und Euch unserer Fürsorge anvertraut. Und als einige Tage später eine Eurer Begleiterinnen ihr Bewußtsein wiedererlangte, war ihre erste Sorge, sich nach Euer Hoheit zu erkundigen.«

Das alles gab mir einige Rätsel auf, aber ich konnte nur eines nach dem anderen zu lösen versuchen. »Ihr habt von Tagen gesprochen.«

»Ihr seid nun schon drei Wochen hier, Hoheit.«

»Drei ...« Ich hob die rechte Hand und starrte auf das abgemagerte Fleisch, durch das sich die blauen Adern ihren Weg zu erzwingen schienen . »Ich möchte einen Spiegel.«

»Nein, nein, Hoheit«, sagte die Mutter Oberin. »Jetzt ist nicht der richtige Zeitpunkt für einen Spiegel. Nun, da Ihr erwacht seid, wird es unsere Pflicht sein, Euch die notwendige Pflege zukommen zu lassen, damit Ihr Eure Gesundheit und Schönheit zurückgewinnt. Wir werden uns darum kümmern. Seid unbesorgt. Was Ihr jetzt vor allem braucht, ist Ruhe.«

Ich wußte, daß sie recht hatte, aber es gab so viele Dinge, die meinen Geist bestürmten. »Meine Gefährtinnen?«

Ein Schatten legte sich auf ihr Gesicht. »Wir haben getan, was wir konnten.«

»Wie viele?«

»Zwei sind gestorben, und eine kann nicht mehr gerettet werden, fürchte ich. Die anderen vier haben sich gut erholt.«

»Rosamunde?«

»Rosamunde geht es gut. Sie erholte sich als erste wieder und fragte nach Euch.«

Die treue Rosamunde. »Faustina?«

»Sie lebt, aber sie ist schwach. Nun müßt Ihr Euch wirklich ausruhen, Hoheit.«

☆

Als ich erwachte, wartete schon eine Nonne neben meinem Bett, um mir Brühe einzuflößen. Die Bezeichnung Nonne ist in diesem Fall ein wenig ungenau, denn als ich diesem noch sehr jungen Mädchen schnell einen Blick zuwarf, sah ich, daß es die Tracht einer Novizin trug. Diese sah ungewöhnlich bezaubernd aus, obwohl sie durchaus nicht schön oder etwa hübsch war. Sie hatte feine, strenge Gesichtszüge, große dunkle Augen und ein gewinnendes Lächeln. Nachdem sie mir die Kissen in den Rücken geschoben hatte, um mich abzustützen, führte sie den Löffel an meine Lippen.

Einige Sekunden schluckte ich schweigend die Brühe und spürte, daß mit jedem Löffel meine Kraft zurückkehrte. Dann fragte ich sie: »Wie heißt du?«

»Roswitha, Hoheit.«

»Das ist ein seltener Name. Wo kommst du her?«

»Ich bin in Konstanz geboren, Hoheit.«

»Konstanz! Du bist Schwäbin?«

»Ja, Euer Gnaden, ehe ich als Novizin in dieses Kloster kam, lebte ich in Schwaben.«

»Kennst du Herzog Liudolf?«

»Ich habe den Herzog gesehen, Hoheit.«

»Und seinen Vater?«

»Ich habe den König während eines Besuches gesehen, den er bei uns machte, als ich noch ein Kind war.«

In meinem Kopf überschlugen sich die Gedanken. »Die Mutter Oberin sagte, meine Gefährtinnen und ich seien von den Patern gerettet worden. Gibt es im Kloster Mönche?«

»Hier nicht. Sie kommen nur zur Messe und zur Beichte, Hoheit. Sie sind unsere Ordensbrüder. Das Mönchskloster ist nur eine halbe Meile entfernt.«

»Und gibt es dort einen Abt? Ich muß ganz dringend mit ihm sprechen.«

»Ihr müßt die Mutter Oberin darum bitten«, sagte Roswitha in kühlem Tonfall.

☆

Die Mutter Oberin kam kurze Zeit später in mein Zimmer. »Ich hoffe, dieses Mädchen ist Euch nicht auf die Nerven gegangen. Manchmal weiß ich nicht, was ich mit Roswitha machen soll.«

»Sie war freundlich. Was tut sie, das Euch kränkt?«

Die Mutter Oberin schnaubte verächtlich. »Sie schreibt.«

»Ist das eine Sünde?«

»Nicht daß sie schreibt, sondern *was* sie schreibt, Hoheit. Sie verfaßt romantische Geschichten, lange Gedichte über tapfere Ritter und hübsche Frauen. Ist das eine passende Beschäftigung für eine Nonne?«

Darüber hatte ich noch nie richtig nachgedacht.

»Und was alles in den Geschichten vorkommt!« fuhr die Mutter Oberin fort. »Einiges davon ist gänzlich unschicklich. Ich zerreiße ihre Aufzeichnungen, peitsche sie aus, sperre sie bei Brot und Wasser ein, und sobald sie wieder draußen ist, schreibt sie weiter. Ich habe gute Lust, sie wegzuschicken.«

»Oh, tut das nicht«, sagte ich. »Ich würde mir gern einige ihrer Arbeiten ansehen.«

»Hoheit! Das würde eine keusche, junge Witwe wie Euch schockieren.«

»Mutter Oberin, seid Ihr nicht neugierig zu erfahren, warum ich mitten auf einem Berg halbtot im Schnee lag?«

»Ich zweifle nicht daran, daß es mir im Laufe der Zeit enthüllt wird.«

»Hört zu«, sagte ich und erzählte ihr von meinen Abenteuern seit Lothars Tod. Ich ließ alle intimen Details meiner Begegnungen mit Berengar und Pietro aus, ganz zu schweigen von Faustina, ging aber näher auf meine Entführung, meine Flucht und meinen Entschluß ein, König Otto um Hilfe zu ersuchen. Sie hörte entzückt zu. Da sie und ihre Nonnen hier so versteckt in den Bergen lebten, hatte sie keine Ahnung, daß Lothar ermordet worden war. Sie hatte wohl gehört, daß er das Zeitliche gesegnet hatte, doch hatte sie nichts darüber erfahren, was seitdem mit mir geschehen sein könnte. Wie die meisten Leute vermutete sie, daß ich zu meinem Bruder zurückgekehrt sei. »Jetzt versteht Ihr«, erklärte ich, »warum ich mich so schnell wie möglich auf den Weg machen muß.«

»Das wird in den nächsten Monaten nicht möglich sein,

Hoheit. Schaut Euch Eure Hand und Euren Arm an. Ihr seid schwach wie ein Kätzchen, und Ihr habt obendrein einen hartnäckigen Husten. Es würde Euren sicheren Tod bedeuten, würdet Ihr Euch hinaus in den Winter wagen. Ihr müßt warten, bis Ihr wieder bei Kräften seid, bis Eure Lungen wieder frei sind und es Frühling wird.«

Ich muß sagen, daß der Gedanke, mich hinauszuwagen, ganz sicher überhaupt nicht verlockend war im Vergleich zu dem Vergnügen, in diesem weichen, warmen Bett zu liegen und von oben bis unten bedient zu werden. Allerdings konnte ich nicht zulassen, daß mir mein Leben jetzt entglitt. Wer hätte sagen können, wann Berengar erfahren würde, wo ich war? Ich hätte es diesem Schurken glatt zugetraut, sogar ein Kloster zu überfallen, um wieder Besitz von mir zu ergreifen. Und wer wußte, was wohl in Deutschland geschah? Der Gedanke, daß meine Zukunft genau auf der anderen Seite der Berge liegen könnte, quälte mich. Außerdem gab es noch den armen Konrad, der nur wußte, daß seine Schwester spurlos verschwunden war. »Wenn ich nicht zum König gehen kann«, sagte ich, »muß ich ihm eine Nachricht schicken.«

»Es ist kaum möglich, den Paß in dieser Jahreszeit zu benutzen.«

»Ein guter Mann müßte dazu in der Lage sein.«

»Ein Mann?« fragte sie mißtrauisch.

»Ihr sagtet, daß Ihr mit den Ordensbrüdern des Mönchsklosters zusammenarbeitet. Laßt mich mit dem Abt sprechen. Schließlich muß ich eine Messe hören und die Beichte ablegen.« Sie machte ein unschlüssiges Gesicht, doch auf dieser Seite der Alpen war ich ihre Königin, wenn auch auf der Flucht, und am nächsten Tag wurde Pater Guido zu mir gebracht.

☆

Guido war ein kleiner Mann mit einem durchdringenden Blick. Er war noch ziemlich jung und wurde von einem Schwarm Nonnen begleitet, als wollte man sichergehen, daß er sich nicht schlecht benahm. Er wirkte sehr nervös, aber das mag daran gelegen haben, daß er soeben seine Königin kennenlernte. Mich verließ der Mut, als ich begriff, daß er die einzige Hoffnung war, die mir blieb. Er nahm mir die Beichte ab, wir sprachen einige Gebete, und dann sagte ich: »Ich will mit dem Pater allein sein.« Das rief Bestürzung hervor. »Oh, Ihr könnt bleiben, Mutter Oberin.« Die anderen rannten davon, und ich erklärte Guido meine Situation, wobei ich wieder alle Einzelheiten meiner Entführung schildern mußte. »Ich will einen Brief schreiben, der zuerst an Herzog Liudolf in Konstanz befördert und dann an König Otto weitergeleitet werden soll, wo immer er sich aufhalten mag.«

Guido räusperte sich. »Darf ich Euch fragen, was Ihr in diesem Brief schreiben wollt, Hoheit?«

»Nein, das dürft Ihr nicht. Es wird jedoch um meinen Aufenthaltsort und meinen Wunsch gehen, an einen sicheren Ort gebracht zu werden.«

Ich konnte nicht fortfahren, da mich ein so schrecklicher Hustenanfall überraschte, daß ich Schleim spuckte, den Mutter Oberin sofort mit einer Serviette entfernte. Die ganze Zeit schaute sie Guido an, als wollte sie sagen, er könne mir ruhig meinen Willen lassen, da ich es ohnehin nicht mehr lange machen werde. Guido war jedoch ein vorsichtiger Mann und außerdem Italiener. »Und wie soll die Hilfe des Königs aussehen, Hoheit?«

»Ich nehme an, daß er, sobald die Pässe wieder geöffnet sind, eine Eskorte mit dem Befehl schicken wird, mich abzuholen und zu ihm zu bringen.«

»Eine Eskorte«, sagte Guido nachdenklich. »Von deutschen Kriegern.«

»Beunruhigt Euch das, Vater?«

»Die Deutschen sind ein schreckliches Volk. Sie waren

letzten Sommer hier. Herzog Liudolf führte sie selbst an und stürmte mit ihnen durch die Berge.«

Davon hatte ich nichts gehört. »Das wird nicht noch einmal passieren«, versprach ich, »wenn ich erst gerettet bin. König Otto wird nur seine Männer nach mir schicken, und die werden mit mir wieder aufbrechen. Ich versichere Euch, daß Ihr nicht in Gefahr seid, Pater. Was bleibt Euch im Grunde anderes übrig? Beabsichtigt Ihr, die Königin von Italien für den Rest ihres Lebens gefangenzuhalten?«

Er preßte die Lippen zusammen, während er die Mutter Oberin anschaute, und ich mußte mich fragen, ob er nicht gerade das erwog, da ich sowieso nicht mehr lange zu leben hatte. Keiner wußte, wo ich und meine noch lebenden Begleiterinnen waren. Die meisten Leute würden vermuten, daß wir kurze Zeit nach unserer Flucht aus Garda umgekommen seien, einmal angenommen, daß unser Aufenthalt in Garda überhaupt an die Öffentlichkeit gedrungen war. Glücklicherweise war die Mutter Oberin aus einem anderen Holz geschnitzt, und zweifelsohne hatte sie auch einen Sinn dafür, was für sie das beste war. Eine Königin umzubringen oder auch nur zuzulassen, daß sie aufgrund unterlassener Hilfeleistung starb – abgesehen davon, daß es ein Verbrechen und eine Sünde war –, konnte unmöglich irgendeinen Gewinn erbringen, außer meinen dürftigen Juwelen und Faustinas nun bedauerlicherweise geschrumpftem Geldbeutel. Eine Königin hingegen zu retten und ihr beizustehen, damit sie ihre Hoheitsrechte sowie ihre Gesundheit zurückerlangte, würde ihr möglicherweise eine unermeßliche Belohnung einbringen, besonders da dies ohne irgendein Risiko für sie selbst oder ihre Nonnen geschehen konnte. »Cäsar«, sagte sie.

»Hm?« Vater Guido war erstaunt.

»Er ist der Mann, den wir brauchen.«

»Er ist ein ungehobelter Holzfäller.«

»Er kennt die Berge und Pässe. Er weiß, wie man im Schnee überlebt, und er ist stark wie ein Bär.«

»Und wie kommt Ihr darauf, daß er solch eine gefährliche Aufgabe übernehmen wird?« erkundigte sich Guido.

»Nun ... er muß großzügig bezahlt oder belohnt werden.« Die Mutter Oberin schaute mich an.

»Bringt ihn zu mir«, sagte ich.

»Hoheit! Ein Mann in meinem Kloster? Im Schlafgemach einer Königin?«

»Ich bin eine Witwe, folglich war ich zuvor eine Ehefrau. Ihr werdet anwesend sein.«

Somit war sie beschwichtigt und erlaubte es, daß Guido aufbrach und mit dem furchtbaren Cäsar zurückkehrte. Ich benutze das Wort mit Bedacht. Jung wie ich war, hatte ich schon eine ganze Reihe verschiedener Männer kennengelernt, und das in jedem nur denkbaren Sinne. Ich hatte jedoch noch nie jemanden gesehen, den man mit diesem Koloß hätte vergleichen können. Cäsar war im wahrsten Sinne des Wortes ein Riese. Er hatte einen ungeheuer großen Kopf mit zotteligem schwarzem Haar, das ohne irgendeine offensichtliche Trennung in einen zotteligen schwarzen Bart überging, der fast bis zu seinem Gürtel herabhing. Dieser Gürtel hielt seinen riesigen Oberkörper kaum zusammen, der auf Beinen saß, die Baumstümpfen ziemlich ähnlich sahen. Er gehörte zu dieser Art von Ungeheuern, mit denen Mütter ihren ungezogenen Kindern Angst einjagen. Ich war entzückt. »Weißt du, wer ich bin, Cäsar?«

Trotz seiner enormen Statur und seiner augenscheinlich gewaltigen Kraft war er offensichtlich ein wenig ängstlich, da ihm nie zuvor erlaubt worden war, ein Nonnenkloster zu betreten. »Es wird gesagt, Ihr seid die Königin«, stammelte er.

»Ich *bin* die Königin, Cäsar. Eure Königin.« Der arme Bursche sank neben meinem Bett auf die Knie, und da meine Hand unter der Decke hervorlugte, ergriff er sie und küßte sie inbrünstig. Die Mutter Oberin, die im Türrahmen stand, verließ sofort ihren Standort und eilte auf uns zu, doch ich gab ihr mit meiner freien Hand ein Zeichen, daß sie stehenbleiben möge. »Willst du diese Mission für mich übernehmen, Cäsar?«

Er hob den Kopf. »Gern, Hoheit. Und wie werden der Herzog oder der König wissen, daß ich von Euch komme? Wie werde ich es schaffen, zu ihnen gelassen zu werden?«

»Wo sind meine Ringe, Mutter?«

»Hier, Hoheit.« Die Mutter Oberin nahm sie vom Ankleidetisch und brachte sie mir.

Ich suchte meinen Rubin heraus und hielt den Ring hoch. »Nimm ihn, Cäsar.«

»Hoheit!« Die Mutter Oberin war entsetzt.

»Diesen Ring hat König Otto mir selbst geschenkt. Zeig ihm den Ring, und er wird wissen, daß du von mir kommst. Sag ihm, wo ich bin und daß ich verzweifelt Hilfe brauche. Das ist alles, was du tun mußt.« Cäsar starrte auf den Ring, als wäre er der heilige Gral. Offensichtlich hatte er noch nie zuvor etwas so Wertvolles gesehen, geschweige denn berührt. Die Mutter Oberin sah aus, als stünde sie kurz vor einem Anfall. »Nun merke dir meine Worte gut, Cäsar«, sagte ich. »Bring König Otto diesen Ring und sag ihm, was ich gesagt habe, und die Belohnung wird deine kühnsten Träume übersteigen. Und wenn der König dich nicht selbst entlohnt, so werde ich es tun, sobald ich gerettet bin. Solltest du ein falsches Spiel mit mir treiben und dich heimlich mit diesem Ring davonmachen, so schwöre ich dir, daß ich dich bis ans Ende der Welt jagen und aufs Rad flechten lassen werde. Hast du das verstanden?«

Ich schmeichle mir selbst, wenn ich sage, daß ich sogar als Zwanzigjährige ein ungewöhnlich böses Gesicht machen konnte, wenn ich Lust dazu hatte. Der arme Cäsar zitterte am ganzen Körper. Er nickte und gelobte Treue, doch seine Worte waren kaum zu verstehen. Ich strich mit meinem Zeigefinger über seine Wange. »Nun geh, um Ruhm und Reichtum zu erlangen.«

Er verließ das Gemach. »Hoheit!« protestierte die Mutter Oberin, als die Tür geschlossen worden war. »Dieser Ring ...«

»Cäsar wird kein falsches Spiel mit mir treiben«, sagte ich.

☆

Ich war mir wirklich ganz sicher. Da Sicherheit immer auf persönliches Vertrauen und eine vernünftige Bewertung der Tatsachen gestützt werden muß, ist es schwierig, dieses Empfinden zu verfechten. Ich war aus verschiedenen Gründen von Cäsars Zuverlässigkeit überzeugt. Er war ein Mann, und ich war eine hübsche Frau, auch wenn ich krank im Bett lag. Er war ein Untertan, und ich war seine Königin, auch wenn ich zu diesem Zeitpunkt keine Macht innehatte. Obgleich er ein Holzfäller war, mußte er gewisse moralische Werte in sich aufgenommen haben, da er die meiste Zeit seines Leben in einem religiösen Haus verbracht hatte. Und vor allem gab es das Versprechen auf unermeßlichen Reichtum, wenn er seine Aufgabe erfolgreich erfüllte. Gegen all diese Fakten sprach die Möglichkeit, daß er den Ring stehlen und verschwinden könnte, was aber unlogisch war. Würde er es tun, hätte er nichts gewonnen, weil er einsehen müßte, daß er solch einen Gegenstand oder auch nur den Stein, falls er ihn aus dem Ring herausbrechen würde, nicht einmal verkaufen konnte. Etwas so Wertvolles mußte einer großen Person gehört haben. Den Ring im Besitz eines einfachen Holzfällers zu finden würde daher sofort zu einer Verurteilung wegen Diebstahls und einem Rendezvous mit dem Galgen führen.

Soweit zu logischen Schlußfolgerungen und gesundem Menschenverstand ... Es blieb dennoch die Möglichkeit, daß er einen Unfall haben oder in eine mit Schnee bedeckte Gletscherspalte fallen und tatsächlich für immer verschwinden könnte. Ich mußte noch lange warten, ehe mir bewiesen wurde, daß mein Urteil richtig war und meine Ängste sich als grundlos erwiesen. Ich sah es ein und kümmerte mich darum, meine Gesundheit so schnell wie möglich wieder herzustellen. Hierbei halfen mir meine drei Gefährtinnen, die überlebt hatten. Faustina war eine große Stütze für mich, und wenn Rosamunde die meiste Zeit auch ganz aufgeregt war, so erwies Angelika sich als treue Anhängerin. Wir trauerten um die drei verstorbenen Mädchen und nahmen dann unser eigenes Leben wieder in die Hand. Die Mutter Oberin und ihre Nonnen unterstützten uns in jeder erdenklichen Weise. Sie verlangten von uns nicht, daß wir uns ihren Andachten anschlossen, sofern wir es nicht wollten. Wir wünschten es jedoch, weil wir in den letzten Monaten so vielen Gefahren ausgesetzt waren und so manches Mal wie durch ein Wunder vor dem sicheren Tod gerettet wurden. Daher nahmen wir an ihren Gottesdiensten teil und trugen dazu bei, die anfallenden Arbeiten im Kloster zu erledigen, das sich gemeinsam mit dem benachbarten Mönchskloster selbst versorgte. Alle warteten sehnlich auf den Moment, da der Schnee schmolz, um sich auf den Frühling vorzubereiten, während das Vieh, das in die Ställe gebracht worden war, um der Kälte zu entfliehen, stets versorgt und gemolken werden mußte. Die Mutter Oberin war entzückt, da sie noch nie eine Königin bei sich gehabt hatte, die ihr zuerst gehorchte und dann auch noch half. Ich habe keinen Zweifel daran, daß es mein langer und angenehmer Aufenthalt in diesem Kloster war, der mein Interesse an solchen Einrichtungen seitdem immer aufrecht erhielt.

Gleichzeitig muß ich gestehen, daß der interessanteste Aspekt meines Aufenthalts im Sankt-Judas-Kloster die Novizin Roswitha war. Das Mädchen war so anhänglich geworden, daß sie Rosamunde als meine persönliche Zofe beinahe abgelöst hätte. Sie sprühte vor Lebensfreude und hatte eine so lebhafte Phantasie ... Sie zeigte mir einige ihrer Gedichte, und ich war zutiefst schockiert, und dies weniger über den Inhalt als über die Tatsache, daß ein so junges Mädchen derart überzeugend über die Romantik und deren fröhliches

Zusammenspiel mit dem Geschmacklosen und wirklich Obszönen schreiben konnte. Ihre tapferen Ritter und wunderschönen Frauen wurden von knurrenden Ungeheuern bedroht, die ihren Opfern stets einen Arm abschlugen und diesen mit großem Genuß abnagten, oder von heimtückischen Prinzen, die ihre hübschen Opfer mit ausgeklügelter Raffinesse zu ihrem großen Vergnügen vergewaltigten und folterten. Nun, ich war noch nie einem Drachen begegnet und durchaus nicht sicher, daß solche Wesen wirklich existierten, aber die heimtückischen Prinzen oder zumindest Herzöge, die ich bereits kennengelernt hatte, reichten mir voll und ganz.

Die Mutter Oberin war noch immer schockiert über die Werke des Mädchens, und immer häufiger mußte ich eingreifen, um ihr eine Tracht Prügel zu ersparen. Was aus ihr werden sollte, wußte ich nicht. Ich glaubte damals nicht, daß sie geeignet war, eine gute Nonne zu werden.

☆

So verbrachten wir unsere Zeit, als der Winter langsam dem Frühling wich. Der Schnee schmolz, die Blumen sprossen auf den Hängen, und das Vieh wurde hinaus auf die Felder getrieben, wo es sich tummeln konnte. Die fleißigen Nonnen und Pater pflügten die Erde für ihre Ernte, und die großen Hunde, die die Mönche bei sich führten – einige von ihnen waren so groß wie Ponys –, bellten glücklich. Ein allgemeines Wohlbehagen, das unvermeidlich mit dem Ende des Winters verbunden ist, durchdrang das Nonnen- und das Mönchskloster. Jetzt konnten wir spazierengehen, was unsere Genesung schneller vorantrieb. Tatsächlich war ich nun beinahe wieder in meiner Bestform. Mein Husten war verschwunden, und meine Kräfte wie auch der Glanz auf meinen Wangen kehrten zurück. Nun wurde die Angst jedoch ein ernsthaftes Problem. Ich hatte nicht wirklich erwartet, daß irgendeine Hilfe kommen würde, solange die Pässe gesperrt waren, aber bis zu diesem Zeitpunkt hatte ich auch nicht damit gerechnet, daß Berengars Verfolgungsjagd bedrohlich für mich werden könnte. Nun, da der Schnee schmolz, wußte ich nicht, ob ich hoffnungsvoll nach Norden oder ängstlich nach Süden schauen sollte. Ich sagte mir immer wieder, daß Berengar mich sicher für tot hielte und Cäsar sich nur verspätete. Wenn er tatsächlich in eine Gletscherspalte gestürzt war?

Die Mutter Oberin war mir hierbei keine Hilfe. Sie war zu dem Schluß gekommen, daß wir Cäsar und meinen Ring niemals wiedersehen würden. Auch Pater Guido war keine große Hilfe, während Faustina äußerst pessimistisch geworden war. Noch nie hatte ich mich so einsam gefühlt. Bis wir eines Tages im späten Mai den Klang einer Trommel hörten, der durch die Täler hallte. Sofort versammelten wir uns alle auf dem Dach und schauten gen Norden. Roswitha erblickte als erste die Banner, die in der sanften Brise flatterten. Wir starrten alle in die Ferne, aber sie waren zu weit weg, um die Symbole erkennen zu können. Doch eine große Zahl Männer und Pferde näherte sich. In der Tat war jeder Mann, der näher kam, beritten. Die meisten waren voll gerüstet, und der Stahl glitzerte in der Morgensonne. »Wenn das Feinde sind, werden wir alle bei Einbruch der Dunkelheit tot sein«, verkündete die Mutter Oberin.

»Sie kommen von Norden«, stieß ich hervor. »Wie können sie Feinde sein?«

»Schaut dort, Hoheit!« rief Roswitha.

Ich folgte der Richtung ihres Zeigefingers und starrte auf die riesige Standarte, die sich beständig in der Brise ein- und aufrollte. Es war der rote sächsische Adler vor einem goldenen Hintergrund. Die Flagge des Königs! Und da war er. Er ritt so aufrecht, so stolz und so mächtig an der Spitze seiner Männer. Und neben ihm ritt nicht weniger stolz mein tapferer Cäsar.

5

Die Ehefrau

Wäre ich eine der Frauen gewesen, die rasch in Ohnmacht fällt, wäre ich mit Sicherheit vor Begeisterung auf der Stelle zusammengebrochen. Selbst in meinen kühnsten Träumen hätte ich mir nicht ausgemalt, daß Otto mir persönlich zu Hilfe eilen würde. Da ich nicht dazu neigte, in Ohnmacht zu fallen, rannte ich die Treppe hinunter, die zum Hof führte. »All diese Männer«, stieß die Mutter Oberin hervor, als sie mich erreichte, »dürfen das Kloster nicht betreten!«

»Müssen sie auch nicht.« Ich gab Roswitha ein Zeichen, daß sie das Tor öffnete. Dann schritt ich hindurch, um auf den König zu warten. Sein Heer, das aus einer beachtlichen Anzahl von Kriegern bestand, schlängelte sich noch langsam durch den Paß, doch die Vorreiter hatten uns schon erreicht. Diese warteten nun mit aufgestellten Lanzen, während der König sich näherte. Als er unmittelbar vor mir stand, war er eine sogar noch beeindruckendere Persönlichkeit als aus der Ferne betrachtet und sicherlich als in meiner Erinnerung. Otto war nun neununddreißig Jahre alt und stand in der Blüte seiner herrlichen Manneskraft. Sein Blick war stolz, seine Haltung aufrecht, seine Augen glänzten, seine Rüstung war prächtig, sein Schwert riesig wie auch das Pferd, das er nun vor mir zum Stehen brachte.

Mühelos schwang er sich aus dem Sattel, und ich sank vor ihm auf die Knie. Er nahm meine Hand, um mir aufzuhelfen. Ich neigte den Kopf, und er küßte mich auf die Wange. »Adelheid«, sagte er, »mein armes, liebes Kind. Was hat man Euch angetan?«

»Nichts, von dem ich mich nicht erholt hätte, Herr.«

»Aber dennoch eine Sache, die gerächt werden muß.« Er schaute an mir vorbei und wandte sich an die Mutter Oberin.

»Darf ein von der Reise erschöpfter König in Euren Mauern Schutz suchen, liebe Mutter, wenn auch nur für eine kurze Weile?«

Die Mutter Oberin errötete. »Es wird Euer Vorrecht sein, Herr.«

Schon wurden Anweisungen erteilt und Hörner geblasen, und das Heer schlug sein Lager auf. Alle Nonnen des Klosters schauten zu, kicherten und flüsterten. »Doch zuerst einmal zu diesem wackeren Burschen«, sagte Otto. Cäsar war auch abgestiegen und sah so nervös aus wie immer. »Er brachte mir diesen Ring.« Otto hielt meinen Rubin in die Höhe. »Den ich Euch nun zurückgebe.«

»Er ist in der Tat ein wackerer Bursche, Herr. Ich habe ihm versprochen, ihn großzügig zu belohnen.«

»Er ist schon belohnt worden, aber er bestand darauf, mit mir hierher zurückzukehren.«

»Dann soll er mein Diener sein. Gefällt dir das, Cäsar?«

»Ich bin geehrt, Hoheit, und werde Euch bis ans Ende meiner Tage dienen.«

Otto lächelte uns beide an. »Und Ihr werdet einen Diener brauchen, Hoheit. Es liegen viele anstrengende Ritte vor uns. Doch zuvor haben wir uns eine Menge zu erzählen. Werte Mutter Oberin?«

Zitternd vor Aufregung führte die Mutter Oberin uns ins Kloster und dann in ihr eigenes Zimmer, das etwas abseits lag. »Ich will mit der Königin allein sein«, sagte Otto, während er Anstalten machte, sich häuslich niederzulassen.

»Herr!« widersprach sie.

»Ich werde ihr kein Härchen krümmen.« Otto lächelte sie gewinnend an. »Es sei denn, ich werde dazu aufgefordert, doch Ihr könnt uns einen Krug Wein bringen.«

Die Mutter Oberin errötete noch mehr, verließ aber den Raum, während Roswitha mit der Erfrischung herbeikam, ehe sie wieder davoneilte und die Tür leicht angelehnt ließ. Otto schloß sie sofort, und dann bot er mir einen Stuhl an, da ich in der Mitte des Zimmers stehengeblieben war. Auch er setzte sich ein Stück von mir entfernt. »Im vergangenen Jahr sind so viele Gerüchte aus Italien zu uns gedrungen. Darf ich Euch einige Fragen stellen, Adelheid?«

»Ihr dürft mich alles fragen, was Ihr wollt, Herr.« Mein Herz hämmerte wild.

»Wie ist Lothar gestorben?«

»Auf barbarische Weise, Herr. Er wurde mit einer solchen Brutalität geblendet, daß sein Herz brach.«

»Von Berengar von Ivrea?«

»Ja, Herr.«

»Habt Ihr es gesehen?«

»Ich wurde dazu gezwungen.«

»Dieser Teufel. Und dann?«

»Ich wurde in Garda eingesperrt, von wo ich geflohen bin, um hierherzukommen.«

»Hat Berengar sich Euch genähert?«

Ich hatte mich bereits entschlossen, Otto die Wahrheit darüber zu sagen. Er hätte niemals geglaubt, daß Berengar mich in seiner Gewalt gehabt und diese nicht mißbraucht hätte. Die Sache mit Pietro stand auf einem anderen Blatt. Auf jeden Fall war ich Witwe, was bedeutet, daß ich zuvor als Ehefrau gelebt und somit das Bett eines Mannes auf rechtmäßige Weise geteilt hatte. Die Tatsache, daß ich – wenn auch nur kurz – einem anderen Adeligen gehört hatte, mochte Otto verärgern, würde aber keine Barriere zwischen uns errichten können. Ich konnte hingegen nicht sicher sein, wie er auf die Nachricht reagieren würde, daß ich auch das Lager eines Banditen geteilt hatte, auch wenn es notwendig gewesen war, um zu überleben. »Wenn Ihr meint, Herr, ob der Markgraf von Ivrea mich vergewaltigt hat, lautet die Antwort ja.«

»Dieser Teufel«, sagte er noch einmal. »Dafür wird er bezahlen. Was für ein schmerzliches Leben habt Ihr geführt, Adelheid, wo doch jemand, der so hübsch ist, nichts als Glück erleben sollte.«

»Ich träume noch immer davon, Herr.«

»Und Ihr werdet es bekommen.« Er stand auf und schritt durchs Gemach. Ich sah, daß König Otto von Deutschland tatsächlich unruhig war! Offenbar habe ich auf alle Männer diese Wirkung. »Ich habe meine Frau geliebt«, sagte er halb zu sich selbst. »Innig.«

»Da bin ich sicher, Herr.«

»Unsere gegenseitige Liebe sollte leider nicht von Dauer sein, und nun habe ich fünf Jahre um sie getrauert.«

»Mein Herz fühlt mit Euch, Herr.«

Er blieb stehen. »Wie sehr habt Ihr Lothar geliebt ?«

Ich holte tief Luft. »Ich habe ihn überhaupt nicht geliebt, Herr. Er wurde mir zum Gatten bestimmt – von Euch.«

»Dann muß ich Euch um Verzeihung bitten. Ihr habt keine Kinder.« Das war eher eine Feststellung als eine Frage.

Ich senkte den Blick nicht. »Nein, Herr.«

»Seid Ihr unfruchtbar?«

»Mir wurde von den Nonnen in Rom gesagt, daß ich Kinder bekommen könne.«

»Lothar war eben kein richtiger Mann«, meinte Otto verächtlich. »Euer nächster Gatte möchte, daß Ihr Mutter werdet.«

»Auch wenn er schon Kinder hat, Herr?«

Er warf mir einen raschen Blick zu. »Vielleicht gerade deshalb. Ihr habt meinen Sohn Liudolf getroffen?«

»In den vergangenen Jahren nicht, Herr. Aber ich finde, er ist ein vorbildlicher Sohn eines ausgezeichneten Vaters.«

»Die Engländer sind ein unvernünftiges Volk, und er ist ein halber Engländer.« Er blieb mir gegenüber stehen. »Ich habe keine Ahnung von List, Verführung und Schauspielerei, Adelheid. Mein Vater wählte Edith zu meiner Frau. An dem Tag, als ich sie zum erstenmal sah, wurden wir verheiratet. Ich war glücklich. Ich verliebte mich in Edith – und sie sich in mich. Nun möchte ich mich noch einmal verlieben und geliebt werden.«

»So wie ich, Herr.« Ein seltsamer Heiratsantrag, aber uns war dieses Spiel beiden nicht vertraut. Mein ganzer Körper schien in freudiger Erwartung zu pochen.

»Ich bin achtzehn Jahre älter als Ihr.«

Ich hielt ihn immer für neunzehn Jahre älter, wollte mich aber nicht darüber streiten. »Ich werde die Freude der Jugend in Euer Bett bringen, Herr. Das schwöre ich.«

Er streckte die Hände aus. Ich ergriff sie, und er zog mich an sich. »Dann also …?«

»Ja, Herr, ja!« Ich hätte hinzufügen können, daß ich mein Leben lang auf diesen Moment gewartet hatte.

☆

Pater Guido vollzog die Trauung noch an demselben Nachmittag. Das ganze deutsche Heer jubelte uns zu und natürlich auch die Nonnen, die Pater und all ihre Helfer, ihre Hunde und Rinder und Schafe und Hühner. Die Sonne schien, und es war eine unvergeßliche Feier. Für mich wurde ein Traum Wirklichkeit. Mich beunruhigte in größerem Maße, was auf die Feier folgen würde. Dieser Mann hatte meine Träume vierzehn Jahre lang genährt, und bis zu diesem Tag war er nicht mehr als ein Traum gewesen. Nun stand ich plötzlich neben ihm, meine Hand lag auf seinem Arm, und ich fühlte etwas von der ungeheuren Stärke, die schon so bald von meinem Körper und meinem Leben Besitz ergreifen sollte.

Da für die Mutter Oberin nicht in Betracht kommen konnte, ihr Kloster einem Ehepaar für Liebesspiele zur Verfügung zu stellen, wurden uns Zimmer im Mönchskloster angeboten. Theoretisch wären auch hier Liebesspiele verboten gewesen, aber Pater Guido war ängstlich darauf bedacht, den beiden Monarchen zu gefallen, die in seiner Gemeinde auf so seltsamen Wegen zueinander gefunden hatten, besonders als ich andeutete, daß ich einen Beichtvater brauchte. Zu diesem Anlaß erlaubte er ebenfalls Rosamunde und Faustina, hinter das geheiligte Portal zu treten, um mich auszukleiden und vorzubereiten. »Oh, Hoheit«, sagte Rosamunde, »ich bin so glücklich für Euch.« Ihre Glückwünsche waren mit Traurigkeit vermischt, da es keine sofortige Aussicht auf einen Ehemann für sie gab. Sie hatte auch sehr wohl bemerkt, daß unsere alte Intimität schon vor Ottos Ankunft verschwunden war.

Faustina wünschte mir ebenfalls Glück, und auch sie war traurig. »Ich bezweifle, daß Ihr jetzt noch jemals Zeit für mich haben werdet«, sagte sie.

»Was für ein Unsinn. Ihr werdet immer an meiner Seite sein – Ihr und Rosamunde.« Doch nicht in dieser Nacht. Nachdem ich gewaschen und parfümiert worden war, setzte ich mich auf das ziemlich harte Bett und wartete auf meinen Herrn.

Otto war immer ein Mann von überraschenden kleinen Zeremonien. Er wußte, was im Rat, auf dem Schlachtfeld oder im Bett getan werden mußte, und er tat es, ohne sich mit großen Worten aufzuhalten oder zu zögern. Daher schloß und verriegelte er die Tür, schritt durch den Raum und setzte sich neben mich aufs Bett. Ich war bereit, mich mit Leib und Seele hinzugeben, was auch immer er beabsichtigte. Als er mich nicht sofort auf den Rücken warf, war ich erfreut und erleichtert. Statt dessen küßte er mich zärtlich auf Mund und Nase, Augen und Wangen, während er mit dem Zeigefinger liebevoll Figuren auf mein Nachthemd malte. Durch seine Berührung richteten sich meine Brustwarzen auf, und Schauer der Ekstase strömten durch meinen Körper. Die ganze Zeit sagte er kein einziges Wort, während es auch mir die Sprache verschlagen hatte. Bis zu diesem Moment hatte ich nur die ungestüme, polternde Methode kennengelernt, die Lothar, Berengar und Pietro anwandten.

Ich glaube, als er sein Nachthemd auszog, keuchte ich vor Bewunderung. Otto war ein wunderschöner Mann mit breiter Brust, schmaler Taille und starken Muskeln an Armen und Oberschenkeln, und dazwischen sah ich das, was eine Frau immer so verletzte? Ich konnte nicht mehr tun, als seinem Beispiel zu folgen und mein Nachtgewand auszuziehen, und ich glaube, auch er war vor Bewunderung sprachlos. Durch das harte Leben, das ich in den letzten Jahren geführt hatte, war ich fast so kräftig wie ein Mann. Und mein Körper zeigte stolz meine schönen Brüste, die nun voll entwickelt waren und danach verlangten, gestreichelt zu werden. Meine Schenkel waren schlanker als seine, aber ebenso kräftig, und meine Beine waren fast so lang wie seine, und dazwischen hatte auch ich meine Zier. Diese suchte er nun mit der gleichen Behutsamkeit und Zärtlichkeit, mit der er sich mir von Anfang an genähert hatte. Ich kann diese Nacht nicht wirklich als die bisher großartigste meines Lebens bezeichnen, weil ich zweifellos infolge meiner tiefen Gefühle, mit einem solchen Mann nackt im Bett zu liegen, nicht den Höhepunkt erreichte. Ich wußte, daß es sehr bald geschehen würde. Doch mein Gatte erreichte den Höhepunkt immer wieder, und ich dachte, daß ich zumindest seine Träume erfüllt hatte.

☆

Am nächsten Tag setzte das Heer seinen Marsch fort. Otto war kein Mann, der sich Zeit für Flitterwochen nahm. Pater Guido begleitete uns als mein Beichtvater.

An dieser Stelle muß ich ehrlich sein, und tatsächlich habe ich oft genug im Laufe meines Lebens über die ganze Angelegenheit nachgedacht. Zu einer Zeit, als ich und Mutter zum erstenmal Ottos Hilfe brauchten, war er aufgrund der Intrigen seiner Brüder nicht abkömmlich. Das war jetzt Geschichte. Thankmar war tot, und Heinrich hatte man vergeben; er war, wie Otto mir versicherte, sein treuester Anhänger. Ich hoffte, er hatte recht. Tatsache war jedoch, daß mein Hilferuf Otto in einem Moment erreichte, als er darauf reagieren konnte, da er alle Bürgerkriege innerhalb Deutschlands beigelegt hatte. Als mein Ruf ihn erreichte, schien er andererseits schon ein Heer aufgestellt zu haben, das nur darauf wartete, beim ersten Tauwetter die Alpen zu überqueren. Man kann nicht über Nacht oder innerhalb einer Woche ein Heer aufstellen, das etliche tausend Mann stark ist, wenn man sich außerdem um alle damit verbundenen logistischen Details kümmern muß. Das dauert Monate.

Obwohl Otto sicherlich erfahren und später auch aus meinem Mund hören wollte, was wirklich in Tivoli passiert war, kann es keinen Zweifel daran geben, daß er bereits das meiste wußte. Hatte er damals beschlossen, sich in italienische Angelegenheiten einzumischen, noch bevor er die Stimme meines Herzens hörte? Ich sollte die Wahrheit nie erfahren, weil er sie mir nie sagte – und es war eine Frage, die ich nie zu stellen wagte. Es interessiert mich bis zum heutigen Tag. Ging er mit der Absicht nach Italien, die Königinwitwe zu heiraten und somit das Recht zu erwerben, sich in Angelegenheiten südlich der Alpen einzumischen? Oder wäre er auf jeden Fall nach Italien marschiert, erhielt dann meinen Hilferuf und beschloß, meine Angelegenheiten unterwegs zu regeln, erblickte mich und verliebte sich auf den ersten Blick? Immerhin war es der erste Blick, den er auf die erwachsene Adelheid warf. Ich habe immer gehofft, letzteres würde zutreffen.

☆

Inzwischen marschierten wir nach Süden. Wir waren eine beeindruckende Truppe, denn Otto befehligte nahezu zehntausend Krieger, und uns folgte ein fast ebenso gewaltiger Troß. Es war ungefähr der gleiche Weg, den meine Begleiterinnen und ich auf unserer Flucht nach Norden genommen hatten. Diesmal jedoch herrschten vollkommen andere Umstände. Es lag auf der Hand, daß das deutsche Heer das ganze Land in Aufregung versetzte, als es nach Süden marschierte. Zu meiner großen Erleichterung erreichten wir Trient, ohne daß wir die Banditen zu Gesicht bekamen, die durch die Berge nördlich der Stadt streiften. Wenn ich auch das Gefühl hatte, daß Pietro für seine Hilfe reichlich entlohnt worden war, wünschte ich gewiß nicht, daß er gehängt wurde, und Otto kannte Straßenräubern gegenüber keine Gnade. Angenommen, der verrückte Bursche behauptete zu seiner Verteidigung, mit der neuen Königin von Deutschland intimen Verkehr gehabt zu haben, so hätte das vielleicht meine Glückseligkeit der Frischvermählten ein wenig gestört, aber es hätte sicherlich den Todeskampf seiner Hinrichtung verlängert, weil er den Verlust einiger wichtiger Körperteile erlitten hätte.

In Trient empfing ich den Gastwirt und belohnte ihn mit einem Haufen Münzen, während es ihm die Sprache verschlug, daß er einst – wenn auch nur kurz – eine Königin in den Armen gehalten hatte. Somit war alles gut, und es schien so weiterzugehen. Wir überquerten die Ebene der Toskana, doch nirgends gab es ein Zeichen von Berengar, es sei denn, man hätte die Späher, die wir gelegentlich sahen und die immer davongaloppierten, wenn wir uns näherten, als Hinweis auf Berengar betrachtet. Sie handelten zweifellos im Auftrag des Markgrafen, und einige Leute sagten, daß er ein Heer aufstelle, wovon wir allerdings nichts sahen. »Er ist wie die meisten Mörder ein feiger Bursche«, sagte Otto, als wir am Fuße der Apenninen unser Lager aufschlugen. »Dies ist ein herrliches Land. Es ist unglaublich, daß ich zum erstenmal hier bin, nicht wahr? Wart Ihr glücklich hier, mein Liebling?«

»Ich war sicherlich erfreut, in diesem Land zu sein, aber ich fand einige Menschen schwierig.«

Er lachte. »Wir werden es so einrichten, daß sie Euch dennoch lieben.«

Das war eine Gelegenheit, über die Zukunft zu sprechen. »Darf ich Euch fragen, wonach Ihr wirklich trachtet?«

»Das, wonach ich wirklich trachte, besitze ich bereits.«

»Ich fühle mich geschmeichelt, Herr. Trotzdem marschiert Ihr nach Süden.«

»Ich möchte Rom besuchen und mit eigenen Augen sehen, welche Zustände dort herrschen. Es kursieren so viele Gerüchte. Ich möchte mir ein Bild von diesem Alberich machen, der eine sehr bewegte Vergangenheit hat, ganz zu schweigen von seinen Ahnen. Ich möchte mir diesen Papst mit eigenen Augen anschauen, der den Anspruch erhebt, über uns zu herrschen. Und natürlich hoffe ich noch immer, Berengar zur Rechenschaft ziehen zu können, ihn in Ketten zu legen und zu Euch zu bringen. Welches Schicksal würdet Ihr ihm angedeihen lassen, meine Teuerste?«

Das gab mir zu denken. Ich hatte gewünscht und gehofft, gerächt zu werden, hatte aber nicht erwogen, selbst bei der Rache mitzuwirken. »Für einen Vergewaltiger kann es nur ein angemessenes Schicksal geben«, erklärte Faustina. »Kastration und anschließend die Hinrichtung.«

Da es ein herrlicher Frühlingsnachmittag war, saßen der König und ich vor dem Zelt und genossen die milde Luft, während Faustina uns Wein einschenkte und unserem Gespräch lauschte. Otto hob die Augenbrauen, als sie sich zu Wort meldete. »Auch Faustina hat unter Berengars Händen gelitten, Herr«, erklärte ich.

»Und nicht nur das. Soviel steht fest.«

»Nun, meine Damen, wenn ich den Schurken ergreife, werde ich ihn Euch übergeben, damit Ihr mit ihm machen könnt, was Ihr wollt.«

Als ich Faustinas Gesichtsausdruck sah, gefror mir das Blut in den Adern. So sehr ich den Mann auch haßte, war ich froh, daß wir Berengar niemals erwischten, zumindest nicht solange unsere Gemüter noch erhitzt waren.

☆

Wie man sieht, verlief Ottos erstes Italienabenteuer nicht ganz planmäßig. Tatsächlich erwies es sich als völliges Desaster und hätte unser Glück für immer zerstören können. Das dies nicht geschah, hatten wir dem glücklichsten Ereignis zu verdanken, aber sogar das ging in der Aufregung und dem Unglück unter, in das wir bald eintauchten.

Trotz der Weigerung Berengars zu kämpfen, blieb unser Marsch in Richtung Süden ein Triumph. Jede Stadt bereitete uns einen festlichen Empfang, sobald sie die königlichen Flaggen erblickte. Uns wurden Wein und ein Mahl serviert, von Jongleuren bis zu Blumenmädchen, die Rosenblüten vor unsere Pferdehufe streuten, bot man uns jede Unterhaltung. Bürgermeister verneigten sich tief vor dem König und der Königin. Gesuche wurden eingereicht, als wären wir schon zum König und zur Königin von Italien gekrönt worden, wobei ich noch nicht einmal Königin von Deutschland war. Otto war sehr vorsichtig, zu diesem Zeitpunkt Anspruch auf den italienischen Thron zu erheben, und er tat es auch nicht im Namen seiner Frau. Sein erklärtes Ziel war es, das Unrecht, das ihr zugefügt worden war, und den niederträchtigen Mord an seinem Blutsverwandten Lothar zu rächen. Das verstanden die heißblütigen Italiener und die Stadt Rom, die nun, da der Sommer begann, in guter Stimmung waren, obwohl der Sommerbeginn immer schicksalhaft war. Vorläufig schien die Sonne, die Menschen jubelten, und wir wurden zur Engelsburg geleitet und willkommen geheißen. Alberich kam, um uns offiziell zu begrüßen, und er beugte sich über meine Hand, als hätte er mich in der Vergangenheit niemals beleidigt. »Ich versichere Hoheit«, sagte er, »daß ich den Tod an meinem Stiefbruder schon gerächt hätte, wären die Umstände günstiger gewesen.«

»Und die Umstände waren nicht günstig?« erkundigte sich Otto.

»Rom ist eine Stadt, die ihre Herrschaft Tag und Nacht

spüren muß. Es hieße eine Katastrophe heraufzubeschwören, würde ich ihr einen Moment den Rücken zukehren.«

»Ich kann diesen Burschen nicht leiden«, vertraute Otto mir an, als wir wieder allein waren. »Und doch schien er bereit, versöhnlich zu sein.«

»Ich bin ganz Eurer Meinung, Herr«, pflichtete ich bei. Ich befürchtete, daß Alberich etwas im Schilde führte, aber mein Gatte teilte meine Angst nicht.

☆

Agapet empfing uns mit großem Brimborium, was mich ungeheuer erleichterte, denn als Otto unterrichtet wurde, der Papst würde ihn lieber empfangen, als ihm einen Besuch abzustatten, befürchtete ich einen Wutanfall, und ich mußte ihn überreden, den Lateranpalast aufzusuchen. Der alte Mann war jedoch die Liebenswürdigkeit in Person. In einer Privataudienz sagte er dem König, daß er die größte Achtung für ihn hege, und dann sprach er die äußerst schicksalhaften Worte, daß die Zeit für einen neuen Kaiser des Heiligen Römischen Reiches gekommen sei, der regieren und die Kirche beschützen würde. In diesem Moment wurde die Idee geboren, und Otto wäre ihr tatsächlich sofort gefolgt, aber nachdem Agapet die Andeutung gemacht hatte, wich er der Entscheidung aus. Wir erkannten beide deutlich seine Unaufrichtigkeit und kannten auch die Gründe dafür. Für Agapet war Otto als Deutscher noch immer so etwas wie ein Barbar. Außerdem konnte er aufgrund der jüngsten Rebellionen nördlich der Alpen nicht auf die Macht des Königs vertrauen. Daher ließ Otto die Sache fürs erste fallen. Er war ein Mann, der sein Vorgehen gerne sehr sorgfältig plante.

Wie Alberich es unbestritten geahnt und ich befürchtet hatte, besteht leider immer die Möglichkeit, daß die vom Menschen geschmiedeten Pläne, und wenn sie noch so sorgfältig durchdacht sind, von unerwarteten Ereignissen durchkreuzt werden. Der Hochsommer hatte begonnen. Die heiße Sonne schien vom wolkenlosen Himmel auf die Erde, der Tiber stank stärker als gewöhnlich, und bald stank die ganze Stadt, während sich über den Sümpfen rund um die Stadtmauern beständig Nebelschleier und dicke Wolken widerlicher Insekten erhoben, welche die Menschen stachen und ärgerten und ihnen auf die Nerven gingen.

»Ich wundere mich, daß Ihr es so lange ausgehalten habt«, sagte Otto.

Ich erklärte ihm, daß wir in den heißesten Monaten immer in die Berge geflohen seien. »Eine ausgezeichnete Idee«, sagte er. »Wir werden morgen aufbrechen.«

Das taten wir und erfreuten uns bald an der segensreichen, ein wenig kühleren Luft, auch wenn die Reise und die Villa in Tivoli mit den unerfreulichsten Erinnerungen verbunden waren. Mir drängte sich die Frage auf, ob Berengar wohl eine erneute Freveltat im Sinn hatte, doch war ihm unsere Absicht bis zu unserem Aufbruch nicht bekannt, und wir wurden gut beschützt. Es war jedoch nicht sinnvoll, das ganze Heer mitzunehmen, und so überließen wir den größten Teil unserer Männer dem ausschweifenden Leben Roms, während Otto versuchte, sich über sein weiteres Vorgehen Klarheit zu verschaffen. Seine Entscheidung wurde ihm abgenommen. Wir waren erst wenige Wochen in Tivoli, als Graf Korda kam, um uns Bericht zu erstatten. Das tat er jede Woche, und beim ersten Besuch schien er ziemlich fröhlich gewesen zu sein, wenn er auch einige Krankheiten innerhalb der Truppen erwähnt hatte. Diesmal war er die Traurigkeit in Person. »Siebzig Männer sind gestorben, Herr. Und mehr als dreihundert sind erkrankt.«

»An was erkrankt?« fragte der König.

»Es ist ein Schüttelfrost, der die Gliedmaßen angreift und erzittern läßt. Dann wird der Verstand angegriffen, und die Opfer bekommen Wahnvorstellungen und Anfälle. Die

Krankheit nimmt einen sehr schnellen Verlauf. Der Tod tritt meist binnen weniger Tage ein.«

»Können die Ärzte nichts dagegen tun?«

»Sie können nichts sehen, Herr. Bis zum ersten Anfall scheinen die Erkrankten kerngesund – und dann ist es für gewöhnlich schon zu spät.«

»Die Römer nennen es die Schüttelkrankheit«, sagte ich. »Diese Krankheit bricht jeden Sommer aus. Ich sprach darüber, als wir die Stadt erreichten, Herr.«

»Und mein Soldatenherz hat über Eure weibliche Angst gelacht. Ihr hattet wie immer recht. Was gibt es für ein Heilmittel dagegen?«

»Das einzige Heilmittel besteht darin, aus Rom zu fliehen, wie wir es getan haben, solange das warme Wetter anhält.«

Er strich sich übers Kinn. Ich konnte seine Gedanken lesen. Ließ sich ein so mächtiger Krieger, der unzähligen Feinden auf dem Schlachtfeld getrotzt hatte, von einer Schüttelkrankheit vertreiben? »Ich werde mit Euch nach Rom zurückkehren, Korda, und mir dieses Phänomen selbst anschauen.«

Korda verbeugte sich. Ich war entsetzt. »Herr, wenn Ihr der Krankheit erliegt ...«

»Einer Schüttelkrankheit?« Er lächelte und küßte mich. »So schwach bin ich nicht, liebe Adelheid.«

☆

Das war sicherlich hochmütig. Der König war jedoch der König, und Hochmut ist eine wunderbare Sache bis zum unvermeidlichen Augenblick der Vergeltung. Wir winkten ihm nach, und ich blieb von Ungewißheit erfüllt zurück. Ein paar Tage später stand ich einer Situation gegenüber, die mich im Ungewissen darüber ließ, ob ich glücklich oder unglücklich sein sollte. Ich stellte fest, daß ich ein Kind bekommen würde.

Ich träumte von Ottos Rückkehr, damit ich ihm die glückliche Nachricht überbringen konnte, während Faustina, Rosamunde und Angelika ganz aufgeregt waren und wie ein Haufen Hühner gackerten. Als der König in der nächsten Woche zurückkehrte, machte er ein so finsteres Gesicht, daß wir nicht wagten, ihn mit meiner Situation vertraut zu machen. »Meine Soldaten sterben wie die Fliegen«, verkündete er und warf sich auf eine Liege. »Und es ist erst August. Wann wird sich das Wetter ändern?«

»Selten vor Oktober, Herr«, sagte ich.

Er grübelte und grübelte, denn die Situation, der er gegenüberstand, trübte seine Intuition. Wie lange es auch manchmal gedauert haben mag, bis Otto eine Entscheidung traf, so erlitt er bei allem, was er sich zu tun vornahm, niemals einen Fehlschlag. Doch nun schaute er einer Niederlage ins Auge, und er konnte den Gegner nicht einmal sehen. Seine Intuition sagte ihm, daß er ausharren und dem Schlimmsten trotzen solle. Sein Herz und seine Seele litten beim Anblick so vieler tapferer Männer, die der Krankheit erlagen, ganz abgesehen von der Tatsache, daß seine Macht dadurch von Tag zu Tag mehr geschwächt wurde. Außerdem war es möglich, daß Berengar Kenntnis davon erlangte und nur auf den rechten Augenblick wartete, bis das deutsche Heer so geschwächt war, daß es besiegt werden konnte. Ich glaube, daß er ausgeharrt und es riskiert hätte, aber nur eine Woche später erhielten wir äußerst erschütternde Nachrichten. Graf Korda begleitete den Reiter von Rom bis zu unserer Villa persönlich, wo der arme Bursche vor dem König niederkniete. »Nun?« fragte Otto. »Raus mit der Sprache. Randalieren die Ungarn wieder?«

»Nein, Herr, nein«, stöhnte der Bursche. »Vor zwei Wochen erhielt Deutschland Nachricht, daß Ihr der Krankheit zum Opfer gefallen seid.«

»Was für ein Unsinn«, erklärte Otto. »Wer hat dieses dumme Geschwätz verbreitet?«

Der Bote schluckte. »Der Herzog von Schwaben, Herr.«

Otto zog die Brauen zusammen und starrte ihn mit einem so grimmigen Gesichtsausdruck an, daß ich befürchtete, er würde den unglücklichen Mann schlagen. »Mein Sohn hat gesagt, ich sei tot?« fragte er mit leiser Stimme.

»Das ist noch nicht alles, Herr. Herzog Liudolf hat sich zum König von Deutschland ernannt.«

Otto warf mir einen raschen Blick zu. »Wie ich schon sagte, gnädige Frau, haben die Engländer eine Ruhelosigkeit im Blut, deren sie oft nicht mehr Herr werden können. Ihr ...«, er zeigte auf den Boten, »... werdet sofort nach Deutschland zurückkehren. Ihr werdet zu Herzog Heinrich von Bayern gehen und meinen Bruder auffordern, seine Truppen zu rüsten, gen Konstanz zu marschieren und meinen Sohn unter Arrest zu stellen. Er soll nicht verletzt werden, aber er ist in Haft zu halten, bis ich zurückkehren kann.«

Der Bote schluckte. »Herr ... Herzog Heinrich hat sich zu König Liudolf bekannt.«

»Habt Ihr König Liudolf gesagt?«

»So wird er genannt, Herr. So nennt er sich selbst.«

»Herzog Heinrich«, sagte Otto, der auch jetzt noch mit leiser Stimme sprach. Der Mann, von dem er behauptet hatte, er sei nun sein treuester Anhänger. »Nun, dann werdet Ihr zu Herzog Konrad von Lothringen gehen ...«, doch ein Blick in das Gesicht des Boten sagte ihm, daß sein Schwiegersohn ebenfalls zur Partei der Rebellen übergelaufen war. »Ich sehe, wir stehen einer Krise gegenüber.«

»Herr«, sagte ich, »diese Intrigen stützen sich auf die Annahme, Ihr wäret tot. Sicherlich müßt Ihr nur wieder in Deutschland erscheinen und beweisen, daß Ihr am Leben seid, und ...« Als ich seinen Gesichtsausdruck sah, verstummte ich.

»Meint Ihr wirklich, Liudolf hält mich für tot? Oder Heinrich? Oder Konrad? Und selbst wenn es so wäre und sie behaupten könnten, unwissentlich einen Fehler begangen zu haben – würden sie es dann wagen, mir zu erlauben, wieder auf meine Macht Anspruch zu erheben, nachdem sie meinem Sohn ihre Treue erklärt haben? Ich habe Heinrich schon zweimal verziehen. Kann er wirklich von mir erwarten, daß ich ihm ein drittes Mal vergebe? Doch mit meiner ganzen Streitkraft ins Land zu marschieren ... » Er schaute Korda an.

Dieser sah ungewöhnlich ernst aus. »Das Heer ist kaum fähig zu marschieren. Es kann sicherlich keine Schlacht schlagen.«

Otto schaute von einem zum anderen, und ich empfand tiefes Mitleid mit ihm – und mit mir. Er hatte die Sorge um das Königreich vernachlässigt, um der Frau zu Hilfe zu eilen, die er liebte. Die Sorge um ein Königreich darf niemals vernachlässigt werden. Männer wie Otto sind jedoch niemals so stark wie kurz vor einem vermeintlichen Zusammenbruch. »Ruht Euch aus«, sagte er zu dem Boten.«Kümmert Euch darum, daß er gut bewirtet wird. Er ist ein braver Bursche. Und verlaßt uns«, befahl er den versammelten Höflingen, die ziemlich aufgeregt waren. Nur Graf Korda und ich blieben. »So«, sagte der König, »ich kann weder als mächtiger König zurückkehren noch als mächtiger König bleiben.« Er blieb einige Minuten schweigend sitzen. Dann sagte er: »Korda, ich übergebe Euch den Befehl über meine Truppen. Ihr werdet Rom verlassen und nach Norden marschieren. Ihr werdet Eure Verluste so gering wie möglich halten. Stellt Eure Tapferkeit unter Beweis, dann wird Berengar es nicht wagen, Euch anzugreifen. Ihr werdet bekanntgeben, daß auch die Königin und ich beim Heer seien. Ihr werdet bei jedem Halt unsere Zelte aufschlagen und unsere Standarten aufstellen. Ihr werdet das königliche Hornsignal erklingen lassen. Da Ihr nach Norden marschiert, wird diese Sommerkrankheit vielleicht abklingen.«

Korda hatte so aufmerksam wie immer zugehört. »Mein Ziel?«

»Wenn Ihr könnt, dann versucht, Magdeburg zu erreichen. Wenn es die Kräfte nicht erlauben, löst das Heer auf und befehlt den Soldaten, nach Sachsen zurückzukehren, wenn es ihnen möglich ist.«

»Und Ihr, Herr?«

»Ich breche heute nacht auf. Niemand darf davon erfahren. Ich muß in Magdeburg sein, bevor irgend jemand erfährt, daß ich Tivoli verlassen habe.«

»Herr, das bedeutet ...«

»Ich muß entweder durch Schwaben oder Bayern.« Otto lächelte. »Darum muß es heimlich geschehen, und solange die Welt vermutet, daß ich mit Euch nach Norden marschiere. Nun müssen wir Eile walten lassen.«

☆

Ich konnte nichts sagen oder tun, außer meinem Herrn zu gehorchen, und ich war ungeheuer niedergeschlagen. Ganz abgesehen von dem unvermeidlichen Gefühl, daß ich der Grund für die Katastrophe war, ist es ein ziemlicher Schicksalsschlag für einen Menschen zu glauben, den mächtigsten Mann westlich von Konstantinopel geheiratet zu haben und dann nach nur wenigen Monaten gewahr zu werden, daß er ein Flüchtling ist, der keine Macht mehr besitzt und sich nur noch auf sich selbst verlassen kann. Er setzte große Hoffnungen auf die Treue seines sächsischen Heimatlandes, und ich hoffte auf nichts mehr. Sogar das Kind, das ich unter dem Herzen trug, war plötzlich eine Last geworden. Ich wagte noch immer nicht, dem König mitzuteilen, daß er wieder Vater werden würde, da seine beiden Kinder ihn so schmerzlich verraten hatten.

Genau wie Otto es beschlossen hatte, verließen wir die Villa noch in derselben Nacht. Wir standen schwierigen Entscheidungen gegenüber. Obwohl wir den Wunsch hatten, auf unserem Ritt nach Norden vor umherirrenden Feinden beschützt zu werden, konnten wir uns, um keine Aufmerksamkeit zu erregen, keine große Begleitung leisten. In dieser

Hinsicht hatte zumindest ich Erfahrung. Schließlich nahmen Otto und ich meine drei Zofen, Pater Guido, sechs Krieger und Cäsar mit, dessen Kraft die von drei Männern aufwog. Erfolg ist wie die meisten Dinge im Leben mit kühnen Entscheidungen und schnellen Handlungen verbunden, und ich glaube bis heute, daß niemand vermutete, daß wir nicht mit dem Heer marschierten, bis wir wieder in Sachsen waren. Das soll nicht etwa heißen, daß unsere Reise nicht mühsam und gefährlich war. Wir boten das Erscheinungsbild eines Ritters und seiner Gemahlin auf einer Pilgerfahrt und wichen vorsichtshalber allen Städten aus, die uns auf unserem Marsch nach Süden gefeiert hatten. Es hätte mir und Guido gefallen, noch einmal das Sankt-Judas-Kloster zu besuchen, doch Otto entschied sich dagegen. Also eilten wir wie Diebe in der Nacht nach Norden, an Trient und den Wäldern vorbei, wieder ohne Pietro und seine Freunde zu Gesicht zu bekommen. Es war zu riskant, unsere acht Mann starke Truppe anzugreifen. Dann drangen wir in die Alpen ein, die nun, da der Sommer sich seinem Ende zuneigte, verhältnismäßig einfach zu überwinden waren. Der Weg führte uns weiter nach Tirol, das westlich des Herzogtums Bayern lag, durch Schwaben hindurch und in sicherer Entfernung östlich an den Seen und an Liudolfs Macht vorbei. Erst dann konnten wir wieder frei atmen, und eine Woche später waren wir in Magdeburg.

☆

Damals traf mich das schlimmste Schicksal, das eine Frau treffen kann. Ich war tatsächlich schwanger gewesen, aber aufgrund der anstrengenden Reise, der Stunden, die ich im Sattel gesessen hatte, und meiner seelischen Ängste, die noch erschwerend hinzukamen, erlitt ich eine Fehlgeburt. Wir verbrannten den armen Fötus am Straßenrand. Otto begriff erst jetzt, was wir beinahe besessen und nun verloren hatten. Er hielt mich fest umschlungen. »Wir werden andere Kinder haben – in besseren Zeiten.« Mir drängte sich die Frage auf, ob es jemals bessere Zeiten geben würde.

☆

Otto lag richtig mit seiner Vermutung, daß die Sachsen ihm treu geblieben waren, und sie sammelten sich, um ihn zu unterstützen, sobald bekannt wurde, daß er noch am Leben war. Magdeburg, seine Lieblingsstadt, in der Königin Edith begraben worden war, bot mir Sicherheit und vor allem eine so dringend benötigte Zeit der Erholung. Fast zwei Jahre lang war ich nun ununterbrochen unterwegs gewesen, und ich war vollkommen erschöpft. Wir wurden von Ottos Schwester Gerberga, der Witwe von Giselbert von Lothringen, Konrads Vater, willkommen geheißen, die das Verhalten ihres Sohnes entschieden mißbilligte. Körperliche Erholung ist jedoch von sehr geringem Nutzen, sofern sie nicht von geistiger Entspannung begleitet wird. In Magdeburg waren meine Zofen und ich zumindest in Sicherheit, aber ich machte mir Sorgen wegen der ständigen Enttäuschungen, denen Otto ausgesetzt war. Sofort nach seiner Rückkehr verkündete er seine Absicht, diejenigen zur Rechenschaft zu ziehen, die sich gegen ihn erhoben hatten. Aus diesem Grund berief er den Reichstag ein, wie die Deutschen ihre große Ratsversammlung der Adeligen nennen, doch außer den Sachsen kam niemand. Das war eine äußerst seltsame Situation. Der König von Deutschland lebte, es ging ihm gut, und er war zu Hause, aber sein Befehl erstreckte sich nur bis an die Grenzen von Sachsen. Sein Sohn Liudolf konnte sich nicht länger König nennen, doch er kannte seinen Vater gut genug, um sicher sein zu können, daß es keine Versöhnung zwischen ihnen geben konnte, wenn er nicht demütig seine bedingungslose Kapitulation erklärte. Da sich Vater und Sohn seit Ediths Tod nicht gut verstanden, wollte er nur ungern das Risiko eingehen, das zu versuchen. Das gleiche galt für Herzog Heinrich und Konrad. Diese drei großen Persönlichkeiten wären gemeinsam in der Lage gewesen, genügend Streitkräfte aufzustellen, um in Sachsen einzufallen und den König zu überwältigen, aber auch sie hatten Angst, es zu wagen. Ottos Ruf als Krieger war weitaus besser als der ihre.

Zugleich fehlte es Otto an der nötigen Streitkraft, um sie anzugreifen, wenn es auch nur ein Fünkchen Hoffnung auf Erfolg geben sollte. Die Überreste seines einst so großen Heeres kehrten nach und nach aus Italien zurück. Es war ein arg ausgezehrter Haufe, und viele von ihnen kehrten überhaupt nicht nach Sachsen zurück, da sie in erster Linie Bayern oder Schwaben oder Lothringen Treue schuldeten. Es war eine ausweglose Situation, und Deutschland trat auf der Stelle, während der Rest Europas zuschaute, sich wunderte und sich in vielen Fällen zu handeln vorbereitete. Ich hatte das Gefühl, als sei das von Ottos Vater errichtete Königreich im Begriff zu zerfallen. Für mich lag auf der Hand, daß Otto diese Situation beinahe verrückt machte. Wieder empfand ich tiefes Mitleid mit ihm – und dies um so mehr, da er mich nie dafür tadelte, diese unglückliche Laune des Schicksals heraufbeschworen zu haben. Denn es hatte sich herausgestellt, daß sein Marsch in Richtung Alpen und nach Italien seine vordringlichen Staatsangelegenheiten ins Verderben geführt hatte.

Kurze Zeit nach unserer Rückkehr nach Sachsen erlitt er einen weiteren Schicksalsschlag. In seinem Versuch, die Reihen zu durchbrechen, die sich ihm widersetzten, schrieb er an seine Tochter Liutgard und bat sie, ihren Einfluß zu nutzen, um ihren Gatten auf die Seite seines Vaters zurückzubringen. Die Antwort kam von Konrad selbst und war in den kühlsten Worten geschrieben. Er teilte uns mit, daß die Herzogin von Lothringen verschieden sei. Offensichtlich war sie bei der Geburt gestorben. Sie war zu jung, um unbedingt Mutter werden zu wollen, obwohl sie ihre Aufgabe schon einmal erfolgreich erfüllt und einen Sohn zur Welt gebracht hatte, der wie sein Großvater pflichtgetreu Otto hieß. Otto war immer davon überzeugt, daß der wahre Grund ihres Todes ihre Hoffnungslosigkeit war, als sie sah, daß ihr Gatte die Waffen gegen ihren Vater erhob. Dies verzieh er Konrad nie.

☆

Abgesehen von Enttäuschungen und Tragödien war es die friedlichste Zeit meines Lebens, seit ich Besançon als Sechzehnjährige verlassen hatte, um zu heiraten. Ich mußte nicht viel tun, außer zu lächeln, in der Öffentlichkeit hübsch auszusehen und meinem Herrn im privaten Bereich, soweit es mir möglich war, seinen Willen zu gewähren. In dieser Hinsicht wurde unser Bett der Mittelpunkt unseres Zusammenlebens. Um sich von den Problemen abzulenken, die ihn bedrängten, suchte Otto in meinen Armen Trost und das leidenschaftliche Verlangen meines Körpers. Ich liebte es, sein glückliches Stöhnen zu vernehmen.

Auch durfte ich die Lehrmeisterin spielen, da Otto sehr wenig gelernt hatte, außer das Schwert zu schwingen und Krieg zu führen. Nun schöpfte er aus der Quelle meines Wissens, um diesen Mangel zu beseitigen. Er hatte zwar keine Zeit, das Schreiben zu erlernen, doch ich konnte ihn die lateinische Sprache lesen lehren, was von großem Nutzen für ihn war.

Da wir sonst wenig zu tun hatten, sammelten wir auch bei unseren Liebesspielen neue Erfahrungen. Weil ich nicht wagte, ihn in die Geheimnisse meiner Vergangenheit und die erzwungenen Erfahrungen auf diesem Gebiet einzuweihen, mußte ich hierbei vorsichtig vorgehen, aber ich erreichte, was ich anstrebte, durch verführerische Bewegungen und augenscheinlich unbeabsichtigte Stellungen. Natürlich war es eine Sünde, sich in irgendeiner anderen als der streng orthodoxen

Position zu lieben, wobei ich mit gespreizten Beinen auf dem Rücken und der König auf mir lag, der sich mächtig ins Zeug legte. Aber wir waren beide in der Laune, ein wenig zu sündigen, und als Otto erst einmal die Freude entdeckt hatte, auf meinen Rücken zu springen, während ich auf allen vieren kniete, wünschte er sich nur noch selten, mich auf eine andere Weise zu nehmen. Dies mußten wir Pater Guido beichten. Da dieser aber fest daran glaubte, daß die königliche Familie sich ihre eigenen Regeln aufstellen könne, wurde uns nur eine leichte Buße auferlegt. Ob unsere unablässigen Liebesspiele nun sündhaft waren oder nicht – sie blieben nicht ohne Folgen. Im Frühjahr 953 war ich erneut schwanger, und am Ende des Jahres brachte ich ein Kind zur Welt, ein Mädchen. Ich würde die Unwahrheit sagen, wenn ich behauptete, daß wir nicht schmerzlich enttäuscht waren, obwohl Otto das kleine Bündel umarmte, küßte und sagte, wie entzückend es sei. Wir nannten das Kind Mathilde. »Wir werden einen Sohn haben«, versicherte er mir, und er hatte recht. Im Spätherbst 954, zwei Jahre, nachdem wir kleinlaut zurück nach Sachsen geschlichen waren, erlebte ich wieder die Freuden der Schwangerschaft.

☆

Von den Frauen, die mit mir aus Garda geflohen waren, diente mir mittlerweile nur noch Faustina. Angelika war mit einem umherziehenden Ritter fortgegangen, und ich hatte es in die Wege geleitet, daß Rosamunde nach Besançon zurückkehren und ihren Dagobert heiraten konnte. Es könnte die Frage gestellt werden, was mein Bruder die ganze Zeit trieb, da er sicherlich nichts tat, um mir zu helfen. Die Wahrheit ist, daß Konrad in einer sehr schwierigen Lage war. Burgund grenzt sowohl an Lothringen als auch an Schwaben, und es war notwendig für ihn, die guten Beziehungen zu diesen beiden starken Nachbarn aufrecht zu erhalten. Ganz abgesehen davon, daß sie meinem Gatten alles andere als wohlwollend gegenüberstanden, war es für ihn auf jeden Fall wichtig, daß sie zumindest seine Position akzeptierten, da er seit Lothars Tod bemüht war, ganz Burgund unter seiner Herrschaft zu vereinen, was sich als schwierige und unsichere Aufgabe erwies. Außerdem war er damit beschäftigt, eine gänzlich undurchschaubare französische Gräfin namens Gisela zu heiraten.

Er schickte uns Glückwünsche zu unserer Hochzeit und zu gegebener Zeit zu unserem Nachwuchs, und dabei beließ er es. Da niemand von uns die Zukunft vorhersagen kann, erwartete ich nicht, ihn je wiederzusehen. Auf jeden Fall kam ihm im Vergleich zu dem, was in meinem Mutterleib vor sich ging, keine Bedeutung zu. Faustina übernahm die vollständige Betreuung. Sie hatte beschlossen, daß es keine weitere Fehlgeburt geben dürfe. Ich glaube, daß sie das Kind, das ich erwartete, als Ersatz für den Sohn betrachtete, den Berengar auf dem Gewissen hatte. Wie wir alle wußte sie, daß hier unsere Zukunft lag. Niemand von uns hatte den leisesten Zweifel daran, daß es diesmal ein Junge werden würde, und wir behielten recht. Im Frühjahr 955 brachte ich einen kräftigen Jungen zur Welt. Wir tauften ihn Otto.

☆

Tatsächlich markierte die Geburt des zukünftigen Otto II. einen Wendepunkt in unseren Angelegenheiten sowie in unserem und ganz sicher in meinem Leben. Vor diesem glücklichen Tag schien es mir, von einer Katastrophe in die andere geraten zu sein. Sogar das wichtigste Ereignis meiner zweiten Heirat war von Zwist und Unglück überschattet gewesen. Von diesem Tage an wurde unsere Macht immer größer, jedenfalls, solange mein Gatte lebte, Otto der Große. Ich hatte das Gefühl, daß die Ankunft Roswithas, die sich meiner Dienerschaft anschließen wollte, zum Teil ein Zeichen setzte. Das reizende Mädchen hatte ihr Noviziat in St. Judas beendet und war nun eine Nonne, die in ihrem Alltagsleben große Begeisterung und Frömmigkeit bewies. Aber sie wollte träumen und ihre Träume zu Papier bringen, bis die Mutter Oberin die Geduld verloren und sie aus dem Kloster verwiesen hatte. Daraufhin wandte das arme Mädchen sich an die Frau, die es stets unterstützt hatte, und ich war glücklich, es wieder tun zu können. Roswitha war eine sehr interessante Persönlichkeit und eine bezaubernde Frau. Ich fand ihre Heldengedichte aufregend und hinreißend, wenn auch nur, weil ich wirklich einige der schrecklichen Episoden, die sie so anschaulich und mit Begeisterung schilderte, selbst erlebt hatte. Und ihre Gedichte waren wahrlich verrückt.

Ich wagte es nicht, Otto irgendeines von Roswithas Werken lesen zu lassen. Er schien zufrieden zu sein, daß ich eine Nonne gefunden hatte, die meinen Beichtvater Guido unterstützen konnte. Auf jeden Fall waren sein und daher notwendigerweise mein Leben im Begriff, sich für immer zu verändern. Dies geschah auf eine äußerst bemerkenswerte und für sehr viele Menschen unglückliche Weise. Nur wenige Wochen nach Ottos Geburt eilte mein Gatte in mein Zimmer und forderte mich auf, unsere Sachen zu packen und alles vorzubereiten, um noch in der gleichen Stunde aufbrechen zu können. »Was ist geschehen?« rief ich bestürzt. »Sind wir überfallen worden?«

»Ja, in der Tat«, erwiderte er. »Von den Ungarn!«

☆

Es war kaum länger als zehn Jahre her, seitdem diese Verrückten aus der ungarischen Ebene bei uns eingefallen waren, und die Geschichte hatte uns gelehrt, daß wir mindestens noch zehn Jahre Ruhe vor ihnen haben würden. Aber auch die Ungarn hatten die Ereignisse in Deutschland verfolgt, und da keine übergeordnete Macht im Land herrschte, hatten sie sich entschlossen, die Gelegenheit beim Schopfe zu ergreifen und wieder ihrer Freude an Vergewaltigungen und Plünderungen, Morden und Verstümmelungen zu frönen – in einem bisher nie gekannten Ausmaß. Sicherlich war es die größte Horde Ungarn, die je ihr Heimatland verlassen hatte. Ihr Weg führte sie durch Bayern, durch den Norden von Schwaben – die Alpen waren ihnen zu unwegsam –, durch den südlichen Zipfel von Sachsen und dann nach Lothringen und Burgund. Das war altbekannt, und daran hielten sie fest. Wir waren daher in Magdeburg nicht wirklich in Gefahr, aber um der Sicherheit willen wünschte Otto, daß wir zum Hafen von Hamburg aufbrachen, von wo aus wir jederzeit, falls es notwendig sein sollte, mit dem Schiff würden fliehen können. Um wohin zu reisen, fragte ich mich? Mich beunruhigte auch der Gedanke, daß Burgund wieder zerstört werden könnte, da es für Otto in unserer Lage keine Möglichkeit gab, dem Land zu Hilfe zu eilen, wie er es getan hatte, als ich noch ein Kind war.

Unser Aufbruch gestaltete sich ziemlich mühelos, wobei eine Reise mit zwei kleinen Kindern, von denen eines noch ein Säugling war, dem eine besondere Bedeutung zukam, immer gefährlich ist. Außerdem war ich noch nicht wieder ganz bei Kräften und daher nicht in bester Verfassung. Roswitha, Faustina und mein treuer Cäsar standen mir zur Seite. Otto begleitete uns, da er fest entschlossen war, mich und seinen Sohn nicht aus den Augen zu lassen, bis unsere Sicherheit gewährleistet war. Wir waren allerdings noch unterwegs und weit von Hamburg entfernt, als unsere Nachhut einen Reiter aussandte, um uns zu unterrichten, daß uns eine große Gruppe Reiter folgte und sich näherte. Da wir den kleinen Otto betreuen und dafür sorgen mußten, daß er nicht zu sehr durchgeschüttelt wurde, ritten wir nicht sehr schnell. »Wir müssen diesen Männern gegenübertreten«, erklärte Otto. »Reitet weiter, meine Liebe, bis Ihr in Sicherheit seid. So bald ich kann, werde ich Euch folgen.«

»Ich will bei Euch bleiben«, sagte ich.

»Adelheid …«

»Herr, Ihr beabsichtigt, gegen diese Männer zu kämpfen. Wenn Ihr siegreich seid, werden der kleine Otto und ich nicht in Gefahr sein. Werdet Ihr besiegt, so werden die Sieger uns bald einholen und töten. Wir sind eine Familie. Ich will, daß wir gemeinsam siegen oder gemeinsam sterben.«

Mein Mut und meine Entschlossenheit beeindruckten ihn, und er drückte mich an seine gerüstete Brust. »Es ist so, wie Ihr sagt. Nun geht es um alles oder nichts.«

Somit war ich zum erstenmal in meinem Leben Zeugin, wie sich ein Heer auf eine Schlacht vorbereitete. Es war nicht etwa so, daß wir ein richtiges Heer hatten, denn es waren weniger als tausend Krieger, die jedoch alle ergebene Männer waren. Unsere Fuhrwerke wurden in einem Kreis aufgestellt, was die Soldaten eine Wagenburg nennen, und ein paar hundert Mann wurden ernannt, sie bis zuletzt zu verteidigen. Meine Zofen, ich, Pater Guido, die beiden Kinder und Cäsar wurden in die Mitte der Wagenburg geführt. Die übrigen Krieger stellten sich in drei Schlachtlinien auf. Otto befehligte die Mitte mit der größten Streitkraft, Graf Korda den rechten Flügel und Graf von Hochenbach den linken, jeder mit etwa zweihundert Mann. Alle unsere Männer waren beritten, doch das waren die Feinde auch, die sich uns nun schnell näherten, und sie waren uns sicherlich zahlenmäßig überlegen. Zu unserer Überraschung hielten sie jedoch in einiger Entfernung, und nur zwei von ihnen, die eine weiße Fahne schwenkten, kamen auf uns zu. Die Ungarn hatten sich niemals mit Dingen wie der Fahne des Waffenstillstands abgegeben.

Schon hatten sie sich so weit genähert, daß wir ihre Flaggen und Standarten erkennen konnten. Außerdem erkannten wir, daß die meisten gerüstete Krieger waren, die unseren eigenen ziemlich glichen. »Da stimmt etwas nicht«, brummte Otto. Er schritt jedoch mit seinem Standartenträger vorwärts, um die sich nähernden Abgesandten zu treffen. Wir warteten mit klopfendem Herzen, doch vor allem ich hatte mehr Angst denn je, weil ich jetzt zwischen den wehenden Standarten, die nicht mehr weit entfernt waren, die Standarte von Liudolf von Schwaben sowie die von Heinrich von Bayern erkannte. Waren sie schließlich gekommen, um die Kapitulation und die Abdankung des Königs zu fordern, auf die notwendigerweise der Mord an ihm folgen würde? Und der an seiner Familie? Als der König zurückkehrte, war er jedoch frohen Mutes. »Sie bitten mich, den Truppenbefehl gegen die Ungarn zu übernehmen. Sie stehen kurz vor einem Zusammenbruch. Ihre Häuser und ihre Ernte sind zerstört. Sie sagen, daß ich der einzige Mann sei, der sie retten könne. Stellt Euch das vor!«

»Werdet Ihr es tun?«

»O ja, ich werde es tun, sobald sie sich alle niedergekniet und mir und meinem Sohn ewige Treue geschworen haben.«

☆

Damit nahm der Versuch einer Rebellion ein schmähliches Ende, und zwar durch ein äußerst glorreiches Ereignis. Das soll nicht heißen, daß die Aufgabe einfach war, der mein Gatte ins Auge sah. Was dann geschah, berichtete er mir nur, da mir natürlich nicht erlaubt war, das Heer zu begleiten. Die Ungarn waren schon durch Schwaben und Bayern geritten, strömten buchstäblich wie ein Fluß durch Lothringen, überschwemmten Hochburgund und drangen in Frankreich ein. Mein Mitleid mit Konrad und meinem armen Volk war grenzenlos. Ich wußte noch nicht einmal, ob mein Bruder noch am Leben war!

Nun kehrten die Ungarn schwer beladen mit Beute zurück. Es hieß, sie hätten eine Stärke von hunderttausend Mann, wenn das auch eine Zahl ist, die man sich nur schwer vorstellen kann. Otto erzählte mir später, er bezweifele, daß es mehr als ein Drittel dieser Anzahl gewesen seien, aber dreißigtausend verrückte Ungarn sind ein hinreichend gefährlicher Feind. Gegen sie mußte Otto versuchen, alle Kräfte des Königreiches zu vereinen, die jedoch vergleichsweise jämmerlich waren. Herzog Liudolf, Heinrich und selbst Konrad mochten alle willens sein, sich selbst und ihre Männer in dieser Stunde der großen Gefahr unter den Befehl des Königs zu stellen, aber der Überfall auf ihre Herzogtümer hatte ihre Kräfte zerstört.

Otto erhielt zwar eine kleine unerwartete Unterstützung von Herzog Boleslaw aus Böhmen, doch wie er mir später erzählte, mangelte es auch diesen Männern, obwohl sie herrlich gekleidet waren, an richtiger Kampfdisziplin und Ausrüstung. Der Papst hatte ihm jedoch die Heilige Lanze geschickt, diejenige, die Jesus in die Seite gestoßen worden sein soll, als er am Kreuz hing. Fromm, wie ich immer zu sein versucht habe, muß ich gestehen, daß ich mein Leben lang nicht verstehen konnte, warum eine Waffe, die unserem Herrn so schlimme Schmerzen und solch ein Unglück gebracht hatte, als symbolischer Sammelpunkt für christliche Soldaten beim Kampf gegen die Heiden betrachtet werden soll. Wie dem auch sei – Otto nahm sie an und trug sie mit in die Schlacht.

Kurz zuvor war Konrad zu Otto gestoßen. Die beiden Männer schienen sich versöhnt zu haben, da es nun galt, die Ungarn zu besiegen. Als der August begann, hatte der König etwa achttausend Mann unter seinem Befehl. Das mag sich nicht besonders gewaltig anhören, aber sie waren zum größten Teil gerüstete Krieger, die in Panzerhemden gehüllt und mit Lanzen und Schwertern bewaffnet waren und großartige Schlachtrösser ritten. Sein Problem war, wie er die Plünderer fangen und zur Schlacht zwingen konnte, da seine Ritter zwar gefährlich waren, wenn der Feind sich beim Angriff nur in einer Entfernung von einigen hundert Metern befand, sie sich jedoch beim Marschieren aufgrund ihres Gewichts, das sie mit sich trugen, gezwungenermaßen langsam bewegten. In diesem Augenblick lachte ihm das Glück, ohne das der größte Befehlshaber nicht siegen kann. Die Ungarn hatten schon wieder den Rhein überquert und standen dem König tatsächlich auf ihrem Rückweg zur pannonischen Ebene gegenüber. Wären sie einfach weitermarschiert, hätte er sie nie fangen können. Da sie sich jedoch nicht bewußt waren, daß der König auch auf dem Schlachtfeld war, überfielen die Ungarn die Stadt Augsburg am äußersten südlichen Zipfel von Sachsen, um die sie auf dem Hinweg einen Bogen gemacht hatten.

Augsburg war eine sehr reiche Stadt, und obwohl die Ungarn mit den Sklaven und der Beute ihrer kürzlich errungenen Siege dermaßen beladen waren, konnten die wilden Reiter nicht widerstehen, eine Pause zu machen, um die Stadt zu belagern. Da sie in ihrem Belagerungsgeschick in den letzten zehn Jahren, seitdem sie Besançon zum letzten Mal angegriffen hatten, keine Fortschritte gemacht hatten, vermuteten sie wohl, daß ihre hohe Anzahl an Kriegern und ihr blutrünstiges Aussehen die Einwohner von Augsburg zur Kapitulation bewegen würden. Augsburg hatte jedoch einen furchterregenden Bischof, einen gewissen Ulrich, und einen fähigen Befehlshaber, Graf Dietpold, und diese beiden Männer beschlossen, bis zum Tod Widerstand zu leisten. Den König erreichten Nachrichten über das, was passierte, und er rückte im Gewaltmarsch aus. Tatsächlich stieß seine Vorhut genau am 8. August 955, als die Belagerung begann, nördlich der Stadt Augsburg mit den Ungarn zusammen.

Dieses sorgte im Lager der Ungarn für Bestürzung. Sie wußten nicht, daß außer der Stadt Augsburg selbst eine feindliche Streitmacht in ihrer Nähe war. Ihrem General Bulchru war nicht bekannt, wie viele gerüstete Ritter im Begriff waren, ihn zu überfallen. Er hatte keine Angst vor dem Ausgang eines Kampfes, da er wußte, daß es in ganz Europa westlich von Byzanz keine Streitkraft gab, die seiner eigenen hinsichtlich der Anzahl ebenbürtig war. Aber er war ein fähiger Krieger und wußte, daß seine Männer auf freies

Land angewiesen waren, um ihre Schlagkraft am besten entfalten zu können. Die ungarische Schlachttaktik bestand nämlich darin, den Feind einzukreisen, während sie ihn pausenlos mit Pfeilen beschossen, bis sie in den gegnerischen Reihen so große Verwirrung gestiftet hatten, daß der Feind überwältigt werden konnte. Das Gebiet um Augsburg war bewaldet, wies aber einen beachtlichen Anteil zerklüfteten Landes auf. Bulchru hob daher die Belagerung auf, wobei er sicherlich nur an eine vorübergehende Aufhebung dachte, und zog sich über den Lech zurück, an dem Augsburg liegt, um eine Position auf dem freien Land einzunehmen. Dort stellte er sich am 9. August zur Schlacht auf, doch Otto griff ihn nicht an. Er und sein Heer fasteten und erholten sich nach den Anstrengungen ihrer Märsche. An diesem Tag schlossen sich ihm auch Graf Dietpold und einige der Augsburger Garnisonen an, weil sie wußten, daß sich ihr Schicksal in der kommenden Schlacht entscheiden würde.

☆

Es dämmerte am 10. August 955, als die Deutschen ihr Lager verließen, das in der Obhut der Böhmen zurückgelassen wurde. Zuvor hatten sämtliche Befehlshaber dem König und einander Treue geschworen. Die Devise lautete: Siegen oder sterben. Otto hatte sein Heer in acht Kampftruppen eingeteilt, von denen jede ungefähr tausend berittene und gerüstete Krieger stark war. Er überließ es den Bayern, die Vorhut zu bilden. Nach ihnen kam Konrad mit seinen Franken. Otto, der den Befehl über die sächsische Truppe hatte, die ungefähr die Hälfte des ganzen Heeres ausmachte, folgte ihnen. Er ließ außer seinen persönlichen Standarten und natürlich der Heiligen Lanze die große Standarte von St. Michael in der Brise flattern. Die Schwaben unter Herzog Liudolf bildeten die Nachhut.

Der Hauptteil der ungarischen Streitkräfte hatte die Überquerung des Flusses am vorherigen Tag beendet, aber es standen noch beträchtliche Truppenanteile am fernen Ufer. Als diese die Aufstellung der Deutschen beobachteten und die Lücke sahen, die sich zwischen den Kriegern und dem Lager öffnete, versuchten sie, diese zu nutzen, indem sie den Fluß überquerten und die Böhmen angriffen, die – unnötig zu sagen – in Angst und Schrecken vor dem Ansturm flohen. Anschließend schwenkten die Sieger, die sich vielleicht zu früh freuten, herum und folgten dem deutschen Heer, bliesen ihre Hörner, ließen das Zimbal erklingen und stießen heulende Schreie aus, die Otto – wie er mir später erzählte – an herumstreunende Wölfe erinnerten. Die Situation schien hoffnungslos, doch in Wirklichkeit war die Schlacht so gut wie gewonnen. Wie ich schon sagte, bestand die Taktik der Ungarn darin, innerhalb der gegnerischen Reihen Schrecken und Chaos zu verbreiten, und dies hatten sie scheinbar bei den Böhmen erreicht. Da sie die Schlacht daher schon als beendet betrachteten, fielen die meisten von ihnen über das Gepäck der Deutschen her, um es zu plündern. Otto, der stets wußte, was in jedem Teil des Schlachtfelds geschah, zog Herzog Konrad umgehend aus der Schlachtlinie und schickte ihn zurück, um gegen die Nachhut des Feindes vorzurücken, was Konrad mit großem Erfolg tat. Er zerstreute diejenigen, die zum Kampf bereitet waren und griff die Plünderer an, um sie vollkommen zu zerschlagen. Die Überlebenden folgten dem Beispiel der Böhmen und flohen vom Schlachtfeld.

Nun stand noch der Kampf der Hauptstreitkräfte bevor, und das ungeübte Auge hätte den Ausgang als unentschieden bewerten können. Die Ungarn stellten gegenüber den deutschen Truppen noch immer eine gewaltige Streitmacht dar. Otto schätzte ihre Anzahl bescheiden auf ungefähr zwanzigtausend, obwohl die Chronisten eine viel höhere Zahl angeben, und ihm standen jetzt nur noch seine viertausend Sachsen und die nicht ganz zuverlässigen Schwaben und Bayern zur Verfügung. Doch Otto zog sein Schwert sowie die Heilige Lanze und gab den Befehl zum Angriff. Die

Ungarn zitterten, als sie sahen, daß ihre Kampfstrategie zerschlagen wurde. Sie konnten dem gepanzerten Moloch, der sich nun näherte, nicht standhalten. Otto kämpfte Seite an Seite mit seinen Kriegern, ohne Rücksicht darauf, daß er verletzt werden oder sterben könnte. Wenn er erregt war, konnte er wahrhaftig furchteinflößend sein. Das Zusammenstoßen der Waffen war so laut, daß es in einem meilenweiten Umkreis zu hören war, und schon der eine Angriff entschied alles. Die Horde der Ungarn löste sich auf und ergriff die Flucht. Die deutschen Reiter waren vom Angriff nur kurzfristig erschöpft. Ihre Pferde waren noch frisch. Nun verfolgten sie die unglücklichen Plünderer in jede Richtung. Viele Ungarn versuchten den Fluß zu überqueren und wurden im Wasser ertränkt oder niedergemetzelt. Einige ihrer Befehlshaber ergaben sich. Sie wurden gefangengenommen und baten den König um Gnade. Otto wußte jedoch ganz genau, daß eine Gelegenheit wie diese, die ungarische Bedrohung zu zerstören, sich vermutlich nie wieder bieten würde. Es wäre der Gipfel der Dummheit gewesen, diese Männer gehen zu lassen, womit ihnen die Möglichkeit geboten worden wäre, zu einem späteren Zeitpunkt ein neues Heer aufzustellen. »Hängt sie auf!« befahl er. »Hängt sie alle auf!«

Als er mir von den furchtbaren Befehlen erzählte, war ich zuerst entsetzt, erkannte dann aber, daß er keine andere Wahl gehabt hatte. Die Ungarn waren als Streitmacht zerstört. Es waren so viele, daß ein großer Teil von ihnen notwendigerweise zurück in ihr Heimatland ging. Sie wagten es jedoch nie wieder, in Deutschland oder irgendwo im Westen einzufallen. Tatsächlich ließen sie sich nach der Schlacht auf dem Lechfeld nieder, um wie zivilisierte Menschen zu leben, und das ist jetzt vierzig Jahre her.

Durch diesen Sieg hatte Otto nicht nur Europa für immer vor einer verheerenden Verwüstung bewahrt, sondern er war der berühmteste und meistgefürchtete Mann der Welt geworden.

Zweiter Teil

Die Kaiserin

6

Der Papst

Das soll nicht etwa heißen, daß die Schwierigkeiten des Königs sofort beendet waren. In gewisser Weise traf das allerdings zu. Als die Krieger nach der Schlacht durch die Reihen der Toten gingen, um sie zu begraben, wurde Herzog Konrad unter den Gefallenen entdeckt. Ich wußte, daß Konrad einst Ottos Liebling gewesen war, denn er hatte ihm die Hand seiner Tochter gegeben; deshalb war es ein besonders harter Schlag für Otto, daß Konrad zur Partei der Rebellen übergelaufen war. Ich wußte jedoch auch, daß der König fühlte – so wie auch ich –, daß das Verhalten des Herzogs größtenteils dafür verantwortlich war, daß Liutgard in so jungen Jahren das Zeitliche gesegnet hatte. Sie war erst fünfzehn Jahre alt, als sie starb. Ich wußte überdies, daß Konrads unbesonnenes und anmaßendes Wesen Otto vermutlich noch mehr Unheil eingebracht hätte. Insofern war sein Tod zumindest für den König und für mich ein Segen. Außerdem war er sehr tapfer gestorben, als er die Nachhut der Ungarn mit dem königlichen Heer angegriffen hatte. Aber er ließ seinen Sohn zurück, einen Jungen, der ebenfalls Otto hieß, nach seinem Großvater. Ich konnte nichts anderes tun, als das Waisenkind nach Magdeburg zu bringen. Einerseits sollte es seinem Schutz dienen, andererseits bekam mein Otto auf diese Weise einen Spielgefährten.

Auch Liudolf stellte noch immer ein Problem dar. Mein Gatte hatte kein versöhnliches Wesen, besonders wenn es um einen Mann ging, den er mit allen Ehren überhäuft hatte und der das Kind von Edith war, die er sehr geliebt hatte und deren Andenken er immer noch zärtlich bewahrte. Liudolf hatte vor seinem Vater gekniet und ewige Treue geschworen – aber das hatte er ja schon einmal getan und trotzdem bei der ersten Gelegenheit sein Wort gebrochen. Nun mußte er alle Hoffnungen begraben. Der König suchte eine Frau für ihn, Ida, die Tochter eines schwäbischen Adeligen. Und indem er meinen Sohn Otto zum König von Deutschland krönte, setzte er ein deutliches Zeichen.

☆

Wie man sich gut vorstellen kann, war das auch für mich ein großes Ereignis. Der kleine Otto war ein Jahr alt, als der König seine Absicht kundtat. Ich glaube, er unternahm diesen Schritt aus vier Gründen. Erstens wollte er sichergehen, daß die Krone in seiner Familie verblieb, genauer gesagt in seiner neuen Familie, da die alte ihn so schmerzlich hatte fallen lassen. Zweitens wollte er zum Ausdruck bringen, daß Liudolf seine Hoffnungen für immer begraben konnte. Drittens wollte Otto allen bewußt machen, daß er der Herrscher von Deutschland war und so handeln würde, wie er es für richtig hielt. Außerdem wollte er sicherlich auch betonen, daß die Königin von Deutschland nicht mehr Edith hieß, sondern daß *ich* die Mutter des jetzigen und zukünftigen Königs war. Er hatte meine Charakterstärke und Entschlossenheit stets geschätzt, besonders die Beharrlichkeit, die ich an den Tag legte, wenn es notwendig war, und die sogar an seine eigene Rücksichtslosigkeit heranreichte. Otto war sich immer bewußt, daß er neunzehn Jahre älter war als ich und der Tod in diesem unsicheren Alter ein ständiger Begleiter ist – ob er, Otto, nun auf dem Schlachtfeld fiel oder einer Krankheit erlag. Seine Entscheidung, mich auf diese Weise tatsächlich zur Herrscherin zu machen, falls ihm irgend etwas zustoßen sollte, war überaus schmeichelhaft und ein Omen für die Zukunft, da ich dann im Namen meines Sohnes und meines Enkels herrschen würde. Aber damals dachte ich über diese Dinge nicht gern nach, weil ich Angst um Otto hatte und für ihn betete, als er seine hinzugewonnene Macht zu festigen begann, hier Besuche machte und dort zu Gericht saß. Besonders beunruhigt war ich, als er gegen die heidnischen Wenden in den Krieg zog, doch er errang einen so überwältigenden Sieg, daß die Wenden, genau wie die Ungarn, vorerst keinen Krieg mehr führen konnten.

Daher versammelten sich all die großen Magnaten – unter ihnen Herzog Heinrich und ein äußerst untröstlicher Herzog Liudolf – mit ihren Frauen und Kindern im Dom zu Aachen, der Hauptstadt Karls des Großen, wo er auch beigesetzt worden war. In dieser Stadt wurden folglich von jeher die deutschen Könige gekrönt. Und mein Kind, das auf meinem Schoß saß, wurde als König von Deutschland bejubelt. Bei dieser Gelegenheit traf ich zum ersten Mal den Sohn Heinrichs von Bayern, der ebenfalls Heinrich hieß und ein griesgrämiger kleiner Junge von zehn Jahren war. Ich muß gestehen, daß ich ihm keine große Aufmerksamkeit zollte, da ich andere Dinge im Sinn hatte, aber ich bemerkte, daß er offenbar ein flegelhaftes Kind war, aus dem in der Tat ein flegelhafter Mann werden sollte. Sein Wesen läßt sich gut an seinem Spitznamen erkennen: der Zänker oder der Streitsüchtige. Hätte ich geahnt, welche Probleme er mir später bereiten würde – ich hätte ihn wahrscheinlich auf der Stelle erdrosselt. Es war das letzte Mal, daß ich seinen Vater sah. Für den Herzog von Bayern konnte es ebenso wie für Liudolf keinen Zweifel daran geben, daß ihrem Bestreben, auf den König zu folgen, nach der Krönung des kleinen Otto ein Ende gesetzt worden war. Liudolf starb ein Jahr später.

Aber in diesem Moment war nur die Krönung von Bedeutung. Der Erzbischof setzte die Krone auf den Kopf meines armen Säuglings. Ich mußte Ottos Nacken und sein Kinn festhalten, um zu verhindern, daß er unter dem Gewicht zusammenbrach. Die Hochrufe hallten außerhalb der Kirche wider und waren so laut, daß man hätte meinen können, das Dach der Kathedrale würde wie der Deckel von einem Topf fliegen. Tauben flatterten zu Tausenden in die Höhe. Wein floß in Strömen aus den Brunnen, und alle waren sehr glücklich außer Liudolf, der in Tränen ausbrach, so daß ich mich gezwungen sah, ihn zu trösten. Ich bat ihn nur, seinem Stiefbruder treu zu dienen und auf diese Weise Größe zu zeigen. Ich glaube nicht, daß er mich hörte, und wenn doch, zeigte er es nicht. Als die Krönung vorüber war, zog Otto wieder in den Krieg, und ich kehrte mit meinen Kindern nach Hause zurück.

☆

Die Mutterschaft ist der normale Zustand einer Frau – und ihr glücklichster. Natürlich ist es am schönsten, wenn man eigene Kinder hat. Ich sah mit ungeheurem Stolz, wie aus meinem Säugling ein kleiner Mann wurde, wie seine stämmigen kurzen Beine, seine Brust und seine Arme wuchsen und kräftiger wurden, wie er den Säuglingsspeck verlor und so prächtiges blondes Haar bekam wie ich. Was die klassischen Künste betraf, so wurde Ottos Erziehung größtenteils meiner Obhut überlassen, da es am deutschen Königshof niemanden gab, der für diese Aufgabe besser geeignet war als ich. Graf Korda, der nun zu alt war, um noch in die Schlacht zu ziehen, war sein Ratgeber auf den Gebieten, die eher Männern vorbehalten waren. Ich war ihm dankbar dafür. Korda und ich kannten uns inzwischen sehr gut, und wenn unser beider Herr und Meister von ihm verlangte, den kleinen König in einen ebenso großartigen Krieger wie seinen Vater zu verwandeln, so achtete der Graf wenigstens darauf, daß die ersten Pferde des kleinen Otto fügsame Tiere waren und daß er weder mit dem Schwert noch mit dem Bogen allein jagte, solange es seine jugendliche Kraft überstieg.

Mathilde betrachtete ihren Bruder mit Bewunderung. Sie war sogar noch hübscher, und ihr Haar war von einem so kräftigen Blond wie das meine. Ich war eine glückliche Mutter.

Auch Otto von Lothringen lebte bei uns, das Kind, dessen Pflege ich übernommen hatte, bis es alt genug sein würde, um das Erbe seines Vaters anzutreten. Er war auch mein Stief-Enkelkind, und ich fand, er war ein freundlicher Zeitgenosse. Außerdem gehörte Faustina zu unserem Haushalt, die so unterwürfig und treu war wie eh und je, und natürlich Roswitha, die sich noch immer ihrer Schreiberei hingab und sich in eine großartige literarische Leidenschaft hineinsteigerte. Wie sich jedoch herausstellte, war meine Familie damit noch nicht vollständig.

☆

Einerseits wurde die Familie größer und andererseits kleiner, als Liudolf 957 starb. Der arme Kerl war noch nicht einmal zwanzig, aber sein Leben bestand – auf jeden Fall seit dem Tod seiner Mutter – aus einer Reihe von Fehlern und Vergehen, ganz zu schweigen von der Katastrophe, als er versucht hatte, seinen Vater frühzeitig in den Tod zu schicken. Ich glaube, er war glücklich, daß diese Geschichte ihn nicht Kopf und Kragen kostete, aber Otto hatte es ihm versprochen, um sich seine Unterstützung gegen die Ungarn zu sichern. Doch der Erniedrigung, daß sein Stiefbruder – noch ein Säugling – zum König gekrönt wurde, haftete so etwas wie ein Todesurteil an. Liudolfs Geist erholte sich nie mehr davon. Er fing übermäßig zu trinken an und ließ sich am Ende seines Lebens gehen, wie er es fast immer getan hatte. Es muß wohl nicht gesagt werden, daß es böse Zungen gab, die verbreiteten, Otto habe seinen ältesten Sohn vergiftet, um ihn loszuwerden. Das war eine niederträchtige Verleumdung.

Doch durch diesen Tod blieb die Witwe allein zurück, und ich mußte mich um sie kümmern. Und bald nicht nur um sie allein, denn sie war hochschwanger. Ida bestand darauf, den Jungen Otto zu nennen. Dadurch entstand eine sehr verwirrende Situation im Schloß, denn hier lebten Otto der König,

Otto, der Herzog von Lothringen, und nun kam noch Otto hinzu, der zukünftige Herzog von Schwaben. Sein Großvater mütterlicherseits übernahm das Amt, bis der kleine Junge das Alter erreicht haben würde, um regieren zu können. Und unsere Familie wurde noch größer.

☆

Otto kehrte gegen Ende des Jahres 959 aus der Schlacht gegen die Wenden zurück. Er hatte einen triumphalen Sieg errungen und brachte die Erinnerung an ruhmreiche Heldentaten mit. Wir alle hießen ihn mit offenen Armen willkommen, und ich zumindest betete, daß er eine Zeitlang nicht ins Feld würde ziehen müssen. Otto war nun siebenundvierzig Jahre alt, und wenn er sich auch nur selten beklagte, so war es mir bewußt, daß ihm lange Stunden im Sattel ebenso wie das stundenlange Schwingen seines mächtigen Schwertes in immer größerem Maße die Kraft raubten. Aber nun war er zumindest für ein paar Monate zu Hause. Er begrüßte seine Höflinge und umarmte und küßte seine Kinder. Wir setzten uns zu einem gewaltigen Mahl nieder und wurden von Jongleuren, Narren und Zauberern unterhalten, als benötigten wir jede Art von Zerstreuung, wenn wir einmal zusammen waren.

Wir zogen uns früh zurück und erlebten eine phantastische Liebesnacht. Zumindest ich erwachte zum erstenmal seit Monaten vollkommen glücklich und zufrieden. Da ich gelegentlich über die Fleischeslust spreche, muß ich betonen, daß ich noch nicht dreißig war, mich aber diesem Alter und damit der zweiten großen triebhaften Periode im Leben einer Frau näherte. Die erste triebhafte Zeit beginnt, wenn eine Halbwüchsige zum erstenmal die Geheimnisse und das Vergnügen an der Sinnenlust und Sünde entdeckt. Es folgt noch ein weiterer Zeitpunkt, da Sinnenfreuden eine größere Bedeutung zukommen, aber darauf werde ich später eingehen. Ich lag in nackter Sinnlichkeit auf dem Bett, beobachtete, wie die Sonnenstrahlen sich langsam ihren Weg durchs Fenster suchten, und entdeckte meinen Herrn und Meister, der genau am Fenster stand und mit nachdenklicher Miene in die Ferne blickte. Ich richtete mich auf. »Otto? Ist etwas nicht in Ordnung?«

Der Blick, den er mir nun zuwarf, war schuldbewußt, und Otto war kein Mann, der oft Schuld empfand. »Ich möchte Euch um einen Gefallen bitten.«

»Nennt ihn, und er wird Euch gewährt.«

Er kam zu mir zurück, setzte sich neben mich aufs Bett und streichelte mir übers Haar. »Ich habe einen ... Gast, der heute an den Hof kommt. Ich wäre Euch sehr dankbar, würdet Ihr ihn willkommen heißen.«

»Natürlich«, erwiderte ich verwirrt.

»Und ich wäre von Herzen froh, wenn Ihr ihn für eine Weile in Euren Haushalt aufnehmt«, fuhr er fort und wirkte jetzt noch unruhiger. »Er wird dem kleinen Otto und natürlich ebenso Herzog Otto ein ausgezeichneter Lehrer sein.«

»Äh ... darf ich fragen, wie alt der Gast ist?«

»Er ist dreiunddreißig. Ich übernahm bei seiner Geburt die Obhut für ihn, doch er lebte bei seiner Mutter. Unglücklicherweise verstarb sie vor kurzem. Deshalb möchte ich, daß der junge Mann bei uns lebt.« Er schaute mich an.

Sicher gibt es keinen Grund, Anspruch darauf zu erheben, die gelehrteste und klügste Prinzessin von Europa zu sein, wenn man nicht genauso schnell begreift. »Darf ich Euch fragen, wie er heißt?«

»Er heißt Wilhelm.«

»Danken wir dem Herrn dafür. Würde er ebenfalls Otto heißen, hätte ich eine ganze Reihe von Schildern mit Zahlen malen müssen, um die Ottos überhaupt noch ansprechen zu können. – Wie heißt die Mutter des jungen Mannes?«

»Das ist nicht von Belang.«

Ich stutzte und rechnete rasch nach. Wenn der junge Mann dreiunddreißig war, mußte er vor vierunddreißig Jahren gezeugt worden sein, also 927. Das war zwei Jahre, bevor Otto und Edith heirateten. Folglich war mein Ehemann keiner seiner Frauen untreu gewesen. Er hatte nur vor seiner ersten Eheschließung Trost in den Armen einer Frau gesucht. Das aber war kein Grund, ihn zu tadeln. Ich hatte ja ganz ähnliche Erfahrungen gemacht. Es sei mir jedoch gestattet, daß ich ein ganz klein wenig Groll empfand, weil er mir nicht früher von diesem Kind der Liebe erzählt hatte. Doch wie so viele Männer hatte Otto trotz all seiner Tüchtigkeit am Hof, in der Schlacht und natürlich auch im Bett ein bißchen Angst vor mir. Ich empfand sogar mehr als nur ein bißchen Angst, als ich mich fragte, welchen Einfluß dieser halb königliche Außenseiter wohl auf unser glückliches Heim haben könnte.

Ich brauchte mir keine Sorgen zu machen. Wilhelm war ein zufriedener junger Mann und ein guter Lehrer für meinen Sohn Otto. Zu jener Zeit dachte ich über mein Alter nach. Wie viele Frauen betrachtete ich das dreißigste Lebensjahr als den Anfang vom Ende meiner Schönheit und Leidenschaft. Dann aber nahm mein Schicksal noch einmal eine Wende, und ich sollte ein ganz anderes Leben auf einer viel höheren Ebene führen. Wir erhielten einen Hilferuf vom Papst!

☆

Seit unserer Rückkehr aus Rom vor mehreren Jahren habe ich selten auf Ereignisse südlich der Alpen hingewiesen. Das hat damit zu tun, daß ich während der ersten stürmischen Zeit in Sachsen, die fast einem Belagerungszustand gleichkam, als die Ungarn bei uns einfielen und die Schlacht gegen sie geschlagen wurde, und vor allem aufgrund meiner häuslichen Angelegenheiten und meiner Glückseligkeit vollkommen uninteressiert an dem war, was in diesem sonnigen, aber unglücklichen Land vor sich ging. Nach meinen persönlichen Erfahrungen dort hätte ich zu jener Zeit nichts dagegen gehabt, nie wieder etwas von Rom zu hören oder zu sehen.

Aber das Leben geht weiter, und wenn Menschen wie Alberich ihre Hände im Spiel haben, kann man sich normalerweise auf eine unruhige Reise gefaßt machen. Dieser hinterlistige und unredliche Bursche mußte wohl oder übel Ottos Diktat akzeptieren, als der König tatsächlich mit seinem Heer in Rom war. Doch Alberich war ein gerissener Bursche, und er besaß die Geduld des Teufels. Er hatte beobachtet, daß Otto immer mehr Soldaten verlor, und erfahren, daß der König sich wie ein Dieb in der Nacht davonschleichen mußte. Außerdem wußte er alles über unsere Schwierigkeiten in Deutschland ... Sobald das deutsche Heer seinen traurigen Rückzug in Richtung Norden begonnen hatte, versuchte er, zumindest die uneingeschränkte Herrschaft über die Ewige Stadt wieder an sich zu reißen. Berengar lauerte noch immer im Nordosten. Seine Pläne wurden durch den Tod von Agapetus unterstützt, der genau in dem Jahr verstarb, als die Schlacht auf dem Lechfeld geschlagen wurde, aber noch ehe Alberich von dieser erstaunlich glücklichen Wende unseres Lebens erfuhr.

Wann immer Päpste in einem günstigen Augenblick sterben – wie so viele von ihnen –, nimmt man das Schlimmste an. Andererseits muß gesagt werden, daß Agapetus schon sehr alt war und deshalb mit seinem Tod gerechnet werden mußte. Wie auch immer die Wahrheit ausgesehen haben mag, Alberich sah im Ableben des Papstes seine Chance und beschloß, den gleichen Schlag zu führen wie seine berüchtigte Mutter ein halbes Jahrhundert zuvor. Alberich setzte seinen Sohn Oktavian als Papst ein! Oktavian war erst achtzehn Jahre alt und damit noch sehr jung, um in Gottes Pfarrhaus einzuziehen. Außerdem war das widerliche Kind, an das ich mich erinnerte, nun zu einem widerlichen Jüngling geworden, der sich jedem bekannten Laster hingab – und dem ein oder anderen, das vor seiner Zeit unbekannt war. Es wurde gesagt, noch vor seiner Wahl zum Papst habe es keine Jungfrau mehr in Rom gegeben, weil er es auf die eine oder andere Weise mit allen getrieben habe. Und das war nicht einmal die schlimmste Anschuldigung, die schließlich gegen ihn erhoben wurde.

Von der Wahl des neuen Papstes hatten wir ziemlich schnell erfahren, aber sie fand genau vor Ottos Auseinandersetzung mit den Ungarn statt, und so zollten wir ihr wenig Aufmerksamkeit. Wir mußten annehmen, daß Oktavian, der den Namen Johannes XII. trug, ein neues Leben begonnen hatte. Ob es nun so war oder nicht (und natürlich war es nicht so) – seine Stellung war gesichert, solange Alberich die römischen Staatsangelegenheiten kontrollierte. Dann aber starb Alberich, und Papst Johannes, wie wir ihn nun nennen mußten, war ganz sich selbst überlassen und erregte in Rom und ganz Italien weiterhin Anstoß.

Otto hatte zu jenem Zeitpunkt alle Hände voll damit zu tun, die Ordnung in Deutschland wiederherzustellen und die wendische Bedrohung niederzuschlagen, während mich die Freude der Mutterschaft und die Sorge um meine Kinder und Pflegekinder ganz in Anspruch nahmen. Johannes XII. konnte daher in dieser Zeit tun, was er für richtig hielt, zumindest was eine deutsche Einmischung betraf. Doch mein alter Feind Berengar trieb auch noch sein Unwesen. Zwar hatte er sich aus allem herausgehalten, solange Otto und sein Heer in Italien waren, doch er beobachtete alles, obwohl er sich niemals stark genug fühlte, Alberich herauszufordern. Als der Herzog von Spoleto starb, erkannte Berengar seine Chance. Er berief seine Untertanen von nah und fern ein, prangerte den Papst an, warf ihm eine ganze Reihe von Missetaten vor – von Amtsmißbrauch bis hin zu Mord – und marschierte schließlich in Rom ein, als Vertreter der gesamten anständigen Gesellschaft Italiens, auch wenn er die Unschicklichkeit in Person war. Und deshalb erfolgte Johannes' Hilferuf an den König.

Dieser Hilferuf hatte den König erreicht, als er noch gegen die Wenden kämpfte, und er konnte zu dem Zeitpunkt nicht darauf reagieren. Aus diesem Grunde mußte Johannes Rom verlassen und fliehen, um sein Leben zu retten. Otto war durch seine Heirat mit mir nicht nur Titularkönig von Italien, sondern auch mit dem jungen Papst verwandt, wenn man die gewundenen Beziehungen zwischen Lothar und mir, Lothar und Alberich sowie Alberich und seinem Sohn genau erforschte.

»Wir müssen etwas tun«, sagte Otto zu mir.

»Wieder ein Feldzug?« Ich war traurig.

»Ich bezweifle, daß meine Reise viel von einem Feldzug haben wird. Heute weiß ich mehr über Italien als vor zehn Jahren. Ich werde meine Vorrechte geltend machen und mit Berengar abrechnen. Haltet Ihr das nicht für eine gute Idee?«

»Doch, natürlich. Wie lange werdet Ihr in Italien bleiben?«

»Ich vermute, daß es einige Zeit dauern wird, vielleicht länger als ein Jahr, bis ich in Rom und Italien die Ordnung wiederhergestellt habe.« Das machte mich noch trauriger, bis sein Lächeln sich in ein Grinsen verwandelte. »Möchtet Ihr nicht Eure alte Heimat besuchen?«

Mein Herz klopfte mir vor Freude bis zum Hals. »Wollt Ihr damit sagen, ich darf Euch begleiten?«

»Ich möchte nicht ohne Euch gehen.« Ich war verwirrt. Noch nie war mir erlaubt worden, mit Otto zu Felde zu ziehen. »Ich möchte, daß Ihr an meiner Seite seid«.

Mehr sagte er nicht, und ich war dermaßen begeistert, daß ich die ganze Sache nicht weiter verfolgte. Heute weiß ich, daß die Idee, die Agapetus zehn Jahre zuvor aufgeworfen hatte, schließlich Früchte trug. Agapetus wollte nur ungern einen König aus einem fremden Land, dessen Verdienste noch nicht bewiesen waren, zum Kaiser krönen, aber nun hatte der König seine Verdienste bewiesen, und wenn er den Papst rettete, müßte der Papst seine Dankbarkeit zeigen.

☆

Uns stand also noch einmal ein großes Abenteuer bevor. Auch wenn ich Rom all meiner Erlebnisse wegen hätte ablehnen können, so hatte ich mein Herz an diese Stadt und dieses Land verloren. Aber es war ein Abenteuer, das viele Vorbereitungen erforderte. Diese Vorbereitungen bestanden von Ottos Seite darin, ein Heer aufzustellen, das groß genug war, um mit allen Winkelzügen Berengars fertig werden zu können. Wie Otto gesagt hatte, wußte er nun genug über Italien, so daß er es vermied, seine Soldaten und uns wieder dieser Schüttelkrankheit auszusetzen. Daher sah seine Planung vor, daß wir erst am Ende des Sommers 961 nach Süden marschierten. Wir hofften darauf, die Alpenpässe vor den ersten heftigen Schneefällen passiert, unsere Angelegenheiten in Italien im Winter geregelt und das Land im Sommer wieder verlassen zu haben.

Meine Aufgabe bestand darin, für die Obhut meiner Familie zu sorgen. Ich hatte nicht die Absicht, irgendeinen von ihnen dem italienischen Klima auszusetzen, nicht einmal im Winter. Aber ich wußte, daß ich sie in guten Händen zurückließ. Faustina würde wie eine Mutter schalten und walten und Graf Korda wie ein Vater. Aber auch so tat der Abschied von meinen wundervollen Kindern und Pflegekindern sehr weh. Doch ich mußte dorthin gehen, wohin mein Herr und Meister mich rief. Vielleicht hatte ich auch eine dunkle Ahnung, daß ich auf dem Weg in die Unsterblichkeit war.

☆

Das Heer und die königliche Reisegesellschaft marschierten zu Beginn des Herbstes nach Süden und überquerten die verschiedenen Pässe. Wir nahmen den Sankt-Bernhard-Paß, so daß wir eine Nacht in dem Kloster verbringen konnten, in dem unsere Ehe geschlossen worden war. Es heißt, man solle niemals zurückkehren. Die Mutter Oberin war verstorben, und ich konnte mich an keine der Nonnen erinnern. Roswitha war in Deutschland in Sicherheit. Auch Pater Guido erkannte keinen der Mönche wieder. Das einzige Lebewesen, das sich an mich erinnerte, war einer dieser riesigen treuen Hunde, der seinen Kopf auf meinen Schoß legte und ein freudiges kehliges Knurren ausstieß. Dieses traurige Ereignis stimmte mich nachdenklich, denn ich kehrte dorthin zurück, wo ich zum erstenmal geheiratet hatte, an den Ort, der sich für mich als Katastrophe erwiesen hatte. Und dann erreichten wir Pavia.

Man könnte vielleicht meinen, daß Otto sich über Berengar lustig machte, indem er beschloß, den Papst in dieser Stadt zu treffen, die an den Ufern des Tessin lag, ungefähr zwanzig Meilen südlich von Mailand, da Berengar Anspruch darauf erhob, Herrscher der Toskana zu sein. Doch obwohl Berengar aufgefordert wurde, an der Zeremonie teilzunehmen, zog er es vor, ihr fernzublieben. Otto hatte wie immer mehr im Sinn, als nur einen Feind zur Vernunft zu bringen. Der König wußte stets, welche Wirkungen große Ereignisse auf die Menschen ausübten. Pavia, eine Stadt, welche die Römer vor der Antike erbaut hatten, war die Hauptstadt des alten langobardischen Königreichs gewesen, bevor dieses Königreich von den Franken überrannt wurde. Wie ich schon berichtete, flüchteten die Langobarden nach ihrer Niederlage in ein Gebiet südlich von Rom und verfochten ihre Rechte nun selbst, was nicht ganz einfach war, da ihr Land zu nahe an den Reichen der Sarazenen und Byzantiner lag, um ein behagliches Leben führen zu können. Doch Pavia blieb ihre Heilige Stadt, und hier gekrönt zu werden war für die ganze Halbinsel eine symbolische Handlung, besonders da es nicht möglich schien, die Krönung in Rom zu vollziehen, ohne eine Schlacht zu schlagen.

Die Krönung! Und ich hatte nicht die leiseste Ahnung, was mein Gatte im Sinn hatte, bis wir die Stadt tatsächlich erreichten und unser Heer vor den Stadtmauern lagerte. Auf uns wartete das übliche Aufgebot an Würdenträgern, um uns zu begrüßen. Mädchen streuten Rosenblüten, und Matronen machten einen Knicks vor mir, aber ich hatte das alles ja schon einmal erlebt. »Ich bin verwirrt, Herr«, gestand ich, als wir schließlich allein im Schlafgemach der Herberge waren, das uns zur Verfügung gestellt wurde. »Ihr habt von Krönung gesprochen. Aber ich dachte, wir sind hier, um den Papst zu treffen und über seine erneute Amtseinsetzung zu sprechen.«

»Stimmt genau, aber es wird auch eine Krönung geben.«

»Aber Ihr seid doch bereits König von Italien, mein Gebieter.«

»Ich bin nie gekrönt worden, und auf jeden Fall ist es ein Titel, dem niemand große Beachtung schenkt. Ich könnte viele Dinge besser regeln, würde ich mich in Rom niederlassen, aber wie soll ich dann Deutschland regieren? Ich muß gleichzeitig als König beider Länder sowie aller anderen Gebiete anerkannt werden, die ich möglicherweise noch in mein Reich eingliedere. Und wenn ich ein Kaiserreich habe, Liebling, muß ich Kaiser sein.«

Ich starrte ihn bestürzt an.

»Würde es Euch nicht gefallen, Kaiserin zu sein?« fragte er. »Ihr werdet an meiner Seite gekrönt. Was glaubt Ihr, wird Berengar darüber denken?«

Daß er mit einer Kaiserin im Bett gewesen ist, dachte ich. Das war ein Triumph, dessen sich nur wenige Männer rühmen konnten. Aber es galt, wichtigere Dinge zu berücksichtigen. »Was wird Konstantinopel davon halten?«

»In Konstantinopel mag man darüber denken, wie man will. Ich werde Kaiser des Heiligen Römischen Reiches sein, und Ihr meine Kaiserin.«

☆

Ein berauschender Gedanke! Nach der Kaiserinnenwürde hatte ich nie getrachtet. Aber mein Gatte schien fest entschlossen zu sein, sich die Krone anzueignen. Unser einziges

Problem war im Augenblick allerdings die Abwesenheit jenes Mannes, der die Krönung vollziehen sollte. Johannes versteckte sich noch immer, weil er fürchtete, daß Berengar ihn vor uns fassen könnte. Wir warteten länger als eine Woche. Es war inzwischen Januar, und obwohl es in der Toskana im Winter keineswegs so warm und sonnig ist wie im Sommer, ist dieser Landstrich zu dieser Jahreszeit Magdeburg bei weitem vorzuziehen. Deshalb verbrachten wir unsere Zeit recht angenehm, wenn auch von wachsender Unruhe erfüllt, selbst wenn der König und ich auf die Jagd gehen konnten, wann immer das Wetter es erlaubte. Schließlich aber hielt Johannes seinen Einzug, und er wurde so feierlich begrüßt wie wir. Das alles war von Otto in die Wege geleitet worden, denn es hatte nicht viel Zweck, vom Papst gekrönt zu werden, wenn dieser als gewöhnlicher Flüchtling betrachtet wurde. Ich blieb in unserem Gemach, während Otto hinausging, um den Heiligen Vater auf dem Vorplatz der Herberge zu begrüßen. Doch wenige Stunden nach seiner Ankunft überrumpelte mich der widerliche Bursche und stand mir plötzlich gegenüber. Als ich vor meinem Ankleidespiegel saß und mich mit Hilfe meiner Zofen herrichtete, vernahmen wir ein lautes Klopfen an der Tür.

Claudia, eine dralle junge Frau, die Faustina auf diesem Feldzug als meine erste Hofdame ersetzte, eilte zur Tür, um zu öffnen. Wir glaubten alle, es sei der König, wenngleich Otto selten an eine Tür klopfte, ehe er eintrat. Ich konnte im Spiegel sehen, daß Claudia niederkniete. »Heiligkeit!«

Ich stand sofort auf, und meine Zofen umringten mich wie eine Leibwache. »Hoheit!« Johannes schritt ins Zimmer. Er war nun über zwanzig, sah aber viel älter aus. Sein Gesicht war seines ausschweifenden Lebens wegen gerötet, und in diesem Augenblick spiegelte sich in seinen Gesichtszügen überdies eine Erregung, die ich nicht sofort erkannte. Trotz seiner Roben konnte man sehen, daß er unglaubliches Übergewicht hatte, und er bewegte sich äußerst schwerfällig, was man bei einem so jungen Mann nicht erwartet hätte. »Hoheit«, sagte er noch einmal, als er sich mir näherte. »Ist es möglich, daß Ihr in den letzten zehn Jahren sogar noch schöner geworden seid, und das trotz Eurer Mutterschaft?«

»Ihr schmeichelt mir, Heiligkeit. Darf ich nach dem Grund Eures Besuchs fragen?«

»Nun, ich wollte Euch sehen, Adelheid, meine Augen an einer solchen Schönheit weiden und Euch auf die Tortur vorbereiten, die vor Euch liegt.« Er klatschte in die Hände. »Hinaus, hinaus!«

Meine Zofen schauten mich beunruhigt an. »Es ist gewiß nicht schicklich für einen Papst, mit einer Frau allein zu sein, Heiligkeit«, deutete ich an.

»Was immer ein Papst als schicklich erachtet, ist schicklich.«

Ich zögerte. Doch ich konnte nicht glauben, daß er es wagen würde, sich auf irgendeine Weise ungebührlich zu verhalten. »Na schön, ihr könnt gehen, aber laßt die Tür geöffnet.«

»Macht sie zu.« Der Papst folgte ihnen zur Tür. »Da Ihre Gnaden und ich nicht gestört werden möchten, werdet ihr auf keinen Fall irgend jemandem von unserem Treffen erzählen.« Er schloß die Tür und verriegelte sie, und ich stellte fest, daß ich nach Atem rang.

»Mein Gatte wird davon erfahren«, erinnerte ich ihn, als er zurückkam und mir gegenüberstand.

»Vielleicht, aber ich bin der Papst.«

Mir wurde bewußt, daß dieser Flegel meinen Gatten Otto tatsächlich vor dem heutigen Tag noch nie getroffen hatte und nichts über den Mann wußte, den er beleidigte. Ich erkannte allmählich, daß seine Begierde der Grund für seine stark geröteten Wangen war. Aber ich hoffte noch immer, unser Gespräch würde sich in einem angemessenen Rahmen bewegen. »Möchtet Ihr über die Krönung sprechen?«

»Gewiß. Die Krönung muß geprobt werden.«

»Ich wurde schon einmal gekrönt, Heiligkeit.«

»Vor zehn Jahren. Da habt Ihr bestimmt so einiges vergessen.« Er stellte mir einen Stuhl hin. »Ihr werdet auf einem Thron sitzen – neben Eurem Gatten natürlich.« Ich beschloß, ihm seinen Willen zu lassen, wenn auch nur, um ihn so schnell wie möglich wieder los zu werden. Ich setzte mich und legte die Hände in meinen Schoß. »Euer Kopf wird entblößt sein und Euer Haar unbedeckt.« Er strich mit den Händen über meine Haare. Ich konnte nur hoffen, daß sie sauber waren. »Ihr werdet beten, und das Te Deum wird gesungen. Aber das wißt Ihr ja alles.«

»Wie ich Euch bereits sagte, habe ich es schon einmal erlebt, Heiligkeit.«

»Ganz recht. Aber nun folgt die Salbung. Ich werde Euer Mieder lösen.« Er schnürte es auf.

Ich hielt seine Hände fest. »Ich bin sicher, daß wir diesen Teil der Zeremonie auslassen können. Ich versichere Euch, daß ich mich noch sehr gut daran erinnern kann.«

»Ihr müßt Eure Rolle sicher beherrschen. Dann werde ich Euren Oberkörper vollends entblößen.« Er befreite seine Hände und machte sich an mir zu schaffen, so daß zuerst mein Mieder über meine Schultern rutschte und dann die Träger meines Hemdes. Diese schob er vorsichtig über meinen Arm nach unten, bis ich die Arme nicht mehr bewegen konnte, weil die Träger genau auf meinen Ellbogen saßen. Meine Brust war nun völlig entblößt. »Eine solch vollendete Schönheit«, murmelte er.

Da es schwierig für mich war, meine Atmung zu kontrollieren, sah mein Busen besonders schön aus. Ruhig Blut, sagte ich mir. Weiter kann er nicht gehen. Wenn es irgendein anderer Mann außer meinem Gatten gewesen wäre, hätte ich ihn geschlagen. Aber den Papst? »Darf ich fragen, wie viele Menschen bei der Krönung anwesend sein werden, Heiligkeit?« wagte ich zu fragen.

»Oh, die ganze Stadt. Die Zeremonie wird unter freiem Himmel stattfinden.«

»Im Winter?«

»Ihr werdet wie eine Göttin aussehen. Eure Brustwarzen werden steinhart sein.« Er fingerte an ihnen herum, um sich davon zu überzeugen.

»Ich werde mir den Tod holen.«

»Aber nein. Es wird nur ein paar Sekunden dauern, und das Öl ist erwärmt.«

Das Wasser, das er zur Veranschaulichung auswählte, war es jedoch nicht. Er hielt den Wasserkrug am Henkel fest und goß mir die eiskalte Flüssigkeit über Hals und Schultern. Es verschlug mir vor Unbehagen den Atem, und dies um so mehr, da er sichergehen wollte, daß jeder Zentimeter meiner entblößten Haut naß war, weshalb er das Wasser überall mit den Händen verteilte und weit länger als ein paar Sekunden auf den Brustwarzen verweilte, die ihn so sehr reizten. Damit ging er zu weit, auch wenn er der Papst war. Wären meine Hände frei gewesen, hätte ich ihm jetzt eine Ohrfeige verpaßt. Es reichte mir wirklich. Ich mühte mich mächtig, zog die Arme hoch, daß meine Träger rissen, warf mich im gleichen Moment nach vorn und kippte vom Stuhl. Ich prallte gegen den Papst und den Wasserkrug, so daß der Papst der Länge nach auf den Boden schlug. Unglücklicherweise verlor ich das Gleichgewicht und fiel mit ihm, und ehe ich mich erholen konnte, hatte er mich auf den Rücken gedreht und schob hastig meine Röcke bis zu den Oberschenkeln hoch. Ich konnte auf den ersten Blick erkennen, daß er den Verstand verloren hatte. Nun bekam ich es wirklich mit der Angst. Ich hatte schon zwei Vergewaltigungen überlebt, aber beide, auch die durch Pietro, waren mir auf ziemlich gesittete Weise angetan worden. Und hier benahm sich ein Papst, wie der ärgste Ungar es getan haben könnte. Ich ballte die Hände zu Fäusten und schwang sie hin und her. Meine Linke sauste nach oben, und mein Rubinring schnitt wie ein Dolch durch das Gesicht seiner Heiligkeit.

Er schrie auf, rollte von meinem Körper herunter und

preßte die Hände auf sein stark blutendes Antlitz. Ich richtete mich mühsam auf und brachte meine Kleider in Ordnung. Weil die Träger gerissen waren, zog ich mein Mieder über die Schultern und verschloß es, so daß ich wieder einigermaßen schicklich aussah, auch wenn meine Kleider durchnäßt waren.

»Miststück«, stöhnte der Heilige Vater. Inzwischen hatte er sich hingekniet, hielt sein Gesicht aber noch immer in den Händen. Das Blut sickerte zwischen seinen Fingern hindurch. »Ihr habt den Papst verletzt!«

»Würden wir Euch nicht für die Krönung brauchen, hätte ich Euch umgebracht!« stieß ich hervor. Im Krug war noch ein bißchen Wasser. Ich tauchte einen Zipfel des Bettlakens hinein und kniete mich neben ihn. »Wenn Ihr mich berührt, breche ich Euch den Arm. Nun hört auf zu jammern und nehmt die Hand weg.« Er gehorchte, und ich säuberte seine Wunde, so gut ich konnte. Er würde eine Narbe zurückbehalten, aber die Wunde war nicht so tief, wie ich zunächst befürchtet hatte. »Ich würde diese Wunde von einem Arzt versorgen lassen, sobald Ihr in Eure Gemächer zurückgekehrt seid, sonst könnten Fragen gestellt werden.«

Er schien wieder halbwegs bei Verstand zu sein. »Adelheid …« Trotz meiner Drohung ergriff er meinen Arm, aber offensichtlich war es nur eine flehentliche Gebärde, und daher unterließ ich es, noch einmal gewalttätig zu werden. »Bitte vergebt mir. Der Anblick einer solchen Schönheit …«

»Ich werde Euch nicht vergeben. Ihr seid eine abscheuliche Kreatur. Da Ihr der Papst seid, werde ich keine Klage gegen Euch erheben. Und nun geht bitte.« Ich schob seine Hand von meinem Arm und stand auf.

Er erhob sich ebenfalls. »Ihr werdet dem König nichts davon sagen?«

Nicht vor der Krönung, dachte ich. »Das hängt von Eurem Betragen ab, Heiligkeit.«

»Oh, Adelheid.« Wieder griff er nach meiner Hand. »Von

diesem Augenblick an bin ich Euer Sklave. Ihr müßt nur sagen, was Ihr wünscht. Adelheid …«

»Ich wünsche, Heiligkeit, daß Ihr auf der Stelle geht und dieses Gemach nie wieder betretet.« Er ging.

☆

Meine Zofen konnten erkennen, daß etwas sehr Unangenehmes geschehen war, denn es gab ausreichend Anzeichen dafür. Der ganze Boden war voller Wasser, und ich selbst war völlig durchnäßt. Mein Hemd war zerrissen; ein paar Blutspuren mußten entfernt und das blutbefleckte Bettuch gewechselt werden. Aber mein Verhältnis zu Claudia war noch nicht so vertraut wie zu Faustina oder Rosamunde, und daher wagte niemand, irgendeine Frage zu stellen. Otto, der mit Staatsgeschäften und der Vorbereitung unserer Krönung beschäftigt war, bemerkte erst nach einiger Zeit, daß etwas nicht stimmte.

Die Krönung verlief größtenteils so, wie Johannes sie geschildert hatte. Wie schon zehn Jahre zuvor in Rom wurden sowohl mein Oberkörper als auch der Ottos vorschriftsmäßig vor der Menge entblößt, doch da Otto an meiner Seite saß und uns die sächsische Garde umringte, verlief alles in einem angemessenen Rahmen. Außerdem war ich zehn Jahre älter und hatte schon eine Menge Erfahrung. Die Jubelschreie waren noch lauter als bei der Krönung des kleinen Otto. Das Öl war wirklich warm. Johannes zeigte sich in höchstem Maße unterwürfig. Die Kronen wurden auf unsere Häupter gesetzt. Otto reichte mir die Hand, hob sie hoch und grüßte die Menge … Und es war so kalt, daß meine Brustwarzen in der Tat steinhart waren und wie kleine Felsen in die Höhe ragten, was mir wahrscheinlich noch den einen oder anderen zusätzlichen Hochruf einbrachte.

☆

Als die Krönung beendet war, zogen wir weiter nach Süden, während Herolde in jede Richtung ritten und verkündeten, daß der Westen wieder einen Kaiser des Heiligen Römischen Reiches habe und sich jedem widersetze, der sich ihm entgegenstelle. Das tat niemand, und obwohl wir vermuteten, daß uns Berengar noch Probleme bereiten könnte, waren weder er noch sein Heer irgendwo zu sehen. Ich fragte mich allmählich, ob er überhaupt ein Heer hatte. Mein Peiniger und der Mörder meines ersten Ehemannes wurde allmählich älter, so daß ihm verschiedene Beschwerden zu schaffen machten. Hatte ich wirklich den Wunsch, diesen Mann noch einmal zu erblicken oder ihn sogar in Ketten kniend vor mir zu sehen? Einerseits wäre ich sicher froh gewesen, wäre er für Lothars Mord gehängt worden. Andererseits verwarf ich die Gedanken an alles, was ihm – dem Körper eines Mannes, der mich nackt in den Armen gehalten hatte – vor der Hinrichtung hätte zustoßen können.

☆

Wir hielten triumphalen Einzug in Rom, den die Bewohner der Stadt mit Hochrufen begleiteten. Es mag daran erinnert werden, daß es Ottos Absicht war, seine Autorität in dieser Stadt wiederherzustellen, den Papst wieder ins Amt zu setzen und dann so schnell wie möglich abzureisen. Wir wollten das Land vor Beginn der Fieberzeit wieder verlassen haben. Tatsächlich aber blieben wir zwei Jahre! Der Grund dafür war, daß uns klar wurde – lange bevor wir die Ewige Stadt erreichten –, daß mit dem Papsttum nicht alles zum besten stand. Wie sollte das mit einem Papst wie Johannes XII. auch möglich sein?

Zunächst schien alles eitel Sonnenschein. Der Papst ritt neben dem Kaiser und mir und erfreute sich am Beifall des Volkes, wenn wir durch Dörfer und Städte kamen. Er war so unverfroren anzunehmen, daß ich meinem Gatten noch nichts von seinem schamlosen Angriff auf meine Person erzählt hatte, und ich hatte Otto tatsächlich noch nichts davon gesagt. Sicher beunruhigte mich der Gedanke an diese Ausgeburt von Verderbtheit, und in Anbetracht seines Alters konnte dieser Papst noch sehr lange auf dem Thron sitzen. Doch ich wollte keine Zwietracht zwischen Papst und Kaiser säen, bis ich genau wußte, was mein Gatte beabsichtigte. Otto besprach selten politische Angelegenheiten mit mir, so daß ich gezwungen war, aufzupassen, zuzuhören und alles zu beobachten.

Wie sich zu meiner Erleichterung herausstellte, zweifelte Otto bereits an der Integrität des Papstes. Diese Zweifel betrafen jedoch nicht unbedingt die Moral seiner Heiligkeit. Bedauerlicherweise erwartete zu jener Zeit niemand, daß der Papst ein moralisch einwandfreier Mensch war. Agapetus stellte in diesem Jahrhundert eine große Ausnahme dar, was sein moralisches Verhalten betraf, und sogar er hatte – worauf ich schon hinwies – seine schwachen Augenblicke. Nein, Otto erregte sich über die Neigung des Papstes, seine Überlegenheit über alle anderen Menschen zur Schau zu stellen, was sogar den Kaiser mit einschloß. Dies war ein nicht enden wollendes Thema der klerikalen und weltlichen Diskussionen, die mein Leben lang geführt wurden. Ich schmeichele mir selbst, wenn ich sage, daß wir erst mehr als dreißig Jahre später zu einer befriedigenden Lösung gelangten. Wenn der Papst wirklich Stellvertreter Gottes auf Erden ist, steht er natürlich über allen anderen Menschen, und das schließt Könige und Kaiser mit ein. Aber dieser ungeheure Anspruch muß gezwungenermaßen eine ungeheure Verantwortung mit sich bringen, nämlich in jedem einzelnen Fall und an jedem Tag so zu handeln, wie Gott es getan hätte. Das ist mit Mord und Vergewaltigung, Hurerei und Blasphemie, Ämterkauf und dem Wunsch nach Rache kaum zu vereinbaren, und diese Vergehen befleckten das Leben fast jeden Papstes der letzten hundert Jahre und darüber hinaus. Auch konnte nicht anerkannt werden, daß Gott Männer wie Marozias oder Alberichs Sohn gebilligt hätte, die einzig und allein aufgrund ihrer familiären Verbindungen gewählt worden waren.

Deshalb argumentierte Otto, daß der Papst unmöglich irgendeine höhere Rolle haben könne, wenn er den Anspruch erhob, Oberhaupt der christlichen Kirche auf Erden zu sein. Diese Rolle käme aber sicherlich dem Mann zu, der in den Ländern christlichen Glaubens herrschte und Beschützer dieser Länder und daher ihr Herr und Meister sei. Ich vermute, daß Otto einige Zeit über diese Sache nachgedacht hatte, seit er zum erstenmal mit dem Gedanken spielte, zum Kaiser gekrönt zu werden. Johannes' Arroganz wegen traf er letztendlich eine Entscheidung. Nachdem er sich mit seinen Rechtsberatern besprochen hatte, unterbreitete er Johannes das sogenannte *privilegium Ottonianum*, ein Dokument, das die Rechtsgarantien bestätigte, die früheren Päpsten durch das *Patrimonium Petri* zugesichert waren und darüber hinaus verkündete, daß der Papst wie jeder deutsche Bischof ein Untertan des Kaisers sei, und daß kein Papst ohne kaiserliche Billigung gewählt werden könne.

Es ist unnötig zu sagen, daß Johannes eine große Ausnahme bildete, aber er bewegte sich schon auf dünnem Eis. Da wir weiter nach Süden zogen und es offenkundig wurde, daß es zwischen dem Papst und dem Kaiser Meinungsverschiedenheiten gab, kamen allmählich immer mehr Menschen, Männer und Frauen, in unser Lager und ersuchten um eine Audienz beim Kaiser. Sie alle hatten ähnliche Gründe, gegen den Papst auszusagen, nämlich eine Reihe von Verbrechen seinerseits, die bis zu zwölf Jahren zurücklagen. Otto war entsetzt. Doch er war in dem Geist erzogen worden, das Papsttum zu respektieren; deshalb war er nicht sicher, wieviel von dem, was ihm zugetragen wurde, Verleumdung war.

»Wenn nur ein Bruchteil von dem stimmt, was ihm vorgeworfen wird«, sagte Otto, als er neben mir im Bett lag, »ist er einer der schlimmsten Schurken, die je auf Mutter Erde gewandelt sind. Wie könnte ich glauben, daß ein geweihter Papst sich dieser Vergehen schuldig gemacht hat?«

»Glaubt es ruhig.« Ich hatte beschlossen, mein Schweigen zu brechen und erzählte ihm endlich, was sich bei der sogenannten Generalprobe meiner Krönung zugetragen hatte.

»Dieser Teufel!« rief Otto. »Ich werde ihn kastrieren lassen!«

»Nein«, sagte ich. »Die Öffentlichkeit würde Euch ebenso wie das Papsttum in Verruf bringen. Könnt Ihr nicht versuchen, ihn nur als Papst loszuwerden?«

»Päpste können nicht wie irgendein unredlicher Arbeiter entlassen werden. Seine Verbrechen müssen vor der Welt bewiesen werden, und die gesamte Kirche muß in seine Entlassung einwilligen.«

»Dann werdet Ihr nichts unternehmen?« Ich war fassungslos.

»Ich werde eine ganze Menge tun«, versprach er mir, »aber auf gesetzmäßigem Weg.«

☆

Wie immer stand er zu seinem Wort, und als wir in Rom eintrafen, berief er alle erreichbaren Bischöfe und Kardinäle zu einer Synode ein, um sich die Anschuldigungen anzuhören, die gegen den Papst erhoben wurden. Unglücklicherweise gab es nur wenig Hoffnung, daß sie alle noch in diesem Jahr erscheinen konnten, und da Otto noch immer fest entschlossen war, den legalen Weg zu gehen, waren wir gezwungen, in Italien zu bleiben, ohne Rücksicht auf die Gefahren, die dies für unsere Gesundheit mit sich bringen konnte. Aber mein Gatte war bemüht, die Gefahr möglichst gering zu halten, und als der Sommer begann, zogen nicht nur wir, sondern das ganze Heer in die Berge. Doch Otto ließ genügend Krieger in der Stadt zurück, die die Ereignisse in Rom beobachten sollten und die regelmäßig ausgewechselt wurden. Mit diesem Schritt wollte er aller Welt beweisen, daß er jeden Versuch, eine Revolte anzuzetteln, mit einer angemessenen Strafe ahnden würde. Der Glaube meines Gatten an die Legalität und die offensichtliche Ruhe, mit der er die Untersuchung der päpstlichen Verbrechen vornahm, schien leider eine Anzahl von Römern davon zu überzeugen, daß er kein Mann war, der zu extremer Gewalt oder Rücksichtslosigkeit neigte. Die Römer hatten natürlich nur gerüchteweise von der Schlacht auf dem Lechfeld gehört, und ihre irrige Meinung in bezug auf die Fähigkeiten meines Gatten führte zu schrecklichen Konsequenzen.

Ich erlebte anfangs eine interessante Zeit, da Otto nun daran denken mußte, durch wen er Papst Johannes ersetzen konnte. Viele Kardinäle und andere Amtsträger besuchten uns in Tivoli. Unter ihnen hob sich ein gewisser Benedikt hervor, ein äußerst gebildeter Bursche, der sich aufgrund seiner Pedanterie den Spitznamen Grammatikus eingehandelt hatte. Er war so unterwürfig, wie man nur sein kann, und schwor jeden Eid auf seine Treue zum Papsttum und zum kaiserlichen Thron. »Was haltet Ihr von ihm?« fragte Otto mich, als er uns verlassen hatte.

»Ich traue ihm nicht über den Weg.«

»Ganz meine Meinung«, pflichtete mein Gatte bei.

☆

Ein weiterer Kandidat war der Bischof von Narni, ein Mann, dem der Ruf anhaftete, moralisch integer zu sein – meiner Meinung nach die wichtigste Voraussetzung, um einen Mann wie Johannes zu ersetzen. Der gute Bischof wollte sich nur sehr ungern hervortun, und er mußte zu einem Besuch bei uns überredet werden. Ich mochte ihn auf den ersten Blick, aber Otto war nicht von ihm überzeugt. Mein Gatte, der sich tatsächlich in römische und somit päpstliche Politik und Praktiken eingearbeitet hatte, kam mehr und mehr zu dem Schluß, daß es sehr unwahrscheinlich sei, jemals den

Mann, den er sich wünschte, in den Reihen der Geistlichen zu finden. Das war sehr vernünftig, denn sogar der unterwürfigste Kardinal würde nach seiner Wahl zum Papst, wenn er nach unserer Abreise von den anderen Kardinälen umgeben wäre, auf die eine oder andere Weise allmählich den Vorteil spüren, sich entweder Gott oder dem Kaiser zu fügen. Otto hatte jedoch nicht die Absicht zu erlauben, daß jemand sich eher Gott als ihm fügte, auch wenn es sich lästerlich anhören mag. Außerdem wollte er nicht einen Tag länger als notwendig in Italien bleiben. Ich begriff daher, daß seine Gedanken sich einem gewissen Leo zuneigten, der noch nicht einmal geweihter Priester war, jedoch über gute Kenntnisse auf den Gebieten der Verwaltung und kirchlicher Angelegenheiten verfügte. Für den Kaiser war aber noch wichtiger, daß er der sächsischen Macht gegenüber grenzenlose Loyalität bewies. Ich muß gestehen, daß mich dies beunruhigte, aber ich wußte, daß es nicht gut war, Otto zu widersprechen, da er niemals eine andere Meinung beachtete, wenn sie nicht mit der seinen übereinstimmte, und so beschloß ich, meine Meinung für mich zu behalten.

Auf jeden Fall mußte die Entscheidung auf die Synode und die vermutlich darauf folgende Absetzung Johannes' warten, und dies nahm viel mehr Zeit in Anspruch, als wir gehofft oder uns vorgestellt hatten. Obwohl die Synode sich tatsächlich im Sommer 963 versammelte, mehrere Monate arbeitete, sich Zeugenaussagen anhörte und Urteile sprach, was Anwälte und Geistliche viel lieber tun, als Entscheidungen zu treffen, erfolgte der abschließende Urteilsspruch erst im Dezember.

☆

Diese Zeit war für mich ziemlich langweilig. Otto hingegen war in seinem Element. In Deutschland und auch anderswo war alles ruhig. Er wußte, welche Entscheidung die Synode letztendlich treffen würde, obwohl die Diskussionen der Kardinäle noch andauerten. Und er befand sich in einer guten Position, um die Zustände südlich von Rom zu beobachten und eingehend darüber nachzudenken. Diese Zustände waren wie immer chaotisch – und wie immer beschloß Otto, etwas dagegen zu unternehmen. Aus diesem Grunde bat er einen langobardischen Fürsten zu einem Besuch, der den anschaulichen Namen Pandulf Eisenkopf trug. Dieser Mann war ein natürlicher Verbündeter von uns, da er in seiner Hauptstadt Capua tatsächlich von einem Heer angegriffen worden war, das Papst Johannes ein paar Jahre zuvor geschickt hatte. Nun kam er nach Rom, um Otto als Kaiser zu bejubeln. Ich hatte keine Ahnung, was ich erwarten sollte, da ich so viele furchterregende Geschichten über die Langobarden und ihre eigentümlichen Gewohnheiten gehört hatte. Die Erscheinung des Herzogs von Capua war sicher ungewöhnlich. Sein Haar, das außer auf der Stirn, die er rasiert hatte, nicht geschnitten war, fiel ihm in einer dichten Mähne über die Ohren und auf die Schultern, schien jedoch ganz sauber zu sein. Er hatte einen schönen Körperbau, wobei seine Gesichtszüge jedoch nicht als attraktiv bezeichnet werden konnten, und er war gut gekleidet. Sein Verhalten ließ sehr zu wünschen übrig, aber an seinem Wunsch, Ottos Freund und damit der Freund von Ottos Kaiserin zu sein, gab es keinen Zweifel. Er lud uns ein, ihn in Capua zu besuchen, und das taten wir, wenn ich auch mit gemischten Gefühlen in den Süden reiste. Doch uns hätte kein besserer Empfang bereitet werden können.

Pandulf brauchte Otto mehr, als es umgekehrt der Fall war, weil das langobardische Herzogtum – das Pandulf und seine Untertanen noch immer als Königreich bezeichneten –, eine von ziemlich vielen Feinden umzingelte Enklave war. Im Norden lag das Papsttum, das ihnen bisher feindlich gesinnt war, obgleich Otto ihm versicherte, daß sich das ändern werde, und dahinter die deutsche Macht. Im Süden lagen verschiedene heidnische Emirate, die sich im Moment ruhig verhielten. Man konnte jedoch nie sicher sein, wann die Muselmanen wieder zur Gewalt greifen würden. Und im Osten lag die größte Bedrohung von allen, das Territorium der Byzantiner, die die gesamte Ostküste der Halbinsel kontrollierten. Die Byzantiner hatten als Erben des Römischen Reiches einst ganz Italien ihr eigen genannt. Es waren die Langobarden, die sie vor ungefähr vierhundert Jahren von der Halbinsel vertrieben hatten. Kaiser Justinian hatte beschlossen, diese Kränkung zu rächen, und aus diesem Grunde schickte er Heere über die Adria, die von seinem berühmtesten General, Belisar, angeführt wurden. Belisar hatte sich seinen Weg nach Rom erkämpft und hielt dort einer langobardischen Belagerung stand. In der Tat hatte dieses Jahrhundert erbittertster Kämpfe Italien jenen Zustand der Verwüstung beschert, der noch immer dort herrschte. Belisar war schließlich in Ungnade gefallen, und der langobardische Sieg wurde von einem *Eunuchen* namens Narses errungen, der offensichtlich beachtliche militärische Fähigkeiten besaß. In dieser Phase meines Lebens, als ich mich der Hälfte meiner zugewiesenen Lebensspanne näherte, hatte ich noch nie einen Eunuchen gesehen, außer den Verbrechern, die wegen Vergewaltigung und dergleichen kastriert worden waren. Solche Menschen zogen Schande und Spott auf sich, und ganz sicher wurde keiner ein erfolgreicher General.

Justinians Tod und Schwierigkeiten mit bestimmten Völkern wie den Persern hatten Konstantinopel von seinem Ehrgeiz im Westen abgelenkt. Aufgrund der allgemeinen Schwächung der byzantinischen Macht überquerten jedoch die Araber das Meer, um Sizilien an sich zu reißen, und drangen in den untersten Zipfel der Halbinsel ein. Verschiedenen langobardischen Überlebenden, zu denen auch der Vorfahr von Pandulf selbst gehörte, gelang es, ihre unmittelbar im Norden gelegenen Herzogtümer zu behalten. Die Herzöge von

Spoleto ließen sich in Rom nieder. Meine Familie erhob Anspruch auf das Königreich Italien, wobei eigentlich keiner so richtig wußte, was darunter zu verstehen war. Leute wie Berengar von Ivrea machten ihnen den Anspruch streitig, und die Byzantiner klammerten sich noch immer an der Ostküste fest und träumten davon, das ganze Land zurückzugewinnen. Was für ein Durcheinander!

Offensichtlich mußte hier Ordnung geschaffen werden, und vor allem das hatte Otto im Sinn. Aber wo sollte er anfangen? Gewiß, indem er Pandulf unterstützte und somit den Süden unseres Reiches schützte. Und Krieg gegen Byzanz zu führen, indem er versuchte, die Byzantiner aus diesem Teil des Landes zu verjagen, das sie noch festhielten. Aber das mußte ein Plan für die Zukunft sein.

☆

Für Otto mag das enttäuschend gewesen sein. Aber er tat wenigstens das, was er am liebsten tat, und erteilte Befehle, erwog verschiedene Möglichkeiten und schmiedete Pläne. Ich tat das, was Frauen am wenigsten mögen, indem ich die Trennung von meinen Kindern ertrug, die sich nun schon ein Jahr hinzog.

Fortwährend erhielt ich Briefe von Faustina und Gerberga, die mir versicherten, daß alles in Ordnung sei und daß sich Mathilde und der kleine Otto bester Gesundheit erfreuten; aber das entschädigte mich nicht dafür, daß ich sie nicht in den Armen halten konnte. Die Versuchung, die Kinder zu mir bringen zu lassen, war groß, doch die weit verbreitete Schüttelkrankheit, die trotz Ottos Bemühungen viele Menschen hinwegraffte, versetzte mich in Angst und Schrecken. Immerhin versprach er mir, daß wir sofort den Weg nach Norden einschlagen würden, sobald der Fall gegen Papst Johannes entschieden wäre.

7

Die Römer

Mein kleiner Otto war mittlerweile neun Jahre alt. Ich freute mich, ihn nach so langer Abwesenheit wiederzusehen, aber ich machte mir allmählich Gedanken über seine Zukunft und dachte über eine Gemahlin für ihn nach. Vielleicht erscheint es dem einen oder anderen verfrüht, über die Zukünftige eines Neunjährigen nachzudenken, aber ich war schließlich im Alter von sechs Jahren verlobt worden; außerdem wußte ich genau, daß es eine langwierige Aufgabe sein würde, eine Braut für meinen Sohn zu finden. Falls er seinem Vater als Kaiser nachfolgte – und das schien wahrscheinlich, da er bereits König von Deutschland war –, würde seine Braut Kaiserin werden. Wenn ich auch das Gefühl hatte, daß ich selbst eine solche Erhebung mühelos verkraftet hatte, konnte ich mir eine große Anzahl zur Verfügung stehender Prinzessinnen nicht vorstellen.

Es war kein geringerer als Pandulf, der mich hinsichtlich dieses Problems auf eine Idee brachte. Er mochte mich sehr gern oder war zumindest gern mit mir zusammen, und wir sprachen oft stundenlang über Gott und die Welt. Obwohl seine Treue zu Otto über jeden Zweifel erhaben war, wußte ich auch, daß seine Treue auf seinen eigenen Interessen basierte, aber ist das nicht immer der Fall? Er war ein höchst intelligenter Mann, der sich bewußt war, daß Otto zwischen ihm und einem etwaigen Untergang seines kleinen Herzogtums stand. Aus dieser Tatsache leitete er ganz richtig ab, daß seine und vielleicht auch Ottos Zukunft außerdem davon abhingen, einen Krieg mit Byzanz zu vermeiden, das noch immer als stärkste Macht der Welt angesehen wurde. Dies war zumindest solange wichtig, bis wir unsere eigene Macht in erheblichem Maße gestärkt und alle Quellen möglicher

Aufstände im eigenen Reich ausgeschaltet hatten. »Erinnert Ihr Euch an Karl den Großen, Hoheit?« fragte er mich.

»Er ist mein Ahnherr«, erwiderte ich.

Er schwieg einen Moment, da er vielleicht nicht wußte, daß ich von so hoher Abstammung war. In der Tat konnte Otto keinen Anspruch darauf erheben, vom größten aller Franken abzustammen. »Der erste Kaiser des Heiligen Römischen Reiches«, sagte Pandulf nachdenklich.

»Der letztendlich einen würdigen Nachfolger gefunden hat.«

»Oh, in der Tat, Hoheit. Als Karl der Große nicht nur die kaiserliche Macht übernahm, sondern auch den Schutz Italiens, nahm jedoch die Feindschaft zwischen den Franken und Byzanz ihren Anfang.«

»Byzanz ist zu schwach geworden, um eine Bedrohung für uns darzustellen«, sagte ich.

»Zweifellos. Aber als Karl der Große hier im Westen zum Kaiser gekrönt wurde, begriff er die Gefahr, die diese Herrschaft mit sich brachte. Er strebte danach, die Zustände zu verbessern und vielleicht ein gesamteuropäisches Reich zu gründen, indem er um die Hand der Kaiserin Irene anhielt, die damals in Konstantinopel herrschte.« Er warf mir einen Blick zu. »Habt Ihr von dieser Sache gehört?«

»Ich habe etwas darüber gelesen. Aber wenn das, was ich gelesen habe, alles stimmt, war ihre Ablehnung für Karl den Großen ein großes Glück.«

»Ja, das ist ganz richtig, Hoheit. Die Kaiserin Irene blendete ihren eigenen Sohn, weil er sich gegen sie erhob, und sie führte ihr Privatleben auf die skandalöseste Weise ...« Wieder warf er mir einen Blick zu, als fragte er sich, ob ich als Kaiserin nicht aus dem gleichen Holz geschnitzt sein könne.

»Sie war nicht zur Kaiserin geeignet«, sagte ich in kühlem Tonfall.

»Ihr habt ganz recht, Hoheit. Ihr werdet mir aber sicher beipflichten, daß das einstige Römische Reich zu neuem

Leben erweckt worden wäre und Europa sich in einer weitaus besseren Lage befinden würde, wenn Irene einen anderen Charakter gehabt hätte und die Ehe geschlossen worden wäre.«

Ich unterließ es, ihn darauf aufmerksam zu machen, daß das einstige Römische Reich – soweit es mich betraf – dank der Bemühungen meines Gatten heute wieder existierte, wenn auch vielleicht mit einem geringfügig anderen Mittelpunkt. Ich war jedoch neugierig zu erfahren, worauf der langobardische Herzog hinauswollte. »Das ist sicher möglich.«

»Das ist noch immer möglich.«

»Oh, natürlich, lieber Herzog. Kaiser Nikephoros haßt uns. Er hat es öffentlich gesagt.«

»Ich bitte Euch, hört mich an, Hoheit. Die Herrschaft Nikephoros' wird wie ein Windhauch vorübergehen. Er regiert nur kraft seiner Vermählung mit der Kaiserinwitwe Theophano, welche die Macht nach dem frühzeitigen Tod ihres Gatten übernommen hat, des Kaisers Romanos II. Aber Romanos hat vor seinem Tod vier Kinder gezeugt. Sie sind die rechtmäßigen Erben des byzantinischen Throns, denn in Nikephoros' Adern fließt kein königliches Blut, und er war nicht in der Lage, in der Ehe mit Theophano ein Kind zu zeugen.«

Ich konnte nicht umhin, interessiert zu lauschen. »Mein teurer Pandulf, der Kaiser Romanos hat meine Schwägerin geheiratet, Berta von Arles«, sagte ich stirnrunzelnd. »Aber sie starb ziemlich früh.« Es war nicht möglich zu erfahren, ob die Prinzessin den gewalttätigen Gewohnheiten im Ehebett oder Gift zum Opfer fiel oder einfach eines natürlichen Todes starb. In Konstantinopel war alles möglich.

»Ganz genau, Hoheit. Und dann heiratete Romanos noch einmal. Er hatte mit der Kaiserin Eudokia, wie die Kaiserin Berta in Byzanz hieß, keine Kinder, aber er zeugte diese vier mit Theophano, ehe er selbst verstarb.«

Ich konnte mein wachsendes Interesse nicht zügeln. »Erzählt mir von den Kindern.«

»Das älteste ist ein Junge namens Basileios. Er ist noch sehr jung, aber mir wurde erzählt, daß er große Fähigkeiten offenbart und im Lauf der Zeit sicherlich seine Rechte geltend machen und Anspruch auf den Thron erheben wird. Es gibt noch einen weiteren Sohn namens Konstantin, aber er ist noch jünger und nicht so gut angesehen. Die beiden anderen Kinder sind Mädchen. Das jüngste, Anna, ist noch ein Säugling. Das ältere, ein Jahr jünger als Basileios, heißt nach seiner Mutter Theophano und hat den Ruf, die schönste und klügste Prinzessin des Byzantinischen Reiches zu sein.« Der hinterhältige Bursche lächelte mich an. »Wurden diese Eigenschaften nicht einst Euch zugesprochen, Hoheit?«

»Ich war der Meinung, daß diese Eigenschaften mir noch immer zugesprochen werden, Pandulf. Und wie alt ist das Wunderkind?«

»Die Prinzessin Theophano ist vier Jahre alt, Hoheit.«

Ich brach in Gelächter aus. »Und sie ist die schönste und klügste Prinzessin des Byzantinischen Reiches? Im Osten sind die Menschen offenbar nicht allzu begabt.«

»Ich wiederhole nur, was mir zugetragen wurde, Hoheit«, sagte er verstimmt. »Die Prinzessin ist trotz ihrer jungen Jahre offensichtlich eine außergewöhnliche Persönlichkeit. Eine Heirat zwischen ihr und Eurem Sohn Otto … Nun, das würde meiner Meinung nach grenzenlose Möglichkeiten eröffnen. Die Verbindung könnte sicherlich zu einem Frieden zwischen den beiden Reichen führen.«

Er hatte natürlich recht, wenn mir auch nichts von dem gefiel, was ich je über den byzantinischen Kaiserhof gehört hatte – und noch weniger, was mir über den Lebensstil der Eunuchen, das ausschweifende Leben und die in höchstem Maße unsittlichen Beziehungen zwischen den Geschlechtern und innerhalb der Geschlechter zu Ohren gekommen war. Aber ich hielt es für meine Pflicht, diesen Vorschlag Otto gegenüber zu erwähnen, der ebenfalls einen Lachanfall bekam. »Unser Pandulf gibt sich Träumen hin.«

Ich stützte mich auf den Ellbogen. »Glaubt Ihr nicht, es würde funktionieren?«

»Das mag schon sein, aber nicht solange Nikephoros auf dem Thron sitzt. Wißt Ihr übrigens, daß es Gerüchte gibt, denen zufolge Kaiserin Theophano ihren Gatten vergiftet haben soll, um Nikephoros zu heiraten?«

»Davon habe ich nichts gehört, aber wenn ich an all die anderen Geschichten denke, die ich über den Kaiserhof gehört habe, verwundert es mich nicht.«

»Und Ihr wollt unseren Sohn mit der Tochter einer Mörderin verheiraten?«

Ich legte mich wieder hin. Das hatte ich nicht berücksichtigt. Ich konnte mir aber nicht verkneifen zu sagen: »Ich glaube nicht, daß Ihr die Verbrechen der Mutter dem Wesen der Tochter anlasten könnt.«

»Mord«, sagte Otto, »die Neigung, jemanden umzubringen, wenn man seine Pläne vereitelt sieht oder sich nur eine Änderung wünscht, liegt im Blut.«

☆

Damit war das Thema erledigt, wie wir beide vermuteten. Wir kehrten zurück und warteten auf den Ausgang der Synode. Aber ich mußte immer wieder daran denken ... Mein Sohn Otto würde zumindest im Westen Kaiser sein. Die einzige passende Braut für einen Kaiser ist die Tochter eines anderen Kaisers ... Und es gab meines Wissens nur einen anderen Kaiser auf der Welt. Ich war nicht geneigt, Heiden und sagenumwobene Potentaten zu berücksichtigen, die sich im tiefsten Asien selbst derartige Titel verliehen. Otto der Große hatte jedoch entschieden, daß die Angelegenheit abgeschlossen war, und ich stritt niemals mit meinem Herrn und Meister.

Während dieser eintönigen Wartezeit empfing ich im Herbst nach unserer Rückkehr nach Rom zwei noch interessantere Besucher. Das heißt, der eine war interessant, der andere eher ekelhaft. Der erste war ein gewisser Johannes Crescentius aus der Familie Marozia, der sich selbst seit dem Tod seines Cousins Alberich ganz selbstverständlich als der nächste Herzog von Spoleto und zweifellos auch als der nächste Patrizier von Rom betrachtete. Er besuchte mich deshalb, um mich zu bitten, meinen Einfluß beim Kaiser geltend zu machen und die Bestätigung zu erhalten, nach Alberichs Tod die angestrebten Ämter zu bekommen.

Ich wies natürlich darauf hin, daß ich keinerlei Einfluß auf kaiserliche Verfügungen hätte und es das beste für ihn sei, Otto treu und redlich zu dienen und auf eine gerechte Belohnung zu hoffen. Das schien ihm nicht besonders zu gefallen; tatsächlich hatte ich den Eindruck, er könne sich als gefährlicher Feind erweisen. Daher beschloß ich, Otto vor ihm zu warnen. Er wurde bei diesem Besuch von seinem jungen Cousin begleitet, dem Sohn seines Onkels Theodor, einem Jüngling, der schlicht Crescentius hieß. Unglücklicherweise schaute ich ihn mir nicht so genau an wie seinen Cousin. Er starrte mich während des ganzen Gesprächs an. Sicherlich war er noch nie in seinem Leben einer Schönheit so nahe gewesen. Was diesen Burschen betraf, versagte ich auf der ganzen Linie, indem ich an diesem Tag nicht an die Zukunft dachte, denn dieser kleine Flegel sollte mir später mehr Ärger bereiten als sonst jemand. Aber zu jener Zeit hieß meine ganze Zukunft Otto, und ich konnte mir nicht vorstellen, daß sich das jemals ändern würde.

☆

Mein zweiter Besucher war Papst Johannes, oder vielleicht sollte ich ihn wieder bei seinem richtigen Namen nennen: Oktavian. Letztendlich mußte er natürlich anerkennen, daß seine Tage gezählt waren, zumindest als Papst. Nun beschäftigte er sich mit seinem Leben. Da ich wußte, daß er kommen würde, hatte ich mich nicht nur mit meinen Zofen, sondern auch mit vier Soldaten umgeben. Ich wollte bei diesem Treffen die Oberhand behalten. Als die Türen geöffnet wurden, warf er sich zu meinen Füßen auf den Boden. »Hoheit, Hoheit«, jammerte er, »habt Mitleid mit einem armen Sünder.«

»Erhebt Euch«, sagte ich. Als er sich mühsam aufrichtete, zitterte er wie Espenlaub. »Was habt Ihr mir zu sagen?«

»Hoheit, ich gebe zu, daß ich gesündigt habe und ein unwürdiger Papst bin. Ich habe es verdient, daß mir meine Amtstracht und meine Macht aberkannt werden. Alles, um was ich Euch bitte, ist mein Leben.«

»Was habt Ihr vor? Weiterhin wehrlose Frauen zu verführen?«

»Nein, nein, Hoheit. Das alles liegt hinter mir. Ich schwöre es. Bestraft mich, schlagt mich ...« Er atmete tief ein. »Kastriert mich, aber laßt mich leben, damit ich der Menschheit endlich etwas Gutes tun kann.«

Wie tief kann ein Mann sinken? »Der Gedanke ist verlockend«, sagte ich und sah, daß er erblaßte, »aber ich sehe nicht, wie Ihr der Menschheit etwas Gutes tun könnt.«

»Hoheit«, rief er und fiel wieder auf die Knie.

»Da wir jedoch miteinander verwandt sind«, sagte ich, »wenn auch sehr weitläufig, werde ich den Kaiser bitten, Euer Leben zu schonen.«

»Oh, Hoheit ...« Er ergriff den Saum meines Kleides, hob ihn hoch und küßte die Spitze meiner Schuhe.

»Welche Bestrafung er verfügt, kann ich allerdings nicht sagen. Geht jetzt.« Als er zur Tür ging, zitterte und weinte er noch immer.

☆

Ich sah ihn nie wieder. Doch ich stand zu meinem Wort und verwendete mich bei Otto für sein Leben. Und im Anschluß an seine offizielle Absetzung als Papst wurde ihm seine Bitte gewährt. Er mußte noch nicht einmal die schlimmste Erniedrigung eines Mannes erleiden. Er wurde aus Rom verbannt und zog sich aufs Land zurück, aber es war nicht etwa so, daß er dort blieb. Soweit es uns betraf, war die Sache damit abgetan. Wir hätten es besser wissen müssen oder zumindest ich, da ich die römische Mentalität kannte. Aber ich wollte nur noch nach Hause zu meinen Kindern. Wie Otto es immer beabsichtigt hatte, setzte er seinen Freund Leo als den VIII. dieses Namens auf den Stuhl des Heiligen Vater und ging davon aus, die römischen Angelegenheiten damit zunächst einmal geregelt zu haben – dies um so mehr, als Berengar nun endlich aus den Bergen kam und sich ergab. Als er vor Otto und mir stand, bekam er einen Anfall, sank auf die Knie und bettelte um Vergebung. Zweifellos war er glücklich, daß Faustina in Deutschland war. Für mich war es schwer, rachsüchtig gegen einen alten und gebrochenen Mann zu sein, und Otto gab sich damit zufrieden, meine Bitte um Gnade zu gewähren. Berengar wurde mit einer Garde nach Deutschland geschickt und zu lebenslanger Haft verurteilt. Er starb ein Jahr später.

☆

Wir hatten Magdeburg noch nicht erreicht, als der Papst persönlich uns einholte. Er war vom Pöbel aus Rom vertrieben worden. Das Volk wurde von Johannes angeführt, der versuchte, seine Vorrechte zurückzugewinnen. Noch nie hatte ich einen Mann so zittern sehen.

Es war das erste Mal, daß ich meinen Gatten im Zorn erblickte. Bisher war er den Höhen und Tiefen des Lebens immer mit äußerster Ruhe und Entschlossenheit begegnet. Nun zertrümmerte er ein paar Stühle, als er durch unsere Gemächer schritt, und fluchte ganz fürchterlich. Ich konnte mich nur in eine Ecke verkriechen, um mich vor Verletzungen zu schützen, bis er sich ausgetobt hatte. Dann fragte ich ihn: »Was werdet Ihr tun, mein Gebieter?«

»Tun? Nun, ich werde mit ihnen so verfahren wie mit allen Rebellen.«

Und am nächsten Tag brach er mit seinem Heer und dem Papst wieder auf. Er war so wütend, daß er sich noch nicht einmal erkundigte, was eigentlich Leos Vertreibung ausgelöst hatte. Erst später erfuhren wir, daß es sein skandalöses und ausschweifendes Leben gewesen war.

☆

Zumindest war es nicht erforderlich, daß ich meinen Gatten auf seiner Rückkehr nach Italien begleitete, obwohl die ganze Angelegenheit mich zutiefst beunruhigte, vor allem, da es schon Mai und damit eine ungünstige Zeit war, sich in Rom aufzuhalten. Aber Otto dachte noch immer, daß er eher mit aufsässigen Päpsten als mit aufsässigen Völkern fertig werde, und in diesem Fall brauchte er nicht mehr zu tun, als sich Rom zu nähern, und schon floh Johannes um sein Leben. Leo wurde ohne große Probleme wieder ins Amt eingesetzt.

Man hätte vielleicht damit rechnen können, daß Johannes in der unruhigen Zeit, die uns nun bevorstand, wieder auftauchen würde, aber das tat er nicht. Er verstarb nach wenigen Monaten. Es hieß, er sei in den Armen seiner Mätresse zusammengebrochen. Da er erst siebenundzwanzig war, kamen die üblichen Gerüchte auf, die bald überall kursierten, aber sollte Johannes vergiftet worden sein, so hatten mein Gatte und ich nichts damit zu tun.

☆

Ich genoß den folgenden Sommer. Mit dreiunddreißig Jahren war ich frei von den Ängsten der Jugend und noch nicht von den Schwächen des Alters betroffen. Ich erfreute mich bester Gesundheit und konnte mich nach wie vor eine Schönheit nennen. Außerdem war ich glücklich verheiratet, und das mit dem mächtigsten Mann, den ich je gekannt hatte. Und ich war zu Hause bei meinen Kindern und vor allem bei meinem Sohn Otto, der sich in einen kräftigen Jungen verwandelt hatte und schon einen scharfen Verstand offenbarte. Faustina und Korda waren sehr stolz auf ihn. Wilhelm, Otto von Lothringen und Otto von Schwaben waren treue Spielgefährten, und ich konnte nichts außer Erfolg voraussehen, da der spätere Kaiser von solchen Kameraden umringt war. Mathilde gefiel mir weniger. Sie hatte das Aussehen und den Verstand unserer Familie, aber es mangelte ihr an Temperament, und sie war lieber allein, als mit ihren Spielkameradinnen zusammen zu sein, die für sie ausgesucht worden waren.

Ich fühlte mich gezwungen, mit beiden über ihre Zukunftsaussichten zu sprechen. Mein Sohn Otto interessierte sich schon für Staatsangelegenheiten, und nie zweifelte ich an seiner späteren Großartigkeit. Er war noch nicht in dem Alter, in dem er sich besonders für Mädchen interessierte; die waren für Otto einzig das Ziel von Hänseleien. Aber er akzeptierte, daß er heiraten oder zumindest verlobt werden mußte, sobald eine geeignete Braut für ihn gefunden worden war. Ich behielt meine Meinung, wo ich diese Braut finden könnte, für mich, denn ich hatte schon eine Idee. Ich wußte, daß mein Sohn Otto, der ein gehorsamer Junge war, die Frau heiraten würde, die sein Vater und ich für ihn bestimmten.

Mathilde hatte überhaupt keine Lust, über die Zukunft zu sprechen. Und als ich ihre Vermählung erwähnte, hätte sie beinahe einen Schreikrampf bekommen. »Manchmal kann ich kaum glauben, daß sie meine Tochter ist«, vertraute ich Faustina an.

»Sie ist noch sehr jung«, erwiderte Faustina und erinnerte mich daran, was ich ihr erzählt hatte. Auch ich war ja fast hysterisch geworden, als meine Vermählung mit Lothar zum erstenmal erwähnt wurde.

»Es war der Mann und nicht der Gedanke, der mich damals abstieß«, erwiderte ich.

Auch die beiden Enkelsöhne Ottos – beide hießen Otto – mußten berücksichtigt werden, doch da sie noch jünger waren als mein Sohn, schien genug Zeit zur Verfügung zu stehen. Jedoch war ich erfreut, einen Brief von meinem Bruder Konrad zu erhalten, der mir eine Heirat zwischen seiner Tochter Gisela und Heinrich II. von Bayern vorschlug, der nun ein Alter erreichte, in dem er die Zügel der Herrschaft übernehmen konnte. Wie ich schon sagte, mochte ich diesen jungen Mann ebensowenig wie seinen Vater, noch vertraute ich ihm mehr, doch ich sah ein, daß es eine Möglichkeit war, ihn mit meiner Nichte zu verheiraten, um uns vor Schwierigkeiten zu schützen, und daher stimmte ich dem Vorschlag von Herzen zu. Es stellte sich heraus, daß Gisela eine hübsche Person war wie alle in meiner Familie, doch sie war weder gescheit noch energisch, und sie hatte keinen Einfluß auf die späteren Intrigen ihres Gatten.

☆

Rom erwies sich immer wieder als Problem. Vor Ende des Jahres 964 kehrten Otto und ich scheinbar siegreich zurück. Wir glaubten, Leo in gesicherter Position in Rom zurückgelassen zu haben. Doch sechs Monate später stand er wieder in unserer Mitte, und er zitterte noch stärker als beim letztenmal. Wieder war er von den Römern vertrieben worden und glücklich, mit dem Leben davonzukommen. Er war allerdings nicht wirklich mit dem Leben davongekommen, da er so aufgeregt war, daß er innerhalb weniger Wochen starb, nachdem er unseren Hof erreicht hatte. Seine Gewohnheiten hatten sich kein bißchen geändert, und es gab Gerüchte, daß er den Tod fand, als er es mit einer unglücklichen Frau trieb.

Die Römer hatten als Ersatz für ihn den alten Grammatikus gewählt. Nun war ich wirklich entsetzt. Die Auflehnung gegen Ottos Autorität hatte beim letztenmal einen wahrhaft fürchterlichen Wutanfall ausgelöst. Nun schien er überhaupt nicht zu reagieren. Er hörte bloß Leos ziemlich unverständlichem Geplapper zu und wandte sich an die Gehilfen des Papstes, um eine Bestätigung zu erhalten. Dann entließ er sie und schickte sofort nach seinen Schreibern.

Er diktierte Briefe an Pandulf, denn er wußte, daß er sich auf ihn wirklich verlassen konnte, und an Johannes Crescentius, der meinem Rat bisher gefolgt war und sich selbst als der treueste Mann darstellte. Otto forderte beide auf, ihre Streitkräfte vorzubereiten, sich mit dem kaiserlichen Heer auf dem Marsch nach Süden zu vereinen. Dann gab er seinen eigenen Kriegern Befehle zur Mobilmachung.

»Was habt Ihr vor?« fragte ich.

»Ich werde sie vernichten«, sagte er nur.

☆

Ich war bestürzt. Dennoch verstand ich, daß kein Kaiser es zulassen konnte, daß sein Diktat ständig mißachtet und die von ihm eingesetzten Amtsträger gestürzt wurden, ganz gleich wie ungeeignet Leo für den Posten als Gottes Stellvertreter auf Erden gewesen sein mochte. Doch ich beschloß, Otto zu begleiten. Vielleicht hegte ich die Hoffnung, seinen Zorn zu beschwichtigen.

Unsere Vorbereitungen dauerten bis ins nächste Jahr; dann brachen wir mit einem gewaltigen Heer auf. Mein Sohn Otto begleitete uns diesmal. Er war inzwischen elf Jahre alt und voll und ganz in der Lage, diese Expedition zu verkraften. Wir nahmen die Alpenpässe, die ich nun sehr gut kannte. Die Nachricht unserer Ankunft verbreitete sich im Süden und löste große Angst aus. Nördlich von Rom trafen wir auf Crescentius und seine Krieger – Pandulf hielt den Süden –, und bald suchten uns verschiedene Repräsentanten des Papsttums auf, die sich dem Kaiser demütig näherten.

Ottos Blick war so grimmig, daß ich einen Moment um das Leben der Kardinäle fürchtete. Doch Ottos angeborener gesunder Menschenverstand und seine moralische und tief religiöse Natur gewannen wieder einmal die Oberhand über seine Empörung, und er verschonte nicht nur das Leben der Abgesandten, sondern sah von jedem Racheakt gegen die römischen Bürger ab, die sich ihm widersetzt hatten. Wir hielten einen prunkvollen Einzug in die Stadt. Mein Sohn Otto ritt unmittelbar hinter dem Kaiser an meiner Seite. Er war voll gerüstet, trug ein Schwert an der Hüfte und schaute so grimmig wie sein Vater. Der Pöbel betrachtete unsere gerüstete Macht mit mürrischem Schweigen. Es war offensichtlich, daß sie uns haßten, aber da sie uns auch fürchteten, gab es im Augenblick keine Schwierigkeiten.

Wir ritten weiter zur Engelsburg, auf der wie immer Gemächer für uns bereitstanden. Otto machte sich sofort an die Arbeit und berief einen Rat ein, der ein Urteil sprechen sollte. Dieser Rat sollte in Wahrheit seine Erlasse auf legalem Weg billigen. Außerdem befragte er Kandidaten und nahm Gesuche entgegen. Natürlich war einer unserer ersten Besucher Papst Benedikt. »Ich versichere Euer Hoheit«, verteidigte er sich, »daß ich versucht habe, mich dem Willen des Volkes zu widersetzen, so gut ich konnte, aber ich wußte, daß die Bürger mir Glied für Glied ausreißen würden, wenn ich nicht in ihre Wünsche einwilligte. Da niemand weiß, was mit Papst Leo geschehen ist … Wie geht es dem armen Burschen eigentlich?«

»Der Papst ist tot«, sagte Otto. »Er hat die Belastungen nicht verkraftet, denen er ausgesetzt war. Ihr könntet als Mörder in Frage kommen.«

»Ich, Hoheit?« Benedikt täuschte Bestürzung vor. »Ich habe ihm niemals ein Härchen gekrümmt!«

»Es gib noch andere Möglichkeiten, jemanden umzubringen, als einen Dolch zu benutzen.«

»Nun, Hoheit, was das betrifft … Aber da der Papst nun tot ist, wäre wohl niemand ein besserer Nachfolger als ich. Ich kann den Pöbel zur Vernunft bringen. Ich …«

»Ich kann mir geeignetere Nachfolger vorstellen«, sagte Otto. »Und was Eure Fähigkeit betrifft, den Pöbel zur Vernunft zu bringen, so ist das wohl das kleinste Übel, das Euch heimsuchen wird. Geht mir aus den Augen.« Der Papst, wie ich ihn jetzt einfach nenne, zog sich stammelnd zurück. Otto ließ den Bischof von Narni kommen.

»Hoheit ...« Er sah zutiefst verängstigt aus. »Ich zweifle an meiner Fähigkeit.«

»Laßt Eure Fähigkeit meine Sorge sein.«

»Aber ... Papst Benedikt ...«

»Benedikt ist Gegenpapst. Und bald wird er nicht einmal mehr das sein. Welchen Namen wollt Ihr annehmen?«

Der Bischof machte jetzt eine noch bestürztere Miene; dann schaute er mich an, als ob er Rat suchte. Ich war gern bereit, ihm diesen zu geben. »Johannes«, sagte ich.

»Fast jeder Papst namens Johannes war eine Katastrophe«, bemerkte Otto.

»Darum brauchen wir endlich einen Papst Johannes, der erfolgreich sein Amt ausübt, um den Glauben in diesen Namen wieder herzustellen.«

»Johannes ...«, überlegte Otto. »Er wird der dreizehnte sein. Bringt das kein Unglück?«

»Nur denjenigen, die an Glück glauben, mein Gebieter.«

»Dann soll er den Namen Johannes XIII. tragen, sobald meine Synode Benedikt abgesetzt hat.«

☆

Die Absetzung erfolgte ziemlich schnell, und Benedikt schien sich ins Privatleben zurückzuziehen. Johannes XIII. übernahm das Amt, aber ich war nicht sicher, daß damit alle Probleme gelöst waren.

Es war eine große Freude für mich, mit meinem Sohn Otto die größte Stadt zu besuchen, und es war mir ein Vergnügen, mit dem Jungen eine Reise in die Vergangenheit zu machen.

Wir standen auf den Steinen des Forums und schauten auf das zerfallene Bauwerk, besichtigten das Kolosseum, das sich noch immer stolz inmitten der Häuser erhob, und versuchten uns die gigantischen Darbietungen des Altertums vorzustellen, als man angeblich ganze Seeschlachten innerhalb des riesigen Bauwerks ausgefochten hatte. »Können wir das alles nicht wieder erschaffen, Mutter?« fragte Otto.

»Eines Tages vielleicht. Im Augenblick ist dein Vater zu beschäftigt.« Auf diesen Exkursionen begleitete uns wie immer eine beachtliche Anzahl Soldaten. Diese Vorsichtsmaßnahme war dringend geboten. Ich erinnerte mich daran, wie ich als junges Mädchen, nur von ein paar Zofen und Pater Lucien begleitet, durch diese Straßen geritten war und meines hohen Standes wegen willkommen geheißen wurde. Es war äußerst beunruhigend, heute auf jeder Seite feindliche Blicke zu sehen und nicht einen Jubelschrei zu hören, welcher der großen kaiserlichen Schönheit huldigte. Ich spürte instinktiv, daß wir mit diesen Menschen noch nicht fertig waren.

In der Zwischenzeit erhielt Otto bestürzende Berichte von Crescentius, daß in der Stadt praktisch eine byzantinische Kolonie existierte. Das war an sich nicht weiter erstaunlich. Ich hatte keinen Zweifel daran, daß es in Konstantinopel und sogar in Deutschland italienische Kolonien gab. Crescentius behauptete jedoch, daß die unaufhörlichen Unruhen, die Ottos Autorität zu untergraben drohten, von den Byzantinern angezettelt wurden, die im Auftrag von Kaiser Nikephoros handelten. Das war wirklich zuviel. Otto setzte sich über seine Furcht vor der byzantinischen Macht hinweg, verabschiedete sich vom Papst und marschierte mit seinem Heer hinunter nach Capua.

Es ist wirklich schwierig zu sagen, was Crescentius dabei für eine Rolle spielte. Ich hege den Verdacht, daß er nur das deutsche Heer loswerden wollte, um seine eigenen ehrgeizigen Pläne in Rom zu begünstigen. Auf jeden Fall begleiteten mein Sohn Otto und ich den Kaiser – und das nicht nur, weil mein Sohn einen Feldzug miterleben wollte, sondern auch weil es Sommer wurde. Ich wollte meinen Sohn und natürlich mich selbst nicht der römischen Hitze aussetzen und ein gesünderes Klima aufsuchen. Es gibt kaum ein gesünderes Klima als in Capua, und ich erinnerte mich gern an meinen letzten Besuch dort. Diese Stadt, die nur wenige Meilen nördlich von Neapel am Volturno lag, mußte vor etwa hundert Jahren, nachdem sie von den Sarazenen völlig zerstört wurde, wieder neu aufgebaut werden. Dadurch war sie allerdings schöner geworden, denn nun gab es in Capua nur noch moderne Gebäude und kaum noch Ruinen. Hier wurden wir wie immer herzlich am langobardischen Hof empfangen.

Es bedeutete jedoch einen weiteren Rückschritt für meinen kleinen Traum, daß wir überhaupt hier waren. Anstatt auf ein Bündnis mit dem Byzantinischen Reich hinzuarbeiten, standen wir kurz davor, gegen diesen gefährlichen Gegner Krieg zu führen. Pandulf verstand das sehr gut. Während dieses Aufenthalts in Capua traf er zum erstenmal meinen Sohn Otto, und ich kann mit Fug und Recht behaupten, daß er beeindruckt war. »Was für ein schönes Paar sie wären«, erklärte er.

»Habt Ihr die Prinzessin Theophano je gesehen?«

»Leider nicht. Aber trotzdem, Hoheit, wenn Euer Gatte und ich den Krieg gewinnen und die Byzantiner an den Verhandlungstisch bringen könnten …«

»Dann könnte alles möglich sein.« Aber ich gab mich keinen großen Illusionen hin. Die Byzantiner waren ein äußerst gefährliches Volk. Tatsächlich schlugen Otto und Pandulf sich sehr gut gegen die Streitkräfte, die Byzanz in Süditalien zur Verfügung standen, und errangen eine Reihe von Siegen. Doch Ottos Entscheidung, unseren Sohn mit auf den Feldzug zu nehmen, beunruhigte mich: Unser Sohn sollte sich seine Sporen verdienen und Italien ganz nebenbei die Tapferkeit des zukünftigen Kaisers demonstrieren. Otto beteuerte, daß er gut auf den Jungen aufpassen werde, und das mußte ich hinnehmen. Doch ohne meine beiden Männer war es eine einsame Zeit in Capua, obwohl Pandulfs Gattin, die Herzogin Griselda, eine äußerst charmante Gastgeberin war.

Ein seltsamer Besuch bot während dieser Zeit eine kleine Abwechslung. Eines Morgens kam Griselda ganz aufgeregt in meine Gemächer, um mir mitzuteilen, daß ein paar Männer mich zu sprechen wünschten. »Was denn für Männer?«

Sie war verlegen. »Muselmanen.«

»Ihr meint Sarazenen. Sprechen sie Latein?«

»Ihre Anführer sicherlich.«

»Sie sind nicht nur politisch unsere Feinde, sondern auch, was den Glauben angeht.«

»Was den Glauben angeht sicherlich, Hoheit. Doch in der Politik verändern die Dinge sich schnell. Es sind bedeutende Händler, und mein Gebieter findet es richtig, ihnen zu erlauben, sich in der Stadt aufzuhalten.« Ich willigte ein, da ich wie immer neugierig war, und traf diese vier dunkelhäutigen, bärtigen Männer. Ich muß gestehen, daß ich noch nie im Leben so aufgeregt war. Das hatte nicht nur damit zu tun, daß die Muselmanen an einen anderen Propheten als Jesus Christus glaubten, den sie zwar in ihrem Pantheon duldeten, aber die unbedeutende Rolle eines früheren, erfolglosen Propheten zuwiesen. Doch niemand konnte bestreiten, daß ihr Prophet Mohammed sich als erfolgreichster politischer Glaubensführer erwies, den die Welt je gesehen hatte, und seine Anhänger zu einer Reihe unübertroffener Eroberungen ermunterte. Den Muselmanen gehörte von der bekannten Welt so viel wie den Römern auf dem Höhepunkt ihrer Macht, und sie hatten diese Gebiete in einem Fünftel der Zeit errungen, die die römischen Legionen gebraucht hatten. Auch hatte meine Unruhe nicht damit zu tun, daß ihrem Siegeszug in Europa ungefähr zweihundert Jahre vor meiner Geburt von Karl Martell, dem großen Vorfahren Karls des Großen, der demzufolge auch mein Vorfahr war, in Poitiers ein Ende gesetzt wurde.

Meine Erregung wurde hauptsächlich durch das ausgelöst, was ich über die Behandlung ihrer Frauen gelesen und gehört hatte. Diese waren herabgewürdigte Wesen und die unterwürfigsten Untertanen, die gezwungen waren, sich in Harems zusammenzudrängen und jedem Mann zu Diensten zu sein, wenn sie nicht von ihrem Herrn und Gebieter verlangt wurden, der mehrere Hundert dieser unglücklichen Frauen in seiner Gewalt haben konnte. Und wenn sie ins Bett ihres Herrn gerufen wurden, waren sie gezwungen, die unzüchtigste Behandlung über sich ergehen zu lassen. Meine Angst war zweifellos um so größer, da auch ich einst gezwungen war, mich der Begierde eines Mannes zu unterwerfen. Ich wage es kaum zu sagen, daß ich mein Schicksal vielleicht gelegentlich sogar genoß. Aber meine Vergewaltiger waren immerhin Glaubensgenossen gewesen, die sich der Ungeheuerlichkeit dessen, was sie taten, bewußt und – mit Ausnahme von Pietro, dem Banditen – Männer eines hohen, wenn auch nicht gleichen Standes waren.

Der Gedanke, möglicherweise einem dieser Wüstenwanderer zu gehören, die mich mit ihren Falkenaugen auszuziehen schienen und deren Blicke mich erschauern ließen, war beunruhigend, und das um so mehr, als sich mir die Frage aufdrängte, ob ich es nicht vielleicht sogar genießen würde, wenn ich ihnen genauso den Kopf verdrehte wie schon so vielen anderen. Sie waren ihrerseits erstaunt, so viel entblößte Schönheit betrachten zu können, denn Griselda hatte mir erzählt, daß ihre eigenen Frauen gewöhnlich gezwungen waren, ihre Gesichter zu verdecken. Für eine Muselmanin ist es ein weit schlimmeres Verbrechen, einem Mann ihre Gesichtszüge zu zeigen, als ihre Beine in der Öffentlichkeit zu entblößen, was in unserer Gesellschaft ganz unmöglich ist.

Das Treffen gestaltete sich sehr angenehm, und als sie aufbrachen, flüsterten sie miteinander, während ich hoffte, daß ich sie beeindruckt hatte.

☆

Ich hatte die Muselmanen bald völlig vergessen, als ich eines Tages kurz nach ihrer Abreise im Morgengrauen geweckt wurde und ein zitternder Papst vor mir stand, der mich um Rat bat. Das war eine bedauerliche Gewohnheit geworden. Ich war fast so verärgert wie Otto, als dieser zum erstenmal einem zitternden Papst gegenüber gestanden hatte. »Der Pöbel«, stammelte Johannes. »Benedikt. Crescentius ...«

»Ist Crescentius daran beteiligt?«

»Wer weiß, Hoheit. Der Pöbel ...«

»Ich weiß alles über den Pöbel.«

»Was wird mit mir geschehen, Hoheit? Ich habe den Kaiser enttäuscht.«

»Unsinn. Ihr seid der Papst. Ihr werdet weiterhin der Papst sein, und was den Pöbel betrifft, habe ich wirklich keine Lust, Vermutungen anzustellen.« Ich schickte Botschafter los, die das Heer ausfindig machen und den Kaiser davon unterrichten sollten, was geschehen war. Wie ich es vorhergesehen hatte, war Otto binnen einer Woche zurück in Capua, und das Heer folgte ihm auf den Fersen. Pandulf begleitete ihn, da man beschlossen hatte, den Krieg gegen das Byzantinische Reich einzustellen, bis die römische Angelegenheit geklärt war.

Mein Sohn Otto trat mir mit stolzgeschwellter Brust entgegen, weil er an einer richtigen Schlacht teilgenommen hatte. »Ich glaube, ich habe einen Feind getötet! Jedenfalls ist er vom Pferd gefallen, nachdem ich ihn getroffen habe!«

Ich starrte meinen Gatten bestürzt an, und der sagte ein wenig verlegen: »Der Junge wurde immer gut beschützt.«

Einen elfjährigen Jungen mit aufs Schlachtfeld zu nehmen! Doch es war nicht der rechte Moment, um zu streiten. Otto war entschlossen, gen Rom zu marschieren. »Sie haben sich mir zum letztenmal widersetzt«, verkündete er. Ich zitterte für den Pöbel.

»Wir brechen morgen auf«, sagte Pandulf.

»Ihr nicht. Ich beauftrage Euch, meine Südgrenze zu halten, bis ich zurückkehren kann, um diese Aufgabe zu vollenden.«

Pandulf verneigte sich. »Ich bin Euer Diener, Hoheit.«

»Und einer der treuesten. Treue belohne ich immer. Ab sofort seid Ihr der Herzog von Spoleto.«

Pandulf war überwältigt, und Griselda klatschte in die Hände. Auch ich freute mich für unseren alten Freund, aber ich war neugierig, was Crescentius wohl davon halten würde.

☆

Crescentius wartete mit einer kleinen Streitmacht im Süden der Stadt auf uns. Er kniete vor dem Kaiser nieder. »Warum haltet Ihr die Stadt nicht?« fragte Otto.

»Ich war gezwungen, mich zurückzuziehen, Herr. Der Pöbel ist gewaltig und hat zu den Waffen gegriffen. Meine Kämpfer können ihm keinen Widerstand leisten.« Er schaute an Otto vorbei auf die versammelten Soldaten, als wollte er darauf hindeuten, daß dieses Heer auch nicht dazu in der Lage sein würde.

»Und welche politische Situation herrscht in der Stadt?«

»Benedikt ist als Papst wiedergewählt worden, Herr. Er hat die Unterstützung des Pöbels.«

»Der Pöbel«, sagte Otto verächtlich, »immer wieder der Pöbel. Gehen wir und rechnen mit dem Pöbel ab. Ihr werdet hierbleiben, Adelheid.«

»Ich möchte Euch begleiten, Herr. Es ist mein Volk. Ich muß Eure Ziele kennen.«

»Da es Euch interessiert, Adelheid, werde ich Euch eine ehrliche Antwort geben. Ich beabsichtige, den Pöbel zu vernichten.«

Ich schluckte. Aber ich wurde gewahr, daß mein Gatte in diesem Moment der stählerne Krieger war, den nur diejenigen richtig einschätzen konnten, die ihm in der Schlacht gegenübergestanden hatten. Ich war nie in der Situation gewesen, aber die Römer auch nicht.

Zwei Tage später lagerten wir auf einem der sieben Hügel und schauten auf die Stadt. Die Römer wußten natürlich, daß wir kommen würden, denn in den Straßen brodelte es, und wir sahen, daß eine Gruppe von sechs Reitern durch das nächste Tor ritt und auf uns zukam. Die Männer waren prachtvoll gekleidet, und drei von ihnen trugen die karminrote Robe der Kardinäle. Sie näherten sich uns, ohne zu zögern, was ihr großes Vertrauen bewies. Dies fußte zweifellos nicht nur darauf, daß der Pöbel auf ihre Rückkehr wartete, sondern hatte auch damit zu tun, daß sich diese Szene schon mehrfach zugetragen hatte, und dank der Nachsicht des Kaisers stets mit Erfolg. Die armen Narren!

Otto saß seinen Männern gegenüber im Sattel. Genau neben ihm standen Crescentius auf der einen Seite und mein Sohn Otto und ich auf der anderen. Papst Johannes wartete in einiger Entfernung hinter uns. Der Anführer der Abordnung, einer der Kardinäle, zog seinen Hut und verneigte sich im Sattel. »Willkommen in Rom, Herr! Wir hoffen, daß Euer Feldzug erfolgreich war.«

»Meine Feldzüge sind immer erfolgreich. Ich habe Euch Euren Papst zurückgebracht.«

»Herr, das Volk will ihn nicht.«

»Regiert das Volk in Rom?«

»Leider, Herr, ist es so, wenn das Volk sich in diesem Zustand der Erregung befindet.«

»Das ist ein bewaffneter Aufstand gegen den Kaiser.« Otto sprach noch immer ruhig. »Und gegen den Papst. Ihr erhebt Euch mit Waffengewalt gegen Euren Kaiser!«

»Herr, wir repräsentieren nur das Volk und …«

»Genug!« Otto gab dem Hauptmann seiner Garde ein Zeichen. »Hängt diesen Burschen auf! Und die anderen vier hängt gleich daneben! Hängt jeden an einen der Bäume dort oben, damit das Volk das Schicksal seiner Abgeordneten vor Augen hat.«

Für einen Moment herrschte Schweigen. Niemand – nicht einmal ich – war auf einen so unerwartet schrecklichen Racheakt gefaßt gewesen. »Das könnt Ihr nicht tun«, protestierte der Anführer der Abordnung. »Wir kamen in gutem Glauben als Eure Untertanen zu Euch ...«

»Glauben!« rief Otto spöttisch. »Ihr kennt die Bedeutung des Wortes ja nicht einmal. Untertanen! Ihr seid Rebellen und Aufwiegler von Rebellen. – Schreitet zur Tat«, forderte er seinen Hauptmann auf. Die Abordnung war bereits von bewaffneten Reitern umzingelt. Sie wehrten sich kaum, als sie weggeführt wurden, da sie zu erschüttert waren, um sprechen zu können. Der zurückbleibende Mann, ein Kardinal, zitterte, als er sah, daß seine Gefährten auf die Hinrichtung vorbereitet wurden. »Ihr«, sagte Otto. »Kommt her.«

Der Kardinal trieb sein Pferd langsam vorwärts, da er zweifellos ein noch schrecklicheres Schicksal erwartete, als aufgehängt zu werden. »Ich verschone Euer Leben«, sagte Otto, »so daß Ihr als Botschafter zwischen mir und Eurem Volk handeln könnt. Kehrt nun in die Stadt zurück und unterrichtet die Bürger, daß sie in meinen Augen allesamt Rebellen sind, die sich gegen das Kaiserreich auflehnen. In zwei Stunden werde ich mein Heer in die Stadt führen. Jeder Mann, jede Frau und jedes Kind, die sich mir widersetzen, werden auf der Stelle getötet. Wenn ich erst einmal in der Stadt bin, werde ich sie meinen Männern zum Plündern überlassen. Jeder, der dabei Widerstand leistet,wird auf der Stelle hingerichtet. Ich werde auf der Engelsburg Quartier beziehen und verlange, daß der Gegenpapst Benedikt und all jene, die ihn gewählt oder unterstützt haben, mich heute abend dort aufsuchen, damit ich mein Urteil über sie fällen kann. Geht nun!«

»Hoheit ...«, stammelte der Kardinal.

»Ich habe dem nichts hinzuzufügen«, sagte Otto. »Wenn

Ihr Euch nicht in der Lage seht, meine Botschaft zu überbringen, könnt Ihr den Platz mit einem von denen da tauschen.« Der Kardinal starrte auf seine Kameraden, die schon neben den Bäumen standen und deren Roben über die Zweige geworfen worden waren. Dann riß er die Zügel herum und ritt zurück in die Stadt.

»Ihr wollt die Stadt mit zehntausend Mann stürmen, Herr?« fragte Crescentius. »Dieser Pöbel zählt nicht weniger als fünfzigtausend.«

»Aber es ist der Pöbel«, sagte der Kaiser. »Meine Männer sind Soldaten. Die Chancen stehen besser als auf dem Lechfeld.«

☆

Ich wußte wirklich nicht, was ich sagen oder tun sollte, wenn ich auch wußte, daß das Recht auf Ottos Seite war. Und ich wußte außerdem, daß es die einzige Möglichkeit war, dieses aufrührerische Volk zu unterwerfen und dem Papsttum ebenso wie der Stadt Frieden zu sichern. Der Gedanke an die schreckliche Strafe ließ mich zittern. Aber da war ich offenbar die einzige. Das deutsche Heer jubelte bei dem Gedanken daran, was vor ihm lag, und mein Sohn erklärte begeistert, daß er noch nie eine Hinrichtung durch den Strang gesehen habe. Kaum hatte er es gesagt, ritt er schon auf die Bäume zu. Mir blieb nichts anderes übrig, als ihm zu folgen. Ich forderte ihn auf, in gebührendem Abstand zu halten, von wo wir die unglücklichen fünf Männer beobachteten. Ihre Hände waren auf dem Rücken zusammengebunden, als sie von der Erde hochgezogen wurden. Ihre Roben flatterten in der Brise; sie strampelten mit den Beinen; ihre Gesichter färbten sich schwarz, und ihre Zungen hingen aus dem Mund heraus, als sie nach Atem rangen. Es war ein gräßlicher Anblick, aber mein Sohn schien fasziniert zu sein. In diesem Moment begriff ich, daß er mehr von seinem Vater haben mußte, als irgendeiner von uns ahnte.

Als wir zum Kaiser zurückkehrten, bereitete das Heer sich darauf vor, auf die Stadt zu marschieren, in der es noch immer brodelte. Wir aßen, ehe der Abmarsch begann. Cäsar stellte einen Tisch auf und legte die Decke darüber. »Diesmal müßt Ihr hierbleiben, bis die Sache vorbei ist. Hier seid Ihr in Sicherheit«, sagte Otto zu mir. »Ich mache mir nicht die geringsten Sorgen über den Ausgang des Kampfes, aber die aufgebrachten Bürger werfen oft mit Gegenständen um sich, ohne darüber nachzudenken, wen sie treffen könnten.«

»Und Ihr, mein Gemahl?«

»Ich trage einen Helm und habe gewisse Erfahrungen mit fliegenden Geschossen. Otto, du bleibst auch hier.«

»Vater!« protestierte der Junge.

»Es ist deine Pflicht, deine Mutter zu beschützen.«

»Und ich, Hoheit?« fragte der Papst.

»Ihr bleibt ebenfalls hier, bis die Sache vorüber ist.« Otto stand auf und umarmte mich. »Meine Familie steht unter deinem Schutz, Cäsar. – Hornist, blase zum Angriff.«

Mein Sohn Otto und ich stiegen in den Sattel, um das Geschehen besser beobachten zu können. Das kaiserliche Heer ritt mit flatternden Fahnen und lärmenden Trommeln den Hügel hinunter und auf die unglückliche Stadt zu. Crescentius und seine Männer begleiteten das Heer. Otto hatte mir eine Eskorte von hundert Soldaten und natürlich meinen Cäsar zurückgelassen. Deshalb fürchteten wir keine Gefahr. Ich war jedoch darauf gefaßt, eine Schlacht zu erleben, und das bereitete mir aufgrund des enormen Mißverhältnisses der Kräfte große Sorge. Die Römer waren schockiert vom Anblick der fünf Würdenträger, die an den Bäumen hingen. Und wie Otto es vorhergesagt hatte, gerieten sie jetzt durch den bloßen Anblick der kriegerischen Truppen, die sich ihnen näherten, in helle Aufregung. Einige wollten offensichtlich die Mauern bemannen und der kaiserlichen Macht trotzen. Andere – und das waren weit mehr – hofften augenscheinlich noch immer einem Blutbad und dem schlimmsten kaiserlichen Zorn entgehen zu können, obwohl Otto sie ausdrücklich gewarnt hatte.

Vor dem Tor, das Otto stürmte, gab es ein kurzes Gefecht, aber seine Männer schlugen, den Kaiser an der Spitze, den Widerstand binnen weniger Minuten nieder und drangen in die Stadt ein. Otto war als Feldherr zu erfahren, seine Soldaten in sinnlosen Straßenkämpfen ihre Kraft vergeuden zu lassen. Daher marschierte die gesamte Streitmacht direkt zu der Brücke, die über den Tiber und zur Engelsburg führte. Auf diesem kurzen Weg metzelten sie alles nieder. Wir konnten die Schreie der Bürger auf unserem Aussichtspunkt fast hören. Sie unternahmen einen verzweifelten Versuch, die Brücke zu halten, aber auch dieser Widerstand wurde niedergeworfen, und der ganze Kampf war in weniger als einer Stunde vorbei.

Nun wurde uns eine starke Truppe von etwa hundert Mann geschickt, die meinen Sohn Otto, mich und Papst Johannes durch die Stadt eskortieren sollte. Ich machte mich auf ein Martyrium gefaßt, und in der Tat war es eines, aber aus einem anderen Grund als ich erwartet hatte. Ich erinnerte mich an die finsteren Mienen, mit denen die Römer mich begrüßt hatten, als ich das letzte Mal durch die Stadt geritten war, und daran, was ihnen soeben widerfahren war. Daher war ich sicher, daß sie mir nichts als Haß entgegenbringen würden. Doch es waren in der Tat nur sehr wenige lebende Menschen zu sehen, als wir genau dem Weg folgten, den das kaiserliche Heer genommen hatte. Und diejenigen, die wir sahen, waren anscheinend aufgrund dessen, was sich soeben ereignet hatte, zu sprachlos, um ihre Augen zu heben. Es gab viele Tote, und ich war entsetzt, als ich sah, daß es fast ebenso viele Frauen und Kinder wie Männer waren. Bei vielen deutete alles darauf hin, daß man ihnen Gewalt angetan hatte, bevor ihnen die Kehlen durchgeschnitten wurden. Die Häuser zu beiden Seiten unseres Weges waren so gut wie zerstört, die Fenster herausgerissen, und der Hausrat lag auf den Straßen. Der Papst und Pater Guido bekreuzigten sich. Otto schaute interessiert von rechts nach links. Als wir die Brücke erreichten, die über den Tiber führte, und er die Engelsburg erblickte und die zwölf Leichen sah, die an den Festungsmauern hingen, klatschte er Beifall.

Ich war nach diesem Ereignis vollkommen erschöpft. Als ich die Burg erreichte, zog ich mich sofort in die kaiserlichen Gemächer zurück und befahl meinen Zofen, mir ein Bad vorzubereiten, weil ich vor Schweiß triefte. Ich war noch im Wasser, als der Kaiser zu mir kam. »Ist alles in Ordnung?«

»Nein«, sagte ich. »Das alles macht mich ganz krank.«

»Ihr könnt Euch glücklich schätzen, ein Alter von fünfunddreißig erreicht zu haben, ehe Ihr eine Stadt gesehen habt, die gestürmt wurde. Ihr könnt Euch noch glücklicher schätzen, niemals dabeigewesen zu sein.«

»War das notwendig, Otto?«

»Ja, es war notwendig, mein Liebling.«

»Habt Ihr kein Erbarmen mit diesen unglücklichen Menschen?«

»Mein Gefühl vielleicht, aber mein Verstand nicht. Ich muß regieren. Da gibt es keinen Platz für Erbarmen. Nun möchte ich, daß Ihr Euch ankleidet und mich in meinem Audienzsaal aufsucht. Benedikt ist unterwegs.«

Ich ergriff seinen Arm. »Was werdet Ihr mit ihm machen? Er mag ein zu Unrecht gewählter Papst sein, aber er ist ein Mann Gottes.«

»Auf eine recht seltsame Art und Weise.« Otto drückte meine Hand. »Ich will weder seinen Kopf noch seine Genitalien, meine Liebe. Aber ich werde dafür sorgen, daß er niemals mehr den Pöbel gegen mich aufhetzen kann.«

☆

Ich traf den Kaiser und den König von Deutschland im Audienzsaal, und dort empfingen wir den zitternden Gegenpapst und seine nicht minder entsetzten Kardinäle. »Habt Erbarmen mit diesen armen Seelen«, bettelte Benedikt, der wie seine Gefährten niederkniete.

»Erbarmen?« erwiderte Otto. »Ihr habt durch Eure unvernünftige Arroganz Tod und Zerstörung in Eure Stadt gebracht. Und erzählt mir ja nichts von dem Willen des Volkes. Es war Euer Wille, allein Euer Wille und Euer Entschluß, Euch meinen Wünschen zu widersetzen, um Euren eigenen Ehrgeiz zu unterstützen, der Euch in diese Lage gebracht hat.« Sie zitterten nun so stark, daß im ganzen Raum das Rascheln ihrer Roben zu hören war. »Wärt Ihr nicht angeblich Männer Gottes«, fuhr Otto fort, »würde ich Euch alle neben Euren Schäfchen aufhängen. Ich verschone Euer Leben nur, weil ich Gottes Überlegenheit über alle Menschen anerkenne. Aber ich werde nicht zulassen, daß irgendein Mensch über *mir* steht. Ihr könnt gehen und Eure Pflichten erfüllen, nachdem Ihr dem Papst Eure Treue geschworen habt.«

Die Kardinäle knieten vor Papst Johannes nieder, der sie segnete und ihnen ihre Missetaten vergab. »Ihr nicht«, sagte Otto zu Benedikt. Grammatikus zitterte wie Espenlaub. »Ihr seid von Euren Ämtern enthoben und werdet nach Deutschland geschickt, wo Ihr Euren Lebensunterhalt als demütiger Gemeindepriester verdienen könnt.«

Grammatikus schluckte bei dem Gedanken an eine solch dramatische Erniedrigung. Doch zumindest war sein Leben verschont geblieben, und ihm war nichts angetan worden. »Ich werde Euch ewig dankbar sein, Hoheit«, stammelte er. Vielleicht war er es, aber die Demütigung erwies sich als zuviel für ihn, und ein Jahr später war er tot.

☆

Die Angelegenheit war damit geregelt, doch Ottos Gedanken waren schon auf neue Ziele gerichtet. Im Augenblick waren die Römer vollkommen eingeschüchtert. Aber er wußte ganz genau, daß der Pöbel erneut die Macht des Reiches erschüttern könnte, wenn ihm etwas zustoßen würde, denn er hatte die feste Absicht, seinen Krieg gegen das Byzantinische Reich fortzusetzen. Im Falle seines Todes wäre die Macht nicht gesichert. Otto beschloß, dieses Problem so zu lösen, wie er es in Deutschland getan hatte, und verkündete, daß er die Absicht habe, seinen Sohn Otto in Rom zum Mitkaiser krönen zu lassen, damit alle Welt sehen konnte, daß seine Nachfolge gesichert war. »Sobald unser Sohn gekrönt worden ist«, sagte er zu mir, »werden wir uns darum kümmern müssen, eine passende Braut für ihn zu finden.«

Ich war ganz seiner Meinung. Denn obwohl mich die baldige Krönung meines Sohnes überglücklich machte, war ich enttäuscht, daß die in meinen Augen einzige geeignete Braut die Stieftochter jenes Mannes war, gegen den wir einen Krieg führten, dessen Ende noch nicht in Sicht war. Auch die nächste Frage meines Gatten überraschte mich. »Kennt der Junge sich mit Frauen aus?«

»Wie sollte er, Gebieter? Er ist erst zwölf Jahre alt.«

»In Kürze wird er Kaiser sein, Adelheid, und bald darauf ein Ehemann. Wir können ihn nicht unberührt ins Ehebett schicken.«

»Natürlich habt Ihr recht, Gebieter. Was schlagt Ihr vor?«

»Er muß ins Liebesleben eingeweiht werden. Sie sollte jung sein, aber alt genug, um Erfahrung zu haben. Es versteht sich von selbst, daß sie attraktiv sein sollte. Je attraktiver desto besser.«

»Und Italienerin?«

»Nun, sie wird wohl Italienerin sein, da es hier keine deutschen Frauen gibt. Es sei denn ...« Er starrte mich an.

»Keine meiner Zofen, Gebieter. Da sage ich ganz entschieden nein. Ich wünsche Euch viel Erfolg.«

»Mir? Ich breche auf, um Pandulf zu treffen und den Feldzug fortzusetzen. Ich überlasse Euch diese Aufgabe.«

Nun war es an mir zu sagen: »Mir?!« Aber dieses Wort war weniger eine Frage als ein Schrei der Bestürzung.

Er achtete nicht darauf. »Es wäre ebenfalls gut, wenn sie adeliger Herkunft wäre«, sagte er und brach auf.

☆

Welch eine mißliche Lage! Ich vermißte Faustina und ihre hilfreichen Ratschläge. Mein erstes Problem bestand darin, meinen Sohn Otto zu beschwichtigen, weil er in Rom bleiben mußte, während sein Vater wieder in den Krieg zog. Dies gelang mir, indem ich ihn daran erinnerte, daß er zurückgeblieben war, um mit einer entsprechend großen Garnison den Befehl über die Stadt zu übernehmen. Der Kaiser wollte nicht riskieren, daß der Pöbel noch einmal versuchen könnte, die Oberhand zu gewinnen. Bedauerlicherweise griff mein Sohn Otto in seiner neuen Position ganz energisch durch und ließ sofort noch ein halbes Dutzend führende römische Bürger hängen, die der Aufwiegelung verdächtigt wurden. Ich billigte das ganz und gar nicht, und mein Sohn machte sich dadurch bei den Römer nicht gerade beliebt, aber sicherlich wurden sie dadurch fügsamer.

In der Zwischenzeit mußte ich eine Frau von vornehmer Herkunft finden. Der Papst war mir eine große Hilfe. Er schien eine Menge über die Situationen verschiedener Familien zu wissen und schlug vor, daß ich an die Mutter einer gewissen Elisabeth von Cormone herantreten solle. Elisabeth sei ein sehr hübsches sechzehnjähriges Mädchen, versicherte er mir, das all unseren Ansprüchen gerecht wurde und kürzlich Witwe geworden sei.

»Ich hoffe, ihr Gatte war keiner von denen, die gehängt wurden«, sagte ich.

»Nein, nein, Hoheit. Er starb an einer Krankheit. Er war

viel älter als seine Frau.« Nun, das kommt ziemlich häufig vor.

»Werdet Ihr mit dieser Frau sprechen?« fragte ich.

»Ich denke, daß Ihr mit ihr sprechen solltet, Hoheit. Ich kann ein Treffen vereinbaren. Ihr versteht, daß es nötig sein wird …«

»Eine Gegenleistung zu gewähren, wie mein Gatte sagen würde. Glaubt Ihr nicht, daß die junge Dame sich bereitwillig in meinen Otto verlieben könnte?«

»Das wäre möglich, Hoheit, aber wünscht Ihr wirklich, daß das geschieht? Ich nehme an, daß Ihr zur Zeit nicht nach einer Braut Ausschau haltet. In nicht allzu ferner Zukunft wird die Frau, die der König heiraten wird, Kaiserin sein.«

»Und eine umherziehende römische Witwe wird es wohl kaum werden«, überlegte ich. »Aber auch wenn sie bezahlt wird, Otto könnte sich in sie oder sie sich in ihn verlieben.«

»Auf jeden Fall wird die Tatsache, daß sie bezahlt wurde, Euch die Möglichkeit geben, die Romanze im Auge zu behalten.«

»Wie unredlich wir geworden sind«, sagte ich traurig. Johannes verneigte sich.

☆

Ich sah dem Treffen mit Dona Elisabeth oder Isabella, wie sie in Burgund geheißen hätte, mit einer gewissen Unruhe entgegen, die dadurch noch größer wurde, daß ihre Mutter sie begleitete. Daher beschloß ich, sie durch mein Erscheinungsbild zutiefst zu beeindrucken. Ich trug ein Kleid aus Goldbrokat, meine sämtlichen Ringe sowie eine Perlenkette und frisierte mein Haar oben auf dem Kopf zu einem prächtigen Knoten. Dann setzte ich mich auf einen Stuhl mit hoher Rückenlehne, der auf einem Podest am äußersten Ende des ausgewählten Raumes stand, so daß die beiden Damen ein großes Stück des Parkettfußbodens überqueren mußten, wenn sie sich mir näherten. Ihre Stühle wurden meinem gegenüber hingestellt, jedoch unterhalb des Podests. Als alles gerichtet war, befahl ich der gesamten Dienerschaft einschließlich meiner Zofen, den Raum zu verlassen, obwohl ich selbstverständlich ein paar bewaffnete Wachen in meiner Nähe behielt, die verborgen hinter den Vorhängen standen. Man konnte nie vorsichtig genug sein, besonders in Rom.

Als die Türen geöffnet wurden, kündigte man mir Dona Maria und ihre Tochter an. Sie betraten den Raum und hielten überrascht inne, da er, wie sie vermuteten, menschenleer war. Nur ich saß etwa vierzig Fuß entfernt auf meinem Stuhl. Sie zeigten noch erstauntere Mienen, als die Türen hinter ihnen geschlossen wurden und wir drei scheinbar allein waren. »Kommt her«, sagte ich, ohne mich zu erheben.

Mutter und Tochter warfen sich einen Blick zu und kamen dann langsam auf mich zu. Dadurch bot sich mir die Gelegenheit, sie eingehend zu betrachten. Ich erinnerte mich an Dona Maria, der ich während meines früheren Aufenthalts in der Stadt begegnet war. Ich hatte mit ihrem Gatten getanzt und sie um ihren Schmuck beneidet, mit dem sie auch heute auf eine etwas übertriebene Weise behangen war, aber nun konnte er mit meinem nicht mehr konkurrieren. 949 war sie um die fünfundzwanzig gewesen, und ihre beachtliche Schönheit erstrahlte in vollem Glanz. Nun war sie achtzehn Jahre älter, und ihre Schönheit war verblüht. Sie hatte Übergewicht, und ihre Wangen waren erschlafft. Ihr dunkles Haar war von grauen Strähnen durchzogen, und ihr Busen bebte unter ihrem Kleid. Außerdem zögerte sie unmerklich beim Gehen, als leide sie an Arthritis.

Ihre Tochter jedoch, die noch nicht einmal geboren war, als Berengar mich entführt hatte, besaß die ganze Schönheit, die ich einst bei ihrer Mutter gesehen hatte. Sie hatte kräftiges kastanienbraunes Haar, das sie zu einem Knoten frisiert hatte, so wie ich, und sie trug ein schönes Kleid, das natürlich schwarz, aber figurbetont war, und sogar ein wenig

Schmuck. Mich interessierte mehr ihr Körper, und dieser schien ganz reizend zu sein, obwohl ich wußte, daß ich es würde überprüfen müssen. Sie hatte offensichtlich einen starken Busen, kräftige Oberschenkel und war ziemlich groß. Ich vermutete, daß ihre Beine lang waren, und konnte nur hoffen, daß sie zu ihrer Figur paßten. Sicherlich würde sie wie ihre Mutter in nicht allzu langer Zeit dick werden, aber das sollte meine Sorge nicht sein.

Was mir allerdings Sorgen bereitete, war die Frage, wie man mit einer Frau über die körperliche Liebe sprach und von ihr verlangte, ihre Tochter zur Prostitution zu ermuntern. Können Sie sich vorstellen, daß ich mir noch keinen Plan zurechtgelegt hatte? Aber irgendwie würde ich die Sache schon meistern. »Ich war betrübt, vom Tod Eures Gatten zu hören, Dona Elisabeth«, sagte ich zur Begrüßung.

Sie warf ihrer Mutter einen Blick zu. »Marcello starb vor zwei Jahren, Hoheit«, sagte Maria.

»Oh.« Ich ließ mich von dieser ungünstigen Eröffnung des Gesprächs nicht aus der Fassung bringen, obwohl ich mir vornahm, ein ernstes Wörtchen mit dem Papst zu reden. »Elisabeth hat wohl sehr jung geheiratet?«

»Sie war dreizehn, Hoheit. Ein ganz angemessenes Alter.«

»Und wurde nach nur einem Jahr Witwe. Wie traurig! Habt Ihr Euren Gatten geliebt, Elisabeth?«

Wieder warf sie ihrer Mutter einen raschen Blick zu. »Ich habe *Euch* gefragt«, betonte ich, fest entschlossen, mir das Zepter nicht aus der Hand reißen zu lassen.

»Ich habe ihn sehr geachtet, Hoheit«, sagte Elisabeth. Mir gefiel ihre tiefe, heisere Stimme.

»Und habt Ihr wieder Heiratspläne?«

»Im Moment gibt es keine Pläne, Hoheit«, sagte Maria und zeigte wachsendes Interesse.

»Und Ihr wart zwei Jahre lang Witwe, Ihr armes Kind. In Eurem Bett muß es sehr einsam sein.« Weder Mutter noch Tochter antworteten darauf. Vielleicht hegten sie schon gewisse Hoffnungen, daher mußte ich jetzt zum Thema kommen. »Was ich Euch nun zu sagen habe, muß für immer ein Geheimnis zwischen uns dreien bleiben.« Sie wurden unruhig. Es gibt nichts, was Frauen so sehr lieben wie ein Geheimnis. »Zweitens müßt Ihr wissen, daß es der persönliche Wunsch des Kaisers ist, und drittens, daß unser Vorhaben vom Papst gesegnet wurde. Es gibt allerdings einen vierten Punkt, über den wir uns verständigen müssen. Sollte aus dieser Verbindung ein Kind hervorgehen, wird für dieses Kind so gut gesorgt wie für einen kaiserlichen Sprößling, aber von einer Vermählung kann keine Rede sein. Mein Sohn muß seinem Stand gemäß heiraten und nicht aus Liebe.«

Nun standen sie mit offenen Mündern da. »Mein Sohn ist erst zwölf Jahre alt, aber in jeder Hinsicht ein Mann«, sagte ich, wobei ich es gar nicht wußte. »Er weiß aber noch nichts über die Geheimnisse der Liebe, den Körper und die Bedürfnisse einer Frau. Darum ist es notwendig, daß seine sogenannte Lehrmeisterin Erfahrung hat und hübsch und eifrig ist. Niemand kann für diese Aufgabe geeigneter sein als eine Witwe.« Wieder standen sie mit offenen Mündern da. Vielleicht hatte es ihnen die Sprache verschlagen. »Es wird selbstverständlich sofort eine Bezahlung erfolgen.« Meine Wangen glühten, und ich biß die Zähne zusammen. »Einhundert Kronen!«

Marias Kopf schnellte in die Höhe. »Ihr bittet meine Tochter, sich für einhundert Kronen zu prostituieren?«

»Ihr solltet nicht vergessen, Dona Maria, daß man wohl kaum von Prostitution sprechen kann, wenn es um einen Kaiser, wenn auch zukünftigen Kaiser geht. Ihr solltet auch nicht vergessen, daß einhundert Kronen eine beachtliche Summe sind. Ich sollte Euch ebenfalls erklären, daß dies nur ein Einführungsangebot ist. Eure Tochter wird einhundert Kronen erhalten, wenn sie das Bett einmal mit meinem Sohn teilt; für jedes weitere Mal bekommt sie fünfzig Kronen. Wir müssen uns jedoch darüber verständigen, daß mein Sohn niemals von den Zahlungen erfahren darf, sonst wird die Verbindung sofort beendet.«

»Gut«, sagte Maria. »Ich ...«

Elisabeth unterbrach sie. »Angenommen, Hoheit mögen mich nicht?«

Somit war die Sache geklärt. »Er müßte ein sehr sonderbarer Junge sein, wenn er Euch nicht mögen würde, Elisabeth«, beruhigte ich sie. »Nun zieht Euch aus.«

»Hoheit?« Sie schaute nach links und rechts, als erwartete sie, daß Otto mit der einsatzbereiten Lanze in den Raum stürmte.

»Ich möchte Euch anschauen. Falls ich irgendwelche Makel finde, so könnt Ihr sicher sein, daß mein Sohn sie auch finden wird.«

Noch einmal warf sie ihrer Mutter einen raschen Blick zu, und diesmal erhielt sie ein schnelles Nicken als Antwort. Dona Maria hatte nachgerechnet. Elisabeth zog ihre Kleider aus. Ich muß sagen, daß ich nicht im geringsten enttäuscht war.

☆

Wenn ich sage, daß die Sache geregelt war, so meine ich, daß die eine Hälfte geregelt war. Ich wußte, daß die andere sich als schwieriger erweisen könnte, da mein Sohn noch nie großes Interesse am weiblichen Geschlecht gezeigt hatte. Bisher wußte ich noch nicht einmal, ob er überhaupt *konnte*. Ich hatte keine Ahnung, was Korda ihm beigebracht oder welche Spiele er mit seinen Gefährten gespielt hatte. Niemand hatte je daran gedacht, mich einzuweihen. Ich war von der alten Grimaldi aufgeklärt worden, doch wie ich heute weiß, war ihre Aufklärung unzulänglich und unrichtig, aber immerhin ausreichend, um mein Interesse daran zu wecken, was mir wohl als Erwachsene widerfahren würde. Doch nun hatte ich es mit einem unbekannten Problem zu tun ... Ich suchte meinen Sohn in seiner Schreibstube, die neben seinem Schlafgemach lag und in der er sich mit mehreren Beamten aufhielt. Er gab Erlasse heraus und unterschrieb Dokumente. Ich hatte darauf geachtet, daß er anders als sein Vater schon früh lesen und schreiben lernte. »Ich möchte ein paar Worte mit dir wechseln«, sagte ich.

»Mutter, seht Ihr denn nicht, daß ich sehr beschäftigt bin?«

»Ein Sohn kann niemals zu beschäftigt sein, um mit seiner Mutter zu sprechen«, erklärte ich und klatschte in die Hände. »Hinaus!« Die Schreiber verneigten sich hastig und eilten hinaus. Sie wußten ganz genau, daß ich diejenige war, die die Macht in Händen hielt, auch wenn mein Sohn sie ausübte. Das wußte der Junge ebenfalls. Er sah ein wenig besorgt aus. »Kommt mit in Euer Schlafgemach«, sagte ich. Dort hatte ich bereits die nötigen Vorbereitungen getroffen. Er sah noch besorgter aus, als befürchtete er, ausgepeitscht zu werden. Auch Könige können zumindest von ihren Müttern ausgepeitscht werden, wenn sie erst zwölf Jahre alt sind. Ich setzte mich auf sein Bett. »Ich werde dir nun ein paar Fragen stellen, und ich erwarte ehrliche Antworten.«

»Ich habe nichts Unrechtes getan, Mutter.«

»Natürlich nicht. Was ich nun von dir verlange, ist rechtens. – Zieh deine Hose herunter.«

»Mutter?«

»Ich möchte feststellen, ob du ein Mann bist.« Er zögerte zuerst, gehorchte mir dann aber. Ich war auf Anhieb erleichtert. Er war sehr gut ausgestattet. »Großartig. Weißt du, wozu das da ist?«

»Oh, Mutter. Zum Wasser lassen und …« Er schluckte.

»Hast schon mal etwas anderes damit gemacht?«

»Oh, Mutter …« Seine Wangen glühten.

»Komm schon, Otto. Alle Jungen tun es. Und ich kann dir versichern, daß die meisten Mädchen es auch tun. Wir sind vielleicht nicht so gut ausgestattet wie ihr, aber auch wir haben Gefühle, die befriedigt werden müssen. – Weißt du, daß du in Kürze vermählt wirst?«

»Ich weiß, daß es meine Pflicht ist, Mutter.«

»Ich bin sicher, daß dein Vater und ich eine Braut finden werden, die dir mehr bedeuten wird, als nur eine Pflicht zu erfüllen. Du solltest aber auch wissen, daß du diese Waffe, wenn du erst einmal verheiratet bist, so oft wie möglich in dein Eheweib hineinstoßen mußt, damit sie dir kräftige Söhne und natürlich auch hübsche Töchter gebären kann.«

Er strich sich mit der Zunge über die Lippen. »Wird meine Frau es denn auch wollen, Mutter?«

»Deine Frau wird es lieben, wenn du es richtig anstellst und ihr Liebe und Zärtlichkeit zukommen läßt. Aber du mußt natürlich erfahren, um was es dabei geht. Aus diesem Grund habe ich eine junge Frau aus gutem Hause und mit guter Bildung – eine Witwe – davon überzeugt, deine Einführung in die Liebe zu übernehmen.« Ich schnippte mit den Fingern, und Elisabeth trat vor den Vorhang, hinter dem ich sie versteckt hatte. Sie trug ein einfaches Nachtgewand aus hauchdünner Seide und bot einen äußerst entzückenden Anblick.

Otto verschlug es den Atem, und er griff nach seiner Hose. »Nein, nein«, sagte ich. »Zieh sie ganz aus.« Er schaute zuerst mich und dann das Mädchen an, das langsam durch den Raum auf ihn zuging, wobei sich ihr Nachtgewand zufällig öffnete. »Sie gehört dir«, sagte ich zu Otto, »ganz und gar und ohne Einschränkung, vorausgesetzt, daß du sie freundlich behandelst.«

Ich eilte hinaus und achtete darauf, die Tür hinter mir zu schließen. Dann ging ich zu der Galerie, auf der Maria wartete und von wo wir auf die Decken des königlichen Bettes schauen konnten. Ich muß sagen, daß ich die nächsten Minuten fast ebenso anregend wie wichtig fand, und am Schluß konnte ich sicher sein, daß mein Sohn nicht nur ein Mann war, sondern daß er es sich selbst bewiesen hatte.

8

Die Verlobung

Weihnachten 967 wurde mein Sohn Otto von Papst Johannes in Rom zum Kaiser gekrönt. Dies war ein viel größeres Ereignis als seine Krönung zum König von Deutschland. Würdenträger von nah und fern nahmen daran teil. Nur das Byzantinische Reich, gegen das wir noch Krieg führten, schickte keinen Vertreter.

Unsere Familie war riesengroß. Ottos Schwester Gerberga kam, die nun durch ihre zweite Heirat mit Ludwig IV. Königin von Frankreich war. Staatsangelegenheiten hielten Ludwig davon ab, persönlich zu erscheinen. Ottos jüngere Schwester Hadwig kam, die Frau von Hugo dem Großen. Auch Hugo konnte aufgrund von Staatsgeschäften nicht teilnehmen. In Wirklichkeit waren Hugo und Ludwig Rivalen um den französischen Thron, und obwohl Ludwig die Krone trug, hatte Hugo ein Auge darauf geworfen. Deshalb war keiner von beiden bereit, das Land zu verlassen, um seinem Rivalen auf diese Weise das Feld zu überlassen. Wie sehr ich mich über den Besuch meiner beiden ehemaligen Spielgefährtinnen freute, an die ich mich so gut erinnerte und die nun alt und ernst geworden waren, da ihre Gatten so entschiedene Feinde waren!

Auch dieser scheußliche Junge war da, Heinrich der Zänker, der schon ein unangenehmer junger Mann gewesen und nun Herzog von Bayern war. Zumindest brachte er seine Frau mit, meine Nichte Gisela. Bei ihnen waren seine Schwester Hadwig und ihr Gatte Burchard von Schwaben.

Liudolfs Witwe, Ida, und ihr Sohn Otto, die ich schon einige Zeit nicht mehr gesehen hatte, waren ebenfalls gekommen. Auch Liutgards und Konrads Sohn Otto, dessen Erziehung ich übernommen hatte, war anwesend. Er war ein kräftiger junger Mann geworden. Der junge Wilhelm, Ottos uneheliches Kind, der die Schleppe seines Halbbruders trug, sah älter aus, als er war. Und am schönsten war es, daß meine Mathilde mit Faustina zur Krönung kam. Es war wundervoll, meine Tochter wiederzusehen, auch wenn es mich beunruhigte, daß sie in so jungen Jahren eine Ordenstracht tragen würde. Doch mich beunruhigte in noch größerem Maße, daß mein Kind einen Husten hatte, der nicht heilen wollte.

An diesem warmen, sonnigen Wintertag in Rom sah es jedoch so aus, als mündeten all die Prüfungen und Bedrängnisse, die ich erleiden mußte, in einem gigantischen Triumph. Ich war die Frau eines Kaisers – und nun auch die Mutter eines Kaisers. Ich war sechsunddreißig Jahre alt, und obwohl ich im Vollbesitz meiner geistigen Fähigkeiten war, meine Schönheit noch immer erstrahlte und ich mich bester Gesundheit erfreute, was sicherlich am wichtigsten ist, war ich mir bewußt, daß die zweite Hälfte der mir bewilligten Lebensspanne begann. Ich erwartete ein sanftes Hinübergleiten ins Alter, das ich in Gesellschaft meiner Kinder – und hoffentlich auch Enkelkinder – verbringen wollte. Ich hatte nicht die leiseste Ahnung, daß mir eine ganz neuer Lebensabschnitt bevorstand, und daß ich einen von Tragödien und Triumphen gepflasterten Weg beschreiten mußte.

☆

Otto der Große kam anläßlich der Krönung natürlich persönlich nach Rom, hatte aber nicht vor, lange zu bleiben. Sein Feldzug gegen das byzantinische Heer im Süden verlief nicht schlecht, aber auch nicht sehr gut, und ich konnte erkennen, daß er es begrüßen würde, sein vielleicht voreiliges Abenteuer endlich zu beenden. Zunächst aber mußte er weiterkämpfen. Es beunruhigte mich, daß er seine Kräfte möglicherweise überschätzte. Er war nun Mitte Fünfzig, und das ist ein beachtliches Alter, um durch ein heißes Land wie Italien zu reiten, die volle Rüstung zu tragen und ein schweres Schwert zu schwingen. Obwohl sein Haar ganz grau war, schien er so stark wie immer zu sein, saß wie eh und je aufrecht im Sattel und war noch immer in der Lage, mich im Bett zu beglücken.

Ich war erleichtert, daß ihm zu gefallen schien, wie ich die Dinge in seiner Abwesenheit geregelt hatte, obwohl ihn die Kosten ziemlich überraschten. »Fünfzigtausend Kronen?« erkundigte er sich. »Ist in dieser Frau die Göttin Aphrodite wieder auferstanden?«

»Ihr habt einen potenten Sohn, mein Gebieter.«

»Bis er sich ausgetobt hat«, sagte der Kaiser. Aber er wurde besänftigt, als ich ihm ermöglichte, Elisabeth kennenzulernen, der ihre Rolle sehr gut gefiel – um so mehr, da sie die anerkannte Mätresse des Kaisers war. Tatsächlich hatte ich keine Zweifel, daß sie ihrer Aufgabe nun ohne irgendeine Bezahlung nachgekommen wäre. Aber daß sie weiterhin bezahlt wurde, wie der Papst es vorgeschlagen hatte, blieb eine wertvolle Waffe. Mein Sohn Otto lieferte keinerlei Beweise, sich in sie zu verlieben, aber ihm gefiel sicher sehr gut, was sie ihm zu bieten hatte.

Ich persönlich gewöhnte mich an ein gleichförmiges Leben, als ich erkannte, daß es der Wunsch meines Gatten war, unseren Hauptwohnsitz dauerhaft nach Rom zu verlegen. Es war immer meine Lieblingsstadt gewesen, sofern die Herrschaft über die Stadt gewährleistet war, und ich war fest entschlossen, dafür zu sorgen, daß es so blieb. Auch war es notwendig, sich nach dem Wetter zu richten und der Schüttelkrankheit aus dem Weg zu gehen, doch ich war zu erfahren, um diese beiden Dinge nicht ernst zu nehmen. Daher war der Kaiserhof einem ständigen Wandel unterworfen. Rom im Herbst, im Winter und im Frühjahr, Tivoli im Sommer und gelegentlich eine Reise nach Norden, um Mathilde in ihrem Nonnenkloster jenseits der Alpen zu besuchen.

Mein Sohn Otto jagte leidenschaftlich gern, und obwohl der Wildbestand in den Apenninen geringer war als in Deutschland, ließ ich ihm die Freude, seinem Vergnügen nach Herzenslust zu frönen, sorgte aber immer dafür, daß er gut bewacht und beschützt wurde.

Als er zu einem Jugendlichen heranwuchs, gab ich mein Bestes, mehr als einen schwertschwingenden Hurenbock aus ihm zu machen, wenn diese beiden Gaben bei einem Herrscher auch sehr geschätzt werden. Wie ich schon erwähnte, hatte ich ihn schreiben, lesen und die lateinische und griechische Sprache gelehrt, sobald er in der Lage war, diese Dinge aufzunehmen. Nun versuchte ich, sein Wissen mit Hilfe der Literatur zu mehren, und da viele der alten griechischen Texte von der Kirche als ungeeignet, wenn nicht sogar als ketzerisch betrachtet wurden, nahm ich andere Quellen zur Hand. Ich hatte Roswitha für ein paar Monate nach Italien geholt, meinem Sohn jedoch strikte Anweisungen erteilt, sich einer Nonne nicht auf unschickliche Weise zu nähern. Roswitha arbeitete zu jener Zeit tatsächlich an einem Epos, das der Heldentaten meines Gatten gedachte, und mein Sohn war hellauf begeistert. Natürlich wird an einem Kaiserhof auch getanzt. Ich tanzte immer leidenschaftlich gern, und das einzige, was mich an Ottos Wesen je enttäuschte, war sein völliges Desinteresse an allen musikalischen Dingen. Aber mit ihm verging die Zeit immer so schnell, und daher frönte ich meiner Leidenschaft allein nach Herzenslust und gab einen Ball nach dem anderen. Von meinem Sohn Otto wurde erwartet, daß er alle jungen römischen Damen erfreute, die ich eingeladen hatte, doch er hatte in der Regel nur Augen für Elisabeth.

Mathilde stellte ein größeres Problem da. Sie war entschlossen, ins Kloster zu gehen, und ich gab ihr schließlich meine Zustimmung, doch ich stellte meine Bedingungen. Sobald sie ihr Gelöbnis abgelegt hatte, machte ich sie zur Äbtissin von Quedlinburg. Sie war erst vierzehn Jahre alt, aber ich wollte, daß sie über Macht verfügte, wenn ihr Reich auch begrenzt war. Nachdem ich eingewilligt hatte, daß Mathilde ins Kloster ging, wurde auch mein Interesse an diesen Dingen wieder geweckt. Selbstverständlich bestärkte Papst Johannes mich in dieser Sache. Er beriet mich, und unter seiner Schirmherrschaft stiftete ich verschiedene Abteien und Klöster.

Papst Johannes war für mich eine wahre Quelle der Kraft, und ich kann behaupten, daß er den Namen ›der Gute‹, der ihm verliehen worden war, voll und ganz verdient hatte. Die römischen Bürger und Adeligen waren von Ottos Grausamkeit zutiefst eingeschüchtert. Doch der Papst, den genau diese Schurken abgelehnt hatten, beherrschte jetzt die Stadt, wobei ich ihn natürlich unterstützte. Er schaffte es auch, in den Reihen der Kardinäle für Ordnung zu sorgen. Diese waren in noch größerem Maße eingeschüchtert als der Pöbel, da einige von ihnen erhängt worden waren und sie sich während der Abwesenheit von Otto dem Großen einem Vertreter gegenüber sahen, der überaus glücklich zu sein schien, das Werk seines Vaters fortzusetzen. Johannes Crescentius starb, und seine Nachfolge als Familienoberhaupt trat Crescentius an, bekannt als Crescentius II. Dieser noch junge Bursche war mir gegenüber unterwürfig und höflich, und es gab keine Anzeichen, daß wir von dieser Seite Probleme zu erwarten hätten.

Manchmal ist es schade, daß wir nicht in die Herzen und Köpfe der Menschen schauen können, um den wahren Schrecken zu entdecken, der dort lauert. Doch ich war zufrieden mit meiner Situation und der meiner Familie, bis meine Welt ohne Vorwarnung zusammenzubrechen schien.

☆

Das Unglück begann Anfang des neuen Jahres. Meine Beschäftigung mit kirchlichen Belangen, die Stiftungen und Ernennungen führten mich dazu, Ottos unehelichen Sohn Wilhelm als Erzbischof von Mainz einzusetzen. Er war ein fähiger Bursche und sehr gebildet. Ich dachte auch schon an das Weiterkommen des jungen Mannes und sicherlich zu gegebener Zeit an einen Kardinalshut, und dann ... Wer weiß? Soweit ich wußte, hatte er sich gut in sein Amt eingefunden, und dann erhielt ich die Nachricht von seinem Tod!

Offensichtlich war er einer Lebensmittelvergiftung zum Opfer gefallen. Man kann sich gewiß vorstellen, welche Gedanken mir als erste durch den Kopf schossen. Aber ich konnte nichts tun. Mainz ist weit weg von Rom, und selbst wenn ich in der Lage gewesen wäre, die Stadt sofort zu verlassen, wäre er Wochen, bevor ich Mainz hätte erreichen können, begraben worden. Ich trauerte noch um meinen Stiefsohn, als ich eine weitere schreckliche Nachricht erhielt: Mathilde war schwer erkrankt. Ihr Husten hatte sich dramatisch verschlimmert, und ich bangte um ihr Leben.

Ich betete für Mathilde, trauerte um meinen Stiefsohn und dachte über den Tod nach. Als mein Vater und meine Mutter verstorben waren, fehlte mir die Reife, um die Bedeutung des Todes zu verstehen. Hinzu kam, daß meine Mutter und ich uns schon lange vor ihrem Ableben fremd geworden waren. Wenn mir Lothars Tod auch noch hin und wieder Alpträume bereitete, so hatte das nur mit dem Entsetzen des Todes zu tun, das mich plagte, da ich ihn nicht geliebt hatte.

Natürlich unterrichtete ich Otto über diese schmerzlichen Ereignisse. Mein Gatte eilte aus dem Süden zu mir, um mich in die Arme zu nehmen. »Wir werden für ein paar Monate in den Norden gehen«, sagte er zu mir.

Da ich meinen Gatten ganz genau kannte, vermutete ich, daß unsere Reise nicht nur zum Ziel hatte, Mathilde zu besuchen, sondern auch, einige Leute zur Vernunft zu bringen. Otto war Deutschland lange Zeit fern geblieben, und wie das Sprichwort ganz richtig sagt, tanzen die Mäuse auf dem Tisch, wenn die Katze aus dem Haus ist. Wir ließen unseren Sohn Otto mit dem Befehl über Rom zurück, denn wir wußten, daß er die volle Unterstützung des Papstes hatte, und überquerten die Alpen. Meine Gedanken waren bei meiner Tochter. Ich hatte Mathilde als Kind schmerzlich vernachlässigt. Daß dies größtenteils durch Ereignisse geschah, die ich nicht beeinflussen konnte, ist keine Entschuldigung. Es war trotzdem die Wahrheit.

Wie ich schon sagte, bot die Reise Otto die Möglichkeit, einige dringende Probleme zu lösen, was er mit der ihm eigenen Schnelligkeit tat. Kurz darauf erhielten wir noch schlechtere, beängstigende Nachrichten, doch diesmal aus einer anderen Richtung. Als die Byzantiner von Ottos Abwesenheit erfuhren, marschierten sie sogleich auf Capua, eroberten die Festung und nahmen Pandulf gefangen. »Mein Gott!« rief ich. »Was werden sie ihm antun?«

»Nichts«, versicherte Otto mir. »Ich werde mich darum kümmern.« Und das tat er, indem er einen Brief an den Kaiser Nikephoros sandte, in dem er ihm mitteilte, daß er sofort alle byzantinischen Offiziere, die er während des Feldzugs gefangengenommen hatte, aufhängen ließe, sollte Pandulf auch nur ein Haar gekrümmt werden. Dann eilten wir wieder nach Süden.

Wie sich interessanterweise herausstellte, war Pandulfs Gefangennahme der Beginn einer der seltsamsten, aber in vielerlei Hinsicht dankbarsten Perioden meines Lebens, und meine schon fast in Vergessenheit geratenen Pläne zur Vermählung meines Sohnes erfüllten sich. Ich wußte nicht, ob Ottos Drohung irgend etwas damit zu tun hatte, doch der langobardische Herzog wurde nicht hingerichtet, sondern nach Konstantinopel gebracht. In dieser turbulenten Hauptstadt war wie so oft alles in einem ständigen Wandel begriffen. Kaum hatte Pandulf Konstantinopel erreicht, als Kaiser Nikephoros starb. Zweifellos war er vergiftet worden oder irgendeinem anderen Verbrechen zum Opfer gefallen. Es sah nicht so aus, als wäre er überall beliebt gewesen. Die Thronfolge trat der älteste Sohn der Mörderin Theophano und Romanos II. an. Basileios war schon vor drei Jahren gekrönt worden, doch er war erst elf Jahre alt, und sein Bruder war noch jünger. Dies erforderte eine andere Regentschaft. Die beiden jungen Prinzen standen unter der Obhut eines Onkels, der auch Basileios hieß, unglücklicherweise jedoch Eunuch war und vom byzantinischen Adel nicht anerkannt wurde. Daher fiel die Wahl auf Nikephoros' Neffen, Bardas, was Onkel Basileios verständlicherweise kränkte, weil er nur ungern seine Macht abgab und den Verdacht hegte, daß Bardas schnell in die Fußstapfen seines Onkels treten und sich selbst zum Kaiser krönen würde. Da er noch weniger gut angesehen war als Nikephoros, würde er sicher versuchen, seine Position zu festigen, indem er die beiden Prinzen beseitigte, was notwendigerweise erforderte, ihre Wachen ebenfalls aus dem Weg zu räumen.

Pandulf, ein sehr kluger Mann, erfaßte die Situation auf einen Blick und beschloß, sie zu nutzen. Er ging auf Onkel Basileios zu und wies auf die große Notlage und die Kosten hin, die Byzanz durch den aufwendigen Krieg in Süditalien entstanden. Ich wiederhole hier, was Pandulf mir nach seiner Rückkehr berichtete. »Was sollen wir tun?« erkundigte Basileios sich klagend. »Dieser Otto will Krieg. An etwas anderes denkt er anscheinend nicht.«

»Nun wäre es möglich, Frieden zu schließen«, sagte Pandulf mit gewinnendem Lächeln.

»Und wie?« fragte der Eunuch, der zweifellos eine hohe, piepsige Stimme besaß.

»Der Kaiser sucht eine Frau für seinen Sohn.«

Basileios bedachte ihn mit einem kühlen Blick. »Der Kaiser ist zur Zeit im Garten und spielt mit seinen Soldaten.« Offensichtlich war das der einzige Zeitvertreib des Prinzen Basileios – oder fast. »Und er sucht weder eine Braut, noch ist er Vater.«

»Ganz richtig, denn der König«, sagte Pandulf beschwichtigend, »Otto von Deutschland und Italien, sucht eine Frau für seinen Sohn. Ihr habt doch zwei Prinzessinnen, die noch frei sind, nicht wahr?«

»Die Töchter eines Kaisers«, betonte Basileios.

»Die den Sohn des mächtigsten Mannes Westeuropas heiraten würde. Denkt darüber nach. Euer Krieg wäre beendet. Und was noch wichtiger ist – Ihr würdet bei allen Schwierigkeiten, denen Ihr gegenüberstehen könntet, einen zuverlässigen und starken Verbündeten gewinnen. Ihr könnt sicher sein, daß Otto nicht tatenlos zusieht, würde jemand sich unrechtmäßig des Thrones seines Schwiegersohns bemächtigen.«

Das ergab auch für Basileios einen Sinn. »Das Problem ist, wie man mit diesem deutschen König Verhandlungen eröffnen kann.«

»Ich wäre glücklich, solch eine Aufgabe für Euch zu übernehmen«, erwiderte Pandulf.

☆

Otto und ich trauerten noch um seinen Sohn Wilhelm, als Pandulf plötzlich vor mir stand. Ich war überglücklich. Er sah so gut aus wie zuvor. »Pandulf!« rief ich und erhob mich, um ihn zu umarmen. »Oh, mein teurer Pandulf. Ich dachte, Ihr wärt tot oder man hätte Euch mißhandelt.« Und ich schielte ängstlich auf seinen Hosenbeutel.

»Es ist noch alles dran, Hoheit.«

»Aber wie seid Ihr den Byzantinern entkommen?«

»Ich bin nicht geflohen, Hoheit. Ich bin als Abgesandter hier und habe mein Ehrenwort gegeben, daß ich zurückkehre.«

Ich setzte mich wieder. »Bitten sie um Frieden?«

»Ja, in der Tat.« Er umriß die jüngste Geschichte dieses unruhigen Landes und sein Gespräch mit Basileios, dem Eunuchen. Ich klatschte vor Freude in die Hände. Sollten sich meine Hoffnungen nun erfüllen? »Glaubt Ihr, daß der Kaiser sich darum bemühen wird?« fragte Pandulf.

»Ich bin sicher, daß ich ihn überzeugen kann. Es wird schwieriger sein, den jungen Kaiser zu überzeugen.«

»Er wird doch so heiraten, wie ihm befohlen wird, Hoheit?«

»Er ist sehr selbstbewußt, und er hat Zuneigung zu einer Dame des Hofes gefaßt.«

Pandulf war erstaunt. »Aber er ist doch erst vierzehn!«

»Alt genug, um ein Mann zu sein und die Wünsche eines Mannes zu haben. Der Kaiser und ich hielten es für notwendig.«

»Dann muß dieses Mädchen weggeschickt werden.«

»Ich fürchte, das wird nur möglich sein, wenn ihr Ersatz noch schöner, noch bezaubernder und noch reizender ist.«

»Hoheit, es kann kein schöneres, bezauberndere und reizenderes Mädchen auf der Welt geben als die Prinzessin Theophano – von Euch natürlich abgesehen«, fügte er hastig hinzu.

»Und ich kann nicht länger als Mädchen bezeichnet werden. Erzählt mir von dieser Wunderfrau. Wie alt ist sie jetzt?«

»Sie ist zehn, Hoheit.«

»Also wirklich, Pandulf.«

»Sie wird älter, Hoheit.«

»Wie ist ihr Gesicht?«

»Als hätte ein Meisterbildhauer es in Marmor gemeißelt.«

»Das hört sich sehr kühl an.«

»Es ist kühl – aber eine Kühle der Überlegenheit, derer sie sich bewußt ist. Doch wenn sie lächelt, glaubt man, auf der ganzen Welt ginge die Sonne auf. Und ihr Lachen hat einen paradiesischen, beinahe göttlichen Klang.«

»Paßt auf, daß Ihr Euch nicht versündigt«, sagte ich. »Nun, ich kann Euch wohl kaum nach Eurer Meinung über ihren Körper fragen. In einem Alter von zehn Jahren ...«

»Er ist noch unfertig, Hoheit. Aber ich kann Euch versichern, daß er in jeder Hinsicht makellos ist und sicherlich zu gegebener Zeit großartig sein wird.«

»Ihr wißt mehr, als schicklich ist, lieber Herzog. Woher?«

»Mir wurde das Recht zugestanden, die Prinzessin in ihrem Bad zu beobachten, Hoheit. Ohne daß sie es wußte«, fügte der Bursche hinzu, doch er hatte immerhin den Anstand zu erröten.

»Ihr werdet wohl nicht der erste gewesen sein. Wenn Ihr die junge Dame aus dieser Nähe beobachtet habt, könnt Ihr mir sicher etwas über ihr Wesen erzählen.«

»Oh«, sagte er, und ich konnte erkennen, daß er etwas vor mir verheimlichen wollte. »Sie ist eine byzantinische Prinzessin.« Er hielt inne und blickte mich ängstlich an. Ich begriff, daß diese Worte eine bestimmte Nachricht enthielten, aber ich konnte mir um alles in der Welt nicht vorstellen welche. »Das heißt«, fuhr er hastig fort, als er sah, daß ich es nicht verstand, »daß sie als byzantinische Prinzessin geboren und daher wie eine solche erzogen wurde. Je eher wir in der Lage sind, diese Erziehung zu übernehmen, desto besser.«

»Pandulf, ich hasse Rätselraten. Bitte, sprecht offen.«

Er strich mit der Zunge über seine Lippen und sah ganz verängstigt aus. »Der byzantinische Hof folgt keinen Geboten, außer denen, die seinem Naturell entsprechen. Schließlich dürfen wir nicht vergessen, Hoheit, daß der byzantinische Hof in direkter Linie von dem Herrschaftshof abstammt, der fast zweitausend Jahre regiert hat.«

»Ich muß Euch um Verzeihung bitten«, sagte ich, denn ich kam mit meinen Geschichtskenntnissen zu ganz anderen Ergebnissen. »Wenn Ihr Euch auf die Gründung Roms bezieht, so wüßte ich nicht, daß die derzeitigen Kaiser die Nachkommen von Romulus oder Remus sein sollten. Noch kann das gegenwärtige Kaiserhaus Anspruch darauf erheben, von den Tarquiniern abzustammen, denn im Anschluß an ihre Herrschaft war Rom für ein halbes Jahrtausend eine Republik, bevor die Cäsaren auftauchten. Und da diese ebenso durch Adoption wie auch durch natürliche Zeugung für den Fortbestand ihres Geschlechts sorgten, kann man kaum sagen, woher diese große kaiserliche Linie stammt. Stimmt es denn nicht, daß der jetzige Kaiser der Nachkomme eines Pferdezureiters ist, dessen ungewöhnliche Kraft und Schönheit es ihm ermöglicht haben, der Liebhaber des Kaisers Michael III. zu werden?«

»Hoheit ...« Der arme Bursche errötete angesichts meiner Kenntnisse der menschlichen Schwächen.

»Der dann seinen Bettgenossen ermordete und selbst Kaiser wurde«, fuhr ich fort.

»Das stimmt, Hoheit, und es berührt beide Punkte, die ich erwähnt habe. Wenn die jetzigen Prinzen und Prinzessinnen nur einen kaiserlichen Stammbaum von fünf Generationen aufweisen, so ist das nichtsdestoweniger eine beachtliche Zeit.« Er hielt inne und schaute mich wieder ängstlich an, da er ganz genau wußte, daß mein Anspruch, ein Nachkomme Karl des Großen zu sein, ziemlich vage war. Fünf Generationen vor dieser Zeit war meine Familie zudem vollkommen unbekannt. »Aber es ist die Abstammung von dieser zügellosen Macht, der eine größere Bedeutung zukommt als dem Blut, das in unseren Adern fließt. Wenn wir nur bis zu den Cäsaren zurückgehen, sind es etwa tausend Jahre, da die Kaiser sich unbestrittener Macht und Freiheit hinsichtlich ihres Handelns erfreuen konnten.«

»Und eine Mehrheit wurde ihrer Schwächen wegen ermordet«, merkte ich an.

»So ist es. Aber es gibt dieses kaiserliche Erbe der Allmacht. Und der zweite Punkt, den Ihr angeführt habt und der besagt, daß die heutige Dynastie auf einer homosexuellen Beziehung begründet wurde, ist unter den gegenwärtigen Umständen auch sehr bedeutsam.«

»Wollt Ihr damit sagen, Pandulf, daß die Prinzessin Theophano perverse Vorlieben entwickelt hat? Mit zehn Jahren? Also wirklich!«

»Nein, nein, Hoheit, ich habe nichts dergleichen gesagt. Aber sie ist dazu erzogen worden, sich all ihren Launen hinzugeben. Sie ist ... Wie soll ich es ausdrücken? Sie ist verwildert, wie auch ihre Brüder. Aber sie ist erst zehn Jahre. Könnten wir sie nach Rom bringen und ihr durch Euch, Eure Zofen und Priester eine Erziehung angedeihen lassen, die sich an wahren moralischen Werten und den Regeln der einzig wahren Kirche orientiert …«

»Begreift die Prinzessin, daß sie diesen ganzen orthodoxen Blödsinn aufgeben muß?«

»Ich bezweifle, daß sie es begreift, da ihr die Sache bisher noch nicht zugetragen wurde, aber ihr Onkel Basileios wird es ganz sicher tun.«

Das war ein echter Wirrwarr. Hätte ich gewußt, wie verzwickt die ganze Sache war, hätte ich den Gedanken auf der Stelle verworfen. Doch trotz ihrer zweifellos schädlichen Vorgeschichte, die mit ihrem Ururgroßvater anfing, der aufgrund homosexueller Beziehungen die Macht an sich riß und mit einer Mutter endete, die ihren Vater ermordete, stellte Prinzessin Theophano eine Herausforderung dar – und einer Herausforderung konnte ich einfach nicht widerstehen. Da mir außerdem fast alle Dinge gelungen waren, die ich im Leben versucht hatte – auch wenn es mitunter sehr schwierig war –, bezweifelte ich nicht, daß Otto der Große, ich und mein Sohn Otto, falls man sein Interesse richtig wecken könnte, Theophano schon zurechtbiegen würden. Immerhin war sie die Tochter eines Kaisers und die Schwester eines anderen Kaisers. Nur meine Mathilde war ihr in dieser Hinsicht ebenbürtig.

Wichtig war vor allem, daß sie so schön war, wie Pandulf behauptete. »Dann müßt Ihr mir nur noch ihr Haar beschreiben«, sagte ich. Ich wußte, daß sie fast so schön war wie ich, aber dies bezog sich auf ihre Statur und berücksichtigte nicht meine goldene Haarpracht.

»Ihr Haar«, sagte Pandulf, »oh, Hoheit, wo soll ich beginnen! Es ist schwarz wie die Nacht und weich wie Seide. Es fällt in Locken über ihre Schultern bis auf die Rundung ihres Gesäßes. Es ist die Krönung der Schönheit, wo Schönheit schon existiert.«

»Pandulf«, sagte ich streng, »seid Ihr sicher, daß Ihr die Frau beschreibt, die möglicherweise die Gemahlin meines

Sohnes wird, oder sprecht Ihr über ein Mädchen, das Ihr selbst gern besitzen würdet? Seid Ihr nicht glücklich verheiratet?«

Er senkte den Kopf. »Ich sage nur die Wahrheit. Und ob ich glücklich verheiratet bin, weiß ich nicht. Ich habe meine Frau seit mehr als einem Jahr nicht gesehen, denn ich komme geradewegs aus Konstantinopel. Und zu der Frage, ob ich die Prinzessin besitzen möchte, kann ich sagen, daß ich immer nur eine einzige Frau mehr als meine Gattin begehrte, und ich weiß, daß diese Frau für mich so unerreichbar ist wie die Sterne.«

Ich konnte keinen Anstoß daran nehmen. Ganz abgesehen davon, daß ich diesen Burschen auch sehr gern hatte, so ist eine Frau, wenn das Alter von vierzig bedrohlich näher rückt, sehr empfänglich für Komplimente dieser Art. Nicht, daß ich je erwogen hätte, meinen Gatten zu betrügen. »Ich glaube, Eure Idee ist vielversprechend«, sagte ich. »Ich werde sie dem Kaiser unterbreiten. Ihr müßt warten, bis das geschehen ist, ehe Ihr nach Konstantinopel zurückkehrt. Und es wäre eine sehr kluge Entscheidung, das Verhältnis zu Eurer Frau aufzufrischen und das Glück Eurer Jugend wiederzufinden, während Ihr auf unsere Entscheidung wartet.« Er verneigte sich und zog sich zurück.

☆

Ich weihte meinen Sohn Otto zu jenem Zeitpunkt nicht in unsere Pläne ein, da ich erst sicher sein wollte, daß sie sich auch verwirklichten. Seinen Vater unterrichtete ich hingegen, denn ich wußte sehr wohl, daß mein Gatte jeden Weg begrüßen würde, der aus der mißlichen Lage herausführte, in die der Krieg ihn gebracht hatte. Für jeden Mann, der auf dem Schlachtfeld fiel, starben fünf weitere an Krankheiten. Sein bisher einziger wahrer Sieg war die Rückeroberung von Capua. Er zog an seinem Bart, was ihm eine liebe Gewohnheit geworden war. »Sie werden sagen, ich hätte Frieden gesucht«, knurrte er.

»Nein, nein, Herr. Der Vorschlag kommt von ihnen.«

Er dachte noch eine Weile nach. »Na schön«, sagte er schließlich. »Ihr könnt Pandulf sagen, daß der Vorschlag meinen Segen hat. Ist unser Sohn froh darüber?«

»Ich hielt es für das beste, dem jungen Kaiser nichts zu sagen, bis unsere Verhandlungen erfolgreich abgeschlossen sind.«

»Ihr seid großartig, Adelheid.« Er zerzauste mein Haar, eine Zärtlichkeit, die ich immer genoß, auch wenn es meine Zofen zum Wahnsinn trieb, da es Zeit und Arbeit erforderte, meinen Knoten wieder in Ordnung zu bringen. »Ich zweifle nicht daran, daß Ihr die ganze Welt regieren werdet, wenn ich einst nicht mehr sein werde.«

Wie schön es wäre, wenn die Menschen aufhörten, die Zukunft vorherzusagen!

☆

Pandulf kehrte pflichtgemäß nach Konstantinopel zurück und nahm unseren Segen für seine Unternehmung mit, worauf wir nur noch auf das Ergebnis seiner Bemühungen warten konnten. Ich war das einzige Mitglied unserer Familie, das wirklich an dieser Sache interessiert war. Otto der Große wollte Frieden, aber nur nach seinen Bedingungen, und er war bereit, den Krieg fortzusetzen, sollte es notwendig sein. Mein Sohn Otto hatte keine Ahnung, daß hinsichtlich seiner Vermählung irgend etwas im Gange sein könnte. Er war mit seiner Elisabeth vollkommen zufrieden.

Ich wartete neugierig auf die Prinzessin und war gespannt auf die Schönheit und das Wesen der Frau, die – wie ich hoffte – meine Schwiegertochter würde, und was sogar noch wichtiger war, die zukünftige Mutter meiner Dynastie. Ich fragte mich auch, ob ich in der Lage sein würde, sie zu beeinflussen und zu erziehen, wie ich es beabsichtigte. In dieser für mich sehr schwierigen Zeit machte ich die Bekanntschaft des bemerkenswertesten Mannes, der mir je begegnet war, und ich sage dies, obwohl ich mich uneingeschränkt zu meinem Gemahl, dem Kaiser bekenne. Gerbert von Aurillac war weder Soldat noch Staatsmann, ja nicht einmal mein Liebhaber. Er war einfach der brillanteste Geist seiner Zeit.

Er war fünfundzwanzig, als er im Frühjahr 970 als Schützling des Grafen Borell von Barcelona nach Rom kam. Der Graf behauptete, in der Ewigen Stadt zu tun zu haben, aber ich vermutete, der einzige Grund für seinen Besuch war, mit dem jungen Genius anzugeben, den er in seine Gefolgschaft aufgenommen hatte. Gerbert war interessanterweise von schlichter Herkunft, aber die Mönche von St. Gerald hatten seine Erziehung übernommen. Überdies wurde Gerbert von dem berühmten Raymond Lavour unterrichtet, der bald Loblieber auf seinen außergewöhnlichen Schüler und vor allem auf dessen überragende Leistungen in Grammatik, Mathematik und Musik sang. Als Raymond zum Abt von Aurillac ernannt wurde, nahm er den jungen Gerbert mit.

Aus dieser undankbaren Situation erlöste ihn Graf Borell, der von diesem außergewöhnlichen Talent gehört hatte und ihn mit nach Spanien nahm, um das Kloster Santa Maria von Ripoli zu besuchen. Hier übernahm Bischof Atto von Vich seine Vormundschaft, und Gerbert setzte seine Studien in Geometrie und Astronomie fort. Wieder tat sich der Schüler durch sein unmittelbares Verständnis und seine Fähigkeiten hervor, die ihm seinen einzigartigen Verstand bescheinigten. Papst Johannes erkannte in Rom ebenso schnell sein Genie. »Es gibt da jemanden, den Hoheit kennenlernen müssen«, sagte der gute Papst zu mir.

Ich war gern bereit, den jungen Mann kennenzulernen, obwohl ich gestehen muß, daß mich sein Erscheinungsbild nicht allzusehr beeindruckte. Er war nicht sehr groß, hatte eine außergewöhnlich dicke Nase und hervorstehende Augen. Ich gelangte später zu dem Schluß, daß sein Gehirn einfach zu groß für seinen Schädel sein mußte. Wir unterhielten uns wenige Minuten, als ich bereits seine unglaublichen geistigen Fähigkeiten erkannte, wenn er auch ein Nervenbündel war, da er ein Gespräch mit der schönsten Frau führte, die er je im Leben gesehen hatte und die zufällig auch Kaiserin war.

Augenblicklich war mir klar, daß ich diesen Mann gut gebrauchen konnte. Ich hatte mich darum gekümmert, daß mein Sohn Otto besser ausgebildet war als meines Wissens irgendein gleichaltriger Prinz. Diese Ausbildung hatte ich oft selbst in die Hand genommen, aber dem, was ich und all die Privatlehrer, die ich hatte an den Hof kommen lassen, ihm beibringen konnten, waren Grenzen gesetzt. Dies hatte einerseits mit unserem begrenzten Wissen, andererseits mit unseren mangelnden Fähigkeiten zu tun, Otto dieses Wissen zu vermitteln. Otto nahm wie jeder lebhafte Junge seines Alters alles, was ihm beigebracht wurde, sehr gleichgültig auf, und dies um so mehr, da seine Lehrer doppelt so alt waren wie er. Aber hier war ein Mann, der kaum zehn Jahre älter war als er und über Wissen und Anschauungen verfügte, die normalerweise nur viel ältere Menschen vorweisen konnten. »Hättest Ihr nicht Lust, das Wesen eines Kaisers zu formen?« fragte ich.

Der Gedanke an eine solche Verantwortung erschreckte ihn, aber ich überredete ihn schnell, die Aufgabe zu übernehmen, und brachte dann Graf Borell dazu, mir den jungen Mann zu überlassen. Und dann stellte ich ihn meinem Gatten Otto vor, als dieser das nächste Mal in Rom weilte, und auch er war begeistert von der Gelehrsamkeit und der Auffassungsgabe des jungen Mannes. Ich sollte vielleicht sagen, daß Gerbert noch nicht zum Priester geweiht worden war, auch wenn er die meiste Zeit seines Lebens in und in der Nähe von Klöstern verbracht hatte. Was seine persönlichen Gewohnheiten betrifft, die er vielleicht unmerklich angenommen hatte, so möchte ich dazu nichts sagen. Mir gegenüber schien er immer asexuell zu sein.

Aber er war stets sein eigener Herr. Er und mein Sohn Otto kamen sehr gut voran, doch Papst Johannes wollte den jungen Mann verschiedenen Kardinalskollegien vorstellen, weil er die vergebliche Hoffnung hegte, daß seine geistige Kraft sie überfluten könne und sie dadurch von einigen der abscheulich engstirnigen Auffassungen befreit würden, die sie in ihren Köpfen verewigt hatten. Das war zuviel für Gerbert. Obwohl er sie mit seinem brillanten Geist beeindrucken konnte, gelang es ihm nicht, gegen ihre Verachtung und Rhetorik und ihre Kenntnis der sokratischen Gesprächsmethode zu kontern, bei der jemandem Frage auf Frage gestellt wird, bis er einen Fehler macht. Verzweifelt kam er zu mir und bat um die Erlaubnis, Rom zu verlassen. »Verlassen?« Ich war erstaunt. »Wohin wollt Ihr gehen?«

»Mich auf ein erfüllteres Leben vorbereiten, Hoheit. Wißt Ihr, daß der Erzbischof Gerann von Reims in der Stadt ist?«

»Natürlich.« Ich hatte am Tag zuvor mit dem Erzbischof gespeist.

»Und daß er wahrscheinlich der herausragendste Rhetoriker in Europa ist?«

»Tatsächlich?« Ich hatte natürlich festgestellt, daß es schwierig war, mit diesem Mann ein lohnendes Gespräch zu führen.

»Der Erzbischof hat mir angeboten, mir einige seiner Fertigkeiten beizubringen, wenn ich mit ihm nach Reims zurückkehre.« Ich dachte darüber nach. Der Erzbischof war ein sehr stattlicher Mann. »Ich bitte Euch aus tiefster Seele um Eure Erlaubnis, Hoheit«, sagte Gerbert.

»Und werdet Ihr zu uns zurückkommen, Gerbert?«

»Ich werde mich ernsthaft darum bemühen, Hoheit.«

Ich konnte seinen Wunsch nicht ablehnen. Ich hatte tatsächlich nie zuvor einen Mann getroffen, der lediglich deshalb den einträglichen Posten als Privatlehrer eines Kaisers aufgab, weil er nach größeren Kenntnissen strebte. Ich deutete bereits an, daß ich das Gefühl nicht los wurde, dieses

Motiv sei nur vorgeschoben. Doch er war in allem, was er tat oder sagte, ausgesprochen ernsthaft. »Denkt daran zurückzukehren«, riet ich ihm. Und schließlich kehrte er eines Tages als rettender Engel zurück. Doch in den nächsten Jahren brachen so viele Ereignisse über mich herein, daß ich ihn darüber vollkommen vergaß.

☆

Im nächsten Jahr schrieb mir Pandulf, daß er seinen Auftrag erfolgreich ausgeführt habe. Die Lage in Konstantinopel hatte sich – wie so oft – wieder einmal von Grund auf gewandelt, als er im Frühjahr 971 zurückkehrte. Die Herrschaft der Familie Phokas war beendet, und Basileios, der Eunuch, war wieder herabgestiegen, um seiner Tutorenpflicht gegenüber den jungen Prinzen und Prinzessinnen nachzukommen. Eunuchen wurden sehr selten hingerichtet, wenn sie nicht als Gefahr für das Reich betrachtet wurden. Die Herrschaft im Reich war von seinem berühmtesten Soldaten übernommen worden, Johannes Tzimiskes, der sicherheitshalber zum zweitenmal heiratete – seine erste Frau war auch eine kaiserliche Prinzessin gewesen –, und zwar die Großtante des Kaisers Basileios. Anschließend nahm er auch den Titel des Mitkaisers an.

Auf den ersten Blick schien das ein Rückschlag für unsere Sache zu sein. Wenn Otto in Europa einen Soldaten zum Rivalen hatte, dann war es Tzimiskes, und tatsächlich gelang es meinem Gatten zum Teil nur deshalb nicht, einen endgültigen Sieg im Süden zu erringen, weil zumeist Tzimiskes den Befehl über die byzantinischen Streitkräfte hatte. Deshalb hätte man erwarten können, daß der Krieg mit größerer Härte fortgesetzt würde. Aber tatsächlich stellte sich heraus, daß die neue Herrschaft für uns ein Vorteil war. Tzimiskes und Otto hatten sich eine Schlacht geliefert, und der byzantinische Herrscher hatte schlicht und einfach begriffen, daß er einen gefährlichen Gegner vor sich hatte. Außerdem war es Tzimiskes, der Pandulf einst gefangennahm, und inzwischen hatte er Zuneigung zu dem lebhaften und klugen langobardischen Herzog gefaßt.

Auch sehnte Tzimiskes sich nach Frieden für sein Land, damit er seine Herrschaft stärken konnte; außerdem mußte sich seine Finanzlage erholen. Daher gab er seinen Segen für die Vermählung der Prinzessin Theophano mit Prinz Otto. Niemand in Konstantinopel erkannte unseren Anspruch auf ein eigenes Reich jemals an. Als wir von der Einwilligung erfuhren, waren wir alle überaus glücklich. Viele Vorbereitungen und Vereinbarungen mußten getroffen und ein Vertrag geschlossen werden. Aber es schien sicher zu sein, daß die Prinzessin unterwegs war. Ich war schon jetzt überwältigt.

Doch ich hatte alle Hände voll zu tun. Mein Sohn Otto stellte die größte Hürde dar, die noch überwunden werden mußte. Der junge Kaiser hatte sich an einen bestimmten Lebensrhythmus gewöhnt. Am Vormittag jagte er, speiste anschließend mit seinen jungen Freunden, zog sich am Nachmittag für eine Stunde mit seiner Mätresse zurück, kümmerte sich am Abend um Staatsangelegenheiten, woraufhin er sich beim Abendessen und im Bett wieder an Elisabeths Gesellschaft erfreute. Es war folglich schwer, diesen Mann sozusagen zu fassen zu kriegen.

Ich hielt es für das beste, den offiziellen Weg zu gehen, und schickte ihm eine Aufforderung, mich am Abend aufzusuchen, bevor Elisabeth kam, um sich mit ihm der Liebe hinzugeben, und nachdem er sein Tagewerk verrichtet hatte. Er kam meiner Bitte pflichtgemäß nach, sah jedoch ein wenig verstimmt aus. Mein Sohn Otto war jetzt sechzehn Jahre alt und in jeder Beziehung ein richtiger Mann. Er war so groß wie ich und damit sogar größer als sein Vater, und er war ein gefährlicher Krieger. Über seine Fähigkeiten als General wußten wir nichts, da er immer, wenn er aufs Schlachtfeld zog, unter dem Befehl seines Vaters kämpfte.

Ich vermutete, daß wir oder zumindest ich über seine Fähigkeiten als Mann genau im Bilde waren. »Mein liebster Sohn«, sagte ich. »Geht es dir gut?«

Da wir uns am Tag zuvor beim Essen gesehen hatten, schaute er mich ein wenig verwirrt an. »Es geht mir gut, Mutter.«

»Und Elisabeth geht es auch gut?«

»Ja, Mutter.«

»Großartig. Komm her, und setz dich zu mir. Wir müssen miteinander reden.« Er gehorchte, schaute mich aber noch argwöhnischer an. »Du bist jetzt sechzehn Jahre alt. In jeder Hinsicht ein erwachsener Mann. Und ein Kaiser.«

»Oh«, sagte er, da er zweifellos ahnte, was als nächstes kam.

»Kaiser brauchen Frauen.«

Er seufzte. »Ich kenne meine Pflicht, Mutter.«

»Ich muß dich fragen, ob du und Elisabeth Vorsichtsmaßnahmen ergriffen habt.«

»Das haben wir nie getan, Mutter.«

»Und sie hat weder dir noch ihrem Gatten ein Kind geboren.«

»Ihr Gatte war ziemlich alt«, widersprach Otto.

»Es gibt alte Männer, die sind so potent wie viel jüngere. Ob Elisabeth Kinder bekommen kann, ist jedoch belanglos. Du mußt durch deine Frau und die rechtmäßige Abstammungslinie das sächsische Geschlecht fortpflanzen.«

»Meine Frau«, sagte er traurig.

»Du hättest schon lange verheiratet werden müssen. Daß es noch nicht geschehen ist, hat damit zu tun, daß es mich viel Zeit gekostet hat, eine passende Braut für dich zu finden. Du bist Kaiser. Deine Frau muß von edelster Herkunft sein.«

»Und hübsch?« fragte er.

Diese Frage war sicher auf jugendlichen Leichtsinn und männliche Begierde zurückzuführen, aber ich fand sie ermutigend, da ich zum erstenmal das Gefühl hatte, daß Elisabeth vielleicht doch nicht das Allerwichtigste in seinem Leben war. »Natürlich«, erwiderte ich.

»Und nun habt Ihr eine gefunden.«

»In der Tat. Sie ist schon unterwegs nach hier«, sagte ich, was ein bißchen übertrieben war.

»Was?« Nun sah er wirklich bestürzt aus.

»Die Prinzessin Theophano von Konstantinopel, die Tochter des verstorbenen Kaisers Romanos II.«

»Eine Griechin?«

»Nun, eigentlich ist sie Mazedonierin. Wie Kleopatra.«

»Ihr Vater wurde von ihrer Mutter ermordet!«

»Das sind nur Gerüchte.« Sicher hatte ich ihm zuviel Geschichte beigebracht.

»Ist Vater einverstanden?«

»Voll und ganz, Otto«, sagte ich in ernstem Tonfall. »Das Mädchen ist hübsch und hoch gebildet. Sie verfügt über beachtliche geistige Fähigkeiten, und sie ist die Tochter, die Enkeltochter und Urenkeltochter von Kaisern ...«

»Habt Ihr dieses Wunderkind gesehen, Mutter?«

»Ehrlich gesagt – nein. Ich verlasse mich auf Pandulfs Beschreibung. Er hat sie gesehen und mir gesagt, sie sei die zweitschönste Frau Europas.«

»Wie alt ist sie?«

»Zwölf Jahre.«

»Was! Was soll ich denn mit einem zwölfjährigen Mädchen anfangen?«

»Ich bin sicher, dir wird schon etwas einfallen. Auf jeden Fall kann eure Heirat nicht vollzogen werden, ehe sie bewiesen hat, daß sie eine Frau ist. Aber das wird nicht lange auf sich warten lassen.«

»Darf ich sie schlagen?«

»Sie schlagen?« Ich war vollkommen überrascht. »Warum willst du sie schlagen?«

»Ich schlage gern Frauen. Schöne Frauen. Das verschafft mir ein ... gutes Gefühl.«

Ich fühlte mich einer Ohnmacht nahe. »Schlägst du Elisabeth?«

»O ja.«

»Und sie beklagt sich nicht?«

»Es gefällt ihr.«

»Ich verstehe.« Offensichtlich hatte ich in den vergangenen Jahren der Entwicklung meines Sohnes nicht genug Aufmerksamkeit geschenkt. »Was du mit deiner Frau in der Abgeschiedenheit eures Schlafzimmers tust, ist eine Sache allein zwischen dir und ihr. Ich würde dich nur bitten, niemals ihren Rang zu vergessen. Außerdem solltest du zu allem stets ihre Zustimmung einholen und sie in der Öffentlichkeit immer mit dem größten Respekt behandeln.«

»Ja, Mutter. Hat Vater Euch jemals geschlagen?«

»Natürlich nicht.«

☆

Es war das erste Mal, daß ich an Ottos geistiger Stabilität zweifelte, und da ich schon seit sechzehn Jahren seine Mutter war, könnte man das als Nachlässigkeit betrachten. Aber es war als Frau eines Königs und später eines Kaisers vor allem meine Pflicht, meinem Gatten einen Erben zu schenken und dann dafür zu sorgen, daß dieser Erbe gesund blieb und daß ein Mann aus ihm wurde. Außerdem mußte ich ihm die beste Erziehung angedeihen lassen und ihn selbstverständlich lieben. Ich war der Meinung, in all diesen Dingen sehr erfolgreich gewesen zu sein.

Diesem Jungen wurde die Herrscherwürde in die Wiege gelegt. Er litt nie Not und mußte sich niemals Sorgen um seine Zukunft machen, die er sich stets in den rosigsten Farben ausmalen konnte. Es war mir eigentlich nie in den Sinn gekommen, daß es bei diesem Jungen eine Kehrseite der Medaille geben mußte und daß er unglückliche Wesenszüge entwickeln könnte. Zwischen uns bestand stets eine liebevolle Mutter-Sohn-Beziehung. Daß er damals darauf beharrte, die armen Männer vor den Stadttoren Roms hängen zu sehen, betrachtete ich als bedauerlich, kam aber zu dem Schluß, daß einem König oder Kaiser die Folgen ihrer Verfügungen bekannt sein sollten. Es war mir auch nie in den Sinn gekommen, daß er sich in der Abgeschiedenheit seiner eigenen Gemächer in eine Bestie verwandeln könnte. Und ich hatte ihm auch noch sein Opfer beschafft – auch wenn ich von seinen Vorlieben nichts gewußt hatte.

Diese Überlegungen waren wichtig für die Zukunft, weil ich spürte, wie ich mich – vielleicht unmerklich – von meinem Sohn abwandte und seiner zukünftigen Frau zuwandte. Diese Frau hatte ich noch nie gesehen, aber ich setzte plötzlich einen großen Teil des notwendigen Vertrauens an die Weiterentwicklung der Dynastie in Theophano. Ich empfand diese Sympathie schon, ehe Theophano tatsächlich meine Welt betrat, so daß ich bereit war, sie weiterhin zu mögen, obwohl ich sehr schnell feststellte, daß sie ganz anders war, als ich vermutet hatte. Ich hatte noch nicht einmal geahnt, daß es so etwas wie sie überhaupt geben könnte.

☆

Doch ich mußte noch ein entscheidendes Gespräch mit meinem Sohn führen. »Du mußt dich von Elisabeth trennen«, sagte ich zu ihm.

»Nein, Mutter. Ich liebe sie, und sie liebt mich.«

»Es ist deine Aufgabe, deine Frau zu lieben. Du kannst unmöglich mit einer Ehefrau und einer Mätresse unter einem Dach leben. Zumindest nicht«, fügte ich hinzu, da ich die Arrangements einiger königlicher Haushalte sehr gut kannte, »bis du die Ehe vollzogen und deine Frau geschwängert hast.«

»Gut«, sagte er schmollend, »aber Ihr müßt es ihr sagen, denn Ihr habt sie zu mir gebracht.«

Ich seufzte. »Na schön. Ich werde mit ihr sprechen.«

»Aber ich will sie behalten, bis dieses Mädchen wirklich hier ist.«

Ich gab in diesem Punkt nach und hoffte nur, daß ich ihm nicht würde sagen müssen, daß Elisabeths Liebe das Ergebnis von mehreren tausend Kronen war. Tatsächlich erwies er sich für sein Alter als sehr klug, denn es kam eins zum anderen, und so dauerte es über ein Jahr, bevor Theophano uns tatsächlich erreichte.

Inzwischen führte ich ein Gespräch mit Elisabeth und ihrer Mutter und erklärte die Situation. »Wir müssen abwarten, wie die Ehe sich entwickelt«, sagte ich zu ihnen. »Es kann sein, daß mein Sohn sein Bett eines Tages wieder mit Euch teilen möchte, Elisabeth, aber der Ehe muß zuerst die Chance gegeben werden, glücklich zu werden.« Die beiden sahen sehr enttäuscht aus, mußten meine Entscheidung jedoch akzeptieren, und ich versüßte ihnen die bittere Pille, indem ich Elisabeth für den Rest ihres Lebens eine beachtliche Rente zusicherte.

☆

Daß die Ankunft der Prinzessin sich verzögerte, lag hauptsächlich an den Friedensverträgen, in denen jeder I-Punkt von den Rechtsgelehrten kontrolliert wurde, ehe sie unterzeichnet werden konnten. Pandulf war bei diesem Hin und Her und den Diskussionen mit den höchsten Machthabern in seinem Element.

Während dieser Zeit wurde die Prinzessin älter. Das erfüllte mich mit Sorge. Ich vertraute Pandulfs Beschreibungen aufs Wort, daß sie das schönste Kind sei, das er je gesehen habe, hatte jedoch auch den Eindruck gewonnen, daß er sich in sie verliebt hatte. Hübsche Kinder entwickeln sich allerdings oft zu äußerst reizlosen Mädchen, und wenn sie erst einmal in die Pubertät kommen, werden sie zudem häufig dick. Ich persönlich blieb davon verschont. Aber ich betrachte mich in vielerlei Hinsicht als einzigartig.

Natürlich ist es nur gerecht, wenn man sagt, daß es Fälle gibt, in denen ein reizloses Kind sich letztendlich in ein hübsches Mädchen verwandelt. Dieser Aspekt interessierte mich indes nicht. »Erzählt mir von ihr«, bat ich Pandulf, als er zu Besuch in Rom war. »Sie ist jetzt dreizehn, nicht wahr?«

»In der Tat, Hoheit.«

»Und bekommt sie ihre Menstruation?«

»Ja, das wurde mir mitgeteilt, Hoheit.«

»Dann haben wir ein Problem weniger. Und ihre Schönheit?«

»Wächst von Tag zu Tag, Hoheit.«

»Sind ihre Arme und Beine auch nicht dick geworden?« Ich kam mir beinahe wie eine Kannibalenkönigin vor, die mageres Fleisch bevorzugte und nach einem Festschmaus Ausschau hielt.

»Nein, nein, Hoheit. Ihre Gliedmaßen sind so lieblich schlank wie eh und je. Aber sie entwickelt sich.«

»Wollt Ihr damit sagen, daß es Euch erlaubt war, sie noch einmal zu beobachten?«

»Der Eunuch sah ein, daß es notwendig war, da ich Euer Botschafter bin.«

»Und vermutlich erregt ihn der Anblick nackter junger Frauen nicht. Ihr sagtet, daß ihr Busen sich entwickelt?«

»O ja, Hoheit, der süßeste ...«

»Pandulf«, sagte ich streng, »ich hoffe, Ihr vergeßt nicht, daß die Prinzessin Jungfrau sein muß, wenn sie zum erstenmal im Bett meines Sohnes liegt.«

Er errötete und verneigte sich.

☆

Als die Verträge unterzeichnet waren, konnte Otto den Feldzug beenden und nach Hause zurückkehren. Damit hatte ich schon meine Erfahrungen. Ich konnte mich kaum noch daran erinnern, wie oft ich meinen Gatten begrüßen mußte, wenn er aus einem Krieg heimkehrte. Und immer folgten auf die Begrüßung die wildesten Liebesspiele.

Diesmal nicht. Ich war entsetzt, als ich diesen gealterten, grauhaarigen Mann anschaute, der mich in den Armen hielt. Trotzdem war er für mich noch immer Otto der Große, der größte Mann in Europa. »Sagt, daß Ihr nicht mehr in den Krieg ziehen müßt, mein Liebling«, bettelte ich, als wir zusammen im Bett lagen und er mein Haar zerzauste. Ganz offensichtlich war er nicht in der Verfassung, irgend etwas anderes zu zerzausen.

»Eine Zeitlang werde ich bleiben«, versprach er mir. Das beruhigte mich nicht. Indem ich ihm so viel Ruhe wie möglich gönnte, war ich in der Lage, seine Gesundheit größtenteils wieder herzustellen.

Otto freute sich mit mir auf die Ankunft der Prinzessin, wenn wir auch ganz unterschiedliche Gründe hatten. Ich hoffte auf eine Frau für meinen Sohn, eine Mutter für meine Enkel und hoffentlich eine Freundin und Vertraute für das ganze Leben. Zweifellos waren meine Erwartungen zu hoch, doch das waren sie immer.

Otto interessierte sich nur deshalb für Theophano, weil sie ihm einen Enkel schenken und die Thronfolge sichern sollte. Ich aber bestärkte ihn darin, daß die Hochzeit in der Geschichte Europas einen bedeutenden Platz einnehmen sollte, und daher teilte er Papst Johannes mit, daß die Trauung und Theophanos Krönung zur Kaiserin gleichzeitig stattfinden werde. Das gefiel dem alternden Papst natürlich. Ohne irgendeinen Krieg oder sogar eine ganze Reihe von Kriegen ausgefochten zu haben, sah Johannes so alt aus wie mein Otto, obwohl er ein wenig jünger war.

Nun begannen die Vorbereitungen, und natürlich nahmen sie einige Zeit in Anspruch. Das traf sich gut, da die Prinzessin und ihr Gefolge ebenfalls einige Zeit brauchten, bis sie bei uns eintraf. Aber schließlich eilte Pandulf aus Bari zu uns, um uns zu unterrichten, daß sie unterwegs sei.

9

Der Tod eines Kaisers

Nun unterhielten wir uns darüber, wie die Prinzessin begrüßt werden sollte. Es war mir gar nicht in den Sinn gekommen, daß dies eine Meinungsverschiedenheit hätte auslösen können. Meiner Ansicht nach besaß Prinzessin Theophano den gleichen Rang wie wir. Immerhin sollte sie, sobald sie in Rom eingetroffen war, zur Kaiserin gekrönt werden. Zu meiner Verwunderung äußerte mein Gemahl Bedenken. »Die Prinzessin wird meine Tochter sein«, sagte er. »Sie ist ebenfalls das Symbol des Friedens. Es ist angemessen, daß sie zu mir kommt.«

Ich verstand, was er meinte, auch wenn ich das Gefühl hatte, das sei Haarspalterei. »Wir können sie nicht ohne Eskorte quer durch Italien reisen lassen«, sagte ich. »Ich werde sie abholen. Otto wird mich begleiten, damit er seine Braut begrüßen kann.«

Doch erneut wurde ich schroff abgewiesen. »Ich bin ein Kaiser«, verkündete Otto.

O je, Männer können sich manchmal unglaublich wichtig nehmen. »Brennst du nicht darauf, deine Frau zu sehen?«

»Es wäre nicht angebracht, daß wir zusammen reisen, solange wir nicht verheiratet sind, Mutter. Angenommen ich kann mich nicht zurückhalten?«

Das war ein weiterer Punkt, der mir nicht in den Sinn gekommen war. »Na schön, dann gehe ich allein – mit Pandulf.«

☆

Die Neuigkeit freute Pandulf, und wir brachen zusammen auf. Wir ritten an der Spitze einer beträchtlichen Gefolgschaft, zu der natürlich Guido und Cäsar sowie meine Zofen gehörten. Wir hatten einige wertvolle Begrüßungsgeschenke dabei. Hinter uns folgte eine noch größere Gruppe von Kriegern, die Graf Hugo von der Toskana befehligte. »Ist das notwendig?« fragte ich meinen Gatten, ehe wir Rom verließen.

»Man kann nie wissen«, erwiderte Otto. »Ich traue den Byzantinern nicht über den Weg. Nehmt einmal an, das alles wäre ein Trick und sie hätten vor, Euch zu entführen und mich zu erpressen, damit sie in den Besitz meines Landes südlich von Rom kommen.« Dies schien mir ein bißchen weit hergeholt zu sein, wenn ich auch zugeben mußte, daß es möglich war. »Hugos Krieger können sich bis zum eigentlichen Treffen außer Sichtweite aufhalten. Achtet aber darauf, daß sie beim Treffen in der Nähe sind. Wenn alles zu Eurer Zufriedenheit verläuft, können sie wieder zurückbleiben, doch greift auf sie zurück, falls nötig.«

Im Alter von einundvierzig Jahren befehligte ich zum erstenmal ein Heer. Selbst wenn ... »Wenn es zu einem Kampf kommt«, sagte mein Gatte, der wie stets meine Gedanken lesen konnte, »könnt Ihr die Entscheidungen problemlos Hugo überlassen.«

»Und Pandulf natürlich.«

»Hugo ist der bessere Soldat« erwiderte er.

Das Gespräch führte zu einer interessanten Überlegung. »Nur einmal angenommen, es wäre ein Trick und er gelänge, würdet Ihr dann halb Italien abgeben, um mich zurückzukaufen?«

Otto lächelte. »Das würde ich, mein liebstes Kind. Und wenn ich Euch zurück hätte, würde ich Konstantinopel stürmen und den ganzen Haufen an den höchsten Zinnen aufhängen.«

Das war das schönste Kompliment, das eine Frau bekommen konnte.

☆

Ich dachte an meine zukünftige Schwiegertochter, als Pandulf und ich dem Sonnenuntergang entgegenritten. Uns folgte eine Menge wehender Fahnen und schnatternder Diener. Hugo und sein Heer hielten sich sicherheitshalber außer Sichtweite auf und nahmen den Weg im Tal hinter uns. »Welche Sprache spricht sie?«

»Griechisch ist ihre Muttersprache …«

»Meine nicht, wenn ich auch einige Wörter spreche.«

»Die Prinzessin hat Latein gelernt«, sagte er.

»So sollte es auch sein. Wir müssen sie Deutsch lehren. Und Ihr sagt, daß sie im römischen Glauben unterrichtet wurde?«

»Ja, sie erhält Unterricht, Hoheit.«

»Wir müssen uns vor der Vermählung um ihren Eintritt in die Kirche kümmern«, erinnerte ich ihn.

☆

Wir lagerten an einem herrlichen Frühlingsabend unter freiem Himmel. Theophano kam tatsächlich im allerletzten Moment, um die Hochzeit noch vor Sommerbeginn feiern zu können. Ich und Pandulf waren in guter Stimmung. »Sind wir nicht mit der glücklichsten Mission betraut, Hoheit? Es ist nur schade, daß Seine Gnaden nicht bei uns sein können. Aber … es geht ihm nicht gut, nicht wahr?«

»Er ist müde.«

»Das Alter ist eine schmerzliche Sache. Wenn ich an Euch denke, Hoheit.«

»Pandulf«, sagte ich. »Ihr seid ein großer Schurke.«

»Das habe ich nie abgestritten, Hoheit.«

»Der Kaiser ist Euer teuerster Freund.«

»Ich bin stolz, Euch zuzustimmen, Hoheit, mit einem Vorbehalt: Ihr seid meine teuerste Freundin.«

»Ihr wollt sagen, daß ich die Frau bin, mit der Ihr am liebsten das Bett teilen würdet, außer vielleicht mit der Prinzessin. Ihr seid ein Schuft.«

»Denken Euer Hoheit nie an das Leben, das Ihr führen werdet, wenn der Kaiser erst verstorben ist?«

»Nein, weil es erst dann geschehen wird, wenn ich zu alt bin, als daß ich irgend etwas anderes tun könnte, als mich um meine Enkelkinder zu kümmern.«

»Aber Ihr werdet es mir nicht verübeln, daß ich Wünsche und Träume habe, hoffe ich.«

Ich drückte seine Hand. »Ich nehme es Euch nicht übel, lieber Pandulf. Danach streben und davon träumen ist sicherlich das größte Kompliment, das eine Frau erhalten kann, aber … Ihr solltet es bei Wünschen und Träumen belassen.«

☆

Sein Antrag brachte mich dazu, selbst nachzudenken und zu träumen. Es war länger als ein Jahr her, seit mein Gatte mich im Bett beglückt hatte, und in dieser Zeit hatte ich mich in hohem Maße um das Liebesleben meines Sohnes und meiner zukünftigen Schwiegertochter gekümmert. Auch ich war eine ganz normale Frau, und es wäre nur natürlich gewesen, wenn ich das Bedürfnis nach ein wenig Trost verspürt hätte. Pandulf – ein Langobarde! Man hörte seltsame Geschichten über ihre Glanzleistungen im Bett.

Ich schlug mir derartige Gedanken energisch aus dem Kopf, und es gelang mir einzuschlafen. Meine Zofen weckten mich zu früher Stunde, wie ich es ihnen befohlen hatte, damit ich mich auf die bedeutsamen Ereignisse des Tages vorbereiten konnte. Als wir uns angekleidet und gefrühstückt hatten, stiegen wir in den Sattel und setzten unseren Weg zu dem vereinbarten Treffpunkt fort. Wir stellten uns auf einer kleinen Anhöhe auf, um die Straße überblicken zu können, entlang derer die byzantinische Reisegesellschaft sich uns nähern würde. Dieser Standort hatte den Vorteil, daß Hugo und seine Krieger, die im

Tal hinter uns Kampfaufstellung genommen hatten, für jeden, der aus dem Osten kam, außer Sichtweite blieben.

Ich gestehe, daß ich genauso nervös war, als wäre ich ein General gewesen, der mit seinem Heer auf den Anmarsch einer feindlichen Streitmacht wartete. Eigentlich bestand zwischen dieser und meiner Situation auch kein großer Unterschied, außer daß die Byzantiner hoffentlich in friedlicher Absicht kamen. Natürlich war es eine große Reisegesellschaft. An der Spitze ritt ein Trupp schwer bewaffneter Reiter auf prächtig geschmückten Pferden. Dann kamen gemächlichen Schrittes die Musikanten, die ihre Flöten bliesen, ihre Tamburine erklingen ließen und ihre Trommeln schlugen. Wir konnten die Instrumente lange hören, ehe die Musikanten zu sehen waren. Dann folgten Fußsoldaten. Damit die Aufregung sich legen konnte, kam die kaiserliche Gesellschaft erst eine Viertelmeile hinter ihnen.

Ich vermutete, daß die Prinzessin sich in der Mitte dieser zweiten Gruppe befand, aber da sie unter einem riesigen Baldachin ritt, dessen vier Pfosten von vier Rittern zu Pferde getragen wurden, die sich langsam näherten, konnte ich sie nicht sofort erkennen, besonders da sie wie ich von einem Wald von Fahnen und Standarten umringt war, die sich beständig in der Brise ein- und aufrollten. Hinter dem Baldachin sah ich eine ziemlich große Gruppe Reiter und Reiterinnen, Frauen in prächtigen Kleidern, die Männer kaum weniger prachtvoll gekleidet, mit mehreren Priestern in schwarzen Roben und mit schwarzen Hüten. Ich warf Guido einen Blick zu. Er machte eine sehr mißbilligende Miene. »Ich hoffe, diese Burschen werden nicht nach Rom kommen, Hoheit«, knurrte er.

»Nicht, wenn ich es verhindern kann«, versicherte ich ihm.

Hinter der kaiserlichen Reisegesellschaft folgte ein großer Gepäckzug mit Schrankkoffern und verschiedenen Haustieren. »Wir sollen neben ihnen wohl wie Arme wirken«, meinte Claudia.

»Nein, das ist bei ihnen so der Brauch«, erklärte Pandulf.

»Aber wir müssen die Oberhand behalten«, sagte ich zu ihm. »Schickt jemanden zu Graf Hugo und laßt ihm sagen, daß er sich bereithalten soll. Wenn wir einen Pfeil in die Luft schießen, muß er mit seinen Männern erscheinen.« Ein Reiter ritt los, und ich lächelte Pandulf an, der ein wenig beunruhigt aussah. »Ich hatte wirklich nicht erwartet, ihn zu brauchen, aber wenn sie glauben, uns einschüchtern zu können, werden wir ihnen zeigen, mit wem sie es zu tun haben.« Dann warteten wir, bis die Byzantiner sich näherten. Die erste Gruppe Wachen nahm auf der einen Straßenseite Aufstellung und die zweite Gruppe auf der anderen. Die Musikanten hielten etwa hundert Meter vor uns an, spielten aber weiter auf ihren Instrumenten und machten einen ohrenbetäubenden Lärm, bis die kaiserliche Gesellschaft unmittelbar hinter ihnen zum Stehen kam. Erst dann stellten sie ihr mißtönendes Geklimper auf ein Zeichen hin ein, worauf uns tiefe Stille umgab. Diese wurde nur vom Flattern der Flaggen und Standarten und dem Scharren und Stampfen der Pferde unterbrochen, wobei viel Staub aufgewirbelt wurde, was der kostspieligen Kleidung der beiden Reisegesellschaften nicht besonders gut bekam.

Die Musikanten schlurften nun auch von der Straße, und die beiden kaiserlichen Gruppen standen sich in einer Entfernung von vielleicht zweihundert Metern gegenüber und starrten sich an. Wir warteten ein paar Minuten, und zumindest ich war fest entschlossen, mich nicht zu bewegen. Schließlich riß den Byzantinern die Geduld. Ein Reiter löste sich aus der Gruppe, ritt auf uns zu und blieb unmittelbar vor Pandulf, mir und Guido stehen. »Die Prinzessin Theophano von Byzanz, Schwester des Kaisers Basileios II., wünscht der gnädigen Frau einen schönen Tag.« Ich verneigte mich. Gnädige Frau, also wirklich! Da ich nichts erwiderte, machte der Bursche ein unsicheres Gesicht. »Wollt Ihr die Prinzessin nicht begrüßen, gnädige Frau?«

»Deshalb bin ich hier. Sie möge zu mir kommen.«

Er schluckte. »Ihr wünscht, daß die Prinzessin zu Euch kommt?«

»Ja, das wünsche ich.«

Er schaute Pandulf an, den er wohl in Konstantinopel getroffen hatte, aber da er von dieser Seite keine Hilfe erhielt, riß er die Zügel herum und ritt zur byzantinischen Gesellschaft zurück. Ich konnte fast die Welle der Entrüstung sehen, die durch ihre Gruppe ging. Pandulf schaute mich wieder ängstlich an. »Es wäre eine große Schande, wenn die Verhandlungen zu diesem späten Zeitpunkt scheitern würden, Hoheit.«

»Sollen sie auch nicht. Von diesem Moment an gibt es für die Prinzessin nur noch ein Ziel – das Bett ihres Gatten. Am besten, ich gebe ihr das sofort deutlich zu verstehen.«

Nun schluckte er. Es sah jedoch so aus, als verzichteten sie zumindest vorübergehend auf das Protokoll. Die Prinzessin ritt, zu beiden Seiten von vier bewaffneten Männern flankiert, auf uns zu. Ihr folgten zwei ihrer Zofen und vier Priester. »Ich bitte Euch, sie freundlich zu behandeln«, sagte Pandulf.

»Ich werde sie so behandeln, wie es notwendig ist«, sagte ich zu ihm und nahm meinen hochmütigsten Gesichtsausdruck an. Doch ich war wie offensichtlich schon viele Menschen vor mir schlichtweg überwältigt, als ich diese atemberaubend schöne junge Frau erblickte, die ich nun endlich deutlich erkennen konnte. Obwohl sie im Sattel saß, stellte ich fest, daß sie groß war, und da sie erst dreizehn Jahre zählte, würde sie bestimmt noch ein paar Zentimeter wachsen. Sie saß ausgezeichnet im Sattel, hielt den Rücken gerade und die Zügel locker in der linken Hand, an der sie Handschuhe trug. Ihre Kleidung war prachtvoll. Sie trug ein weißes Kleid und einen mit goldenen Fäden verzierten, himmelblauen Überrock. Ihr Kopfschmuck bestand aus einer kunstvoll gearbeiteten Frisur, in der goldene Verzierungen und wertvolle Juwelen verschlungen waren und der ein langer Zopf aus wunderschönem Mitternachtshaar entschlüpfte, wie es Pandulf beschrieben hatte. Sie war ihrem Alter entsprechend offensichtlich schlank, aber ihre Formen würden sich gewiß noch entwickeln, und die Augen, die mein Langobarde mit so großer Begeisterung bewundert hatte, stimmten mit seiner Darstellung wahrlich überein.

Wenn ich nun das Gesicht beschreibe, muß ich zugeben, daß es vielleicht sogar noch schöner war als meines in ihrem Alter. Meine Gesichtszüge waren zwar makellos, aber immer ein wenig herb gewesen. Theophanos zarte und vollkommen makellose Gesichtszüge waren in ein wunderschön geformtes Gesicht gemeißelt. Ihre Augen waren schwarz, ihre roten Lippen kräftig, und ihr Teint war perfekt. Wäre ich ein Mann gewesen, hätte ich mich auf der Stelle in sie verliebt. Vielleicht tat ich es auch so.

Jedoch war es schmeichelhaft für mich, daß ihre zukünftige Schwiegermutter sie ebenso beeindruckte. Sie riß die Augen auf und erlaubte sich, rasch einen Blick auf meinen Körper zu werfen. Wie ihr Gesandter konnte sich auch Theophano an Pandulf erinnern, dem sie nun einen Blick zuwarf, als wollte sie ihn fragen, warum er sie nicht vor mir gewarnt habe. Er verneigte sich.

»Willkommen in Italien, mein Kind«, sagte ich.

»Ich freue mich, hier zu sein, gnädige Frau.« Sie sprach zwar recht gut Latein, doch es war wichtig, daß sie ihre Sprachkenntnisse schnell verbesserte.

»Ich bin sicher, daß du müde von der Reise und hungrig bist«, sagte ich. »Laß uns essen.«

»Ich würde lieber etwas trinken«, sagte das Mädchen. »Mein Kehle ist so trocken wie der Arsch eines Kamels.«

Ich war vollkommen sprachlos, aber das wollte ich mir nicht anmerken lassen. »Ich habe noch keine Bekanntschaft mit dem Arsch eines Kamels gemacht, aber ich bin sicher, wir können etwas gegen deine trockene Kehle tun.« Ich zeigte auf das riesige Zelt, das hinter mir aufgebaut worden war.

»Du kannst deine Dienerschaft jetzt entlassen.«

»Ohne meine Beichtväter gehe ich nirgends hin.«

»Du lebst von nun an im römischen Glauben. Pater Guido wird dein Beichtvater sein, bis wir einen eigenen für dich gefunden haben, Prinzessin.«

»Ich lebe noch nicht im römischen Glauben«, widersprach sie. Ihre Stimme war leise, klang aber sehr verärgert.

»Das dauert nur wenige Tage, und ich würde es vorziehen, deine Gesellschaft nicht mit diesen Leuten zu teilen.«

»Ihr habt kein Recht ...«

»Ich habe jedes Recht, Theophano, denn von diesem Moment an bin ich deine Mutter. Ich weiß, daß deine richtige Mutter tot ist, und mein Herz trauert mit dir. Wenn es mir möglich ist, werde ich sie mit Liebe und zärtlicher Fürsorge ersetzen. Ich will jedoch, daß du mir gehorchst.« Sie schaute erst mich an, dann ihre Wachen, drehte sich im Sattel herum und blickte nach links und rechts zu ihren Soldaten, die meiner Eskorte in diesem Moment zahlenmäßig überlegen waren. »Ich denke, wir schießen den Pfeil ab«, sagte ich in ruhigem Tonfall.

Cäsar hatte seinen Bogen gespannt, und einen Moment später schoß er den Pfeil in sicherem Abstand an den Byzantinern vorbei. Sie holten tief Luft, und ich hörte das Rasseln von Stahl, als ob sich einige auf einen Kampf vorbereiteten. »Wollt Ihr mich umbringen?« fragte Theophano.

Nun drehte ich mich im Sattel herum, da der Hang hinter uns plötzlich mit bewaffneten Reitern übersät war, die zu beiden Seiten ausschwärmten. Hugo hatte mich nicht im Stich gelassen. Wieder schnappten die Byzantiner nach Luft, und wieder rasselten ihre Klingen, doch nun steckten sie ihre Schwerter hastig zurück. »Eine Ehrengarde«, erklärte ich. »Nun laßt uns essen und trinken und lernen, Freunde zu sein. Meine Zofen werden uns Gesellschaft leisten.«

☆

Theophano und ihre Leute verstanden, daß es nur zu unangenehmen Zwischenfällen oder vielleicht sogar zu Blutvergießen führen könnte, wenn sie sich weiterhin meinen Wünschen widersetzten. Die Prinzessin entließ ihr Gefolge und begleitete mich zu meinem Zelt, wo wir uns vor einen schwer beladenen Tisch setzten. Aber sie war fest entschlossen, weiter Widerstand zu leisten. »Ich bin noch nie entführt worden«, sagte sie.

»Ich schon. Es ist eine interessante Erfahrung.«

Nachdem Guido das Tischgebet gesprochen hatte, trank sie etwas von unserem leichten italienischen Wein und stellte ihren Becher wieder auf den Tisch. »Was für eine dünne Brühe.«

»Du wirst schon noch lernen, den Wein zu genießen.«

Sie warf Pandulf erneut einen Blick zu und schaute dann auf ihr Essen. »Gibt es keinen Fisch? Ich esse lieber Fisch als Geflügel.«

»Aber heute essen wir Geflügel.«

»Ist es probiert worden?«

»Wir sind gerade dabei, mein Kind.«

»Ehe es probiert worden ist? Das ist ganz unmöglich. Würdet Ihr bitte nach meinem Vorkoster schicken?«

Nun schaute ich Pandulf an. »Das ist Sitte in Konstantinopel, Hoheit«, erklärte er. »Die Angst vor dem Gift.«

»Dieses Essen ist nicht vergiftet. Iß!«

Theophano hob ihr zartes, kleines Kinn. »Nein!«

»Dann bleib hungrig.« Ich aß mein Mahl ruhig und zufrieden, und das taten auch Pandulf und Guido. Cäsar und Claudia hielten sich hinter unseren Stühlen auf. Die Prinzessin trank noch etwas Wein und schaute wütend von einem zum anderen. Ich konnte erkennen, daß sie sehr hungrig war, und tatsächlich griff sie nach einem Hühnchenschenkel und biß kräftig hinein, kurz bevor die Platten abgeräumt wurden. »Das war sehr klug von dir«, sagte ich.

Sie schluckte und trank noch etwas Wein. »Ich hasse und

verabscheue Euch«, sagte sie. »Ich werde Euren Gatten und Euren Sohn hassen. Ich werde ...«

»Die Liste wird lang. Pandulf, wollt Ihr Euch bitte um die Abreise der Byzantiner zurück nach Bari kümmern und unsere Rückreise nach Rom vorbereiten?«

Er stand auf und verneigte sich. »Ihr schickt meine Leute weg?« fragte Theophano.

»Sie haben ihren Zweck erfüllt.«

»Aber ... meine Zofen! Meine Priester!«

»Ich habe dir bereits erklärt, daß deine Priester in Rom nicht willkommen sind und nur eine Störung darstellen. Pater Guido wird dir die Beichte abnehmen, bis ein passender Kaplan gefunden wurde. Und was deine Zofen betrifft, so werden sie durch meine ersetzt. Du bist jetzt Römerin, Theophano.«

»Niemals.«

»Pandulf, verschiebt bitte unsere Abreise um zwei Stunden, damit die Prinzessin und ich über gewisse Dinge sprechen können.«

»Wir haben nichts zu besprechen«, erklärte Theophano.

»Du wirst erstaunt sein«, sagte ich.

☆

Ich führte die Prinzessin in mein Schlafzelt, das geräumig, sorgfältig eingerichtet und gemütlich war, wenn auch nur ein besseres Feldbett dort stand. Claudia und die anderen Zofen wollten uns folgen, aber ich verabschiedete sie. »Die Prinzessin und ich möchten allein sein.«

Sie zogen sich flüsternd zurück, und ich vergewisserte mich, daß das Zelt verschlossen war. Es war düster im Zelt, aber kühl. Theophano stand mitten auf dem Teppich. Ihre Hände lagen gefaltet auf ihrem Bauch. »Was habt Ihr mir zu sagen?« fragte sie.

»Eine ganze Menge. Und ich muß auch einiges mit dir

machen.« Sie hob auf ihre reizende arrogante Weise den Kopf. »Erstens«, sagte ich, »zieh dich aus.«

»Ich?«

»Es ist doch sonst niemand hier.«

»Hier?«

»Dort, wo du stehst«, bestätigte ich geduldig.

»Jetzt? Vor Euch? Ich weigere mich entschieden.«

»Theophano«, sagte ich ruhig, »du mußt begreifen, daß ich hier die Herrin bin. Die Menschen tun, ohne zu zögern, was ich ihnen sage. Ich habe gesagt, daß ich eine Mutter für dich sein will. Ich denke, ich könnte dich mit der Zeit lieben, und ich hoffe, daß du mich im Lauf der Zeit auch lieben wirst. Aber ich will, daß du mir gehorchst. Entweder du ziehst dich jetzt aus, oder ich rufe meine Zofen, damit sie es tun.« Die Prinzessin starrte mich an und öffnete dann langsam ihr Kleid. Sie trug nur wenig darunter, und binnen weniger Sekunden stand sie nackt vor mir. Ich konnte Pandulfs Besessenheit verstehen. Mit dreizehn Jahren war Theophano eine vollentwickelte Frau, die auch schon ein seidiges Schamdreieck besaß. Und sie würde sich weiterentwickeln. »Nun den Kopfschmuck.«

Sie atmete schwer, als sie den Kopfschmuck entfernte, so daß die pechschwarze Haarpracht offen über ihre Schultern fiel. »Wunderschön«, sagte ich. »Ich bin sicher, daß mein Sohn äußerst erfreut sein wird.«

Ihr ganzer Körper war vor Wut und Verlegenheit leicht gerötet. »Und wird er mir auch gefallen, gnädige Frau?«

»Ich hoffe es. Er ist ein schöner Mann. Nun komm und setz dich zu mir.« Ich zeigte auf das Bett, und sie ließ sich vorsichtig nieder. Unsere Oberschenkel berührten sich. »Erstens«, sagte ich, »wirst du mich mit Hoheit anreden, zumindest in der Öffentlichkeit. Wenn du mich privat Mutter nennen möchtest, ist mir das sehr angenehm.«

»Mit Hoheit würde ich eine Königin oder Kaiserin anreden.«

»Und ich bin Kaiserin, wie auch du es in Kürze sein wirst.«

»Es kann nur eine Kaiserin geben, und zwar die Frau, die mein Bruder heiraten wird.«

»Theophano, mir reißt gleich der Geduldsfaden. Du bist nun im Heiligen Römischen Reich. Du wirst den Sohn des Kaisers Otto heiraten, der bereits zum Kaiser gekrönt wurde, und du wirst an Eurem Hochzeitstag gekrönt. Ich will nun kein sinnloses Geschwafel mehr hören, was in Konstantinopel Geltung hat.«

»Konstantinopel ist die größte Stadt der Welt.«

»Das ist sie zweifellos, aber für dich ist das jetzt Geschichte.«

»Ich …«

»Sag es nicht«, warnte ich sie, »oder du machst mich wirklich ärgerlich.«

»Und was werdet Ihr tun, wenn Ihr ärgerlich seid, Hoheit?«

Das war der Tropfen, der das Faß zum Überlaufen brachte. Ich packte sie an der Schulter und drehte sie herum, und ehe sie begriff, war geschah, lag sie schon mit dem Bauch auf meinem Schoß. Sie kreischte vor Wut und Empörung, worauf sofort ein schmerzerfülltes Jaulen folgte, denn ich schlug, so fest ich konnte, auf ihren nackten Hintern. Sie versuchte sich zu erheben, aber ich hielt sie mit meiner linken Hand fest, während ich ihr noch immer den Hintern versohlte, bis mir die Puste ausging. Dann ließ ich sie los. Sie rollte von meinem Schoß herunter, setzte sich in einer äußerst unschicklichen Pose auf den Boden und kniete sich dann hastig hin, da ihr Gesäß schmerzhaft brannte. Nun weinte sie. Die Tränen flossen über ihre wunderschönen Wangen. »Ihr … Ihr …«

»Mutter«, schlug ich vor.

☆

Ihr entzückendes kleines Hinterteil schmerzte. »Zieh dein Hemd an«, sagte ich zu ihr. Sie stand schmollend auf und zog das Hemd über ihren Kopf. »Kannst du sitzen?« Sie wollte mir die Zunge herausstrecken, änderte aber geschwind ihre Meinung. »Nun, dann leg dich auf den Bauch.« Sie gehorchte und legte sich so hin, daß ihr Kopf neben meinem Oberschenkel lag. »Es gibt noch etwas, über das wir sprechen müssen. Die Beziehung zwischen deinem Gatten und dir.«

»Ihr meint Geschlechtsverkehr ... Mutter?«

»Das hat sicherlich damit zu tun. Ich habe gehört, daß du eine richtige Frau bist. Hat man dich über Männer aufgeklärt?«

Theophano rollte sich auf den Rücken, verzog das Gesicht, zappelte ein wenig und machte es sich dann anscheinend bequem. »Ihr habt gesagt, daß ich nun Römerin und keine Byzantinerin mehr sei«, sagte sie.

»Das stimmt.«

»Und daran kann sich nichts mehr ändern?«

Können Sie sich vorstellen, daß ich im Alter von einundvierzig Jahren noch so naiv hätte sein können, um nicht zu begreifen, daß sie zum Gegenangriff überging? »Nichts auf der Welt.«

»Na schön«, sagte sie, »ich bin über Geschlechtsverkehr und die Hochzeitsnacht aufgeklärt worden – von meinem Bruder.«

☆

Es war das erste Mal im Leben, daß ich befürchtete, einen Anfall zu bekommen. Mein Herz schien sich zu verkrampfen und hämmerte dann so wild, daß sich mir der Kopf drehte. Nachdem Theophano die vernichtenden Worte ausgestoßen hatte, setzte sie sich hin und schaute mich ein wenig beunruhigt an. »Werdet Ihr mich nun wieder schlagen?«

Ich konnte zumindest meine körperliche Schwäche langsam bezwingen. »Ich muß ganz genau darüber aufgeklärt werden«, sagte ich. »Du hattest Geschlechtsverkehr mit deinem Bruder?«

»Es hat großen Spaß gemacht – mir jedenfalls.« Sie runzelte die Stirn und spielte mit ihrem Haar. »Aber daß es ihm gefallen hat, glaube ich nicht.«

»Willst du damit sagen, daß *du* dich *ihm* genähert hast?«

»Nun, er hat nach dem Exerzieren ... Er sah so wunderschön aus, daß ich ihn berühren und festhalten mußte und dann ...«

»Dann hat er dich auf den Rücken gedreht.«

»Nein, er wollte mich wie einen Hund besteigen. Wie Ihr ja wißt, mußte ich Jungfrau bleiben. Jedenfalls gefällt es ihm auf diese Weise besser. So treibt er es auch mit seinen Spielgefährten.«

»Willst du damit sagen, du bist noch Jungfrau?« Es war notwendig, mich auf das Wesentliche zu konzentrieren.

»O ja.«

»Aber du bist von deinem Bruder mißbraucht worden.« Mein Gott, dachte ich. Wenn ich an die jahrelangen Bemühungen dachte, um diese Heirat zustande zu bringen ... »Darf ich dich fragen, wie alt du warst, als es geschah?«

»Es war im letzten Jahr.«

»Als du zwölf warst und er dreizehn.« *Mein Gott!* Vermutlich wäre es in diesem Fall richtig gewesen, Cäsar zu rufen und sie auf der Stelle von ihm erwürgen zu lassen. Aber wie konnte ich den Tod für ein so hübsches Wesen oder das Ende eines so sorgfältig ausgearbeiteten Bündnisses in Erwägung ziehen? Ich hielt ihre Hand. »Begreifst du, daß du gerade ein Kapitalverbrechen gebeichtet hast?«

»Mein Bruder ist Kaiser. Er kann kein Verbrechen begehen.«

»Du warst schon mit meinem Sohn verlobt und damit bereits zukünftige Kaiserin. Wenn die Kaiserin eine außereheliche Beziehung unterhält, macht sie sich nicht nur selbst strafbar, sondern auch ihren Partner – es sei denn, sie ist Witwe«, fügte ich in meinem eigenen Interesse hinzu.

Sie warf den Kopf zurück. »Was werdet Ihr tun? Mich nach Hause schicken und den Krieg wieder beginnen?«

»Weiß noch jemand davon?«

»Nur Basileios.«

»Hast du es nie gebeichtet?«

»Gott bewahre!«

»Dann werde ich mich bemühen, dir zu vergeben. Doch was du mir erzählt hast, muß für immer unser Geheimnis bleiben. Schwöre es.«

»Wollt Ihr damit sagen, daß mein Gatte es nicht erfahren darf?«

»Unter gar keinen Umständen. Ich bezweifle, daß er so versöhnlich sein würde wie ich.«

»Dann schwöre ich es.« Sie lächelte mich verschmitzt an. »Nun sind wir für immer miteinander verbunden, liebste Mutter.«

Schön, wenn es so gewesen wäre!

☆

Man kann gewiß verstehen, daß mein erstes Treffen mit Theophano äußerst nervenaufreibend für mich war. Wir hatten indes keine Zeit, uns auszuruhen oder zu erholen. Am nächsten Tag kehrten wir nach Rom zurück, und dort wartete viel Arbeit auf uns. Zunächst mußte die Prinzessin in ihre neue Gesellschaft eingeführt werden. Selbstverständlich war mein Gatte der erste, der sie kennenlernte, und das war für ihn trotz seines Alters offensichtlich eine große Freude.

Mein Sohn Otto konnte sein Begehren kaum zügeln, als er sie erblickte. Ich konnte nur mit größter Mühe verhindern, daß er auf der Stelle über sie herfiel. Wie ich einsehen mußte, war es tatsächlich besser gewesen, daß er mich nicht begleitet hatte, um Theophano abzuholen. Elisabeth hatte sich stillschweigend auf den Besitz zurückgezogen, den ich ihr zugesprochen hatte.

Außerdem brannten alle römischen Adeligen und ihre Gemahlinnen darauf, mit der Prinzessin bekannt gemacht zu werden, um mit eigenen Augen zu sehen, ob sie so hübsch war wie behauptet wurde. Ich glaube nicht, daß irgend jemand enttäuscht war; vor allem der junge Crescentius war so überwältigt wie die meisten Männer. Am wichtigsten war der Besuch beim Papst. Ich begleitete Theophano zum Lateranpalast, und wir wurden wohlwollend empfangen. Ich konnte sehen, daß Theophano die demütige Art verwunderte, in der ich mich dem Papst näherte. In Konstantinopel war, das anders, denn dort herrschte der Kaiser viel offensichtlicher über die Kirche und über den Staat, als es Otto der Große tat. Theophano fügte sich jedoch, ließ sich segnen und nahm an einem Katechismus teil. Ihre gute Auffassungsgabe bestätigte sich, denn sie schien das Nizäische Glaubensbekenntnis größtenteils auswendig zu kennen. Während wir all diesen Pflichten nachkamen, war ich immer etwas besorgt, daß das Mädchen etwas Unerhörtes sagen oder tun könnte, aber sie benahm sich tadellos. Sie machte nur eine einzige abfällige Bemerkung, als wir zum erstenmal die Stadt betraten: »Was für ein verfallenes altes Trümmerfeld.«

»Rom ist tausend Jahre älter als Konstantinopel«, erinnerte ich sie, womit ich ein wenig übertrieb, da Konstantinopel nur der neue Name von Byzanz war, den der Kaiser Konstantin der Stadt verlieh, als er sie zu seiner Hauptstadt wählte, während das Rom des Romulus und Remus nur ein Dorf gewesen war. Ich wartete förmlich darauf, daß sie mir widersprechen würde, aber es sah so aus, als hätte Theophano jeden Gedanken aufgegeben, mit ihrer neuen Mutter zu streiten. Das gefiel mir ausgezeichnet.

☆

Die Vorbereitungen für die Hochzeit und die Krönung wurden nun so schnell wie möglich vorangetrieben, denn der Sommer stand schon vor der Tür. Ich hatte die feste Absicht, die Stadt verlassen und die Berge erreicht zu haben, ehe irgend jemand von uns der Schüttelkrankheit zum Opfer fallen konnte, wobei ich besonders an meinen Gatten und die jungen Leute dachte. An dieser Stelle möchte ich erwähnen, daß ich Theophano von Tag zu Tag mehr ins Herz schloß. Der ungünstige Verlauf unserer ersten Begegnung war vergessen, und ich verbrachte die meiste Zeit in ihrer Gesellschaft. Fast hätte ich gewünscht, sie wäre meine eigene Tochter gewesen. Dann hätte es die unschönen Vorfälle in ihrer Jugend nie gegeben. Ich kam jedoch zu dem Schluß, daß es viel wichtiger war, sie zur Schwiegertochter zu haben, so daß sie die zukünftige Mutter meiner Enkelkinder sein würde.

Sie war wirklich sehr gebildet, wenn auch vielleicht nicht auf allen Gebieten. Ich tat mein Bestes, ihren Horizont zu erweitern, verbesserte ihr Latein und trichterte ihr nicht nur die römische, sondern auch deutsche und burgundische Geschichte ein. Theophano war voller Tatendrang, wie es sich für ein dreizehnjähriges Mädchen gehörte. Sie interessierte sich für alles, doch am liebsten sang und tanzte sie. Wir gaben ein paar fröhliche Feste im kleinen Rahmen, und bei diesen Anlässen entspannte sich sogar das grimmige Gesicht meines Gatten, und mein Sohn war noch immer ganz hingerissen.

Es war durchaus verständlich, daß Theophano die bevorstehende Hochzeit und Krönung in Aufregung versetzten. Sie ließ stundenlange Anweisungen über sich ergehen und verbrachte Stunden um Stunden im Anproberaum, während ihre Kleider genäht und immer wieder geändert wurden. In dieser Zeit äußerte Konstantinopel sich nicht zu der Behandlung ihrer Abordnung, und ich erwartete es auch nicht. Wie ich zu Theophano gesagt hatte, gehörte Konstantinopel für uns nun der Geschichte an.

Schließlich kam der große Tag. Alle Glocken in Rom und Umgebung läuteten. Jeder, der irgendeinen Putz besaß, zog ihn an und drängte sich in den Straßen. Die St.-Johannes-Kathedrale war voller Menschen. Das Te Deum stieg zum Himmel empor. Fahnen wehten, und in den Brunnen floß Wein. Otto der Große strahlte, und mein Sohn Otto war vor Aufregung ganz aus dem Häuschen. Pandulf streichelte seinen Bart. Guido betete laut. Cäsar sang noch lauter. Claudia fiel in Ohnmacht, und Papst Johannes, dessen Stimme gelegentlich versagte, zeigte, was er konnte.

Aber natürlich war Theophano die Königin des Tages. Sie stellte sogar ihren Gemahl in den Schatten, da sie das Geschehen mit ihrem Lächeln und ihrer Schönheit beherrschte. Sie bot wirklich einen hinreißenden Anblick in ihrem Kleid aus goldenem Stoff, mit ihrer juwelengeschmückten Haarpracht, ihrer Perlenkette und ihren vielen Ringen. Doch ich hatte darauf geachtet, daß keiner ihrer Ringe die Schönheit meines Rubinrings übertraf. Dann wurde sie, wie die Vermählungszeremonie es vorsah, nach draußen geführt, um der Menge vorgestellt zu werden. Sie wurde entblößt, gesalbt und zur Kaiserin gekrönt. Als die Jubelrufe erklangen, flatterten unzählige Tauben in die Luft, so daß einige der alten Gebäude, die um die Kathedrale standen, beinahe eingestürzt wären. »Liebe Mutter«, sagte sie zu mir. »Ich fühle mich wie eine Königin.«

»Du bist jetzt Kaiserin«, erinnerte ich sie.

☆

Den Jungvermählten wurde erlaubt, eine Nacht auf der Engelsburg zu verbringen, ehe wir nach Tivoli aufbrachen. Wie üblich gaben alle sich Trinkgelagen hin, die die Sinne zugleich betäubten und entflammten. Otto der Große zog sich vor dem Ende der Festivitäten zurück, aber ich tanzte bis in die frühen Morgenstunden. Ich muß gestehen, daß ich so neugierig war, was wohl in der Hochzeitsnacht geschehen würde, daß ich mich nicht zurückzog, sondern über den Geheimgang zu dem Platz hinter den Vorhängen ging, von wo ich auf das Bett meines Sohnes hinunterschauen und ihn beim Liebesspiel beobachten konnte. Er und Theophano hatten das Fest einige Stunden zuvor verlassen, und ich war darauf gefaßt, sie schlafend vorzufinden. Weit gefehlt! Sie lagen einander noch in den Armen, küßten und liebkosten sich mit den Lippen und spielten miteinander. Es kann keinen schöneren Anblick geben als den eines siebzehnjährigen Jungen und eines dreizehnjährigen Mädchens, die einander nackt in den Armen liegen und sich lieben. Ich ging als glückliche Frau zu Bett und wünschte, die Nacht möge niemals enden. Oh, wäre das nur möglich gewesen!

Die Ehe war unbestritten vollzogen worden, denn als ich am nächsten Morgen die erforderliche Überprüfung vornahm, sah ich, daß die Bettlaken befleckt waren. Theophano war gerade in ihrem Bad; deshalb suchte ich Otto auf, der wie üblich in seiner Schreibstube saß, Befehle ausgab und Erlasse und Urteile unterzeichnete. Er war so eifrig und aufmerksam, als hätte es die letzte Nacht nie gegeben. Als er mich sah, gab er seinen Höflingen ein Zeichen und stand auf, um mich zu umarmen. »Mutter, wie kann ich Euch je danken?«

»Bist du mit deiner Frau einverstanden?«

»Sie ist ein Geschenk der Götter oder … vielleicht auch der anderen Seite.«

»Keine Gotteslästerung bitte. Ich pflichte dir allerdings bei, daß sie außergewöhnlich ist. Du wirst sie glücklich machen.« Sein Gesicht verdunkelte sich. »Raus mit der Sprache«, befahl ich. »Du hast gesagt, sie sei entweder ein Geschenk Gottes oder des Teufels. In welcher Hinsicht mißfällt sie dir?«

Er setzte sich wieder hin und machte sich an seinen Schreibfedern zu schaffen. »Sie weiß soviel.«

Mein Herz setzte aus. »Worüber?«

»Nun … über die Liebe, meine ich. Sie …« Er errötete.

»Ich bin deine Mutter«, erinnerte ich ihn.

»Sie will mit mir spielen«, stammelte er.

»Findest du das nicht angenehm? Jede Frau sollte mit ihrem Gatten spielen wollen.« Er hob jäh den Kopf, als käme ihm zum erstenmal in den Sinn, daß sein Vater und ich uns auch an solchen Spielen erfreut haben könnten. Ich lächelte. »Dein Vater und ich waren auch mal jung, Otto. Leider nicht so jung wie du und Theophano, als wir geheiratet haben, aber jung genug.«

»Wie alt wart Ihr, als Ihr zum erstenmal geheiratet habt, Mutter?«

»Sechzehn.«

»Und hattet Ihr schon Erfahrung mit Männern?«

»Das ist eine freche Frage. Genau wie Theophano war ich in meiner Hochzeitsnacht Jungfrau.«

»Aber was wußtet Ihr schon? Ihr wart sechzehn. Theophano ist drei Jahre jünger. Und …«

»Es ist in Byzanz Brauch«, sagte ich, »die Kinder früher über das Leben aufzuklären, als es bei uns üblich ist.«

»Und gleichzeitig zu sündigen?«

Wieder machte mein Herz einen Sprung. »In welcher Hinsicht hat sie denn gesündigt?«

»Sie … wollte die Liebe mit mir nicht auf die übliche Weise vollziehen.«

O Gott, dachte ich. »Aber die Ehe wurde vollzogen. Du hast sie entjungfert.«

»Von hinten, Mutter. Sie wollte, daß ich sie nahm, als sie auf Händen und Knien hockte. Das ist doch keine Sünde, nicht wahr?« Für einen Moment herrschte Leere in meinem Kopf. »Ich habe sie danach gefragt«, sagte Otto, »und sie erwiderte, daß nichts Sünde sein könnte, was ein Mann und eine Frau in der Hochzeitsnacht tun. Stimmt das, Mutter?«

»Das ist … Ansichtssache.«

»Muß ich es beichten, Mutter?«

»Natürlich. Beichte es Pater Guido. Ich bin sicher, er wird Verständnis haben. Aber eine andere ... Methode habt ihr nicht angewandt, Otto, oder?«

»Ich konnte nicht mehr. Ich war völlig erschöpft. Und ehe ich mich erholt hatte, benutzte sie ihre Hände ...« Er war wieder puterrot und verlegen. »Und dann ihren Mund.«

»Nun«, sagte ich ausgesprochen erleichtert, »das ist zumindest keine Sünde.«

»Seid Ihr sicher, Mutter?«

»Ja, ganz sicher«, sagte ich, obwohl mich Theophanos' byzantinische Erfahrungen beinahe um den Verstand brachten. »Das wichtigste ist, daß du mit einer reizenden, hübschen jungen Frau verheiratet bist. Sie wird dir prächtige Söhne schenken, dir eine treue Stütze und Verbündete in allen Dingen sein und dir so treu zur Seite stehen, wie ich deinem Vater immer zur Seite stand. Außerdem sind alle Sünden zwischen euch beiden unbedeutend. – Jetzt geh wieder an die Arbeit.«

☆

Anschließend suchte ich Theophano auf. Nachdem sie gebadet und parfümiert worden war, saß sie vor ihrem Ankleidespiegel, während eine ihrer Zofen ihr Haar bürstete. Die anderen guckten zu und flüsterten miteinander, weil die Kaiserin splitternackt war. Ich klatschte in die Hände. »Geht hinaus. Ihre Gnaden und ich möchten allein sein.«

Sie flüchteten aus dem Zimmer, und Theophano drehte sich zu mir um. »Oh, Mutter! Was für eine Nacht! Mein Kopf dreht sich immer noch.«

»Vom Wein oder von der Liebe?«

Sie runzelte die Stirn. »Habe ich Eurem Sohn denn nicht gefallen?«

»Doch, du hast ihm sogar sehr gefallen, aber nun ist er davon überzeugt, der größte Sünder der Welt zu sein. Hast du diese Künste, die du letzte Nacht praktiziert hast, auch von deinem Bruder gelernt?«

»Nun ja ...«, sagte sie schmollend.

»Ich verstehe. Wie viele Männer oder Jungen haben denn schon das Bett mit dir geteilt?«

»Ich bin als Jungfrau zu Euch gekommen«, sagte sie schnippisch, »wie es meine Pflicht war.«

»Und dafür bin ich dankbar. Der Besitz eines heilen Jungfernhäutchens ist jedoch nur ein technischer Punkt. Wenn eine Frau einen solchen Schatz besitzt, wird in der Regel angenommen, daß auch der Rest ihres Körpers noch unverbraucht ist.«

»Sehe ich verbraucht aus?«

»Du siehst aus, als hättest du die reinste Seele der Welt. Und solange du dich so benimmst, werden alle glauben, du könntest kein Wässerchen trüben. Jetzt hör mir ganz genau zu. Was geschehen ist, ist geschehen. Welche Liebesspiele du als Kind in Konstantinopel auch praktiziert haben magst – geschehen ist geschehen. Jetzt bist du Kaiserin des Heiligen Römischen Reiches und die Frau meines Sohnes, und danach mußt du dich von nun an richten. Du wirst Otto – und *nur* Otto – mit in dein Bett nehmen. Was ihr zwei dort tut, ist eure Angelegenheit, aber du wirst ihn nicht dazu bringen, widernatürliche Dinge mit dir zu treiben. Und du wirst mit niemandem über deine Vergangenheit sprechen, denn ...«

»Das habe ich doch schon versprochen«, unterbrach mich das kesse Kind.

»Dann sieh zu, daß du dein Versprechen hältst.« Ich legte meine Hand unter ihr Kinn und schaute sie streng an. »Dann werde ich dich über alles lieben.«

»Ist es nicht Ottos Liebe, nach der ich streben soll?«

»Natürlich, und ich glaube, daß du sein Herz erobern wirst, wenn er sich erst einmal an deine kleinen Eigenarten gewöhnt hat. Du mußt allerdings darauf achtgeben, daß du ihn nicht erschreckst, indem du zuviel von ihm verlangst oder ihn in der Liebe zu sehr bedrängst. Ich möchte, daß zwischen euch grenzenlose Vertrautheit entsteht – aber die muß allmählich wachsen, dann wird sie um so stärker sein.« Ich verabschiedete mich, ging zur Tür und drehte mich noch einmal um. »Und es ist in unserem Hause nicht Sitte, sich vor den Zofen nackt zu zeigen, es sei denn, du nimmst ein Bad oder kleidest dich an.«

Ich hoffte, das Mädchen nach meinen Vorstellungen formen zu können. Wie trügerisch unsere Hoffnungen manchmal doch sind!

☆

Der Sommer war wunderschön. Theophano wich nicht von meines Sohnes Seite. Sie ritt mit ihm zum Jagen in die Berge, saß an den Ufern eines Baches und angelte und bewies immer wieder, daß sie ihn ebenso leidenschaftlich liebte wie er sie. Es war eine wahre Freude, sie zusammen zu beobachten. Sie spielte auch ihre Rolle als Schwiegertochter tadellos. Abends saß sie bei meinem Gatten und erfreute ihn mit ihrem Gesang und ihren Geschichten über das Leben in Konstantinopel. Zu meiner großen Erleichterung schilderte sie das Leben in ihrer Heimat nicht so sündhaft, wie ich es aufgrund der Darstellungen von Pandulf und der jungen Prinzessin in Erinnerung hatte.

Mir gegenüber war sie stets höflich und hilfsbereit. Auch war sie sorgsam darauf bedacht, all meine Forderungen zu erfüllen. Meine einzige Enttäuschung bestand darin, daß sie im September noch nicht schwanger war, aber der September brachte uns eine schreckliche Nachricht aus Rom: Papst Johannes war verstorben.

☆

Ich hatte nie gewußt, wann genau Johannes geboren worden war, aber ich wußte, daß er ungefähr das gleiche Alter hatte wie Otto der Große. Das war ein beunruhigender Gedanke. Tatsache war, daß Johannes es als seine Pflicht betrachtete, sogar während des Sommers in Rom zu bleiben, und daher ständig der Gefahr ausgesetzt war, die Schüttelkrankheit zu bekommen.

Aber es war ein schwerer Schicksalsschlag, ohne Vorwarnung diesen treuen Mann zu verlieren, der uns stets mit dem größten Eifer gedient hatte und überdies ein moralisch aufrechter Mann gewesen war, was man nur von sehr wenigen seiner unmittelbaren Vorgänger behaupten konnte. Es stellte sich die Frage, wer ihn ersetzen konnte.

Otto der Große eilte nach Rom, um sich verschiedene Vorschläge anzuhören. Erstaunlicherweise hatte er noch keinen bestimmten Kandidaten im Sinn. Ich begleitete ihn und ließ das junge Paar für die restliche Zeit allein in Tivoli zurück. Wir hatten viel zu tun und mußten Kardinäle ebenso wie verschiedene römische Adelige befragen. Es ist wohl unnötig zu sagen, daß einer der bekanntesten Crescentius II. war, der nun auch das Gehabe seiner berüchtigten Vorfahren an den Tag legte. Otto der Große hörte sich geduldig alle Argumente für und wider die verschiedenen Kandidaten an. Die Kardinäle waren einem gewissen Benedikt zugeneigt, der in meinen Augen eine ausgezeichnete Wahl zu sein schien. Crescentius, der einen eigenen Kandidaten im Auge hatte, einen Kardinal-Diakon namens Franco, widersetzte sich ihnen jedoch. Diesen Franco mochte ich nicht, weil ich gewisse Dinge über ihn wußte, aber der Hauptgrund, daß ich mich seiner Wahl widersetzte, war der, daß er von den Crescentii unterstützt wurde.

Otto der Große stimmte mir zu, wollte aber, daß die Neubesetzung des päpstlichen Amtes friedlich geregelt wurde. Was nun stattfand, könnte man als eine Art Kuhhandel bezeichnen, denn wir bekamen zwar unseren Mann, aber

Benedikt wurde erst kurz nach Weihnachten ins Amt eingesetzt. Mein Sohn Otto und Theophano kehrten anläßlich der Feierlichkeiten nach Rom zurück, und es folgte für alle eine ausgelassene Zeit. Mir konnte allerdings nicht entgehen, daß Otto der Große kaum an den Festlichkeiten teilnahm, wie schon bei der Hochzeitsfeier.

Der Tod Johannes', der ein so alter und enger Freund gewesen war, schien ihn mehr zu berühren, als zu erwarten gewesen wäre. Stundenlang saß er mit halb geschlossenen Augen da und grübelte, und wenn ich versuchte, ihn aus seinen Träumen zu reißen, fuhr er zusammen und stieß einen lauten Schrei aus: »Jetzt! Jetzt!« rief er. »Zum Angriff! Greift sie an!« Mir wurde klar, daß er noch einmal einige seiner vergangenen Siege durchlebte, und vielleicht sogar den auf dem Lechfeld. Dann kam er wieder zu sich, lächelte mich an und umarmte mich. »Ihr müßt einem alten Soldaten seine Träume verzeihen.«

»Ich verzeihe diesem alten Soldaten alles.«

»War ich erfolgreich, Adelheid?«

»Ihr seid der erfolgreichste Mann, der je gelebt hat.«

»Schmeichlerin!« Aber er drückte mich noch fester. »So wie Alexander?«

»Der in einem Alter starb, als Ihr noch Eure Muskeln spielen ließet.«

»Und Cäsar?«

»Der in einem Alter ermordet wurde, als Ihr die Ungarn geschlagen habt.«

»Augustus?«

»Dessen Nachkommen entartet und Mörder waren.«

»Konstantin?«

»Seine Familie war kaum anziehender. Und bevor Ihr Karl den Großen nennt, laßt mich sagen, daß dasselbe mit der einen oder anderen Einschränkung auch auf ihn zutrifft.«

»Sie hatten zumindest große Familien. Ich habe nur eine Tochter und einen Sohn.«

»Aber was für einen Sohn. Könnt Ihr daran zweifeln, daß er ein großer Kaiser wird?«

»Nicht solange Ihr ihn leitet. Wie sehr wünschte ich, Liudolf hätte sich anders entwickelt. Würde es Euch kränken, Adelheid, wenn ich Euch gestehe, wie sehr ich seine Mutter geliebt habe?«

»Ihr habt es mir schon gestanden, Herr. Und ich ehre Euch dafür. Ich bete nur, daß es mir gelungen sein möge, sie ein wenig zu ersetzen.«

»Ihr, Adelheid …« Er zerzauste mein Haar, wie er es so gern getan hatte, als wir Jungvermählte waren. »Ihr seid mit Abstand die größte Frau ihrer Zeit und mir weit überlegen.«

»Jetzt schmeichelt Ihr mir aber, mein lieber Gemahl.«

»Wart Ihr glücklich, Adelheid?«

»Ich war immer glücklich, wenn ich in Eurer Nähe war.«

»Bleibt glücklich, Adelheid«, bat er.

☆

Das war ein wenig schwierig, da ich wußte, daß er sterben würde. Ich glaube, Otto der Große wußte es auch. Dieser Riese, dieser gewaltige Krieger war einfach erschöpft, nachdem er ein Vierteljahrhundert unablässig Schlachten geschlagen, Kriege geführt und Entscheidungen getroffen hatte und der Welt mutig entgegengetreten war. Noch konnte ich hoffen und beten. Wir verlebten einen ruhigen Winter und erlaubten unserem Sohn, die Zügel der Regierung in immer größerem Maße zu übernehmen. Otto trat seine neue Aufgabe mit viel Selbstvertrauen an. Otto der Große lobte die meisten seiner Bemühungen, und da jeder wußte, daß er mit seiner noch immer mächtigen Hand hinter seinem Sohn stand, gab es niemanden, der sich den Erlassen des jungen Kaisers widersetzte.

Auch Theophano schien in ihre Rolle als Kaiserin hineinzuwachsen, wenn sie Otto dem Großen und mir auch schickliche Ehrerbietung zollte. Ich wußte, daß sie so gut wie ich erkannte, daß mein Gatte sein letztes Jahr auf Erden verbrachte. Natürlich vertraute sie auch darauf, nach seinem Tod den höchsten Rang innezuhaben. Zu jener Zeit war ich glücklich über ihre Unterstützung. Auch der neue Papst unterstützte uns. Er wußte sehr wohl, daß die Partei der Crescentii ebenfalls auf den Tod des Kaisers wartete, weil sie hoffte, ihre früheren Vorrechte zurückzuerhalten.

Ich erwähnte das meinem Sohn Otto gegenüber. »Ich werde Euch nicht enttäuschen, Mutter«, sagte er. »Weder Euch noch Vater. Ich versichere Euch, daß diese Gauner, wenn sie versuchen, Vaters Anordnungen umzustürzen, in mir einen noch schrecklicheren Gegner finden werden.« Ich glaubte ihm und fand es beruhigend, auch wenn er noch keine achtzehn war.

Im Frühjahr wurde es immer offensichtlicher, daß ganz Rom, ganz Italien, ganz Deutschland und vielleicht die ganze bekannte Welt auf ein Ereignis warteten, über das kaum ein Lebender je auch nur nachzudenken gewagt hatte. Und am 6. Mai 973 starb Otto der Große.

Dritter Teil

Die Witwe

10

Das Exil

Otto der Große starb im Beisein seiner Frau, seines Sohnes und seiner Schwiegertochter, seines Papstes und der Kardinäle, seiner treuen Generäle und Sekretäre und Beamten. Pandulf eilte aus Capua herbei, als er unterrichtet wurde, daß der Kaiser im Sterben lag. Alle waren liebevoll und freundlich zu mir, aber ich konnte sofort erkennen, daß die Köpfe arbeiteten und die Räder sich schon außerhalb meines Einflußbereichs drehten.

Ich hatte nicht die Absicht, dies geschehen zu lassen, wenn ich es verhindern konnte. Ich war nun seit zwölf Jahren Kaiserin, und ich hatte mich daran gewöhnt, obwohl ich erkannte, daß mir schwierige Zeiten bevorstanden. Durch den Tod des Monarchen standen wir vor unserem ersten Problem. Schon vor langer Zeit hatte Otto schriftliche Anweisungen hinterlassen, daß er in der Kathedrale von Magdeburg neben Edith zur letzten Ruhe gebettet werden wollte. Ich hatte die feste Absicht, dafür zu sorgen, daß sein Wunsch erfüllt wurde, auch wenn es sofort Gerede gab. Sächsische Könige wurden in der Regel in Aachen beigesetzt, wo auch Karl der Große ruhte. Man warf mir seltsame Blicke zu. War der Wunsch meines Gatten nicht wie eine Ohrfeige für mich?

Dies alles ertrug ich geduldig. Ich hatte immer gewußt, daß ich auf Ottos Liebesliste hinter Edith stand. Das hatte mich nicht davon abgehalten, ihn von ganzem Herzen zu lieben. Daß ich nicht auf so übertriebene Weise um meinen Gatten trauerte, wie es einige erwarteten, hatte damit zu tun, daß ich wußte, um was ich mich alles würde kümmern müssen.

☆

Natürlich mußte der neue Kaiser der Beisetzung seines Vaters ebenso beiwohnen wie die neue Kaiserin und ich. Dadurch würde Rom eine Zeitlang ohne Herrscher sein. Auch wenn die Stadt sich scheinbar unterwürfig gab, brodelte es immer wie kurz vor einer Revolte. Ich traute keinem der römischen Adeligen, und dem jungen Crescentius mit seinem verschmitzten Lächeln und seinem unterwürfigen Verhalten traute ich am allerwenigsten. »Es wird keine Probleme geben, Mutter«, versicherte mir Otto. »Diese Menschen sind vollkommen eingeschüchtert. Sie wissen, daß sie meine gepanzerte Faust spüren werden, wenn sie sich auflehnen.«

»Das mag sein, aber Menschen müssen regiert werden.«

»Benedikt wird sich darum kümmern.«

Dieser Meinung war ich nicht. Benedikt war ein ängstlicher Mann, und ich konnte mir kaum vorstellen, wie er dem römischen Pöbel trotzte. »Wir brauchen einen Soldaten.«

»Na schön, dann werde ich Pandulf bitten hierzubleiben. Das würde Euch gefallen, Mutter, nicht wahr?« Diese pfiffige Bemerkung, die er scheinbar ganz nebenbei fallenließ, offenbarte mir, daß er von der Zuneigung wußte, die zwischen dem Langobarden und mir bestand.

»Pandulf ist nicht der richtige«, sagte ich. Otto hob die Brauen. »Pandulf ist Langobarde, ein Fürst jener Rasse, die jahrhundertelang Krieg gegen die Römer geführt hat. Daß diese Tage längst der Vergangenheit angehören und Pandulf deinem Vater treu und redlich gedient hat, spielt keine Rolle. Die Römer würden es noch immer als Ohrfeige betrachten.«

»Wer dann?« fragte er ein wenig verärgert.

Ich hatte meine Wahl schon getroffen. »Hugo von der Toskana.«

»Ich traue den Toskanern nicht«, knurrte er. »Auch sie haben in Rom lange Zeit Böses im Schilde geführt.«

»Hugo wird dich nicht enttäuschen, und er ist ein fähiger Soldat. Die Römer werden es nicht wagen, sich seinem Zorn auszusetzen.« Mein Sohn beugte sich meinem Urteil.

Theophano gefiel diese Entwicklung nicht. Sie war weder über Hugos Ernennung erfreut noch darüber, daß Otto sich so schnell meiner Entscheidung gebeugt hatte. Theophano betrachtete Hugo noch immer als den Mann, der sie beleidigt hatte, als sie zu uns gekommen war, weil er mich mit seinem Heer begleitet hatte. Sie suchte mich auf. »Verzeiht mir, wenn ich Euch in Eurem Kummer störe, Hoheit, aber ich bin der Meinung, daß Ihr Euch nicht genug Ruhe gönnt. Ihr habt Schreckliches durchgemacht.«

Ich hätte ihr erklären können, daß die Tatsache, seinen Gatten sterben zu sehen, auch wenn man ihn so sehr geliebt hat wie ich meinen Otto, durchaus keine so schreckliche Qual ist, wie ansehen zu müssen, daß der eigene Gatte ermordet wird, auch wenn man ihn nicht liebt. Aber ich zweifelte daran, daß sie es verstehen würde. »Du meinst, du würdest mich gern unterstützen, um einige meiner Vorrechte zu übernehmen.«

Sie hatte den Anstand zu erröten. »Ich würde Euch sehr gerne helfen, Hoheit.«

»Geduld, mein Kind. Du wirst im Laufe der Zeit alle Vorrechte bekommen, die du bewältigen kannst. Im Moment kann ich die Lage meistern.«

Nun stieg ihr Zornesröte ins Gesicht. »Da wir gerade von Vorrechten sprechen, Hoheit, so vertraue ich darauf, daß Ihr Otto erlauben werdet, seine ganze Macht ohne Einmischung auszuüben.«

»Ich bin sicher, das wird er tun. Er weiß, daß ich hier bin, wann immer er Ratschläge benötigt.«

»Ratschläge!« Sie stampfte mit dem Fuß auf den Boden. »Ganz Rom weiß, daß Ihr darauf bestanden habt, diesen Soldaten einzusetzen, diesen Hugo von der Toskana, damit er die Stadt während der Abwesenheit des Kaisers regiert.«

»Ja, ich habe den Grafen der Toskana empfohlen. Die Stadt braucht eine starke Hand. Er wird nur für die kurze Zeit regieren, bis wir alle zurückgekehrt sind.«

»Und inzwischen werdet Ihr den Kaiser zweifellos in vielen anderen Angelegenheiten beraten haben.«

»Sicher, wenn er um meine Ratschläge bittet. Nun geh bitte, Theophano, und versuche, dich wie eine Kaiserin und nicht wie ein Kind zu benehmen.« Sie stampfte davon. Ich wußte, daß sie mir möglicherweise nun wieder feindlich gesinnt war, aber es ist schwierig, Angst vor einem dreizehnjährigen Kind zu haben.

☆

Witwe zu sein, die eine Zeitlang vielleicht die mächtigste Frau der Welt ist, kann zu unschönen Konsequenzen führen. Eine solche Frau ist wieder frei, den Bund der Ehe zu schließen, und zieht daher alle Männer an, die ehrgeizig sind oder diese Frau – wie in meinem Fall – einfach begehren. Wenn ich mich auch meinem zweiundvierzigsten Geburtstag näherte, war ich noch immer die schönste Frau im Land. Auch auf diesem Gebiet war es nicht möglich, ein dreizehnjähriges Mädchen als mögliche Rivalin zu betrachten, selbst wenn sie bald vierzehn wurde.

Allgemein geltende Anstandsformen erfordern, daß Witwen eine Zeit der Trauer zugestanden wird. Für die Witwe eines Königs oder Kaisers beträgt diese üblicherweise mindestens sechs Monate, wenn nicht gar ein Jahr. Leider mangelte es im Rom des zehnten Jahrhunderts an allgemein geltenden Anstandsformen. Kaum eine Woche nach dem Tod Ottos, der bereits balsamiert worden war, saß ich in meinem Schlafgemach und schaute Claudia zu, die das Packen meiner Kisten beaufsichtigte. Unsere Reise nach Norden sollte am nächsten Tag beginnen. Plötzlich wurde mir mitgeteilt, daß Herzog Crescentius eine Audienz wünsche.

Es gab keinen Zweifel, daß er nach der einen oder anderen Gunst strebte, und ich war bereit, ihn zu empfangen. Ich muß gestehen, daß der Flegel, an den ich mich erinnerte, sich in einen stattlichen jungen Mann verwandelt hatte. Doch das brachte mich nicht dazu, ihn mehr zu mögen oder ihm mehr zu trauen. »Hoheit.« Er machte eine kunstvolle Verbeugung und schwenkte seinen Hut, daß die Feder über den Boden strich. »Ich nehme dieses private Treffen zum Anlaß, Euch mein tiefstes Beileid zu Eurem tragischen Verlust auszudrücken. Es ist ein Verlust für ganz Italien, für ganz Deutschland und die ganze Welt«, beteuerte er. Er stimmte sich auf sein Thema ein.

»Ich danke Euch, Herzog Crescentius, und ehre Eure Gefühle.«

»Und wohin wollt Ihr nun gehen, schöne Frau? Was werdet Ihr tun?«

»Ich bin sicher, daß ich meine Zeit ausfüllen kann.«

»Wie traurig es ist zu sehen, daß eine Frau in der Blüte ihrer Jahre durch ein unglückliches Schicksal aus der Bahn geworfen wird.«

»Wir unterliegen alle den Launen des Schicksals.« Ich konnte mir beim besten Willen nicht vorstellen, worauf er hinauswollte. Was auch immer er im Schilde führte, auf jeden Fall war ich fast doppelt so alt wie er.

»Ich will Euch mit ganzem Herzen dienen«, sagte er mit Inbrunst.

»Auch dafür bin ich dankbar.«

»Werdet Ihr nach der Beisetzung nach Rom zurückkehren?«

»Ich hoffe es. Rom ist meine Heimat geworden.«

»Ihr seid die Königin von Italien.«

Nun, dieser Hinweis zeigte deutlich genug, was er im Sinn hatte. Der Schatten von Berengar! »Italien hat keine Königin, Herzog. Es hat eine Kaiserin. In meinem Fall eine Kaiserinwitwe, aber es hat auch eine Kaiserin.«

»Die byzantinische Wölfin«, murmelte er.

»Ihr solltet Eure Worte sorgfältig wählen, oder Ihr werdet feststellen, daß die Wölfin Zähne hat.«

»Das italienische Volk hätte lieber eine Königin, die ihre Fähigkeiten schon bewiesen hat. Versteht Ihr nicht, Hoheit ...«, er kniete sich zu meinen Füßen nieder und ergriff meine Hand, »... daß das römische Volk Euch als seine wahre Herrscherin anerkennt? Euer Gatte hat Rom nur in Eurem Namen regiert.«

»Ich bin nicht sicher, daß das kein Landesverrat ist. Wenn sie das einst glaubten, müssen sie auf jeden Fall erkannt haben, daß sie sich in den letzten Jahren schmerzlich geirrt haben.«

»Und glaubt Ihr, daß sie so bereitwillig Euren Sohn akzeptieren, einen Jungen, der noch nicht bewiesen hat, was er kann?«

»Ich empfehle es ihnen wärmstens. Würdet Ihr bitte meine Hand loslassen?«

Doch statt dessen drückte der Bursche sie noch fester. »Italien will Euch, Hoheit, natürlich mit einem Gatten an Eurer Seite.«

»Einen Posten, den Ihr gern übernehmen würdet, Crescentius?«

Er errötete. »Es gibt niemanden, der geeigneter wäre, Hoheit. Ich verfüge über viel Unterstützung hier in Rom.«

»Ihr wollt sagen, daß Euch der Pöbel unterstützt, oder Ihr glaubt es zumindest.«

Er ließ sich nicht aus dem Konzept bringen. »Der Pöbel *ist* Rom, Hoheit.«

»Das ist Ansichtssache, Herzog. Ich danke Euch für Euer Angebot, das ich jedoch ablehnen muß.«

»Wollt Ihr nicht darüber nachdenken, Hoheit, und mir Eure Antwort nach Eurer Rückkehr geben?«

»Ich habe Euch meine Antwort bereits gegeben.«

Er erhob sich. »Ihr lehnt meinen Heiratsantrag ab.«

Er schien es notwendig zu finden, die Dinge beim Namen zu nennen. »Ja, Herzog, ich lehne Euren Heiratsantrag ab.«

»Man hätte meinen können, daß Ihr einen jungen, potenten Mann in Eurem Bett begrüßen würdet nach so vielen Jahren der …«

»Ich rate Euch, nicht weiterzusprechen. Ihr habt mich gerade darin erinnert, daß Ihr noch immer mein Untertan und als solcher noch immer der Untertan meines verstorbenen Gatten seid. Ich werde Euch nicht heiraten, Herzog Crescentius, weil Ihr in der Tat noch grün hinter den Ohren seid. Weil ihr ein ungehobelter Bursche seid, der versucht, eine Witwe zu belästigen, deren Gatte noch keine Woche tot ist, und weil Ihr zugebt, der Anführer des Pöbels zu sein, wohingegen ich und die Meinen Herrscher des Volkes sind. Und hauptsächlich heirate ich Euch nicht, weil ich Euch nicht mag und Euch nie mögen werde.«

Er drehte sich um und verließ den Raum, ohne noch ein Wort zu sagen oder sich zu verbeugen. Ich muß gestehen, daß ich ein Händchen dafür habe, mir Feinde zu schaffen, wenn ich es darauf anlege.

☆

Otto war im Mai gestorben, und es war Sommer, als wir nach Deutschland zurückkehrten. Aus diesem Grunde konnten wir die Alpen mühelos übersteigen, aber es war natürlich eine ermüdende und sentimentale Reise. Ich hatte wirklich keine Ahnung gehabt, wie sehr mein Gatte vom italienischen Volk geliebt worden war. All die Ratsherren und Adeligen der kleinen und großen Städte, die der Trauerzug durchquerte, erachteten es sicherlich als notwendig, der Welt und in erster Linie der Witwe und dem neuen Kaiser zu offenbaren, wie sehr sie den Tod ihres Herrschers bedauerten. Die Straßen waren mit schwarz gekleideten Männern und Frauen gesäumt, als der Trauerzug passierte, und es wurden verschiedene Trauerlieder gespielt. Als ich mich an frühere Reisen erinnerte, da die Glocken läuteten, die Menschen tanzten und die Mädchen Rosenblüten streuten, brach ich fast in Tränen aus.

Otto II. ritt stets an meiner Seite. Theophano, die noch immer schmollte, zog es vor, etwas weiter hinten zu bleiben. Ich wurde natürlich von meinen Getreuen begleitet, Cäsar, Guido und Claudia. Wir überquerten die Alpen und waren zum erstenmal nach sehr langer Zeit wieder in Deutschland. Ich spürte, daß die Trauer hier aufrichtiger war. Die Schwaben und Sachsen und sogar die Bayern erinnerten sich an all das Gute, das der verstorbene Kaiser getan hatte. Eine Erinnerung an weniger Gutes hatten sie kaum, da es schon so lange her war, daß er bei ihnen gelebt hatte. Sein bloßer Name hatte die ganze Zeit den Frieden bewahrt.

In München wurden wir von Heinrich von Bayern begrüßt. Er war so unterwürfig und traurig wie alle anderen, aber ich brachte es einfach nicht fertig, ihm zu trauen – hauptsächlich, weil ich es nie geschafft hatte, seinem Vater zu trauen. Ich war jedoch erfreut, meine Nichte Gisela zu treffen, die schwanger war. Es folgten Magdeburg und die Beisetzung, ein großes feierliches Ereignis.

Es war schon sehr spät, und ich war froh, mich in meine alten Gemächer zurückziehen zu können, um mich eine Weile auszuruhen und zu erholen.

Offensichtlich herrschte Frieden im Land. Die Byzantiner hatten sich in ihr Reich zurückgezogen, und am schönsten war, daß Theophano im Herbst schwanger wurde. Ich ging zu ihr. »Mein liebes Kind«, sagte ich, »meine besten Wünsche. Nun erfüllst du die wichtigste Aufgabe einer Königin und Frau.« Sie verzog das Gesicht. »Ich weiß, daß es ermüdend ist«, gab ich zu, »aber wenn du dem Kaiser erst einmal einen Sohn geboren hast, ist die Zukunft der Dynastie gesichert.«

☆

Zur gleichen Zeit war Agnes schwanger, die Frau meines Stiefenkelsohnes Otto von Carinthia. Ich erinnerte mich an den glücklichen kleinen Jungen, der mit meinem kleinen

Otto gespielt hatte, ehe das italienische Abenteuer begann. Er hatte sich in einen stattlichen jungen Mann verwandelt und war glücklich verheiratet. Seine Frau hatte schon zwei Söhne, Heinrich und Bruno, und freute sich darauf, ein drittes Kind zur Welt zu bringen. Wie sehr hoffte ich, daß Theophano ebenso fruchtbar sein würde.

Herzog Otto verbrachte einige Zeit mit mir und suchte meinen Rat. »Natürlich ist Heinrich mein Nachfolger. Aber was sollen wir mit Bruno machen, Großmutter?«

Ich muß zugeben, daß es mir im Alter von zweiundvierzig nicht sehr gut gefiel, als Großmutter angesprochen zu werden. Allerdings würde ich, wenn Theophano ein Kind bekäme, wirklich in wenigen Monaten Großmutter werden. »Am besten, er wird Geistlicher«, empfahl ich ihm, »sobald er das entsprechende Alter erreicht hat.« Der Bursche war kaum zwei Jahre alt.

☆

Es war natürlich erfreulich, mich umzuschauen und auf all diese Kinder zu sehen, die eifrig darauf warteten, ihren Platz auf der Bühne der Welt einzunehmen, aber es füllte meine Zeit nicht richtig aus. Ich versuchte, mich anderweitig zu beschäftigen, indem ich einige Klöster und Abteien stiftete und an Ottos Ratsversammlungen teilnahm. Theophano widersetzte sich dem nicht. Ihr Bauch schwoll allmählich an, und sie zog es vor, sich den öffentlichen Blicken zu entziehen. Es gab jedoch ein Problem. Auf alles, was die Ratsmitglieder oder Otto sagten, folgte stets eine Pause, da jeder am Tisch mich anschaute und auf ein Zeichen der Billigung oder Mißbilligung wartete.

Daher suchte Otto mich bald auf. »Ich denke, es wäre das beste für uns alle, Mutter«, sagte er mutig, »wenn Ihr meine Ratssitzungen nicht mehr besucht. Schließlich«, fügte er schnell hinzu, um mich zu beschwichtigen, »habt Ihr Vaters Ratssitzungen nie beigewohnt.«

»Aber ich dachte, ich bin dir von Nutzen.«

»Ihr seid mir eine große Hilfe, da ich weiß, daß Ihr es auch für meinen Vater wart. Aber der Einfluß und der Rat einer Frau ist von größerem Vorteil, wenn er im Verborgenen erteilt wird, findet Ihr nicht?«

Mir blieb keine andere Wahl als zuzustimmen, und daher war ich eine Zeitlang ganz von den Staatsgeschäften ausgeschlossen. Ich besuchte deshalb auch Theophano nicht mehr. Der Grund dafür war nicht nur, daß Theophano mit dem Anschwellen ihres Bauches in schlechte Stimmung verfiel und sogar gewalttätig wurde, sondern ich wollte auch den Triumph in ihren Augen ungern sehen, da ich annahm, daß Otto sich ihr anvertraut hatte. Und tatsächlich war mein Ausschluß von den Staatsgeschäften von sehr kurzer Dauer. Ungefähr einen Monat später saß ich mit Otto zusammen, der ungewöhnlich beunruhigt aussah. »Hat Onkel Heinrich sich nicht mehr als einmal gegen Vater aufgelehnt?« fragte er.

»Ja, er strebte nach mehr Macht in Bayern, als Euer Vater ihm zu gewähren bereit war.«

»Stimmt. Nun verlangt Cousin Heinrich genau das gleiche. Er fordert praktisch Bayerns Unabhängigkeit und das Recht, seine eigenen Gesetze zu verabschieden und seine eigenen Verträge abzuschließen.«

»Er stellt Euch auf die Probe.«

»Was soll ich tun?«

»Was Euer Vater getan hätte. Mobilisiert Euer Heer und verlangt seine Unterwerfung.«

»Aber ... die Kosten! Wäre es nicht besser, ihn einfach seinen eigenen Weg gehen zu lassen, vorausgesetzt, daß er mich weiterhin als Kaiser anerkennt?«

»Ihr würdet aufhören, Kaiser zu sein. Glaubt Ihr denn nicht, daß jeder Herzog und Graf im Reich nur darauf wartet, wie Ihr reagiert? Wenn Ihr Herzog Heinrich nachgebt, unterschreibt Ihr damit den Zusammenbruch Eures Erbes.«

Er verließ mich, und zu meiner Genugtuung hörte ich bald

die Signalhörner, die geblasen wurden, um die Befehlshaber zusammenzurufen. Otto war in einer viel stärkeren Position als sein Vater, als Heinrichs Vater zum erstenmal die Standarte des Aufstands aufstellte. Heinrich I. war vom Schwiegersohn des Kaisers und dessen Sohn unterstützt worden, und außerdem war Otto der Große fern der Heimat in Italien gewesen und den Gerüchten nach tot. Nichts von all dem traf jetzt zu. Otto II. war quicklebendig, und er war in Deutschland. Ich glaube nicht, daß einer der beiden jungen Namensvettern Ottos, Liudolfs Sohn, der Herzog von Schwaben, der kürzlich den Vater seiner Frau im Herzogtum ersetzt hatte, oder sein Cousin, Liutgards Sohn Otto, Herzog von Carinthia, dem Kaiser gegenüber hundertprozentig loyal waren, aber sie waren bereit, zu warten und zu beobachten, wie die Dinge sich entwickelten.

Hier beging ich einen Fehler. Ich machte mir ein wenig Sorgen über Ottos Fähigkeiten als General. Er war immer nur in Begleitung seines Vaters in die Schlacht gezogen und hatte niemals ein selbständiges Kommando auf dem Schlachtfeld geführt. Ich wollte nicht zusehen müssen, wie er von seinem anderen widerlichen Cousin besiegt wurde, auch wenn Heinrich mein angeheirateter Neffe war. Ich strebte einen kurzen Feldzug und eine unbarmherzige Schlacht an, wobei ich mich vielleicht an die Schlacht auf dem Lechtfeld erinnerte. Damit das gelingen konnte, brauchten wir den besten und erfahrensten Mann der Feldherrnkunst. Und daher riet ich Otto, Hugo von der Toskana zu Hilfe zu rufen. Otto tat das mit großer Begeisterung. Er hatte bereits Zweifel an seinen eigenen Fähigkeiten geäußert. Botschafter ritten in den Süden, und Hugo antworte sofort auf den Hilferuf und marschierte mit dem Hauptteil seines Heeres in den Norden. Ich nahm an, daß Heinrich schon kalte Füße bekam.

☆

Ich vermutete ebenfalls, daß der Feldzug beendet und Hugo zurück in Italien sein würde, ehe die Römer sich in seiner Abwesenheit rühren konnten. Unglücklicherweise verzögerte sich der Feldzug. Das hatte einerseits mit den Problemen zu tun, die stets damit verbunden sind, ein Heer zu mobilisieren, andererseits mit der Geburt des Kindes, das Theophano im Frühjahr 974 zur Welt brachte. Leider war das Kind ein Mädchen, doch Otto war entzückt. Er wollte mir eine Freude machen, indem er das Mädchen Adelheid nannte. Ich mußte das Kompliment würdigen, wenn ich auch viel lieber einen Enkelsohn gehabt hätte. Ich wußte nicht, wie Theophano zum Namen ihrer Tochter stand, weil sie sich zu jener Zeit sehr zurückzog. Zweifellos hätte Otto auch lieber einen Sohn gehabt, aber er war in seine Tochter vernarrt, und der Feldzug wurde noch einmal verschoben. Und dann kam ein Botschafter im Galopp aus Rom und brachte uns die schreckliche Nachricht mit einem furchtbar vertrauten Klang.

Kaum war Hugo nach Norden aufgebrochen, setzte Crescentius sich durch. Unterstützt vom Pöbel, dessen Treue er beanspruchte, entwaffnete er die kleine Garnison, die Hugo zurückgelassen hatte, übernahm die Macht und verlieh sich den Titel eines Patriziers, den schon seine Vorfahren getragen hatten. Natürlich behauptete er, im Namen des Kaisers zu handeln, aber wir wußten alle, daß das Unsinn war. Er wollte Otto herausfordern, der noch keine zwanzig Jahre alt war, und daher nahm Crescentius sicher an, daß es Otto an Fähigkeiten und Entschlossenheit mangelte, besonders da ihn in seiner Heimat Probleme bedrängten. Das alles war schon schlimm genug, aber wie seine Vorfahren führte Crescentius noch etwas anderes im Schilde.

Ich möchte an dieser Stelle daran erinnern, daß er seinen eigenen Kandidaten hatte, den Kardinal-Diakon Franco, der auf Johannes den Guten als Papst folgen sollte. Nun unterstützte er diesen Franco, der den Platz von Benedikt einnehmen wollte. Benedikt mußte den Anhängern des Franco gegenübertreten, die den Lateranpalast stürmten. Die Botschafter behaupteten, daß Franco Benedikt mit eigenen Händen erwürgt habe. Wir wußten nicht, ob es wahr oder falsch war, aber gewiß hatte er die Ermordung des Papstes angeordnet. Franco setzte sich die Tiara auf den Kopf und nahm den Namen Bonifatius VII. an. Otto konnte dies nicht dulden und stand vor einem großen Dilemma: Um welches Problem sollte er sich zuerst kümmern? Mein Herz schlug ihm entgegen, aber ich hatte schon eine klare Entscheidung getroffen, denn ich versuchte, die Situation so zu betrachten, wie mein Gatte es getan hätte. Heinrich von Bayern lehnte sich gegen den Kaiser auf, doch er strebte nur eine größere Unabhängigkeit seines Herzogtums an. Obwohl ich geraten hatte, sofort gegen ihn vorzugehen, um den Aufstand niederzuschlagen, sah ich nun ein, daß es vordringlichere Probleme gab.

Rom war in größerem Maße der Mittelpunkt des Reiches als Aachen und gewiß als München. Wenn wir zuließen, daß Crescentius seine Position stärkte, hätte das eine Rückkehr zu den schlimmen vergangenen Zeiten Alberichs und meines unbeweinten ersten Ehemannes bedeutet. In meinen Augen war das die größere Gefahr für das Reich. Doch falls meine Kritiker mich beschuldigten, mehr an Italien als an Deutschland interessiert zu sein, räume ich gern ein, daß sie nicht ganz unrecht haben: die Halbinsel war meine geistige Heimat.

Otto sah die Sache leider nicht so. Er betrachtete Heinrich als den Gegner, der sein Reich in größerem Maße bedrohte, und beschloß, seinen geplanten Feldzug gegen Bayern zu führen. Er versuchte jedoch auch, sich um die römische Situation zu kümmern, und rief Graf Sicco zu sich. »Ich gebe Euch tausend Mann und unbeschränkte Vollmacht.«

Eigentlich war ich nach meiner anfänglichen Enttäuschung, daß Otto nicht selbst nach Süden marschierte, erfreut. Ich kannte Sicco flüchtig. Er war bei den letzten Feldzügen meines verstorbenen Gatten einer der untergeordneten Befehlshaber. Aufgrund dieser Position hatten wir uns nur selten getroffen, aber ich kannte seine Fähigkeiten. Mir gefiel Sicco auch, da er großartig gebaut und obendrein hübsch war. »Ich werde mit Euch kommen«, sagte ich.

»Ihr, Mutter?« fragte Otto erstaunt.

»Ich weiß mehr über Rom, den römischen Pöbel und die römische Politik als irgendein Mann in diesem Raum.«

»Aber die Gefahr!«

»Ich fürchte keine Gefahr.«

Er schaute Sicco an, und Sicco schaute mich an. Tatsache war, daß beide Männer sich über meine Entscheidung freuten. So sicher ich auch war, daß Otto mich liebte, war er gewiß erfreut, mich eine Zeitlang ein paar hundert Meilen entfernt zu wissen. Ich zweifelte nicht daran, daß Theophano sein Bett mit ihren Klagen in einen freudlosen Ort verwandelte. Und Sicco hatte augenscheinlich das Gefühl, daß es eine reizvolle Aussicht war, mit einer schönen, starken Frau an seiner Seite zu Felde zu ziehen. Was waren meine Beweggründe? Ich wollte natürlich sehen, wie dem Papsttum der Kopf zurechtgesetzt und Crescentius in seine Schranken gewiesen wurde. Einen Galgen hielt ich für die gerechte Strafe. Wenn ich nicht zugeben würde, daß ich außerdem das Abenteuer des wahren Lebens suchte und noch einmal zu Felde ziehen wollte, wäre ich nicht ganz ehrlich. Ich war nun fast schon ein Jahr Witwe, und da ich von den Staatsgeschäften ausgeschlossen worden war, verspürte ich eine wachsende Unzufriedenheit. Nun saß ich im wahrsten Sinne des Wortes wieder fest im Sattel.

Außerdem war es eine Freude, neben Graf Sicco zu reiten. Cäsar, Guido, Claudia und meine Zofen begleiteten mich. Faustina hatte mich zwar zu Hause in Deutschland mit offenen Armen empfangen, war inzwischen aber zu alt, sich einem Feldzug anzuschließen.

☆

Als wir die Alpen passierten, war es noch Frühling. Ich hatte diese Reise jedoch schon so oft gemacht, daß ich nicht mehr als ein flüchtiges Unbehagen verspürte. Dann erreichten wir die Ebenen der sonnigen Toskana, einen Ort, an dem ich mich wie zu Hause fühlte. »Wie werdet Ihr vorgehen, Graf?« fragte ich, als wir uns Pisa näherten.

»Zuerst einmal werde ich Herolde vorausschicken, Hoheit, um unsere Ankunft anzukündigen und die Römer zu informieren, daß die Mörder des Papstes sich darauf vorbereiten müssen, zur Rechenschaft gezogen zu werden. Er schaute mich ängstlich an. »Stimmt Ihr dem zu?«

»Es könnte erfolgversprechend sein.« Es hatte sicherlich keinen Zweck zu versuchen, unsere Ankunft geheimzuhalten. »Aber was ist, wenn es nicht der Fall ist? Ihr habt nicht genug Streitkräfte, um die Stadt zu stürmen.«

»Wir müssen darüber nachdenken, wenn wir dieser Situation gegenüberstehen, Hoheit.«

»Es wäre besser, Vorkehrungen zu treffen. Sendet einen Botschafter in meinem Namen zu Herzog Pandulf und fordert ihn auf, mit seiner gesamten Streitmacht nach Rom zu marschieren.«

»Wird er dem Ruf folgen, Hoheit?«

»Wenn ich ihn darum bitte, wird er kommen, Graf Sicco.«

☆

Wir wurden in Pisa herzlich begrüßt, und man stellte uns eine herrliche Unterkunft zur Verfügung. Die Würdenträger warteten auf mich, um ihre Treue zum neuen Kaiser zu beteuern, und ich versicherte ihnen, daß ich nie daran gezweifelt hätte.

An diesem Abend saßen Sicco und ich auf einem Balkon und schauten auf den Hafen und das Wasser. Pisa hatte nicht mehr die Macht eines großen Seehafens, weil das Meer sich zurückzog und nun fast eine Meile vom Hafen entfernt war.

Die Zufahrt zum Meer war nur über einen Kanal möglich, der ständig der Gefahr ausgesetzt war, zu verschlammen. Allerdings war Pisa noch immer eine Stadt, in der das Leben pulsierte. »Habt Ihr Euch nie gewünscht, Hoheit, Ihr wärt als einfache Frau geboren, um Euer Leben als zufriedene Frau und Mutter an einem Ort wie diesem verbringen zu können?« fragte mich Sicco.

»Ach, Graf Sicco, ich hatte nie die Zeit, über diese Möglichkeit nachzudenken. Soweit ich mich erinnern kann, haben Staatsaffären in meinem Leben immer eine große Rolle gespielt. Aber ich glaube nicht, daß ich als Frau und Mutter versagt habe.«

»Gott bewahre, Hoheit, Ihr seid die wunderbarste Frau und Mutter der Welt.«

»Ihr seid sehr liebenswürdig. Aber was ist mit Euch? Warum habt Ihr nie geheiratet?«

Er seufzte. »Ich war einst verlobt, aber meine Verlobte starb, ehe wir unsere Ehe schließen konnten.«

»Armer Sicco.« Ich bedauerte ihn aufrichtig. »So habt Ihr nie den Trost in den Armen einer Frau kennengelernt?«

Er errötete. »Nun, Hoheit …«

»Ich meine eine Frau, die Ihr liebtet, und keine, die Ihr gekauft habt.«

»Das war mir nicht vergönnt, Hoheit.«

Ich stützte die Hand auf seinen Arm. »Und so habt Ihr statt dessen meinem Gatten treu und redlich gedient.«

»Ich habe mich bemüht, Hoheit.«

Er schaute mich aufmerksam an, und wir dachten beide an dasselbe. Ich war so unruhig wie nie zuvor im Leben. Die Liebe mit all den Männern, die meinen nackten Körper schon besessen hatten, hatte sich sozusagen wohl oder übel ergeben. Es stimmt, daß ich Otto den Großen zu Hilfe rief und damals wußte oder gewiß wünschte, was daraufhin passieren würde. Letztendlich aber war er es gewesen, der mich nahm. Diesmal jedoch mußte ich die Initiative ergreifen, da ich die Kaiserinwitwe war. Ich war mittlerweile dreiundvierzig Jahre alt. Würde er mich verschmähen? »Wie alt seid Ihr, Sicco?«

»Fünfunddreißig, Hoheit.«

»Ein ziemliches Alter für einen Mann, der niemals den Trost in den Armen einer liebenden Frau kennengelernt hat«, sagte ich.

☆

Es mußten noch Probleme gelöst werden, da ich nicht wollte, daß die ganze Welt über meine Affäre im Bilde war. Daher vertraute ich mich nur meinen drei treuesten Dienern an. Claudia entließ meine Zofen früher als gewöhnlich und gab ihren Platz in meinem Bett auf, während Cäsar, wenn auch widerwillig, seinen Standort vor meiner Tür verließ. Ich bezweifelte jedoch, daß er sich sehr weit entfernte. Guido hörte sich meine Beichte im voraus an und segnete mein Vorhaben. Der Graf stieß deshalb auf dem Weg zu meinem Bett auf keine Hindernisse, und ich muß gestehen, daß er auch im Bett auf keinen Widerstand traf. Ich hatte Crescentius' Anspielung zwar kühl zurückgewiesen, doch er hatte gar nicht so unrecht gehabt. Otto hatte Sex in den letzten sechs Jahren seines Lebens, als er gealtert und erschöpft war, als zu aufregend empfunden, um sich der Liebe regelmäßig und leidenschaftlich hinzugeben, und er hatte mich nicht mehr glücklich gemacht. Und da ich einst einen solchen Mann gekannt hatte, reizte es mich nicht länger, Trost bei meinen Zofen oder mir selbst zu suchen, was ich nur selten tat.

Der Graf war jung und potent, und er kannte sich erstaunlich gut aus. Ich hatte die Liebe selten so genossen, und es ist schmeichelhaft für mich, daß man das gleiche wohl auch von ihm behaupten kann. »Werdet Ihr mit Eurer Eroberung prahlen?« Ich stützte mich auf den Ellbogen, als ich nach unseren Liebesspielen, die ihn erschöpft hatten, neben ihm lag.

»Niemals, Hoheit«, versprach er.

»Dann bleibt in meinem Bett und nennt mich Adelheid.«

☆

Wir näherten uns Rom nur langsam. Offiziell hieß es, wir wollten Pandulf die nötige Zeit einräumen, damit er seine Männer sammeln und von Capua nach Norden marschieren konnte. Die Wahrheit war, daß Sicco und ich unser Zusammensein genießen wollten. Wir mußten auch über andere Angelegenheiten als den Erfolg unseres Vorhabens nachdenken. Da es unsere Absicht war, Bonifatius gewaltsam aus seinem Amt zu vertreiben, brauchten wir jemanden, der ihn sofort ersetzte. Uns wurden Namenslisten von vielversprechenden, verdienstvollen Kardinälen und Bischöfen vorgelegt. Einige lehnten wir sofort ab, andere wurden für spätere Betrachtungen zur Seite gelegt. Zuletzt offenbarte Sicco jedoch eine erfreuliche Beständigkeit in der Bevorzugung eines Kandidaten, und wir einigten uns praktisch auf einen Papstnachfolger.

Wir mußten unsere Affäre jedoch bald vergessen, denn wir hatten allen Grund, beunruhigt zu sein. Unser Botschafter kehrte zurück, um uns mitzuteilen, daß Herzog Pandulf gezwungen sei, sein Heer nach Süden zu führen, um einem Verwandten zu Hilfe zu eilen, Herzog Gaisulf von Salerno, den ein Aufstand bedrängte. Pandulf war daher im Moment nicht abkömmlich, versprach aber, sobald wie möglich wieder zu uns zu stoßen. Das war äußerst ungünstig, da der Sommer begann. »Nun ist die Zeit gekommen, über weitere Schritte nachzudenken«, sagte ich zu Sicco, als wir vor unseren Zelten frühstückten.

»Ein Angriff? Sie werden nicht damit rechnen, und wenn wir die Engelsburg erreichen könnten …«

»Mein kriegerischer Held. Vielleicht wird es letztendlich notwendig sein, aber laßt uns zuerst versuchen, sie durch Drohungen zu überzeugen. Schickt einen Herold nach Rom und fordert Herzog Crescentius auf, zu kapitulieren und sich vor Gericht zu verantworten. Sagt ihm, daß Herzog Pandulf mit seiner ganzen Streitmacht unterwegs sei. Er wird nicht die Zeit haben, um festzustellen, ob es der Wahrheit entspricht oder nicht. Außerdem werde die Stadt von den Langobarden geplündert, wenn Rom sich nicht binnen einer Woche ergeben habe.«

»Wenn sie sich weigern, das Ultimatum zu akzeptieren?«

»Warten wir ab und schauen, was passiert. Wir werden uns heute ausruhen ...« Wir waren nun zwei Tagesmärsche von der Stadt entfernt und bisher auf keinerlei Widerstand gestoßen. »Und wir werden diesen Bischof von Sutri befragen.« Sicco hatte den Bischof einige Jahre zuvor kennengelernt und sich mit ihm angefreundet. Ich war beeindruckt. Der Bischof war ein kleiner, kräftiger Mann, und ich konnte auf den ersten Blick erkennen, daß sich hinter seiner ruhigen Art und seinem bescheidenen Auftreten sehr viel Entschlossenheit verbarg. »Ihr wißt, daß wir Euch keinen Ruheposten anbieten?« sagte ich zu ihm.

»Der Pfarrer Gottes zu sein bedeutet, die verantwortungsvollste Aufgabe zu übernehmen, Hoheit.«

»Ganz recht. Doch abgesehen von Eurer Verantwortung, könnte auch Euer Leben bedroht werden.«

»Mein Leben und mein Tod liegen in Gottes Hand.«

»Heißt es denn nicht: Hilf dir selbst, dann hilft dir Gott? Wir werden alles tun, was in unserer Macht steht, um dafür zu sorgen, daß eine lange und sichere Amtszeit vor Euch liegt.« Der Bischof verneigte sich.

☆

Ich hatte immer wieder festgestellt, daß der Weg zum Erfolg in schnellen, kühnen Taten besteht, auch wenn man dabei manchmal zu Täuschungsmanövern greifen muß. Am nächsten Tag kamen die römischen Stadtmauern in Sicht, und wir lagerten auf einem der Hügel, die die Stadt umgaben, wie ich es mit Otto vor etwa zwölf Jahren getan hatte. Unsere Krieger breiteten sich auf eine Weise aus, daß unsere Anzahl von unten betrachtet viel größer erschien, als sie in Wirklichkeit war. Wir hatten Crescentius und seine Anhänger aufgefordert, sich bis zum Ende der Woche zu unterwerfen, und hatten uns darauf eingerichtet zu warten, während unsere Standarten in der Brise flatterten und wir das Vertrauen in unsere Stärke zur Schau stellten. In Wahrheit waren weder Sicco noch ich hundertprozentig von unserem Erfolg überzeugt, als wir am Morgen nach unserer Ankunft eine Gesandtschaft erblickten, die unter der Fahne des Waffenstillstands auf uns zuritt. »Soll ich diese Männer ergreifen und sie hängen?« fragte mich Sicco, der sich daran erinnerte, wie Otto in einer ähnlichen Situation mit einer Rebellenabordnung verfahren war.

»Die Flagge beschützt sie«, sagte ich. »Wie wir sie behandeln, hängt davon ab, was sie uns zu sagen haben.«

Unsere Wachen ließen die Gesandten in einiger Entfernung absitzen. Sie näherten sich uns zu Fuß und fielen vor unseren Pferden auf die Knie. »Ich hoffe, Ihr kommt von Herzog Crescentius, um Euch zu unterwerfen«, sagte ich.

»Wir sind gekommen, um uns zu unterwerfen, Hoheit.«

»Etwas genauer bitte.«

»Unsere Stadt, unser Leben und das Papsttum, Hoheit.«

Ich traute meinen Ohren kaum. Wenn man Überlegenheit erlangt hat, sollte man diese ausnutzen, auch wenn man seinen Vorteil nur dem Zufall zu verdanken hat. »Ihr werdet mir den Gegenpapst ausliefern, damit ich über ihn richten kann«, sagte ich in meinem hochmütigsten Tonfall.

»Papst Bonifatius ist leider aus der Stadt geflohen, Hoheit.«

»Ich bin sicher, Ihr meint den Gegenpapst Bonifatius. Er ist geflohen? Wohin?«

»Er hat sich nach Konstantinopel eingeschifft, Hoheit.«

Sicco brach in Gelächter aus. »Ein Mann mit schwachen Nerven, Hoheit.«

»Und Herzog Crescentius?« erkundigte ich mich.

»Der Herzog hat auf all seine Vorrechte verzichtet und sich in ein Kloster zurückgezogen, Hoheit. Er bittet nur darum, in Frieden gelassen zu werden.«

»Haha!« war Siccos Kommentar.

Ich war froh, daß sich alles so entwickelt hatte. Wir hatten einen beachtlichen Triumph errungen, ohne in der Schlacht einen Mann zu verlieren.

☆

Wie wir es geplant hatten, betraten wir die Stadt, waren aber auf der Hut, falls die Kapitulation nur ein Trick war, um uns in eine Falle zu locken. Wir stießen jedoch nur auf ein vollkommen eingeschüchtertes Volk und schlugen den Weg zur Engelsburg ein. Ich freute mich, meine alten Gemächer wieder zu beziehen, und erfuhr, daß bereits eine Abordnung der Kardinäle auf uns wartete. Sicher wollten sie den Namen des neuen Papstes erfahren. Wir befanden uns in einer heiklen Lage. Obwohl Sicco und ich uns darauf geeinigt hatten, daß der Bischof von Sutri Papst werden sollte, der ungeachtet des Schicksals seines unmittelbaren Vorgängers bereit war, den Namen Benedikt anzunehmen, standen wir noch vor einem Problem. Da Bonifatius noch lebte, mußte er, auch wenn er auf der Flucht war, zuerst von den Kardinälen im Konklave des Amtes enthoben werden.

Es stellte sich jedoch heraus, daß sie eine viel dringlichere Sache auf dem Herzen hatten. »Geld, Hoheit«, sagten sie zu mir. »Wir können noch nicht einmal Wein für das Abendmahl kaufen, geschweige denn für die Armen sorgen und die Würde der Kirche aufrechterhalten.«

»Nanu«, sagte ich. »Die Kirche ist der bei weitem wohlhabendste Stand des Reiches, und das Papsttum kontrolliert alle Kirchengelder.«

»Das stimmt, Hoheit.«

»Und ist es nicht auch richtig, daß der größte Reichtum der Kirche im päpstlichen Schatz besteht?«

»Nicht besteht, Hoheit, sondern *bestand*«, sagte der Sprecher.

»Wie bitte? Das müßt Ihr mir erklären.«

»Als Papst ... Verzeihung, als Gegenpapst Bonifatius Rom verließ, hat er den Schatz mitgenommen, Hoheit.«

Ich starrte ihn bestürzt an. »Bis zum letzten Dukaten«, sagte der Kardinal zu seiner Linken. »Mehrere riesige Kisten wurden an Bord seines Schiffes gebracht. Jede mußte von sechs Männern getragen werden.«

Ich schaute Sicco an, der offensichtlich versuchte, sich das Lachen zu verkneifen. Wenn die Situation auch ihre lustige Seite hatte, so war sie dennoch sehr ernst. Bonifatius hatte auch das Reich beraubt, indem er die Kirchengelder an sich genommen hatte. Ich wußte nicht, um welche Summe es sich genau handelte, aber ich wußte, daß es sich um viel mehr Geld handelte, als Otto oder ich besaßen. Nach Konstantinopel gegangen?

»Nun«, sagte ich, »wir werden Euch zur Verfügung stellen, was wir haben, aber ich fürchte, es ist nicht sehr viel. Ihr müßt im ganzen Reich den Zehnten einfordern, der unverzüglich dem neuen Papst übergeben werden muß. Inzwischen werde ich mich mit dem byzantinischen Kaiser in Verbindung setzen, damit das Geld zu uns zurückkehrt.« Doch es war nicht etwa so, daß ich nach den Vorfällen, die sich bei Theophanos Ankunft in Italien ereignet hatten, große Hoffnungen hegte. Sie verneigten sich und warteten.

Ich hatte das Thema gewechselt und klatschte in die Hände. Der Bischof von Sutri kam herein. »Benedikt VIII.«, erklärte ich.

☆

Wir blieben zur Weihe in Rom. Abgesehen von der ein wenig grotesken Sache mit dem päpstlichen Schatz war ich sehr froh über das, was Sicco und ich erreicht hatten. Meine Freude war tatsächlich so groß, daß ich die Lage nun vollkommen falsch einschätzte. Crescentius war in ein Kloster geflohen und schien nicht die Absicht zu haben, wieder aufzutauchen. Ich hatte in Abwesenheit über ihn gerichtet und ihn wegen Rebellion zum Tode verurteilt. Dieses Urteil ließ ich ihm mit der Botschaft zukommen, daß es augenblicklich vollstreckt werde, falls er je wieder nach Rom zurückkehren sollte.

Es gab jedoch noch viele andere Mitglieder dieser Sippe um uns herum, die alle von vergangenem Ruhm und künftigen Heldentaten träumten. Zweifellos hätte ich sie alle auf der Stelle erwürgen müssen. Vielleicht hätte Otto der Große es getan, aber Massenmorde waren nie meine Stärke, wenn ich auch oft daran gedacht haben mag. Außerdem war das neue Familienoberhaupt, das natürlich auch Crescentius hieß, noch ein Junge. Er wurde mir als der Sohn dieses Johannes Crescentius vorgestellt, der sich Otto und mir gegenüber einige Jahre zuvor so widerwärtig verhalten hatte, doch es schien einige Zweifel daran zu geben. Ich hielt seinen genauen Platz im Stammbaum der Familie nicht für sehr wichtig. Vor mir stand ein vor Angst zitternder, äußerst hübscher Junge, der ängstlich darauf bedacht zu sein schien, mir zu gefallen.

»Crescentius«, sagte ich, »ich möchte Euch einige Ratschläge erteilen. Die ruhmreichen Tage Eurer Familie sind vorbei, zumindest was die Politik betrifft. Deshalb empfehle ich Euch dringend, Eure Zeit nun damit zu verbringen, Euch um Eure Finanzen zu kümmern, mildtätige Arbeit zu verrichten und vielleicht den einen oder anderen Künstler zu fördern. Ich schwöre Euch, daß alle Eure Köpfe ausnahmslos rollen werden, sollten ich oder mein Sohn je nach Rom zurückkehren müssen, weil Ihr versucht, Eure einstige Macht wieder an Euch zu reißen.« Und ich ließ den Blick schweifen und schaute all seine Schwestern und Cousins, die zitternd vor mir standen, nacheinander an.

»Ihr könnt unserer ewigen Treue sicher sein, Hoheit«, versprach er mir. Es ist unvorstellbar, aber ich glaubte ihm.

☆

Daher kehrten wir siegreich nach Norden zurück, überließen Benedikt die Kontrolle über die Ewige Stadt und wurden von einem sehr verärgerten Otto begrüßt. Der Krieg gegen seinen Cousin Heinrich verlief nicht gut. Weder Otto noch Heinrich waren so fähige Soldaten, wie Otto der Große oder Heinrichs Vater es gewesen waren. Sie waren beide noch sehr jung, und ihrer mangelnden Erfahrung wegen hatten sie mehr Angst, besiegt zu werden, als sich für einen Sieg richtig ins Zeug zu legen. Auch der erfahrene Graf Hugo konnte keine entscheidende Schlacht herbeiführen. Daher war der Krieg zu gelegentlichen Gefechten verkommen. Im Vordergrund standen Märsche und Rückmärsche, Zerstörungen, Vergewaltigungen und Plünderungen, die offensichtlich mehr im Sinne der Soldaten waren, als dem Feind wirklich zu trotzen.

Ich wußte, daß Otto der Große sich im Grab umdrehen würde. Er war stets nach der goldenen Regel vorgegangen, überhaupt nicht in den Krieg zu ziehen und auf eine günstige Gelegenheit zu warten, um anzugreifen und dann mit schonungsloser Härte vorzugehen, wenn nicht – wie im Falle der großen Rebellion im Jahre 952 – sofort ein eindeutiger Sieg errungen werden konnte. Das rettete nicht nur Menschenleben, sondern ersparte auch eine Menge Geld. Ich hatte nach dem Verlust des päpstlichen Schatzes plötzlich ein ganz neues Verständnis für Geld entwickelt.

Otto achtete auch immer genau auf die Finanzen und war über das Betragen von Bonifatius wütend. Es sah so aus, als würde er mich verantwortlich machen für das, was passiert war. Als ich betonte, daß wir einen Sieg errungen hatten, tat er es mit einer Handbewegung ab und stürmte in die Gemächer seiner Gattin. »Ihr werdet augenblicklich Eurem widerlichen Bruder schreiben«, befahl er, »und ihm sagen, daß ich die Rückkehr des Gegenpapstes zusammen mit dem ganzen Vermögen fordere, das er dem Papsttum gestohlen hat.«

»Mein Bruder ist nicht widerlich«, erwiderte Theophano frostig. »Ihr könnt ihm selbst schreiben.« Dieser Wortwechsel war für mich der erste Hinweis darauf, daß zwischen den Frischvermählten nicht alles zum besten stand. Also schrieb Otto an Basileios, doch der byzantinische Kaiser ließ sich nicht zu einer Antwort herab.

☆

Ich war der Meinung, alles für den Frieden und den Wohlstand des Reiches getan zu haben, was ich konnte, freute mich auf ein wenig Frieden für mich und hoffte, daß Sicco mich vor Langeweile bewahrte. Noch hatte ich mich nicht entschieden, ob mein ständiger Wohnsitz sich in Magdeburg oder Rom befinden sollte. Unglücklicherweise forderte Otto Sicco sofort auf, sich seinem Heer in Bayern anzuschließen. Ich war mir nicht sicher, ob dies eine militärische Notwendigkeit war oder ob jemand getratscht hatte. Aber die militärische Notwendigkeit war zweifellos geboten, da Boleslaw von Böhmen sich Heinrich angeschlossen hatte. Ich nahm das nicht besonders ernst, da ich mich daran erinnerte, daß Boleslaws Vater und seine Krieger kläglich versagt hatten, um für die Streitkräfte von Otto dem Großen auf dem Lechfeld eine starke Nachhut zu bilden. Otto II. hielt es jedoch für wichtig, und Krieger, unter denen sich auch Sicco befand, mußten in jede Richtung marschieren. Aufgrund dieser Situation entschloß ich mich letztendlich, in Deutschland zu bleiben, bis die bayerische Angelegenheit geregelt war.

Ich führte nun ein häusliches Leben und erhielt eine erfreuliche Nachricht: Theophano war wieder schwanger. Wenn Otto es gelegentlich auch schwierig fand, mit Theophanos Launen umzugehen, so hatte dies ihre Beziehung im Bett offensichtlich nicht beeinträchtigt. Ich freute mich und war ganz sicher, daß ich endlich meinen Enkelsohn bekommen würde. Nun verbrachte ich ein wenig Zeit mit der Kaiserin und tat mein Bestes, ihre oft schlechte Stimmung zu verbessern »Es gibt so vieles, was ich tun möchte«, erklärte sie mir, »und ich bin in diesem dicken Bauch eingesperrt. Ihr wißt nicht, Mutter, was für ein Glück Ihr hattet, erst Kinder zu bekommen, als Ihr über zwanzig wart.«

»Damals habe ich nicht so gedacht«, erwiderte ich. Und trotzdem war es sicherlich ein Glück, denn hätte ich Lothar ein Kind geboren, wäre mein ganzes Leben anders verlaufen, und meine Mutterschaft hätte zu einer Katastrophe geführt. Wäre ich Mutter eines Jungen oder Mädchens gewesen, hätte Berengar an eine Heirat mit mir nicht zu denken brauchen, ohne zuerst den legitimen Erben umzubringen.

Ich bemühte mich, Theophano davon zu überzeugen, daß sie gesegnet sei. Leider bereitete mir ihr Lebenswandel Sorge. Natürlich war sie ständig von ihren Zofen umgeben, aber sie erfreute sich auch an der Gesellschaft junger Männer, und dies oft, wenn sie halbnackt war. Als ich andeutete, daß dies als unschicklich betrachtet werden könnte, lachte sie nur. »Es gibt nichts, worüber Ihr Euch sorgen müßtet, Mutter. Sie sind alle angehende Priester und haben Keuschheitsgelübde abgelegt. Man könnte mich ebensogut mit dem Papst einschließen.«

Ich erzählte ihr nicht, daß ich einst mit einem Papst allein gewesen war und was ich dabei mitgemacht hatte. Ebenso unterließ ich es, Otto einzuweihen. Ich sah ihn sowieso nur selten, wenn er aus der Schlacht heimkehrte, und da ich vermutete, daß er mehr wußte, als er zugab, wollte ich mich nicht in ihre Ehe einmischen und einige Wahrheiten über ihre Ehe ans Licht bringen. Trotzdem war ich tief betroffen, als ich beobachtete, daß einer dieser jungen *keuschen* Novizen ganz offensichtlich Theophanos Liebling war. Sein Name war Giovanni Philagathos. Er war ein hübscher junger Mann, vielleicht sechzehn Jahre alt, also ungefähr ein Jahr jünger als die Kaiserin. Dieser Philagathos verbrachte mehr Zeit mit ihr als irgend jemand anders einschließlich ihrer Zofen. Er leerte ihren Topf für sie und katzbuckelte vor ihr, und eines Tages, als ich unangemeldet ihr Schlafzimmer betrat, sah ich, wie er ihre Brust streichelte.

Er war schrecklich verlegen, doch Theophano sagte ganz unverfroren: »Ich komme bald nieder, Mutter. Der liebe Giovanni will nur dafür sorgen, daß meine Brustwarzen kräftig genug für die Lippen meines Säuglings sind.«

☆

Zwei Monate später wurde Theophano wieder von einem Mädchen entbunden. Dies war um so ärgerlicher, da ihr die Wahl des Namens überlassen wurde und sie das Kind Sophie nannte, eine byzantinische Erfindung einiger früherer Kaiserinnen, von denen keine einen besonders moralischen Charakter besessen hatte, soviel ich wußte. Ich hoffte jedoch, daß mit dem Ende ihrer Schwangerschaft auch all ihre anderen Extravaganzen ein Ende nehmen würden. Keine Spur! Philagathos verbrachte mehr Zeit denn je in ihrer Gesellschaft, und ich traf sie zufällig mehrere Male, als sie Hand in Hand im Garten spazierengingen.

Hatte eine Schwiegermutter je einer schwierigeren Situation gegenübergestanden? Ich suchte Pater Guidos Rat. Er druckste herum, wie es seine Gewohnheit war, und schlug dann vor: »Vielleicht ein Wort mit dem jungen Mann, Hoheit? Er läuft Gefahr ... nun ...«

»Bestenfalls einer Kastration. Es geht mir um die Kaiserin.«

Für eine Kaiserin oder Königin war es eine sehr ernste Angelegenheit, von ihrem Ehemann in flagranti erwischt zu werden. Außer all den Rechten eines betrogenen Ehemannes besaß er alle Rechte eines betrogenen Monarchen. Ehebruch einer Königin war gleichbedeutend mit Landesverrat. Ich dachte an das Schicksal, das einige frühere ehebrecherische Königinnen erlitten hatten, vor allem eine des Merowinger Geschlechts, einer von Anfang bis Ende zügellosen Sippe. Man hatte diese Königinnen gevierteilt, indem man ihre Handgelenke und Fußknöchel an vier Pferde band. Eine Kaiserin war nie in einer solchen Situation gewesen. Ich wußte allerdings, daß Otto ebenso energisch war wie sein Vater.

Es ging indes noch um viel mehr. Abgesehen von der Notwendigkeit eines Thronerben, der rechtmäßiger Abstammung sein mußte – das heißt, der Kaiser und kein anderer mußte in den Leib der Kaiserin eingedrungen sein, um besagten Thronerben zu zeugen –, bestand die Möglichkeit größter Zwietracht. Theophanos Schönheit hatte am Hof einen tiefen Eindruck hinterlassen, und ich zweifelte nicht daran, daß es mehr als einen ehrgeizigen jungen Burschen gab, der sein Schwert zu ihrer Verteidigung gezogen hätte, wenn an die Öffentlichkeit gedrungen wäre, daß sie abgeschoben oder sogar hingerichtet würde. Heinrich von Bayern würde die Situation bestimmt nutzen. Und hinter alledem stand Basileios II. von Byzanz, der sich schon als hervorragender Soldat erwiesen hatte und Herrscher des mächtigsten Reiches der Welt war, was selbst ich zugeben mußte, wenn man China – ein Land, das so legendär war, daß ich oft an seiner Existenz zweifelte – nicht berücksichtigte. Seine Reaktion auf die Rückkehr seiner verschmähten Schwester war schwierig einzuschätzen, aber wenn sie hingerichtet worden wäre ...

»Die Affäre muß beendet werden«, entschied ich, »ehe der Kaiser aus dem Krieg zurückkehrt. Ihr werdet ein Wörtchen mit diesem Philagathos reden, Guido. Verweist ihn vom Hofe und sucht gleichzeitig einen Platz in einem Kloster für ihn. Es muß weit genug von Magdeburg entfernt und für Sodomie bekannt sein. Wenn wir Glück haben, werden sich seine Vorlieben, was den Geschlechtsverkehr angeht, auf schöne Weise ändern.«

Der gute Bursche schluckte. Er war lange genug mit mir zusammen, um zu wissen, daß ich meinen Worten gern Taten folgen ließ und daß ich die Dinge beim Namen zu nennen pflegte. »Und die Kaiserin, Hoheit?«

»Überlaßt die Kaiserin mir«, sagte ich zu ihm.

☆

Ich suchte Theophano auf. »Du sollst wissen, daß ich weder als Mutter noch als Kaiserin zu dir spreche, sondern als Frau mit einiger Erfahrung. Ich habe auch nicht die Absicht, dich zu verdammen oder zu bestrafen. Mein einziges Ziel ist, dein Leben und deine Ehe zu retten.«

»Warum, Mutter?« fragte sie unschuldig wie ein Kind. »Was ist der Grund?«

Ich überging die Unterbrechung. »Ich bin mir auch der Enttäuschungen und Versuchungen sehr wohl bewußt, die eine junge Braut durchsteht, deren Gatte selten an ihrer Seite ist. Ich betrachte mich als glücklich, daß ich viel älter war als du und schon eine Menge Lebenserfahrung hatte, ehe ich in einer solchen Situation war. Die Situation ist jedoch da, und du mußt dich damit abfinden. Ich habe Philagathos in ein Kloster schicken lassen, das weit entfernt ist und in dem er hoffentlich den Irrtum seines Verhaltens einsehen wird.«

Sie starrte mich bestürzt an. »Das könnt Ihr nicht tun!«

»Ich kann alles tun, was ich will, mein Kind. Du solltest froh sein, daß ich ihn nicht strenger bestraft habe.«

»Was hat er denn angestellt?«

War es möglich, daß sie es nicht verstand? »Willst du abstreiten, daß er dein Bett geteilt hat?«

»Natürlich nicht.«

»Mein Gott!« Mit dieser Offenheit hatte ich nicht gerechnet. »Kannst du dir vorstellen, was Otto sagen oder tun würde, wenn er es herausbekäme?«

»Daß Giovanni das Bett mit mir geteilt hat, bedeutet nicht, daß wir miteinander geschlafen haben.«

»Na, hör mal. Ich habe ihn doch gesehen!«

»Er spielt mit mir, und ich spiele mit ihm. Es hat mir immer gefallen, mit Jungen zu spielen, aber ich habe niemals Ehebruch begangen und werde es auch nie tun.«

Wörter wie *Ehebruch, Freiheit* oder auch *bald* sind auf unterschiedliche Weise zu deuten, wobei Ehegatten wahrscheinlich nach der naheliegendsten Deutung greifen würden.

»Theophano«, sagte ich, »wenn Otto erfährt, daß Philagathos in deinem Bett gelegen hat, kannst du dich darauf verlassen, daß er Ehebruch vermuten wird.«

Theophanos Augen funkelten auf diese besondere Weise, die ihr eigen war. »Und Ihr habt die Absicht, es ihm zu erzählen?«

»Auf gar keinen Fall. Es wäre mir lieber, wenn dieses Geheimnis von mir und dir und vermutlich von deinen Zofen und natürlich von Philagathos und seinen Freunden geteilt wird.« Ich beschloß, Guido nicht zu erwähnen. »Das sind schon eine ganze Menge. Es wäre besser gewesen, wenn du deine Bediensteten gewarnt hättest, daß sie meinen und deinen Zorn auf sich laden, wenn ein Wort davon entweicht.«

Sie strich sich mit der Zunge über die Lippen. »Und als Gegenleistung für solch ein Geheimnis?«

»Ich bitte dich, meinem Sohn eine aufrichtige, treue und liebende Frau zu sein.«

Ich schaute ihr beim Sprechen in die Augen und begriff, daß sie Otto nicht liebte und nie lieben würde. Doch sie warf sich in meine Arme. »Ich werde Euch immer dankbar sein, liebste Mutter.« Ich vermute, meine größte Schwäche ist meine Neigung, Menschen zu vertrauen.

☆

Ottos Krieg gegen seinen Cousin Heinrich dauerte noch drei Jahre, ehe Heinrich sich schließlich beugte und der Kaiser siegreich nach Hause zurückkehren konnte. Abgesehen vom Krieg in Bayern, waren es friedliche und sogar glückliche Jahre. In Rom brodelte es zweifellos, aber nicht kräftig genug, um uns in Deutschland zu stören. Papst Benedikt erwies sich als erfolgreiches Kirchenoberhaupt, und die Crescentii hielten sich versteckt. Ich erwartete insgeheim, daß Crescentius sein Kloster verlassen würde, aber offensichtlich nahm er meine Drohung ernst.

In Deutschland war es so friedlich, wie es nur möglich war, wenn in einer Provinz ein Bürgerkrieg tobt. Der Krieg hatte auf uns in Sachsen keine Auswirkung, wenn man von dem unaufhörlichen Ruf nach Männern und Geld und den ebenfalls unaufhörlich schlechten Nachrichten absah, daß ein Sohn oder Bruder oder Vater in der Schlacht gefallen oder an einer Krankheit gestorben war. Ich sah Sicco kaum, und Theophano sah Otto kaum. In ihrem Fall bedeutete das, daß es keine weitere Möglichkeit für eine Schwangerschaft gab. Meine Hoffnungen auf einen Enkelsohn schwanden langsam, aber ich erinnerte mich daran, daß sie beide noch sehr jung waren. Meine Beziehung zur Kaiserin war noch immer bestens, jedenfalls schien es so. Theophano verstand sich stets sehr geschickt darauf, ihre Krallen einzuziehen, bis der Augenblick günstig war, sie zu zeigen.

Und dieser Augenblick kam nun. Ottos Rückkehr wurde mit einem riesigen Empfang gefeiert. Menschen drängten sich in den Straßen; Wein floß in Strömen; alle jubelten, und der Kaiser schritt mit der Miene eines Siegers in das Empfangszimmer. Er umarmte seine Frau und kam dann zu mir. »Mutter! Endlich ist das Reich wieder vereint.«

»Und ich gratuliere dir ganz herzlich, mein Sohn. Ist Heinrich tot?«

»Oh … nein, Mutter, er ist nicht tot.«

»Und wo ist er?«

»Meines Wissens ist er dort, wo er hingehört, in München.«

Ich war verwirrt und ärgerlich; zugleich war mir unbehaglich zumute. »Das ist die Hauptstadt von Bayern.«

»Ja, Mutter«, sagte er ruhig.

»Ich dachte, er wäre besiegt.«

»Nun ja, er hat sich geschlagen gegeben, Mutter.«

»Und du läßt zu, daß er sein Herzogtum weiterhin regiert?«

»Ich habe ihm das Herzogtum entzogen, Mutter, aber wir haben einen Vertrag unterzeichnet, der Frieden und gegenseitige Achtung sichert.«

»Mein Gott«, sagte ich so laut, daß einige sich umdrehten.

»Ich dachte, Ihr würdet es gutheißen, Mutter.«

»Otto«, sagte ich so ernst ich konnte, »der Vater dieses Mannes, der Bruder deines Vaters, hat sich zweimal gegen seinen Herrn aufgelehnt, wurde zweimal geschlagen, und ihm wurde zweimal vergeben. Dann lehnte er sich ein drittes Mal auf. Glaubst du nicht, daß der Sohn das gleiche tun wird?«

»Er hat hoch und heilig geschworen …«

»Heinrich von Bayern gibt keinen Pfifferling auf Schwüre.«

Mein Sohn schaute mich unsicher an. »Ich finde, der Kaiser hat vollkommen richtig gehandelt«, sagte Theophano. Nun schaute ich *sie* unsicher an. »Ihre Gnaden versuchen Euch in einen Tyrannen zu verwandeln, Herr«, fuhr die Göre fort.

Mir fehlten die Worte. Theophano begab sich in größte Gefahr, aber ich begriff zum erstenmal, daß diejenigen, die ihre Klugheit gepriesen hatten, sich nicht geirrt hatten. Sie wußte ganz genau, daß für mich nur die Erhaltung und das Fortbestehen des Reiches von Bedeutung waren, denn das hatte ich ihr einerseits gesagt, und andererseits hatte sie mich nun mehrere Jahre beobachtet. Sie konnte sich nur um das Fortbestehen kümmern, und wenn ich ihr außereheliches Verhältnis preisgegeben hätte, wäre nicht nur das, sondern auch die Erhaltung des Reiches zerstört worden.

Ich verließ das Gemach.

☆

Am nächsten Morgen suchte Otto mich auf. »Liebste Mutter«, sagte er, als er neben mir saß und meine Hand hielt. »Ich schätze Eure Ängste und Euren Argwohn hinsichtlich Cousin Heinrich, doch ich verspreche Euch, daß sie unbegründet sind. Wie ich schon sagte, habe ich ihm sein Herzogtum entzogen. Er ist nur noch Privatmann.«

»Er behält seinen Besitz in Bayern, wo er gut angesehen ist«, bemerkte ich.

»Seine Macht ist dahin. Aber ...« Er strich sich mit der Zunge über die Lippen und sah plötzlich sehr jung aus. »Ich bin wegen einer anderen Sache zu Euch gekommen. Was ich Euch zu sagen habe, ist sehr schwierig. Ich habe mit meinen Ratsmitgliedern getagt, und sie haben das Gefühl, daß Eure Anwesenheit in Magdeburg für die Führung unseres Reiches eine Spaltung darstellt. Ich meine«, fuhr er hastig fort, ehe ich etwas sagen konnte, »natürlich würde niemand wünschen oder es wagen, an Eurem Interesse und Einsatz zu zweifeln, was das Reich angeht, aber Eure Haltung ist die meines Vaters. Das ist nur verständlich und wünschenswert. Aber die Zeiten haben sich geändert und die Menschen auch. Es muß auf andere Weise mit ihnen verfahren werden.«

Und sein Vater war erst fünf Jahre tot! »Du willst wohl sagen, daß du von deiner Frau bestochen wurdest«, sagte ich so ruhig ich konnte.

Er errötete. »Ja, Theophano hat dem Rat zugestimmt.«

»Und was schlägst du vor?«

»Daß Ihr das Reich eine Weile verlaßt ...«

»Du schickst die eigene Mutter ins Exil?«

»Eine Zeitlang, Mutter.«

»Wenn es dein Wunsch ist, werde ich meine Sachen packen und gehen. Ich hatte immer die Absicht, nach Rom zurückzukehren.«

»Oh«, sagte er und sah schrecklich ängstlich aus.

»Du wünschst nicht, daß ich nach Rom gehe?«

»In Rom wärt Ihr nicht sicher.«

»Und wohin willst du, daß ich gehe?« Ich schaffte es zu lächeln. »Soll ich Heinrich von Bayern Gesellschaft leisten?«

Das Sprechen schien ihm schwer zu fallen. »Ich ... wir ... der Rat, Mutter, meinen, daß es das beste ist, wenn Ihr alle Verbindungen zum Reich abbrecht und in Eure Heimat zurückkehrt.«

»Meine Heimat?« Mir war ein wenig übel. »Meine Heimat ist hier.«

»Eines Menschen Heimat ist dort, wo er geboren und erzogen wurde, Mutter.«

Ich traute meinen Ohren nicht. »Du schickst mich nach Burgund zurück?«

»Ich habe Onkel Konrad geschrieben«, sagte er. »Ich habe ihm erklärt, wie unerträglich es seit Vaters Tod für Euch ist, hier zu leben, und daß Euer einziger Wunsch ist, Euch ins Privatleben zurückzuziehen und den Rest Eures Lebens wohltätigen Arbeiten zu widmen. Ich habe noch keine Antwort, aber ich bezweifle nicht, daß er Eurer Bitte zustimmen und Euch erlauben wird, in die Heimat zurückzukehren.«

»Meiner Bitte?« sagte ich kraftlos.

»Ich habe Onkel Konrad auch mitgeteilt – und das sage ich

jetzt auch Euch, liebe Mutter –, daß ich Euren Unterhalt als Kaiserinwitwe übernehme. Das Reich wird Euch finanziell unterstützen, und ich persönlich sichere Euch ein Eurem Rang und Stand angemessenes Einkommen zu. Ihr seht«, sagte er strahlend, »daß es überhaupt nichts gibt, über das Ihr Euch sorgen müßt. Ich will nur Euer Glück, Mutter.«

»Mein Glück«, stammelte ich und versuchte nachzudenken.

»Ihr werdet natürlich Eure Zofen, Euren Beichtvater und Cäsar mitnehmen. Sollte es noch jemanden geben, dessen Anwesenheit angenehm für Euch wäre ...«

Er erwartete, daß ich um Sicco bat, aber ich hatte Siccos Gesellschaft als Kaiserinwitwe genossen und ihn vielleicht sogar geliebt. Ich wußte nicht, ob ich als *verbannte* Kaiserinwitwe die Gesellschaft irgendeines Mannes würde genießen können. Des Landes verwiesen! Das war die Wahrheit. »Du schickst mich in die Verbannung«, sagte ich.

Er starrte mich einen Augenblick an und sagte: »Es muß sein, Mutter.«

11

Der Sohn

Es war mir in den Jahren zuvor nicht entgangen, daß einige Leute mich als harte und unnachgiebige Frau bezeichneten. Letzteres gebe ich unumwunden zu. Wäre ich nachgiebig gewesen, wäre ich unter dem schweren Gewicht, das von Zeit zu Zeit auf meine Schultern geladen wurde, längst zusammengebrochen. Hart war ich allerdings nicht, es sei denn, ich wurde dazu gezwungen. Doch *bin* ich erst hart, trotze ich jedem, der mich deswegen tadelt. Kann es ein demütigenderes Schicksal für eine Frau geben, als vom eigenen Sohn des Hauses und der Heimat verwiesen zu werden? Ich wußte, daß Ehefrauen manchmal dieses Schicksal traf, aber die Beziehung zwischen einem Mann und einer Frau gründet sich auf Dinge wie fleischliche Anziehung, Staatsangelegenheiten oder geldliche Annehmlichkeiten, vielleicht auch auf gegenseitigen Respekt und im Laufe der Zeit auf gemeinsame Elternschaft. Diese Bande können sehr stark sein, was den Vorfall – oder die Reihe von Vorfällen –, der zum Scheitern der Ehe führt, zu einer äußerst bedauernswerten Angelegenheit macht.

Wenn eine Mutter von einem Menschen Treue erwarten darf, dann doch gewiß vom eigenen Sohn! Ich bin sicher, daß ich nicht die einzige Frau bin, die mit ihrer Schwiegertochter nicht zurechtkam. Das ist selten der Fall. Doch ich habe es zumindest versucht und nahm sogar ihre Untreue in Schutz. Es gab jedoch keinen Zweifel daran, daß ihre zänkische Zunge zu der Katastrophe führte.

Man könnte daher sehr wohl fragen, warum ich sie nicht auf der Stelle vernichtete. Doch sie wußte ganz genau, daß mein Sinn für Verantwortung der Dynastie gegenüber, die ich gegründet hatte, dem Reich gegenüber, meinem Sohn gegenüber und vor allem der Treue zu meinem geliebten, verstorbenen Otto dem Großen zu stark waren. Vielleicht fühlte ich, vielleicht wünschte ich sogar, daß Theophano ohne meinen zurückhaltenden Einfluß ihre Ehe selbst zerbrach. Ich hoffte nur, daß sie in diesem Fall die Dynastie nicht zerstörte. Andererseits war das Ende der Dynastie ohnehin besiegelt, wenn Theophano nicht bald einen Sohn und Erben zur Welt brachte.

Über diese Dinge dachte ich nach, als ich auf dem Weg zurück nach Besançon war.

☆

Gedankenlos, wie alle noch sehr jungen Männer sind, wünschte Otto eine große Verabschiedungszeremonie. Krieger sollten antreten, Signalhörner geblasen werden, Fahnen wehen, und er und Theophano wollten mir öffentlich Lebewohl sagen und mich umarmen und küssen. Alle Welt sollte erfahren, daß er sich letztendlich gegen seine Mutter behauptet hatte. Ich bat ihn, mir diese Demütigung zu ersparen. Hätte ich Theophano in diesem Moment geküßt, hätte ich ihr außerdem vielleicht die Kehle durchgebissen.

Ich verließ Magdeburg nur mit einer Handvoll Getreuer mitten in der Nacht und versicherte Otto, die Welt würde noch früh genug von seinem Triumph erfahren.

»Werde ich dich wiedersehen?« fragte ich.

»Natürlich, Mutter.«

»Wann?«

»Nun ja … wir werden sehen.«

Das bedeutete, daß wir uns nicht wiedersehen würden, und so kehrte ich nach Besançon zurück.

☆

Meine Rückkehr ähnelte sehr meiner Abreise aus Magdeburg. Ich reiste wie ein Dieb in der Nacht, was aber eher Konrads Vorkehrung war als die meine. Mein Bruder hielt es für das beste, sein Volk nicht allzu rasch mit dem vornehmen Gast vertraut zu machen, der bald in seiner Mitte leben würde. Er wollte keinesfalls verkünden: Seht nur, wer hier ist! Meine Schwester, die Kaiserinwitwe!

Es war ihm lieber, langsam durchsickern zu lassen, daß ich bleiben würde. Er stand zumindest an den Stadttoren, um mich zu begrüßen.

☆

Es war das erste Mal, daß ich meinen Bruder nach meiner Hochzeit mit Lothar wiedersah. Damals war ich sechzehn Jahre alt gewesen und er siebzehn. Ich war das hübscheste Mädchen in Europa, und Lothar war sicher einer der hübschesten Jünglinge. Leider war das einunddreißig Jahre her.

Man wird mir verzeihen, wenn ich mich selbst lobe und sage, daß ich als Siebenundvierzigjährige den Vergleich mit dem sechzehnjährigen Mädchen nicht allzusehr zu scheuen brauchte. Meine Taille war ein bißchen fülliger und mein Busen vielleicht ein wenig erschlafft. Meine Beine hingegen waren so lang und kräftig, wie sie es immer gewesen waren, und wenn mein Bauch sich ein wenig mehr wölbte als einunddreißig Jahre zuvor, so war ich schließlich zweimal Mutter geworden. In meinem blonden Haar waren silberne Fäden, die man aber kaum erkennen konnte, ob ich mein Haar nun zu einem Knoten frisierte oder zwei Zöpfe trug. Ich behaupte sogar, daß mein Gesicht sich kaum verändert hatte, sah man von den seltsamen Krähenfüßen um meine Augen ab. Diese Augen konnten noch immer schimmern oder funkeln oder eisblau erstrahlen, wenn ich es wollte, und mein Mund und mein Kinn waren so straff wie in meiner Jugend, vielleicht sogar noch straffer. Vor allem war ich noch immer voller Schwung, was ich auf mein bewegtes Leben zurückführte.

Doch nichts von alledem konnte man von Konrad behaupten, außer daß seine Taille dicker geworden war. Sein Bauch war ungeheuer angeschwollen; ich bezweifelte, daß er seine Zehen sehen konnte. Mein Bruder bewegte sich schwerfällig und war rasch außer Atem. Er war fast schon kahlköpfig. Sein Gesicht war erschlafft; nur seine Nase erinnerte noch an vergangenen Ruhm. Sein Mund war ständig geöffnet, aber das mag mit seinen Atemproblemen zu tun gehabt haben. Und er bewegte sich wie ein alter Mann. Wir umarmten uns flüchtig. »Eine schöne Bescherung, hm?« meinte er.

Eine schöne Begrüßung! Ich machte mich auf eine schwierige Zeit gefaßt. Vielleicht sollte ich noch einmal daran erinnern, daß Konrad und ich uns als Kinder sehr nahe gewesen waren, uns aber rasch auseinandergelebt hatten. Meine Lebensfreude war weit größer als die seine. Dieser Unterschied in der Lebensauffassung hätte sich nach der Trennung von dreißig Jahren Dauer verstärkt, aber zumindest in meinem Leben war während dieser Zeit sehr viel passiert. Konrad war geblieben, wo er immer gelebt hatte, und war seit dreißig Jahren König eines nicht sehr sicheren Königreichs, das eingezwängt zwischen viel mächtigeren Nachbarn lag. Ich hingegen war vom Stand einer Prinzessin aufgestiegen zu einer Königin und dann zu einer Kaiserin, zur Gattin des mächtigsten Mannes in Westeuropa. Man könnte sagen, daß ich mich aus Konrads Gesichtskreis entfernt hatte.

Nun war ich wie ein Fasan, den ein Pfeil getroffen hatte, wieder zurück auf die Erde gefallen. Trotzdem blieb ich die Kaiserinwitwe. Als König war es Konrads Pflicht, vor mir niederzuknien, auch wenn er mein Gastgeber war. Zumindest wurden mir Gemächer in der Familienfestung zugewiesen,wenn sie auch nur aus sechs Räumen bestanden, die sehr spärlich eingerichtet waren. »Das Geld«, erklärte mein Bruder düster. »Wir sind bei weitem nicht so reich wie die Sachsen.«

»Es wird sehr gut auch so gehen«, sagte ich. »Ich habe nur ein kleines Gefolge dabei.«

Konrad hatte sie schon gemustert, hatte Cäsar ein wenig besorgt und die Frauen achtungsvoll betrachtet, denn ich hatte mich stets mit Schönheiten umgeben. Konrad bewies jedoch nicht die geringste Energie, etwas mit ihnen anfangen zu können. »Wir müssen uns unterhalten«, sagte er. »Der Kaiser hat verlauten lassen, daß er für Eure Finanzen aufkommen will.«

»Das ist sehr großherzig«, sagte ich, »denn mein Geld und alle künftigen Zahlungen, die ich aus Magdeburg erwarte, gehören mir. Ich brauche es, um diese Gemächer zu erneuern. Natürlich bin ich gern bereit, Euch für die Unterbringung zu bezahlen.«

»Wir müssen uns unterhalten«, sagte er noch einmal und eilte davon.

☆

Cäsar und meine Zofen machten sich ans Werk, doch ehe wir uns richtig niedergelassen hatten, erhielt ich einen Besuch von der Königin. Griselda war ein paar Jahre jünger als ich, und vermutlich war sie nie eine große Schönheit gewesen. Ihre Gesichtszüge waren reizlos, ihre Figur unförmig. Es war kaum vorstellbar, daß sie je auch nur attraktiv gewesen sein mochte. Doch sie wußte, wie man sich benahm, und machte einen Knicks vor mir.

»Besançon und ganz Burgund ist durch Eure Anwesenheit geehrt, Hoheit«, sagte sie.

Ich hielt es für möglich, daß wir Freundinnen werden könnten. »Ich freue mich, hier zu sein.« Man muß gegenüber seiner Gastgeberin von Zeit zu Zeit höflich sein.

»Wir werden unser Bestes tun, um Euch einen angenehmen Aufenthalt zu bereiten, Hoheit. Ihr braucht nur ein Wort zu sagen.«

»Meine Bediensteten werden schon zurechtkommen. Aber da ist noch etwas. Hier lebt eine Frau, die mir einige

Jahre vor meiner Hochzeit gedient hat. Ihr Name ist Rosamunde.«

»Ah, die Witwe Failly. Ich werde sie zu Euch schicken.«

Das war die erste Andeutung, daß der arme Dagobert verstorben oder sein Familienname Failly gewesen war. Wenn ich auch betrübt war, vom Tod meines ehemaligen Spielgefährten zu erfahren, gefiel mir der Gedanke an eine Rosamunde, die nicht mit einem Ehemann belastet war, viel besser als der Gedanke an eine Rosamunde, die an ein häusliches Leben gebunden war. Ja, die schönen Pläne! Mich verließ der Mut, als ich den Berg zitternden Fettes erblickte, der sich mir mit strahlendem Gesicht näherte. »Hoheit!« Auch ihre Stimme schien um eine Oktave gestiegen zu sein. Sie kniete zu meinen Füßen nieder. »Euch nach so langer Zeit wiederzusehen.«

»Es ist auch für mich eine Freude, Rosamunde.« Ich zog sie hoch, was mich erhebliche Mühe kostete.

»Wieder in Eure Dienste zu treten, wäre mein schönster Traum, Hoheit.«

»Ich werde darüber nachdenken.« Wir wußten beide, daß es eine Ablehnung war.

☆

»Es ist immer schmerzlich, wenn eine Mutter und ihr Sohn sich entzweien«, sagte Konrad. Wir saßen bei Tisch. Ich war nun schon seit fast einem Monat sein Gast und wußte, daß keine Gefahr bestand, Griselda oder er könnten sich mit einem ihrer Söhne entzweien, da die beiden die dümmsten jungen Männer waren, die ich je kennengelernt hatte und die mit ebenso charakterlosen Frauen verheiratet waren.

»Mein Sohn muß lernen, auf eigenen Beinen zu stehen«, sagte ich.

»Und Ihr wart ihm dabei im Weg, hm? Hahaha.«

Ich warf ihm einen kühlen Blick zu. »Ich war ganz seiner

Meinung, daß es das beste für ihn wäre, sich die Sporen zu verdienen, ohne daß ich ihm immer über die Schulter schaue.«

»Ganz richtig. Dennoch, was geschehen ist, ist geschehen, nicht wahr? Nun geht es um die Zukunft. Ich meine ...« Er schaute mich ängstlich an. Er hatte immer Angst vor mir gehabt. Ich verstand die Bedeutung seines Blickes nur zu gut. Ihm gefiel die Aussicht nicht, mich für den Rest meines Lebens am Hals zu haben. Nun, mir gefiel der Gedanke auch nicht. Doch wie es unsere Art war, gingen wir beide mit diesem Problem ganz anders um. »In ein paar Monaten«, sagte er, »wird die Lage sich beruhigt haben. Dann werde ich Otto schreiben und ihn bitten, Euch zurückzunehmen.«

»Das werdet Ihr nicht tun. Ich habe noch nie jemanden um etwas gebeten.« Noch nicht einmal Berengar, als er mir das Gesicht verbrennen wollte. »Und meinen eigenen Sohn werde ich ganz bestimmt nicht um irgend etwas bitten.«

»Aber was werdet Ihr tun?« Er jammerte beinahe.

»Otto wird früher oder später erkennen, daß er mich braucht, und dann wird er nach mir rufen.« Mutige Worte, aber tatsächlich glaubte ich ernsthaft daran, wenn ich auch nicht wußte, wann es der Fall sein würde.

Ich wußte, daß ich Konrad, den die ganze Sache schon mehr als genug belastete, nicht auf die Nerven gehen durfte. Daher übte ich Zurückhaltung und steuerte Geld zum Unterhalt des Staates bei, soweit es in meiner Macht stand. Außerdem besuchte ich Klöster im ganzen Land, beriet und tadelte die Äbtissinnen, die der hochherrschaftliche Besuch in helle Aufregung versetzte, und stiftete sogar einige neue Klöster. Aber wie verbringt eine noch immer hübsche und leidenschaftliche Witwe den Rest ihrer Zeit? Während meines Aufenthalts in Besançon stellte ich fest, daß ich keine Kinder mehr bekommen konnte – ein Gedanke, der viele Frauen in Traurigkeit stürzt. Für eine Witwe jedoch, die eine erneute Heirat weder plant noch wünscht, ist es weniger wichtig. Von

Bedeutung ist allerdings, daß es einen Meilenstein im menschlichen Leben darstellt. Es ist die Gewißheit, daß die Freude der Jugend für immer vorüber ist und daß die nächste Verabredung die mit dem Tod sein wird.

Das ist ein düsterer Gedanke, aber erstaunlicherweise bedeutet dieser Einschnitt nicht notwendigerweise ein Nachlassen des triebhaften Begehrens. Vielmehr nimmt die Sinnenlust aufgrund der größeren Freiheit zu. Auf außerplanmäßigen Intimverkehr müssen nun keine hektischen Spülungen mehr folgen, um das Risiko einer Schwangerschaft auszuschließen, wohl wissend, daß man gegen die Regeln der Kirche sündigt. Natürlich stellt sich das Problem, einen Gefährten für gelegentliche Liebesspiele zu finden. Wieder mußte ich vorsichtig sein. Wie an Königshöfen üblich, ging es auch an Konrads Hof bemerkenswert sittlich zu, jedoch in weit höherem Maße als an den Höfen, die ich früher kennengelernt hatte. Otto der Große und ich hatten einander unserer gegenseitigen Liebe und Achtung wegen nie betrogen; außerdem hatten wir uns körperlich zueinander hingezogen gefühlt. Wir waren uns immer sehr wohl bewußt gewesen, daß die Menschen um uns herum nicht so keusch waren.

Ich wußte nicht, ob mein Sohn Otto seine Gattin Theophano je betrogen hatte. Während ihrer langen Trennungen wäre es unnormal gewesen, hätte er es nicht getan, und ich traute ihm glatt zu, von Zeit zu Zeit Elisabeth aufgesucht zu haben. Ich wußte ganz sicher, daß Theophano ihn betrogen hatte, wenn auch nur auf ihre eigene perverse Weise. Rom war eine Brutstätte für Liebesabenteuer, und auch Besançon war in Konrads Jugend ein Mittelpunkt mitternächtlicher Orgien. Das alles hatte sich geändert. Ich kam zu dem Schluß, daß es zwei Gründe dafür gab. Einerseits interessierte Konrad sich heute mehr für Essen und Trinken als für die Liebe, andererseits hing es mit dem Wesen seiner Frau zusammen.

Griselda war wirklich eine farblose Persönlichkeit. Aber

sie war sehr fruchtbar. Vor allem glaubte sie an die Unantastbarkeit der Ehe, kümmerte sich darum, daß ihre Zofen alle so früh wie möglich zum Altar geführt wurden, und bestrafte nach der Eheschließung Vergehen streng. Jeder Adelige oder seine Frau, die die Grenzen des Anstands verletzt hatten, wurden vom Hof verbannt. Griselda behandelte mich immer ausgesprochen höflich, aber ich wußte, daß der Gedanke, ich könnte gegen die Regeln des Hauses verstoßen, sie ebenso entsetzte wie ihren Gatten. Ich zweifelte nicht daran, daß Rosamunde von all meinen vergangenen Abenteuern erzählt hatte. Dann aber wüßten sie alle auch über Pietro Bescheid! Wenn ich auch immer nur als Witwe gesündigt hatte, so mußte ihnen der Gedanke kommen, daß ich mich erneut in diesem unglücklichen Zustand befand.

Auch wenn mein Stolz und mein Schwung zum Teil zurückgekehrt waren, fühlte ich mich daher gezwungen, Sicco nicht an meine Seite zu rufen. Es war nicht etwa so, daß der Bursche sich große Sorgen über unsere Trennung zu machen schien, wenn man es anhand seiner Briefe beurteilte – oder eher am Ausbleiben seiner Briefe. Aber wieder hatte ich Glück. Ich fühlte mich wahrlich einsam, doch dieser Einsamkeit wurde durch die Ankunft meiner treuen Roswitha, die wie immer vor Lebensfreude sprühte, ein Ende gesetzt. Sie war ein Segen für mich, und da es Griselda offensichtlich nicht in den Sinn kam, daß zwei so reife Frauen irgend etwas anderes als Freundschaft verbinden könnte, ließ man uns meist in Ruhe.

☆

Das ganze Jahr 979 war ich über die Ereignisse im Reich gut unterrichtet, und die Lage schien sehr beständig zu sein. Aber wie ich schon zuvor erwähnte, sind die Dinge nie wirklich beständig, ob es nun um Liebe, Politik, Religion oder die Ehe geht. Und diese vier Bereiche spielten in meinem Leben die größte Rolle. »Das ist ein schönes Theater«, sagte Konrad, als das Frühjahr 980 begann und er mir einen seiner seltenen Besuche in meinen Gemächern abstattete. »Hugo, dieser Verrückte, ist in Lothringen eingefallen.«

Ich war erstaunt. In den vergangenen Jahren waren die Franzosen gänzlich von einer innenpolitischen Fehde zwischen führenden Fürsten in Anspruch genommen worden. Hugo der Große war aus diesen Zwistigkeiten als führende Persönlichkeit hervorgegangen und hatte sich schließlich selbst zum König gekrönt. Dies war mir eine Genugtuung, da er mein Schwager war, auch wenn er seinen Sieg auf Kosten meines anderen Schwagers, Ludwig, errungen hatte. Hugo sowie Ludwig waren ebenfalls angeheiratete Onkel des Kaisers, und es hatte immer den Eindruck gemacht, daß sie sehr gut miteinander auskamen, allerdings nur auf brieflicher Ebene, denn sie hatten sich nie getroffen. Die Lage Lothringens, das im Westen an Frankreich, im Osten an das Reich und im Süden an Burgund grenzte, hatte schon immer zu Streitigkeiten zwischen den rivalisierenden Königen geführt, aber Otto der Große hatte niemanden im Zweifel darüber gelassen, daß Lothringen zum Reich gehörte. Doch Otto der Große war jetzt tot, und Otto II. hatte die vergangenen Jahre damit verbracht, auf der anderen Seite des Reiches gegen seinen Cousin zu kämpfen. Zweifellos hatte Hugo gewartet, die Situation beobachtet und nach und nach seine Truppen mobilisiert. Und der Gedanke erfreute mich, daß er wohl auch abgewartet hatte, ob der Streit mit meinem Sohn von Dauer war.

Auf jeden Fall erwies sich Hugos Entscheidung, zum Angriff zu schreiten, für mich als ein Geschenk des Himmels. Nur vierzehn Tage, nachdem Konrad mir die Nachricht übermittelt hatte, kam ein Reiter aus Sachsen und brachte mir einen Brief von Otto. *Meine liebste Mutter*, schrieb der Bengel, *ich weiß, es wird Euch erfreuen zu erfahren, daß Theophano wieder schwanger ist, und natürlich hoffen wir alle, daß es diesmal ein*

Junge wird. Leider ist es eine schlimme Zeit für sie, aber das gilt für uns alle. Hugo von der Toskana schreibt, daß es Unruhen in Rom gebe. Pandulf schreibt, daß es weiter südlich noch größere Unruhen gebe, da der Muselmane Fatamids mehrere Christenstädte angegriffen und geplündert habe. Und nun bereitet uns auch noch Onkel Hugo große Probleme. Ihr seht also, daß ich sehr viel zu tun habe, und durch den Tod des teuren Korda fehlen mir dringend Männer, auf deren Urteil ich mich verlassen kann. Wäre es zuviel von Euch verlangt, wenn ich Euch bitte, nach Magdeburg zurückzukehren und sozusagen die Stellung zu halten, während ich versuche, all diese Schwierigkeiten zu bereinigen? Ihr wäret meiner ewigen Dankbarkeit sicher. Euer Euch liebender Sohn Otto.

Das war eine vollkommene Kapitulation! Obwohl ich es immer vorausgesehen hatte, war ich nicht darauf gefaßt gewesen, daß es so bald geschehen würde. Beinahe hätte ich Hugo dem Großen ein Dankschreiben geschickt. Ich hatte jedoch nicht die Absicht, die Zukunft aufs Spiel zu setzen und antwortete meinem Sohn: *Obwohl Du sicher sein kannst, daß ich Dir auf jede erdenkliche Weise helfen möchte, muß ich Dich um eine Zusicherung bitten, daß ich für den Rest meines Lebens in Magdeburg bleiben kann, falls ich zurückkehre. Ich bin zu alt, um hin und her zu reisen, wenn es Theophano gerade in den Sinn kommt.* Indem ich diese Zeilen schrieb, ließ ich ihn nicht im Zweifel darüber, daß ich wußte, welche Intrigen für mein Exil verantwortlich waren. In einer Antwort gab er mir jede erdenkliche Zusicherung, daß uns nichts mehr trennen werde, und so packte ich wieder mein Bündel und verließ Besançon. Konrad und Griselda vergossen Tränen und beklagten sich über die Kürze meines Besuches, aber noch nie hatten zwei Menschen so erleichtert ausgesehen. Ihre Gefühle konnten jedoch nicht mit der Freude verglichen werden, die ich verspürte, als ich wieder nach Hause reiste.

☆

In Magdeburg herrschte tatsächlich größte Aufregung. Die Sarazenen im Süden waren sehr kampflustig, und Pandulf war offenbar nicht sicher, ob er Capua verteidigen konnte. Die Möglichkeit eines muselmanischen Vormarsches auf Rom versetzte den Pöbel in Angst und Schrecken, und Benedikt und Hugo von der Toskana erlebten schlimme Zeiten. Und der Hugo von Frankreich versuchte auf altehrwürdige Weise, Besitz von Lothringen zu ergreifen, indem er alles daransetzte, das Land zu verwüsten und zu zerstören.

»Was soll ich tun?« fragte Otto, unentschlossen wie immer.

»Eins nach dem anderen«, sagte ich zu ihm. »Mobilisiere dein Heer und zieh gegen Hugo in die Schlacht.«

»Aber Rom ... die Sarazenen ...«

»Laß Pandulf wissen, daß du ihn unterstützen wirst, sobald es dir möglich ist. Du darfst nicht vergessen, daß die Sarazenen am anderen Ende der Halbinsel wüten. Lothringen aber liegt gleich nebenan.«

☆

Natürlich mußte ich auch Theophano aufsuchen. Sie saß am Fenster. Ihre Zofen, die alle fleißig nähten, waren bei ihr, und ihre Kinder spielten zu ihren Füßen. Ich war erleichtert, als ich sah, daß kein Mann anwesend war, obwohl sicherlich jemand im Hinterzimmer gewesen sein könnte. Als ich eintrat, klatschte Theophano in die Hände, und die Mädchen eilten davon. Sie blieben nur stehen, damit ich meine Enkeltöchter küssen konnte. Theophano war inzwischen einundzwanzig und sah noch hübscher aus. Auch meine Befürchtung, daß ihre feinen Gesichtszüge im Laufe der Zeit ihren Glanz verlieren könnten, erwies sich als unbegründet. Und mit Rücksicht auf ihre Schwangerschaft achtete sie streng auf ihre Figur. Sie hatte sich auch mit der neuen Situation abgefunden. »Meine liebste Mutter! Wie schön, daß Ihr zurück seid. Ich würde gern niederknien und Euch die Füße küssen, würde mein Zustand es erlauben.«

»Du kannst statt dessen meine Hand küssen«, schlug ich vor.

Sie zögerte, aber da ich durch die bloße Tatsache meiner Rückkehr meine alte Position wieder eingenommen hatte, senkte sie den Kopf und berührte mit den Lippen meine Handgelenke. »Wir haben Euch schmerzlich vermißt.«

»Da bin ich ganz sicher. Aber nun, da ich zurück bin, werden wir die Dinge bald in den Griff bekommen.«

☆

Und so war es auch. Die Auseinandersetzung zwischen Hugo dem Großen und dem Kaiser war rasch beigelegt. Es fand keine große Schlacht statt. Das französische Heer ging einfach wieder nach Hause. Mir gefällt der Gedanke, daß er seine Entscheidung möglicherweise traf, weil er erfuhr, daß ich zurückgekehrt war und die Zügel der Herrschaft wieder in Händen hielt. Von kriegerischem Ruhm erfüllt, kehrte Otto heim und verkündete seine Absicht, mit den Untreuen kurzen Prozeß zu machen.

Natürlich kehrten mit ihm auch seine Soldaten zurück, und Graf Sicco stattete mir einen Besuch ab. Er kniete vor mir nieder, und ich ließ ihn dort einen Moment verharren, ehe ich ihm die Hand reichte. »Ich dachte, Ihr hättet mich ganz vergessen, Graf.«

»Ich habe jede Nacht von Euch geträumt, Hoheit.«

Schöne Worte, die sogar das härteste Herz erweichen können, wenn man ihnen Glauben schenkt. »Aber Ihr konntet nicht die Zeit erübrigen, um nach Besançon zu reisen.«

»Ich bin dem Kaiser verpflichtet, Hoheit, sowie ich seinem Vater verpflichtet war.«

»Und nun werdet Ihr wieder in die Schlacht ziehen, um gegen die Sarazenen zu kämpfen.«

»Wenn ich dazu aufgefordert werde, Hoheit.«

»Ich habe das Gefühl, sie sind nicht so einfach zu besiegen wie die Römer, die Bayern oder auch die Franzosen. Ich fürchte, das kaiserliche Heer wird sich die Zähne an ihnen ausbeißen.« Ich sagte das nur im Scherz, aber wie oft enthalten Scherze die Wahrheit? Solange es die Zeit erlaubte, teilte er einige Nächte das Bett mit mir. Obwohl wir uns mit großem Vergnügen der Liebe hingaben, sprang der Funke nicht über.

☆

Eigentlich war ich in meiner neuen Situation sehr zufrieden, wäre der widerliche Philagathos nicht wieder aufgetaucht. Theophano hatte ihn aus seinem fernen Kloster gerettet und ihn tatsächlich zu ihrem persönlichen Beichtvater gemacht. Ich traute Ohren und Augen nicht, als ich sie mehr als einmal bei sehr seltsamen Bußen beobachtete. Einmal sah ich sogar, daß er ihr den Hintern versohlte. Wirklich und wahrhaftig! Er schlug mit der Hand auf das nackte Hinterteil der Kaiserin ein.

»Es ist seine Pflicht, mich für meine Sünden büßen zu lassen, Mutter«, sagte Theophano kühl, nachdem sie ihre Röcke gerichtet hatte. »Ich vertraue darauf, daß Ihr es nicht weitererzählt.«

Und sie rieb über ihren geschwollenen Leib, um mich daran zu erinnern, daß sie derzeit unantastbar war. Ich wagte es dennoch, meinen Sohn zu fragen, was er von dem neuen Beichtvater seiner Frau halte. »Ein liebenswürdiger Bursche«, erwiderte Otto.

Niemand ist so blind wie diejenigen, die nicht sehen wollen.

☆

Otto hatte Angst, in den Süden aufzubrechen. Trotz seiner Schwächen war er ein sehr christlicher Mensch und verabscheute es, Krieg gegen andere Christen zu führen. Er empfand es als weit größere Ehre – und auch Pflicht –, mit den Untreuen abzurechnen. Zu jener Zeit warfen die Menschen, zumindest die Priester, zum erstenmal die Frage nach der Jahrtausendwende auf. Einige Fakten waren nicht zu widerlegen. Jesus hatte gesagt, er kehre auf die Erde zurück, wenn die ganze Menschheit – lebend oder tot – vor das Jüngste Gericht gestellt werde. Ich war mir nie ganz sicher, ob er den Zeitpunkt von tausend Jahren erwähnte. Die Menschen jedoch hatten die Neigung, Zahlen stets aufzurunden, und so waren sie auf tausend Jahre bis zum Jüngsten Gericht gekommen ... Aber welchen Tag nahmen sie als den ersten an?

Christi Geburt? Das war eine ganz vernünftige Auffassung. Es bestand jedoch das Problem, daß es über Christi Geburtsdatum keine einhellige Meinung gab. Wir errechneten diese tausend Jahre anhand anerkannter Geschichtsdaten, doch einige Gelehrte vertraten die Meinung, daß Jesus ein paar Jahre früher gelebt haben könnte. Andere waren der Ansicht, er würde tausend Jahre nach seinem Tod zurückkehren. Das war an sich vernünftiger, doch auch in diesem Punkt herrschte keine völlige Gewißheit, was das Jahr dieses einschneidenden Ereignisses betraf. Die einzige Gewißheit schien zu sein, daß viele Menschen seine Wiederkunft erleben würden, falls er zurückkehrte.

Wenn man das Millennium vom ersten Osterfest berechnete, war es für mich persönlich sehr unwahrscheinlich, daß mich dieses Ereignis traf – zumindest als lebender Mensch –, da ich dann über hundert Jahre alt sein würde. Nahm man jedoch tausend Jahre nach Christi Geburt an, könnte ich noch sehr gut unter den Lebenden weilen. Diese Überlegung führte zu einer ganzen Reihe anderer, von denen einige ausgesprochen schrecklich waren. Dieser Gedanken wegen begann ich einen Briefwechsel mit Gerbert, der noch in

Reims studierte. Vielleicht freute mich damals sogar die Vorstellung, ihn als Papst einzusetzen. Ich fühlte, daß Otto mich in dieser Sache unterstützt hätte, da er dem großen Gelehrten tiefe Wertschätzung entgegenbrachte.

Doch ich war nicht die einzige, die ernsthaft über die nächsten dreißig Jahre nachdachte. Der schreckliche Gedanke, daß jeder, der jetzt lebte, vor seinen Schöpfer treten mußte, der dann öffentlich über ihn richtete, brachte viele Menschen aus der Fassung. Der alte Benedikt, der in bezug auf die Schwierigkeiten um ihn herum sehr gute Arbeit leistete, schaltete sich ein und predigte, was er den Frieden Gottes nannte. Er versuchte auf diese Weise, das durch die Kriege verursachte Elend zu mildern. Benedikt verkündete, daß es als Todsünde angesehen werde, sonntags Krieg zu führen, Priester oder Nonnen zu töten oder Nonnen, Frauen und Kinder zu vergewaltigen. Der Papst bewies großen Ehrgeiz, auch wenn einige Leute den Eindruck hatten, es sei an den Haaren herbeigezogen, was er predigte. Bei Otto jedoch hinterließen diese Worte einen tiefen Eindruck. Ungläubige, insbesondere die Sarazenen, waren natürlich von dem Schutz ausgeschlossen, den der Friede Gottes bot, ob sie nun Männer, Frauen oder sogar Säuglinge waren. Dadurch entstand die Vorstellung, daß nur gegen dieses teuflische Volk Krieg geführt werden durfte, ohne eine Todsünde zu begehen, selbst wenn man den Krieg nicht wollte.

Doch Otto dachte weiter. Er war der Kaiser des Heiligen Römischen Reiches. Er sah sich selbst, wie er ein riesiges Heer anführte, das aus allen christlichen Staaten des Westens zusammengesetzt war und gegen die Heiden kämpfte. Er wollte sie restlos vernichten und aus Italien vertreiben. Dann würde er entscheiden, wohin er sein Heer anschließend führte. Doch es konnte kein Zweifel daran bestehen, daß er die Absicht hatte, den Rest seines Lebens damit zu verbringen, die Muselmanen zurück in die arabische Wüste zu jagen. Da er erst fünfundzwanzig Jahre alt war, schien es nicht ausgeschlossen zu sein, diesen Traum zu verwirklichen. Also sammelte er sein Heer. Boten und Botschafter wurden in jeden Winkel des Kontinents entsandt. Otto schickte sie sogar nach Konstantinopel, obwohl er keinerlei Unterstützung von seinem Schwager erhielt, der nach dem Tod von Tzimiskes tatsächlich die Zügel der Macht ergriffen hatte.

Das alles nahm viel Zeit in Anspruch. Der Kaiser war noch nicht zu seinem Feldzug aufgebrochen, als Theophano von einem Sohn entbunden wurde. Ich kann mich nicht erinnern, daß es je ein größeres Fest gegeben hätte. Ich nahm alles in die Hand. Nicht nur das Fortbestehen der Dynastie war gesichert, das ich so verzweifelt angestrebt hatte – das Ereignis schien zu diesem Zeitpunkt ein Segen für das Vorhaben meines Sohnes zu sein. Wir alle machen Fehler.

☆

Das Kind wurde Otto genannt. Wie sonst? Aber es war ganz und gar nicht in meinem Sinne, daß Theophano ihren Beichtvater zum Taufpaten benannte. Otto war offensichtlich entzückt.

Nun war die Zeit gekommen, den großen Feldzug zu beginnen. Von nah und fern kamen Krieger. Es waren Franzosen und Spanier dabei, wobei die letztgenannten im Kampf gegen die Muselmanen in Spanien schon Erfahrungen gesammelt hatten, und ein Truppenkontingent kam aus meiner Heimat Burgund. Sachsen und Schwaben und Bayern und Böhmen waren unter den Kriegern. Ein großer italienischer Truppenverband würde südlich der Alpen auf uns warten. Und im Süden von Rom stand Pandulf ebenso unter Waffen. Nur ein christliches Volk des Westens hatte nicht auf Ottos Ruf geantwortet: die Republik Venedig.

Die Tatsache, daß Venedig sich selbst als Republik bezeichnete, zeigt deutlich, wie wenig dieses Volk sich um Gepflogenheiten des menschlichen Miteinanders scherte. Nationen werden von Königen oder zumindest von Herzögen regiert. Die Venezianer aber waren ein Piratenvolk, das von einem Piratenvolk abstammte. Sie waren vor ungefähr hundert Jahren zu ihren nicht sehr verheißungsvollen Lagunen geflohen, um den Langobarden zu entkommen, und hatten ein fadenscheiniges Bündnis geschlossen. Schon bald terrorisierten sie das Adriatische Meer. Otto der Große hatte niemals etwas gegen sie unternommen, weil die Adria als byzantinisches Meer betrachtet wurde, und wir hatten nichts dagegen, daß sie dort Angst und Schrecken verbreiteten. Nun streckte Otto II. ihnen die Hand zur Freundschaft entgegen und bot ihnen somit einen Platz im Verbund der Völker an, wenn sie bereit wären, sich dem Feldzug anzuschließen. Und sie weigerten sich!

Später erfuhren wir die Wahrheit. Venedig hatte mit den Muselmanen einen florierenden Handel eröffnet, und die Republik war nicht bereit, diesen zu gefährden. »Ihnen ist Geld wichtiger als ihre Ehre«, brummte Otto. »Na schön, wir werden ja sehen. Wenn die Schlacht beendet ist, werde ich dieses Schlangennest endgültig ausrotten.«

Allmählich sprach er wie sein großer Vater.

☆

Inzwischen begann der Feldzug, und ich zog mit. Es gab verschiedene Gründe, daß ich mich diesem Abenteuer anschloß. Ein Grund war sicherlich, daß Theophano alles tat, mich von ihrem Sohn Otto fernzuhalten. Ich wußte, daß es nur Streit geben würde, wenn ich bliebe, zumindest solange Theophano wie eine Glucke über ihren Säugling wachte.

Außerdem hatte ich schlicht das Verlangen nach einem Abenteuer, das vielleicht mein letztes sein würde. In erster Linie aber hatte ich den Wunsch, ins sonnige Italien zurückzukehren, Rom wiederzusehen und meine Freundschaft mit Pandulf aufzufrischen.

Und natürlich wollte ich sehen, wie mein Sohn siegte, so wie sein Vater einst gesiegt hatte. Wir alle erwarteten ein zweites Lechfeld. Denn so wie die berühmte Schlacht auf dem Lechfeld die Bedrohung durch die Ungarn für immer beseitigt hatte, rechneten wir damit, daß die Bedrohung durch die Sarazenen zumindest in Italien für immer ein Ende fand. Ich sollte vielleicht erwähnen, daß Otto schon an die Zeit nach der Schlacht dachte, bei der er sich offensichtlich schon als Sieger sah. Sicher, er zog gegen die Sarazenen in den Kampf, aber er beabsichtigte auch, den byzantinischen Enklaven an der Ostküste so viel Schaden wie nur möglich zuzufügen. Als ich ihn daran erinnerte, daß die Byzantiner eigentlich Christen seien wie wir, schnaubte er verächtlich. »Christen auf ihre eigene Art und Weise, Mutter. Ich bezweifle, daß sie im Himmel begrüßt werden.«

☆

Als wir Pisa erreichten, stellte ich fest, daß mein Sohn mit seinen Gedanken schon wieder einen Schritt weiter war, denn in Pisa war eine Flotte versammelt. Otto hatte erfahren, daß die Sarazenen ebenfalls über eine Flotte verfügten, die in irgendeinem Hafen im Süden lag, und er war entschlossen, auch diese Flotte zu zerstören. Mir war unbehaglich zumute. »Seeschlachten sind nicht unsere Stärke.« Sein Vater hatte meines Wissens nie einen Fuß auf ein Schiff gesetzt – und ich auch nicht.

»Ich werde auf dem ganzen Mittelmeer meine Stärke beweisen, Mutter«, erklärte Otto.

»Aber du hast auf See keinerlei Erfahrung. Die Sarazenen kämpfen schon seit Generationen auf den Meeren.«

»Ich werde es lernen. Diese tüchtigen Krieger …«, er wies auf die Kapitäne der Flotte, »werden es mir beibringen.«

Es hörte sich alles sehr vernünftig und wirklich einfach an, und ich sagte mir, daß meine Ängste reine Frauenängste seien. Ich kann mit Fug und Recht behaupten, daß ich niemals einen Moment der Angst oder auch nur der Furcht erlebt hatte, wenn Otto der Große in die Schlacht gezogen war. Doch ich erinnerte mich daran, daß Otto, als ich ihn als Sechsjährige kennenlernte – auf jeden Fall, als ich ihn vierzehn Jahre später heiratete –, schon ein erfahrener und erfolgreicher Soldat war, der praktisch noch nie eine Niederlage kennengelernt hatte. Das konnte von seinem Sohn nicht behauptet werden.

Ich war nicht minder beunruhigt, als ich erfuhr, daß der Kaiser beabsichtigte, die Flotte und nicht das Heer nach Süden zu begleiten. Er forderte mich sogar auf, mit ihm zu segeln, aber ich lehnte ab. Allein beim Anblick der See hätte sich mir der Magen umgedreht. Außerdem drängte sich mir der Gedanke auf, daß Gott uns mit Flossen ausgestattet hätte, wenn wir das Meer hätten bezwingen sollen. Also schiffte Otto sich ein, und wir marschierten nach Süden. Zumindest konnten Sicco und ich ein wenig unserer Liebeslust frönen. Doch schon zeichnete sich eine Katastrophe ab.

Wir stießen auf unserem Marsch nach Süden auf keinerlei Hindernisse, und als wir eine günstig gelegene Bergkuppe erreichten, konnten wir ein paar Meilen vor der Küste die Segel der Flotte erkennen. Das Wetter war beständig, und alles schien gut zu verlaufen. Wir hatten auch keine Schwierigkeiten, Rom zu erreichen. Graf Hugo und Papst Benedikt begrüßten mich außerhalb der Stadt und versicherten mir, daß mich in Rom ein großer Empfang erwarte. Gleichzeitig teilten sie mir eine schmerzliche, schlimme Nachricht mit: Pandulf war tot!

Gewiß hatte er sich gewünscht, in der Schlacht zu fallen, doch er war einer Krankheit erlegen, die ihn ans Bett gefesselt hatte. Sicher hatte er sein Bestes gegeben, am Leben zu bleiben, um mich noch ein letztes Mal zu sehen. Doch dieser Wunsch erfüllte sich nicht, und nicht zum erstenmal wunderte ich mich über Gottes Fügung. Bald wunderte ich mich noch mehr. Pandulfs Tod warf die Frage nach einem langobardischen Beistand für den Feldzug auf, doch Hugo blieb vertrauensvoll. Er schlug jedoch vor, daß ich in Rom bleiben und dort für Ordnung sorgen sollte, während er mit dem Heer nach Süden marschierte, in der Hoffnung, sich für die entscheidende Schlacht mit der Flotte vereinen zu können.

Nicht daß diese Entscheidung mich traurig gestimmt hätte. Ganz abgesehen von der Freude, wieder in meiner Lieblingsstadt zu sein, hatte ich jetzt, da Pandulf nicht mehr lebte, keine große Lust, Capua zu besuchen. Außerdem wollte ich den Muselmanen nicht zu nahe kommen. Pandulfs Gattin Griselda, die nun wie ich eine traurige Witwe war, hatte mir berichtet, wie die Heiden mit ihren Frauen umgingen. Wenn ich daran dachte, gefror mir jetzt noch das Blut in den Adern.

Ich stand also auf den Zinnen der Engelsburg und winkte unseren tapferen Kriegern nach, bis sie außer Sicht waren. Dann machte ich mich mit Benedikts Hilfe an die Arbeit. Mit viel Mühe und Zeit brachte Benedikt die päpstlichen Finanzen wieder in Ordnung. Es braucht wohl nicht gesagt zu werden, daß wir nichts von Bonifatius hörten, der in Konstantinopel offensichtlich mit seinem gestohlenen Vermögen protzte. Ich mußte auch Besuche verschiedener römischer Adeliger über mich ergehen lassen, und natürlich war einer der ersten Crescentius II., aus dem seit unserem letzten Treffen ein stattlicher junger Mann geworden war. Man hatte mir berichtet, daß er sich meine Moralpredigt zu Herzen genommen habe und seine Zeit damit verbringe, seine finanzielle und soziale Position zu stärken. Und sicherlich gab er sich den Anschein, soviel Macht über den Pöbel zu besitzen wie einst sein Onkel oder sein Vater.

Er katzbuckelte vor meinen Füßen und hieß mich auf übertrieben herzliche Weise willkommen. Ich schenkte seinem Treuegelöbnis zum kaiserlichen Geschlecht keinen

Glauben, glaubte aber auch nicht, daß er eine Bedrohung für unsere Sicherheit oder Herrschaft in Rom darstellte, da Otto die Zügel der Regierung nun fest in der Hand hielt. Und dann ... Sicco war natürlich mit dem Heer aufgebrochen, und ich konnte nichts anderes tun, als auf Nachrichten über den Feldzug und den Sieg zu warten. Endlich schien die ersehnte Meldung einzutreffen. Ein Reiter, der in die Stadt geritten kam, wurde angekündigt. »Bringt ihn sofort zu mir«, sagte ich zu Cäsar. Als der Bursche schließlich vor mir kniete und unzusammenhängende Worte stammelte, zitterte er am ganzen Leib. Ich hatte Cäsar aufgefordert, ihm ein Glas Wein einzuschenken, das er wie ein Besessener hinunterkippte. »Nun berichte mir von dem Sieg.«

Er keuchte und strich sich mit der Zunge über die Lippen. »Das Heer ist besiegt worden, Hoheit.«

Ich starrte ihn an, und er zitterte nun wahrlich wie Espenlaub. »Besiegt? Soll das heißen, das kaiserliche Heer wurde von den Sarazenen besiegt?«

»In die Flucht geschlagen, Hoheit.«

»In die Flucht geschlagen?« Ich konnte nicht verhindern, daß meine Stimme lauter wurde.

»Wir belagerten die Stadt Amantea, Kaiserliche Hoheit, als die Sarazenen plötzlich aus den Stadttoren ausfielen und im gleichen Moment eine Schar feindlicher Reiter hinter dem Hügel auftauchte. Ehe wir uns sammeln konnten, waren sie in unserer Mitte.«

»Und der Kaiser?«

»Der Kaiser war bei der Flotte, Hoheit.«

Ich dankte Gott dafür. »Und Graf Sicco?«

»Ist bei Graf Hugo, Hoheit. Sie leiten den Rückzug.«

Auch dafür war ich dankbar. Aber ... »Die Flotte. Du sagtest, der Kaiser war bei der Flotte.«

Der arme Teufel war sprachlos und mußte mit einem weiteren Glas Wein wiederbelebt werden. »Die Flotte wurde vernichtet, Hoheit.«

Ich fühlte mich allmählich, als hätte auch ich mehrere Gläser Wein hinunter gekippt. »Vernichtet?«

»Die Schiffe der Sarazenen kamen von allen Seiten auf die Flotte zu, Hoheit. Für unsere Krieger gab es keine Hoffnung.«

»Du sagtest, daß der Kaiser dort war. Wo ist er jetzt?«

»Ich weiß es nicht, Hoheit. Sein Schiff wurde gekapert.«

Otto in der Hand der Sarazenen? Eine Katastrophe dieses Ausmaßes hatte ich mir in meinen schlimmsten Alpträumen nicht ausgemalt. Vielleicht war er sogar tot! Benedikt war bei mir. »Was sollen wir tun, Hoheit?«

»Die Nachricht muß geheimgehalten werden, zumindest bis das Heer zurückgekehrt ist, oder es gibt einen Aufstand.«

»Und das Reich?«

Das gehörte nun einem Säugling. Sofort schossen mir tausend Gedanken durch den Kopf. Jetzt hatte ich keine Zeit, um zu trauern. Im Moment gab es für mich nur eine Gewißheit: Ich wurde Regentin. Wie würde Theophano darauf reagieren? Doch ich besaß etwas, das meine Überlegenheit eindeutig bewies: das Heer und meine treuen Krieger Hugo und Sicco. Auch wenn die Sarazenen sie besiegt hatten, befehligten sie noch immer die tüchtigste Streitmacht im Reich. »Wir müssen zuerst in Erfahrung bringen, welches Schicksal dem Kaiser widerfahren ist«, sagte ich.

☆

Ich kann nicht behaupten, daß ich in dieser Nacht schnell Schlaf fand. Ich wußte nicht, ob mir die Gefangennahme und der mögliche Tod meines einzigen Sohnes oder die schwierigen Zeiten, die vor mir lagen, mehr Sorge bereitete. Eigentlich hätte mich Ottos Schicksal tiefer beunruhigen müssen, aber es war mir in Fleisch und Blut übergegangen, zuerst an das Reich und dann erst an Einzelschicksale zu denken. Wenn man einer schrecklichen Zwangslage gegenübersteht, ist es am hilfreichsten, seinen Verstand auf ein bestimmtes

Ziel zu lenken und alle weiteren Entscheidungen zu treffen, wenn dieses Ziel erreicht wurde. Deshalb wartete ich zunächst auf die Rückkehr des Heeres. Sobald Hugo und Sicco mir wieder zur Seite standen, hatte ich die Macht, den römischen Pöbel einzuschüchtern. Außerdem konnte ich auf ihren Rat vertrauen.

Es gelang uns, das schreckliche Ereignis geheimzuhalten, obwohl der Pöbel offensichtlich bald wußte, daß etwas nicht stimmte. Die Menschen versammelten sich in Gruppen an den Straßenecken und tuschelten miteinander. Das verhieß nichts Gutes. Doch schon zwei Wochen später erblickten wir Standarten in der Ferne. Ich rannte sofort los, stellte mich auf die höchsten Zinnen der Festung, schaute ins Tal und runzelte die Stirn. Inmitten all der Fahnen wehte die kaiserliche Flagge. Ich traute meinen Augen kaum. Dann aber hörte ich die Jubelschreie des Pöbels, der bestrebt war, seine Treue zu beweisen. Ich eilte hinunter in den Hof, den ich gerade rechtzeitig erreichte, um meinen Sohn zu begrüßen, der aus dem Sattel stieg. Wir umarmten uns und zogen uns in meine Gemächer zurück. »Ich dachte, du wärst tot«, sagte ich, »oder gefangengenommen. Jedenfalls wurden mir die schrecklichen Nachrichten von einer Niederlage überbracht.«

»Die zweifellos alle richtig waren.« Er stürzte einen Becher Wein hinunter und hielt ihn hoch, damit er nachgefüllt wurde. »Zuerst wurde das Heer in die Flucht geschlagen und anschließend die Flotte. Pisa war den Sarazenen nicht gewachsen.«

»Es heißt, dein Schiff sei gekapert worden. Wie bist du der Gefangenschaft entkommen?«

»Ich bin über Bord gesprungen.«

»Ich wußte ja gar nicht, daß du schwimmen kannst.«

»Kann ich auch nicht. Einer unserer tapferen Seeleute hielt mich über Wasser, bis wir ein Wrackteil erwischen konnten. Wir schafften es bis ans Ufer und konnten anschließend das Heer erreichen.« Seine Augen waren mit Tränen gefüllt. »Wie konnte das passieren, Mutter? Wir haben Gottes Krieg gegen die Ungläubigen geführt! Die Menschen werden sagen, daß Mohammed mächtiger sei als Jesus.«

Darauf wußte ich keine Antwort. Dieser schreckliche, blasphemische Gedanke war mir immer wieder durch den Kopf geschossen, seit ich von der Niederlage erfahren hatte. Der Gedanke, daß Gottes Wege unergründlich seien, brachte mir nur wenig Trost. Um Trost zu finden, mußte man verstehen, daß Gott über den kleinen Streitigkeiten der Menschen auf Erden stand und den Ereignissen ihren Lauf ließ. Diese Auffassung war jedoch in sich blasphemisch. Und wenn Gott zuließ, daß die Ereignisse ihren Lauf nahmen, mußte sicher der beste Mann oder das beste Heer gewinnen, doch dieser Überlegung verschloß ich mich. »Was wirst du jetzt tun?«

Es war das erste Mal, daß ich einem anderen Menschen als meinem Gatten, Otto dem Großen, eine solche Frage stellte. Und wenn ich meinem Gemahl diese Frage gestellt hatte, mußte ich niemals mit einer Katastrophe rechnen. Otto starrte zu Boden, hob dann den Kopf und reckte die Schultern. »Wir werden uns darauf vorbereiten, auf einem besseren Schlachtfeld und mit besseren Soldaten erneut gegen die Sarazenen zu kämpfen. Bis dahin wartet viel Arbeit auf uns.«

☆

Es lag auf der Hand, daß wir im Moment keinen erneuten Angriff wagen konnten. Wir mußten die Verteidigung des Gebietes südlich von Rom Pandulfs Sohn und leider der byzantinischen Garnison an der Ostküste überlassen. Außerdem mußten wir in Rom für die beste Verteidigung sorgen, falls die Heiden weiter nach Norden marschieren sollten.

Das wichtigste war, daß wir auf dem schnellsten Weg nach Deutschland zurückkehrten, um den Gerüchten, die das Land überschwemmten, ein Ende zu setzen: Östlich der Elbe standen die Dänen und Wenden bereits unter den Waffen.

Zum erstenmal, seit Otto kein Kind mehr war, hatte ich aufrichtiges Mitleid mit meinem Sohn. Mit seinem Ansehen stand es nicht zum besten. Er hatte eine furchtbare Niederlage erlitten; das allein war schon schlimm genug. Doch es war nicht zu vermeiden, daß es zu einem Vergleich mit seinem Vater und zu Andeutungen führte, er würde nie und nimmer ein so großer Mann und Krieger wie Otto der Große werden. Doch er ging mit eiserner Entschlossenheit über das alles hinweg. Ich spielte meine Rolle, so gut ich konnte, und rief mir ins Gedächtnis, daß Otto der Große achtzehn Jahre älter gewesen war, als er auf dem Lechfeld gekämpft hatte, und daß das kaiserliche Heer nach der Niederlage gegen die Sarazenen sicherlich wie ein Phönix aus der Asche aufsteigen werde.

Als wir Magdeburg erreichten, standen wir schweigenden Menschenmassen gegenüber. Es gab kaum jemanden unter den hier versammelten Männern und Frauen, der bei dem Feldzug nicht den Verlust eines Verwandten erlitten hatte. Sogar die Hunde waren still. Sobald wir die Festung erreicht hatten, suchte Otto sofort Theophano auf, während ich mich in meine Gemächer zurückzog. Ich war noch immer betrübt. Aber als Otto zu mir kam, war er erstaunlich beschwingt. »Es gibt Gerüchte über Aufstände, aber keiner hat sich wirklich gegen den Kaiser erhoben. Heinrich grollt. Ich hätte ihn mitnehmen sollen, dann hätte die Klinge eines Sarazenen seinem Ehrgeiz vielleicht ein Ende gesetzt.«

»Das kann die Klinge eines Deutschen auch.«

»Meinen eigenen Cousin töten? Euren angeheirateten Neffen?«

»Er wird nie dein Freund, Otto.«

»Ich zweifle nicht daran, daß Ihr recht habt. Darum müssen wir etwas unternehmen, um ihm Grenzen zu setzen. Ich habe beschlossen, unseren Sohn Otto zum König von Deutschland krönen zu lassen, sobald alle Vorbereitungen getroffen worden sind.«

Ich klatschte vor Freude in die Hände. »Aber zuerst«, sagte Otto, »werden wir ihn zum König von Italien krönen. Die Krönung wird in Verona stattfinden, und ich werde verlangen, daß jeder Magnat und jeder Bischof des Landes anwesend ist und dem König ewige Treue schwört.«

»Das hätte dein Vater auch getan.«

»Anschließend wird eine ebenso große Zeremonie in Aachen stattfinden, wo Otto zum König von Deutschland gekrönt wird. Auch hier wird jeder Magnat im Land einen Treueschwur leisten.« Sein Blick in die Zukunft erfreute mich. »In der Zwischenzeit muß ich mich darum kümmern, mein militärisches Ansehen wiederherzustellen.« Darauf hatte ich keine Antwort. Der Gedanke, daß mein Sohn noch einmal die Schwerter mit den Sarazenen kreuzte, erfüllte mich mit Angst. Aber er hatte andere Pläne. »Die Venezianer. Sie trotzen mir und lassen das Reich im Stich. Hätte ich eine Flotte venezianischer statt pisanischer Galeeren unter meinem Befehl gehabt, hätten die Sarazenen ihren Sieg nicht so leicht errungen. Ihr Trotz kommt einem Aufstand gleich und ist für all jene, die glauben, meine Kraft sei am Ende, wie ein Aufruf zu Untreue. Ich werde Venedig vollkommen zerstören, um die Venezianer zu bestrafen und die anderen Völker zu warnen.«

Wieder hatte er so gesprochen, wie sein Vater es getan hätte. Aber Venedig? Ein Feldzug inmitten der Lagunen und Sümpfe der nördlichen Adria? Ich hätte Otto gern vor der Gefahr gewarnt, beschloß aber, es nicht zu tun. Er war von kriegerischer Entschlossenheit erfüllt, und ich wünschte so sehr, daß er sein Ansehen wiederherstellte. »Tod der Stadt Venedig«, sagte ich und hob meinen Becher Wein. Der menschliche Geist ist unfähig, die Zukunft vorauszusehen, so daß ich an die größte aller Gefahren gar nicht dachte.

☆

Otto nahm die bevorstehende Schlacht so ernst wie den Feldzug gegen die Sarazenen. Allerdings konnte er diesmal nicht alle christlichen Nationen des Westens zu Hilfe rufen, um ihn im Kampf gegen die Ungläubigen zu unterstützen, da die Venezianer behaupteten, Christen zu sein, auch wenn sie abtrünnige Christen waren. Überdies konnte er nicht alle Landesherren des Reiches zu Hilfe rufen, um einen Aufstand niederzuschlagen, da Venedig eigentlich nie zum Heiligen Römischen Reich gehört hatte. Der Staat hatte zu Zeiten Karls des Großen kaum existiert, und Otto der Große hatte es nie der Mühe für wert erachtet, von diesem Piratenpack Treue zu verlangen. Daher mußte Otto zur althergebrachten Strategie eines Generals greifen, der in den Krieg zog. Er rekrutierte Soldaten mit dem Versprechen, sie von der Kriegsbeute zu entlohnen. Das war verlockend, da Venedig als sehr reiches Land galt. Ottos Vorgehensweise war vielleicht ein wenig mühsam und stellte eine Verletzung des göttlichen Friedens dar, aber sie war sicherlich erfolgreich.

Andererseits erforderte es mehr Zeit als üblich, ein Heer aufzustellen, das größtenteils aus Söldnern bestand. Und auch die Versammlung aller Adeligen und Magnaten in Verona anläßlich der Krönung Ottos III. nahm viel Zeit in Anspruch. Otto arbeitete mit großer Entschlossenheit und wurde vielleicht zum erstenmal voll und ganz von seiner Kaiserin unterstützt. Theophano wußte, daß sie durch die Krönung ihres Sohnes die eigene Zukunft sicherte. Sie und ich hielten es für notwendig, bei den Vorbereitungen des großen Ereignisses eng zusammenzuarbeiten, was uns gut gelang. Doch über unseren Köpfen braute sich bereits das Unglück zusammen. Ich war erfreut, daß Theophano nun einen sehr sauberen Hof hielt, sah man von der ständigen, aber rechtmäßigen Anwesenheit ihres Beichtvaters ab. Der Hof bestand ausschließlich aus Frauen, unter die sich lediglich ein seltsamer Edelknabe oder Lautenspieler mischte. Theophano schien die treueste und liebevollste aller Gattinnen zu sein.

Ich traf mich wieder mit Sicco. Er hatte während der Katastrophe in Kampanien wie ein Held gekämpft, und ich begrüßte diesen Helden erfreut. Ich war gespannt, von seinen Abenteuern und Erfahrungen bei den Sarazenen zu hören.

»Ist es wahr, was über sie gesagt wird?« fragte ich.

»Alles.«

»Erzählt mir davon.«

»Sie zählen die getöteten Feinde anhand der Gliedmaßen, die sie finden. Diese Aufgabe wird üblicherweise den Verwundeten überlassen, und es wird behauptet, daß ihre Siegesbeute auch von den Verwundeten und den Gefangenen stammt.« Ich konnte ein Zittern nicht unterdrücken.

»Und wie gehen sie mit ihren Frauen um?« Ich erinnerte mich an die Gerüchte.

»Ich habe es selbst erlebt«, sagte er.

»Wollt Ihr damit sagen, daß Ihr eine Muselmanin hattet?«

Er errötete. »Wir haben ein paar Gefangene gemacht.«

»Schurke! Habt Ihr mich so schnell vergessen?«

»Ihr wart weit weg, Hoheit, und außerdem … war ich neugierig.«

In Anbetracht meiner eigenen Schwächen, die ich ihm gebeichtet hatte, konnte ich ihn deshalb nicht verdammen. »Erzählt mir darüber.«

Er schaute mich unruhig an, aber da wir nackt in meinem Bett lagen, konnte ich sehen, daß die Erinnerung ihn erregte. Er strich sich mit der Zunge über die Lippen.

»Als ich in sie eindringen wollte, lachte sie und sagte, daß ich nichts über die Liebe wisse. Daher ließ ich es mir von ihr zeigen.«

Nun strich ich mir mit der Zunge über die Lippen. »Ihr müßt es mir zeigen, sobald Ihr Euch ausgeruht habt.« Wir brauchten nicht lange zu warten, dann wurde ich, eine Kaiserinwitwe mittleren Alters, in sexuelle Geheimnisse der

Muselmanen eingeweiht! Was für eine Erfahrung! Ich fragte mich, welche Seiten der Liebe, die so wundervoll sein konnten, ich außerdem noch nicht kannte.

☆

Endlich nahte der große Tag, und in Verona wurde unser kleiner Otto zum König von Italien gekrönt. Wie auch bei seinem Vater sollte die Kaiserkrönung erst stattfinden, wenn mein Enkelsohn ein bißchen älter war. Sobald Otto die Schlacht gegen Venedig geschlagen hatte, sollte er zunächst zum König von Deutschland gekrönt werden. Als ich hinter dem Thron stand, auf dem Theophano saß, die den Säugling auf ihrem Schoß hielt, während die Priester das Te Deum anstimmten und die Menge jubelte, erinnerte ich mich an vergangene Zeiten. Der kleine Otto verkraftete die Zeremonie mühelos. Er schrie nicht und schaute mit diesem ihm eigenen intensiven Blick umher, den er schon als Kind besaß.

Später gab Theophano mir den Kleinen. Ich nahm ihn auf den Arm und flüsterte ihm ins Ohr: »Du wirst der größte Otto von allen.« Ich bezweifelte nicht, daß ich recht hatte.

☆

Das Fest in Verona war großartig und sehr erfreulich, wenn man von einer äußerst bedauerlichen Ausnahme absieht. Die meisten großen deutschen und italienischen Magnaten nahmen daran teil, was sich als sehr vorteilhaft erwies, da diese Männer Otto von jeder Schuld an der italienischen Katastrophe freisprachen und schworen, diese würde durch ihre Hand gerächt. Mein Herz war voller Stolz, als ich sah, daß mein Sohn gefeiert wurde und Italiener und Deutsche ihm ihre Unterstützung versprachen. Das berechtigte uns, auf ein wahrlich vereintes Reich zu hoffen. »Ich danke Euch allen«, sagte Otto. »Nun bitte ich Euch, in Eure Heimat zurückzukehren und Truppen aufzustellen. Inzwischen werde ich gegen die Venezianer kämpfen. In einem Jahr marschieren wir wieder gegen die Sarazenen!« Die Dachsparren klirrten unter dem Beifall.

Doch der günstige Verlauf der Zusammenkunft in Verona wurde durch den plötzlichen Tod von Papst Benedikt getrübt. Mit seiner Gesundheit hatte es schon während der Krönung des kleinen Otto offensichtlich nicht zum besten gestanden, aber er hatte sich trotzdem wieder als fähiger Mann erwiesen.

Noch im Sterben bewies er seine Weitsicht. Ich wurde eines Morgens früh geweckt, und man teilte mir mit, der Papst verlange nach den Sterbesakramenten. Ich eilte in sein Zimmer und kam noch rechtzeitig, um zu sehen, wie er seinen letzten Atemzug tat.

☆

Wie üblich stürzte der Tod des Papstes jedermann in Aufregung, auch wenn nichts auf ein Verbrechen hindeutete. Otto brannte darauf, den Feldzug gegen die Venezianer zu beginnen, aber er konnte natürlich nicht in die Schlacht ziehen, ohne zuvor einen neuen Papst eingesetzt zu haben. Wir eilten mit dem eingesargten Leichnam nach Rom, um den verstorbenen Heiligen Vater im Lateranpalast würdig beizusetzen. Außerdem mußten wir uns um seine Nachfolge kümmern. Können Sie sich vorstellen, daß wir fast genau in dem Moment, als wir die Engelsburg erreichten, einen Besuch von Crescentius erhielten? Er war unterwürfig wie eh und je, äußerte aber ganz absurde Gedanken. »Eine schmerzliche Angelegenheit, Hoheit«, sagte Crescentius und wandte sich an uns beide, denn Theophano war mit dem kleinen Otto nach Magdeburg zurückgekehrt, da sie sich in keiner Weise für Päpste interessierte.

»Er war ein guter Mann«, pflichtete Otto bei.

»Wer könnte ihn ersetzen, Hoheit?«

»Ich werde über die Sache nachdenken.«

»Darf ich sagen, daß Hoheit eine schlimmere Wahl treffen könnten, als Papst Bonifatius zurückzurufen und ins Amt einzusetzen?«

Otto und ich starrten ihn bestürzt an. »Bonifatius?« fragte ich. »Diesen mörderischen Dieb? Diesen Gegenpapst?«

»Nun«, sagte der Schurke, »damals herrschten unsichere Zeiten. Meiner Meinung nach war Bonifatius immer ein ausgesprochen fähiger Mann. Überdies ist er wohlhabend. Er würde dem Reich gewiß eine großzügige Schenkung zukommen lassen und sich nicht mehr gegen den Kaiser stellen, würde man ihn wieder einsetzen.«

»Crescentius«, sagte Otto, wobei er jede Silbe betonte, »geht mir aus den Augen, und laßt Euch hier nie mehr blicken. Und wenn Euer Bonifatius je wieder einen Fuß auf italienischen oder deutschen Boden setzt, werde ich ihn hängen.«

Crescentius schluckte und schaute mich an, aber da er offensichtlich keine Hilfe aus dieser Richtung erhielt, verließ er hastig das Gemach.

»Wir brauchen einen Mann, der stark genug ist, sich diesem Flegel zu widersetzen«, sagte ich.

»Ich kenne den richtigen«, sagte Otto. »Pietro Canepanova, den Bischof von Pavia.«

Damit war es entschieden. Pietro trug den Titel Johannes XIV., womit die Hoffnung verbunden war, daß er den Heldentaten seines Namensvetters, Johannes des Guten, nacheiferte.

☆

Ottos Wunsch, sich an den Venezianern zu rächen, verzögerte sich, weil es notwendig war, gegen die Dänen in die Schlacht zu ziehen. Dieses Volk hatte sich mit seinem Nachbarn Norwegen zusammengeschlossen, und beide Völker wurden als Wikinger bezeichnet. Dieser Name leitete sich von den kleinen Buchten ab, aus denen ihre schnellen Boote ohne Vorwarnung herausschossen. Die Wikinger hatten an der Küste Westeuropas mehr als ein Jahrhundert lang schwere Verwüstungen angerichtet. König Alfred von England hatte sie in Schach gehalten, doch jetzt waren sie bis zur Mitte des Inselkönigreichs und in einen großen Teil Nordwest-Frankreichs vorgedrungen. In den vergangenen Jahren waren sie nicht mehr so abenteuerlustig, doch ihre Anwesenheit stellte stets eine Bedrohung dar. Und nun hatten sie sich offensichtlich mit dem Grafen von Flandern verbündet, um in Nordeuropa weiter vorzurücken. Otto marschierte gegen sie und errang einen großen Sieg. Dadurch stellte er sein militärisches Ansehen wieder her. Anschließend konnte er sich endlich dem Osten zuwenden. Er sprach mit Theophano und mir, ehe er zu seinem Heer stieß.

»Ich werde nie weit entfernt sein«, sagte er zu uns. »Sollte es irgendwelche Schwierigkeiten geben, bin ich innerhalb weniger Wochen zurück. Aber es muß jederzeit ein Mitglied des Herrscherhauses hier anwesend sein. Mutter, ich möchte, daß Ihr Euren Wohnsitz nach Rom verlegt und die Stadt – und natürlich ganz Italien – während meiner Abwesenheit regiert.«

»Es wird mir eine Ehre und eine Freude sein. Wer wird meine Garnison befehligen?«

Otto lächelte mich an. Er wußte sehr gut über alles Bescheid, was an seinem Hof vor sich ging. Anscheinend entging ihm nur, daß seine Frau mit dem widerlichen Philagathos schäkerte. »Nun, ich denke, Ihr könnt Graf Sicco einsetzen, Mutter, wenn er Euch so gut gefällt.«

Theophano schnaubte verächtlich.

»Und du, meine liebste Frau«, sagte Otto zu ihr, »wirst deinen Wohnsitz mit dem König in Magdeburg aufschlagen und Deutschland für mich regieren.«

»Auch für mich wird es eine Ehre und Freude sein«, erwiderte Theophano.

»Nun, dann ...« Er umarmte uns beide. »Auf in die Schlacht!«

☆

Als Otto mit seinen Soldaten gen Osten ritt, bot er einen prächtigen Anblick. Und als ich in Richtung Süden ritt, boten mein Gefolge und ich einen ebenso herrlichen Anblick. Verständlicherweise nahm ich an, dies würde die letzte Reise dieser Art sein, die ich in meinem Leben machen würde. Ich war zweiundfünfzig Jahre alt und hatte in vollen Zügen Abenteuer erlebt und Erfahrungen gesammelt. Nun kehrte ich in meine Lieblingsstadt zurück, die meine geistige Heimat geworden war. Mein geliebter, wenn auch nicht ganz treuer Gefährte begleitete mich, um mir in meinem zur Neige gehenden Leben Gesellschaft zu leisten. Ich hatte persönlich keine Probleme, noch erwartete ich, daß Probleme auf mich zukamen. Crescentius hatte sich schmollend zurückgezogen, und in Rom war es ruhiger als je zuvor. Johannes erwies sich als äußerst fähiger und rechtschaffener Mann, der sehr streng war, was die Moral seiner Kardinäle betraf. Der Pöbel war fügsam, und als Sicco und seine Soldaten sich niederließen, wurde das Volk noch ruhiger.

Als der Sommer begann, stieg aus dem Tiber wieder schrecklicher Gestank empor, und wir mußten erneut in die Berge aufbrechen. Das war mir so in Fleisch und Blut übergegangen, daß mein tägliches Einerlei dadurch kaum beeinträchtigt wurde. Meine einzige Sorge war, wieder von meinem Enkelsohn getrennt zu sein. Trotz der Harmonie, die vor und während der Krönung scheinbar zwischen mir und Theophano herrschte, gelang es mir nicht, ihr ganz zu vertrauen. Ich befürchtete, sie könnte aufgrund ihrer byzantinischen Vergangenheit einen unmoralischen Einfluß auf meinen Enkelsohn Otto, den König von Deutschland ausüben.

Selbstverständlich wartete ich auch auf Nachrichten über den Verlauf des Feldzuges, mit dem es nur langsam und nicht sehr erfolgreich voranging. Die Lagunen rings um Venedig waren ebenso wie die Sümpfe um die Stadt Rom Brutstätten für die Schüttelkrankheit. Die Verluste, die das Heer durch Erkrankungen erlitt, waren größer als in der Schlacht. Die Venezianer schafften es mit großer Beharrlichkeit, sich gegen die Schüttelkrankheit zu schützen. *Wir müssen Brücken bauen und eine Insel nach der anderen besetzen,* schrieb Otto. *Aber nun wird es kühler, und ich bin sicher, daß der Feldzug dann erfolgreicher verlaufen wird und wir weniger Verluste durch Krankheiten beklagen müssen.*

Es wurde kühler, und Sicco und ich reisten zurück in die Stadt, um auf den Einbruch des Winters zu warten. Ich hatte keine Ahnung, ob Otto das ganze Jahr zu Felde ziehen wollte. Doch wir waren kaum auf die Engelsburg zurückgekehrt, als ein Herold auf den Hof ritt, um uns zu benachrichtigen, daß der Kaiser nur einen Marsch entfernt sei. Diese Mitteilung versetzte mich in Angst und Schrecken, denn der Mann überbrachte keinerlei Anweisungen für einen Dankgottesdienst oder das Läuten der Glocken. »Ist der Feldzug denn beendet? Wurde Venedig erobert?« Der arme Bursche schluckte.

»Leider nicht, Hoheit. Der Kaiser ist erkrankt.«

Das hörte sich eigentlich nicht allzu besorgniserregend an. Otto war erst achtundzwanzig Jahre alt, und als ich ihn zum letztenmal gesehen hatte, strotzte er vor Gesundheit und Kraft. Hatte er nicht das Schlimmste überlebt, was die Sarazenen ihm angetan hatten? Und die Venezianer waren kaum vom gleichen Schlag wie die Sarazenen. Doch als wir die Schloßtore öffneten, trug ich einen schweren Schock davon. Der Kaiser lag auf einer Trage. Er hatte noch nie so blaß und mager ausgesehen. »Ein trauriger Anblick, nicht wahr, Mutter?« murmelte er. »Ihr müßt mich pflegen, damit ich wieder gesund werde.« Ich ließ ihn zu Bett bringen und stellte Graf Hugo dann zur Rede. »Was hat er?«

»Ich weiß es nicht, Hoheit. Der Kaiser litt während des Sommers an der Schüttelkrankheit, aber es sah so aus, als hätte er sich vollkommen erholt. Vor zwei Wochen warf ihn die Krankheit erneut nieder, und er ließ sich davon überzeugen, den Feldzug vor Einbruch des Winters abzubrechen und nach Rom zurückzukehren.«

Er war nach Rom und nicht nach Magdeburg zurückgekehrt! Darüber freute ich mich, doch als ich meinen Sohn anschaute, der so schwach und hilflos im Bett lag, war es schwierig, sich überhaupt über irgend etwas zu freuen. »Unglücklicherweise«, fuhr Hugo fort, »verschlechterte sich während unseres Marsches der Zustand Seiner Hoheit.«

Natürlich wenden die Gedanken sich unter solchen Umständen sofort der Möglichkeit zu, daß Gift im Spiel gewesen sein könnte, wofür es jedoch keinerlei Beweise gab. Außerdem wirkt Gift normalerweise sehr schnell, und wenn der Kaiser tatsächlich mehrere Monate krank gewesen war, konnte man einen Anschlag durch Gift eigentlich ausschließen. Die Ärzte, die Papst Johannes an das Bett meines Sohnes rief, konnten meine Fragen nicht beantworten, und der arme Johannes betete nur noch.

Ich schickte umgehend Boten nach Deutschland, um die Kaiserin über die Lage zu unterrichten, und versicherte ihr, daß wir alles für ihren Gatten tun würden und zuversichtlich wären, daß seine Gesundheit bald wieder hergestellt sei. Das war in Anbetracht seines Zustandes eine glatte Lüge. Da sich die unheilbringenden Nebelschwaden vor Einbruch des Winters auflösten, blieb ich trotzdem weiterhin zuversichtlich. Dennoch war ich völlig überrascht, als an einem Tag Anfang Dezember ein Fanfarenzug Theophanos Ankunft ankündigte.

☆

Ich eilte ihr entgegen. »Wie geht es ihm?« fragte sie als erstes.

»Er ist schwach, aber es wird ihm besser gehen, wenn er dich sieht.« Ich schaute auf ihr Gefolge, das für eine Kaiserin, die in aller Eile mehrere hundert Meilen hinter sich gebracht hatte, nicht sehr groß war. »Wo ist dein Sohn?«

»In Magdeburg. Dort ist er in Sicherheit.« Sie eilte an die Seite ihres Gatten. Er schien sich zu freuen, sie zu sehen, und hielt ihre Hand, konnte offensichtlich aber nicht viel sprechen. Theophano und ich schauten uns an. Jede von uns saß an einer Seite des Bettes. »Es gibt keine Absprachen«, sagte Theophano. »Es müssen Absprachen getroffen werden.«

Im ersten Moment war ich über ihre Worte verärgert. Sie erfaßte die Situation auf den ersten Blick und nahm hin, daß ihr Gatte sterben würde. Auch ich hatte es kürzlich erfahren, mich aber geweigert, die Nachricht zu glauben. Theophano hingegen zeigte keinen großen Kummer und sorgte sich nur um die Zukunft. Ich erinnerte mich aber daran, daß ich mich genauso verhalten hatte, als Otto der Große verstorben war, und niemand konnte bestreiten, daß ich ihn geliebt hatte und immer um ihn trauern würde. Damals war die Thronfrage klar geregelt, da Otto der Große und ich ein Sohn hatten, der zwar noch kein Mann, aber alt genug war, um die Herrschaft zu übernehmen. Theophano hatte ein drei Jahre altes Kleinkind!

»Wir müssen beten«, sagte Papst Johannes.

Theophano ging über seine Worte hinweg und beugte sich tief über Ottos Gesicht. »Euer Gnaden, mein liebster Gatte, wollt Ihr nicht über eine Regentschaft entscheiden?«

»Eine Regentschaft?« murmelte Otto. »Warum brauchen wir eine Regentschaft?«

Theophano zitterte. Ich wußte, daß dies ein Zeichen von Verärgerung und Ungeduld war. »Hoheit, Ihr seid sehr krank. Es wird einige Zeit dauern, bis es Euch wieder so gut geht, daß Ihr das Reich regieren könnt. Bis dieser glückliche Tag kommt, muß ein Regent die Herrschaft übernehmen.

Wollt Ihr den Betreffenden nicht benennen? Oder *die* Betreffende?« fügte sie bedeutsam hinzu.

»Mein Sohn wird regieren«, sagte Otto, womit er bewies, daß er schon den Bezug zur Wirklichkeit verloren hatte.

Theophano gab ihre Frage nach der Macht zumindest vorläufig auf. Ich war sicher, daß sie die feste Absicht hatte, das Problem aufzugreifen, sobald ihr Gatte wieder bei klarem Verstand war. Sie ging, um ein Bad zu nehmen und sich nach ihrer Reise auszuruhen. Ich blieb an der Seite meines Sohnes. Noch immer konnte ich nicht glauben, daß das Leben eines so jungen Menschen, in den ich so viele Hoffnungen gesetzt hatte, sich dem Ende nähern sollte. Ich dachte daran, was mein Gatte, Otto der Große, alles überlebt hatte. Und auch ich hatte sehr viel erlebt und war die lange Zeit, die ich schon auf Erden weilte, nur ein paar Tage krank gewesen. Johannes hielt meine Hand, und wir beteten gemeinsam. Sicco und einige Priester und Adelige kamen zu uns.

Bevor der Morgen des 7. Dezember dämmerte, wurde Otto plötzlich unruhig. »Meine Frau. Ich will mit meiner Frau sprechen!« Einer der Diener eilte davon, um Theophano zu holen. Otto bewegte sich ruhelos und starrte mich schließlich an. »Liebste Mutter. Ihr seid die zuverlässigste und stärkste Frau. Liebste Mutter, ich verlasse Euch …« Er seufzte und war tot.

12

Die Regentschaft

Johannes und ich starrten auf den Leichnam des Kaisers; dann schauten wir uns an. Wie beim Tod Otto des Großen konnte ich in diesem Augenblick nicht weinen. Wenige Minuten später kam Theophano zu uns. »Warum wurde ich nicht eher gerufen?«

»Er starb ganz plötzlich«, sagte ich und beschloß, nicht darauf hinzuweisen, daß es ihre Pflicht gewesen wäre, die ganze Zeit an der Seite ihres Gatten zu bleiben.

Sie sank auf den Stuhl, der neben dem Bett stand. »Was müssen wir jetzt tun?«

Sie ließ nicht erkennen, ob sie sich an mich oder den Papst wandte. Aber offensichtlich war ich es, die alles in die Hand nehmen mußte. »Gebete sprechen. Den Leichnam balsamieren. Eure Heiligkeit ...«

Johannes nickte. »Ich werde mich darum kümmern. Wird der Kaiser hier beerdigt?«

»Nein, in Aachen.«

»Aachen?« fragte Theophano.

»Dort wurden die meisten seiner Vorfahren beigesetzt«, erklärte ich. »Mein Gatte war eine Ausnahme von der Regel. Dafür gab es persönliche Gründe. Wir müssen auf jeden Fall nach Aachen reisen, weil dein Sohn Otto dort gekrönt wird.«

»Mein Sohn Otto«, murmelte sie. »König Otto. Er wird Kaiser.« Es war eher eine Frage als eine Feststellung.

»Ja, aber zuerst muß er zum König von Deutschland gekrönt werden.«

Sie warf mir einen Blick zu. Zweifellos begriff sie, daß auch sie hätte Entscheidungen treffen müssen, doch sie machte sich immer noch Sorgen um die Formalitäten. »Es sind keine Absprachen getroffen worden.«

»Darum müssen wir in Eile handeln. Sobald der Kaiser balsamiert wurde, müssen wir nach Norden reisen.«

»Wird sich uns niemand widersetzen?«

»Zweifellos. Aber wenn wir Magdeburg erreichen, ehe die Nachricht vom Tod des Kaisers nach Deutschland gedrungen ist, werden wir unsere Rechte wahren können.«

Das verstand auch Theophano. »Ich überlasse Euch alle Entscheidungen, Mutter, denn Ihr wißt am besten, was zu tun ist.«

In diesem Moment fühlte ich mich der Kaiserin inniger verbunden als zu irgendeiner Zeit unserer Bekanntschaft. Sie war nun wie auch ich Kaiserinwitwe. Es braucht wohl nicht erwähnt zu werden, daß sie keinen großen Kummer über den Tod ihres Gatten zeigte. Auch sie dachte zuerst an das, was die größte Bedeutung hatte: die Dynastie und das Reich!

☆

Johannes und ich arbeiteten hart, und nach einer Woche konnten wir aufbrechen. Wir ließen über Ottos Gesundheitszustand nichts Genaues verlauten; trotzdem sickerte etwas durch. Wahrscheinlich hatten die Männer geplaudert, die den balsamierten Leichnam gesehen hatten. »Niemand darf die Stadt vor uns verlassen, Sicco«, sagte ich zu meinem treuen General.

»Alle Tore werden bewacht, Hoheit.«

Natürlich suchte Crescentius mich auf. »Was für eine schreckliche Tragödie. Was werden Hoheit tun?«

»Ich werde im Namen meines Enkelsohns herrschen, bis er das Alter erreicht hat, selbst regieren zu können.«

»Ihr, Hoheit?«

»Glaubt Ihr nicht, daß ich dazu in der Lage bin, Herzog?«

»Ihr seid gewiß die fähigste Frau in der Geschichte, Hoheit«, sagte der Schurke, »aber das Reich und vor allem Italien brauchen eine stärkere Hand als die Eure.«

»Stellt mich auf die Probe, Herzog.«

Und dieser Verrückte besaß die Dreistigkeit, mich beim Wort zu nehmen!

☆

Johannes und Sicco wollten uns begleiten, aber ich hielt es für besser, daß sie in Rom blieben. Ich hatte Hugo bereits beauftragt, in den Süden zu marschieren, um das Heer von den venezianischen Lagunen zurückzuführen. »Ich traue diesem Volk nicht«, sagte ich. »Besonders den Crescentii. Herrscht streng über sie, Sicco und Ihr, Eure Heiligkeit.«

Zweifellos beging ich hier wieder einen Fehler. Man kann ebensogut seine Fähigkeiten wie die Treue eines Volkes falsch einschätzen. Und so sorgte ich, ohne daß ich es wußte, für eine Tragödie. Damals nahm ich an, den besten Weg zu wählen, um Unruhen vorzubeugen.

Am nächsten Tag verließen Theophano und ich Rom und reisten mit einem kleinen Gefolge und dem balsamierten Leichnam des verstorbenen Kaisers nach Norden, so schnell wir konnten. Wir erreichten Magdeburg, ehe irgend jemand in Deutschland wußte, was geschehen war. Ich verfügte jedoch, daß unsere kleine Reisegesellschaft die Waffen zur Erde richten und die Stadt unter schwarzen Flaggen betreten sollte, um das Volk zu unterrichten, daß sich eine Katastrophe ereignet hatte. Als wir die Festung erreicht hatten, drängten sich die Menschen auf den Straßen, und die Menge verlangte nach Neuigkeiten. »Eine von uns muß zu ihnen sprechen«, sagte ich.

»Tut Ihr es, Mutter«, bat Theophano. »Ich bin erschöpft.«

Als ob ich nicht viel erschöpfter gewesen wäre als sie! Immerhin war ich achtundzwanzig Jahre älter. Doch ich ging hinaus, und als man mich erkannte, verstummte die Menge. »Liebes Volk«, rief ich. »Euer Kaiser ist verstorben, aber das Reich wird weiterleben. Ich trauere als Mutter und aus Achtung vor seinen großen Fähigkeiten um Kaiser Otto.« Es konnte nicht schaden, den Toten auf übertriebene Weise zu loben. »Wir sind glücklich, daß er einen Sohn hat, der die große Tradition seiner Familie und seines Volkes weiterführen wird. Ich ordne einen Monat Trauer an, und nach der Trauerzeit wird mein Enkelsohn gemäß dem Willen seines Vaters zum König von Deutschland gekrönt.« Ich verschwieg diskret alles, was die augenblickliche Herrschaft des Reiches betraf, doch das Volk schien sich mit meinen Worten zufrieden zu geben.

☆

Als ich wieder hineinging, stieß ich auf den widerlichen Philagathos. Er war in Deutschland geblieben, um sich um den kleinen Otto und die beiden kleinen Prinzessinnen zu kümmern, als seine Herrin zu ihrem sterbenden Gatten nach Rom geeilt war. Er kniete neben Theophano, die in einen Stuhl gesunken war. Sie sah aus, als stünde sie kurz vor einem körperlichen Zusammenbruch. Natürlich mußte der Bursche nun vor meinen Füßen niederknien und meine Hand ergreifen, um sie zu küssen. »Was tut Ihr hier?« erkundigte ich mich.

»Es ist meine Aufgabe, Hoheit, in einer solchen Stunde an der Seite der Kaiserin zu sein.«

Ich zog die Hand zurück und ging zu Theophano. »Sobald die Kaiserin sich stark genug fühlt, müssen wir uns an die Arbeit machen. Es gibt viel zu tun«, sagte ich bewußt in einem ziemlich scharfen Tonfall. Doch nun weinte Theophano.

☆

Ich zog mich in meine Gemächer zurück und vergoß ebenfalls ein paar Tränen. Vielleicht galten sie weniger meinem Sohn als mir. Ich finde nicht, daß zweiundfünfzig Jahre eine sehr lange Lebensspanne sind, aber mir kam sie ziemlich lang vor. Schon eine gewisse Zeit auf Erden zu weilen bringt den Nachteil mit sich, mehr und mehr Gefährten aus der Jugendzeit zu überleben. Damit meine ich nicht nur, daß sie sterben – obwohl in meinem Fall nur noch wenige von ihnen lebten –, sondern daß einem immer weniger Menschen wirklich nahestehen. Claudia hatte mich um die Erlaubnis gebeten, zu heiraten, und hatte diese Erlaubnis bekommen, und Faustina war leider verstorben. Mittlerweile waren meine Zofen alle viel jünger als ich und hatten so wenig Erfahrung, daß es ganz unmöglich für mich war, so vertraut mit ihnen zu sein wie einst mit Rosamunde und Faustina. Ich hatte gehofft, daß sich zwischen mir und Theophano im Laufe der Zeit eine vertraute Beziehung entwickeln würde. Allmählich sah ich leider ein, daß es wahrscheinlich nicht dazu kam. Wir waren beide ganz unterschiedliche Persönlichkeiten, und Theophano würde ihre byzantinischen Eigenheiten offensichtlich nie ganz ablegen.

Mir blieb nur Sicco, und da ich mein Pflichtbewußtsein über die Bedürfnisse meines Körpers und meine Gefühle stellte, war er nun weit von mir entfernt. Doch in jener traurigen und wahrlich schlimmen Zeit begann zufällig eine der schönsten und sicherlich längsten Beziehungen meines Lebens.

Wir waren erst wenige Tage zuvor nach Magdeburg zurückgekehrt und bereiteten die Beisetzung des Kaisers und die Krönung des kleinen Otto vor. Wie es meine Gewohnheit war, ritt ich durch die Straßen, denn ich war der Meinung, daß sich zumindest eine der Kaiserinnenwitwen stets in der Öffentlichkeit zeigen sollte, und Theophano hatte sich ganz zurückgezogen. Plötzlich hörte ich Schreie, die jedoch verstummten, sobald meine Anwesenheit bemerkt wurde. Die Übeltäter schlichen verlegen davon. Ich entdeckte eine junge Frau, die halb im Rinnstein lag. Ihre Kleider waren derart zerrissen, daß sie fast gänzlich entblößt war. Ihr Körper wies die Spuren von Schlägen auf. Cäsar half mir sofort aus dem Sattel, und ich ging zu dem leidgeprüften Mädchen. Wieder bildete sich eine Menge um uns, die nun aber hauptsächlich aus Frauen bestand, die größtes Mitgefühl bekundeten. »Was hat das zu bedeuten?« fragte ich.

Sie scharrten mit den Füßen. »Nun, Hoheit«, sagte jemand mutig, »sie hat kein Recht, sich in diesem Teil der Stadt aufzuhalten.«

Ich beugte mich über die weinende junge Frau. »Ist sie keine Deutsche?«

»Sie ist Jüdin«, murmelte jemand.

Vielleicht hatte ich diesem unglücklichen Volk im Laufe meines Lebens nicht genug Aufmerksamkeit geschenkt. Offensichtlich machte sich in einer Gesellschaft, in welcher der Glaube an Jesus Christus vorherrschte, eine Sekte oder sogar ein Volk, das sich nicht zu diesem Gott bekannte, unbeliebt. Die Juden waren seit Jahrhunderten Ausgestoßene. Sie schlossen sich in fast jeder Stadt Europas zu kleinen Gruppen zusammen und wurden für beinahe jedes Unglück verantwortlich gemacht. Die Juden, das reichste Volk auf Erden, hatten eigentlich nur aufgrund ihres außergewöhnlich ausgeprägten Geschäftssinnes überlebt. Ich wußte, daß Otto der Große sich von Zeit zu Zeit größere Summen von jüdischen Händlern geliehen hatte. Sie besaßen immer genügend Geld, das sie verleihen konnten, vorausgesetzt, man war bereit, ihre hohen Zinsen zu bezahlen. Dadurch hatten die Juden sich beim Pöbel noch unbeliebter gemacht.

Aber eine von ihnen auf der Straße zu schlagen ging zu weit. Und sie war ein sehr hübsches Mädchen mit dunklem Haar, dunklen Augen und strengen Gesichtszügen. Zur Verwunderung der Menge zog ich sie mit eigenen Händen hoch. »Wie heißt du, mein Kind?«

Sie ergriff ihr zerrissenes Kleid und hielt es sich vor die Brust. »Ich heiße Judith, Hoheit.«

»Schön, Judith, du wirst mit mir nach Hause kommen und

mir dienen. Ich werde deine Familie benachrichtigen lassen. Gefällt dir das?«

»Oh, Hoheit«, flüsterte sie. »Ist das denn möglich? Was werden die Leute sagen?«

Die Leute sagten eine ganze Menge, vor allem Theophano. »Wirklich, Mutter, demnächst werdet Ihr noch eine Sarazenin in Eure Dienste nehmen.«

Warum eigentlich nicht? dachte ich. Ich könnte etwas von ihr lernen. Ich machte Judiths Eltern ausfindig und ließ ihnen ein wenig Geld zukommen. Sie gehörten nicht zu den reichsten ihres Volkes. Judith war ein wahrer Schatz. Sie war stets ängstlich darum bemüht, mir zu gefallen und mich zu erfreuen.

☆

Ganz abgesehen von dem Skandal, daß ich eine Jüdin in meinem Haushalt beschäftigte, hatte ich mit Problemen über Problemen zu kämpfen. Mit die größten Schwierigkeiten bereiteten mir die Magnaten. Wie es ihre Pflicht war, kamen sie zu uns, um den beiden Kaiserinnenwitwen ihr Beileid auszusprechen, aber auch, um uns auf den Zahn zu fühlen. Es lag auf der Hand, daß für längere Zeit eine Regentschaft eingesetzt werden mußte – mindestens zehn Jahre. Offensichtlich hatte auch jeder unserer Besucher seine eigenen Vorstellungen darüber, wer der Regent sein könnte, denn diese Stellung gab Anlaß zu großen Hoffnungen. Wenn der kleine Otto starb, ehe er die Volljährigkeit erreicht hatte, blieben das Königreich und natürlich das ganze Heilige Römische Reich ohne einen Erben zurück. In diesem Fall könnte sich der Regent auf eine große Hinterlassenschaft für sich und seine Erben freuen.

So ungern es der Fall war, mußten wir doch anerkennen, daß ein Blutsverwandter als Thronfolger zur Verfügung stand, falls die direkte Abstammungslinie ausstarb. Natürlich suchte uns Heinrich von Bayern auf, so schnell er konnte, und stand zwei Wochen nach unserer Rückkehr vor uns. Er brachte Gisela und seinen kleinen Sohn mit, der ebenfalls Heinrich hieß, zweifellos in der Absicht, uns und jeden anderen in der Nähe zu beeindrucken und deutlich zu machen, daß die Nachfolge gesichert war. »Mein liebste Tante.« Er kniete zu meinen Füßen nieder. »Darf ich Euch meine tiefste Anteilnahme an Eurem schmerzlichen Verlust aussprechen.« Das waren ziemlich förmliche Worte, die nicht zeigten, wie traurig er wirklich über den Tod seines Cousins war. Gisela war in Tränen aufgelöst, während der kleine Heinrich sich mit großen Augen umschaute. Sein Vater eilte davon, um Theophano seine Aufwartung zu machen, aber er war bald zurück an meiner Seite und verabschiedete seine Frau und seinen Sohn, so daß wir allein waren. »Es gibt so viel zu tun«, erklärte er.

Ich nickte. »Ich habe den Feldzug gegen Venedig abgebrochen.«

»Das ist ein ungünstiger Beginn. Es müßte mir möglich sein, ihn wieder aufzunehmen, sobald dringlichere Angelegenheiten erledigt worden sind. Wahrscheinlich sollte ich auch über den geplanten Feldzug gegen die Sarazenen nachdenken.«

»Ihr, Heinrich?« fragte ich leise.

»Ja, wer denn sonst? Oh, macht Euch keine Sorgen, Tante. Es wird keinen Widerstand geben, wenn ich die Regentschaft übernehme.« Er grinste. »Falls doch, werde ich ein paar Leute zur Vernunft bringen müssen. Hätte Onkel Otto das nicht auch getan?«

Dieser freche Bengel! »Und wollt Ihr mich auch zur Vernunft bringen, Heinrich?« erkundigte ich mich.

Er runzelte die Stirn, als wollte er herausfinden, ob ich Spaß machte oder nicht. »Ich zähle auf Eure volle Unterstützung, Tante Adelheid.«

»Nein, nein. Ihr verdreht die Fakten. Ich zähle auf *Eure* volle Unterstützung.«

Er furchte die Brauen. »Würdet Ihr Euch bitte deutlicher ausdrücken?«

»Ich dachte, es ist alles klar. Ich habe die Absicht, die Regentschaft selbst zu übernehmen – natürlich gemeinsam mit der Kaiserinwitwe Theophano.«

Nun zeigte sein Blick Bestürzung und ein wenig Verachtung. »Eine Frau kann nicht als Regentin eingesetzt werden.«

»Schon viele Frauen haben eine Regentschaft übernommen. Nennt mir Eure Einwände.«

Er fuchtelte mit den Armen herum. »Stellt Euch vor, wir müßten in den Krieg ziehen. Ja, wir sind verpflichtet, gegen die Sarazenen zu kämpfen! Habt Ihr vor, eine Rüstung anzulegen, das Schwert zu schwingen und Euer Heer in die Schlacht zu führen?«

»Nein. Ich werde geeignete Befehlshaber einsetzen.«

»Das hat es noch nie gegeben. Ein König, ein Kaiser oder sein Regent befehligen das Heer.«

»Dann ist es diesmal anders. Mein Befehlshaber des Heeres wird *mein* Regent auf dem Schlachtfeld sein.«

Hätte er nur ein bißchen Verstand gehabt, hätte er sofort um diese Stellung ersucht, und um Frieden zu haben, wäre ich möglicherweise bereit gewesen, sie ihm zu gegeben. Aber er war zu verärgert. »Das Volk wird das niemals gutheißen«, erklärte er.

»Das Volk verlangt eine beständige Herrschaft und natürlich *überhaupt* eine Herrschaft. Dafür werde ich sorgen.«

»Und die Magnaten? Glaubt Ihr, sie würden Euch anerkennen? Und diese byzantinische ...« Er schluckte hinunter, was er sagen wollte. Diese kurze Pause bewies jedoch, daß über Theophanos kleine Sünden mehr bekannt war, als sie oder auch ich vermuteten. »... Prinzessin«, beendete er seinen Satz.

»Die Magnaten *werden* mich anerkennen.«

»Habt Ihr ihnen schon auf den Zahn gefühlt?« Plötzlich bekam er es mit der Angst.

»Ich nehme an, sie kennen meine Absicht.« Nun sagte ich die gleichen Worte zu ihm, die er vorhin an mich gerichtet hatte: »Macht Euch keine Sorgen, lieber Neffe. Theophano und ich werden streng im Sinne von König Otto III. herrschen, sobald er nächsten Monat in Aachen gekrönt wurde. Und genau in dem Moment, da er das Alter erreicht, die Zügel der Regierung zu übernehmen, werden wir zur Seite treten.«

Nun schaute er mich mit verschwörerischer Miene an. »Liebe Tante, dann müssen wir auf Aachen warten.«

☆

Natürlich hatte er einen Plan. Doch ich war sogar in meinem Alter noch so arglos, daß ich mir nicht vorstellen konnte, wie tief ein Mensch sinken kann, wenn es darum geht, seinen Ehrgeiz zu befriedigen. Daher nahm ich in meiner Arglosigkeit an, daß er lediglich den Plan hatte, so viele Magnaten wie möglich zu beeinflussen. Ich tat das gleiche, wenn ich auch einen etwas anderen Weg wählte, da ich die Meinung und Unterstützung unserer führenden Kirchenmänner für wichtiger hielt als die der Magnaten. Der Grund dafür war nicht nur, daß die Kirche mittels der Kanzel die Meinungen des Pöbels beeinflußte. Überdies dachte ich daran, daß die meisten unserer führenden Kirchenmänner aufgrund der jahrhundertelangen Anhäufungen selbst große Persönlichkeiten waren, die über eine gewisse Macht verfügten, wenn es um den Besitz von Land und Leuten ging.

Ich war dankbar, daß Erzbischof Willigis von Mainz, das Oberhaupt der deutschen Kirche, mich voll und ganz unterstützte. Auch er hatte für Heinrich von Bayern nicht viel übrig. »Ihr müßt nach der Krönung von König Otto nur vor den Reichstag in Aachen treten, Hoheit, den König auf Euren Schoß setzen und die Herrschaft von Rechts wegen beanspruchen – dann wird sie Euch gewährt. Ihr habt mein Wort.«

»Und glaubt Ihr nicht, daß der König auf dem Schoß seiner Mutter sitzen sollte?«

»O ja, natürlich, aber Ihr werdet neben ihr sitzen.« Willigis stufte Theophano ungefähr in die gleiche Kategorie ein wie Heinrich.

Aber ich war zufrieden, und das war Theophano auch, als ich unseren Plan erläuterte. Ich verriet natürlich nicht alles, was der Erzbischof gesagt hatte. »Ich werde überglücklich sein, wenn es vorbei ist«, sagte sie. »Wird es gelingen, Mutter?«

»Ich bin ganz sicher. Wir müssen nur die Aufteilung unserer Macht festlegen.« Wieder schaute sie mich ängstlich an, und ich sagte schnell, um sie zu beruhigen: »Ich schlage vor, daß du hier in Deutschland Regentin sein wirst, während ich in Italien herrsche.«

»O ja, Mutter. Das ist großartig.« Willigis würde der Zusammenarbeit mit Theophano die beste Seite abgewinnen müssen, wohingegen ich mit Papst Johannes zusammenarbeiten würde.

☆

Das ganze Land war noch von einer Schneedecke überzogen, als wir nach Aachen reisten. Wie ich schon sagte, war Aachen die geistige Heimat der deutschen Könige, da sie dort beigesetzt worden waren, ehe Frankreich und Deutschland in zwei Staaten zerfallen waren. Zur Zeit Karl des Großen war Aachen im Vergleich zu anderen europäischen Städten eine große Stadt. Mir war jedoch bekannt, daß die Stadt sogar in ihrer Blütezeit um etliches kleiner war als Rom. Und Rom wiederum war angeblich viel kleiner als Konstantinopel, und es hieß, daß beide Städte kleiner seien als die muselmanische Stadt Cordoba in Südspanien. Leider wurde Aachen während dieser schrecklichen Jahre vor einem Jahrhundert von den Wikingern überrannt und hat sich nie wieder gänzlich davon erholt. Doch Aachen blieb eine Stadt, die Geschichte geschrieben hatte. Zur Krönungsfeier war sie dermaßen überfüllt, daß viele Magnaten ihr Lager außerhalb der Stadtmauern aufschlagen mußten, da es in der Stadt einfach keinen Platz mehr gab.

Theophano, der König und ich wurden natürlich in der Festung untergebracht. Von dort führte uns ein kurzer Weg durch die jubelnde Menge zum Dom. Willigis und seine Helfer warteten hier nach der Beisetzung des verstorbenen Kaisers, um die Krönung zu vollziehen. In der Kirche drängten sich unsere Adeligen mit ihren Frauen und Kindern, unter denen sich auch Heinrich und Gisela und der kleine Heinrich befanden. Der große Heinrich sah bemerkenswert selbstzufrieden aus. Doch auch ich fühlte mich damals sehr wohl, da die Zeremonie reibungslos verlief. Der kleine Otto saß auf dem Schoß seiner Mutter, als er gesalbt und gekrönt wurde, und ich stand unmittelbar hinter ihnen. Das Te Deum wurde angestimmt, die Glocken läuteten, und die Stadt gab sich den üblichen zügellosen Festen hin. Ich vermutete, daß dies zweifellos die letzte große Feier meines Leben war.

Nur die Anwesenheit des widerlichen Philagathos, der in seiner Eigenschaft als Beichtvater des Königs neben mir stand, mißfiel mir an dieser Zeremonie. Der Erzbischof beendete die Feier, indem er alle versammelten Männer des Reichstages, die in dieser Sache ein Wörtchen mitzureden hatten, davon unterrichtete, daß die Frage der Regentschaft am nächsten Tag besprochen und entschieden würde. Und er lächelte den beiden Kaiserinnen freundlich zu, um anzudeuten, daß es keinen Zweifel geben könne, wen die Kirche unterstützen werde.

☆

Theophano suchte mich an diesem Abend in meinen Gemächern auf, um einen Becher Wein mit mir zu trinken. »Ich habe das Gefühl, als wäre die ganze Bürde, die ich in den vergangenen Wochen gespürt habe, von meinen Schultern genommen«, sagte sie.

»Und was ist mit der Bürde, Deutschland regieren zu müssen?«

»Das ist keine Bürde. Ich freue mich darauf. Ich habe einen Brief von meinem Bruder erhalten, der mir seine Glückwünsche ausspricht.« Dieser Flegel hatte nicht daran gedacht, *mir* Glückwünsche auszusprechen? »Ab morgen werde ich ihm vollkommen ebenbürtig sein«, sagte sie ein wenig stolz.

Ich lächelte sie verschmitzt an. »Wir müssen uns bemühen, daß er diesen Schurken Bonifatius zusammen mit dem gestohlenen Geld zu uns zurückschickt«, meinte ich. Es war nicht das erste Mal, daß ich später dachte, man solle niemals etwas vorhersagen, auch nicht zum Spaß

☆

Wir zogen uns früh zurück, da wir einen aufregenden Tag vor uns hatten. Ich teilte mein Bett mit Judith, wie es meine Gewohnheit geworden war. Wir schliefen beide tief und fest, als wir durch einen lauten Schrei geweckt wurden. Wir richteten uns beide auf und starrten Theophano an, die in unser Zimmer geeilt war und mit den Armen fuchtelte. Sie stand mit zerzaustem Haar nackt vor uns … Ich hatte nicht erwartet, daß sie im Bett etwas trug, aber ich hatte meine eigenen Ansichten darüber, nackt durch Paläste zu rennen. Hinter ihr stand Philagathos, der ebenfalls nackt war, wodurch alles noch schlimmer wurde. »Hoheit«, rief Theophano. »Mutter! Adelheid! Mein Kind!«

Ich sprang aus dem Bett, ohne Philagathos' lüsternen Blick zu beachten. Der kleine Otto? Das konnte einfach nicht sein! »Hoheit!« Theophano fiel auf die Knie und umklammerte meine Beine.

Ich setzte mich hin, während Judith hastig ein Kleid über meine Schultern warf. Ihr ganzer Körper war mit Schamröte überzogen, da Philagathos sie unverwandt anstarrte. »Was ist geschehen?« fragte ich. »Ist Otto krank?« Ich konnte das furchtbare Wort einfach nicht aussprechen.

»Weg!« jammerte Theophano. »Weg!«

Ich wollte schreien. Nein, das konnte nicht sein! »Ist der König tot?« fragte ich in ruhigem Tonfall, obwohl ich sichtbar erregt war.

»Wir wissen es nicht, Hoheit«, sagte Philagathos, denn seine Herrin war offensichtlich vollkommen verwirrt. »Er liegt nicht in seinem Bett.«

Ich schaffte es, mich aus Theophanos Umklammerung zu befreien, stand wieder auf und zog mein Kleid über. »Und sein Kindermädchen?«

»Gefesselt und geknebelt, Hoheit.«

Der König war entführt worden? Ich wußte sofort, wer für diese schreckliche Tat verantwortlich war und begriff zugleich, wie sehr ich ihn unterschätzt hatte. »Wann ist es passiert?«

»Das wissen wir nicht, Hoheit. Eine der Zofen hörte Lärm aus dem Schlafgemach des Königs und öffnete die Tür. Wie ich schon sagte, sah sie das Kindermädchen, das mit den Fersen auf den Boden trommelte, gefesselt und geknebelt am Boden liegen.«

»Laßt die Wache antreten«, befahl ich, obwohl ich wußte, daß es zu spät ist, die Gatter zu schließen, wenn die Pferde schon durchgebrannt sind. »Kümmere dich um die Kaiserin«, befahl ich Judith und rannte dann durch die Flure zu Theophanos Gemächern, wo ich eine schnatternde Schar hysterischer Frauen vor dem königlichen Schlafgemach vorfand. Ich stieß sie zur Seite, um mit dem Kindermädchen zu sprechen. »Sag mir, was geschehen ist.«

Sie schluckte und trank einen Becher Wein. »Ich schlief neben dem Bett des Königs, Hoheit, als mich vier Männer weckten. Einer hielt mir einen Dolch an die Kehle, während die anderen mich fesselten und knebelten.«

»Und was tat der König?«

»Er schlief weiter, Hoheit. Als sie ihn aus dem Bett hoben, wurde er wach, doch ehe er schreien konnte, warfen sie ihm einen Sack über den Kopf und die Schultern und trugen ihn fort.«

Zumindest sah es nicht so aus, als hätten sie die Absicht gehabt, ihn umzubringen, sonst hätten sie ihn und das Kindermädchen auf der Stelle getötet. »Beschreib die Männer.«

»Sie waren maskiert, Hoheit.«

»Du konntest keine Abzeichen erkennen?«

»Nein, Hoheit.«

Das änderte nichts an meiner Gewißheit, daß Heinrich von Bayern für die Tat verantwortlich war. Ich stellte mir die Frage, was der Schurke als nächstes vorhatte. Von den Wachposten erhielt ich keine nützlichen Auskünfte. Die Festung in Aachen hatte so viele Hinter- und Seiteneingänge, daß unbeobachtetes Kommen und Gehen die einfachste Sache der Welt war. Außerdem hatten die Wachen – wie auch wir und die ganze Stadt – maßlos gezecht, um die Krönung zu feiern.

Ich ließ nach Erzbischof Willigis schicken. Während ich auf ihn wartete, zog ich mich an und forderte Theophano auf, das gleiche zu tun. »O Mutter«, jammerte sie. »Was sollen wir jetzt machen? Sie werden den König ermorden! Meinen Sohn!«

»Das glaube ich nicht. Wir müssen versuchen, ihn zurückzubekommen.«

Ich hatte aber keine Ahnung, wie wir das anstellen sollten, und der Erzbischof auch nicht. »Wer kann eine solch feige Tat begehen?« fragte er.

»Der Mann, der Regent werden will.«

»Ihr glaubt, er würde sein eigen Fleisch und Blut entführen?«

»Das stärkt seine Hand. Ich habe vor, ihn heute vor dem Reichstag anzuprangern.«

»Ihr habt keinerlei Beweise, Hoheit.«

»Seine Schuld wird ihm ins Gesicht geschrieben stehen!«

Willigis schien da nicht so sicher. »Der Herzog hat eine beachtliche Anzahl bewaffneter Männer bei sich.«

»Er ist nicht mehr der Herzog, Eminenz. Mein Sohn hat ihm die Herrschaft entzogen. Wenn ich auch zugebe, daß er eine große Streitmacht mitgebracht hat, so verfügen die meisten Magnaten ebenfalls über große Streitkräfte.«

»In der Tat. Wenn wir ihrer Unterstützung sicher sein könnten, würde es keine Schwierigkeiten geben.«

»Euer Eminenz sagten mir gestern, die Sache wäre sicher.«

»Ja ... gewiß, wenn Ihr und die Kaiserinwitwe mit dem kleinen König vor den Reichstag getreten wäret und die Regentschaft im Recht der Mutterschaft beansprucht hättet, aber ohne den König ...«

»Ich werde ihn anprangern!« stieß ich wild hervor. Wäre ich ein Mann gewesen, hätte ich ihn zu einem Kampf auf Leben und Tod herausgefordert. Aber er hatte ja so überheblich behauptet, daß Frauen nicht fähig seien, die Last von Schwert und Schild zu tragen. Gut, dachte ich mir, ich werde ihn dennoch zu einem Kampf auf Leben und Tod herausfordern, und zwar mit den Waffen, die ich besaß und die viel stärker waren als seine: meine Visionen, meine Gefühle, meinen Verstand und meine Worte. Ich ging zu Theophano, um sie aufzuheitern und ihr zu sagen, wie wir uns verhalten mußten.

☆

An jenem Morgen um elf Uhr traten wir beide in Schwarz gekleidet gemeinsam vor den Reichstag. Das Schwarz hob sich schön von meinem blonden Haar mit den silbernen Strähnen ab. Theophano sah mit ihrem pechschwarzen Haar aus, als wäre sie geradewegs der Hölle entsprungen. Um in den Saal zu gelangen, mußten wir durch die Straßen gehen, in denen sich bewaffnete Männer drängten. Eine große

Anzahl trug die Abzeichen des bayerischen Adelsgeschlechts. »Ich habe schreckliche Angst«, jammerte Theophano.

»Dann zeigt es wenigstens nicht«, erwiderte ich. Als wir eintrafen, wurden wir zu einer hohen Estrade, geführt, auf der zwei Throne aufgestellt waren. Die Adeligen drängten sich auf dem Platz unterhalb der Estrade. wo auch die Bischöfe und andere Kirchenmänner warteten.

Ich stellte fest, daß der größte Teil der Menschenmenge erfreut zu sein schien, uns zu sehen. Ich hielt nach Heinrich Ausschau. Umringt von seinen treuesten Anhängern, stand er im hinteren Teil des Saales. Seine Wangen waren leicht gerötet, ansonsten aber schien er ziemlich gefaßt zu sein.

Erzbischof Willigis war vollkommen Herr der Lage. Er sprach als erster und näherte sich uns sofort, so daß er uns gegenüber am Rand der Estrade stand. »Wir haben uns heute hier versammelt, um unseren großen verstorbenen König und Kaiser, Otto II. des sächsischen Geschlechtes, zu betrauern und um über die Herrschaft dieses Landes zu beschließen, solange König Otto noch minderjährig ist. Es ist Tradition, daß eine Regentschaft, die nun erforderlich ist, in die Hände eines Verwandten des Königskindes gelegt wird, eines Verwandten, der die Fähigkeiten und Treue bewiesen hat, um die Angelegenheiten des Königreichs in seinem Namen zu leiten, ohne in irgendeiner Weise seine Macht zu mißbrauchen, die er im Laufe der Zeit ausüben wird.«

Er hielt inne, um Atem zu holen, als jemand rief: »Sollte König Otto nicht anwesend sein?«

Die Stimme kam zwar nicht von der Seite des Saales, welche die bayerische Gesellschaft besetzt hatte, aber ich zweifelte nicht daran, daß der Sprecher Anweisungen erhalten hatte. Und er hatte genau den richtigen Zeitpunkt für diese Unterbrechung gewählt. »König Otto! König Otto! Wir wollen den König sehen!«

Willigis hob die Hand. »Es ist dem König nicht möglich, zu

diesem Zeitpunkt anwesend zu sein, was den Ausgang unserer Debatte jedoch nicht beeinflussen kann, da ich ganz sicher bin, daß er den Vorschlag gutheißen wird, den ich Euch machen werde.«

»König Otto! Wir wollen den König sehen!«

»Ist es möglich, daß der König nicht in der Lage ist, hier zu sein?« rief Heinrich.

Willigis schaute mich an. »Beachtet ihn im Moment nicht«, sagte ich. »Soll der Flegel in die Falle gehen.«

Der Erzbischof klatschte in die Hände, und der Lärm verstummte. »Ich schlage vor, daß die Regentschaft für König Otto den beiden Personen übertragen wird, die ihm am nächsten stehen – jenen beiden Menschen, deren Treue dem König gegenüber von niemandem angezweifelt werden kann, weil sie seine engsten Blutsverwandten sind. Ich spreche von der Kaiserinwitwe Theophano, der Mutter des Königs, und der Kaiserinwitwe Adelheid, der Großmutter des Königs.«

Die Menge war bestürzt und schwieg einige Sekunden. Doch Heinrich hatte das natürlich vorhergesehen. »Eine Frau?« rief er. »*Zwei* Frauen? Eine Frau aus Burgund und eine aus Byzanz? Soll dieses Land, dieses Reich, von zwei Frauen aus fremden Ländern regiert werden?« Die Menge stimmte seinem Einwand offenbar zu und fing an zu tuscheln. »Zwei Frauen«, fuhr Heinrich fort, der sich in Rage redete, »die behaupten, im Namen des Königs zu handeln, die ihn aber noch nicht einmal hierher bringen können, damit wir ihn sehen.«

Willigis machte einen verlegenen Eindruck. Er war offensichtlich nicht imstande, mit der Situation fertig zu werden, die uns so rasch aus den Händen glitt. Ich erhob mich, forderte den Erzbischof auf, zur Seite zu treten, und ging bis an den Rand der Empore. Ich war so zornig, daß ich darauf brannte, die Wahrheit ans Licht zu bringen. Vermutlich bot ich einen ziemlich beeindruckenden Anblick in meinem schwarzen Kleid und mit den silbernen Strähnen im blonden

Haar, das aus meiner Kapuze hervorquoll. Und ich hatte noch immer ein hübsches Gesicht, in dem sich nun meine Entschlossenheit spiegelte. »Ich nehme an, Heinrich«, sagte ich, »daß Ihr einen Gegenvorschlag machen wollt.« Er errötete, da er mit einem so unvermittelten Angriff nicht gerechnet hatte. »Wollt Ihr vielleicht selbst das Amt übernehmen?«

Er schaute nach links und rechts. »Ich bin der engste männliche Blutsverwandte des Königs. Ich habe meine Fähigkeiten im Kampf und in der Führung eines Volkes bewiesen. Ich habe ...«

»Habt Ihr Eure Fähigkeiten im Kampf nicht gegen den rechtmäßigen König und Kaiser bewiesen, Otto II.?«

Heinrich hob den Kopf, und wieder ging ein Raunen durch die Menge. Doch er faßte sich schnell. »Ich habe mich nur verteidigt.« Er schaute sich mit siegessicherem Blick zu seinen Anhängern um. »Das müssen wir alle tun, wenn es notwendig ist.«

»Das müssen wir Frauen auch. Dann sagt mir eines, mein Herr – wenn Ihr als Regent gewählt werdet, müßt Ihr dann nicht den König in Eure Obhut nehmen?«

»Allerdings«, gab er zu und wähnte sich schon als Sieger.

»Zweifellos seid Ihr darauf vorbereitet, den König vor den Reichstag zu bringen?«

»Ich ...« Es verschlug ihm die Sprache.

»Denn der König«, meine Stimme wurde etwas lauter, »ist in Eurer Gewalt, nicht wahr?«

»Wie kann der König in meiner Gewalt sein?«

»Weil Eure Männer ihn heute nacht aus seinem Bett entführt haben!«

Nun entstand ein Höllenlärm. Die Männer schrien, und es wurde sogar das eine oder andere Schwert gezogen. Doch die meisten Schreie richteten sich gegen die bayerische Gruppe. »Das ist eine Lüge«, rief Heinrich. »Ihr habt keine Beweise.«

»Ich brauche Euch nur anzusehen«, rief ich zurück. »Dann sehe ich die Schuld in Eurem Gesicht.«

Bei diesen Worten schreckte er zurück, da ihn nun jeder im Saal anstarrte. Ich ließ die rechte Hand mit dem gekrümmten Zeigefinger nach unten sinken. Dies war das vereinbarte Signal. Theophano erhob sich vom Stuhl, taumelte nach vorn und fiel am Rand der Empore auf die Knie. Die Arme waren nach vorn gestreckt, und die Finger ihrer Hand flehentlich gefaltet. »Gebt mir mein Kind zurück!« schrie sie. »Oh, gebt mir mein Kind zurück!«

Die Tränen einer Frau sind die überzeugendste Waffe der Welt. Wenn die Frau dazu noch jung, hübsch, seit kurzem verwitwet und Kaiserinwitwe ist, kann kein Mann der Welt ihr widerstehen. Der ganze Saal war erfüllt vom Klirren der Schwerter, die nun gezogen wurden. »Gebt der Kaiserin ihr Kind zurück«, brüllten tausend Stimmen.

Heinrich erblaßte und schien zu taumeln. »Ich ... ich ... Es war zum Schutz des Königs«, sagte er. »Ich wußte, daß es Verschwörungen gab ...«

»Von Euch angezettelt«, rief ich. Ich wußte, daß ich die Siegerin war. Aber ich mußte noch immer Vorsicht walten lassen. Zwar waren alle Männer im Reichstag nun von Ehrbarkeit und Tapferkeit erfüllt, doch diese Stimmung würde nicht lange andauern. Heinrich war immer noch ein sehr mächtiger Mann und ein gefährlicher Feind. Außerdem hatte ich gesehen, daß er zu Beginn der Versammlung viel Zustimmung im Saal erhalten hatte. Ich konnte nicht riskieren, daß er diese Zustimmung irgendwann zurückgewann, indem ich jetzt einen barschen Ton anschlug oder unvernünftig handelte. Als ich in die Hände klatschte, drehten sich alle zu mir um. »Im Namen meines verstorbenen Sohnes«, rief ich, »im Namen seiner trauernden Witwe, im Namen meines verstorbenen Gatten, Otto des Großen, fordere ich, daß mir mein Enkelsohn, König Otto, zurückgegeben wird.«

»Ihr werdet ihn bekommen«, brüllten tausend Männerkehlen.

»Im Namen meines verstorbenen Sohnes und im Namen

meines verstorbenen Gatten, Otto des Großen, fordere ich, daß die Regentschaft der Kaiserinwitwe Theophano und mir übertragen wird. Ich verlange außerdem, daß jeder Mann im Saal hier und jetzt der Regentschaft Treue schwört.«

Sie fielen auf die Knie. »Wir schwören!« riefen sie. Sogar Heinrich kniete zitternd nieder.

»Dann«, sagte ich, »nutze ich meine mir neuerlich zugesicherte Macht und gebe Heinrich das Herzogtum Bayern zurück, sobald wir wissen, daß der König wohlauf ist und zu seiner Mutter zurückgebracht wurde.« Einen Moment herrschte tiefes Schweigen. Niemand hatte mit einer solchen Großzügigkeit gerechnet, am wenigsten Heinrich selbst. Er starrte mich an wie ein Kaninchen, das eine Schlange erblickt, denn er hatte sich auf einen schlimmen Schicksalsschlag gefaßt gemacht. »Erhebt Euch, Herzog«, sagte ich. »Und dann kniet noch einmal nieder und schwört der Regentschaft abermals Treue.«

Das tat er, während die Dachsparren unter dem Jubel und Hochrufen erbebten. Willigis küßte mir die Hand. »Ich habe nicht geglaubt, daß es gelingt«, sagte er. »Nur Ihr konntet einen so großen Sieg erringen, Hoheit. Mögt Ihr ewig leben und ewig herrschen.«

»Willigis«, sagte ich in ernstem Tonfall, »ich habe als Witwe Otto des Großen gehandelt. Ich werde immer als Witwe Otto des Großen handeln. Er ist mein Leitlicht. Und ich glaube nicht, daß ich ewig leben möchte. Zehn Jahre werden genügen.« Schon wieder sagte ich die Zukunft falsch voraus. In zehn Jahren sollte ich meinen größten Sieg erringen!

☆

Gisela kam mit ihren beiden Bälgern zu mir. Sie kniete zu meinen Füßen nieder und küßte meine Hand. »Wir werden Euch ewig dankbar sein, Hoheit.«

»Dann dürft Ihr mich Tante nennen.«

»Ich schwöre, daß ich nichts von den Absichten meines Gatten wußte.«

»Ich glaube Euch und beauftrage Euch deshalb, dafür zu sorgen, daß er treu zu seinem Schwur und dem Reich steht.«

»Oh, gewiß, Hoheit.« Ich glaubte, sie würde es zumindest versuchen.

☆

»Wir hätten ihn hängen oder zumindest kastrieren sollen«, erklärte Theophano. »Wir hätten ihm irgend etwas antun müssen. Können wir ihn nicht blenden? Das tun wir in Konstantinopel mit aufsässigen Schurken.« Der kleine Otto saß auf Theophanos Schoß. Er war offensichtlich gut umsorgt worden, und man sah ihm die schlimme Tortur der Entführung nicht an.

Ihr Vorschlag ließ mich erschauern. Ich hatte gesehen, wie ein Mann geblendet worden war – und dieser eine war schon zuviel. »Es wäre schwierig für mich, meinen eigenen Neffen hinzurichten.«

»Aber Otto erzählte mir, Ihr hättet ihm geraten, ihn nach seinem Aufstand hinzurichten.«

»Ja, das stimmt. Damals war ich jünger und ungestümer. Außerdem hatte ich Angst vor ihm. Man richtet nur Leute hin, die man fürchtet.«

»Ich hasse ihn.«

»Das kannst du gerne tun, aber wir brauchen ihn nicht länger zu fürchten. Jeder Magnat und jeder Bischof in Deutschland verabscheut, was Heinrich getan hat und tun wollte. Jeder Mann, der in Deutschland über Macht verfügt, sah und hörte, wie er uns Treue schwor. Niemand wird ihn mehr unterstützen. Er ist ein gebrochener Mann, Theophano.«

Sie küßte Otto mehrmals und reichte ihn dann dem Kindermädchen. »Wir müssen miteinander reden.«

»Ja, natürlich.«

»Über die Aufteilung der Macht.«

»Wir werden es so machen, wie wir es vor der Entführung besprochen haben. Ich werde in Italien herrschen und du in Deutschland.«

»Und werdet Ihr mich unterstützen, sollte es zu Spannungen kommen?«

»Selbstverständlich werde ich dann alles tun, was in meiner Macht steht. Und ich erwarte, daß du mich auch unterstützt, falls notwendig.«

Sie nickte. »Liebe Mutter, zwischen uns gab es Streitigkeiten, doch nun wollen wir uns versprechen, für immer Freundinnen zu sein.«

»Es ist mein tiefer Wunsch, daß wir Freundinnen sind«, erwiderte ich vorsichtig, denn es gab so viele Unstimmigkeiten zwischen uns, daß ich an einer wahren Freundschaft zweifelte. Aus diesem Grund hatte ich mich auch entschieden, daß jede von uns in einem anderen Land herrschte und wir nicht Seite an Seite auf dem kaiserlichen Thron saßen. Das hätte mit Sicherheit zu Zwistigkeiten geführt.

Sogar in den Tagen vor meiner Abreise nach Italien mußte ich immer wieder beobachten, wieviel Zeit Philagathos in den kaiserlichen Gemächern verbrachte – und das beunruhigte mich sehr. Natürlich konnte Theophano jetzt nicht mehr des Ehebruchs bezichtigt werden, aber Tatsache war, daß ihr Gatte kaum sechs Monate tot war. Und Theophano lebte in jeder Hinsicht wie die Frau dieses äußerst unangenehmen Schurken, der ihr sogar den Hintern versohlte. Mich beunruhigte noch mehr, welchen Einfluß dieser Mann und seine Beziehung zur Kaiserinwitwe auf das Wesen von Otto III. ausüben könnte, wenn er kein Freijähriger mehr war und sich umzuschauen begann. Aufgrund seiner Eltern und Großeltern war er sicher ein außergewöhnlich aufgeweckter Bursche und würde zweifellos schon früh beeinflußbar sein.

Dieser Junge sollte eines Tages die Welt regieren. Ich hatte das Gefühl, daß ich seine Zukunft in die Hand nehmen mußte, ehe die Alpen mich von meinem Enkelsohn trennten.

☆

Ich suchte die Kaiserinwitwe auf, die sich wie immer halb nackt auf einer Liege rekelte. In ihrer Gesellschaft waren nicht nur Philagathos und ihre Zofen, sondern auch mehrere junge Männer, von denen einer auf der Laute spielte. »Ich möchte gern etwas mit dir besprechen«, sagte ich, »ehe ich abreise. Unter vier Augen, wenn möglich.«

Sie verzog das Gesicht, klatschte aber in die Hände, und ihre Dienerschaft verließ gehorsam das Gemach. Nur Philagathos blieb, wich meinem Blick aber aus. Die Unverfrorenheit dieses Mannes war unverzeihlich. »Ich hoffe, Ihr seid nicht gekommen, um mir eine Moralpredigt zu halten, Mutter«, sagte Theophano.

»Keineswegs. Ich mache mir Sorgen um die Erziehung des Königs.«

»Liebe Mutter, er ist erst drei Jahre alt.«

»Er wird bald vier, und sein Alter spielt keine Rolle. Er muß von dem fähigsten Mann unterrichtet werden, der uns zur Verfügung steht, und dieser Mann muß schon bald zur Stelle sein.«

»Ich stimme Euch vollkommen zu. Ich habe die Erziehung meines Sohnes Philagathos anvertraut.«

Einen Moment war ich sprachlos. »Das kann ich nicht dulden.«

Sie starrte mich an. »Er ist zufällig mein Sohn, Mutter.«

»Und er ist zufällig auch mein Enkelsohn. Noch wichtiger ist, daß er der Sohn von Otto II. und der Enkelsohn von Otto dem Großen ist. Er ist der zukünftige Kaiser des Heiligen Römischen Reiches. Er muß die beste Erziehung erhalten. Ihm müssen die reinsten Anschauungen vermittelt werden.«

»Ihr beleidigt Giovanni.«

»Wenn er sich diesen Schuh anzieht, soll das nicht meine Sorge sein.«

Wieder warf sie mir einen düsteren Blick zu. Aber sie hatte soviel Verstand, um einzusehen, daß es meiner Stärke und meiner überragenden Persönlichkeit zu verdanken war, daß wir den Sieg in Aachen errungen hatten. Käme es zu einem offenen Bruch zwischen uns, würden ganz sicher die Kirche und wahrscheinlich die Mehrheit der Magnaten eher mich als sie unterstützen. In vielen deutschen Herzen waren der Haß auf die Byzantiner und die Angst vor ihnen noch tief verwurzelt. »Zweifellos wollt Ihr einen eigenen Kandidaten vorschlagen«, bemerkte sie.

»Ganz recht. Gerbert von Aurillac. Er ist der begabteste Mann Europas. Er hat auch bei der Erziehung deines Gatten mitgewirkt, bevor er sich zurückzog, um seine Studien fortzusetzen. Er ist der beste Lehrer, den es für den zukünftigen Kaiser geben kann.«

☆

Ich hielt die Sache für abgeschlossen, aber Theophano holte offensichtlich schnell Erkundigungen über Gerbert ein. Zweifellos hatte sie ihre Informationen von Philagathos. Ein paar Tage vor meiner Abreise nach Italien suchte sie mich auf. »Dieser Gerbert«, bemerkte sie.

»Ist schon unterwegs.«

»Kennt Ihr die Wahrheit über ihn?«

Ich war gerade dabei, mein Haar von Judith und meinen Zofen frisieren zu lassen. Nun starrte ich meine Schwiegertochter im Spiegel an. »Welche Wahrheit?«

»Ich möchte unter vier Augen mit Euch sprechen.«

Ich entließ meine Zofen. »Nun?«

»Wißt Ihr, daß dieser Gerbert mit dem Teufel im Bunde steht?«

»Das ist völliger Unsinn.«

»Wißt Ihr, daß sich immer, wenn er einem Problem der Mathematik oder der Rhetorik gegenübersteht, ein Geist auf seine Schulter setzt, um ihm bei der Antwort zu helfen?«

»Das ist dummer Aberglaube.«

»Und wenn er den Vorsitz bei Tisch führt, will niemand neben ihm sitzen. Das stimmt aber wirklich!«

»Zweifellos, weil alle sich ihm unterlegen fühlen.«

Sie stampfte mit dem Fuß auf. »Ist das der Mann, den Ihr meinem Sohn als Lehrer aufdrängen wollt? Das kann ich nicht dulden.«

»Ich bin sicher, du wirst lernen, Gerbert zu lieben, Theo. Und ich hoffe, ausschließlich in geistigem Sinne. Nur eine Sache ist von Bedeutung – daß Otto den besten Lehrer bekommt. Und Gerbert von Aurillac ist der beste.«

☆

Ich verschob meine Abreise, um auf Gerberts Ankunft zu warten. Er begrüßte mich herzlich, und ich machte ihn mit Theophano und gezwungenermaßen auch mit Philagathos bekannt. Doch das wichtigste war, daß er den kleinen Otto kennenlernte. Die beiden mochten sich auf Anhieb, und Theophano und ihr Geliebter funkelten mich wütend an.

»Denkt daran, Gerbert«, sagte ich zu ihm, »daß die Zukunft der Welt in Euren Händen liegt.«

»Ich werde nicht versagen, Hoheit«, versprach er.

Und so ließ ich ihn mit seiner Aufgabe zurück. Ich machte nicht viel Aufhebens von meiner Rückkehr nach Rom. Es war notwendig, Vorreiter meiner Reisegesellschaft vorauszuschicken, um die jeweils nächste Stadt oder das nächste Dorf auf unserem Weg über meine Ankunft zu unterrichten, damit angemessene Unterkünfte vorbereitet wurden. Überall wurde ich jubelnd begrüßt. Doch ich versuchte, so wenig Aufsehen wie möglich zu verbreiten.

Natürlich schickte ich eine Gruppe Reiter voraus nach Rom, um Sicco und Papst Johannes über meine bevorstehende Rückkehr zu informieren. Dadurch würde es mit Sicherheit auch Crescentius erfahren, aber ich betrachtete es nicht als wichtig, da Sicco und seine Garnison die Stadt bewachten. Zu meinem Bedauern ritt mir der Graf jedoch nicht entgegen. Statt dessen kam sein erster Leutnant zu mir, ein junger Italiener namens Lambert von Battista, der sehr aufgeregt und besorgt aussah. »Ist etwas nicht in Ordnung?« fragte ich.

»Der Graf, Hoheit. Er ringt mit dem Tod.«

☆

Ich ritt im Galopp in die Stadt. Nur Cäsar und Lambert begleiteten mich. Meine Zofen folgten uns langsam mit meiner Eskorte. Ich schlug unverzüglich den Weg zur Engelsburg ein und wurde ins Zimmer meines Geliebten geführt. Auf den ersten Blick konnte ich erkennen, was mit ihm los war, denn er zitterte, und der Schweiß stand ihm auf der Stirn. »Er muß auf der Stelle nach Tivoli gebracht werden.«

»Hoheit, eine Reise könnte für den Grafen den Tod bedeuten.«

»Wenn er hierbleibt, wird es noch verhängnisvoller für ihn. Er hat keine inneren Blutungen. Er ist nur schwach und wird immer schwächer. Er muß noch heute nach Tivoli gebracht werden.«

☆

Ich wollte ihn natürlich begleiten, aber zuvor suchte ich Papst Johannes auf. Er war sehr ernst. »Ich wußte, daß der Graf erkrankt war, aber ich wußte nicht, daß es so schlimm ist.«

»Diese Krankheit ist immer schlimm. Ich hoffe, daß er sich

in den Bergen erholt. Sagt mir, Heiligkeit, ob hier alles in Ordnung ist.«

»Nun, da Ihr zurückgekehrt seid, Hoheit, wird alles gut.«

»Was soll das heißen?«

»Natürlich hat Cresentius versucht, den Tod des Kaisers zu nutzen, um sich durchzusetzen. Er wurde von Sicco in Schach gehalten, aber als Sicco erkrankte, befürchtete ich das Schlimmste. Nun, da Ihr zurück seid …«

»Das Volk muß spüren, daß ich wieder im Lande bin. Aber zunächst einmal werde ich mit dem Grafen nach Tivoli reisen. Ihr könnt mich rufen lassen, sobald sich Schwierigkeiten andeuten.«

☆

Ich überlegte, ob ich Crescentius zu mir beordern und ihm eine Moralpredigt halten sollte, um ihn zu warnen, falls er es an gutem Benehmen mangeln ließe. Doch ich entschied mich dagegen. Mit einer Strafpredigt hätte ich dem Schurken zu verstehen geben können, daß ich Angst hatte, er könnte etwas im Schilde führen. Ich beschloß, ihn zu mißachten wie den schäbigsten Bettler auf der Straße. Also folgte ich Sicco nach Tivoli und war erleichtert, daß es ihm fast augenblicklich besser ging. Er konnte sogar sprechen, blieb aber sehr niedergeschlagen, weil er das Gefühl hatte, mich im Stich gelassen zu haben. »Man kann niemanden dafür tadeln, daß er krank wird«, sagte ich. »Nun ist es meine Aufgabe, Euch wieder gesund zu pflegen.«

Ich tat alles, was in meiner Macht stand, und rettete ihm das Leben. Doch als wir im Herbst nach Rom zurückkehrten, wurde mir bewußt, daß die Zeiten, da er Soldat und überdies mein Liebhaber gewesen war, vorbei waren. In meinem Alter bedrückte es mich weniger, meinen Liebhaber verloren zu haben, als einen fähigen Befehlshaber zu verlieren. Natürlich stellte ich mit ihm an meiner Seite mutig meine Macht zur

Schau. Er stieg in den Sattel, um die Truppenschau zu leiten, und saß neben mir, wenn ich eine Audienz gab, doch seine Schwäche fiel jedem ins Auge.

Ich brauchte einen Ersatz – als Befehlshaber meines Heeres und als Liebhaber. Es mußte sich dabei nicht unbedingt um ein und dieselbe Person handeln, auch wenn es viel einfacher war, wenn ein Mann beide Aufgaben übernahm. Aber wo konnte ich ihn finden? Graf Hugo von der Toskana war inzwischen viel zu alt. Und trotz meines Sieges in Aachen konnte ich keinem der deutschen Magnaten voll und ganz trauen. Und es war lange her, seit die Italiener überhaupt einen bedeutenden militärischen Führer hervorgebracht hatten. Wenn doch Pandulf noch gelebt hätte!

☆

Natürlich wußten auch andere über meine mißliche Lage Bescheid, die eigentlich gar nicht so mißlich schien, da es im Land und besonders in Rom vollkommen ruhig war. Mir gefiel der Gedanke, daß es daran lag, daß ich wieder die Führung des Landes übernommen hatte. Trotzdem hatte ich das unbestimmte Gefühl, daß etwas vor sich ging, von dem ich nichts wußte. Ich beriet mich mit dem neuen Befehlshaber der Garnison, Lambert, was mich nicht beruhigte. Er war so schrecklich jung, kaum fünfundzwanzig Jahre alt. »Habt Ihr je eine Schlacht geschlagen?« fragte ich.

»Natürlich, Hoheit. Unter dem Befehl von Graf Sicco.«

Das hatte ich vermutet. Er war ein hübscher Bursche, aber ich hatte ein Alter erreicht, in dem mich die Schönheit eines Mannes weniger interessierte als seine Fähigkeiten. Lambert hatte die seinen noch nicht bewiesen – was sich bald noch deutlicher herausstellen sollte. Ein paar Tage später weckte mich Judiths Schrei, und ich sah, daß in meinem Schlafzimmer bewaffnete Männer standen!

13

Der Triumph

Ich richtete mich auf, schlang mir das Bettuch um den Hals und sah, daß Judith splitternackt mit einem großen Flegel kämpfte, dem es offensichtlich viel Spaß machte. Dann begrüßte mich Crescentius, der im hinteren Teil des Zimmers stand, sich nun aber näherte, seinen Hut zog und eine kunstvolle Verbeugung machte. »Hoheit!«

»Schurke!« sagte ich. »Hätte ich Euch doch bloß gehängt!«

»Alles zu seiner Zeit, Hoheit. Es gibt wichtigere Dinge, um die wir uns kümmern müssen. Am besten, Ihr kleidet Euch zunächst einmal an.« Als ich etwas erwidern wollte, hob er die Hand, um meinem Protest zuvorzukommen. »Wir werden Euch und Eure Zofe allein lassen. Allerdings werden Euch zwei meiner Zofen Gesellschaft leisten, um sicherzustellen, daß Ihr nichts Unbesonnenes tut.«

»Darf ich fragen, was diese Freveltat bedeutet?«

»Staatsangelegenheiten.« Auf ein Zeichen von ihm ließ der Flegel die zitternde Judith los. Wie er versprochen hatte, zogen er und seine Männer sich zurück, um von zwei ausgesprochen häßlichen Frauen ersetzt zu werden, die sich besonders dadurch hervortaten, daß sie groß und stark waren. Es hätte keinen Sinn gehabt, sich mit diesen beiden Hexen auf einen Kampf einzulassen; außerdem war ich zu verwirrt, um sofort etwas unternehmen zu können.

»Wo ist Graf Sicco?«

»Das weiß ich nicht, Hoheit«, erwiderte eine von ihnen.

Offensichtlich mußte ich selbst herausfinden, was mit ihm geschehen war. Judith und ich kleideten uns an und wurden von bewaffneten Männern in den Audienzsaal geführt. Ich hielt vergebens nach meinen eigenen Leuten Ausschau, doch keiner von ihnen war anwesend. Wie der kleine Otto in

Aachen war ich in meinem eigenen Haus entführt worden. Im Audienzsaal wurde ich bereits erwartet. Ich sah Crescentius und einige andere Personen, darunter ein paar Kirchenmänner, von denen ich einen nie zuvor gesehen hatte, und ausgerechnet dieser Mann trug die Papstrobe. Crescentius bemerkte, daß ich erstaunt war. »Hoheit.« Er geleitete mich zu meinem Platz. »Erlaubt mir, Euch Papst Bonifatius vorzustellen.«

»Bonifatius?« stieß ich ungläubig hervor.

»Seine Heiligkeit sind aus Konstantinopel zurückgekehrt, um seine Aufgaben hier in Rom wahrzunehmen.« Crescentius grinste. »Bonifatius hat auch den päpstlichen Schatz zurückgebracht – vielmehr das, was von ihm übrig ist. Es reicht jedoch aus, um unsere Finanzlage erheblich zu verbessern, nicht wahr?«

Bonifatius näherte sich meinem Stuhl und verbeugte sich. »Hoheit.« Er streckte die Hand aus.

»Rührt mich nicht an, Ihr Schurke!« Tatsächlich erwartete dieser Kerl, daß ich ihm die Finger küßte, und schien ein wenig überrascht zu sein. »Wo ist Papst Johannes?«

»Wenn Ihr den Gegenpapst Johannes meint«, sagte Crescentius, »der ist bereits unterwegs.«

»Und Graf Sicco?«

»Ist in guten Händen, Hoheit.«

»Wie zweifellos auch der Rest meiner Soldaten.«

»Fast alle, Hoheit. Leider haben sie Widerstand geleistet, so daß ein oder zwei entwischen konnten, einschließlich dieses scheußlichen Lambert. Aber wir werden sie zur Strecke bringen.«

»Und was genau habt Ihr vor?«

»Ich dachte, das liegt auf der Hand, Hoheit. Ich strebe einen Herrschaftswechsel an. Rom muß von Römern regiert werden.«

»Glaubt Ihr, daß Ihr Euch dem Willen und der Macht des Heiligen Römischen Reiches widersetzen könnt?«

»Ich habe da meine eigenen Vorstellungen. Oh, der Gegenpapst ist angekommen.«

Johannes wurde von den Wachen in den Saal geführt oder vielmehr gestoßen. Sein Gesicht war rot vor Wut. »Hoheit«, rief er. »Was bedeutet diese Freveltat? Ich wurde aus meinem Bett gerissen und von diesen Flegeln mißhandelt …«

»Ich versuche es gerade herauszufinden, Heiligkeit, denn ich habe fast die gleiche Behandlung erlitten.«

»Ihr, Hoheit? Warum?«

»Schweigt, alter Mann!« sagte Crescentius. »Ihr seid nicht der Papst, und Ihr wart nie der Papst. Ihr seid ein unrechtmäßiger Amtsinhaber, der dem römischen Volk von den Deutschen aufgedrängt wurde, doch die Deutschen haben ihre Herrschaft verloren.« Ich war sprachlos vor Wut. Obwohl ich die teuflischen Neigungen der Menschen gut kannte, konnte ich mir beim besten Willen nicht vorstellen, was jetzt geschehen würde. Crescentius wandte sich an Bonifatius. »Was sollen wir mit diesem Burschen machen?«

»Ich werde mich um die Angelegenheit kümmern«, sagte Bonifatius. »Verzeiht, Hoheit.« Er gab seinen Helfershelfern ein Zeichen, und ehe wir begriffen, was geschah, umklammerten sie die Arme des Papstes, während ein anderer mit einem Becher Wein zu ihm ging. »Ich möchte, daß Ihr auf den Erfolg meines Pontifikats trinkt.«

Der Papst starrte erst ihn und dann mich an. »Vielleicht ist es das beste«, sagte ich, denn ich wußte nur, daß wir diese erste Hürde überleben mußten.

»Hoheit«, sagte Johannes, »versteht Ihr denn nicht …«

»Trinkt!« befahl Bonifatius, der Johannes' Wangen zusammenpreßte und seinen Kiefer aufriß, um ihn zu zwingen, den Mund zu öffnen. Der Papst gab einen erstickten Laut von sich, und ich begriff endlich, was hier vor sich ging. Ich sprang vom Stuhl, doch die beiden Hexen, die uns begleitet hatten, stießen mich zurück auf meinen Platz.

Mich packte das Entsetzen, als ich sah, daß dem Papst die

Flüssigkeit in den Schlund geschüttet und seine Kiefer anschließend zusammengepreßt wurden, um ihn daran zu hindern, das Gift auszuspucken oder zu erbrechen. Papst Johannes rang vergebens mit den Männern, die seine Arme umklammerten. Er versuchte, Bonifatius zu treten, doch seine Robe behinderte ihn. Dann sank er in die Knie, während er noch verzweifelt mit den Armen fuchtelte. Sein Gesicht färbte sich zuerst dunkelrot, erblaßte dann und wurde anschließend ganz schwarz. Einen Augenblick später lag Johannes ausgestreckt auf dem Boden. Der Papst war tot!

☆

Crescentius' Männer zerrten den Leichnam von Papst Johannes hinaus. Ich glaube, sogar Crescentius war schockiert über das, was er soeben gesehen hatte, denn es dauerte einige Sekunden, ehe er sagte: »Eure Hoheit möchten sich gewiß zurückziehen.«

Bedauerlicherweise war ich noch immer sprachlos. Ich hatte mit angesehen, wie mein erster Gatte vor meinen Augen ermordet wurde, aber offen gestanden beunruhigte mich zu jener Zeit mein eigenes Schicksal mehr. Nun hatte ich erlebt, wie mein Freund, den ich ins höchste Amt erhoben hatte, ebenso vor meinen Augen ermordet worden war. In diesem Moment interessierte mein eigenes Schicksal mich überhaupt nicht. Ich wollte nur am Leben bleiben, um den armen alten Mann zu rächen. Judith und ich wurden zurück in meine Gemächer geführt. Dort warteten meine anderen Zofen, die sichtbar erregt waren. »Anneliese«, sagte ich, »versuch herauszufinden, was Graf Sicco zugestoßen ist.«

Sie schluckte. »Hoheit, werdet Ihr die Verantwortung für mein Leben und meine Keuschheit übernehmen, wenn ich diese Räume verlasse?«

»Ihr werdet das eine oder andere im Dienst für Eure Kaiserin verlieren. – Wo ist Cäsar?« Ich sorgte mich um sein

Schicksal, seit Crescentius in meine Gemächer eingedrungen war. Cäsar hätte es niemals geduldet, hätte er auf seinem Posten gestanden.

»Er ist verschwunden«, sagte jemand.

War Cäsar tot? Wenn nicht, war er auf jeden Fall gefangengenommen worden. Ich wußte, daß er mich nie im Stich gelassen hätte.

»Ihr müßt Euch hinlegen, Hoheit«, sagte Judith, »Ihr seid erschöpft.« Das war ich in der Tat, obwohl ich eigentlich nichts anderes getan hatte, als die schrecklichen Ereignisse zu beobachten. Mir war klar, daß sehr viele Dinge getan werden mußten, doch im Moment konnte ich keine Entscheidungen treffen. Judith wußte, was in mir vorging. »Die Kaiserinwitwe?« meinte sie. »Wenn wir ihr in Magdeburg eine Nachricht zukommen lassen könnten, wird sie Euch zu Hilfe eilen.« Ich dachte darüber nach. »Ich wäre bereit, diese Aufgabe zu übernehmen, Hoheit«, bot das tapfere Mädchen sich an.

Ich preßte die Lippen zusammen. Das hätte bedeuten können, sie in den Tod zu schicken, aber tatsächlich schien Theophano im Moment meine einzige Hoffnung zu sein. Bevor ich eine Entscheidung treffen konnte, wurden die Türen meiner Gemächer aufgerissen, und Crescentius stolzierte herein. Er schaute sich um, als gehörte ihm alles, was er in Augenschein nahm. Im Moment war das tatsächlich der Fall. »Laßt uns allein«, sagte er zu meinen Zofen. Sie schauten mich an, ich nickte, und sie marschierten hintereinander hinaus. Ich hatte auf meinem Bett gesessen, begab mich aber nun vorsichtshalber zu einem Stuhl, denn ich erinnerte mich nur zu gut an seinen widerlichen Vater. Crescentius setzte sich mir gegenüber hin. »Ich hoffe, Eure Hoheit haben sich erholt.«

Ich gab ihm keine Antwort. Er schaute mich einige Sekunden prüfend an und sagte dann: »Es war eine bedauerliche Aufgabe, aber es mußte sein. Was getan werden muß, muß getan werden, nicht wahr? Doch der nächste Schritt hat die größte Bedeutung. Ihr wollt bestimmt nicht, daß Rom oder sogar Italien vom Reich getrennt werden, Hoheit, nicht wahr?«

»Solange ich lebe, wird das niemals geschehen.«

»Ganz richtig, denn Ihr seid eine kluge, erfahrene und noch immer ausgesprochen hübsche Frau. Und Ihr seid die Königin von Italien sowie die Kaiserinwitwe. Ihr seid die Herrscherin dieses Landes, Hoheit.«

»Als Herrscherin, Crescentius, bestünde meine erste Amtshandlung darin, mehrere Leute einschließlich dieses sogenannten Papstes hängen zu lassen, und genau das werde ich tun, sobald ich wieder die Herrscherin sein werde.«

»Hoheit sind noch immer empört. Ich tadele Euch deswegen nicht, aber natürlich könnt Ihr nur mit Hilfe und Unterstützung Eures Gatten wieder herrschen.« Ich hob den Kopf. »Einst habt Ihr den Heiratsantrag meines Onkels abgelehnt. Damals wart Ihr dazu in der Lage, doch das ist heute nicht der Fall. Ich weiß, daß Ihr keine Kinder mehr bekommen könnt. Da meine zahlreichen Cousins mich unterstützen, brauche ich keine Kinder. Ihr werdet mich heiraten, Königin Adelheid, und ich werde als König von Italien an Eurer Seite sitzen und in Eurem Namen herrschen.«

»Wie kommt Ihr darauf, daß die Kaiserinwitwe Theophano dieses Abkommen dulden wird?« Mir schossen tausend Gedanken durch den Kopf.

»Warum sollte sie es nicht tun, vor allem, wenn sie vor vollendete Tatsachen gestellt und ihr klargemacht wird, daß sich nichts geändert hat? Ihr habt Euch lediglich in Eurem fortgeschrittenen Alter Eurer Sinnenlust erinnert und Euch für einen neuen Gatten entschieden.«

»Zuerst will ich sehen, wie Ihr vernichtet werdet«, sagte ich mit leiser Stimme, »und dann will ich Euch hängen sehen.«

»Die Jahre Eurer Herrschaft haben Euch zu sehr erschöpft, Hoheit, um Euren Willen durchsetzen zu können. Für jeden kommt irgendwann die Zeit, da man seine Situation nüchtern betrachten muß. Begreift Ihr nicht, daß ich Euch auf der Stelle aufs Bett werfen, unsere Ehe vollziehen und Euch später heiraten könnte?«

»Ich bezweifle, daß Ihr diesen Kampf überleben würdet, es sei denn, Ihr beabsichtigt, mir Hände und Füße zu fesseln.«

»Vielleicht wäre das ganz unterhaltsam. Ich ziehe es jedoch vor, meine Angelegenheiten in gesitteter Weise zu regeln. Ihr werdet mich heiraten, Hoheit, und wenn Ihr Euch weigert, werde ich Euren Liebhaber umbringen, den Grafen Sicco.« Ich hatte den Verdacht, daß dieser Mann noch viel brutaler war als Berengar von Ivrea. »Werdet Ihr hingegen bereitwillig meine Frau, ohne unnötigen Wirbel zu verbreiten, und benehmt Ihr Euch entsprechend, wäre es nicht ausgeschlossen, daß Sicco so lange am Leben bleibt, wie es seine Gesundheit erlaubt. Ihr hättet überdies die Möglichkeit, ihn von Zeit zu Zeit zu besuchen.«

Ich konnte unmöglich Sicco opfern. »Kann ich ihn sehen?«

»Nein, das könnt Ihr nicht. Nach der Hochzeit. Die wird morgen früh stattfinden. Ich werde Euch nun verlassen, damit Ihr Euch vorbereiten könnt.«

☆

Judith kam zu mir. Sie war sehr aufgeregt und beunruhigt. »Vor Eurer Tür steht eine Wache, Hoheit, ein äußerst lüsterner Kerl.«

»Das kann ich mir gut vorstellen. Gibt es Neuigkeiten von Anneliese?«

»Sie ist nicht zurückgekehrt, und ich konnte auch nichts über Cäsar herausbekommen. Ich befürchte das Schlimmste. Was werden wir tun?« Eine Reinkarnation von Rosamunde.

Wie auch in diesen weit zurückliegenden Tagen meiner Jugend konnte ich ihr keine Antwort geben. Es sah ganz so aus, als hätte Crescentius mich vollkommen in seiner Gewalt.

Judith unter Lebensgefahr nach Magdeburg zu schicken würde uns auch nicht weiterhelfen. Bis sie dort angekommen wäre, hätte Crescentius mich längst gezwungen, seine Frau zu werden. Judith war erstaunt, als ich sie bat, mein bestes Kleid für meine Hochzeit am morgigen Tag bereitzulegen. Daraufhin entkleidete ich mich und legte mich schlafen. Ich stand noch unter dem Schock der morgendlichen Ereignisse und hatte Angst vor dem, was kommen würde.

Ich war vierundfünfzig Jahre alt, und wenn ich auch noch Sinnenfreuden genießen konnte, so ausschließlich nach meinen eigenen Bedingungen, und wenn ich in Stimmung dazu war. Sicco war in dieser Hinsicht der perfekteste Liebhaber gewesen. Er war stets bemüht, mir zu gefallen und hatte es niemals gewagt, meinen Wünschen zu widersprechen. Ich nahm nicht an, hoffen zu können, daß Crescentius rücksichtsvoll sein würde. Es war wohl eher mit einem äußerst gewalttätigen Geschlechtsakt zu rechnen, eine Vorstellung, die mich mit Abscheu erfüllte. Der bloße Gedanke, mich seinen Liebkosungen hingeben zu müssen, ob sie nun zärtlich oder gewalttätig waren, ließ mich schaudern.

Zum erstenmal im Leben dachte ich wirklich an Selbstmord. Auch wenn es eine Todsünde war, erschien mir diese Möglichkeit im Moment beinahe als angenehmer Weg aus meiner Zwangslage. Dann aber verwarf ich den Gedanken einerseits aufgrund der Sünde, die ich begehen würde, und andererseits, weil Judith und meine Zofen dann ein viel schlimmeres Schicksal als den Tod erlitten hätten. Außerdem hatte ich noch nicht mit meinem Leben abgeschlossen und war fest entschlossen, vor allem den Mord an Papst Johannes und meine eigene Gefangenschaft zu rächen.

Trotz meiner Aufregung und Entschlossenheit schlief ich tatsächlich ein. Plötzlich wachte ich auf und fuhr zusammen, da Judith erneut einen Schrei ausstieß, auch wenn sie sich diesmal zu beherrschen versuchte. Ich richtete mich auf, schlang das Bettuch um meinen Hals und starrte Elisabeth von Cormone an! »Elisabeth?« fragte ich ungläubig. »Was macht Ihr hier?«

»Ich bin Euretwegen gekommen, Hoheit.«

»Aber ... die Wache ...«

»Ist nicht mehr da, Hoheit. Wollt Ihr Euch nicht anziehen? Wir müssen gehen.«

Ich schaute an ihr vorbei und sah Lambert, der in der geöffneten Tür stand. Elisabeth ... und Lambert? »Aber ... ich kann nicht«, sagte ich. »Auch Graf Sicco wurde gefangengenommen.«

»Graf Sicco ist tot, Hoheit. Er wurde in der Nacht ermordet, als Crescentius und seine Leute das Schloß in ihre Gewalt brachten.«

Ich stieg wie benommen aus dem Bett. Lambert hatte sich auf den Gang zurückgezogen. Das konnte doch nicht wahr sein! Mein treuer Sicco? Judith zog mich an. »Meine Zofen!«

»Um die können wir uns jetzt nicht kümmern.«

»Ich will sie nicht im Stich lassen. Judith, suche sie und Vater Guido. Elisabeth wird mir beim Ankleiden helfen.« Judith huschte davon. Elisabeth biß sich auf die Lippe. Natürlich wurde die Gefahr von Minute zu Minute größer. Wir mußten Eile walten lassen. Aber sie sah, daß ich entschlossen war. »Ist Lambert zu Euch gekommen?« fragte ich.

»Ja, Hoheit.« Sie fummelte an den Knöpfen herum und hob dann verlegen den Kopf. Sie war viel reifer geworden. »Wir müssen alles tun, was in unserer Macht steht.«

Ich küßte sie. »Und ich danke Euch von ganzem Herzen.«

Es war kein Problem, meine Zofen und Pater Guido zu finden, die in der Nähe gewesen waren. Bei ihnen war auch Anneliese, die nicht mehr getan hatte, als sich zu verstecken, seit ich ihr den Auftrag gegeben hatte, Sicco zu suchen. Aber jetzt war nicht der richtige Zeitpunkt für Anschuldigungen. Wir verließen das Schloß über Geheimwege, die nur Lambert und Elisabeth kannten. Am Ende des Weges gelangten wir auf einen unterirdischen Gang, der vom Schloß ins Freie führte. Hier warteten mehrere Männer und Pferde auf uns. Da sie nicht mit so vielen fliehenden Frauen gerechnet hatten, mußten die meisten meiner Zofen hinter ihren Rettern sitzen, was ihnen gut gefiel. Ich hatte ein eigenes Reitpferd. Dann verließen wir die Stadt. Lambert und Elisabeth ritten neben mir. »Wohin reiten wir?« fragte ich Lambert.

»Wohin Eure Hoheit uns führen«, antwortete der tapfere junge Mann.

Ich stand vor einem Dilemma. Ich mußte mich damit abfinden, daß Siccos Garnison entweder bestochen oder vernichtet worden war, sonst hätte Crescentius die Festung nicht heimlich in seine Gewalt bringen können. Das bedeutete, daß ich südlich der Alpen über keinerlei bewaffnete Streitkräfte verfügte. Es konnte ebenfalls kein Zweifel daran bestehen, daß Crescentius uns verfolgen ließe, sobald er von meiner Flucht erfuhr. Mein erster Gedanke war natürlich, in Richtung Norden zu reiten, wenigstens bis in die Toskana, wo man mich in der Vergangenheit stets willkommen geheißen hatte. Ob sie auch einer Kaiserinwitwe auf der Flucht die herzlichen Empfänge der Vergangenheit bereiten würden, wußte ich allerdings nicht. Ich hatte ihre Städte immer als Kaiserin oder Kaiserinwitwe betreten, die über die ganze Macht des Reiches verfügte. Natürlich war ich nicht mit allen Streitkräften gereist, aber immerhin standen sie mir zur Verfügung. Wie würden sie eine praktisch mittellose Flüchtende empfangen, der Crescentius dicht auf den Fersen war? Ich glaube, vor mehr als dreißig Jahren hätte ich es trotzdem getan.

Das hätte jedoch bedeutet, immer weiter in Richtung Norden zu fliehen, bis ich hinter den Alpen in Sicherheit gewesen wäre. Zweifellos war das die vernünftigste Lösung meines Problems, aber es war auch die widerwärtigste. Ich hatte Theophano meine geistige und körperliche Überlegenheit bewiesen, als wir uns zum erstenmal trafen. Mein gesunder Menschenverstand hatte zu der Entscheidung geführt, die

Regentschaft aufzuteilen. Von den beiden Hälften des Reiches hatte ich mir mein Lieblingsland ausgesucht. Ich hatte felsenfest damit gerechnet, binnen kürzester Zeit von Theophano einen Hilferuf zu erhalten. Wenn sie mich vielleicht auch nicht aufgrund tatsächlicher Bedrängnis zu Hilfe gerufen hätte, so zumindest, weil sie mich brauchte, um sie moralisch zu unterstützen oder zu beraten, weil das ständige Gezänk mit den deutschen Magnaten ihre Fähigkeiten überstieg. Ich wäre sehr glücklich gewesen, ihr in jeder mir möglichen Weise zu helfen, und bis jetzt war ich immer davon ausgegangen, daß diese Hilfe beachtlich gewesen wäre. Wenn ich nun aber als Fliehende nach Magdeburg zurückkehrte, die bewiesen hatte, daß sie zu herrschen unfähig war, läge der Fall entschieden anders.

Theophano würde nun in allen Dingen die Überlegene sein. Sie würde zumindest verächtlich lachen. Ich hörte dieses Lachen schon jetzt.

Doch ich mußte noch einen dritten Punkt in meine Überlegungen einbeziehen. Es lag auf der Hand, daß Crescentius annahm, ich sei nach Norden aufgebrochen. Und es war ziemlich sicher, daß seine Verfolger schneller reiten konnten als eine schnatternde Schar Frauen. Berengars Leute hatten das auf meiner Flucht aus Garda eindeutig bewiesen. Es gab keine Gewähr dafür, daß wir auch nur die Alpen erreichen konnten, ehe wir eingeholt wurden. Wenn wir die Alpen tatsächlich erreichten, würde bereits der Winter hereinbrechen. Der Gedanke, wieder diese schneebedeckten Pässe mit der Angst im Nacken vor den Verfolgern zu überqueren, war unerträglich. »Wir werden nach Süden reiten«, sagte ich zu Lambert.

»Nach Süden, Hoheit?« fragte er ganz erstaunt.

»Wir gehen nach Capua.«

☆

Ich muß gestehen, daß ich mich seit dem Tod von Pandulf Eisenkopf über die langobardischen Angelegenheiten nicht so auf dem laufenden gehalten hatte, wie ich es vielleicht hätte tun sollen. Ich war einfach viel zu sehr mit meinen eigenen Problemen beschäftigt gewesen. Allerdings wußte ich, daß sein beachtlicher Besitz zwischen seinen Söhnen aufgeteilt worden war. Das hielt ich für eine ziemlich gute Sache, da sich dadurch die Gefahr verringerte, daß es künftig wieder einen unseren Interessen feindlich gesinnten Herzog geben könnte, der Rom bedrohte. Praktisch blieb die langobardische Enklave jedoch ein Teil des Heiligen Römischen Reiches, wenn sie auch nur lose mit dem Reich verbunden war, und ich hatte keinen Grund zu der Annahme, daß ich nicht willkommen wäre.

Ich wurde tatsächlich willkommen geheißen, als wir nach mehreren anstrengenden Tagen im Sattel erschöpft und ungewaschen vor den Stadttoren Capuas eintrafen. Lambert hatte den Weitblick besessen, meine persönliche Standarte mitzunehmen, und sobald diese erkannt worden war, wurden die Stadttore geöffnet. Kurz darauf stand ich dem Herzog gegenüber, Pandulfs ältestem Sohn, der den Namen seines Vaters trug. Ich hatte ihn bei einem früheren Besuch kennengelernt, aber damals war er ein kleiner Junge gewesen, dem ich nicht viel Aufmerksamkeit geschenkt hatte. Nun stellte ich fest, daß Pandulfs Sohn ein ebenso stattlicher Mann war wie Eisenkopf, wenn er auch daran festhielt, die alberne Haartracht seines Volkes zu tragen, die sicherlich ihren Zweck erfüllte, da er wie ein Wilder aussah. Er trug jedoch schöne Kleidung, und seine Manieren waren ausgezeichnet. Ich war überrascht, wie jung er war; er konnte kaum älter als zwanzig sein. »Hoheit!« Er beugte sich tief über meine Hand. »Wenn wir gewußt hätten, daß Ihr kommt …«

»Ich wußte es auch erst, als ich schon unterwegs war.«

Das überraschte ihn. »Ich möchte, daß Ihr meine Frau Rosamunde kennenlernt.«

Ich mochte sie schon wegen ihres Namens, bevor ich sie kennenlernte. In Wahrheit konnte es keinen größeren Unterschied zu meiner Rosamunde geben, denn das Mädchen, das ich erblickte, war beinahe noch ein Kind. Rosamunde hatte ein hübsches Gesicht, das fast völlig unter einer wallenden goldenen Lockenpracht verschwand. Ich war sprachlos. »Hoheit.« Sie küßte meine Hand.

»Wir müssen miteinander reden«, sagte ich zu Pandulf.

»Möchtet Ihr Euch nicht zuerst etwas erfrischen? Vielleicht ein Bad nehmen oder Eure Kleider wechseln?«

Der verheerende Zustand meiner Kleidung war einer Kaiserin sicher nicht würdig. Mir war jedoch die Gefahr zu groß, daß ihn Gerüchte beeinflussen könnten, ehe ich ihn um seine Unterstützung gebeten hatte. »Gewiß. Und ich bin sicher, daß meine Zofen, mein Beichtvater und dieser tapfere Ritter sich ebenfalls erfrischen möchten. Staatsangelegenheiten sind jedoch wichtiger als Behaglichkeit. Vielleicht könnte man sich um meine Dienerschaft kümmern, während wir reden ...«

Er und seine Herzogin gaben Befehle, und meine Zofen wurden weggeführt. Lambert ließ mich natürlich nur ungern allein, aber ich überzeugte ihn davon, daß ich bei Pandulf gut aufgehoben sei. War ich das? Das war die erste Sache, die ich klären mußte. Pandulf geleitete mich in ein Gemach, in dem wir ungestört waren. »Darf ich fragen«, sagte ich, »wie alt Eure Frau ist?«

»Rosamunde ist zwölf, Hoheit.«

Ich schluckte. Ich war mit zwölf Jahren verlobt, aber noch nicht verheiratet worden. »Seid Ihr schon lange verheiratet?«

»Genau ein Jahr.« Er nahm einen Krug, der auf einem kleinen Beistelltisch stand, und füllte zwei Becher mit Wein, den ich gierig trank.

»Ich mußte aus Rom fliehen«, sagte ich. Es hatte keinen Zweck, um die Sache herumzureden.

Er bot mir einen Stuhl an und setzte sich ebenfalls. »Crescentius?«

»Ein Handstreich. Ich werde ihn zur Strecke bringen, sobald ich mein Heer mobil gemacht habe. Im Namen meiner Freundschaft zu Eurem Vater bitte ich bis dahin um Schutz.«

»Ihr seid in Capua stets willkommen, Hoheit.«

»Auch wenn Crescentius meinen Aufenthaltsort herausfindet und mir folgt?«

Pandulf lächelte. »Dadurch würde sich das Problem auf sehr schnelle und einfache Weise lösen, Hoheit. Crescentius befehligt den römischen Pöbel. Selbst wenn die Römer davon überzeugt werden könnten, den Schutz ihrer Stadtmauern aufzugeben, wären sie einer disziplinierten Streitkraft nicht gewachsen.«

Seine Worte erfreuten mich. »Würdet Ihr denn mit mir und Eurer disziplinierten Streitkraft gegen die Stadt marschieren?«

Er seufzte. »Leider, Hoheit, bezweifle ich, daß das möglich ist. Ich wäre gewiß bereit dazu, würden mich keine anderen Probleme bedrängen, was leider der Fall ist. Zwischen meinen Brüdern und mir gibt es Unstimmigkeiten. Meine Macht ist hier zwar stark genug, um jedem Angriff ihrerseits standzuhalten, doch wenn ich mit meiner Streitkraft eine Zeitlang das Land verließe, würden sie Capua binnen eines Monats stürmen und erobern. Es wäre besser zu warten, bis Ihr Euer Heer aufgestellt habt. Wie lange wird das dauern?«

Nun seufzte ich. Ich war wie immer zu zuversichtlich gewesen. »Ich habe kein Heer, Pandulf. Ich hatte nicht erwartet, eines zu brauchen. Mir schien meine Garnison in Rom ausreichend zu sein. Diese oder zumindest Teile von ihr wurden von Crescentius bestochen. Der Befehlshaber, Graf Sicco, ein lieber Freund von mir, und mein treuer Diener wurden ermordet.« Es war in so kurzer Zeit so viel geschehen, seit Lambert und Elisabeth mir zu Hilfe geeilt waren, daß ich keine Zeit gehabt hatte zu trauern, doch nun füllten meine Augen sich mit Tränen. »Ich werde natürlich auf der Stelle meiner Mitregentin schreiben, der Kaiserinwitwe Theophano, um sie aufzufordern, ihre Heere zu mobilisieren und mir zu Hilfe zu eilen. Sie hat mir Hilfe geschworen. Aber das ist erst möglich, wenn der Frühling beginnt.«

»Ihr seid mein Gast, solange Ihr wollt, Hoheit.«

☆

Ich war nicht so naiv, als daß ich nicht begriffen hätte, mich vollkommen in die Gewalt der Langobarden begeben zu haben. Meine Sicherheit als Kaiserin hing davon ab, wieviel Achtung er für seinen berühmten Vater hegte und welchen Respekt er meinem Rang entgegenbrachte – und von seiner Ehrfurcht vor den Streitkräften, die nach Italien kommen *könnten*, um mir zu Hilfe zu eilen. Vielleicht dachte er auch an die mögliche Belohnung, die er für seine Unterstützung bekommen könnte, wenn ich je meine Macht zurückerhielte. Meine Sicherheit als Frau stand auf einem anderen Blatt, aber einstweilen würde auch sie meines Ranges wegen gewährleistet sein.

Unglücklicherweise bewahrheiteten sich meine schlimmsten Befürchtungen. Nach zwei Wochen hatte ich mich in Capua eingelebt und mich ein wenig von den anstrengenden Ereignissen der letzten vierzehn Tage erholt, wobei ich noch immer Siccos und Cäsars Tod betrauerte. Ich schrieb jetzt an Theophano, stellte die Situation dar und bat sie um ihre Hilfe. Man könnte vielleicht die Frage stellen, ob es nicht besser gewesen wäre, sie persönlich um Hilfe zu bitten und ihrer Verachtung ins Gesicht zu sehen, wenn ich mich schon auf diese Weise erniedrigte, aber das brachte ich einfach nicht über mich. Ich fertigte mehrere Abschriften meines Briefes an und schickte sie mit verschiedenen Boten und über verschiedene Wege, um sicherzustellen, daß zumindest einer von ihnen Rom passierte, ohne Crescentius' Leuten in die Hände zu fallen. Dann richteten wir uns in Capua ein und warteten.

Ich wußte, daß in den Alpen und in Deutschland der Winter hereingebrochen war und wir erst in einigen Monaten mit einer Antwort rechnen konnten.

Das Leben in Capua war wirklich sehr angenehm. Judith und meine Zofen leisteten mir Gesellschaft, und ich verbrachte auch viel Zeit mit Elisabeth. Sie schien sehr in ihren Lambert verliebt zu sein, der es sicherlich wert war, geliebt zu werden. Ich war erfreut, daß sie nach der erzwungenen Beendigung ihrer Beziehung zu Otto ihr Glück gefunden hatte. Sie schien wegen dieser Sache keinen Groll gegen mich zu hegen.

Ich sah auch die kleine Rosamunde sehr oft, und wir entdeckten viele Gemeinsamkeiten. Sie war ebenfalls Langobardin und als solche ein sehr weltliches Kind, das sich daran erfreute, meine Arme, meine Beine und meine Brust zu streicheln, während sie sich fragte, ob sich ihre Brust je so entwickeln würde wie meine. Ich beruhigte sie, so gut ich konnte.

Mein einziges Problem stellte Pandulf selbst dar. Da er zugleich mein Gastgeber, mein Helfer in der Not und im wahrsten Sinne des Wortes mein Gefängniswärter war, stand ich vor einem erheblichen Problem. Anfangs beunruhigte ihn die wahrscheinlich baldige Ankunft einer Abordnung aus Rom mehr, die meine Rückkehr fordern könnte. Wenn er auch voller Verachtung behauptet hatte, er könne jeden Angriff von dieser Seite abwehren, war er sichtlich erleichtert, daß es nicht geschah. Dann aber wurde sein Interesse an mir, das er der Frau und nicht der Kaiserin oder der Gefangenen entgegenbrachte, so deutlich, daß ich beunruhigt war. Außerdem erhielten wir bestürzende Nachrichten aus Rom. Es sah so aus, als wären die allerschlimmsten Zeiten des widerlichen Oktavian und seines verabscheuungswürdigen Vaters zurückgekehrt. Der Lateranpalast war erneut ein Ort, an dem Laster, Bestechung, Korruption, Ämterkauf und Mord an der Tagesordnung waren. All dem saßen Crescentius und seine Kreatur Bonifatius mit zügelloser Würde vor.

Obwohl der Herzog der Meinung war, daß es die beste und sicherste Methode sei, seine Stellung zu legalisieren, indem er mich heiratete, hatte er offensichtlich beschlossen, keinen Krieg mit den Langobarden zu beginnen, um mich wieder in seine Gewalt zu bekommen. Er wußte so gut wie jeder andere, wie es um die Führung des Heiligen Römischen Reiches bestellt war, und nahm daher an, daß Theophano es ebenfalls nicht in Betracht zog, Rom durch einen Angriff an sich zu reißen, denn wie jeder wußte, verabscheute sie diese Stadt. Er war auch so gut über unsere Situation im Bilde, um sicher sein zu können, daß die Kaiserinwitwe von Herzen froh war, ihre Schwiegermutter zumindest eine Zeitlang los zu sein.

Und tatsächlich geschah genau das. Wie ich vorhergesehen hatte, erhielten wir erst im nächsten Frühjahr eine Antwort. Meine Hände zitterten, als ich den Umschlag aufschlitzte. *Meine liebste Mutter*, schrieb Theophano, *was für eine schreckliche Katastrophe! Ich empfinde tiefstes Mitleid mit Euch. Wie sehr drängt es mich als Frau und Kaiserin danach, Euch zu Hilfe zu eilen und diese widerlichen Burschen an den höchsten Zinnen aufzuhängen, die wir finden können. Leider ist mir dies im Moment nicht möglich. Uns bedrängen innere Probleme. Wir müssen uns vor einem feindlichen Einfall der Wenden schützen, die sich als sehr gefährliche Gegner erweisen. Wir müssen auf bessere Zeiten hoffen und beten.*

Ich kann Euch jedoch insofern beistehen, indem ich Euch ein, wie ich hoffe, sicheres Geleit zu einem gesünderen Teil der Welt verschaffe, als Capua es ist. Wenn Ihr wünscht, werde ich es tun. Ich rate Euch, in die Toskana zu reisen und Eure Residenz in Pisa oder Mantua oder vielleicht in Padua aufzuschlagen, in Städten, mit denen Ihr meines Wissens sehr vertraut seid. Dort könnt Ihr Euch in Frieden ausruhen. Meine Botschafter unterrichteten mich, daß Crescentius nur in Rom herrschen will und Euch künftig nicht belästigen wird. In Padua oder Mantua oder Pisa werdet Ihr in der Lage sein, ein eigenes Heer aufzustellen. Leider müßt Ihr das mit den Geldern tun, die Ihr an Ort und Stelle beschaffen könnt, da die Staatskasse diese Kosten nicht aufbringen kann.

Wenn Ihr Interesse habt und die Zeit erübrigen könnt, uns hier in Magdeburg zu besuchen, nachdem Ihr Euch in Padua oder Mantua oder Pisa niedergelassen habt, wären wir sehr glücklich, Euch zu empfangen. Bis dahin seid meiner Liebe und treuen Unterstützung zu allen Zeiten sicher. Theophano, Kaiserinwitwe.

PS: Meinem Sohn Otto geht es gut, und Euer Freund Gerbert erweist sich als großer Erfolg.

☆

Wahrscheinlich war es gut, daß ich in meinem Leben immer Mäßigung geübt hatte, sonst hätte ich sicher einen Anfall bekommen. Ich hatte nur noch den einen Gedanken: Diese freche Göre! Dieses Miststück! Dieses undankbare Flittchen! Mir zu schreiben, als wäre ich irgendeine Hungerleiderin, meinen Hilferuf zurückzuweisen, diese Hilfe, die sie versprochen und auf die ich Anspruch hatte!

Pandulf verbrachte so viel Zeit in meiner Gesellschaft, wie er konnte, und er war bei mir, als ich den Brief las. Er sah sofort an meiner Miene, daß ich verärgert war. »Schlechte Nachrichten, Hoheit?«

Ich warf ihm einen Blick zu, während ich versuchte, meine Wut zu unterdrücken. »Ärgerliche Nachrichten, Herzog. Es hat einen Einfall der Wenden gegeben, und die Streitkräfte meiner Schwiegertochter sind zumindest im nächsten Jahr mit dem Kampf gegen diesen Feind beschäftigt. Crescentius wird eine Zeitlang ungestraft bleiben. Jedoch werde ich Eure Gastfreundschaft nicht länger in Anspruch nehmen. Ich habe beschlossen, meine Residenz nach Pisa zu verlegen, und ich werde dorthin reisen, sobald alle Vorbereitungen getroffen sind.«

»Aber … was ist mit Crescentius? Stellt Euch vor, er überfällt Euch auf dem Weg dorthin.«

»Er wurde gewarnt. Sollte er das tun, wird die gesamte Streitmacht des Reiches ihm auf den Fersen sein.« Wenn man schon lügt, sollte man so dreist wie möglich lügen, dann ist die Wahrscheinlichkeit größer, daß einem geglaubt wird. »Da sich meine Streitkräfte jedoch nördlich von Rom sammeln, wäre ich über eine Eskorte Eurer Soldaten nach Pisa sehr dankbar.«

»Die werdet Ihr bekommen, Hoheit. Aber ich werde traurig sein, Euch gehen zu sehen. Ich dachte, Ihr würdet länger in Capua bleiben.«

»Ihr habt mich sehr freundlich willkommen geheißen. Aber ich muß meine Herrschaft wieder übernehmen.«

»Ich verstehe. Aber da wir jetzt nur noch so wenig Zeit haben ...«

Trotz meiner Vorahnung war ich überrascht. Da ich nun schon gut sechs Monate in seiner Gewalt war und er keine Annäherungsversuche unternommen hatte, war ich zu dem Schluß gekommen, daß meine Angst unbegründet sei. Ich war lediglich der berühmteste Gast, den er je bewirtet hatte. Jeder Frau gefällt es, bewundert zu werden. Ich war nie auf den Gedanken gekommen, daß mehr daraus werden könnte. Ganz abgesehen davon, daß ich noch um Sicco und Cäsar trauerte, war dieser Bursche so jung, daß er mein Enkel hätte sein können.

Außerdem war er mit einem entzückenden Mädchen verheiratet. Aber ich vermutete, daß genau da das Problem lag. Rosamunde war ein Kind und neigte zu Lachanfällen. Ich persönlich mochte das unterhaltsam finden, aber ich konnte verstehen, daß es für einen Gatten unangenehm war, besonders wenn ein solcher Anfall seine Frau im Bett überkam. Dahingegen stand ihm sozusagen die schönste Frau Europas zur Verfügung – ein Anspruch, den ich noch immer erheben konnte –, und die auch in Liebesdingen als erfahrenste Frau Europas galt.

Pandulf war Langobarde und neigte daher dazu, kein

Blatt vor den Mund zu nehmen. »Ich möchte Euch in Eurem Schlafgemach besuchen.«

»Herzog«, widersprach ich und versuchte, einen klaren Gedanken zu fassen.

»Ihr seid die begehrenswerteste Frau, die ich je gesehen habe.«

»Ihr seid sehr freundlich, aber ich bin ein wenig zu alt für Euch.« Das hätte ich niemals zugegeben, hätten die Umstände es nicht erfordert.

Er ließ sich nicht aus der Fassung bringen. »Ihr werdet niemals alt, Hoheit.«

Was sollte ich tun? Da Theophano mir ihre Hilfe verweigerte, hatte er mich vollkommen in seiner Gewalt. Ein Blick auf den Inhalt ihres Briefes, den er hätte riskieren können, wenn ich Widerstand leisten würde, hätte ihn darüber unterrichtet, daß meine Schwiegertochter sich keinen Deut darum scherte, ob ich lebte oder tot war oder in ewiger Gefangenschaft blieb. Außerdem war ich wie immer neugierig. Vielleicht hatte Eisenkopf mich damals mehr interessiert, als ich viel jünger war, aber es wäre undenkbar für mich gewesen, meinen Gatten zu betrügen. Ich mußte lächeln, als ich mich daran erinnerte, wie sehr mich der Gedanke empört hatte, das Bett mit Crescentius zu teilen, und das hatte zumindest zum Teil auch mit seiner Jugend zu tun. Pandulf war noch jünger. Aber er war ein ganz anderer Typ Mann.

☆

So kam es also zu meinem vermutlich letzten Liebesabenteuer, das ich kurz schildern werde. Pandulf sah das sicher nicht so. Er wollte meinen Körper erforschen. In gewisser Hinsicht ist das eine der erregendsten Erfahrungen, die eine Frau machen kann, besonders wenn von ihr verlangt wird, den Körper des Mannes ebenfalls zu erforschen. Vor einem Mann zu liegen, während seine zärtlichen Finger sich immer wieder ihren Weg durch jedes Tal und über jeden Hügel bahnen, läßt das Herz schneller schlagen, als man es je für möglich gehalten hätte.

Aber seinen Körper auch erforschen? Man könnte meinen, daß ich in meinem Alter und nach zwei Ehen und verschiedenen anderen Liebesabenteuern alles wußte, was man über den männlichen Körper wissen konnte. Doch man lernt nie aus. Pandulf hatte wie anscheinend auch seine Vorfahren das Ritual der sogenannten Beschneidung durchgeführt, was offensichtlich alle Bewohner dieser ungastlichen Region taten. Dies war seit Jahrhunderten Brauch und ging zurück bis in die Zeit, da sie die Steppen wie Wilde durchwanderten. Ich hatte davon gehört, da es auch in den verschiedenen jüdischen Enklaven Europas Brauch war, und hatte immer geglaubt, es sei ein barbarisches und schmerzvolles Verfahren, ob es nun aus religiösen oder hygienischen Gründen geschah. Die Beschneidung wurde durchgeführt, weil sicherlich damit gerechnet wurde, daß sie die sexuelle Erfüllung behinderte.

Nun stellte ich fest, daß meine Vermutung vollkommen falsch gewesen war. Natürlich war Pandulf Langobarde und sehr jung, doch auch wenn ich beides berücksichtigte, blieb seine sexuelle Leistungsfähigkeit nach meinen eigenen Erfahrungen unerreicht, sogar wenn ich ihn mit Otto dem Großen verglich. Wenn ich eine Stunde mit Pandulf verbrachte, war ich fix und fertig, wohingegen er es kaum erwarten konnte weiterzumachen.

☆

Pandulf war so verliebt, daß er sogar anbot, mich persönlich nach Pisa zu begleiten, da er keinen Erfolg damit gehabt hatte, mich zu überreden, noch für unbestimmte Zeit in Capua zu bleiben. Er hätte die Entscheidung natürlich auch erzwingen können, aber er war ein ausgesprochen höflicher Mann, und außerdem hoffte er noch auf die Zukunft. Seine persönliche Begleitung lehnte ich ab, indem ich ihn daran erinnerte, daß er bei unserem ersten Treffen geäußert habe, er könne seine Hauptstadt nicht seinen habgierigen Brüdern überlassen. Er war sehr niedergeschlagen, doch ich war ehrlich gesagt bestrebt, die Affäre zu beenden. Es war nicht etwa so, daß mir die Liebesspiele mit ihm nicht sehr gut gefallen hätten, aber ich fürchtete um meine Gesundheit, wenn ich mich noch länger seiner Lust unterwarf. Außerdem hatte ich auch Gewissensbisse, wenn ich an Rosamunde dachte, die bestimmt wußte, was vor sich ging. Ich konnte mir einfach nicht vorstellen, daß selbst ein Mann wie dieser triebhafte Pandulf mein Bett verlassen konnte, um geradewegs zu ihr zu gehen, und dann auch noch Leidenschaft verspürte.

Ich bemühte mich, das Beste für sie zu tun. »Wann werde ich Euch wiedersehen?« fragte Pandulf, den Tränen nahe, als unsere zahlreichen Kisten gepackt wurden. Die Näherinnen in Capua hatten den ganzen Winter eifrig gearbeitet, um für uns die Kleidung zu nähen, die uns fehlte.

»Wenn ich nach Süden marschiere, um mit Crescentius abzurechnen.«

»Tut es bald, Hoheit.«

»Das habe ich vor. Und bis dahin kümmert Euch um Eure Frau.« Er verzog das Gesicht. »Es ist nicht recht von Euch, sie ihrer Jugend oder Leichtfertigkeit wegen zu verdammen. Sie wird älter und schöner werden. Auch ihr Verstand wird reifen und die Liebe zu Euch, wenn auch Ihr Rosamunde zeigt, daß Ihr sie liebt. Aber sie wird Euch hassen, wenn Ihr sie zurückweist.«

Er küßte mir die Hand, als wir, umringt von seiner und meiner Dienerschaft, auf dem Vorhof seines Palastes standen. »Ich werde mir Eure Worte zu Herzen nehmen, Hoheit, bis wir uns wiedersehen.«

☆

Ich wußte, daß ich keinen Grund hatte, Theophano auch nur ein bißchen zu trauen, und machte mich trotz meiner Eskorte langobardischer Reiter und meines tapferen Lamberts auf eine gefährliche Reise gefaßt. Zu jenem Zeitpunkt ereignete sich jedoch eine ganze Reihe äußerst bemerkenswerter Vorfälle. Crescentius und seine Kreaturen hatten sich übernommen. Jeder, der diese Seiten liest, weiß, daß ich den römischen Pöbel nicht mochte, aber sogar ich mußte zugeben, daß es diesen Schurken nicht vollkommen an christlicher Gesinnung mangelte. Als sich herumsprach, was wirklich passiert war, und sie erfuhren, daß man ihren Papst gezwungen hatte, Gift zu trinken, und ihre Königin allen erdenklichen Demütigung ausgesetzt worden war, lehnten sie sich gegen Crescentius auf. Der Herzog hatte noch Verstand genug, rasch die Stadt zu verlassen. Bonifatius, diesem Schurken, mangelte es entweder an Verstand oder einer günstigen Gelegenheit. Er versuchte dem Pöbel gegenüberzutreten, wurde ergriffen und – wie mir zugetragen wurde – buchstäblich in kleine Stücke gerissen.

Aufgrund dieser Vorgänge interessierte sich Crescentius natürlich überhaupt nicht dafür, was ich in dieser Zeit tat, und ich konnte meine Reise ohne Zwischenfälle beenden. Selbstverständlich gewann er bald wieder seinen Mut und den Boden unter den Füßen zurück. Außerdem verschaffte er sich wieder Ansehen beim Pöbel, indem er darauf beharrte, daß alle Verbrechen ohne sein Wissen von Bonifatius verübt worden seien. Bei der Wahl des neuen Papstes hatte er wieder seine Hände im Spiel. Unter dem Beifall des Pöbels und der Kardinäle wurde ein liebenswürdiger Mann gewählt, den ich niemals wirklich kennenlernte und der den Titel Johannes XV. trug.

Anschließend schickte Crescentius Boten los, die mich aufstöbern und in seinem Namen um Vergebung bitten sollten. Sie sollten mich flehentlich bitten, in die Stadt zurückzukehren, wo man mich freundlich willkommen hieße. Doch so dumm war ich nicht, daß ich die erlittenen Schmähungen so schnell vergaß. Ich hatte die feste Absicht, mit dem Schurken abzurechnen – und falls nötig, mit seiner neuen Kreatur –, sobald ich dazu in der Lage war. Aber im Moment sah es so aus, als wäre in Rom ein wenig Ruhe eingekehrt. Daher erreichte ich Pisa ohne Zwischenfälle und begann, mein italienisches Reich wieder zum Leben zu erwecken, so gut es ging, denn Rom hatte ich vorübergehend verloren.

Ich gab mein Bestes und folgte bezüglich der Wichtigkeit der Schritte einer strengen Ordnung. Ich fing damit an, mich beim Volk der Toskana bekannt und beliebt zu machen. Aus diesem Grunde unternahm ich mehrere Reisen. Ich besuchte alle großen Städte Norditaliens einschließlich solch prächtiger Metropolen wie Florenz und Mailand. Eine Reise führte mich sogar nach Garda hinunter, wo ich noch einmal auf diesen unvergessenen Zinnen stand, auf das dunkle Wasser des Sees schaute und mich an die wilden Abenteuer meiner Jugend erinnerte. Dann reiste ich nach Trient, wo ähnliche Erinnerungen wachgerufen wurden. Um mich beliebt zu machen, sorgte ich für eine gerechtere Verteilung der Steuern, in einigen Fällen sogar für ihren Erlaß.

Das alles kostete viel Zeit, wobei der Steuererlaß bedeutete, daß weniger Geld als üblich in meine Staatskasse floß. Dadurch wurde Lambert in seinen Bemühungen behindert, ein schlagkräftiges Heer auszuheben, um Rom wieder in unsere Gewalt bringen zu können. Aber inzwischen sah ich ein, daß es jenseits meiner Möglichkeiten lag, Rom zu unterwerfen, wenn ich ausschließlich italienische Geldquellen ausschöpfte. Das wäre sogar für Otto den Großen unmöglich gewesen. Ich brauchte deutsche Männer und deutsches Geld. Immer deutlicher erkannte ich, daß ich Magdeburg besuchen mußte. Schließlich hatte man mich ja eingeladen!

☆

Wir begannen mit den Vorbereitungen, aber erst im Frühjahr 988 konnten wir die Alpen überqueren. Während der wunderschönen, aber anstrengenden Zeit in der Toskana erhielt ich die Nachricht vom Tod meines Bruders.

Konrad und ich hatten uns seit der Kindheit, als man uns zwang, in verschiedenen Gemächern zu schlafen, mehr und mehr entfremdet. Wie ich bei unserem letzten Treffen beobachten mußte, hatte er alles getan, um in Frieden mit seinen Untertanen, seinen Nachbarn und seinen engsten Verwandten zu leben. Zweifellos ist das ein lobenswertes Verhalten in den Augen der Kirche, aber sogar die Kirche erkennt von Zeit zu Zeit an, daß es notwendig ist zu *handeln*. Ich gehörte immer zu jenen, die zuerst handeln und später darüber nachdenken – für viele Männer ein Charakterzug, den sie bei einer Frau gern sehen.

Während meines ganzen Lebens war es oft notwendig gewesen, zu handeln, um zu überleben. Mir war auch bewußt, daß Konrad nie einen Finger gekrümmt hatte, um mir zu helfen, selbst dann nicht, wenn ich mich in größter Gefahr befand. Als er nach meinem Streit mit Otto II. gezwungen war, mich eine Zeitlang zu beherbergen, hatte er es sehr widerwillig getan. Ich konnte Burgund auch nicht länger als meine Heimat betrachten: Ich wußte, daß Konrad zwei Söhne hatte, und vermutete, daß es zu Streitereien kam, die dem Land schadeten, aber ich hatte nicht die Absicht, je in diesen Streit einzugreifen.

Dennoch führt der Tod des einzigen Bruders zu einigen sehr traurigen Gedanken, besonders wenn der verstorbene Bruder nur ein Jahr älter war als man selbst. Ich verhängte einen Monat Trauer in der Toskana.

Als diese Zeit verstrichen war, reiste ich in Richtung Norden nach Magdeburg.

☆

Diese Stadt sah ich nun als Heimat an, wenn ich es auch unter diesen Umständen bei weitem vorzog, in Rom oder Tivoli zu leben. Es war eine große Freude, an der Elbe entlangzureiten und die berühmten Tore zu passieren. Da die Nachricht meiner Ankunft mir vorausgegangen war, wurde ich von jubelnden Menschenmengen begrüßt. Ich hielt es für sehr wahrscheinlich, daß ich hier bei diesem eifrigen Volk ein Heer würde ausheben können. Was ich wirklich brauchte, war ein General. Lambert war der liebste und treueste Bursche, aber ich kannte ihn gut genug, um zu wissen, daß er nie in der Lage sein würde, gegen einen Mann wie Crescentius das Kommando auf dem Schlachtfeld zu führen.

Doch selbst um ein Heer aufstellen zu können, war ich von Theophano abhängig. Es war eine ermüdende, schwierige und vielleicht auch interessante Angelegenheit, überhaupt zu ihr zu gelangen. Denn als mein Gefolge und ich uns den Weg durch die jubelnden Menschen gebahnt hatten – leider waren sie alle vollkommen betrunken – und die Tore der Festung erreichten, benötigten wir eine neue Eskorte, um in das königliche Reich zu gelangen. Als dies geschafft war, erkannte ich den Grund dafür: Der Burghof war nichts anderes als eine Menagerie. Wilde Tiere, darunter ein Löwe, ein Tiger und verschiedene andere gefleckte Kreaturen aus der Katzenfamilie, saßen in Eisenkäfigen. Ein hundeähnliches Wesen lachte schrill und schallend. Eine Giraffe hatte einen Hals, der mindestens so lang war wie mein ganzer Körper. Und in einem großen Teich, der zu meiner Rechten ausgehoben worden war, lagen zwei riesige geschuppte Ungeheuer, die halb aus dem Wasser ragten. Ihre Kiefer waren mit riesigen Zähnen bestückt, und sie hatten lange, gepanzerte Schwänze, die sich langsam hin und her bewegten. Ich begriff, daß diese Wesen so etwas wie Drachen waren. »Das sind Krokodile, Hoheit«, erklärte mir der Wachposten. »Sie kommen aus Ägypten.«

Diese schreckliche Tiersammlung war, wie ich schon sagte, in Käfigen eingesperrt, aber eine Horde Affen rannte frei herum. Um uns vor denen zu schützen, brauchten wir eine Leibwache, da sich die unverschämten Tiere, von denen einige riesengroß waren, auf uns stürzten und nach unserer Kleidung griffen oder sogar über uns herfielen. Dutzende von Vögeln, die über unseren Köpfen hin und her flogen, zollten uns kaum weniger Aufmerksamkeit.

Als wir endlich die Festung erreicht hatten, war ich mit den Nerven herunter, und da einige tief fliegende Vögel meinen Hut gestohlen und meine Frisur in Unordnung gebracht hatten, war meine Stimmung auch nicht die beste. Theophano, die mich erwartete, empfing mich in ihren Privatgemächern. Ihre Zofen, ihre Hunde, ihre Kinder, junge Männer und natürlich Philagathos umringten sie.

Da ich dem Kaiserlichen Hof einige Jahre fern gewesen war, überraschte mich diese kunterbunte Gruppe, als würde ich sie das erste Mal erblicken. »Liebste Mutter, Hoheit, wie gut Ihr ausseht«, sagte Theophano und streckte die Hand aus, worauf auch ich die Hand ausstreckte. Wenn hier keine Hände mehr geküßt wurden, würde *ich* nicht damit beginnen. »Und du erst, meine liebste Theophano.«

Das war eine der dreistesten Lügen, die mir je über die Lippen gekommen war. Wären wir nicht von diesen eifrigen Schmeichlern umringt gewesen, hätte ich vor Bestürzung aufgeschrien. Theophano besaß makellose Gesichtszüge, die niemals ihre Schönheit verlieren konnten, doch ihr Gesicht war fleckig und sah ungesund aus. In ihrem wunderschönen pechschwarzen Haar sah ich graue Strähnen, was zwar bei meinem blonden Haar auch der Fall war, aber ich war immerhin achtundzwanzig Jahre älter als sie!

Ich war auch stolz darauf, daß ich mir meine gute Figur erhalten hatte, soweit dies in meinem Alter möglich war. Theophano hatte nicht so gut auf ihre Figur geachtet und sie sich durch Fettrollen verdorben. Sie bewegte sich schwerfällig und keuchte, um Luft zu bekommen. Und sie war noch keine dreißig Jahre alt!

Aber sie log ebenso wie ich, weil es mit meiner Aufmachung nicht zum besten stand. »Oh, meine Liebe«, sagte sie, »die Vögel haben sich an Euch zu schaffen gemacht.«

»Ich muß mich wundern, daß sich kein guter Schütze um sie kümmert«, sagte ich.

»Um meine Vögel? Aber Mutter, es sind meine Lieblinge!«

»Und diese schuppigen Ungeheuer sind wohl auch deine Lieblinge?«

»Meine Familie hatte immer eine Menagerie«, sagte sie schmollend.

Ich war ausgesprochen erleichtert, mich dem Jungen zuwenden zu können, der an ihrer Seite saß. Als ich König Otto das letzte Mal gesehen hatte, war er drei Jahre alt gewesen. Nun war er acht Jahre alt und der beeindruckendste achtjährige Junge, den ich je gesehen hatte. Er war für sein Alter sehr groß und wirkte seiner aufrechten Haltung wegen noch größer. Er hatte wunderschönes blondes Haar und strenge, wohlgeformte Gesichtszüge, die ihre Schönheit offenbarten, als er mich nun anlächelte, sich erhob und die Arme ausstreckte. »Großmutter!« Seine Stimme war hoch und klar. »Ich habe mich sehr auf dieses Treffen gefreut.« Diese Worte hätte ein Achtzehnjähriger sagen können, und ich hatte sofort den Verdacht, daß er sie einstudiert hatte. Aber dann sagte er: »Ihr hättet früher kommen sollen, dann hätten wir beschließen können, was wir mit dem widerlichen Crescentius angestellt hätten.« Das waren sicher seine eigenen Worte.

»Ich bin gekommen, sobald ich konnte, Otto, wenn auch nur, um dich wiederzusehen.«

»Und gefällt Euch, was Ihr seht?«

»Ich bin entzückt. Darf ich vermuten, daß ich den größten Otto erblicke?«

»Das, Großmutter, ist unmöglich, wenn die Geschichten

stimmen, die ich über Großvaters Tapferkeit gehört habe.« Acht Jahre alt! Und dann schenkte er mir wieder ein reizendes Lächeln. »Aber Ihr seid an seiner Seite geritten, Großmutter. Ihr werdet mir von seinen Heldentaten erzählen.«

Ich verbeugte mich glücklich, um meine Einwilligung zu bekunden. Dann schaute ich an ihm vorbei und entdeckte Gerbert, der hinter seinem Stuhl stand. Ich hoffte, daß er meine Dankbarkeit ein wenig spürte.

☆

Theophano gefiel es natürlich nicht, daß ihr eigener Sohn ihr die Schau stahl. »Du darfst Großmutter nicht langweilen, Otto«, ermahnte sie ihn. »Geh und spiel.«

Otto schaute sie an, und ich hatte fast den Eindruck, daß sie erblaßte, doch ich konnte ihre Augen nicht sehen. Dann schaute Otto mich zärtlich an. »Gehorche deiner Mutter«, sagte ich. »Wir werden uns später sehen.«

»Ich kann es kaum erwarten.« Die Gesellschaft erhob sich, als er das Gemach verließ, gefolgt von Gerbert.

»Er ist frühreif«, sagte Theophano. »Das ist das Werk Eures Freundes Gerbert.«

»Ich finde, er ist großartig.«

Theophano winkte mich zu dem Stuhl, den der König soeben verlassen hatte, und verscheuchte ihre Höflinge. Alle außer Philagathos, der neben ihr stehenblieb, zogen sich zurück. Zu meinem Erstaunen sah ich, daß er eine Bischofsmütze trug!

»Ich habe beschlossen, daß der Beichtvater des Königs ein Amt haben soll«, erklärte Theophano, die meine Verblüffung bemerkt hatte. »Giovanni ist nun Bischof von Piacenza.«

Die Unverschämtheit schlechthin! Piacenza lag in der Toskana!

»Nun«, fuhr sie fort, »es war das einzige Bistum, das augenblicklich nicht besetzt war.«

»Wir haben Euch geschrieben, Hoheit, um Euch zu unterrichten«, sagte Philagathos ängstlich.

Ich hatte den Brief nicht erhalten, doch ich glaubte auch nicht, daß er je geschrieben worden war.

»Aus Rom hört man nichts Gutes«, sagte Theophano, die bestrebt war, das Thema zu wechseln.

»Man kann von dort nichts Gutes hören. Aus diesem Grunde muß ich dort so schnell wie möglich für Ordnung sorgen.«

Sie seufzte. »Denkt Ihr an Gewalt?«

»Eine andere Möglichkeit gibt es nicht.«

»Ich kann Euch keine Hilfe anbieten. Das Geld ist knapp. Überall Unruhen ...«

»Erlaubt mir wenigstens, hier in Deutschland Soldaten auszuheben.«

Sie warf mir einen raschen Blick zu. »Das wage ich nicht. Das würde uns in den Streit verwickeln.«

»Hast du Angst vor einem Krieg gegen Rom? Gegen Crescentius?« Ihr Gatte und ihr Schwiegervater hätten sich im Grabe umgedreht! dachte ich.

Sie erschauerte unmerklich. »Ich hasse Krieg. Wer kann sagen, wie weit er sich ausbreiten wird? Vielleicht sogar bis in den Süden.«

Langsam verstand ich die Botschaft. Sie war von ihrem widerlichen Bruder Basileios gewarnt worden, der zweifellos eigene Pläne hatte. »Nun, dann muß ich mich wohl auf mich selbst verlassen.«

»Aber Ihr wollt es unbedingt tun?«

»Ich habe die Pflicht und den Wunsch.«

Sie strich sich mit der Zunge über ihre Lippen. »Ihr seid natürlich in Magdeburg willkommen, solange Ihr wünscht.«

»Ich kann nicht sehr lange bleiben.« Um die Wahrheit zu sagen, hatte ich nicht das Verlangen, einen Moment länger in dieser entarteten Gesellschaft zu verbringen.

☆

Aber ich blieb lang genug, um mit Gerbert ein langes Gespräch zu führen. »Ich möchte gern die Wahrheit über die Situation hier erfahren.«

Er seufzte. »Man weiß gar nicht, wo man anfangen soll, Hoheit. Theophano ist die Regentin, und ihr Wort ist Gesetz. Aber ihr Wort ist das von Philagathos, doch Philagathos hat nur geringe Kenntnisse, was die Regierungsgeschäfte angeht, und ihm fehlt das nötige Verständnis. Euer mächtiger Gatte vereinte Deutschland, indem er mit Gewalt gegen die Aufsässigen vorging, wenn es nötig war. Heutzutage gibt es offensichtlich keine Gewalt mehr. Außer der Palastwache haben wir kein Heer – um Geld zu sparen, versteht Ihr?«

»Es hat uns nie an Geld gemangelt, als ich Kaiserin war.«

»Weil Ihr es zweifellos nicht verschwendet habt. Glaubt Ihr etwa, die Tiere im Hof sind Geschenke? Hoheit hat sie allesamt gekauft. Sie schickt Gesandte in jeden Winkel der Erde, um die Kreaturen zu beschaffen, was große Kosten verursacht. Habt Ihr die gelben Juwelen gesehen, die sie trägt? Das ist Bernstein. Um den Schmuck zu kaufen, schickt sie Händler in den fernen Norden, weil man nur dort diese Steine bekommt. Sie gibt das Geld für ihr eigenes Vergnügen aus, als wäre es unerschöpflich. Und was übrigbleibt, gibt Philagathos für sie aus.« Er schaute mich mit gerunzelter Stirn an. »Ihr wißt, daß es Landesverrat ist, was ich sage.«

»Was immer Ihr mir sagt, bleibt unter uns, mein lieber Gerbert. Außerdem steht Ihr unter meinem Schutz.« Das schien ihn nicht völlig zu beruhigen, und ich hatte tatsächlich schon festgestellt, daß ich den größten Teil meiner Beliebtheit, die ich einst in den Reihen der deutschen Magnaten genossen hatte, während meiner langen Abwesenheit verloren hatte. »Nun erzählt mir von Philagathos' Beziehung zur Kaiserinwitwe.«

»Es ist zu skandalös, Hoheit.«

»Nicht für mich. Wie kann ich etwas in Ordnung bringen, wenn ich nichts darüber weiß?«

»Sie sind Geliebte.«

»Die ganze Welt weiß das, Gerbert.«

»Weiß die ganze Welt auch, wie sie sich lieben?«

Ich runzelte die Stirn. »Ich verstehe nicht.«

»Obszöne Phantasien, Hoheit. Es lagen schon sechs Personen im königlichen Bett und gaben sich wilden Liebesspielen hin! Die Kaiserinwitwe treibt es besonders schlimm.«

»Weiß der König davon?«

»Nein, Hoheit. Und er wird auch nichts davon erfahren, solange ich hier bin.«

»Mein guter Gerbert. Nun, dann erzählt mir von ihm.«

Gerberts Gesicht hellte sich auf. »Oh, Hoheit, er ist für mich eine Quelle großen Glücks. Sein Verstand ist so scharf wie ein Rasiermesser, und seine Auffassungsgabe entspricht der eines erwachsenen Mannes. Wenn man überdies seine Schönheit und Gesundheit berücksichtigt …«

»Gerbert«, sagte ich, »sobald er in der Lage ist, möchte ich, daß mein Enkel sich nach Frauen umsieht und nicht nach Männern.«

Er errötete. »Ich werde mich darum kümmern, Hoheit.«

»Ich hoffe es. Ihr versteht …« Mein Tonfall wurde weicher. »Ich habe bezüglich der Fleischeslust keine Vorurteile. Ich habe zu viele eigene Erfahrungen gemacht. Da es jedoch keinen königlichen Prinzen und somit keinen König in dieser Generation mehr geben wird, ist es wichtig, daß Otto so früh wie möglich heiratet und sobald wie möglich Kinder zeugt.«

»Ich werde nicht versagen, Hoheit. Jedoch …« Er zögerte.

»Sprecht.«

»Ihr werdet es zu schätzen wissen, Hoheit, daß ich es als meine Hauptaufgabe betrachte, den König von den Vorgängen am Hofe fernzuhalten.«

»Das schätze ich, und ich sagte schon, daß ich Euch dankbar bin.«

»Deshalb mußte ich die Kaiserinwitwe gegenüber ihrem

Sohn als die großartigste, keuscheste und christlichste Frau preisen.«

»Ich verstehe. Wenn Otto das Mannesalter erreicht hat, wird er zweifellos in der Lage sein, es selbst zu beurteilen.«

»Ich bin ganz sicher, Hoheit, jedoch ...« Wieder zögerte er.

»Ja?«

»Wenn Ihre Hoheit in den Augen ihres Sohnes die großartigste und beste Frau der Welt sein soll, folgt daraus, daß ihr Beichtvater, der nun auch ihr Kanzler und natürlich der Beichtvater des Königs ist, ebenfalls der großartigste und beste Mann der Welt sein muß.«

Er machte wieder eine Pause und starrte mich an. Auch ich starrte ihn an. Mit diesem Problem hatte ich mich nie beschäftigt. »Wollt Ihr damit sagen, daß mein Enkelsohn Philagathos als großartigen Mann betrachtet?«

»König Otto verehrt die Erde, auf der Philagathos schreitet, Hoheit.«

»Und Ihr habt ihn dazu ermuntert?«

»Hoheit, ich wußte nicht, wie ich sonst mit der Sache hätte umgehen können.«

Das war nicht zu widerlegen. Ich konnte nur hoffen, daß Otto auch in diesem Punkt fähig sein würde, sich sein eigenes Urteil zu bilden, sobald er das Mannesalter erreicht hatte.

☆

Während meines kurzen Aufenthalts in Magdeburg versuchte ich natürlich auch, meine beiden Enkeltöchter, Adelheid und Sophie, die nun beide hübsche junge Mädchen waren, besser kennenzulernen. Ich besuchte auch die Kinder von Otto, dem Herzog von Carinthia, den ich während der sogenannten friedlichen Herrschaftsjahre von Otto dem Großen wie meinen eigenen Sohn erzogen hatte. Otto selbst war ein großartiger Mensch, der sich zärtlich an die fernen Tage erinnerte. Von seinen drei Söhnen war der älteste, Heinrich, sein Nachfolger, aber leider kränklich. Brun, der zweitälteste, ein junger Mann von sechzehn Jahren, sah ausgesprochen gut aus. Er hatte das Aussehen unserer Familie geerbt, und wenn in seinen Adern auch nicht mein Blut floß, so war er der Urenkelsohn von Otto dem Großen und Edith. Ich vermutete, daß er Priester werden sollte, wie ich es tatsächlich vor einigen Jahren empfohlen hatte. Der dritte Sohn, Konrad, war zu jener Zeit noch ein kleiner Schelm.

☆

Ich versuchte auch herauszufinden, ob und was in Bayern vor sich ging. Es konnte Herzog Heinrich unmöglich entgangen sein, daß das Königtum, das er begehrte, durch eine unverantwortliche Führung heruntergekommen war. Doch aus dem Südosten war nichts zu hören. Entweder hielt der Herzog sich strikt an seinen Treueschwur – was ich schwerlich glauben konnte –, oder er wartete auf den rechten Augenblick, bis der unvermeidliche Zusammenbruch kam, um dann die Scherben aufzulesen.

Auch das beunruhigte mich.

☆

Schließlich führte ich ein Gespräch mit dem Erzbischof Willigis. Ehrlich gesagt hatte ich die Regentschaft Italiens auch zum Teil übernommen, um der ständigen Zensur dieses ein wenig strengen Mannes zu entgehen, und weil ich außerdem das Gefühl hatte, daß Theophano die Zügel sozusagen nicht ganz entgleiten konnten, wenn er immer in der Nähe war. Aber er hatte sich als sehr schwacher Mann erwiesen. »Ihr könnt nicht behaupten, nichts davon zu wissen, was im königlichen Schlafgemach vor sich geht«, sagte ich.

Er seufzte und ließ den Kopf hängen. »Ihre Hoheit geht ihren eigenen Weg.«

»Könnt Ihr nichts dagegen tun? Ihr seid das Oberhaupt der deutschen Kirche. Dieser Flegel Philagathos untergräbt Eure Autorität.«

»Ich fürchte, rechtlich gesehen tut er das gar nicht. In erster Linie ist er Bischof, und zwar von der Kaiserinwitwe ernannt.«

»Er muß in der Öffentlichkeit schlecht gemacht werden.«

»Das ist nicht möglich, Hoheit, wenn keine unanfechtbaren Beweise für schwere Missetaten vorliegen.«

»Wie viele Beweise braucht Ihr denn noch?«

»Was ich brauche, sind eidliche Aussagen und keine Gerüchte, Hoheit. Glaubt Ihr, die Kaiserinwitwe würde ihren eigenen Liebhaber anschwärzen? Oder daß irgendeine ihrer Kreaturen das wagen würde? Und noch wichtiger ist, daß wir Zwietracht hervorrufen würden, wenn wir etwas gegen Philagathos unternähmen. Im Land herrscht Frieden.«

»Ihr wollt also damit sagen, daß jeder unbedeutende Herzog oder Graf tut, was er für richtig hält, ohne sich nach den Ordern des Königs zu richten oder ihn zu fürchten.«

»Das ist eine Form von Frieden, Hoheit. Zumindest tragen sie ihre Feindseligkeiten nicht offen aus. Wir müssen unser Vertrauen in den König setzen und warten, bis er das Mannesalter erreicht hat.«

»Der König«, sagte ich betrübt, »betrachtet den Bischof von Piacenza als den großartigsten Mann auf Erden.«

☆

Wie man sich gut vorstellen kann, kehrte ich mit sehr gemischten Gefühlen nach Pisa zurück. Erstens war mein Plan gescheitert, deutsche Soldaten zu rekrutieren. Ich konnte also immer noch nichts gegen Crescentius und Rom unternehmen. Zweitens war ich entsetzt über die Affären Theophanos und ihres Liebhabers. Doch auch hier konnte ich nichts tun, wenn ich den Kaiserhof nicht vollkommen spalten wollte. Aber ich hatte auch einen Hoffnungsfunken: Ich hatte das Gefühl, daß in den Händen Otto III., der von einem Mann wie Gerbert von Aurillac erzogen wurde, die Zukunft des Reiches möglicherweise gesichert war.

Also reiste ich heim in meine eigene kleine Hauptstadt. Doch was sollte ich hier? Es schien mir nichts anderes übrig zu bleiben, als in Würde alt zu werden, die Gesellschaft und die Dienste von Judith, Elisabeth und ihrem Lambert zu genießen, ab und zu mit dem Gedanken zu spielen, Pandulf zu besuchen oder ihn zu empfangen, es aber niemals wirklich zu tun. Ich bat vergebens um einen Besuch des Königs, denn ich hoffte, meinen Teil dazu beitragen zu können, sein Wesen zu beeinflussen. Wie ich nicht anders erwartet hatte, vereitelte Theophano dies, denn sie erlaubte ihrem Sohn nicht, sich aus ihrem Bannkreis zu entfernen und sich in die Einflußsphäre seiner Großmutter zu begeben.

Deshalb wartete ich und stellte mich darauf ein, daß das nächste große Ereignis meines Lebens mein eigener Tod sein würde. Doch dann geschah etwas Ungeheuerliches. Anfang 991 preschte ein Reiter über die schneebedeckten Alpen und überfiel mich, als ich auf dem Balkon meines sonnigen Palasts in Pisa saß. »Hoheit«, stammelte der Bursche. »Hoheit! Die Kaiserinwitwe Theophano ist tot.«

14

Tage des Ruhms

Es verschlug mir die Sprache. Ich feierte gerade – wenn man das Wort in diesem Zusammenhang überhaupt benutzen kann – meinen sechzigsten Geburtstag. Theophano war zweiunddreißig! »Wie ist das passiert?« Ich dachte natürlich sofort an die Möglichkeit eines Giftanschlags, obwohl es unwahrscheinlich schien, da Theophano nur von Schmeichlern umgeben war. Aber … ein eifersüchtiger Liebhaber?

»Die Kaiserinwitwe hat einen Herzanfall erlitten, Hoheit, und ist erstickt.«

Ja, dachte ich, ein passendes Ende. Zweifellos hatte sie zu dem Zeitpunkt das Glied eines Mannes im Mund. Ich weiß, daß es unangebracht ist, schlecht über eine Tote zu denken, aber es gibt einige Leute, über die gut zu denken sehr schwer ist. Als ich Theophano kennenlernte, fand ich sie ausgesprochen reizend. Ich hatte davon geträumt, sie nach meinem Ebenbild zu formen, aber ich hatte ihr vererbtes Wesen gänzlich unterschätzt. Das verderbte Byzanz hatte sie schon zu sehr geprägt, und es war ihr nicht mehr möglich gewesen, sich davon zu befreien. Soweit ich wußte, hatte sie es auch nie versucht.

Was nun …? Mir war sofort bewußt, was ich alles zu tun hatte, wenn ich mir auch nicht gleich über das Ausmaß der Verantwortung und der Macht im klaren war, die nun mir gehörten. Die Kaiserinwitwe war tot. Der König hatte noch nicht das Alter erreicht, um regieren zu können. Doch noch gab es eine weitere Kaiserinwitwe.

»Wie geht es dem König?« fragte ich.

»Der Kummer hat ihn niedergeworfen, Hoheit, wie auch den Bischof von Piacenza.« Ganz sicher, dachte ich. »Aber ich habe eine Botschaft von Gerbert von Aurillac für Euch, Hoheit.«

»Sprecht.«

»Ich soll Euch einfach sagen, daß nun alles Euch gehöre.«

Hatte ich nicht, ohne es zu wissen, mein ganzes Leben auf diesen Moment gewartet? Ich klatschte in die Hände, um Judith und Lambert herbeizurufen. »Wir reisen nach Magdeburg und brechen sofort auf!«

☆

Es kostete uns einige Zeit, die Alpen zu überqueren, und Theophano war längst zur letzten Ruhe gebettet worden, als wir unser Ziel erreichten. Sie wurde in Aachen an der Seite ihres Gatten beigesetzt. Aber das ganze Land trauerte noch um das so schöne Mädchen – denn ihre Schönheit war eigentlich alles, woran die meisten Leute sich erinnerten.

Ehe wir Pisa verließen, hatte ich Boten nach Konstantinopel geschickt, um Kaiser Basileios über den Tod seiner Schwester zu unterrichten und ihm zu versichern, daß man ihr sämtliche Ehren, die ihr hoher Rang mit sich bringe, auch nach dem Tod zukommen ließe. Er antwortete nie.

Schließlich erreichte ich Magdeburg. Wieder begrüßten mich Menschenmengen und jubelten mir zu. Ich wußte nicht, was die guten Sachsen über die Bettgeschichten ihrer Kaiserin wußten, aber sie wußten sicherlich, daß das Reich wieder von strenger Hand regiert wurde, auch wenn es die strenge Hand einer alten Frau war. Die Tore der Festung wurden mir geöffnet und die übliche Leibwache, die den Affen Widerstand leistete, begleitete mein Gefolge. »Bringt diese Tiere weg«, sagte ich. »Alle.«

Sie schauten mich mißtrauisch an. »Wollt Ihr, daß sie getötet werden, Hoheit?«

»Ich werde keinem Lebewesen bewußt Schaden zufügen, wenn es nicht unbedingt nötig ist. Es gibt bestimmt irgendwo einen sicheren Park, wo sie sich frei bewegen können, ohne Menschenleben zu gefährden.«

Ich betrat die Festung und wurde von Dienern und Höflingen begrüßt, die sich verneigten, und von Gerbert, der mir die Hand küßte. »Gott sei Dank, daß Ihr hier seid, Hoheit. Es hat so viel Gerede und Gerüchte gegeben …«

»Damit ist jetzt Schluß. Wo ist der König?«

»In seinen Gemächern, Hoheit. Er ist sehr niedergeschlagen.«

Ich eilte sofort zu ihm und war überrascht, als die Türen für mich geöffnet wurden und ich Philagathos sah, der neben Otto saß und die Hand des Jungen hielt.

Seine Mutter war vor mehr als einem Monat gestorben! Beide erhoben sich, als ich eintrat. »Großmutter!« rief Otto, rannte auf mich zu und vergrub das Gesicht in meinen Armen.

Das zumindest erfreute mich. »Laßt uns allein«, sagte ich zu Philagathos.

»Aber Hoheit! Der König besteht darauf, daß ich immer bei ihm bin.«

»Das war vor meiner Ankunft. Ich habe gesagt, daß Ihr uns verlassen sollt.« Er zögerte, verneigte sich dann und verließ das Gemach.

Otto hob den Kopf. »Ihr mögt Giovanni nicht?«

»Nein.«

»Mutter hat viel von ihm gehalten.«

»Sicher. Wir alle haben unterschiedliche Meinungen über unterschiedliche Leute. Komm her, setz dich hin und hör mir zu. Mir wurde gesagt, daß du seit der Beisetzung deiner Mutter nicht mehr in der Öffentlichkeit warst.«

»Ich möchte niemand sehen.«

»Aber alle möchten dich sehen. Du bist der König von Deutschland und wirst bald Kaiser sein. Kummer muß eine Privatangelegenheit bleiben.«

»Aber wer wird für mich regieren, Großmutter? Mutter sagte immer, daß die Magnaten niemals einem Jungen gehorchen werden. Und Cousin Heinrich …«

»Überlaß Cousin Heinrich mir – und die Magnaten auch. Ich werde für dich regieren, Otto, bis du selbst es kannst.«

»Ihr, Großmutter?«

Ich begriff, daß man ihm nicht genug über mein bewegtes Leben berichtet hatte. Ich lächelte. »Das habe ich schon einmal getan. Gefällt dir der Gedanke nicht?«

»Oh, Großmutter«, sagte er. »Er gefällt mir sehr.«

☆

Ich zweifelte nicht daran, daß es sehr viele Leute gab – in Italien ebenso wie in Deutschland –, die der Meinung waren, daß eine sechzigjährige Großmutter nicht in der Lage sein würde, mit einem so großen Reich fertig zu werden. Aber es war nicht das erste Mal, und ich wußte, welche Probleme auf mich zukamen. Ich wußte ebenfalls, wie ich mit diesen Problemen umgehen mußte, wenn man mich auch ob meiner Handlungsweise als Tyrannin hätte bezeichnen können. Als ich Otto verließ, wechselte ich ein paar Worte mit Gerbert, der mich über die bestehende politische und finanzielle Situation aufklärte, die in der Tat ziemlich trostlos war. »Die Kasse ist fast leer«, sagte er.

»Die Wiederherstellung der kaiserlichen Finanzen steht ganz oben auf der Liste der Dinge, die getan werden müssen … eine Zeitlang höhere Steuern und eine außerordentliche Kürzung der Ausgaben.«

Er warf mir einen verzweifelten Blick zu. »Ich weiß nicht, wie die Magnaten ein solches Programm aufnehmen werden, Hoheit. Es gibt von allen Seiten Gerüchte über Aufstände von Männern, welche die Regentschaft an sich reißen wollen.«

»Das ist nichts Neues. Erinnert Ihr Euch an Otto den Großen, Gerbert?«

»Er ist ein Mann, den man nicht vergißt, Hoheit.«

»Er brachte mir alles bei, was ich über Staatskunst und

Politik weiß. Denkt einfach, er stünde hier und hätte sich in meinen Körper geschlichen.« Wäre das doch nur möglich gewesen!

»Otto der Große hätte sie schon zur Vernunft gebracht«, bemerkte Gerbert.

»Ganz recht«, pflichtete ich ihm bei.

☆

Ich ließ den Erzbischof zu mir kommen. »Ich beabsichtige, die Regentschaft allein fortzusetzen, Eminenz. Habt Ihr irgendwelche Einwände?«

»Wir alle werden dankbar sein, Hoheit.«

»Dann werdet Ihr mich im Rat und auf der Kanzel unterstützen?«

»Voll und ganz.«

»Es wird notwendig sein, von Zeit zu Zeit außergewöhnliche Maßnahmen zu ergreifen.«

Er verneigte sich. »Die deutsche Kirche wird Euch unterstützen, Hoheit.«

Es entging mir nicht, daß er das Wort *deutsch* betonte. Willigis konnte nicht für Rom sprechen. Papst Johannes würde sich zu gegebener Zeit damit befassen müssen. Ich zweifelte nicht daran, daß er mich unterstützen wollte. Ob es ihm möglich war, stand auf einem anderen Blatt.

»Wollt Ihr die Magnaten zu Euch bestellen, Hoheit«, fragte der Erzbischof, »und sie mit Eurer Entscheidung bekannt machen?«

»Nein, ich werde sie einzeln empfangen. Macht mir eine Liste von allen, die von Bedeutung sind, und dann bestellt sie einzeln her. Die Bekanntgabe meiner Regentschaft kann am Sonntag von der Kanzel an das Volk erfolgen.«

☆

Ganz oben auf der Liste der Personen, die ich sprechen mußte, stand natürlich Cousin Heinrich. Er war schon von München nach Magdeburg geeilt, aber er wußte nicht, daß ich die Herrschaft übernommen hatte, und er witterte nach Theophanos Tod Morgenluft. Sein Gesichtsausdruck spottete jeder Beschreibung, als er schließlich vor mir stand. Ich hatte ihn über eine Woche warten lassen, um ein halbes Dutzend Herzöge und Grafen zu befragen, die über etwas weniger Macht als Heinrich verfügten, und mir ihr Treuegelöbnis zu sichern. Unter ihnen befand sich Otto von Carinthia, von dem ich wußte, daß ich mich voll und ganz auf ihn verlassen konnte.

Heinrich faßte sich jedoch schnell. »Herr.« Er verneigte sich vor König Otto, der an meiner Seite saß. »Hoheit.« Er verneigte sich auch vor mir. »Es sieht so aus, als würden wir uns nur in dramatischen Zeiten treffen.«

»Leider ja. Ich zweifele nicht daran, daß Ihr über meine Entscheidung Bescheid wißt.«

»Ja, Hoheit.«

»Und ich hoffe, daß Ihr sie anerkennt.«

»Habe ich eine Wahl?«

»Ganz und gar nicht, Herzog.«

»Und trotzdem möchte ich um der Rechtmäßigkeit willen aus dem Munde des Königs hören, daß er Euch ausgewählt hat, Hoheit.«

Dieser Frechdachs!

Aber ich brauchte mir keine Sorgen zu machen. »Meine Großmutter hat mein vollstes Vertrauen, Cousin«, sagte Otto mit seiner hohen, klaren Stimme.

»Ich hoffe, Ihr seid zufrieden, Herzog?« fragte ich.

Heinrich verneigte sich. Sein Gesicht war dunkelrot vor Zorn. »Voll und ganz, Hoheit.«

»Ich möchte Euch warnen, daß ich streng über alle Unruhen oder Gerüchte über Unruhen wachen werde, die aus Bayern kommen.«

Wieder verneigte er sich. »Darf ich fragen, wie lange Ihr beabsichtigt, Regentin zu bleiben, Hoheit?«

Meine Hand lag noch auf der Ottos. »Bis der König selbst herrschen kann.«

☆

Ich war mir der ungeheuren Arbeit bewußt, die erforderlich war, das Reich nicht nur zu erhalten, sondern es auch zu der Macht und dem Ansehen zurückzuführen, die es unter Otto dem Großen genossen hatte. Abgesehen von der geldlichen Situation, die wir Theophanos und Philagathos' lasterhaftem Lebenswandel zu verdanken hatten, war die Liste von Feinden oder möglichen Feinden ellenlang.

Die Wenden kehrten sofort wieder aufs Schlachtfeld zurück – oder hatten sie es nie verlassen? Ich schickte Lambert mit den Soldaten, die er ausheben konnte, gegen sie in den Krieg. Es wurde Zeit, daß der Bursche sich bewies. Die Böhmen waren eine Plage, verbrachten aber mehr Zeit damit, sich selbst zu bekämpfen, als sich gegen meine Herrschaft aufzulehnen. Die Venezianer und Sarazenen blieben ungestraft für das Unglück, das sie meinem Sohn zugefügt hatten. Mich um sie zu kümmern stand im Moment jedoch ganz unten auf meiner Liste der vordringlichen Angelegenheiten. Pandulf kämpfte noch gegen seine Brüder, aber zumindest hielt er uns auf diese Weise die machtbesessenen Byzantiner vom Hals.

Die Byzantiner gingen mir nicht aus dem Kopf. Ich war beunruhigt über die strikte Weigerung des Kaisers Basileios, auch nur unsere Existenz anzuerkennen. Das schien mir ein schlechtes Omen zu sein.

Und mit Rom und Crescentius mußte ich mich auch noch befassen.

☆

Meine Hauptsorge waren im Moment Otto und seine Beziehung zu Philagathos. Dem mußte ein Ende gesetzt werden. Aber wie? Ich war mir sehr wohl bewußt, daß die problemlose Übernahme der Regentschaft und meine allgemeine Anerkennung – sogar die Heinrichs von Bayern – sich schlicht auf die Tatsache stützten, daß der König es so wünschte. Sich mit Otto zu entzweien hätte eine Katastrophe heraufbeschworen. Und er betete Philagathos weiterhin so sehr an, daß ich mir des Jungen nicht sicher sein konnte. Vielleicht würde er die Partei des Bischofs ergreifen und mich der Verleumdung bezichtigen – was Philagathos sicher tun würde –, falls ich Otto die Wahrheit über seinen Beichtvater sagte.

Natürlich dachte ich oft über dieses Problem nach – dann aber schien die Lösung ganz einfach zu sein. Mich beunruhigte natürlich in erster Linie die Wirkung, die Philagathos auf das Wesen des Königs haben könnte. In bezug auf Ottos Erziehung war ich zuversichtlich, da sie größtenteils in den Händen von Gerbert gelegen hatte. Aber Gerbert war nicht immer bei ihm, und außerhalb der sogenannten Schulstunden war der König den Intrigen Theophanos und ihres Liebhabers ausgesetzt gewesen. Ich wußte, daß Theophano genug Verstand besessen hatte, um zu verhindern, daß ihr Sohn etwas darüber erfuhr, was in ihrem Schlafgemach vor sich ging. Tatsache war jedoch, daß der Junge mütterlicherseits von den Byzantinern abstammte, und deshalb mußte ich davon ausgehen, daß diese Ruhelosigkeit ihm irgendwie im Blut lag, auch wenn sie noch nicht offen zu Tage getreten war.

Dieser Gedanke war an sich schon ein wenig beunruhigend. Im Jahr nach dem Tod seiner Mutter wurde Otto zwölf Jahre alt. Er war schon groß und stark und neigte dazu, Urteile abzugeben, und wenn er mir auch noch immer die anstehenden Entscheidungen überließ, so wußten Willigis und ich, daß in einem Jahr bekanntgegeben werden mußte, daß Otto das Alter erreicht hatte, selbst zu herrschen. Seine Interessen blieben jedoch in gewisser Weise seltsam einseitig. Er mochte die Kriegskunst und erwies sich auf diesem Gebiet als tüchtig. Von einem König und zukünftigen Kaiser, der sein Heer sicher früher oder später in die Schlacht führte, mußte man das erwarten. Seine Fechtkunst wurde allgemein bewundert; er saß sicher im Sattel und schoß sehr gut mit Pfeil und Bogen. Als Lambert von seinem Feldzug gegen die Wenden siegreich zurückkehrte, erhob ich ihn in den Stand eines Grafen und übertrug ihm die Aufgabe, den König in der Kriegskunst zu unterweisen. Auf meinen Vorschlag hin machte er Elisabeth schließlich zu einer ehrbaren Gattin. Sie war mittlerweile eine dralle Matrone von vierzig Jahren, hatte sich ihr gutes Aussehen jedoch größtenteils bewahrt.

Vor allem die Einstellung meines Enkelsohnes zu seinem Rang gefiel mir, auch wenn er an außergewöhnlicher Selbstüberhebung zu leiden schien. Das war nicht verwunderlich; schließlich war er der Sohn eines Kaisers und der Enkelsohn eines anderen Kaisers. Seine Einschätzung seiner selbst, dazu bestimmt zu sein, der mächtigste Mann der Welt zu werden, offenbarte im Gegensatz zu seinem Vater jedenfalls nicht den unangenehmen Beigeschmack der Willkür; so hätte Otto nie den Wunsch gehabt, hilflose Frauen zu schikanieren. Aber hier lag auch das Problem. Als er zwölf Jahre alt war, sah es nicht so aus, als ob er überhaupt etwas mit Frauen zu tun haben wollte, von seiner Großmutter einmal abgesehen. Andererseits erinnerte ich mich gut daran, wie ich seinen Vater in den Genuß der Sinnenfreuden hatte einführen müssen. Elisabeths Anwesenheit reichte aus, um mir dies ins Gedächtnis zu rufen. Ich hatte keine Eile, diese Sache zu wiederholen, und vielleicht war es ganz richtig, daß er sich noch nicht für die Beziehungen zwischen den Geschlechtern interessierte. In jeder anderen Hinsicht war er fast erwachsen.

Mir drängte sich die Frage auf, ob Philagathos nicht auch auf diesem Gebiet einen ungesunden Einfluß auf den Jungen ausgeübt hatte. Oder konnte es möglicherweise sogar Gerbert gewesen sein?

Die Einstellung des Jungen zur Religion machte mir noch mehr Sorgen. Gerbert hatte ihn – was ganz richtig war – auf diesem Gebiet ebenso wie auf allen anderen unterwiesen. Die Folgen waren nicht vorherzusehen. Otto glaubte zweifellos, der größte Mann der Welt zu sein, weil er der größte Kaiser der Welt und sicherlich der größte Feldherr der Welt würde. Doch nun offenbarte Otto, daß er sich in der Welt des Glaubens ebenfalls für den bedeutendsten Mann hielt. Angesichts der Probleme, die ich mein Leben lang mit dekadenten Päpsten und Gegenpäpsten gehabt hatte – und meiner derzeit ungewissen Beziehung zu Papst Johannes –, war dies schwerlich ein Verhalten, das ich schlichtweg verdammen konnte. Offensichtlich hatte das zum Teil mit dem Nahen der Jahrtausendwende und den zahlreichen schrecklichen Warnungen zu tun, die von Laien und Priestern verbreitet wurden, die vorgaben, die Zukunft und vor allem einen letzten Kampf zwischen Gut und Böse vorherzusehen. Otto schien keine Zweifel zu haben, daß er persönlich jede weltweite Katastrophe überleben und sich als Gottes rechte Hand auf Erden erweisen würde.

Ich fand dies ein wenig beunruhigend. Otto der Große hatte das Papsttum mit eiserner Hand beherrscht, aber er hatte nie versucht, das Amt selbst zu besetzen. Otto II. war verstorben, ehe sein starker Glaube oder seine Charakterzüge richtig entwickelt waren. Mein Enkelsohn hingegen fing im Alter von zwölf Jahren an, sich selbst als Gottes höchsten Vertreter auf Erden und Herrn der Christenwelt zu bezeichnen – und dies, ehe er zum Kaiser gekrönt worden war! In seinem Eifer bestimmte er, daß seine beiden Schwestern Nonnen werden sollten. Ich konnte keinen Einspruch erheben, besonders da keines der beiden Mädchen irgendeinen Widerwillen zeigte, ein Leben im Kloster zu führen. Außerdem gab es zwingende politische Gründe für diese

Entscheidung. Hätten beide Prinzessinnen geheiratet und Kinder bekommen, hätte dies in der Zukunft voraussichtlich zu ähnlichen Zwistigkeiten innerhalb des Kaiserhauses geführt, die mein Gatte, Otto der Große, mit seinem Bruder Heinrich und seinem Halbbruder Thankmar ausgefochten hatte. In diesem Punkt dachte mein zwölfjähriger Enkel wie ein Erwachsener und ein Staatsmann – aber damit waren wir wieder beim ersten Problem.

☆

Wie ich schon sagte, entschied ich mich dagegen, die gleichen Taktiken wie bei Otto II. einzusetzen, um Otto III. die Ehe schmackhaft zu machen. Einerseits fürchtete ich mich merkwürdigerweise mehr vor einer ablehnenden Haltung meines Enkelsohnes, als dies bei meinem Sohn der Fall war. Andererseits stand mein Gatte mir diesmal nicht zur Seite. Ausschlaggebend aber war mein Gefühl, daß ich den Einfluß auf den Verstand und den Charakter meines Sohnes, Otto II., verloren hatte, nachdem Elisabeth seine Mätresse geworden war. Auf jeden Fall war es auch ein wenig zu früh, einem Zwölfjährigen, selbst wenn er der König war, eine Mätresse aufzudrängen.

Eines Tages aber *mußte* er heiraten, und wenn die Aufgabe, eine Braut zu finden und ins Land zu holen, so lange Zeit in Anspruch nehmen würde, wie es bei Theophano der Fall war, mußte die Sache so früh wie möglich in Angriff genommen werden. Ich führte kurz nach Ottos zwölftem Geburtstag ein offenes Gespräch mit ihm und war wie immer erfreut und erleichtert darüber, daß er wie ein Erwachsener mit dem Thema umging. »Ich bin mir meiner Verantwortung bewußt, Großmutter. Natürlich muß ich heiraten und einen Sohn bekommen, um die Dynastie zu erhalten.« Er lächelte. »Wenn ich es nicht tue, wird das Reich Cousin Heinrich zufallen, nicht wahr?«

»Diese Möglichkeit dürfen wir gar nicht in Erwägung ziehen.«

»Auf gar keinen Fall. Und in welchem Alter sollte ich Eurer Meinung nach heiraten?«

»Am besten mit sechzehn Jahren.« Das wäre sein potentestes und romantischstes Alter.

»Und Ihr habt sicher schon eine Braut für mich gefunden?«

»Nein. Möchtest du dir nicht selbst eine aussuchen?«

»Ich wüßte nicht, wie ich da vorgehen sollte. Sucht man sich eine Frau um ihrer Schönheit oder ihrer Gesellschaft willen aus? Oder wegen ihres Verstandes? Oder einfach aufgrund ihrer wichtigsten Aufgabe, ihrer Fruchtbarkeit?«

Sprach da ein zwölfjähriger Junge?

»Am besten sucht man sich eine Frau, die alle diese Eigenschaften in sich vereinigt«, sagte ich.

»Eine Frau, wie sie Vater in Mutter und Großvater in Euch fand.«

»Oh ... ja.« Ich fühlte mich verpflichtet, dies zu bejahen.

»Ihr habt Mutter doch für Vater ausgesucht, nicht wahr, Großmutter?«

»Ja, das stimmt.«

»Dann werdet Ihr auch für mich eine Frau suchen. Da ich erst in vier Jahren heirate, ist dafür noch Zeit genug.«

Ich hatte alles erreicht, was ich wollte. Ich mußte meinen Sieg nur nutzen »Vier Jahre sind nicht sehr lang, um nach einer Braut Ausschau zu halten und die Vermählung zu beschließen. Ich mußte länger als vier Jahre Verhandlungen führen, bis deine Mutter schließlich im Bett deines Vaters lag. Mit deiner Erlaubnis werde ich gleich mit der Suche beginnen.«

»Natürlich, Großmutter. Wo werdet Ihr suchen?«

»Da du Kaiser des Heiligen Römischen Reiches sein wirst, möchte ich mich zuerst wieder an die Familie des einzigen anderen Kaisers wenden, den es gibt.« Wie üblich übersah ich die Chinesen vollkommen. Manch einer mag annehmen, daß ich meinen Verstand verloren hatte, wieder eine byzantinische Braut zu suchen, besonders da die Beziehungen zu Basileios zu allen Zeiten sehr schlecht waren. Aber ebenso wie bei der Herrschaft des Reiches muß man Probleme dann lösen, wenn sie sich stellen. Diesmal wäre ich auf alle Laster vorbereitet, die das Mädchen haben könnte, und wäre mir über die Notwendigkeit, sie umzuerziehen, vollkommen im klaren. Ich würde sie in Gerberts Obhut geben.

Außerdem war es für Otto nicht nur notwendig, auf höchstem Niveau zu heiraten – ich wollte auch nicht, daß es aufgrund einer Eheschließung mit einer Tochter unseres deutschen oder italienischen oder sogar französischen Adels, was Gott verhüten möge, zu Verwicklungen kommen könnte. Ich hätte meinen Blick nach England lenken können, wie der Vater von Otto dem Großen es getan hatte, einfach weil England an der kontinentalen Politik nicht interessiert war. Das Inselkönigreich befand sich jedoch unter der Herrschaft einer wandelnden Katastrophe namens Ethelred in einem solch chaotischen Zustand, daß ich keine Zukunft darin sah, in diesen Morast zu springen. Otto war natürlich entzückt. »Eine zweite Mama!« rief er. »Das würde mir gefallen. Aber ... ich glaube nicht, daß Onkel Basileios uns mag.«

»Er mochte uns auch nicht besonders, als er damals zustimmte, uns Theophano zu schicken. Staatsangelegenheiten haben gewöhnlich den Vorrang vor persönlichen Gefühlen. Alles, was wir brauchen, ist ein geeigneter Botschafter, der die Verhandlungen führt.« Ich hielt inne, damit er darüber nachdenken konnte, denn dies war der springende Punkt meines Plans. »Er muß ein höchst geachteter Mann sein, ein Diplomat ebenso wie ein Politiker, jemand, der voll und ganz dein Vertrauen genießt – und ein Mann, der begreift, was du von einer Frau erwartest.« Wenn ich will, kann ich genauso hinterlistig sein wie jeder andere. Ich seufzte. »Die Verhandlungen für die Hochzeit deines Vaters und deiner Mutter wurden von Herzog Pandulf Eisenkopf geführt, einem Mann, den dein Großvater und ich sehr schätzten. Aber Pandulf ist leider tot. Daher fällt mir nur ein Mann ein, der das Format und die Fähigkeit hat, eine so wichtige Mission durchzuführen: der Bischof von Piacenza.«

»Onkel Giovanni?« rief Otto. »Ihr wollt ihn wegschicken?«

»Nur für kurze Zeit. Er ist der Mann, der mit deiner Braut zurückkehrt.«

»Aber was soll ich ohne ihn machen?«

»Du hast mich«, sagte ich, »und Gerbert.«

☆

Philagathos war entsetzt. »Ihr verbannt mich?«

»Aber, aber, Philagathos. Ich ehre Euch, indem ich Euch eine Mission anvertraue, die für den König von größter Bedeutung ist.«

»Ihr haßt mich«, murmelte er.

Ich wollte ihn nicht belügen. »Ich habe es nie zugelassen, daß mein Urteil durch persönliche Gefühle beeinflußt wird. Ich biete Euch die Möglichkeit, in der Achtung Seiner Hoheit noch zu steigen.«

»Und wenn ich fort bin, werdet Ihr ihm nichts als Verleumdungen über mich erzählen.«

»Ich wußte gar nicht, daß es möglich ist, Verleumdungen über Euch zu äußern, Philagathos. Ich gebe Euch jedoch mein Wort, daß ich dem König nichts über Eure Beziehung zur Kaiserinwitwe enthüllen werde. Zufrieden?«

Das wirkte. Aber er hatte noch andere Dinge auf dem Herzen. »Wißt Ihr, wie diese Prinzessin heißt, die ich suchen soll?«

Ich zuckte die Schultern. »Es soll eine byzantinische Prinzessin sein, die dem Kaiser Basileios so nahe wie möglich steht. Theophano hatte eine Schwester, die einige Jahre jünger war als sie, wenn ich mich recht erinnere.«

»Anna«, sagte er. »Aber Ihr könnt doch unmöglich daran denken, den König mit seiner Tante zu verheiraten. Außerdem wurde sie kürzlich mit dem russischen Zaren Wladimir verheiratet.«

»Das arme Kind.« Ich wußte nicht viel über diesen Wladimir, außer daß er sich am Hofe Hunderte von Konkubinen hielt und daß ihm nachgesagt wurde, mit eigenen Händen Menschenopfer darzubringen. Aber es wäre nicht das erste Mal gewesen, daß ein König seine Tante heiratete.

»Für die Eheschließung war es Bedingung, daß der Zar zum christlichen Glauben konvertierte«, sagte Philagathos. »Und er soll es getan haben.«

»Es muß noch eine andere geben.«

»Der jüngere Bruder des Kaisers Konstantin, der übrigens zum Mitkaiser gekrönt wurde, hat zwei Töchter. Die älteste heißt Zoe und die jüngere Theodora.«

»Unglaublich, was Ihr alles wißt, Philagathos. Das ist großartig.«

»Sie sind beide noch Säuglinge, Hoheit.«

»Um so besser. Bemühen wir uns um diese Zoe. Wir möchten, daß sie so früh wie möglich zu uns kommt. Dann werden wir ihre Erziehung übernehmen.«

»Und was soll ich dem Kaiser als Gegenleistung anbieten, Hoheit?«

»Ihr meint abgesehen von der Ehre, wie ihre Tante die Kaiserin des Heiligen Römischen Reiches zu werden? Ewigen Frieden zwischen Rom, Konstantinopel und Aachen.«

☆

Obwohl es ein großartiger Schachzug gewesen wäre, die Hand dieser Prinzessin Zoe zu bekommen, sorgte ich mich nicht wirklich darum, ob diese Mission ein Erfolg wurde oder nicht. Ich hatte mein Ziel erreicht, den König vom Liebhaber seiner Mutter zu trennen, ohne ihn in irgendeiner

Weise zu kränken. Dennoch hielt ich mein Wort, lobte Philagathos weiterhin und verbreitete während seiner Abwesenheit ehrenwerte Lügen über ihn. Ich wußte nicht, daß meine Intrigen im Vergleich zu denen einiger anderer bedeutungslos waren.

Inzwischen fuhr ich fort, Ordnung im Reich herzustellen, so gut ich konnte, während ich auf Ottos Volljährigkeit wartete, die auf seinen vierzehnten Geburtstag im Juli 994 festgelegt worden war. Da ich dann dreiundsechzig sein würde, hatte ich die feste Absicht, mich zu diesem Zeitpunkt ins Privatleben zurückzuziehen und auf die Jahrhundertwende zu warten; vorher hatte ich meiner Meinung nach nichts zu befürchten. Doch meine Hoffnungen waren vergebens. Ich hatte in Deutschland alles fest in der Hand, war aber weiterhin beunruhigt über die Berichte, die aus Rom kamen, denn es sah so aus, als wären sich Papst Johannes und Crescentius nicht einig. Ich fühlte mich zu alt, um eine Reise in den Süden zu unternehmen, um die beiden zur Vernunft zu bringen oder mich an ihnen zu rächen. Daher sprach ich über diese Angelegenheit mit Otto, Gerbert und Ottos Kaplan, seinem Cousin Brun, der nun geweihter Priester und ein energischer junger Mann von zwanzig Jahren war. Mir wurde ganz warm ums Herz, als ich sah, wie eng die beiden jungen Cousins sich standen und wie sehr Otto Bruns Meinung schätzte.

Wir kamen gemeinsam zu dem Schluß, die Dinge vorläufig auf sich beruhen zu lassen. Wenn Otto erst einmal selbst regierte, hätten wir allen Grund, die Angelegenheit in Ordnung zu bringen, da es zu dem Zeitpunkt auch erforderlich sein würde, ihn zum Kaiser zu krönen. Ich hoffte, daß bei der Krönung eine Braut an seiner Seite stand.

Dann, eines Tages, kehrte Philagathos unverrichteter Dinge zurück.

☆

Das behauptete er jedenfalls. Er war gewiß beunruhigt – allein schon, weil er sehr kühl begrüßt wurde, noch ehe er uns irgendwelche Nachrichten überbrachte. Aber er war ein Jahr fort gewesen. Otto hatte fast das Mannesalter erreicht, und er hatte in seinem Cousin einen neuen Freund gefunden. »Nun?« fragte er den unglücklichen Bischof. »Wann wird Prinzessin Zoe zu uns kommen?«

»Leider, Hoheit ...«, Philagathos ließ den Kopf hängen, »wurde Eure Bitte abgelehnt.«

»Abgelehnt?«

»Euer Onkel Basileios ist an einer Heirat mit dem sächsischen Geschlecht nicht interessiert, Hoheit. Er wurde fast gewalttätig und schrie, er habe uns seine Schwester geschickt, und sie sei gestorben. Außerdem erklärte er, daß man sie vergiftet habe. Er war äußerst unfreundlich.« Offensichtlich war Philagathos erschüttert. Mir schwante, daß Basileios, der seine Schwester so gut kannte, bestimmt auch über ihre kleinen Eigenarten im Bilde war, und da er mit Sicherheit über Spione in Deutschland verfügte, hatte er Philagathos möglicherweise beschuldigt, das kaiserliche Bett geteilt zu haben.

»Dieser Schurke«, sagte Otto und schaute mich an.

»Der Mensch denkt und Gott lenkt«, sagte ich fromm. »Wir müssen uns woanders umschauen.«

Aber zu meiner großen Freude war Otto wütend. »Ihr habt mich im Stich gelassen!« Er zeigte auf Philagathos.

»Herr, ich habe alles getan, was in meiner Macht ...«

»Ihr habt mich im Stich gelassen!« sagte Otto noch einmal. »Verlaßt meinen Palast! Hier gibt es keinen Platz mehr für Euch!«

Philagathos öffnete den Mund, schloß ihn dann wieder und schaute mich an. Wieder zuckte ich die Achseln. »Ich hatte keinen Zweifel daran, daß Ihr Erfolg haben würdet, und das versprach ich dem König.«

»Hinaus!« schrie Otto. »Hinaus!«

Es war das erste Mal, daß mein Enkelsohn die Beherrschung verlor. Dadurch hätte ich vielleicht einen Vorgeschmack darauf bekommen können, was vor uns lag, aber das geschah nicht. Ich war nur glücklich, daß ich Philagathos von hinten sah, und Otto selbst hatte es so verfügt. Das hätte ich nicht besser planen können. »Was soll aus mir werden, Hoheit?« fragte mich der arme Bursche, als ich ihn hinausgeleitete.

»Nun, am besten, Ihr kehrt nach Piacenza zurück … Wart Ihr überhaupt jemals dort?«

»Ich war dort, um als Bischof eingesetzt zu werden.«

»Und wie lange ist das her? Sechs Jahre? Mein lieber Philagathos, warum kümmert Ihr Euch nicht um Eure Schäfchen und bemüht Euch, so schnell wie möglich in Vergessenheit zu geraten?«

Er verließ Magdeburg noch in derselben Nacht, und ich versuchte, ihn zu vergessen. Aber Menschen, die einst große Macht genossen haben – auch wenn sie nur im Hintergrund agierten –, sind niemals fähig, die Vergangenheit zu vergessen oder das loszulassen, was sie sich als ihre Zukunft ausmalen.

☆

Im nächsten Jahr wurde erklärt, Otto habe das Alter erreicht, die Herrschaft zu übernehmen. »Und noch immer ohne Frau!« tadelte er mich.

Ich hatte mich tatsächlich dem scheinbar Unvermeidlichen gebeugt und – wie ich schon erklärte – widerwillig in den verschiedenen Adelshäusern Westeuropas nach einer Braut gesucht. Schon war ich einer französischen Prinzessin zugeneigt, wenn es auch auf den ersten Blick keine gab, die ich als Schwiegertochter hätte haben wollen. Nun aber, da ich zum letztenmal meine Verantwortung der Macht niederlegte, hoffte ich, mehr Zeit mit meiner Suche verbringen zu können. Ich hatte sogar erwogen, nach Paris zu reisen, um mich mit eigenen Augen davon zu überzeugen, welche Prinzessinnen zur Verfügung standen. Dann aber wiederholte sich die Geschichte, wie es so oft der Fall ist, da die Menschen sich niemals ändern. Aus Rom erhielten wir eine dringende Botschaft von Papst Johannes, der berichtete, er sei aus der Stadt vertrieben worden.

☆

Crescentius war wieder am Werk. Ich hatte beinahe schon vermutet, daß er erledigt sei und der Vergangenheit angehöre, da er sich zehn Jahre lang vollkommen ruhig verhalten hatte. Auch wenn ich ihm den Mord an Sicco und Cäsar – und nicht zu vergessen an Benedikt – nie vergeben hatte und nie vergeben würde, war mein Leben in den vergangenen Jahren so ausgefüllt gewesen, daß ich den Rachegedanken ebenfalls fast aufgegeben hatte. Nun aber ... »Wir werden uns so bald wie möglich darum kümmern«, sagte Otto. Er war erst vierzehn Jahre alt und sprach schon wie sein Großvater. Ich war schrecklich stolz auf ihn. »Ich nehme nicht an, daß Ihr mich begleiten möchtet, Großmutter? Ich weiß, daß Ihr noch eine alte Rechnung mit diesem Schurken zu begleichen habt.«

»Ich würde dich gern begleiten«, sagte ich, »aber ich bezweifle, daß meine alten Knochen die Reise durchhalten. Ich bitte dich nur darum, gerecht und wenn möglich nachsichtig zu sein.«

»Ich werde beides sein, Großmutter.«

»Und nimm dich vor Crescentius in acht.«

Er lächelte. »Ich glaube eher, Crescentius sollte sich vor mir in acht nehmen.«

☆

Er stellte ein Heer auf, setzte Lambert als Befehlshaber ein und marschierte in Begleitung von Brun nach Süden. Gerbert, Elisabeth und ich schauten ihnen nach, bis die wehenden Standarten nicht mehr zu sehen waren. »Gebe Gott, daß er zurückkehrt«, sagte Elisabeth. Ich wußte nicht, ob sie den König oder ihren Gatten meinte, aber ich zweifelte nicht daran, daß beide heimkehren würden.

Mich überraschte jedoch ein wenig, wie die Angelegenheit sich entwickelte. Der arme Johannes war tatsächlich verstorben – offenbar eines natürlichen Todes –, ehe der König ihn erreichen konnte. Doch Otto setzte seinen Marsch auf Rom fort. Crescentius entschloß sich wie immer, wenn er einem Heer gegenüberstand, Zeit zu gewinnen, und wie in der Vergangenheit drängte er seine eigenen Kandidaten für den päpstlichen Thron in den Vordergrund. Otto saß dem Rat natürlich vor und hörte sich die verschiedenen Vorschläge an, und keiner der Anwesenden begriff, daß er seine Entscheidung bereits getroffen hatte. »Es hat in der Ewigen Stadt zuviel Zwietracht gegeben«, verkündete er, als die Besprechung beendet war. »Während der gesamten Herrschaft meines Vaters und Großvaters waren die verfeindeten Gruppen in Rom eine ständige Quelle des Ärgers. Ich habe beschlossen, daß damit nun Schluß sein muß.«

Wie gern wäre ich dort gewesen, um die Gesichter der hochmütigen Adeligen und der nicht weniger hochmütigen Kardinäle zu sehen, an die sich auf diese Weise ein fünfzehnjähriger Junge wandte! »Deshalb ist es meine Absicht«, fuhr Otto fort, »das Papsttum in die Hände meines persönlichen Kaplans und Cousins zu legen, des Fürsten Brun von Carinthia. Fürst Brun wird den Namen Gregor V. tragen.«

☆

Mit dieser Mitteilung brachte Otto die Versammlung schlagartig zum Schweigen. Es war so, als hätte König Otto vor ihren Augen einen Tonkrug in tausend Scherben zerschmettert. Brun wurde in eine einzigartige Position erhoben. Er war der erste Papst, der unmittelbar vom königlichen Geschlecht abstammte, und er war der erste deutsche Papst. Wenn er auch nicht der erste Papst war, der die volle militärische Unterstützung des Reiches genoß, so brauchte er doch nur mit dem Finger zu schnippen, um Unterstützung herbeizurufen. Und er war erst vierundzwanzig Jahre alt!

☆

Dieses Ereignis warf jedoch auch mir Knüppel zwischen die Beine. Als ich von Papst Johannes' Tod erfuhr, wandten meine Gedanken sich dem Mann zu, den ich schon immer gern als Papst gesehen hätte: Gerbert von Aurillac. Aber ehe ich ihm die Sache auch nur unterbreiten konnte, erreichte uns die Nachricht von Bruns Ernennung. Die Cousins hatten ihren Plan ganz sicher im voraus beschlossen. Papst Gregor wurde im Beisein des Königs am 3. Mai 996 geweiht, und als Gegenleistung krönte er Otto am 21. Mai zum Kaiser.

Dies wurde uns in Deutschland sofort mitgeteilt, aber es war mir ganz unmöglich, Rom rechtzeitig zu erreichen, um an den Feierlichkeiten teilzunehmen, selbst wenn ich mich dazu in der Lage gefühlt hätte. Wie jedermann war ich erstaunt über diese aufsehenerregende Entwicklung. Einerseits war ich erfreut, daß mein Enkelsohn und mein Großneffe bewiesen hatten, so eine große Entschlußkraft zu besitzen. Andererseits fürchtete ich mich ein wenig vor der unmittelbaren Zukunft. Selbst Otto der Große wäre niemals so weit gegangen. Dabei hatte auch er einen Bruder gehabt, der Brun hieß und als Erzbischof von Köln und treuer Anhänger des Königs und Kaisers in jeder Hinsicht geeignet gewesen wäre, Papst zu werden. Doch Otto der Große war immer zu sehr darauf bedacht gewesen, sich innerhalb des legalen Rahmens zu bewegen, um einen solchen Schritt in

Erwägung zu ziehen. Legalität bedeutete meinem Enkelsohn offensichtlich überhaupt nichts.

☆

Otto war im Hochsommer wieder bei mir, gerade rechtzeitig, um seinen sechzehnten Geburtstag zu feiern, und natürlich stand ihm die Freude über seinen Erfolg im Gesicht geschrieben. »Macht auszuüben ist eine einfache Sache«, sagte er zu mir, »wenn man genug davon hat.«

Ich konnte diese Philosophie nicht widerlegen, vermutete aber, daß ernsthafte Probleme vor uns lagen. Mit einer Katastrophe aber rechnete ich nicht.

☆

Neue Besen kehren gut, heißt es, und dies traf in jeder Hinsicht auf Brun zu. Im Gegensatz zu fast all seinen Vorgängern der letzten Jahre war er weder in der Treibhausatmosphäre Roms noch irgendeines italienischen Klosters oder Bistums aufgewachsen. Ich will hier nicht behaupten, daß unsere deutschen Klöster den italienischen weit überlegen waren, vor allem was die Moral betrifft, aber ihre Einstellung zum Leben war auf erfreuliche Weise anders. Diese Geistlichen waren unbedarft und hatten keine Angst vor der Vergangenheit, weil sie vielleicht nicht genug darüber wußten. Was sich in Rom ereignete, waren stets Präzedenzfälle, und wenn einige dieser Präzedenzfälle auch ganz offensichtlich einen schädlichen Einfluß hatten – es gab sie nichtsdestotrotz.

Damit hielt Brun sich nicht auf. Er gab in allen Bereichen Verfügungen heraus und beabsichtigte, dem schlimmsten Mißbrauch der Kirche ein Ende zu setzen. Das war bewundernswert, aber er schuf sich damit Feinde, besonders unter jenen – und das war die große Mehrheit –, die ihn in einer freien Wahl nicht gewählt oder anerkannt hätten. Das

Schlimmste war, daß Crescentius dadurch mehr Unterstützung erhielt.

Als wir einige Wochen nach dem Ereignis nördlich der Alpen über die Geschehnisse unterrichtet wurden, schien alles in bester Ordnung zu sein, obwohl sogar wir und vor allem ich beunruhigt waren, als der neue Papst den Bann über König Robert von Frankreich aussprach, weil der Berta geheiratet hatte, seine Cousine ersten Grades. Ehen zwischen Cousins ersten Grades sind natürlich von der Kirche verboten, aber wenn es um die königliche Familie geht, wo geeignete Prinzessinnen dünn gesät sind, wird diese Beschränkung notwendigerweise öfter übergangen als beachtet. Brun handelte in Einklang mit dem Gesetz, aber seine Tat brachte viele Menschen aus der Fassung und bereitete mir große Schwierigkeiten, da ich meine Fühler nach einer französischen Prinzessin ausgestreckt hatte, um endlich eine Braut für Otto zu finden. Die Angelegenheit mußte einstweilen ruhen, da Robert von Frankreich tief beleidigt war.

Aber wir waren nicht auf das vorbereitet, was dann geschah. Ich hätte es besser wissen müssen, da sich die Geschichte wieder einmal mit einem Racheakt wiederholte. Der Sommer war noch nicht vorüber, als Brun, der um sein Leben fliehen mußte, plötzlich in unserer Mitte stand.

☆

»Der Pöbel«, erklärte er. »Die Römer haben gedroht, mir alle Gliedmaßen auszureißen.«

Man mag mir den Gedanken verzeihen, aber war das etwas Neues?

Otto war wütend. »Habt Ihr die Leute nicht daran erinnert, daß Ihr den Kaiser vertretet?«

»Nun, was das betrifft, Cousin, hielt ich es für das beste, sie aus der Ferne daran zu erinnern. Sie hätten mich fast erhängt.«

»Mein Gott, dafür werden sie büßen.« Hatte ich das nicht schon einmal gehört?

»Hatte Crescentius die Finger im Spiel?« fragte ich.

»Crescentius hat die Leute angeführt, Tante Adelheid«, sagte Brun.

»Die Sache muß ein für allemal geregelt werden«, sagte Otto.

Ich begriff, daß ich noch einmal auf Reisen gehen mußte, wenn auch nur, um meine Lieblingsstadt vor der Zerstörung zu retten.

☆

Aber wir waren noch nicht auf den Grund dieses stinkenden Morastes gesunken. Keinen Monat nach Bruns Flucht, während Otto und Lambert noch ihre Heere sammelten, kam ein Gesandter von Crescentius zu uns, Abt Nilus von Rossano. Er sah zutiefst besorgt aus, als er uns den Brief aushändigte.

Mit demütigen Grüßen an Seine Hoheit, schrieb der Schurke, *und meinen demütigsten Entschuldigungen für diese unglückliche Tat, die ich gezwungenermaßen durchführen mußte, um das Volk von Rom, das Volk von Italien, das Volk des Reiches und das Volk der christlichen Kirche vor dem unkontrollierten Verhalten Eures Cousins, des sogenannten Papstes Gregor V., der inzwischen abgesetzt wurde, zu beschützen.* Otto starrte auf die Pergamentbögen, als wären es Schlangen. Dann reichte er sie mir, damit ich sie ebenfalls lesen konnte. *Wir verstehen*, fuhr Crescentius fort, *daß Euer Irrtum, Euren Cousin in diesen Rang zu erheben, die Folge Eurer außergewöhnlichen Jugend und Unerfahrenheit auf den Gebieten der Religion und der Regierung war, und wir sind daher nicht geneigt, Euch dies vorzuhalten.*

Was für eine Frechheit! *Die Kardinäle der Heiligen Kirche haben nun in Absprache mit den Adeligen Roms beschlossen, den Gegenpapst Gregor durch einen Mann ihrer eigenen Wahl zu ersetzen – ein Mann von höchster Integrität und mit großer Erfah-*

rung –, und es ist bekannt, daß Ihr ihm eine noch höhere Wertschätzung und größere Zuneigung entgegenbringt als Eurem Cousin Brun. Der Grund dafür ist nicht nur die allseits bekannte Intimität mit Eurer Mutter, sondern auch die Tatsache, daß er Euer Pate ist. Ich rede von Giovanni Philagathos, Bischof von Piacenza. Er wird den Namen Papst Johannes XVI. annehmen. Wir freuen uns, die Billigung Eurer Hoheit für diesen Schritt zu erhalten.

☆

Im Ratssaal herrschte vollkommene Stille, als Otto den Brief zu Ende gelesen hatte und mir den letzten Bogen reichte. Dann sagte er mit leiser Stimme: »Philagathos – Papst?«

»Darf ich Euch versichern, Hoheit«, wagte Nilus zu erklären, »daß ich mich bemüht habe, Philagathos zu überreden, das Angebot abzulehnen, bis er Euch die Sache vorgetragen und Euer Einverständnis erhalten hat? Wie Ihr wißt, kenne ich Philagathos schon einige Jahre und kann ihn als Freund bezeichnen. Aber er wollte leider nicht.«

Otto starrte ihn mit einem so durchdringenden Blick an, daß ich um das Leben des guten Abtes fürchtete. »Ich bin sicher, daß Ihr getan habt, was Ihr konntet«, sagte ich.

Otto starrte ihn noch immer an. »Philagathos, Papst? Ohne meine Erlaubnis? Und was …«, begann er, als er mir den Brief wieder aus der Hand nahm, »bedeutet diese Bemerkung: die bekannte Intimität mit meiner Mutter?«

Wieder senkte sich Stille hernieder. Ich hatte lange genug geschwiegen. »Der Bischof von Piacenza war der Liebhaber deiner Mutter, Otto.«

»Das habt Ihr gewußt, Großmutter? Wie lange schon?«

»Praktisch von Anfang an. Es begann vor fast zwanzig Jahren.«

»Vor zwanzig Jahren? Bevor ich geboren wurde? Als mein Vater noch lebte?«

»Ja.«

»Und Ihr habt nichts dagegen unternommen?«

»Was hätte ich denn tun sollen? Deine Mutter denunzieren? Hätte ich das vor deiner Geburt getan, würdest du jetzt nicht hier sitzen. Hätte ich es nach deiner Geburt getan, wärst du ohne Mutter gewesen. Ich habe versucht, sie zu warnen, und wurde zu meinem großen Kummer verbannt. Dein Vater wollte nichts hören, was gegen sie gerichtet war. Und nach seinem Tod war ich machtlos, da sie hier in Deutschland Regentin war.«

»Ihr sprecht über meinen Vater. Wie könnt Ihr sicher sein, daß er mein Vater ist?«

»Ich kann sicher sein, und du auch. Obwohl deine Mutter und Philagathos oft das Bett teilten, drang er nicht in sie ein, solange dein Vater noch lebte. So weit hätte sie ihren Landesverrat nicht getrieben.«

Er blickte sich im Saal um. »Wie viele Leute wußten davon?« Alle Anwesenden einschließlich Nilus senkten den Kopf. »Der Geliebte meiner Mutter ...« Otto sprach noch immer sehr leise. »Sich nun selbst zum Papst zu ernennen und sich mit meinem ärgsten Feind zu verbünden. Begehe ich aufgrund meiner Jugend und Unerfahrenheit Fehler, ja? Gut, dann laßt uns sehen, was Crescentius und seine Kreatur gegen meine Jugend und Unerfahrenheit ausrichten können. Graf Lambert, sammelt Euer Heer. Cousin, Ihr werdet mit mir zurückkehren, um diese Angelegenheit in Ordnung zu bringen. Großmutter ...«

»Wenn du mir vergeben kannst, würde ich dich gern begleiten.« Alte Knochen oder nicht – das war ebenso mein Kampf wie seiner.

»Ich habe Euch nichts zu vergeben, Großmutter. Ihr seid die einzige sichere Stütze meines Reiches.« Er stand auf. »Wir haben viel zu tun.«

☆

Obwohl ich, wie ich bereits schrieb, ständig verblüfft und oft erfreut war über die Geisteshaltung meines Enkels, der schon als Jugendlicher das Verständnis eines Erwachsenen zeigte, unternahm ich diesen letzten Marsch nach Süden mit einer gewissen Sorge. Wir verfügten über beachtliche Streitkräfte, und Lambert war jetzt ein bewährter Befehlshaber. Der Kaiser selbst war jedoch noch nie wirklich in die Schlacht gezogen, und mit Crescentius stand ihm ein gerissener und erfahrener Gegner gegenüber, wenn auch nur als Herrscher Roms. Aber er *war* der Herrscher von Rom, und das war der springende Punkt.

Ich schickte einen Boten nach Capua und bat um jede Unterstützung, die Pandulf mir gewähren konnte. Doch als wir Pisa gerade hinter uns gelassen hatten, erhielt ich eine äußerst unerfreuliche Antwort. Pandulf erklärte, er sichere uns seine Unterstützung zu, wann immer er in der Lage sei, uns zu Hilfe zu eilen. Er teilte uns jedoch gleichzeitig mit, daß die Byzantiner den Waffenstillstand gebrochen hätten, der seinerzeit nach der Heirat Theophanos und Otto II. geschlossen worden war, und daß er nun einen regelrechten Krieg im Süden führe. Das war beunruhigend, auch wenn Pandulf uns versicherte, seine Langobarden seien in der Lage, sie aufzuhalten. Doch was er uns sonst noch mitteilte, war wirklich besorgniserregend. Er hatte von einem gefangengenommenen byzantinischen Offizier den wahren Grund erfahren, warum Philagathos einen solch gefährlichen Weg eingeschlagen hatte. Ihm und Crescentius war von dem widerlichen Basileios, der offensichtlich noch auf Rache für den Tod seiner Schwester aus war, byzantinische Unterstützung zugesichert worden. Diese Absprache war vermutlich während Philagathos' Besuch in Konstantinopel getroffen worden, als die Idee einer Ehe zwischen Otto und einer byzantinischen Prinzessin durch den Wunsch einer erneuten byzantinischen Eroberung Roms unter der Herrschaft eines willfährigen Papstes ersetzt worden war. Der Plan mußte lediglich wegen

Philagathos' Verbannung von unserem Hof und aufgrund von Ottos schneller Wahl Bruns zum Papst für ein paar Jahre zurückgestellt werden. »Philagathos, diese verräterische Schlange«, sagte Otto. »Den wir all die Jahre am Busen unserer Familie nährten.«

Er sprach noch immer leise, und das beunruhigte mich, da ich sehen konnte, daß sich in seinem Herzen und seinem Geist eine ungeheure Wut aufgestaut hatte. Keiner von uns hatte irgendeine Vorstellung, was er beabsichtigte, da er nur mit sich selbst zu Rate ging und sich nicht einmal mit Brun besprach.

Ich erwartete und hoffte inbrünstig, daß Crescentius sich so benehmen würde, wie er es in der Vergangenheit immer getan hatte, und beim Nahen des kaiserlichen Heeres aus Rom flüchtete – und daß er Philagathos mitnahm, wenn er noch über ein bißchen Verstand verfügte. Stellen Sie sich also unsere Überraschung und meine Bestürzung vor, als wir von unseren Kundschaftern, kurz bevor wir die Stadt erreichten, unterrichtet wurden, daß der Herzog sich zusammen mit dem Papst und einer ziemlich starken Garnison in der Engelsburg verschanzt habe. »Der Grund dafür ist ganz offensichtlich«, sagte ich. »Er erwartet, durch das byzantinische Heer unterstützt zu werden, während Ihr eine Belagerung vornehmt.«

Und tatsächlich wurden wir ferner unterrichtet, daß Boten gesehen worden seien, die nach Süden galoppierten, sobald sie uns entdeckt hatten. »Was sollen wir tun?« fragte Brun.

»Was hat mein Großvater getan, als die Römer sich ihm widersetzten?« fragte Otto.

»Er rückte, ohne zu zögern, mit seinen gesamten Streitkräften gegen die Stadt vor. Aber ...« Ich biß mir auf die Lippe.

»Glaubt Ihr nicht, daß auch ich dazu in der Lage bin, Großmutter?«

»Als dein Großvater Rom durch einen Angriff nahm, handelte er, bevor der Pöbel richtig begriff, was passierte. Die Leute hatten keine Zeit, sich vorzubereiten, und vertrauten darauf, verhandeln zu können. Außerdem bitte ich dich, es nicht als Kränkung aufzufassen, aber Otto der Große war ein erfahrener Feldherr, der schon viele Schlachten hinter sich hatte, einschließlich der auf dem Lechfeld, bevor er nach Rom kam.«

»Und ich bin ein blutiger Anfänger, dem ein gut vorbereiteter und zweifellos entschlossener Gegner gegenübersteht. Aber man muß irgendwann anfangen. – Graf Lambert, morgen marschieren wir auf die Stadt.«

Lambert verneigte sich. »Werdet Ihr Eure Order an die Befehlshaber ausgeben, Herr?«

»Es gibt keine Order, Lambert. Ich werde den Angriff auf die Engelsburg anführen, und meine Männer werden mir folgen.«

☆

In dieser Nacht besuchte ich nach unserem Abendessen meinen Enkelsohn. »Morgen ist ein qualvoller Tag.«

»Ja, für jene, die sich mir widersetzen werden.«

»Ich mache mir Sorgen um dich, Otto.«

»Habt keine Angst, Großmutter. Ich werde nicht getötet.«

»Ich habe sowohl deinen Vater als auch deinen Großvater sterben sehen. Ich glaube, deinen Tod könnte ich nicht mehr verkraften. Und denk daran, Otto – wenn du stirbst, endet die Dynastie.«

Er lächelte. »Das wird nicht der Fall sein. Ihr werdet regieren, wie Ihr es in der Vergangenheit so oft und so erfolgreich getan habt.«

»Ich bin zu alt.«

»Ihr werdet nie alt, Großmutter.«

»Du *mußt* den Angriff nicht führen.«

»Natürlich werde ich den Angriff führen, Großmutter. Ich

kann meine Männer nicht in die Schlacht schicken, wenn ich selbst Angst habe. Versucht mich bitte nicht umzustimmen. Morgen wird diese ganze schändliche Sache beendet sein.«

»Und Crescentius und Philagathos?«

»Wenn sie Glück haben«, sagte er, »sterben sie in der Schlacht.«

☆

Als der Morgen dämmerte, war ich auf den Beinen und sah, wie das Heer in Kolonnen aufmarschierte. Die Standarten wehten in der Brise, die Pferde stampften und wieherten, und die Rüstungen klirrten, wenn die Schwerter gegen Schilde oder Brustpanzer schlugen. Otto saß an der Spitze seiner Truppen und stieg nur aus dem Sattel, um die Absolution von seinem Cousin zu erhalten, der anschließend mit Nilus vor der ganzen Streitmacht eine Messe las. Als sie beendet war, zog Otto sein Schwert, drehte sich zu mir und meinen Zofen um und hob die Klinge hoch in die Luft. »Für Deutschland und das Reich!« rief er und ritt den Abhang hinunter.

☆

Bis jetzt hatten wir der Stadt, die in das Licht der aufgehenden Sonne getaucht war, kaum Beachtung geschenkt. Jetzt versuchten wir, alles zu verfolgen, so gut es aus dieser Entfernung möglich war. Die Engelsburg war wegen der vielen Standarten gut zu erkennen. Die Stadt war natürlich schon erwacht, und auf den Straßen wimmelte es von Menschen. Mein Herz krampfte sich zusammen, als ich das kaiserliche Heer sah, das aus der Ferne nicht sehr bedrohlich wirkte und noch immer den Abhang hinunter auf die Stadt zuritt.Das Tor, dem sie sich näherten, war geschlossen, doch es war nur aus Holz und binnen weniger Minuten bezwungen. Otto hatte die Feldzüge seines Großvaters studiert und ging auf die gleiche Art und Weise vor. Er hielt seine Männer zusammen, metzelte jeden nieder, der sich ihnen in den Weg stellte oder sich ihnen auch nur näherte, und ließ nicht zu, daß seine Krieger von der Kampflinie abwichen.

Der Widerstand war gering. Der Pöbel war nicht darauf vorbereitet, es mit gerüsteten, gut bewaffneten und disziplinierten Soldaten aufzunehmen, und in weniger als einer Stunde hatte das Heer die Brücke überquert und stand vor der Engelsburg. Hier wurde es von einem Hagel aus Wurfgeschossen empfangen, und sogar einige der kostbaren Statuen wurden von den obersten Festungsmauern hinuntergeworfen, um die Angreifer aufzuhalten. Der Kampf um den Zugang zur Burg dauerte eine Weile, und es war eine sehr beängstigende Zeit für mich, da es unmöglich war, das Geschehen genau zu verfolgen. Ich wußte daher auch nicht, ob Otto lebte oder tot war. »Fürchtet Euch nicht, Tante Adelheid«, sagte Brun. »Das Recht wird siegen.«

Wenn man nur immer auf das Recht vertrauen könnte! Aber dann purzelten die Standarten nacheinander von den Mauern hinunter, und wir konnten die Siegesschreie auf unserem Hügel beinahe hören.

☆

Ein Bote kam zu mir, um mir zu versichern, daß der Kaiser unverletzt sei und wir einen vollständigen Sieg errungen hätten. »Der Kaiser wird Euch eine Eskorte schicken, sobald es möglich ist, Hoheit.«

Ich mußte mehrere Stunden warten, und die Dämmerung brach schon fast herein, als Brun, Nilus und ich den Hügel hinunterritten. Die Soldaten und sogar einige Römer jubelten uns zu. Ich erinnerte mich an meinen Einzug in die Stadt nach dem Angriff von Otto dem Großen vor fast dreißig Jahren. Wie damals lagen zu beiden Seiten der Straße Leichen, und die Häuser waren zerstört. Aber ich hatte nur Augen für die Brücke und die immer lauteren Schreie der siegreichen Soldaten. Otto stand im Burghof, um mich zu begrüßen. »Nun werden wir über sie richten. Kommt, Großmutter.« Das war kein Junge, sondern ein gestandener Krieger. Seine Rüstung war blutbefleckt, und sein blondes Haar flatterte im Wind, als er seinen Helm vom Kopf nahm. Ich war so stolz auf ihn und hatte dennoch große Angst vor dem, was er beabsichtigte. In seinen Augen war keine Spur von Menschlichkeit zu erkennen.

Wir wurden zu den obersten Festungsmauern geleitet, wo Crescentius und Philagathos uns erwarteten. Ihre Hände waren wie bei gewöhnlichen Schwerverbrechern auf dem Rücken zusammengebunden. »Hoheit!« Philagathos fiel auf die Knie. »Ich bitte Euch, habt Erbarmen.« Er wußte, daß es keinen Sinn hatte, den Kaiser anzuflehen.

Crescentius und ich starrten uns an. Er würde nicht um Gnade betteln; dennoch mußte er sich der Gefahr und vor allem des Hasses bewußt sein, den sein Anblick in meiner Brust erregte. Und trotz seiner Haltung hatte er Angst. Sein Mund bebte, als er mühsam fragte: »Was wird mein Schicksal sein?«

»Das ist die Entscheidung des Kaisers«, erwiderte ich.

»Ihr und Eure Familie habt die römische Politik und somit die Politik des Reiches schon viel zu lange vereitelt«, sagte Otto. »Jedes männliche Mitglied Eurer Familie wird hingerichtet. Jedes weibliche Mitglied wird meinen Männern übergeben und anschließend in einem Nonnenkloster eingesperrt.«

Crescentius atmete tief ein. »Und ich?«

»Ihr werdet an dieser Festungsmauer gehängt, Herzog Crescentius, auf daß Euer baumelnder Leichnam die Bürger von Rom daran erinnern möge, was jenen passiert, die dem Kaiser trotzen.« Noch einmal atmete er tief ein. Nicht einmal Otto der Große war so weit gegangen. »Aber zuerst«, sagte Otto, »gibt es noch ein anderes Verbrechen, für das Ihr Euch verantworten müßt, und zwar die Demütigung meiner Großmutter, indem Ihr es gewagt habt, um ihre Hand anzuhalten. Für dieses Verbrechen werdet Ihr Eure Männlichkeit verlieren.«

Crescentius hob abrupt den Kopf, wie auch ich. »Hoheit«, begehrte er auf, »ich bin römischer Patrizier.«

»Ein Titel, den Ihr Euch selbst verliehen habt«, sagte Otto, »und der daher bedeutungslos ist.«

»Hoheit!« flehte Crescentius mich an.

Ich biß mir auf die Lippe, hätte aber nicht gewagt, mich dem Kaiser in der Öffentlichkeit zu widersetzen. Außerdem waren dieser Mann, sein Vater und sein Onkel – und natürlich auch ihre Cousins, Alberich und sein widerlicher Sohn – mein Leben lang meine Feinde gewesen. Überdies hatte dieser Crescentius meinen Liebhaber und meinen treuesten Diener kaltblütig ermordet. »Es ist der Wille des Kaisers«, sagte ich.

Otto gab seinen Männern ein Zeichen, und die Hinrichtung wurde auf der Stelle auf dem Boden der Brustwehr vor uns allen vollzogen. Schon als junges Mädchen hatte ich erkannt, daß dies das schlimmste und demütigendste Schicksal ist, das einen Mann treffen kann. Crescentius erlitt alles schweigend, außer daß er beim letzten Hieb fürchterlich stöhnte. Dann wurde sein Körper zu den Festungsmauern gezerrt und ein Seil um seinen Hals geschlungen. Er wurde über die Mauern geworfen, wo er nackt und blutend baumelte und mit den Beinen strampelte, bis er sein Leben aushauchte.

Eine große Menschenmenge hatte sich auf den Straßen am fernen Ufer des Flusses versammelt. Ich nahm nicht an, daß es eine Szene war, die einer von ihnen vergessen würde – und ich hegte überdies den Verdacht, daß genau das Ottos Absicht war.

Doch der blutbefleckte Nachmittag war noch nicht beendet, als Otto sich jetzt an den zitternden Philagathos wandte.

Dem fehlte Crescentius' Mut. »Hoheit«, schrie er. »Was immer ich getan habe, geschah nur, um Eurer Mutter zu gefallen!«

»Halte deine Zunge im Zaum, Schurke«, sagte Otto. »Meiner Mutter zu gefallen? Beim bloßen Gedanken daran, daß du getan hast, wozu nur mein Vater das Recht hatte, dreht sich mir der Magen um. Dein Schicksal wird das gleiche sein wie das von Crescentius.« Wieder gab er seinen Henkern ein Zeichen, die sich mit dem noch blutigen Messer Philagathos näherten.

»Hoheit!« kreischte Philagathos. »Ich bitte Euch, habt Erbarmen. Ich bin Euer Pate und der Papst!«

»Ihr wart nie Papst. – Schreitet zur Tat.« Philagathos kreischte und schrie, als seine Roben hochgeworfen wurden. Als er entmannt wurde, trat er um sich und zappelte bis zum Schluß. »Jetzt werft ihn über die Zinnen. Er soll neben seinem Freund hängen«, befahl Otto.

»Hoheit«, sagte Nilus. Er war ein sehr mutiger Mann. Otto schaute ihn an. »Papst oder Gegenpapst, Hoheit – Philagathos *hatte* das höchste Amt der Kirche inne. Ich bitte Euch, ihn nicht den Blicken des Pöbels auszusetzen.«

Otto zögerte. Vermutlich war auch er des Gemetzels müde. Ich holte tief Luft. Vielleicht verabscheute ich Philagathos mehr, als ich die Crescentii gehaßt hatte. Wie Nilus jedoch gesagt hatte, war Philagathos zum Papst ausgerufen worden, wenn auch fälschlicherweise, und ihn jetzt dort liegen zu sehen, ein blutiges Bündel ... »Darf ich dich um sein Leben bitten, Otto? Wie er sagte, ist er dein Pate.«

Otto schaute mich überrascht an und blickte dann wieder auf den verwundeten Mann.

»Gebt ihn mir, Hoheit«, sagte Nilus. »Ich werde ihn in meinem Mönchskloster einsperren, wo er den Rest seines Lebens verbringen wird und über seine Torheiten nachdenken kann. Auf jeden Fall, Hoheit, kann er Euch nie wieder Schaden zufügen.«

Otto zögerte ein letztes Mal und sagte dann: »So soll es sein. Ihr habt ein zu weiches Herz, Großmutter.«

☆

Man könnte annehmen, daß mit dem Ableben von Crescentius der lange Kampf zwischen mir und dieser unehrenhaften Familie, der tatsächlich bis in die Zeit zurückging, da ich sechs Jahre alt war, endlich endete. Mit der Rückkehr Bruns ins päpstliche Amt hatte Kaiser Otto III. die Zügel der Herrschaft fest in der Hand. Das glaubte ich ganz sicher.

Doch noch einmal änderte sich des Schicksals Lauf. Nach unserer Rückkehr aus Rom zog ich mich wie beabsichtigt endgültig vom öffentlichen Leben zurück in ein Kloster, das ich gegründet hatte. Ich war noch kein Jahr dort, als man mir die Nachricht von Bruns Tod brachte.

Kaum jemand zweifelte daran, daß er vergiftet worden war. Wieder fürchtete ich mich vor Ottos Zorn. In der Tat kam er zu mir, doch er war weniger wütend als unentschlossen. »Wir werden die Mörder fassen«, versicherte er mir. »Aber wir haben keinen Papst. Muß ich jetzt eine Auswahl unter den unaufrichtigen, sündhaften Kardinälen Roms treffen?«

Mein Herz schlug vor Freude schneller, als ich daran dachte, daß alles zu jenen kommt, die lange genug warten. »Ich bin sicher, das wird nicht nötig sein. Hast du nicht einen geeigneten Kandidaten in deinem eigenen Haus?«

Er runzelte die Stirn. »Gerbert?«

»Er ist der größte Geist des Christentums, er ist ein Mann, der seine Fähigkeiten bewiesen hat, und er ist dein Freund.«

»Gerbert von Aurillac«, sagte er halb zu sich selbst. »Wird er das Amt übernehmen?«

»Schick ihn zu mir«, sagte ich.

☆

Nun habe ich meine Geschichte wahrheitsgetreu erzählt. Gerbert wurde am 9. April 999 geweiht, gerade rechtzeitig, um dem neuen Jahrtausend mit all dem Guten und Schlechten, das es bringen mochte, entgegenzusehen. Ich persönlich freue mich darauf und auf die Zukunft. Gerbert und Otto haben schon bewiesen, daß sie den Anforderungen, das Reich zu beherrschen, in jeder Hinsicht gewachsen sind. Da Otto noch nicht einmal zwanzig Jahre alt ist, wird er noch viele Jahre herrschen und das sächsische Geschlecht zu nie gekanntem Ruhm führen. Wir müssen lediglich eine passende Gemahlin für ihn finden, und daran arbeite ich.

Wenn ich dann meinen Lebensabend begehe, werde ich seine Triumphe mit ihm teilen.

Epilog

Adelheid erlebte das neue Jahrtausend nicht mehr. Sie starb am 15. Dezember 999 und wurde in Seltz beigesetzt. Bald wurde von Wundern an ihrem Grab berichtet, und sie wurde heiliggesprochen.

Auch ihre Hoffnungen, die sie in die Zukunft setzte, zerbrachen. Otto und Gerbert herrschten in der Tat mit großem Erfolg, doch nur vier Jahre lang. Otto starb an Malaria, ohne seine Träume verwirklicht zu haben, und Gerbert, der den Namen Papst Silvester II. angenommen hatte, folgte ihm bald darauf ins Grab.

Da Otto nie heiratete, geschah das Unglück, das Adelheid immer befürchtet hatte, und das Reich fiel an Heinrich von Bayern.

Doch der Ruhm Ottos des Großen, Ottos II. und Ottos III. und der Frau, die sie alle übertraf, wird ewig weiterleben.

Im Jahre 818 wird Johanna als Tochter eines in der Sachsenmission tätigen englischen Priesters und dessen Frau in Deutschland geboren. Früh verliert sie beide Eltern und sucht Zuflucht in einem Frauenklo-ster. Dort lernt sie den Mönch Frumentius kennen, der sie dazu überredet, ihm als Mann verkleidet in sein Kloster Fulda zu folgen. Sie werden jedoch bald entdeckt, und Johanna begibt sich nach Italien. Als »Pater Johannes« gelingt ihr am päpstlichen Hof ein spektakulärer Aufstieg, an dessen Ende die Papst-krönung steht. Doch als sich die junge Frau in einen Mönch aus ihrem Gefolge verliebt, nimmt das Schick-sal seinen Lauf ...

ISBN 3-404-14446-5

BASTEI LÜBBE